BASTEI
LÜBBE
TASCHENBUCH

Weitere Titel des Autors:

NIMUE ALBAN:
Bd. 1 Operation Arche
Bd. 2 Der Krieg der Ketzer
Bd. 3 Codename: Merlin
Bd. 4 Die Flotte von Charis
Bd. 5 Die Invasion
Bd. 6 Caylebs Plan
Bd. 7 Die Eiserne Festung
Bd. 8 Haus der Lügen
Weitere Bände in Vorbereitung

HONOR HARRINGTON:
Bd. 1 Auf verlorenem Posten
Bd. 2 Die Ehre der Königin
Bd. 3 Ein schneller Sieg
Bd. 4 Mit Schimpf und Schande
Bd. 5 Im Exil
Bd. 6 Ehre unter Feinden
Bd. 7 In Feindes Hand
Bd. 8 Die Siedler von Sphinx (D. Weber u. a.)
Bd. 9 Der Stolz der Flotte
Bd.10 Die Baumkatzen von Sphinx (D. Weber u. a.)
Bd.11 Wie Phönix aus der Asche
Bd.12 Die Raumkadettin von Sphinx (D. Weber u. a.)
Bd.13 Ein neuer Krieg
Bd.14 Honors Krieg (zweiter und abschließender Teil von »Ein neuer Krieg«)
Bd.15 Die Spione von Sphinx (D. Weber u. a.)
Bd.16 Der Sklavenplanet (D. Weber u. a.)
Bd.17 Um jeden Preis
Bd.18 Auf Biegen und Brechen
Bd.19 Der Schatten von Saganami
Bd.20 An Bord der Hexapuma
Bd.21 Die Achte Flotte
Bd.22 Sturm der Schatten
Bd.23 Jeremy X
Bd.24 Die Fackel der Freiheit
Bd.25 Honors Mission
Bd.26 Der letzte Befehl
Weitere Bände in Vorbereitung

DIE ABENTEUER DES COLIN MACINTYRE:
Bd. 1 Der Mond der Meuterer
Bd. 2 Das Armageddon-Vermächtnis
Bd. 3 Die Erben des Imperiums

Titel in der Regel auch als E-Book erhältlich

Über den Autor:
David Weber ist ein Phänomen: Ungeheuer produktiv (er hat zahlreiche Fantasy- und Science-Fiction-Romane geschrieben), erlangte er Popularität mit der HONOR-HARRINGTON-Reihe, die inzwischen nicht nur in den USA zu den bestverkauften SF-Serien zählt. David Weber wird gerne mit C. S. Forester verglichen, aber auch mit Autoren wie Heinlein und Asimov. Er lebt heute mit seiner Familie in South Carolina.

David Weber

CAYLEBS PLAN

Aus dem Amerikanischen von
Ulf Ritgen

BASTEI
LÜBBE
TASCHENBUCH

BASTEI LÜBBE TASCHENBUCH
Band 23 349

1. Auflage: Januar 2011
2. Auflage: September 2011

Vollständige Taschenbuchausgabe

Bastei Lübbe Taschenbücher in der
Bastei Lübbe GmbH & Co. KG

Deutsche Erstausgabe

Titel der Originalausgabe: »By Heresies Distressed« (Teil 2)

This work was negotiated through Literary Agency Thomas Schlück GmbH, 30827 Garbsen, on behalf of St. Martin's Press, L. L. C.
Textredaktion: Beate Ritgen-Brandenburg
Lektorat: Ruggero Leò
Titelillustration: Arndt Drechsler
Umschlaggestaltung: Guter Punkt, München
Satz: Urban SatzKonzept, Düsseldorf
Gesetzt aus der Baskerville
Druck und Verarbeitung: CPI – Ebner & Spiegel, Ulm
Printed in Germany
ISBN: 978-3-404-23349-6

Für Bobbie Rice und Alice Weber,
zwei meiner Lieblingsdamen.
Ihr beide leistet wirklich ziemlich
gute Arbeit!

Juni,
im Jahr Gottes 893

.I.

Elvarth, Grafschaft Storm Keep, Corisande-Bund

»Sind wir bald da?«, fragte Prinz Daivyn in klagendem Tonfall.

Phylyp Ahzgood fand, der kleine Prinz klinge im Vergleich zu seinem älteren Bruder einfach nur kläglich. Kronprinz Hektor hätte die Frage in deutlich weinerlicherem Ton gestellt – und damit keinerlei Zweifel daran gelassen, dass die Frage in Wirklichkeit eine Beschwerde war.

»Noch nicht ganz, Daivyn«, versuchte Prinzessin Irys ihn zu beruhigen. Sie beugte sich über ihn und mummelte ihn enger in seinen Mantel ein. »Schlaf doch einfach noch ein bisschen! Wenn du aufwachst, sind wir dann bestimmt da!«

Daivyn schaute seine Schwester an. Im Schein der kleinen Lampe, die vom Dach der Kutsche herabhing, konnte man deutlich erkennen, wie er ihr unter gerunzelter Stirn einen ängstlich fragenden Blick zuwarf. Doch dann nickte er, durch Irys' Verhalten offenkundig ebenso beruhigt wie durch ihre Worte, und kuschelte sich wieder in den bequemem, gepolsterten Sitz. Für einen Jungen seines Alters reichte dieser Sitz ganz und gar als Bett aus, und so schloss Daivyn gehorsam wieder die Augen.

Mehrere Minuten lang beobachtete Irys ihn; ihre Augen flossen über vor Zärtlichkeit. Schließlich holte sie tief Luft, ließ sich gegen das Rückenpolster sinken und blickte zu Graf Coris hinüber.

»Das Ganze ist einfach unerträglich!«, brach es aus ihr heraus. Obwohl sie aufgewühlt war, bemühte sie sich leise zu sprechen. Auf gar keinen Fall wollte sie ihren Bruder wecken. Der

Kleine jedoch schien schon wieder tief und fest zu schlafen – und das, obwohl die Kutsche teilweise heftig hin und her schaukelte und das Hufgetrappel der Kavallerie-Eskorte nicht zu überhören war.

»Ich verstehe Eurer Hoheit Erbitterung«, erwiderte der Graf ebenso leise. »Und ich kann Euch Eure Gefühle nicht verdenken. Mir geht es nicht viel anders als Euch. Auch *ich* habe das Gefühl, mein Heil in der Flucht zu suchen.«

»Nein, Phylyp, so dürfen Sie nicht denken!« Sie schüttelte den Kopf. »Sie sind schließlich nur hier, weil mein Vater es Ihnen befohlen hat!«

»Ich möchte Eurer Hoheit versichern, dass es mir ebenso eine Ehre wie eine Pflicht ist …«, setzte er an. Die Prinzessin schüttelte heftig den Kopf und unterbrach so seinen Redefluss.

»Können wir nicht einfach so tun, als hätten wir all diese üblichen, pflichtschuldig vorgebrachten Bemerkungen bereits hinter uns?«, fragte sie. Als sie seine verdutzte Miene sah, huschte ein Lächeln über ihr Gesicht. »Verzeihen Sie mir bitte, Phylyp! Ich wollte mit keiner Silbe andeuten, Sie könnten das, was Sie gerade sagen wollten, möglicherweise nicht ernst meinen. Nein, wirklich nicht! Dafür kenne ich Sie einfach schon viel zu lange. Aber ich bin es so leid, immer all das zu sagen, was man von mir erwartet! Ich bin es leid, immer weiter nur eine *Rolle* zu spielen!«

Kurz schwieg der Graf. »Ja, ich verstehe«, sagte er dann. »Trotzdem: Ihr seid eine Prinzessin von Corisande, und ich bin, auf Befehl Eures Herrn Vaters, Euer Vormund und zugleich der Erste Ratgeber Eures jüngeren Bruders, sollte es zum Äußersten kommen. Ich fürchte, das sind Rollen, denen wir uns nicht einfach entledigen können, Eure Hoheit.«

»Wenn man bedenkt, dass wir uns schon mein ganzes Leben lang kennen und Sie zumindest einmal persönlich anwesend waren, als meine Windeln gewechselt wurden – meinen Sie nicht, Sie könnten mich ›Irys‹ nennen und nicht ›Eure Hoheit‹, Phylyp? Zumindest, wenn wir beide allein sind?«

Ihm lag schon eine Entgegnung auf der Zunge, doch dann überlegte er es sich anders.

»Ich weiß nicht, ob das wirklich eine gute Idee ist«, sagte er schließlich. »Angesichts der Umstände ist es ganz besonders wichtig, dass Eure und auch Daivyns Würde so weit gewahrt bleiben wie eben möglich. Wenn ich Euch gegenüber zu viel Vertraulichkeit an den Tag legte, wird das Eure Autorität als Tochter des Prinzen von Corisande untergraben. Und aus deutlich selbstsüchtigeren Motiven heraus möchte ich noch Folgendes hinzufügen: Ich möchte nicht, dass jemand auf die Idee kommt, ich würde die Aufgabe, die Euer Herr Vater mir zugewiesen hat, zu meinem eigenen Vorteil nutzen.«

»Dessen bin ich mir durchaus bewusst, Phylyp. Deswegen habe ich ja auch gesagt: ›Zumindest, wenn wir beide allein sind.‹ Aber wir werden es in Delferahk schon schwer genug haben, ganz egal, was noch geschieht. Ich hätte gern wenigstens *einen* Menschen um mich, von dem ich weiß, dass ich ihm vertrauen kann, und der mich zumindest hin und wieder mit Vornamen anspricht. Und wenn mein Vormund das nicht kann, wer dann?«

»Also gut … Irys.« Sein Lächeln war bittersüß. »Übrigens habt Ihr Recht: Ich war tatsächlich schon dabei, als man Euch die Windeln wechselte.«

»Gut!«

Belustigt blitzten ihre Augen auf. Die Belustigung hielt allerdings nicht lange an. Graf Coris glaubte aber zu erkennen, dass der Blick der Prinzessin nun etwas weniger düster war als zuvor. Nur war es bei den gegebenen Lichtverhältnissen durchaus möglich, dass er sich irrte.

»Ich wünschte, Vater hätte sich anders entschieden«, kehrte Irys zum eigentlichen Thema zurück.

»Ihr meint, statt Euch zusammen mit Daivyn fortzuschicken?«

»Mich überhaupt fortzuschicken«, verbesserte sie ihn. Ihre Stimmung war vielleicht eine Nuance weniger düster als eben noch. Dennoch funkelte im Schein der Laterne eine Träne in ihren langen Wimpern; das Licht brach sich darin wie in einem Diamanten. »Ich weiß, dass er glaubt, keine andere Wahl gehabt zu haben – zumindest nicht, wenn er wollte, dass Daivyn von zu Hause fortgebracht werden muss. Aber, Phylyp, ich sollte jetzt *an seiner Seite* sein!«

»Glaubt bloß nicht, diese Entscheidung sei ihm leicht gefallen!«, entgegnete Coris sehr sanft. »Um ehrlich zu sein: Ich bin mir sicher, dass ihm diese Entscheidung schwerer gefallen ist als je eine andere.«

»Ich weiß. Ich weiß!« Heftig schüttelte sie den Kopf. »Und ich will auch wirklich nicht klingen wie eine bockige, verzogene Prinzessin.«

Der Graf wollte darauf schon etwas erwidern. Dann schüttelte er nur den Kopf. Ein leises Lächeln umspielte seine Lippen.

Mehrere Minuten lang saß Irys nur schweigend da und streichelte ihrem kleinen Bruder über die Stirn. Dann blickte sie wieder zu Coris auf.

»Offenkundig hat es wenig Sinn, sich über die bereits gefällte Entscheidung aufzuregen. Stattdessen sollte ich wohl lieber über die allgemeine Reiseplanung lamentieren«, sagte sie entschieden heiterer.

»Ja, die lässt wirklich ein wenig zu wünschen übrig, nicht wahr?«, bestätigte Coris mit einem schiefen Grinsen, als die Kutsche durch ein weiteres, besonders tiefes Schlagloch holperte. »Betrachtet es als eine weitere Unannehmlichkeit, die wir Cayleb und seinen Charisianern zu verdanken haben!«

»Ach, glauben Sie mir, es gibt eine ganze Menge ›Unannehmlichkeiten‹, die ich eines Tages mit *Kaiser* Cayleb werde … besprechen müssen.« Sie klang zwar belustigt, doch der Blick, der in ihren Augen lag, strafte ihren Tonfall Lügen.

»Admiral Tartarian schätzt die Lage aber wohl ganz richtig ein«, meinte Coris, und Irys nickte.

Derzeit war ihre Kutsche, obwohl sie eine beachtliche Geschwindigkeit vorlegte, noch mehrere Stunden von Elvarth entfernt. Elvarth schmückte sich zwar gern mit der Bezeichnung ›Stadt‹, war jedoch eher ein besseres Fischerdorf. Die Reise über Land von Manchyr aus war lang, ermüdend und anstrengend gewesen, insbesondere für Daivyn (der noch überhaupt nicht begriff, was hier eigentlich vor sich ging). Elvarth lag nämlich in der Grafschaft Storm Keep, am nördlichsten Ausläufer von Corisande. Doch die kleine Stadt hatte drei entscheidende Vorteile: Zunächst einmal war sie so klein und unbedeutend, dass nicht einmal Cayleb von Charis auf die Idee gekommen war, ihren Hafen zu blockieren. Zweitens war sie von Manchyr so weit entfernt, wie es im Fürstentum Corisande nur möglich war. Und drittens lag dort zufälligerweise eine kleine Galeone vor Anker, die dort Schutz vor der Imperial Charisian Navy gefunden hatte.

»Gewiss doch, ja, der Admiral schätzt die Lage richtig ein, das glaube ich auch«, erwiderte Irys ihrem Vormund. »Und ich bin froh, dass er es geschafft hat, Captain Harys zu gewinnen.«

Wieder nickte Coris. *In mancherlei Hinsicht*, dachte er, *hat sich Zhoel Harys verschlechtert, als er das Kommando der Galeone* Schwinge *übernommen hat.* Denn Harys hatte zuvor die Galeere *Lanze* kommandiert, war befördert worden und hatte dann das Kommando über eine von Tartarians ersten bewaffneten Galeonen übernommen, über die *Entermesser.* Im Gegensatz zur *Entermesser* führte die *Schwinge* nur eine Hand voll ›Falken‹ und ›Wölfe‹ mit sich, und sie war kaum halb so groß wie das andere Schiff. Natürlich bestand die Gefahr, die Imperial Charisian Navy werde die *Entermesser* schon bald in ein blutverschmiertes Wrack verwandeln. Dennoch stellte das Kommando über ein solches Schiff für dessen Captain beruflich gesehen einen gewaltigen Schritt nach vorn dar.

Trotzdem war Harys stolz darauf gewesen – jedenfalls hatte er diesen Anschein gemacht –, dass sein Prinz ihn dafür ausgewählt hatte, zwei der drei fürstlichen Kinder in Sicherheit zu bringen. Coris zweifelte keinen Moment daran, dass der Captain alles in seiner Macht Stehende unternehmen würde, um diesen Auftrag erfolgreich zum Abschluss zu bringen.

Erneut ging Coris Tartarians Plan zur Evakuierung der Prinzessin und des jüngeren Prinzen durch. Die Idee, nach Osten zu segeln und nicht etwa nach Westen, hielt Coris für sinnig. In den Gewässern rings um Corisande und Zebediah hatte die Charisian Navy ein gewaltiges Truppenaufgebot zusammengezogen. Aber die Schiffe waren im Gebiet zwischen dem Corisande-Bund und dem ursprünglichen Territorium von Charis massiert. Ein einzelnes kleines Schiff, das nach Osten aufbrach, nicht etwa nach Westen – also nicht in das für die Charisianer besonders interessante Gebiet –, hatte vermutlich eher eine Chance, nicht aufgebracht zu werden.

Natürlich barg auch der Ostkurs seine Risiken. Graf Coris dachte an die Trellheim-Piraten und die Schwärme charisianischer Freibeuter, die vor Dohlar kreuzten. Andererseits würde die *Schwinge* weder unter der Flagge von Corisande noch unter der von Dohlar fahren. Harys hatte sich mit einer ganzen Auswahl verschiedenster Landesflaggen eingedeckt, und er verfügte über hervorragend gefälschte Papiere aus Harchong. Dazu kam, dass man sich aus zweierlei Gründen gerade für die *Schwinge* entschieden hatte: Neben dem abgelegenen Ankerplatz war ein wichtiger Grund die Fracht, die sie geladen hatte, bevor die Bedrohung durch die Charisianer sie in einen Hafen getrieben hatte. Bislang ließen zumindest alle zur Verfügung stehenden Informationen vermuten, das neue Charisianische Kaiserreich lasse die kleine Handelsmarine von Harchong gänzlich unbehelligt. Wenn indes die Berichte über Harchongs Beteiligung am Bau der neuen ›Vierer-Gruppen‹-Flotte tatsächlich der Wahrheit entsprachen, würde dieser Frieden nicht mehr lange halten. Doch im Augenblick schien es tatsächlich noch so zu sein. Daher könnte es Harys und der *Schwinge* gelingen, ohne Schwierigkeiten die Shwei Bay zu erreichen. Von dort aus wäre es zweifellos deutlich ungefährlicher, über Land nach Delferahk zu reisen.

Vor allem ist es wichtig, dass wir unerkannt *reisen,* dachte Coris beinahe schon grimmig. *Du bist einfach viel zu wichtig, Irys! Es ist viel besser, wenn du einfach nur eine Nichte bist, nur eine Lady Marglai, die zusammen mit mir nach Delferahk reist.*

Auch diese Tarnung war Tartarians Idee gewesen. Die Charisianer würden sofort glauben, Hektor sei bereit, denjenigen seiner Ratgeber, dem er mit Abstand am meisten vertraute, mit einem Hilfeersuchen nach Dohlar und Delferahk zu schicken. Und wenn einer der Feinde von Corisande Coris' Mission als die persönliche Bemühung besagten Beraters interpretierte, das Land zu verlassen, bevor es endgültig Schiffbruch erlitte, dann war das Coris nur recht. Dass die Schwägerin des Grafen darum gebeten habe, ihre Tochter und ihren Sohn nach Delferahk zu bringen, damit die beiden in Sicherheit wären, klang ebenfalls plausibel. Marglai und Kahlvyn Ahzgood waren ungefähr im selben Alter wie Irys und Daivyn. Gut, Marglai war einige Jahre älter als Irys, Kahlvyn etwas jünger als Daivyn, aber es kam einigermaßen gut hin. Zudem hatten die Ahzgoods in Delferahk Verwandte. Es war durchaus vorstellbar, sie würden Mitgliedern ihrer Familie, auch wenn man einander an sich nicht sonderlich nahe stand, in diesen unruhigen Zeiten einen sicheren Hafen bieten wollen.

Trotzdem gab es immer jede Menge, das schieflaufen konnte. Auf hoher See drohten einer Galeone auch unter normaleren Umständen reichlich Gefahren.

»Glauben Sie wirklich, dass alles klappen wird?«, fragte Irys den Grafen leise, beinahe als hätte sie seine Gedanken gelesen.

»Wünscht Ihr eine ehrliche Antwort?« Er blickte sie an.

Dann zuckte er kaum merklich die Achseln. »Ich denke, es wird funktionieren. Ich will Euch nicht vormachen, es gebe nicht reichlich Dinge, die den Plan doch noch durchkreuzen könnten. Aber ich halte den Plan für den bestmöglichen in unserer Situation.«

»Gut, dann kann man wohl kaum mehr erwarten, oder?«, gab Irys nur zurück, schlang den Mantel enger um sich, lehnte sich in ihrem Sitz zurück und schloss die Augen.

Unglücklich legte Merlin Athrawes die Stirn in Falten. Er konnte nicht anders, als dem Grafen Coris Recht geben, so sehr er das bedauerte. Merlin hatte erst recht spät von Hektors Entschluss erfahren, seine Tochter und seinen jüngeren Sohn aus Corisande fort- und damit in Sicherheit zu bringen. Dennoch hatte Merlin schon vor beinahe einem ganzen Fünftag begriffen, was in Corisande vor sich ging. Bedauerlicherweise hatte Hektor dem Kutscher seiner Tochter und der Kavallerie-Eskorte unter anderem aufgetragen, so rasch wie möglich zu reisen. Auf diese Weise war Merlin nicht mehr genug Zeit geblieben, die Hand voll leichter Kreuzer, die das Meer zwischen Sword Point und East Island sicherten, noch rechtzeitig zu informieren. Irys und Daivyn würden vor ihnen Elvarth erreicht haben.

Kurz hatte Merlin in Erwägung gezogen, sie mit Hilfe seines Aufklärer-Schwebebootes persönlich abzufangen. Er verwarf den Gedanken aber rasch wieder. Natürlich wäre er mit dem Schwebeboot rechtzeitig eingetroffen; aber was hätte er dann unternehmen sollen? Er konnte ja kaum die Galeone zerstören, die am Kai der kleinen Stadt vor Anker lag, ohne Aufsehen zu erregen. Merlin war auch nicht bereit, das Schiff einfach mit Mann und Maus zu versenken, sobald es erst einmal das offene Meer angesteuert hätte. Schließlich befanden sich neben der Besatzung auch ein junges Mädchen und ihr kleiner Bruder an

Bord. Leider sahen weder Merlin noch Cayleb eine Möglichkeit, ihr Wissen um die wertvolle Fracht der Galeone *Schwinge* mit beispielsweise den Freibeutern in dohlaranischen Gewässern zu teilen: Diese rechtzeitig zu benachrichtigen hätte wieder viel zu viel Aufsehen erregt und unschöne Fragen nach Caylebs Quellen nach sich gezogen.

Cayleb, den Merlin selbstredend sofort über Hektors Pläne informiert hatte, konnte, wie Merlin selbst, auch nur hoffen, dass einer der Patrouillen-Schoner durch Zufall auf die *Schwinge* stieße, sie aufbrächte und dann feststellte, welch unglaublich wertvollen Fang man gerade gemacht hatte. Aber Captain Zhoel Harys war ein fähiger Kommandeur. Daher war es wahrscheinlicher, dass Irys und Daivyn ungehindert König Zhames' Hof erreichen würden.

Weder Merlin noch Cayleb behagte die Vorstellung, dass die beiden ihnen einfach entkommen sollten. Aber es war doch unwahrscheinlich, dass die erfolgreiche Flucht der beiden sich allzu sehr auf die Ereignisse in Corisande auswirken würde. Zumindest nicht kurzfristig. Langfristig wäre es sicher ... lästig oder sogar deutlich schlimmer. Und deswegen hoffte Captain Athrawes auch inständig, dass einer ihrer Schoner eben *doch* Glück hätte und auf eine Galeone namens *Schwinge* stieße.

.II.

Herzogtum Manchyr, Corisande-Bund

Man hätte das Brandungsboot auch für einen dunkleren Fleck in der mondlosen Nacht halten können, als es sich aus Südosten näherte. Es war sorgfältig mattschwarz lackiert, und die Matrosen an den Rudern legten sich stetig, aber mit besonderer Umsicht in die Riemen. Man konnte jetzt wirklich nicht gebrauchen, dass Brandungsgischt ins Boot geriete und es überspült würde. Das Schießpulver der Passagiere würde dann nass – und noch einiges andere.

Sergeant Edvarhd Wystahn saß auf der vorderen Ruderbank. Das Gewehr hielt er zwischen den Knien aufgestellt. Er spähte zum schwarzen, nur undeutlich erkennbaren Strand hinüber. Abgesehen von den Schaumkronen der Wellen, die sich am Sandstrand brachen, der das Mondlicht gelblich reflektierte, konnte Wystahn keinerlei Details erkennen. Er glaubte, jenseits des Strandes einen Hügel aufragen zu sehen, der sich matt gegen den Sternenhimmel abhob. Vielleicht jedoch, wie sich der Sergeant selbst eingestand, bildete er sich das ja auch nur ein.

Ich habe viel zu lange diese verdammten Karten studiert, dachte er und grinste schief. *Den ganzen letzten Fünftag lang habe ich sogar schon davon* geträumt!

Eigentlich war das durchaus zu verschmerzen. Einer der Grundsätze der Aufklärer-Schützen lautete: Man darf sich ruhig im Vorfeld, beim Planen und Üben für einen Einsatz überarbeiten, anstatt Verluste hinzunehmen, die sich durch ein wenig Vorausdenken hätten vermeiden lassen.

»*Ganz ruhig!*«, zischte der Unteroffizier, der für dieses Brandungsboot verantwortlich war. »Riemen hoch! Styv, Zhak – ab über Bord!«

Sanft überwand das Boot auch noch die letzten Wellen und hielt dann dank des Ankers am Heck seine Position: Bug in Richtung Strand. Die beiden Matrosen ließen sich über das Dollbord in das hüfthohe Wasser gleiten. Die Brandung trug sie fast davon, als sie sich mit all ihrem Gewicht gegen das Boot stemmten, um es vorwärts zu schieben. Als das Wasser noch flacher wurde, fanden sie besser Halt. Dann bohrte sich der Bug des Bootes auch schon mit einem leisen Knirschen in den Sand. Der Laut übertönte kaum das Rauschen von Wellen und Wind, und der Unteroffizier nickte Wystahn zu.

»Hier müssen Sie aussteigen, Sergeant«, sagte er leise, und Wystahn bemerkte, wie in einem breiten Grinsen die Zähne seines Gegenübers aufblitzten. »Gute Jagd!«

Wystahn nickte ihm zu, dann wandte er sich an die Männer seines Trupps.

»Also gut, Jungs«, sagte er, »los geht's!«

Er kletterte über die Bordwand und watete durch das Wasser, das seine Füße umspülte. Die Wellen, die mit letzter Kraft den Strand erreichten, reichten ihm bis zu den Knien. Seine Stiefel wirbelten Sand auf; die Rückströmung trug die feinen Körner wieder hinaus aufs offene Meer. Wystahn spürte, wie einzelne Wellenkämme an seinen Waden leckten. Der feste Boden gab bei jedem Schritt unter seinen schweren Stiefeln nach. Dann, endlich, war der Sergeant aus dem Wasser – sofern man das sagen konnte bei all dem Wasser in seine Stiefeln! Er ignorierte das und blickte sich am Strand um. Dann schaute er zu den Sternen hinauf, um sich zu orientieren.

»Sieht aus, als hätten die Lamettahengste uns ausnahmsweise mal an den richt'gen Ort geschickt«, meinte er, und mehrere seiner Leute glucksten leise. »Hier ist's ja noch finst'rer als in 'nem Bärenarsch«, fuhr er fort, »aber ich denk, das da drüben, das ist unser Hügel.«

Er deutete in Richtung Hügel. Erneut blickte er zum Sternenhimmel auf, orientierte sich ein letztes Mal und nickte dann Ailas Mahntyn, dem erfahreneren seiner beiden Corporals, knapp zu.

»Legen Sie los, Ailas, und versuchen Sie, ausnahmsweise mal nicht über Ihre Plattfüße zu stolpern!«

Mahntyn schnaubte nur und brach in die Finsternis auf. Wystahn und der Rest der Aufklärer-Schützen ließen dem Corporal einen angemessenen Vorsprung. Dann folgten sie ihm den Strand hinauf und hinein in das hohe, widerspenstige Gras, dessen Rascheln und Flüstern in der stetigen Brise dem Gemurmel des Meeres zu antworten schien.

»Ich hoffe, diese tolle Idee, die ich da hatte, zahlt sich auch aus«, bemerkte Kaiser Cayleb. Er stand auf der Heckgalerie der *Kaiserin von Charis* und blickte zu jenen Sternen auf, die gerade eben noch Sergeant Wystahn begutachtet hatte. Von Caylebs Standpunkt aus waren keine Hügel am Strand zu erkennen. Doch er sah den Schein der Sterne, der sich in den Segeln mindestens eines halben Dutzends Galeonen fing. Langsam schüttelte der junge Kaiser den Kopf. »Ich glaube nicht, dass Bryahn allzu glücklich darüber sein wird, mitten in der Nacht in dieser Art und Weise an Land gehen zu müssen«, setzte er hinzu.

»Unfug«!, widersprach Merlin, der selbst hier über Cayleb wachte. »Warum sollte ein Admiral sich denn auch Sorgen darüber machen, mit zwölf Kriegsschiffen und sechzig Transporter-Galeonen, vollgestopft mit fünfzehn- oder zwanzigtausend Marines, geradewegs auf einen Strand zuzuhalten, den er nicht sehen kann?«

»Na, vielen Dank auch!« Cayleb wandte sich um, lehnte sich gegen die Reling der Galerie und blickte seinen inoffiziellen Ratgeber an. »Ihr wisst wirklich ganz genau, wie man Zuversicht verbreitet!«

»Man bemüht sich«, gab Merlin zurück und strich sich über den eingewachsten Bart. Cayleb lachte leise, und auch Merlin lächelte. Aber dieses Lächeln schwand rasch wieder, als er sich an eine andere Nacht zurückerinnerte, in der er auf einer Heckgalerie eines anderen Schiffes gestanden und sein letztes Gespräch mit König Haarahld geführt hatte.

Ach, jetzt hör aber auf!, schalt er sich selbst. *Und such auch nicht ständig nach bösen Vorzeichen! Es ist ja nun nicht so, als würde Cayleb gleich zusammen mit den ersten Truppen an Land gehen!*

»Wie läuft es denn?«, fragte Cayleb in nun deutlich ernsthafterem Tonfall, und Merlin zuckte mit den Schultern.

»So weit, so gut.« Vor dem geistigen Auge sah er die schematischen Darstellungen, die Owl ihm von den SNARCs übermittelte; die Plattformen überwachten den kleinen Trupp charisianischer Marines bei ihrem Marsch landeinwärts ständig. »Die meisten sind weniger als tausend Schritt vom gewünschten Ort aus an Land gegangen«, fuhr er dann fort. »Wir haben eine Einheit, die es geschafft hat, etwas mehr als eine Meile weiter südlich des gewünschten Punktes anzulanden, aber die dient ohnehin bloß der Täuschung. Im Augenblick sieht es so aus, als wäre der ganze Rest ziemlich genau im Zeitplan.«

»Gut.«

Cayleb wandte sich wieder ab und schaute einige Augenblicke lang nur schweigend in die Nacht hinaus. Dann holte er tief Luft und nahm sich zusammen.

»Gut«, wiederholte er. »Und jetzt wäre es, wie Domynyk mir vor Rock Point empfohlen hat, ein guter Zeitpunkt, ein wenig zu schlafen.«

»Das halte ich für eine ausgezeichnete Idee«, pflichtete Merlin ihm bei.

»Na, bis zum Morgengrauen kann ich ohnehin nicht allzu viel Sinnvolles tun«, meinte Cayleb. Er klang deutlich ruhiger, als ihm eigentlich zumute war, das wusste Merlin genau. Jetzt aber deutete er mit einem Finger auf seinen ›Leibgardisten‹.

»Was Euch betrifft, *Seijin* Merlin, bin ich unter den gegebenen Umständen bereit, auf Eure Dienste zu verzichten, damit Ihr Eure ›Auszeit‹ bekommt. Aber das gilt nur heute Abend, nicht dass Ihr das missversteht!«

Merlin schnaubte belustigt und verneigte sich ironisch vor seinem Kaiser.

»Jawohl, Euer Kaiserliche Majestät. Was immer Ihr befehlt, Euer Kaiserliche Majestät«, erwiderte er in übertrieben salbungsvollen Ton.

Erleichtert seufzte Wystahn, als Ailas Mahntyn lautlos zwischen den hohen Gräsern hervortrat, die das Ziel, den Hügel, überwucherten. Der Sergeant hob die Hand und gebot dem Trupp, der ihm dichtauf folgte, Halt zu machen. Mahntyn deutete auf einen Punkt, der etwas weiter den Hügel empor lag.

»Die sind genau da, wo sie zu vermuten waren, Sarge«, flüsterte der Corporal, und es gelang ihm, mit seinen Worten das stetige Seufzen des Windes zu übertönen. »Vier Mann. Die haben einen Signalmast und ein paar Flaggen. Ein Signalfeuer scheint's da auch zu geben. Zwo von denen schlafen. Einer sitzt auf einem großen Felsblock – der hat wohl Wache. Der Vierte macht gerade Tee oder so. Der eigentliche Wachposten steht ungefähr fünfzig Schritt weit in dieser Richtung da.« Mahntyn deutete hügelaufwärts ein wenig weiter nach rechts. »Lagerfeuer und Signalausrüstung sind da drüben.« Mahntyn zeigte nach links. »Zelte und die andere Ausrüstung liegen auf der landwärtigen Seite des Hügels.«

»Gute Arbeit«, erwiderte Wystahn leise.

Ailas Mahntyn hatte noch weniger eine ›anständige Ausbildung‹ genossen als Wystahn. Aber er war im Echsengebirge aufgewachsen, und sein Talent, sich lautlos zu bewegen – ganz zu schweigen davon, dass er selbst im Stockfinsteren noch etwas sehen konnte –, war schlichtweg phänomenal. Er hatte das geschulte Auge eines echten Waldbewohners, wenn es darum ging, ein Gelände einzuschätzen. Er besaß die Fähigkeit eines Jägers, sich in seine Beute hineinzuversetzen – und sein Verstand war messerscharf, auch ohne ›Ausbildung‹. Wann immer sie sich nicht gerade bei einem Einsatz befanden, versuchte Wystahn seinem Corporal das Lesen und Schreiben beizubringen. Denn diese Fertigkeiten waren nun einmal Voraussetzung dafür, Sergeant bei den Aufklärer-Schützen zu werden. Wystahn hielt viel von Mahntyn – auch wenn er sorgsam darauf achtete, dies seinem Corporal gegenüber niemals zu erwähnen. Wystahn hielt so viel von Mahntyn, dass es ihn nicht im Mindesten überraschen würde, wenn dieser Corporal es irgendwann sogar zum Offizier brächte. Voraussetzung war allerdings, er bekäme das mit dem Lesen und Schreiben leidlich hin. Doch was das anging, war Mahntyn bedauerlicherweise noch längst nicht so weit. Er bemühte sich redlich, mehr, als er das anderen gegenüber eingestanden hätte. Aber für ihn waren Buchstaben noch ungleich schwerer zu fassen als jede Zinkenechse.

Der Sergeant schob seine Gedanken zu Mahntyn beiseite und wandte sich um. Er bedeutete dem Rest seines Trupps, sich um ihn und den Corporal zu sammeln.

»Wiederholen Sie das noch einmal für die Jungs!«, wies er Mahntyn an und hörte selbst auch beim zweiten Mal ebenso aufmerksam zu wie beim ersten Mal. Als der Corporal seinen Bericht beendet hatte, machte sich Wystahn daran, seinen Männern die jeweiligen Aufgaben zuzuweisen.

»... und Sie übernehmen den Wachposten«, endete er zwei Minuten später und tippte Mahntyn gegen die Brust.

»Aye«, erwiderte der Corporal lakonisch und nickte den anderen drei Männern seiner Gruppe zu.

Sie alle waren ebenso wortkarg wie er, und sie bewegten sich fast ebenso leise. Hin und wieder vermochte Wystahn zu hören, wie eine Stiefelsohle über einen Stein schabte ... aber vielleicht war auch das nur Einbildung. Um den Wachposten jedenfalls würde er sich keine Gedanken machen müssen. Mahntyn, der auf Wystahns Befehl hin den Mann auf dem Felsblock ausschalten würde, war der Beste für diese Aufgabe. Schließlich war er nicht nur leise und umsichtig, sondern hatte den Corisandianer auch schon ausgemacht und sich sicherlich gleich überlegt, wie er ihn am besten erreichen könnte. Der Mann, der gerade Tee kochte – oder was immer er auch trieb –, war im Schein des Lagerfeuers leicht zu entdecken. Falls der Bursche beim Kochen auch noch in die Flammen geschaut hatte, war er im Finsteren der Nacht gänzlich blind. Die beiden anderen schliefen in ihren Zelten. Keiner dieser drei Männer würde wohl bemerken, wenn sich jemand an sie anschlich. Der Wachposten hingegen saß im Dunkeln; seine Augen hatten sich an die Nachtschwärze längst gewöhnt. Angesichts der Aufgabe, die er zu erfüllen hatte, würde er zudem auch hellwach und aufmerksam sein. Natürlich waren Soldaten eben auch nur Menschen, und da bei den gegebenen Lichtverhältnissen nicht einmal die Erzengel selbst mehr als wenige hundert Schritt weit ins Landesinnere schauen könnten, war der Mann vermutlich nicht so wachsam, wie das eigentlich von ihm erwartet wurde. Darauf allerdings wollte sich Edvarhd Wystahn nicht verlassen. Und wenn der Corisandianer tatsächlich aufmerksam seine Pflichten erfüllte, dann würde es deutlich schwieriger werden, sich *an ihn* anzuschleichen als an seine Kameraden.

»Also gut«, sagte der Unteroffizier zu den Männern, die er nicht zusammen mit Mahntyn fortgeschickt hatte, »dann wollen wir die Burschen mal wecken gehen!«

Kaiser Cayleb trat auf das Achterdeck der *Kaiserin von Charis* und blickte zum Himmel hinauf. Langsam näherten sich von Osten feine Wolkenschleier. Doch es war unverkennbar, dass sie hoch oben am Himmel trieben und sehr dünn waren. Es war etwas gänzlich anderes als die dichten Sturmwolken, die ihnen allen während der letzten Monate nur allzu vertraut geworden waren. Die Sterne schimmerten über ihnen. Aber die feinen Wolkenfäden wirkten bereits hellgrau, als spähe die Sonne schon über den Rand der Welt hinweg. Die Nacht fühlte sich an, als nahe allmählich der Morgen. Respektvoll hielten Captain Gyrard und seine Offiziere Abstand, als ihr Kaiser mit großen Schritten an die Heckreling trat und achteraus blickte. HMS *Dauntless* folgte dem Flaggschiff dichtauf, und es war mittlerweile tatsächlich eindeutig leichter, sie auszumachen, als zuvor.

Captain Athrawes war in ein leises Gespräch mit Captain Gyrard vertieft gewesen, als der Kaiser an Deck gekommen war. Nun nickte der *Seijin* Gyrard kurz zu, überquerte das Deck und bezog hinter Cayleb Stellung. Dabei verschränkte er die Hände hinter dem Rücken, als warte er respektvoll ab.

Noch einige Augenblicke lang inspizierte der Kaiser den Himmel, die See und den Wind, dann wandte er sich seiner persönlichen Leibwache zu.

»Ja?«, fragte er leise.

»Ja«, stimmte Merlin zu, ebenso leise, und deutete eine Verneigung an.

Niemand, dessen Gehör nicht besser gewesen wäre als das Merlins, hätte diesen kurzen Wortwechsel mit anhören können. Schließlich gab es hier die unausweichliche Lautkulisse eines Segelschiffes unter voller Fahrt. Doch es *sollte* auch niemand zuhören. Obwohl der Kaiser keine Miene verzog, war ihm anzumerken, dass sich seine Stimmung aufhellte.

Für Merlin galt das nicht. Doch er hatte ja bereits gewusst, was Cayleb erst erfragen musste. Die Besatzungen der Boote, die Aufklärer-Schützen, hatte man sorgfältig darüber informiert, wohin sie sich wenden sollten, sobald sie erst an Land wären. General Chermyn und seine Offiziere waren alle an Orte geschickt worden, an denen Wachposten *zu erwarten* gewesen waren – an Orte nämlich, an denen Seine Majestät, Kaiser Cayleb, Wachen aufgestellt hätte, um seine Küste zu sichern, wäre er an Sir Koryn Gahrvais Stelle gewesen und hätte sich ganz besonders viel Sorgen gemacht.

Einige der Marines waren der Ansicht, der Kaiser übertreibe mit seinen Vorsichtsmaßnahmen. Andere hatten sich insgeheim gefragt, ob ihr Kaiser, so groß sein Geschick als *Admiral* auch sein mochte, wohl auch als Landratte erfahren genug sei, anhand einer Karte geeignete Aussichtspunkte zu erkennen. Doch jeder einzelne dieser Zweifler war klug genug gewesen, seine Meinung für sich zu behalten. Cayleb hatte seine Glaubwürdigkeit zu steigern gewusst, indem er zwei Tage an Bord eines der Schoner der Flotte verbracht hatte, ständig auf dem Fockmars. Diese heikle Position hatte den Skipper des Schoners beachtlich Sorgen gemacht. Dort oben hatte Cayleb persönlich die Küste mit einem Fernglas abgesucht. Natürlich hatte sich der Schoner zu diesem Zeitpunkt lediglich auf einer Routine-Patrouille befunden und daher nicht die persönliche Standarte mit der Krone gehisst, mit der offiziell verkündet wurde, der Kaiser befinde sich an Bord. Gewissenhaft hatte Cayleb einen ganzen Notizblock vollgeschrieben. Es brauchte ja niemand zu wissen, dass ihm diese Notizen in Wirklichkeit der *Seijin* diktiert hatte, der neben ihm auf dem Fockmars ausgeharrt hatte (vorgeblich, um dafür zu sorgen, dass der Kaiser nichts Törichtes anstellte – wie etwa über die eigenen Füße zu stolpern und als großer, hässlicher Fleck auf dem Deck des Schoners zu enden).

Und tatsächlich war Koryn Gahrvai besorgt genug gewesen, um Wachposten aufzustellen. Der Kommandeur der chisholmianischen Armee war sich des Risikos nur zu bewusst, das er eingegangen war, als er seine vordersten Truppen im Talbor-Pass postiert hatte. Er wusste außerdem ganz genau, was passieren konnte, wenn eine hinreichend große Truppe per Schiff *hinter* seine Reihe gebracht würde. Doch Gahrvai hatte nicht die

Absicht, Cayleb dergleichen tun zu lassen. Aus diesem Grund hatte er eine ganze Reihe von Wachposten aufgestellt, alle stets in Blickweite zueinander: Entlang der Küste von Manchyr sicherten sie eine Strecke von beinahe fünfzig Meilen, ausgehend von den Dark Hill Mountains. Jeder dieser Wachposten war mit Signalflaggen ausgestattet, und an strategisch wichtigen Stellen hatte man Semaphorenmasten aufgerichtet. Gahrvai hatte die höchstmöglichen Erhebungen in der Landschaft ausgewählt. So sollten seine Wachposten sogar noch den Weißpferd-Kanal ideal einsehen und daher charisianische Galeonen sechs Stunden vor ihrer eigentlichen Anlandung sichten können.

Natürlich verließ man sich dabei aufs Tageslicht. Wären die Charisianer allerdings selbstbewusst genug, sich im Schutze der Dunkelheit der Küste zu nähern und den Landgang im Morgengrauen zu starten, würden Gahrvais Wachposten dieses halbe Dutzend an Stunden Vorsprung einbüßen. Doch selbst in einem solchen Fall würden die Wachen Gahrvai mit Hilfe der Semaphoren eine Warnung zukommen lassen, lange bevor charisianische Marines das südliche Ende des Talbor-Passes erreichten. Zudem hätten die Charisianer keinerlei Kavallerieunterstützung. Ohne die sechs Stunden Vorwarnzeit würde es für Gahrvai allerdings schwieriger, seine Infanterie aus dem Pass abzuziehen, bevor die Charisianer ihn einkesseln konnten. Gahrvai wiederum hatte Kavallerieunterstützung. Er hatte Graf Windshares Männer bereits in Stellung gebracht; sie sollten ihm den Rücken freihalten.

Alles in allem hatte Gahrvai also gute Gründe, sich zumindest einer Sache sicher zu sein: Die Charisianer befanden sich *östlich* von ihm. Und Gahrvai hatte die Absicht, dafür zu sorgen, dass es dabei auch bliebe. Sollte es dem Feind trotz aller Bemühungen gelingen, ihn am Talbor-Pass zu umgehen, wollte er sich so rasch wie möglich nach Manchyr zurückfallen lassen und sich die massiven Befestigungen rings um die Hauptstadt zunutze machen, für die sein Vater gesorgt hatte. Die Zeit arbeitete für Corisande, vor allem jetzt, wo Anvil Rock von den charisianischen Gewehren wusste und bereits damit begonnen hatte, sie nachbauen zu lassen. Es gab nur eines, was sich Corisande nicht leisten konnte, nämlich dass seine Feldarmee aufgerieben würde. Deshalb würde sich Gahrvai – auch angesichts einer Armee, die nur halb so groß war wie seine eigene – von einer schwer befestigten Stellung in eine andere zurückziehen. Die Zweifel an seinem Mut, die deswegen aufkommen mochten, die Kritik, die es hageln würde, scherten Gahrvai in einer solchen Lage wenig.

Bedauerlicherweise hatte Sir Koryn keine Vorstellung davon, in welchem Ausmaß Merlin Athrawes Aufklärung zu betreiben vermochte und über welch detaillierte Kenntnisse Kaiser Cayleb Ahrmahk daher verfügte. Merlin hatte sämtlichen Besprechungen des Stabes und aller Offiziere beigewohnt, hatte jeden der Kommandeure beobachtet, hatte ihre Stärken und Schwächen analysiert. Merlin und damit auch Cayleb wussten ganz genau, warum Gahrvai sich für die gewählte Kommandostruktur entschieden hatte. Seine Entscheidung war an sich gut; Cayleb hätte an seiner Stelle vermutlich nicht anders entschieden. Aber Cayleb war so gut informiert, dass er von einem möglicherweise fatalen Fehler in Gahrvais Kommandokette wusste. Aus diesem Grund hatte er Merlin gebeten, jeden einzelnen Beobachtungsposten der Corisandianer aufzuspüren. Merlin hatte deren Verbindungslinien skizziert und die Stellungen der Semaphoren ermittelt, die als Zentralknotenpunkte dieser Verbindungslinien fungierten. Anhand dieser Informationen hatte Cayleb die nächtlichen Anlandungen geplant, in deren Rahmen Sergeant Wystahn und seine Männer corisandianische Strände erreicht hatten.

Sorgsam hatte Cayleb darauf geachtet, auch einige ›mutmaßliche Beobachtungsposten‹ zu benennen. In Wahrheit wusste er genau, dass dort niemand postiert war. Und umgekehrt hatte er auch bewusst einige Wachposten ausgelassen, obwohl er von deren Existenz wusste – allerdings waren das Wachposten, die ihre Berichte stets über einen der Zentralverbindungsknoten weiterleiteten und nicht etwa unmittelbar an Gahrvais Hauptquartier. Es wäre gänzlich undenkbar gewesen, mit widernatürlicher Unfehlbarkeit wirklich *jeden einzelnen* Beobachtungsposten anzugreifen, und ebenso wenig konnte sich Cayleb leisten, nicht wenigstens hier und da einige seiner Truppen buchstäblich ins Leere laufen zu lassen. Er musste allerdings darauf hoffen, niemand würde bemerken, dass es sich bei den ›übersehenen‹ Posten ›zufälligerweise‹ genau um die handelte, die niemandem mit Hilfe von Signalen berichten konnten, was sie beobachtet hatten. Gegen Boten und Kuriere konnte Cayleb natürlich nichts unternehmen. Doch von jeder der noch verbliebenen Positionen aus würde es zumindest mehrere Stunden dauern, bis Meldeläufer Gahrvai unmittelbar Bericht erstatten könnten. Und das setzte schon voraus, dass der betreffende Kurier schlau genug war zu begreifen, was vor sich ging, und sofort zum Talbor-Pass lief, statt erst noch zu überprüfen, warum der benachbarte Wachposten nicht den Eingang der abgesetzten Meldungen bestätigte.

Gahrvai in den Rücken zu fallen und zuvor seine Warnkette auszuschalten, auf die er sich verließ, war natürlich nicht die ideale Lösung des Problems. Es war lediglich eine Lösung, die nicht einmal der weiseste und gerissenste Kommandeur des Gegners hätte vorausahnen können.

Gahrvai ist ein derart achtbarer Gegner, dass er wirklich etwas Besseres verdient, als derart ausgetrickst zu werden, dachte Cayleb. *Ich komme mir vor, als würde ich mogeln. Aber wie Merlin so schön sagt: Wenn man nicht mogelt, strengt man sich nicht genug an.*

Der Kaiser wandte den Blick nach Osten und suchte mit den Augen den Horizont ab. Nun war es unverkennbar, dass sich der Himmel tatsächlich aufhellte: Hinter der *Dauntless* waren weitere Galeonen auszumachen. *Wenn die Sturmboote erst einmal die Strände erreicht haben, wird das Licht für meine Zwecke voll und ganz ausreichen,* entschied er. Er überquerte mit großen Schritten das Achterdeck und ging auf Captain Gyrard zu. Das Klacken seiner Absätze auf den taufeuchten Holzplanken war der einzige Laut, der nicht dem Wind oder den Segeln geschuldet war, und der Kommandant des Flaggschiffes nahm respektvoll Haltung an, als Cayleb vor ihm stehen blieb.

»Also gut, Captain Gyrard«, sagte der Kaiser förmlich. »Setzen Sie das Signal!«

»Aye aye, Euer Majestät.« Zum militärischen Gruß legte Gyrard die Hand an die Schulter und nickte dann Lieutenant Lahsahl zu.

Einen kurzen Moment später rauschten an Bord der *Kaiserin von Charis* leuchtende Signal-Laternen bis zur Spitze des Besan empor.

»Ist das nicht ein herrlicher Anblick?«, murmelte Edvarhd Wystahn in sich hinein.

Er stand auf der Felsnase, auf der in der vergangenen Nacht der corisandianische Wachposten gekauert hatte, und musste sich eingestehen, dass der Bursche einen atemberaubenden Blick auf die funkelnden Wellen des Weißpferd-Kanals gehabt hatte. Doch vorerst gehörte Wystahn dieser Anblick ganz allein. Er vermutete, der Vorbesitzer dieses Aussichtspunktes wäre viel unglücklicher als er ob des Anblicks, der sich ihm auf den Weiten der See bot.

Die Transport-Galeonen lagen bereits vor Anker oder drehten gerade bei, um sich von ihren Beibooten zum Ufer ziehen zu lassen. Die Sturmboote mit ihren flachen Schiffsböden hatten die Männer bereits an Land gebracht, die an Bord eben dieser Fahrzeuge den weiten Weg von Dairos hierher zurückgelegt hatten. *Na, die werden mal froh sein, endlich fest'n Boden unter'n Füßen zu ham,* dachte Wystahn und gestattete sich ein Grinsen.

Die Sturmboote hatten bereits mehrmals ihren Wert unter Beweis gestellt. Bei jedem stärkeren Seegang allerdings konnte man problemlos auf die Idee kommen, Shan-wei persönlich habe sie entworfen – und es stand so fest wie das Amen in der Kirche, dass bei jedem dieser Boote mindestens der eine oder andere an Bord genommene Marine seekrank wurde.

Und wenn der erste arme Teufel mit' m Kotzen anfängt, mach' n die andren sofort alle mit. Ich wette, am Strand war jeder von denen grasgrün im Gesicht und hat sich die Seele aussem Leib gereihert.

Doch falls dem so war, so ließ keiner der Soldaten sich etwas davon anmerken, als die erste Welle der Infanteristen sich zu Kolonnen formierte und dann landeinwärts marschierte. Die Boote hatten zunächst die Dritte Brigade unter dem Kommando von Brigadier Clareyk und dazu Brigadier Haimyns Fünfte Brigade angelandet, gefolgt von der Ersten, die Brigadier Zhosh Makaivyr unterstand. Jetzt schwärmten diese sechstausend Mann aus, um landeinwärts die Landezone zu sichern. Unterdessen fuhren die Sturmboote wieder zu den wartenden Galeeren hinaus, um auch die anderen neuntausend Mann abzuholen, die sich bereits jetzt darauf vorbereiteten, ihren Kameraden zu folgen.

Wystahn selbst war der Ansicht, die Chancen, den ganzen Plan des Kaisers in die Tat umzusetzen, stünden schlechter als eins zu eins. Es war einfach viel zu wahrscheinlich, dass sie einen Wachposten übersehen hatten, zufälligerweise ein Kavallerist sie bemerkte oder ein Signalposten irgendwo im Inland sie entdeckte, bevor sie es geschafft hätten, ganz hinter die corisandianischen Truppen vorzurücken. Aber das war Edvarhd Wystahn durchaus recht so. Wenn es klappte, dann klappte es eben. Dann wäre der Krieg wahrscheinlich schon so gut wie vorbei. Und wenn es nicht klappen sollte, dann würde das die Corisandianer zumindest dazu zwingen, sich aus diesen vermaledeiten Stellungen im Pass zurückzuziehen, ohne dass Wystahn und seine Marines genötigt wären, diese beachtlichen Befestigungsanlagen frontal anzugreifen. Und das bedeutete, dass Ahnainah Wystahn aus der Grafschaft Lochair viel weniger damit würde rechnen müssen, zur Witwe zu werden.

»Was?!«

Koryn Gahrvai starrte seinen Adjutanten an. Schweigend erwiderte der Lieutenant den Blick, die Augen weit aufgerissen. Dann streckte er seinem Vorgesetzten ein Blatt Papier entgegen.

»Hier ist das Signal, Sir«, sagte er.

Es gelang Gahrvai – irgendwie –, dem jungen Burschen das Blatt nicht geradewegs aus der Hand zu reißen. Dann trat er näher an die offene Klappe des Kommandozeltes heran, um mehr Licht zu haben, und überflog die mit Bleistift geschriebenen, schnell hingeworfenen Zeilen. Dann las er sie noch einmal. Und ein drittes Mal.

Besser wurde es dadurch nicht.

Er hob den Kopf, starrte blicklos aus dem Zelt hinaus und beobachtete eine kleine Ewigkeit lang das alltägliche Treiben im Lager. Schließlich wandte er sich wieder den versammelten Offizieren zu, deren Besprechung so abrupt unterbrochen worden war.

»Irgendwie ist es Cayleb gelungen, hinter unsere Reihen zu gelangen«, sagte er mit rauer Stimme.

Die Köpfe der Männer ruckten hoch; niemand wollte glauben, was der Oberkommandierende soeben verkündet hatte. Die Offiziere, die den Kartentisch umstanden, schauten Gahrvai beinahe ebenso betäubt an, wie er selbst sich fühlte.

Doch Baron Barcors Gesichtsausdruck zeigte mehr als Unglauben. Seine Miene schien einen Herzschlag lang wie versteinert. Dann konnte Gahrvai beobachten, wie Barcor jegliches Blut aus dem Gesicht schwand und er so blass wurde wie Kalk. Das war alles andere als beruhigend. Schließlich war Barcor gerade erst angesichts seiner Verdienste bei Haryl's Crossing zum Oberbefehlshaber der gesamten Nachhut der Armee von Corisande befördert worden. Gahrvai hatte diesen Posten mit Bedacht für Barcor gewählt: Oberbefehlshaber zu werden schien eine angemessene Belohnung zu sein. Faktisch aber war Barcor der Verwalter sämtlicher für die Front vorgesehener Reserveeinheiten geworden, mehr aber auch nicht. Gahrvai hatte niemals die Absicht gehabt, einen von Barcors Männern unter dem Kommando des Barons in die Schlacht ziehen zu lassen. Stattdessen hatte er ganz nach Bedarf einzelne Bataillone und Regimenter abziehen und diese ›vorübergehend‹ dem Kommando von Offizieren von echtem Format – wie etwa Graf Mancora – unterstellen wollen.

Mancora, der bei Haryl's Crossing zwar leicht verwundet worden war, es aber trotzdem irgendwie geschafft hatte, zusammen mit einer bedauernswert kleinen Schar aus seinem Flügel die Reihen der Nachhut zu erreichen, wirkte ebenfalls erstaunt. Aber in seinen Augen fand sich keine Spur dessen, was Gahrvai mit den Worten ›betäubt wie ein Last-Drache‹ beschrieben hätte. Bedauerlicherweise war Mancora dafür abgestellt worden, das Kommando über die *vordersten* Einheiten im Talbor-Pass zu übernehmen.

Und das bedeutet, dass ich genau die falschen Leute an genau den falschen Orten stehen habe ... schon wieder!, dachte Gahrvai verbittert. *Mancora hätte seine Leute innerhalb einer Stunde in Marsch gesetzt. Langhorne allein weiß, wie lange* Barcor *brauchen wird, seinen fetten Arsch zu bewegen!*

»Wie schlimm ist es, Sir?«, erkundigte sich Mancora mit leiser Stimme.

»Das kann ich noch nicht sagen«, gestand Gahrvai. »Aber laut diesem Bericht«, sagte er und wedelte mit der Depesche, »haben die es irgendwie geschafft, in dem Sektor an Land zu gehen, der dem Pass am nächsten ist, ohne dass uns auch nur ein einziger unserer Wachposten vorgewarnt hätte.«

»Aber das ist *unmöglich!*«, platzte Barcor heraus und setzte dann hastig noch ein »Sir« hinzu.

»Genau das dachte ich auch«, pflichtete ihm Gahrvai mit grimmiger Miene bei. »Bedauerlicherweise haben wir uns da beide getäuscht, Mein Lord. Die müssen unmittelbar bei Tagesanbruch angelandet sein. Wie die es geschafft haben, unsere Wachposten auszuschalten, bevor die auch nur eine einzige Nachricht absetzen konnten, übersteigt wirklich mein Vorstellungsvermögen! Aber laut diesem Bericht hier befinden sie sich weniger als zwanzig oder sogar nur fünfzehn Meilen vor dem Westende des Passes entfernt.«

Barcors verdutzter Gesichtsausdruck verwandelte sich in etwas, was Gahrvai entschieden zu sehr nach Panik aussah.

»Liegt uns bereits eine Abschätzung ihrer Truppenstärke vor, Sir?«

Diese Frage kam von Colonel Ahkyllys Pahlzar, dem Mann, der zuvor Charlz Doyals stellvertretender Kommandeur gewesen war. Nachdem Doyal in charisianische Gefangenschaft geraten war, hatte Pahlzar das Kommando über Gahrvais Artillerieeinheiten übernommen. Eigentlich hätte man ihn entsprechend befördern müssen. Dieses Versäumnis wollte Gahrvai so rasch wie möglich berichtigen, und im Augenblick stellte Pahlzars ruhige Stimme einen sehr willkommenen Kontrast zu Barcors Entsetzen dar.

»Nein, Colonel. Aber ich denke, wir dürfen davon ausgehen, dass er mit einer Übermacht anrückt. Wir haben bereits festgestellt, dass er nicht zu der Art Feldherr gehört, der eine schwache Einheit ohne jegliche Unterstützung ausschickt, bloß um sie dann aufreiben zu lassen.«

Sichtbar gequält verzog Barcor das Gesicht, als Gahrvai ihn mit diesen Worten daran erinnerte, was in Haryl's Crossing geschehen war. Einige weitere der versammelten Offiziere wirkten ähnlich unglücklich. Andere jedoch – darunter auch Mancora und Pahlzar – nickten nur zustimmend.

»Also gut.« Gahrvai schüttelte sich kurz. Dann trat er forschen Schrittes an den Kartentisch heran und betrachtete noch einmal die darauf vermerkten Positionen. Er hätte alles dafür gegeben, mit einem magischen Fingerschnippen jetzt einfach seine Kommandostruktur umstellen zu können. Bedauerlicherweise war er nun einmal außerstande, Wunder zu wirken. So suchte er Barcors Blick und zwang sich, möglichst zuversichtlich zu wirken.

»Ich möchte, dass Sie so rasch wie möglich zu Ihrem Kommandostand zurückkehren, Sir Zher. Wir können es uns nicht leisten, uns von denen im Pass festnageln zu lassen. Hier wäre eine gute Position.« Er tippte auf einen Punkt der Karte etwa vier Meilen westlich des eigentlichen Passes. Dort führte eine der königlichen Landstraßen zwischen zwei Hügeln hindurch. Eine kleine Ortschaft mit dem (passenden, aber nicht sonderlich originellen) Namen ›Grüntal‹ lag genau zwischen ihnen und erstreckte sich entlang der Straße. »Wenn Sie diesen Punkt rasch genug erreichen, können sich Ihre Männer rings um die Stadt verschanzen und den Feind dazu zwingen, *zu Ihnen* zu kommen. Wenn sich die Gegenseite entschließt, Sie nicht anzugreifen, und stattdessen beispielsweise versucht, an Ihnen vorbeizukommen, dann verschafft uns das Zeit, Ihnen Verstärkung zu schicken und den letzten Rest Ihrer Männer aus dem Pass zu holen. Sowohl ein direkter Angriff wie der Versuch, Sie, Sir Zher, zu umgehen, verschafft uns Zeit, weitere Truppen vom Pass abzuziehen und bis zum nordöstlichen Ende Ihrer Stellungen vorrücken zu lassen – alles hängt davon ab, dass Sie Ihre Stellung halten!«

Barcor starrte ihn an, dann nickte er heftig, beinahe schon krampfartig. Kurz erwog Gahrvai, ihn abzulösen und jemand anderem das Kommando über die Nachhut zu übergeben, Mancora beispielsweise. Doch auch dafür blieb ihnen keine Zeit. Es würden kostbare Stunden verschwendet, bis allen die Umbesetzung mitgeteilt worden wäre. Währenddessen würden

Caylebs Marines stetig vorrücken und schon an der Hintertür seiner Armee anklopfen, bevor der erste Soldat auch nur das Lager verlassen hätte.

Wahrscheinlich geschieht das ohnehin, wenn ich Barcor das Kommando behalten lasse. Aber das werde ich wohl riskieren müssen.

»In der Zwischenzeit«, fuhr Gahrvai mit fester Stimme fort, »werde ich Graf Windshare eindeutige Anweisungen übermitteln, den Feind nach Kräften zu behindern. Es klingt nicht so, als hätte Cayleb überhaupt *irgendwelche* Kavalleristen dabei. Mit ein wenig Glück wird Windshare den Gegner lange genug aufhalten, dass Sie Position beziehen können.«

»Jawohl, Sir.« Barcors Entgegnung klang sehr gepresst, und er räusperte sich lautstark. »Wenn Sie gestatten, Sir«, sagte er dann mit deutlich normalerer Stimme, »kehre ich dann jetzt zu meinen Männern zurück.«

»Selbstverständlich, Mein Lord.« Wieder versuchte Gahrvai nach Kräften, Zuversicht auszustrahlen, als er mit fester Hand Barcors Unterarm umfasste und innerlich Gott dafür dankte, dass der Baron unmöglich wissen konnte, was ihm gerade wirklich durch den Kopf ging. »Der Rest der Armee wird unmittelbar hinter Ihnen sein.«

»Ich danke Ihnen, Sir.«

Barcor ließ Gahrvais Unterarm los und marschierte auf den Zeltausgang zu. Dabei wirkte er beinahe wie ein festentschlossener Kommandeur, der genau wusste, was er tat. Gahrvai gestattete sich einen Hoffnungsschimmer: Vielleicht traf dieser Eindruck die Wahrheit doch mehr als sonst. Dann wandte er sich wieder den restlichen seiner Offiziere zu.

»Meine Lords«, ergriff er das Wort, »bitte überlegen Sie sich, was wir alles unternehmen müssen. Ich fasse unterdessen die Anweisungen für Graf Windshare ab. Graf Mancora?«

»Jawohl, Sir?«

»Es ist möglich, dass dies nur ein Ablenkungsmanöver ist, einzig und allein mit dem Ziel, uns in Panik zu versetzen, damit wir uns aus unseren derzeitigen Stellungen zurückziehen. Als Vorsichtsmaßnahme gegen diese durchaus gegebene Möglichkeit möchte ich, dass Sie und Ihre Männer genau dort bleiben, wo Sie sind. Gleichzeitig jedoch wünsche ich, dass Sie sich Pläne für einen raschen Rückzug zurechtlegen, für den Fall, dass Cayleb tatsächlich mit einer großen Streitmacht in unserem Rücken steht. Bitte sorgen Sie dafür, dass Sie und Colonel Pahlzar den Rückzug seiner Artillerie sorgfältig koordinieren!«

»Selbstverständlich, Sir.«

»Was den Rest von uns betrifft ...« Gahrvai blickte die anderen Offiziere am Kartentisch der Reihe nach an. »Ich möchte, dass jede Einheit, die sich derzeit hinter Graf Mancora befindet, innerhalb der nächsten zwo Stunden bereit ist, nach Westen aufzubrechen.« Einige am Tisch gestatteten sich eine verständnislose Miene, und Gahrvai kniff die Lippen zu einem schmalen Lächeln zusammen. »Meine Herren, wir sitzen in diesem Pass wie die Hühner auf der Stange. Keiner von uns kann vorrücken, solange die Einheit unmittelbar westlich von ihm sich nicht bereits in Marsch gesetzt hat. Glauben Sie bloß nicht, das sei Cayleb nicht bewusst! Also: Ich habe zwo Stunden gesagt, und das meine ich auch! Haben wir uns verstanden?«

Ringsum wurde genickt, und Gahrvais Lächeln wurde ein wenig freundlicher.

»Ich empfehle, dass jeder von Ihnen einen Ihrer Adjutanten zurück zu Ihrem Kommandoposten schickt, um den Abmarsch vorzubereiten. Ich werde versuchen, dafür zu sorgen, dass Sie persönlich so rasch wie möglich zu Ihren Männern zurückkehren können. Wenn Sie mich dann jetzt entschuldigen würden!«

Forsch galoppierten Cayleb und seine Leibgarde an der Flanke der Marines-Marschreihen entlang. Begleitet wurden sie von einer einhundert Mann starken Kavallerie-Kompanie – eine der wenigen, über die Caylebs Marines verfügten. Natürlich würde eine Kompanie dieser Stärke niemals ausreichen, um einen ernsthaften Angriff abzuwehren. Doch die gesamte, kompakte Einheit war schnell und wendig. Abgesehen davon konnte man im Notfall immer noch zu der Marschkolonne zurückkehren, die Kavallerie und Kaiser absolut verlässlich zur Seite stand. Wenn eine vollständige Brigade Marines nicht den Versuch verhindern konnte, den Kaiser zu töten oder gefangen zu nehmen, dann war dieser ganze Einsatz ohnehin schon von vornherein zum Scheitern verurteilt.

So zumindest sah Cayleb die Lage, und daran orientierte er sich. Merlin hatte sein Bestes gegeben, den jugendlichen Kaiser umzustimmen. Cayleb aber war unerschütterlich geblieben. Widerstrebend hatte Merlin schließlich zugegeben, dass der Kaiser mit dieser Einschätzung nicht gänzlich Unrecht hatte, ob Merlin das nun passte oder nicht. Komme, was wolle: Cayleb war Merlins einzige Möglichkeit während dieses Einsatzes, Einfluss auf die charisianischen Truppen zu nehmen. Merlin konnte ja schlecht bei Brigadier Clareyk auftauchen und ihm sagen, wohin er seine Truppen marschieren lassen solle, um Bedrohungen abzuwehren, die seine eigenen Kundschafter noch nicht entdeckt hatten. Cayleb hingegen konnte befehlen, wonach auch immer ihm gerade der Sinn stand. Schon jetzt war sein Heer zu dem Schluss gekommen, der Kaiser sei an Land wie auf See gleichermaßen gut darin, taktische Situationen einzuschätzen. Es hatte also durchaus Sinn, Cayleb zur Speerspitze der Charisianer zu machen. Und weil dies derart klar auf der Hand lag, war Merlin gezwungen, es auch vor Cayleb einzugestehen.

Abgesehen davon war Cayleb nun einmal der *Kaiser*, und das war etwas, was hin und wieder zu betonen er sich nicht scheute – wann immer es ihm passte jedenfalls.

Gut, dass er wirklich so viel im Köpfchen hat, dachte Merlin. Er ritt eine halbe Pferdelänge seitlich versetzt hinter dem jungen Kaiser. *Er mag ja ein Dickschädel sein. Aber wir wären in einem unglaublichen Schlamassel, wenn er den Kaiser heraushängen ließe,* ohne *dabei ein so heller Bursche zu sein! Was für ein Glück, dass er es gewohnt ist, ein Kommando innezuhaben. Das ist weiß Gott besser als Unentschlossenheit! Trotzdem hoffe ich, Sharleyan und ich können ihn davon abhalten,* übermäßig *selbstsicher zu werden. Jemand, der so viel Macht besitzt wie Cayleb, verfällt allzu leicht dem Irrtum, alles müsse immer nach seinem Willen laufen – und das mit zunehmendem Alter immer häufiger und heftiger.*

Die Spitze der Kolonne kam in Sicht. Cayleb und seine Eskorte verlangsamten ihre Reittiere, als sie Brigadier Clareyks ebenfalls berittene Kommandogruppe erspähten. Über ihnen flatterte die schwalbenschwanzförmige Standarte, in die in Scharlach und Gold ein Kraken und eine große ›3‹ eingestickt war. Man hatte den Brigadier offensichtlich davon in Kenntnis gesetzt, dass sein Kaiser kommen würde, und nun kamen er und sein Stab ihm entgegen.

»Euer Majestät«, begrüßte ihn Clareyk und deutete, so gut das im Sattel ging, eine Verbeugung an.

»Brigadier«, gab Cayleb die Begrüßung zurück. »Ich hoffe, Sie haben nicht das Gefühl, ich wolle mich hier einmischen«, fuhr der Kaiser dann fort, »aber ich habe festgestellt, dass ich mich nicht im sicheren Schiff verschanzen mag, während ich meine Marines ausschicke, ohne mich in Schwierigkeiten zu bringen.«

Cayleb hatte die Stimme leicht angehoben. Merlin sah, dass mehrere der vorbeimarschierenden Marines sich ein Grinsen nicht verkneifen konnten. Die Bemerkung des Kaisers würde innerhalb einer Stunde bei der gesamten Brigade die Runde machen, davon war Merlin überzeugt. Bei Anbruch der Nacht wüsste dann gewiss dies gesamte Truppe westlich der Dark Hills davon.

»Gewiss, Euer Majestät«, pflichtete ihm Clareyk mit einem breiten Lächeln bei. Merlin war sich indes sicher, dass der Brigadier sich in Wahrheit wünschte, Cayleb sei jetzt einfach nur *irgendwo anders*, bloß nicht bei der Dritten Brigade. Doch dann schaute Clareyk mit einem sonderbaren Gesichtsausdruck zu Merlin hinüber, und der Mann, der einst Nimue Alban gewesen war, fragte sich, wie viel sich Clareyk wohl in Wirklichkeit schon über ihn zusammengereimt haben mochte.

»Haben Ihre Kundschafter schon etwas über Gahrvais Kavallerie in Erfahrung gebracht?«, fragte Cayleb und schlug einen ernsten Tonfall an. Clareyk verzog das Gesicht.

»*Berittene* Kundschafter habe ich nicht viel, Euer Majestät. Unter den gegebenen Umständen aber wollte ich nicht, dass sich Patrouillen zu Fuß allzu weit von den Flanken der Kolonne entfernen. Bislang sind sie nur einige wenige Male auf die Kavallerie der Gegenseite gestoßen. Aber das waren immer nur Ein- oder Zwo-Mann-Patrouillen.«

»Gahrvais Kundschafter stoßen auf unsere Kundschafter«, merkte Cayleb stirnrunzelnd an. »Ist es schon zu Gefechten gekommen?«

»Mir liegen einige Berichte vor.« Clareyk nickte. »Bislang ist es jedes Mal zu unseren Gunsten ausgegangen. Andererseits kann ich wohl auch nur über Gefechte Berichte erhalten, die auch *wirklich* zu unseren Gunsten ausgegangen sind«, setzte er mit einem frostigen Lächeln hinzu.

Nun war es an Cayleb zu nicken. Er kratzte sich nachdenklich über den kurzen, säuberlich gestutzten Bart, den er sich hatte wachsen lassen, seit sie Charis hinter sich gelassen hatten. Kurz blickte er nach Nordosten, ganz offenkundig in Gedanken, und schaute schließlich wieder Clareyk an.

»Ich gehe davon aus, dass wir es nur allzu bald mit Graf Windshare höchstpersönlich zu tun bekommen werden«, sagte er. »Eigentlich bin ich sogar überrascht, dass das noch nicht passiert ist. Ich weiß, dass wir diese Möglichkeit bei unseren Strategiesitzungen bereits angesprochen haben, Brigadier. Nur werde ich das Gefühl nicht los, er wird mit größerer Truppenstärke eintreffen, als wir erwartet haben.«

»Ich verstehe, Euer Majestät«, erwiderte Clareyk ruhig. Er gestattete sich einen kurzen Seitenblick auf Captain Athrawes, bevor sein Blick ernst und konzentriert wieder seinem Kaiser galt. »Habt Ihr irgendwelche Vorschläge, Euer Majestät?«

»Die habe ich tatsächlich«, gab Cayleb zurück. Nachdenklich kniff er die Augen ein wenig zusammen. »Meines Erachtens beweist die Tatsache, dass Windshare noch nicht eingetroffen ist, vor allem eines: Wir haben ihn überrascht. Es bedeutet aber auch«, er blickte Clareyk geradewegs in die Augen, »dass sich die feindliche Infanterie langsamer in Marsch gesetzt hat, als ihr Oberbefehlshaber das gehofft hat. Ich halte es sogar durchaus für möglich, dass Gahrvais Infanterie noch *überhaupt nicht* aufgebrochen ist.«

»Wenn die Berichte unserer Spione, Baron Barcor habe das Kommando über die Nachhut erhalten, tatsächlich zutreffen, halte ich das zumindest für eine bedenkenswerte Möglichkeit, Euer Majestät«, stimmte ihm Clareyk zu.

»Nehmen wir doch mal an, dem wäre so. Jemand wie Windshare sollte dann, meine ich, ganz besonders entschlossen sein, unseren Vormarsch, wenn er ihn schon nicht aufhalten kann, wenigstens deutlich zu verlangsamen – vor allem, wenn er mehr Männer bei sich hat als wir ursprünglich angenommen haben. Er wird daher nach einer Gelegenheit Ausschau halten, einen vernichtenden Angriff auf unsere vorderste Kolonne zu führen. *Ihre* Kolonne, Brigadier.«

»Jawohl, Euer Majestät.«

»Andererseits hätten wir dann auch die Gelegenheit, *Windshare* vernichtend zu schlagen. Wie schätzen Sie, Brigadier, Ihre Chancen ein, gegen ... nun, sagen wir: dreitausend oder viertausend Kavalleristen anzukommen?«

Als Cayleb ihm diese Zahl entgegenschleuderte, kniff Clareyk die Augen zusammen. Er neigte den Kopf zur Seite. Offensichtlich dachte er über das Kräfteverhältnis nach. Schließlich drehte er sich in seinem Sattel herum und begutachtete das

Terrain, durch das seine Truppen in diesem Augenblick vorrückten.

»Angenommen, natürlich, Euer Majestät Zahlen träfen zu«, sagte er dann, und wieder huschte sein Blick zu Merlin hinüber, »meine ich, wir sollten mit einer Kavallerie dieser Stärke ohne größere Schwierigkeiten zurechtkommen. Wegen des recht offenen Geländes von hier bis Grüntal werden wir vielleicht weiter ausschwärmen müssen, als mir das eigentlich lieb ist. Aber im Gegenzug wird die feindliche Kavallerie nicht in der Lage sein, sich uns soweit unbemerkt zu nähern, dass wir nicht noch als effektive Defensivmaßnahme ins Karree gehen könnten.«

»Das sehe ich zwar auch so«, gab Cayleb langsam zurück, »aber gehen Sie ins Karree und ist Windshare dann klug und vor allem geduldig genug, abzuwarten, hat er den Sieg errungen. Denn er braucht uns nur lange genug aufzuhalten, um Gahrvai die Infanterie aus dem Talbor-Pass abziehen zu lassen. Windshare muss sich nur damit zufrieden geben, Sie hier in Karree-Formation festzunageln – und Gahrvai hat alle Zeit der Welt dafür.«

»Und Ihr möchtet mich jetzt dazu bringen, ihn in Versuchung zu führen, *nicht* klug und geduldig genug zu sein, Euer Majestät?«

»Ganz genau!« Cayleb nickte. »Jeder Bericht, den ich bislang über Windshare erhalten habe, zeigt deutlich, dass er zu aggressivem Vorgehen neigt. Jemand hat sogar über ihn gesagt, er würde mit seinen Sporen denken. Das mag ihm gegenüber ungerecht sein. Denn er ist vielleicht nicht der klügste Mann auf Gottes Erden, aber gewiss auch nicht dumm. Dennoch rät ihm sein Instinkt vermutlich, schnell und hart zuzuschlagen. Er wird versucht sein, die erstbeste Gelegenheit zu einem solchen Schlag zu nutzen. Wir nämlich stellen für Gahrvais restliche Truppen eine große Bedrohung dar, und er wird vermutlich nicht allzu viel Vertrauen in Barcors Reaktionsgeschwindigkeit setzen. Ich möchte, dass Sie, Brigadier, Windshare davon überzeugen, ihm biete sich gerade eben diese Gelegenheit.«

»Das ist riskant, wenn Ihr mir gestattet, das zu sagen, Euer Majestät«, merkte Clareyk an.

»Das wohl. Die feindliche Kavallerie aufzureiben, Brigadier, könnte jedoch kriegsentscheidend sein.«

»Verstanden, Euer Majestät. Ich hoffe allerdings, Majestät verzeihen mir, wenn ich offen bin: Bei solch riskanten Unternehmen würde ich es vorziehen, Euch an einem anderen Ort zu wissen.«

»Das scheint mir irgendwie jeder sagen zu müssen«, erwiderte Cayleb. Sein Grinsen hatte etwas Verkniffenes. »Meistens kann ich mich selbst dazu überreden, auf diese Mahnungen zu hören. Aber dieses Mal nicht, Brigadier! Ich verlange von Ihnen und Ihren Männer, ein größeres Risiko einzugehen, ein höheres, als bisher besprochen. Ich könnte und dürfte das nicht, wenn ich mich selbst währenddessen irgendwo in den hinteren Reihen aufhielte.«

»Euer Majestät, meine gesamte Brigade ist deutlich weniger wichtig für Charis als Ihr«, gab Clareyk unverblümt zurück. »Bei aller Ehrerbietung Euch gegenüber, Majestät, aber das muss ich respektvollst ablehnen: Ich für meine Person kann und darf Euch, Majestät, keiner unnötigen Gefahr aussetzen!«

»Brigadier ...«, setzte Cayleb scharf an. Doch dann biss er sich sichtlich auf die Zunge. Einen Moment lang mahlten seine Kiefer, dann holte er tief Luft.

»Sie haben wirklich die Absicht, unnachgiebig zu bleiben, was?«

»Ja, Euer Majestät, es tut mir Leid, aber so ist es.« Clareyk blickte seinem Monarchen geradewegs in die Augen. »Es ist Euer Vorrecht, mich jederzeit meines Postens zu entheben, solltet Ihr das wünschen. Aber das Kaiserreich kann Euch im Augenblick im wahrsten Sinne des Wortes nicht entbehren. Das wisst Ihr ebenso gut wie ich. Wenn Ihr wünscht, dass ich Graf

Windshare eine Falle stelle, dann werde ich das selbstverständlich tun. Aber ich werde keinesfalls Euer Leben aufs Spiel setzen, schließlich könnte Windshare ja *doch* Glück haben.«

Cayleb funkelte Clareyk finster an. Der Brigadier jedoch verzog keine Miene. Dann zuckte der Blick des Soldaten ein drittes Mal zu Merlin hinüber.

»Also gut, Brigadier«, sagte der Kaiser nach langem, bedrohlichem Schweigen. »Sie haben gewonnen. Und Sie haben Unrecht, was mein Vorrecht angeht, Sie Ihres Postens zu entheben.« Er ließ seine Zähne aufblitzen. »Ich fürchte, ich käme damit nur so lange durch, bis die Kaiserin herausfände, was Sie angestellt haben, um sich meinen Unmut zuzuziehen.«

»Ich muss gestehen, dass mir dieser Gedanke auch schon gekommen ist, Euer Majestät.«

»Das kann ich mir denken! Aber wenn ich Ihnen gestatte, mich zu den hinteren Reihen der Truppen zu scheuchen, dann möchte ich zumindest einen ... sagen wir, persönlichen Repräsentanten zurücklassen. Jemanden, der mir persönlich über die Ereignisse Bericht erstatten kann.«

»Darf ich annehmen, Ihr habt für diese Aufgabe an jemand Bestimmtes gedacht, Euer Majestät?«

»Richtig, und zwar an Captain Athrawes.« Ruhig erwiderte Cayleb den Blick des Brigadiers. »Ich halte Merlins Berichte stets für äußerst präzise, und ich vertraue ganz auf sein Einschätzungsvermögen.«

»Mir geht es ebenso, Euer Majestät.« Clareyk lächelte leicht. »Wenn Ihr der Ansicht seid, Ihr könntet auf die Dienste des *Seijin* verzichten, wäre es mir eine Ehre, ihn bei der Brigade zu behalten.«

Ungeduldig schlug sich Sir Alyk Ahrthyr mit seinen Reiterhandschuhen gegen den Oberschenkel, während der Kurier auf ihn zugaloppierte. Sir Alyk hatte keinen direkten Kontakt mehr zu den Semaphorenmasten, deren Aufstellung Gahrvai entlang der gesamten hinteren Reihen der Truppe befohlen hatte. Windshare konnte nur mit althergebrachten Mitteln wie Boten in Kontakt mit den anderen Truppenteilen bleiben. Er war daher noch gereizter und verärgerter als vorhin, als er Gahrvais ursprüngliche, schlichtweg unglaubliche Nachricht erhalten hatte. Allerdings brauchte es nicht mehr viel, um seinen Zorn noch mehr anzuheizen.

»Also?«, grollte er, als der Bote endlich bei ihm eingetroffen war.

»Es tut mir Leid, Mein Lord«, erwiderte der staubbedeckte junge Lieutenant. »Der Baron hat sich noch nicht in Marsch gesetzt.«

»Auf was in Shan-weis Namen wartet dieser Idiot denn?!«, fauchte Windshare. Diplomatie hatte noch nie zu seinen Stärken gezählt. Im Gegensatz zu Gahrvai sah er keinerlei Grund, das bisschen an Diplomatie, das er zustande brachte, an jemanden wie Barcor zu verschwenden.

Ich mag ja vielleicht nicht der klügste Mensch der Welt sein, dachte er zornig, *aber es gibt mindestens* einen, *der noch viel dämlicher ist als ich, bei Gott!*

»Mein Lord, ich ...«, setzte der Bote an, doch eine Handbewegung Windshares brachte ihn zum Schweigen.

»Natürlich wissen Sie darauf keine Antwort, Lieutenant! Das war eine, wie General Gahrvai sagen würde, rhetorische Frage.« Der Kavalleriekommandeur war selbst überrascht darüber, dass er lauthals lachen musste. »Ist wohl nicht gerade das, was die Leute von mir erwarten, was?«

Klugerweise beschränkte sich der Lieutenant dieses Mal auf ein wortloses Nicken. Trotzdem war es erstaunlich, wie viel besser sich Windshare nach diesem kurzen Gespräch fühlte ... vorerst, zumindest.

Er wandte sich um und stapfte zurück zu der Fasteiche auf der Kuppe des Hügels. Im Schatten der breiten Krone des Baumes hatte er seinen vorübergehenden Kommandostand errichtet. Trockene Samenzapfen knirschten und knackten unter seinen Stiefeln, und Windshare ertappte sich bei dem Wunsch, es wären Baron Barcors Knochen, die er da vernehmlich zertrat. Windshares Stabsoffiziere blickte zu ihm auf, und er verzog das Gesicht zu einer angewiderten Grimasse.

»Dieser idiotische Fettarsch hat sich noch nicht einmal in Marsch gesetzt«, grollte er. Nur wenige Angehörige seines Stabes sahen größere Notwendigkeit als Windshare selbst, mit ihrer Meinung über Barcor hinter dem Berg zu halten. Ein paar spien sogar auf den Boden.

»Mein Lord, wenn der nicht bald aufbricht, ist diese Armee so richtig im Arsch«, bemerkte Sir Naithyn Galvahn mit rauer Stimme.

Major Galvahn war Windshares ranghöchster Berater, effektiv sein Stabschef, auch wenn es bei der Armee von Corisande einen derartigen Titel nicht gab. Wie praktisch alle von Windshares Offizieren entstammte auch Galvahn einem außerordentlich angesehenen Hause. Das war auch unvermeidbar, schließlich zog die Kavallerie Personen aus der Oberklasse an wie ein besonders starker Magnet. Doch an Galvahns Verstand gab es nichts auszusetzen. Windshare neigte dazu, sich ganz auf den Major zu verlassen, und wusste das auch.

»Ich weiß, Naithyn, ich weiß«, wiederholte er und blickte von dem kleinen Hügel aus zu den Staubwolken hinüber, die über der schmalen Mautstraße aufstiegen. Diese mündete in weniger als drei Meilen Entfernung zu Windshares derzeitigem Standpunkt in die Königliche Landstraße ein.

Galvahn hatte ja Recht. Es durfte den Charisianern nicht gelingen, das westliche Ende des Talbor-Passes abzuriegeln, während Gahrvais Armee noch darinnen steckte. Bedauerlicherweise schien das wirklich *jeder* zu verstehen außer dem Mann, der dafür verantwortlich war, die gesamte Nachhut der Arme verdammt noch mal da rauszuholen!

Windshare wollte sich selbst nicht eingestehen, wie verzweifelt er mittlerweile war. Dass Cayleb sich dafür entschieden hatte, Talbor zu umgehen und Truppen westlich des Passes anlanden zu lassen, war kaum überraschend. Überraschend war dagegen, dass es ihm gelungen war, sämtliche Wachposten auszuschalten, die eigens aufgestellt worden waren, um eine solche Landung zu melden. Cayleb hatte sein Überraschungsmoment skrupellos ausgenutzt. Windshare dagegen hatte im Augenblick nicht einmal eine Vorstellung davon, wie viel Mann denn nun an Land gegangen waren. Er hatte sehr wohl versucht, das herauszufinden. Bei einer Armee aber, bei der jeder einzelne Soldat mit einem Gewehr ausgerüstet war, hatten seine Kavallerie-Patrouillen den Kolonnen der Charisianer nicht so nahe kommen können, wie Windshare es sich erhofft hatte.

Windshares Männer traf keine Schuld. Es fehlte ihnen weder an Mut noch an Geschick im Umgang mit ihren Reittieren. Allerdings waren die Aussichten einer Kavallerie, die mit Lanzen, Säbeln und Reiterbögen oder Armbrüsten ausgestattet war, gegen massiertes Gewehrfeuer anzukommen, bestenfalls düster. Die einzigen Vorteile, die den Reitern verblieben, waren Beweglichkeit und Geschwindigkeit. Nur wog weder das eine noch das andere die waffentechnische Unterlegenheit auf. Ein Umstand wog dabei besonders schwer: Kavallerie war, wollte sie effizient eingesetzt sein, auf offenes Gelände angewiesen. Offenes Gelände aber gestattete den feindlichen Gewehrschützen, noch schneller und über größere Entfernungen hinweg die Reihen der Reiter zu lichten. Das Gelände zwischen dem Ort, an dem Caylebs Truppen angelandet waren, und dem Örtchen Grüntal indes war größtenteils wogendes, offenes Grasland, das nach Osten hin sanft anstieg, bis es sich dort mit den westlichen Ausläufern der Dark Hills vereinigte.

Angesichts der Unfähigkeit von Windshares Kundschaftern, dem Feind nahe genug zu kommen, war es zumindest schwierig, die Truppenstärke der Charisianer abzuschätzen. Den bisher eingegangenen Berichten nach musste Cayleb irgendetwas zwischen zehn- und achtzehntausend Mann an Land gebracht haben. Windshare selbst neigte dazu, von der niedrigeren Zahl auszugehen. Doch er war sich in frustrierendem Maße der Tatsache bewusst, dass er nichts Konkretes in der Hand hatte, um seine Vermutung zu stützen. Selbst wenn seine Vermutung stimmte und Cayleb ›nur‹ zehntausend Mann mitgebracht hatte, standen einem Feind dieser Stärke derzeit weniger als *vier*tausend von Windshares Kavalleristen gegenüber. Zwar waren weitere achttausend Mann über die Dark Hills verstreut, um die Pässe nördlich von Talbor zu überwachen. Aber es war gänzlich unmöglich, diese Einheiten rechtzeitig zurückzurufen, als dass sie noch etwas hätten ausrichten können. Also saß Windshare nun hier, mit nicht ganz viertausend Mann und der Anweisung, eine zahlenmäßig überlegene gegnerische Einheit, die mit Waffen von größerer Reichweite als die eigenen ausgerüstet war, so lange aufzuhalten, bis Baron Barcor endlich in die Hufe kam.

Und das wird höchstwahrscheinlich nicht passieren, bis Langhorne persönlich zurückkehrt, um über die Welt zu richten, dachte Windshare angewidert.

»Also gut, Naithyn«, sagte er schließlich und wandte sich von den immer näher rückenden Staubwolken ab. »Wir müssen etwas unternehmen, und Sie haben ganz Recht: Wir müssen uns dabei beeilen. Ich möchte, dass jeder Mann, den wir haben, sofort zu diesen Baumwollseiden-Plantagen westlich von Grüntal verlegt wird. Da vorne, wo die Landstraße durch dieses Waldstück führt, werden die Kolonnen der Charisianer enger zusammenrücken müssen. Ich weiß, dass dieses Wäldchen nicht allzu dicht ist. Aber es sollte sie zumindest ein wenig behindern, und das Gelände diesseits der Bäume ist das Beste, was wir in dieser verflucht flachen Gegend für die Kavallerie finden werden.«

»Richtig, Sir, dicht ist dieser Wald wirklich nicht – von Unterholz kaum eine Spur. Das ist etwas ganz anderes als Haryl's Crossing. Infanterie-Einheiten, die sich frei bewegen können, werden keine Schwierigkeiten haben, durch die paar Bäumchen zu marschieren. Außerdem kann der Feind ein paar Gewehrschützen zwischen die Bäume stecken, und aus der Deckung heraus können die dann ganz leicht ...«

»Machen Sie sich keine Sorgen, ich habe nicht die Absicht, denen auf Gewehrreichweite ein richtig nettes Ziel zu bieten! Und ich habe natürlich gar nichts dagegen, wenn die Gegenseite Zeit damit verschwendet, Scharfschützen in den Wald zu schicken. Mir gefällt dagegen diese nette kleine Anhöhe auf der uns zugewandten Seite des Waldes. Wenn wir genau hinter der Hügelkuppe Stellung beziehen und die Gegenseite wissen lassen, dass wir da sind, werden die nicht auf uns schießen können – aber sie werden damit rechnen müssen, dass wir einen Ausfall wagen. Wenn schon sonst nichts geschieht, sollte das den Feind wenigstens dazu bringen, an Ort und Stelle zu bleiben, bis zusätzliche Infanterie-Einheiten nachrücken können. Dazu kommt, dass die Charisianer auf dieser Seite der Berge keine eigene Kavallerie zu haben scheinen. Vielleicht ist denen noch nicht einmal klar, mit welcher Truppenstärke wir hier sind. Wenn die also bis zur Kuppe vorrücken und damit den Schutz des Waldes hinter sich lassen und uns damit nahe genug kommen ...«

Er beendete den Satz nicht. Der Major nickte, zunächst behäbig, doch dann mit zunehmender Begeisterung. So sehr Galvahn den Grafen als Kämpfernatur auch respektierte, er hatte in Windshare bislang nie einen Strategen gesehen. In vielerlei Hinsicht war der Graf ein idealer Regiments- oder Divisionskommandeur. Aber als Kommandeur einer einzelnen Kampfeinheit wäre er vermutlich schlichtweg eine Katastrophe gewesen. Doch zu seinen Tugenden musste man zählen, dass er einen ausgezeichneten Blick dafür hatte, wie sich ein Gelände nutzen ließ – und Windshare hatte ganz und gar Recht! Die Felder hier, etwa kniehoch mit Baumwollseide bestanden, boten beinahe ebenen Untergrund, und das über eine Breite von gut vier Meilen hinweg. Das Terrain wurde dann, wie Windshare richtig bemerkt hatte, von Westen nach Osten, bedrängt von Hügelketten, schmaler und stieg leicht an. Die Senke, die dieser Erhöhung folgte, war – vermutlich zumindest – groß genug, um einen Großteil von Windshares Kavallerie vor den Blicken des anrückenden Feindes zu verbergen. Die Charisianer würden ihre Gegner erst bemerken, wenn sie unmittelbar vor ihnen stünden. Nichts konnte natürlich den gewaltigen Vorteil wie von Zauberhand verschwinden lassen, den die Charisianer dank ihrer Gewehre hatten. Das Gelände, das Windshare für seinen Hinterhalt ausgewählt hatte, war aber zumindest mit Abstand das beste, was sich finden ließ.

Es gab nur einen Haken: Die Senke lag kaum anderthalb Meilen westlich von Grüntal. Wenn es der Kavallerie nicht gelänge, die Charisianer dort festzunageln, war es praktisch sicher, dass Caylebs Marines Grüntal kampflos einnehmen würden. Und wenn sie Grüntal dann auch noch *hielten,* wären die Aussichten von Infanterietruppen, aus dem Talbor-Pass zu entkommen, erschreckend gering.

»Jawohl, Mein Lord«, sagte er dann. »Ich kümmere mich sofort darum.«

»Entschuldigen Sie, Brigadier.«

Brigadier Kynt Clareyk, der gerade mit Colonel Arttu Raizyngyr von der Zwoten/Drei der Marines ins Gespräch vertieft gewesen war, blickte auf.

»Ja, Captain Athrawes?«

»Hätten Sie einen Augenblick Zeit für mich?«, erkundigte sich Merlin beinahe schüchtern.

Nachdenklich musterte Clareyk ihn einen Moment lang, dann nickte er.

»Ich muss sowieso zu Colonel Zhanstyns Bataillon hinüber, *Seijin* Merlin«, sagte er. »Warum begleitet Ihr mich nicht?«

»Danke sehr, Sir«, erwiderte Merlin und wartete ab, bis Clareyk wieder im Sattel seines Pferdes saß.

Dass Cayleb Clareyks Beharren, der Kaiser habe nichts an vorderster Front verloren, einfach nachgegeben hatte, überraschte Merlin immens. Und um der Wahrheit die Ehre zu geben: Er wusste nicht recht, was er davon halten sollte. Einerseits war er hocherfreut darüber, dass Cayleb endlich wieder dort landete, wo er hingehörte – in Sicherheit. Andererseits bereitete ihm Caylebs Entscheidung, *ihn*, Merlin, an der Front zurückzulassen, ernstlich Unbehagen. Der Rest von Caylebs Leibgarde, ganz zu schweigen von der Kavalleriekompanie, die ihn ständig umgab, sollte zwar mit allem fertig werden, was dem Kaiser begegnen mochte. Aber Merlin hatte schon Caylebs Vater nicht beschützen können. Ob er nun daran schuld war oder nicht, er empfand jedes Mal aufs Neue tiefstes Bedauern, wenn er an König Haarahlds Tod dachte. Er gedachte nicht, bei Caylebs Tod noch einmal durch diese emotionale Hölle zu gehen.

Und dann ist da noch diese andere *kleine Überlegung*, dachte er trocken, während Clareyk das kurze Gespräch mit Raizyngyr beendete und auf sein Pferd zuschritt. *Ich wünschte wirklich, ich hätte ein wenig mehr Zeit darüber nachzudenken, wie ich mit dieser Situation umgehen soll. Ich bin mir noch nicht einmal sicher, ob Clareyks verstohlene Blicke in meine Richtung wirklich das bedeuten, was ich vermute.* Ein plötzlicher Gedanke ließ ihn unwillkürlich ein belustigtes Schnauben ausstoßen. *Ja, wenn ich jetzt immer noch Nimue wäre, könnte ich mir durchaus noch einen anderen Grund dafür vorstellen. Und um ehrlich zu sein, ist Clareyk ja auch wirklich süß, und deshalb hätte es mir wahrscheinlich überhaupt nichts ausgemacht …*

Es gelang ihm, sich das Lächeln zu verkneifen, während er beobachtete, wie sich der Brigadier elegant in den Sattel schwang. Im Gegensatz zu vielen anderen Offizieren bei den Marines fühlte sich Clareyk ganz offensichtlich im Sattel ganz wie zu Hause. Nun führte er sein Reittier dicht an Merlins Pferd heran.

Und einen süßen Hintern hat er auch, ging es Merlin durch den Kopf.

»Also, *Seijin* Merlin«, setzte Clareyk an, der dankenswerterweise nichts von den anerkennenden Gedanken des *Seijin* wusste, während beide nun aufbrachen, in respektvollem Abstand gefolgt von Major Lahftyn und den anderen Mitglieder aus Clareyks Kommandogruppe. »Ich vermute, Ihr habt mir etwas zu sagen, was niemand sonst hören soll?«

Na, damit wäre diese Frage wohl beantwortet, nicht wahr, hoher Seijin ?, dachte Merlin sardonisch.

»Wie bitte, Brigadier?«, fragte er höflich nach.

»Ich weiß wohl, dass ich das eigentlich gar nicht wissen sollte, *Seijin*«, gestand Clareyk mit einem schiefen Grinsen ein, »aber ich arbeite schon lange mit Euch, Seiner Majestät, dem Kaiser, und Baron Seamount zusammen. Es konnte mir nicht entgehen, dass Ihr weit mehr seid als nur einer der Leibgardisten Seiner Majestät. Oder auch nur ein *Seijin*, der zufälligerweise alles Mögliche an interessanten Dingen weiß und der noch viel interessantere Ideen hat. Ich kann mich noch genau erinnern, wie geschickt Ihr *mich* dazu gebracht habt, die Gründung einer Aufklärer-Schützen-Einheit vorzuschlagen. Und ich erinnere mich genauso deutlich daran, wer auf diesen Namen gekommen ist. Und ich sollte wohl auch so ehrlich sein zu gestehen, dass ich hier und da Gerüchte über Eure Visionen aufgeschnappt habe. Ja, ich habe mich sogar gefragt, wie viel dieser nachtwandlerischen Sicherheit, mit der Seine Majestät die Pläne des Feindes einzuschätzen vermag, eben diesen Visionen geschuldet ist, die Euch ereilen ... oder eben nicht.«

Weil Merlin bereits vermutet hatte, Clareyk habe sich seine eigenen Gedanken zur Rolle des geheimnisvollen *Seijin* gemacht, gelang es ihm, nicht gequält das Gesicht zu verziehen. Dass sich der Brigadier so viel selbst zusammengereimt hatte, überraschte Merlin allerdings. Vielleicht erging sich Clareyk sogar in Vermutungen, die er im Augenblick noch nicht in Worte zu fassen bereit war.

Na ja, dass er wirklich etwas im Kopf hat, hast du ja schon gewusst, als du ihn zusammen mit Cayleb dafür ausgesucht hast, neue Taktiken für die Infanterie zu entwickeln. Aber es sieht ganz so aus, als wäre sein Verstand noch schärfer, als dir klar war – und an scharfen Messern kann man sich furchtbar schneiden, wenn man nicht höllisch aufpasst! Zeit, das Ganze richtig anzupacken!

»Brigadier«, setzte er an, »wie Sie sich denken können, darf ich dazu nichts sagen, ohne zuvor die Erlaubnis Seiner Majestät einzuholen. Andererseits hat es wenig Sinn so zu tun, als lägen Sie völlig falsch. Mich ereilen *tatsächlich* Visionen – nennen wir sie einfach mal so. Diese Visionen waren für den Kaiser – und auch schon für dessen Herrn Vater – zu mancher Gelegenheit recht nützlich. Und das erklärt, warum wir uns bemühen zu verhindern, dass sich genau die Sorte Gerüchte, auf die Sie sich gerade bezogen haben, allzu weit verbreiten.«

»Ich verstehe«, sagte Clareyk.

»Da Sie sich zumindest einiges schon selbst zusammengereimt haben, sollte ich einfach loslegen und Ihnen Folgendes erklären: Ich vermag viele Dinge zu ... sagen wir ruhig, zu sehen. Aber ich bin nicht in der Lage, weder in die Zukunft noch in die Vergangenheit zu schauen. Ich sehe immer nur die Gegenwart. Natürlich kann auch das hin und wieder von immensem Vorteil sein. Ich kann aber nicht einfach meine Kristallkugel polieren – und: *nein*, ein Hilfsmittel dieser Art benutze ich *nicht!* – und Cayleb dann voraussagen, was Gahrvai und Windshare tun werden, sobald sie herausgefunden haben, dass wir hinter ihnen an Land gegangen sind.«

Nachdenklich schürzte Clareyk die Lippen, dann nickte er, und Merlin sprach weiter.

»Auch wenn ich nicht in die Zukunft zu blicken vermag, kann ich Ihnen dennoch sagen, dass Graf Windshare jetzt gerade annähernd viertausend Mann zusammenzieht – von hier aus noch etwa zwo Meilen weiter die Straße hinab. Aus seinem Blickwinkel ist das sogar eine ziemlich gute Position. Ich vermute, er verlässt sich darauf, dass Sie in diesem Gelände nicht bemerken werden, wie nah er Ihnen ist, bis Sie geradewegs in seine Truppen hineinstolpern.«

»Was eine Gelegenheit sein könnte, den Plan Seiner Majestät in die Tat umzusetzen«, sagte Clareyk nachdenklich.

»Ja, das stimmt. Aber der Ort, den er für seinen Hinterhalt ausgesucht hat, bietet ihm eine viel bessere Gelegenheit, tatsächlich einen Ausfall gegen Sie zu wagen, als ihm zu geben Cayleb von Ihnen vermutlich verlangt hätte.«

»Das mag wohl sein. Aber wenn seine Stellung tatsächlich so gut ist, werden wir, wenn wir ihn nicht dazu bringen können, uns anzugreifen, Halt machen müssen – zumindest bis Brigadier Haimyn zu unserer Unterstützung angerückt ist. Also heißt es entweder, Windshare zum Kampf zu verleiten, oder, sich tatsächlich von ihm aufhalten zu lassen – vielleicht sogar lange genug, dass Gahrvai der Falle doch noch entkommen kann.«

Merlin nickte, und Clareyk legte nachdenklich die Stirn in Falten.

»Erzählt mir mehr über das Gelände, das sich Windshare ausgesucht hat, *Seijin!*«, sagte er dann.

Graf Windshare legte die Stirn in Falten, lauschte angestrengt den Gewehrschüssen, die immer wieder auf der anderen Seite der Hügelkuppe knallten. Sie kamen stetig näher, und er hoffte, seine Vorhut müsse nicht allzu viele Verluste hinnehmen.

Diese verdammten Gewehre!, grollte er innerlich.

Er erinnerte sich, wie ungläubig er reagiert hatte, als die Gewehre bei Haryl's Crossing zum ersten Mal das Feuer auf ihn eröffnet hatten. Zunächst hatte er einfach nicht fassen können, was geschah. *Niemand* konnte über eine derartige Entfernung hinweg so genau schießen, und auch nicht in dieser Geschwindigkeit – das war schlichtweg unvorstellbar!

Bedauerlicherweise konnten die Charisianer das eben *sehr wohl.* Windshare konnte sich indes nicht ganz Gahrvais Meinung anschließen: Sir Koryn war der Ansicht, diese neuen Gewehre würden jegliche bislang geltenden Taktiken auf dem Schlachtfeld vollkommen über den Haufen werfen, ebenso wie diese Galeonen alle für Seeschlachten geltenden Taktiken über den Haufen geworfen hatten. Aber selbst Windshare musste zugeben, dass die Konsequenzen dessen, was sie bei diesem Gefecht hatten miterleben müssen, beachtlich sein würden. Windshare war nicht willens anzunehmen, die Kavallerie als entscheidende Truppengattung sei damit veraltet. Er war sich selbst gegenüber immerhin ehrlich genug einzugestehen, zumindest ein Teil des Unwillens, der ihn nicht loslassen wollte, könnte möglicherweise nichts anderes sein als purer Starrsinn.

Ein Krieg, in dem Kavalleristen bloß noch für Aufklärerzwecke geeignet waren? Vielleicht mochten sie hin und wieder Stippangriffe durchführen, doch gegen fest verschanzte Infanteriestellungen sollten sie hilflos sein? Unfug! Lächerlich! Unvorstellbar! Doch so vehement Windshare auch gegen diese Vorstellung ankämpfen mochte, er wurde das nagende Gefühl nicht los, Gahrvai könnte Recht haben.

In gestrecktem Galopp konnte selbst ein durchschnittlicher Kavallerist innerhalb einer Minute weniger als fünfhundert Schritt zurücklegen. Die maximale Reichweite der trägen Luntenschloss-Musketen mit glatten Läufen betrug kaum mehr als einhundert Schritt. Das bedeutete, dass jeder Musketier nur einen einzigen Schuss abfeuern konnte, ehe ein herannahender Reiter ihn erreichte. Aber diese verdammten charisianischen Gewehre feuerten vier- oder sogar fünfmal schneller als jede Muskete, und ihre Reichweite war vier- oder fünfmal größer. Und das war auch der Grund, warum die Plänkler, die für die Sicherung der anrückenden Infanterie-Kolonnen zu sorgen hatten, Windshares Kundschafter auf Abstand halten konnten. Umgekehrt mussten diese Plänkler den Kolonnen auch nahe genug bleiben, um sich notfalls zu ihnen zurückziehen zu können, wenn ein Kavallerie-Ausfall sie bedrohte. Doch dass sich eine *Infanterie*-Einheit praktisch frei bewegen konnte, selbst wenn ihnen eine Überzahl an Kavalleristen gegenüberstand, erschien jemandem, der wie Windshare noch aus der alten Schule stammte, absolut widernatürlich.

Na ja, vielleicht hat Koryn ja wirklich nicht Unrecht, gestand sich Windshare widerwillig ein. *Ich glaube zwar immer noch, dass er bei dem, was in Haryl's Crossing geschehen ist, überreagiert hat. Aber ich bin immerhin bereit zuzugeben, dass ich mich in dieser Hinsicht täuschen könnte. Aber selbst wenn dem so ist, haben diese Dreckskerle da draußen keinen einzigen Pikenier. Wenn ich ihnen nur nahe genug kommen kann …*

»Mein Lord!«

Kurz schüttelte Windshare den Kopf, um die Grübeleien zu vertreiben, während Galvahn im Laufschritt auf ihn zukam.

»Was gibt es, Naithyn?«

»Diesseits der Waldgrenze haben sie zwo Bataillone. Ein weiteres tritt gerade aus dem Wald heraus. Aber zwischen dieser Einheit und den beiden vorangegangenen haben sie einen Abstand von über dreihundert Schritt gelassen.«

»Tatsächlich?« Windshares Miene hellte sich auf, und Galvahn lächelte.

»Jawohl, Mein Lord. Und das vorderste Bataillon marschiert geradewegs auf uns zu. Unsere Vorposten lassen sich bereits jetzt auf Ihren Befehl hin zur eigentlichen Front zurückfallen.

Das erklärt die Schüsse, die Sie hin und wieder hören.« Mit dem Kinn deutete er in die Richtung, aus der immer wieder Gewehrschüsse zu hören waren. »Wie geplant haben unsere Vorposten auch ausreichend Abstand gehalten. Allzu viele Männer haben wir noch nicht verloren. Es hat zwar mehr als ein Dutzend Pferde erwischt, aber ich glaube, von den *Männern* sind nur zwo oder drei getroffen.«

»Gut!« Windshare schlug sich mit den Handschuhen, die er immer noch fest umklammerte, gegen den Oberschenkel. »Sehr gut, Naithyn!«

Der Graf saß auf und blickte seinen Stab an.

»Meine Herren, ich denke, es ist an der Zeit, diese Charisianer ein wenig zu entmutigen!«, verkündete er.

Merlin Athrawes ertappte sich bei einer hoffentlich lässlichen Sünde: Er hoffte, die Siegesgewissheit Brigadier Clareyks sei begründet.

Clareyks zwei vordersten Bataillone marschierten geradewegs auf Grüntal zu. Das waren das Erste unter Colonel Zhanstyn und Colonel Raizyngyrs Zwotes Bataillon, die gemeinsam das Erste Regiment der Dritten Brigade bildeten. Unter dem Klang der Dudelsäcke bewegten sie sich auf der Königlichen Landstraße im Gleichschritt vorwärts, die Gewehre über den Schultern. Die Sollstärke eines Regiments lag bei tausend Mann. Beide Bataillone hatte bislang geradezu lächerlich wenig Verluste hinnehmen müssen, und dennoch hatten Verletzungen und diverse Krankheiten die Truppenstärke auf je vierhundert Mann reduziert. Das war für Nimue Alban eine geradezu unfassbar niedrige Ausfallrate. Sie hatte schon öfter mit Armeen im Krieg zu tun gehabt, die Zug- und Reittiere brauchten, und kannte die Verletzungsgefahren. Auch mit der Geschichte der Kriege auf Terra war Nimue vertraut und wusste: Ausfälle, die auf Krankheiten zurückzuführen waren, lagen deutlich höher als alle Verluste im Gefecht, insbesondere vor der Industrialisierung. Erst im so genannten Ersten Weltkrieg hatten die Verluste im Kampf die Verluste durch Krankheiten überstiegen. Auf Safehold hatten allerdings die Lehren des ›Erzengels Pasquale‹ für Hygiene und Gesundheitsvorsorge in hohem Ausmaß gesorgt und die Situation hier gänzlich verändert.

Nichts jedoch änderte etwas daran, dass Zhanstyn und Raizyngyr der Kavallerie, die auf der anderen Seite des Hügels auf sie wartete, im Verhältnis fünf zu eins unterlegen waren.

Merlin blickte zu Clareyk hinüber. Der Brigadier ritt die Straße entlang, als gäbe es nichts auf der Welt, was ihm Sorgen bereite. Er blieb bei Zhanstyns Kommandogruppe, und wenn er sich tatsächlich Gedanken wegen Windshare machte, so verriet seine Miene davon nichts.

Graf Windshare saß im Sattel und beobachtete, wie die Vorposten seiner Kavallerie sich zurückzogen. Sie kamen langsam immer weiter den Hügel empor, genau wie Major Galvahn das berichtet hatte. Der lang gezogene, flache Abhang zwischen Windshares Männern und dem Feind war von toten und verwundeten Pferden übersät. Ganz offensichtlich hatten die Plänkler die Reittiere erwischt, die der Hauptkolonne der Infanterie etwa fünfzig oder sechzig Schritt weit vorangegangen waren. Doch menschliche Leichen zwischen den Tierkadavern konnte Windshare nur erfreulich wenige erkennen.

Durch sein Fernglas konnte er die Charisianer ausmachen, die mit geschulterten Gewehren vorwärts marschierten. Zu seiner beträchtlichen Überraschung hatten sie Bajonette aufgepflanzt. Das war ungewöhnlich. Die Bajonette waren die letzte Verteidigungsmöglichkeit der Musketiere, und für anständige Piken waren sie bestenfalls ein unbeholfener Ersatz. Schlimmer noch: wer den runden Schaft seines Bajonetts in den Lauf seiner Muskete geschoben hatte, konnte weder feuern noch nachladen – was in der Welt *dachten* sich diese Charisianer denn?!

Im hintersten Winkel seines Verstandes beharrte eine kaum hörbare Stimme darauf, jemand wie Gahrvai wäre vermutlich auf eine andere Antwort gekommen. Jemand wie Gahrvai hätte sich nicht mit der Vermutung zufrieden gegeben, der Gegner müsse wohl wahnsinnig geworden sein. Vielleicht hätte Windshare auf die Stimme gehört, wenn er die bislang vorliegenden Berichte über den Feind präsent gehabt hätte. Bislang nämlich waren Bajonette nie erwähnt worden. Andererseits war das auch nicht die Art Detail, die normalerweise in Berichten von Kavallerie-Kundschaftern auftauchte. Außerdem hatte Windshare im Augenblick schlichtweg andere Dinge im Kopf. Zum Beispiel, dass der Gegner, Bajonette hin oder her, in beachtlichem Tempo marschierte. Man mühte sich sichtlich, so rasch wie möglich vorwärts zu kommen, ohne sich dabei zu verausgaben. Auf diese Weise franste die Kolonne auseinander. Dass die kommandierenden Offiziere des Gegners das zuließen, bewies, wie sorglos der Gegner war.

Der Feind hat ja auch keinerlei Grund zur Sorge, dachte Windshare grimmig. *In all den Stunden, die wir die Kerle schon beobachten und begleiten, haben sie zahlreiche meiner Männer verwundet oder sogar getötet. Außerdem kann ihr Kartenmaterial nicht so gut wie unseres sein. Sie haben daher wahrscheinlich keine Ahnung von den Geländeverhältnissen zwischen hier und Grüntal. Die meinen sicher, das Gelände bliebe immer gleich. Also haben die auch keinerlei Grund anzunehmen, ich könnte in dieser Senke über viertausend Kavalleristen versteckt halten.*

Windshares Lächeln erinnerte an ein hungriges Raubtier, und er schaute zu, wie der Feind sich immer weiter näherte.

Es würde schwierig werden, die Männer über die Kuppe zu führen. Nicht nur, dass sie den Hang meistern mussten: Das für die Pferde geeignete Gelände war zudem recht schmal. Erst oben auf der eigentlichen Kuppe wurde das wieder anders. Den

Hang hinunter verbreiterte sich dann das, was schon bald ein Schlachtfeld werden sollte, in beide Richtungen. Nun gut, kein Soldat fände es gut, einen Ansturm bergauf führen zu müssen. Dafür gab es viele Gründe. In diesem besonderen Fall sprach eindeutig dagegen, dass die Reiter alle so dicht gepackt sein würden wie Äpfel in einem Obstkorb. Sie wären gezwungen, bis sie die Kuppe erreicht hätten, eine deutlich engere Formation einzunehmen, als Windshare lieb sein konnte. Andererseits war da ja diese Sache mit den Bajonetten. Selbst wenn die Charisianer ihre Musketen geladen hätten, würden sie immer noch die Bajonette abnehmen müssen, bevor sie ihrerseits das Feuer eröffnen könnten. Dagegen würden seine, Windshares, Reiter von der Kuppe den Hang hinunter Geschwindigkeit aufbauen und auch aufrechterhalten können. Die Kunst bestünde einfach darin, den richtigen Zeitpunkt zu wählen, um über die Kuppe zu setzen. Windshare wusste das. Einerseits bräuchten seine Männer ausreichend Zeit, um den Anstieg auf die Kuppe zu bewältigen und auch, um beim Sturm den Hang hinunter und auf den Gegner zu genügend Geschwindigkeit zu bekommen. Andererseits durfte den Charisianer nicht zu viel Zeit gelassen werden zu reagieren.

Trotzdem, dachte er und betrachtete erneut die Musketen, die die feindlichen Soldaten über der Schulter trugen, *das Überraschungsmoment wird wohl reichen, um sie davon abzuhalten, sofort zu reagieren.*

Merlin riss den Blick bewusst von Clareyk los. Er drehte sich sogar im Sattel um, um die Kolonne hinter ihnen zu betrachten. Gerade kam die erste Batterie der Zwölfpfünder zwischen den Baumreihen heraus. Merlin wollte unbedingt den Eindruck erwecken, er würde nicht über den Brigadier nachdenken. Wahrscheinlicher aber war, dass er sich unnötig Sorgen machte und sich einfach zu sehr beobachtet fühlte.

In Wirklichkeit betrachtete er auch gar nicht die Marschkolonne. Er wartete ab, beobachtete und lauschte, was ihm seine SNARCs meldeten.

»Jetzt!«, fauchte Windshare, und Major Galvahn stemmte sich in seine Steigbügel und wedelte heftig mit der roten Signalflagge.

Merlin gab sich redlich Mühe, nur ja nicht hinüber zu Clareyk zu schauen. Der Brigadier hingegen behielt *ihn* – obschon um Unauffälligkeit bemüht – sehr aufmerksam im Auge. Deswegen sah der Marine auch, wie der Leibgardist des Kaisers den Helm abnahm, um sich den Schweiß von der Stirn zu wischen.

»Ich denke *jetzt*, Bryahn«, sagte er klar und deutlich.

Major Lahftyn blickte ihn kurz an, dann wanderte sein Blick zu dem Abhang hinüber, der sich vor ihnen erstreckte. Ganz offenkundig hatte der Major nicht den blassesten Schimmer, was Clareyk dazu bewogen haben mochte, ausgerechnet in diesem Moment den erwarteten Befehl zu erteilen. Dennoch hatte Lahftyn die ganze Zeit über nur auf diesen einen Befehl gewartet.

So zögerte er weniger als einen Herzschlag lang, dann nickte er dem Hornisten zu, der neben ihm ritt.

»Blasen Sie das Signal, Aufstellung im Karree zu nehmen, Corporal!«, sagte er.

Windshares Reiterschar ritt aus der Senke hinauf den Abhang empor. Zuerst gemächlich, doch schon bald gingen die Reiter in Trab über. Ihre Bewegungen verrieten Jahre der Erfahrung und ausgezeichnete Ausbildung – Windshare hatte sie zahlreiche Trainingsstunden absolvieren lassen, nachdem er das Kommando über Gahrvais Kavallerie übernommen hatte.

In einer Achteraufstellung erreichten die vordersten Schwadronen die Kuppe. Im anliegenden zügigen Trab legten die Pferde in jeder Minute etwas mehr als zweihundert Schritt zurück, und die beiden vordersten Reihen wurden rasch schneller. Nach weiteren vierzig Schritt waren die Pferde bereits in gestreckten Galopp übergegangen. Die Hufe wirbelten feuchte Erdklumpen auf; Lanzen und Säbel blitzten im Sonnenlicht. Die nächsten beiden Reihen folgten ihnen im Abstand von kaum mehr als dreißig Schritt. Von den Flanken der Reihen und hinter ihnen erschallten Hörner. Fast übertönte das dröhnende Trommeln von sechzehntausend Hufen die Signale. Die Reiter brüllten ihren Jubel heraus, sich endlich dem Feind entgegenstellen zu können.

Windshare selbst überquerte die Kuppe mit der dritten Doppelreihe, sechzig Schritt hinter der ersten. Er hatte sich genau in der Mitte der Schlachtenreihe positioniert; seine Standarte flatterte knatternd im Wind, und in seinem Blick blitzte wilde Befriedigung.

Doch dann riss er erstaunt die Augen auf.

Die Männer der ersten beiden Bataillone unter Clareyks Kommando hatten nur auf das Hornsignal gewartet, und so reagierten sie augenblicklich. Beide Bataillone verließen die Formation, bewegten sich mit einer Geschwindigkeit und Präzision, die sich nur durch endlosen, rücksichtslosen Drill erreichen ließen. Sie schwärmten aus, das Erste Bataillon schwenkte nach rechts, während das Zwote nach links zog. Rasch bildeten sie statt Kolonnen oder Reihen eine Hohlformation. Es war kein richtiges Karree; das ansteigende Gelände ließ das gar nicht zu. Die Formation war zudem eher ein Rechteck als ein Quadrat. Aber diese kompakte, anscheinend unerschütterliche Formation von Soldaten, die keineswegs überrascht waren, strotzte nur so vor Bajonetten: Vom ›Panzer‹ der Gruppierung aus standen diese Bajonette in alle Richtungen ab. Im Widerspruch zu allen üblichen Sicherheitsvorschriften hatte man die Gewehre, auf die anschließend die Bajonette gepflanzt worden waren, vor dem Umhängen sorgfältig geladen und schussbereit gemacht.

Windshare konnte es nicht fassen.

Noch nie hatte er erlebt, dass sich eine Infanterie-Einheit so rasch bewegt hätte, so präzise – nicht einmal während des Drills! Es war doch völlig unmöglich, dass sie derart rasch reagierten! Es war einfach nicht möglich!

Doch wieder einmal gelang den Charisianer das Unmögliche. Für Windshare war es bereits zu spät, es sich noch anders zu überlegen. Hundertfünfzig Mann in jeder Schlachtreihe galoppierten den Hang hinab. Die Hälfte von Windshares gesamter Kavallerie – einschließlich ihm selbst – befand sich bereits im gestreckten Galopp, rasten dem Feind entgegen. Sie legten in jeder Sekunde mehr als sieben Schritt zurück. Die Reiter der ersten Schlachtreihe mussten nur noch weniger als hundertfünfzig Schritt zurücklegen, um den Feind zu erreichen, und die vordersten Männer der zweiten kamen bereits jetzt über den Hügel, um augenblicklich den erwarteten Erfolg des ersten Ansturms auszunutzen.

Und diese Mistkerle da vorne haben immer noch *ihre Bajonette aufgepflanzt!*, begriff Windshare jetzt und verzog die Lippen zu einem wilden Grinsen. *Die mögen ja* glauben, *das würde meine Jungs davon abhalten, ihnen zu nahe zu kommen. Aber die werden schon bald herausfinden, wie sehr sie sich da täuschen!*

Brigadier Clareyk saß im Sattel, genau in der Mitte des Karrees, zu dem sich das Erste Bataillon zusammengezogen hatte. Er schaute zu, wie der Feind nahte. Seine Miene war so ungerührt wie stets, als er nun zu Merlin hinüberblickte.

»Ich denke, jetzt werden wir herausfinden, wie schlau ich wirklich bin«, bemerkte er.

Die Front des Karrees, die in Richtung des Hügels ausgerichtet war, bestand aus einer Dreierreihe statt der üblichen Doppelreihe. Die vordersten Soldaten waren in den Kniestand gegangen und stützten die Kolben ihrer Gewehre auf den Oberschenkel, sodass die Bajonette in einem spitzen Winkel aufwärts ragten ... ziemlich genau in Brusthöhe von Pferden. Die zweite und die dritte Reihe warteten, die Gewehre schussbereit. Die Versuchung, so zügig wie möglich das Feuer zu eröffnen, was beinahe überwältigend. Schließlich sahen sie gerade zweitausend Kavalleristen mit donnernden Hufen auf sich zustürmen. Doch keiner gab der Versuchung nach. Geduldig warteten sie ab.

Gemeinsam mit ihnen wartete auch Colonel Zhanstyn. Sein Bataillon stellte die Längsseite des Karrees, die dem Gegner am nächsten war, und nun saß er ab und stellte sich neben die Bataillonsstandarte, das Schwert in der Hand, den Blick fest auf den Feind gerichtet.

Keiner seiner Marines würde die Zeit haben, ein einziges Mal nachzuladen, bevor die ersten der Heranstürmenden das Karree erreicht hätten. Nichts konnte daran etwas ändern. Zhanstyn hatte daher nicht die Absicht, die immense psychologische Wirkung einer massierten Salve zu verschwenden, indem er zu früh feuern ließe. Es war nicht nur eine Frage der Reichweite und der Treffsicherheit; es war auch eine Frage des richtigen *Zeitpunkts*, damit diese Kavalleristen nicht nur physisch von den Kugeln der Marines getroffen, sondern auch ihre *Kampfmoral* zerschmettert würde. Also wartete Zhanstyn geduldig – auf den absolut richtigen Moment.

Die corisandianische Kavallerie donnerte den Hügel hinab, schwärmte dabei zu ordnungsgemäßen Doppelreihen aus. Nun spannten sich die vordersten Soldaten im Sattel an und bereiteten sich auf den Aufprall vor, während sie geradewegs auf die charisianische Formation zuhielten. Das Gewirr unerschütterlicher Bajonette blitzte bedrohlich im Schein der frühen Abendsonne, doch es waren wenigstens keine *Piken.* Noch ein paar Sekunden …

In einem plötzlichen, donnernden Feuerstoß zerbarst das ganze Universum.

Das charisianische Karree bestand aus etwa achthundert Mann. An jeder der kurzen Seiten hatten sich vier Züge – etwa achtzig Soldaten – postiert, um die Flanken zu sichern. Weitere einhundert Mann bildeten die rückwärtige Seite des Karrees, den Blick den Hügel hinab gerichtet; sie sicherten den zweihundertzwanzig Mann den Rücken, die an der eigentlichen Front standen. Eine Reserve von vierzig Mann stand in der Mitte der Formation bereit, um einzuspringen, sobald sich Schwachstellen zeigten. Die Längsseite maß von einer Seite zur anderen ungefähr einhundert Schritt, was kaum einem Drittel der anrückenden Kavalleriefront entsprach. Einer solchen Bedrohung gegenüber wirkte das charisianische Karree geradezu fragil, ganz leicht zu überrennen.

Falls die Charisianer, die zu dem Karree gehörten, sich dessen bewusst waren, ließen sie sich davon nichts anmerken.

Während Windshares Kavallerie weiter den Hügel hinabstürmte, einem reißenden Fluss aus Pferdemuskeln und Stahl gleich, feuerten die einhundertfünfzig Gewehre in der zweiten und dritten Reihe des Karrees absolut gleichzeitig.

Die Wirkung dieser tödlichen Salve war unfassbar, und das in mehr als einer Hinsicht. Jeder Soldat unter Windshares Kommando hatte die Bajonette gesehen. Niemand hatte zuvor schon einmal von Ringbajonetten gehört. Ringbajonette wurden *um* die Mündung einer Muskete herum angebracht, statt in den Lauf der Waffe geschoben zu werden. Weil Windshares Männer das nicht wussten, wussten sie nur eines: Es war völlig unmöglich, dass die gegnerischen Musketiere das Feuer eröffneten. Als der Gegner schoss und dazu noch wie ein Mann, völlig gleichzeitig nämlich, war die Überraschung perfekt. Nicht einmal eine Kugel hätte treffen müssen. Denn auch ohne einen Treffer wäre der Schock groß genug gewesen: Der Feind hatte immer neue Überraschungen für die Corisandianer auf Lager. Dem Selbstvertrauen und der Entschlossenheit von Windshares Truppen hätte kein tödlicherer Stoß versetzt werden können.

So bedauerlich es für Corisande auch war: Die charisianische Salve *forderte* Opfer.

Pferde stellen recht große Ziele dar; Menschen sind dagegen relativ schwer zu treffen. Die Kugeln der Charisianer erwischten wohl zwischen zwanzig und dreißig von Windshares Soldaten. Als die massiven Kugeln Brustpanzer wie Knochen gleichermaßen durchschlugen, gingen daher von der heranstürmenden Angriffswelle gerade einmal eine Hand voll zu Boden, mehr nicht.

Bei den Pferden hingegen sah das anders aus: Zahllose Pferde stürzten mit schrillem Wiehern zu Boden. Große Löcher wurden in die Reihen der Corisandianer gerissen. Reiter wurden aus dem Sattel geschleudert und fanden sich unmittelbar darauf genau im Weg der zweiten Angriffswelle wieder. Normalerweise würde ein Pferd fast alles tun, um den Zusammenstoß mit einem Menschen zu vermeiden. Doch hier war das völlig *unmöglich.* Die Pferde waren zu schnell, hatten zu viel Schwung, und hinter ihnen waren zu viele *weitere* Pferde, und so zertrampelten sie die gestürzten Kavalleristen zu blutigem Brei.

Die Kadaver der toten Pferde aber waren ein ernsthafteres Hindernis. Die Front der heranstürmenden Formation bröckelte, löste sich auf. Pferde scheuten vor den Kadavern, prallten vor ihnen zurück, wichen zur Seite aus. Den Nachfolgenden gelang das kaum noch. Sie krachten in das neu entstandene Hindernis aus scheuenden, ausweichenden Pferden hinein. Sie wieherten gequält auf, als Läufe brachen; Reiter wurden durch die Luft geschleudert; wild mit den Armen rudernde Soldaten stürzten zwischen gefallene Kameraden und verendende Pferde.

Zhanstyn hätte den Zeitpunkt für die Salve kaum besser wählen können. Die Zeit reichte, um der Kavallerie jeglichen Schwung zu nehmen, und die Entfernung war groß genug, um die vordersten Reihen des Gegners vor den jüngst entstandenen Hindernissen ausschwärmen zu lassen, sodass der Truppenzusammenhalt verloren ging. Es blieb dem Angreifer allerdings zu wenig Zeit, sich von diesem Schrecken zu erholen. Und ebenso wie Pferde instinktiv zu vermeiden versuchen, gestürzte Menschen niederzutrampeln, haben sie auch eine ausgeprägte Abneigung dagegen, geradewegs in eine massive Barriere aus glitzerndem, messerscharfem Stahl hineinzulaufen. Als der Schwung des Ansturms sich verlor, die Reihen zersprengt wurden und die Reiter keinen Mut mehr hatten, verweigerten sich die Tiere dieser Herausforderung einfach. Stattdessen wichen sie dem Karree aus und galoppierten an der Kurzseite der Formation entlang. Weitere Salven peitschten los, als ihr Schwung sie so geradewegs in das Schussfeld der flankierenden Züge trug.

Dann hatten sie das Karree endlich hinter sich … und die *Rückseite* der Formation feuerte ihnen eine weitere todbringende Salve in den Rücken.

Windshare blieb nicht einmal ansatzweise Zeit zu analysieren, was seiner ersten Angriffswelle gerade widerfahren war. Denn schon stürmte seine *zweite* Welle donnernd heran, keine zehn Sekunden später.

Den charisianischen Soldaten im Karree hatten diese zehn Sekunden nicht ganz ausgereicht. Wer eben gefeuert hatte, war mit Nachladen noch nicht fertig. Aber die Soldaten aus der *vordersten* Reihe, die sich bis eben im Kniestand befunden hatten, hatten noch keinen Schuss abgegeben. Nun rückte die zweite Reihe im Karree vor, die Bajonette stoßbereit. Sie reckten ihre Waffen über die vorderste Reihe hinweg, während eben diese vorderste Reihe die Gewehre hob und aus nächster Nähe in grausamem Kalkül eine weitere Salve abfeuerte.

Diese Salve war nur halb so heftig wie die, die dem Angriff der ersten Welle den Schwung genommen hatte. Dennoch reichte sie aus, um auch die zweite Welle des angreifenden Feindes ins Straucheln zu bringen. Viel war sowieso nicht mehr nötig: Umherliegende tote wie verwundete Pferde und Leichen von Soldaten, die Überreste der ersten Doppelreihe, behinderten die Formation der Corisandianer deutlich. Die Pferde der zweiten Welle, die die Salve überlebten, waren aber keineswegs begieriger darauf als ihre Gefährten, sich in die blinkenden Bajonette des Karrees zu stürzen. Sie bäumten sich gegen ihre Reiter auf, und während das geschah, hatte die dritte Reihe im Karree nachgeladen, legte an ... und feuerte auf eine Entfernung von noch nicht einmal dreißig Schritt.

Das Blutbad war unvorstellbar. Doch selbst noch inmitten von Blut, Rauch und Schreien gelang es tatsächlich einigen von Windshares Soldaten, die Marines zu erreichen. Lanzen kreuzten sich mit aufgepflanzten Bajonetten, Schwerter blitzten auf, und Blut spritzte über das Gras – und dann stürzte sich auch die *dritte* Angriffswelle ins Gefecht.

Fast überall hielt das Karree stand. Eine unerschütterliche Infanterie-Einheit in enger Formation und unter fester taktischer Führung hat nun einmal gute Aussichten, heranstürmende Kavallerie abzuwehren. Erst wenn Infanterie-Formationen ihren Zusammenhalt verlieren, Reihen ins Schwanken geraten, werden Infanterie-Einheiten Beute für Kavalleristen.

Die Charisianer jedoch weigerten sich schlicht, zu wanken und den Zusammenhalt zu verlieren. Nur waren die Corisandianer nicht weniger entschlossene Kämpfer als sie. Die ersten Charisianer verloren ihr Leben.

Eine Lücke klaffte in der vordersten Front des Karrees auf. Augenblicklich nutzte Windshares dritte Angriffswelle diese Lücke. Einer der Reserve-Züge der charisianischen Marines stieß vor und wollte die Lücke schließen. Bevor ihnen das gelang, brach ein halbes Dutzend corisandianischer Reiter durch. Die Männer von Brigadier Clareyks Kommandogruppe waren die einzigen Berittenen, die dem Brigadier zur Verfügung standen. Also gab er seinem Pferd die Sporen, um sich den Kavalleristen des Feindes entgegenzuwerfen.

Doch einer der charisianischen Reiter war schon losgaloppiert, *bevor* sich die Lücke in den Reihen der Charisianer auftat. In der einen Hand hielt er den Schild. Der Schild mit dem schwarzgoldenen Kraken auf blauem Schachbrett wies ihn als Angehörigen der Imperial Charisian Guard aus. Mit der anderen Hand schwang er ein Katana. Er brach durch die Reihen der heranstürmenden Corisandianer wie ein Rammbock; ein Schädel wirbelte durch die Luft. Ehe der auf dem Boden aufschlug, hatte Merlins Klinge bereits einen zweiten gefordert.

Wie der Erzengel des Todes durchschnitt Merlin die gegnerischen Reihen. Dann trieb er sein Pferd geradewegs zu der frisch gerissenen Lücke in der Formation der charisianischen Truppen, sprang aus dem Sattel und schwang sein Schwert mit beiden Händen, während Clareyk und sein Stab sich um die beiden Corisandianer kümmerten, die Merlin bei seinem wilden Ansturm noch hatte überleben lassen. Eine Hand voll Sekunden brauchte der Reserve-Zug, um den *Sejin* zu erreichen. Währenddessen erschlug Merlin weitere neun Männer.

Auch in diesem Gefecht hatte es Graf Windshare aus dem Sattel gerissen. Dieses Mal aber hatte er sich nicht nur die Schulter ausgerenkt: Die Bajonettwunde in seinem rechten Oberschenkel blutete heftig. Der Graf kam auf die Beine und presste die klaffende Wunde mit beiden Händen zusammen, um die Blutung zu stoppen. Rings um ihn stampften Pferde, bäumten sich in schierer Panik auf, dumpf klirrte Stahl auf Stahl. Klingen hämmerten aufeinander ein, als befände sich Windshare mit einem Mal in der Schmiede des Todes. Die todbringenden Mühlen des Schlachtfeldes mahlten. Windshare ging auf, mit welcher Geschwindigkeit dieser Kampf geführt wurde. Als sich die Lücke in der Formation der Charisianer aufgetan hatte, hatte er noch gehofft. Wenigstens dieses eine Karree würde er aufreiben! Jetzt war die Hoffnung dahin. Es würde nicht gelingen. Die Charisianer hatten so ungeheuerlich schnell reagiert. Sie hatten fast augenblicklich das Feuer zu eröffnen vermocht, und dann auch noch mit dieser Effizienz! Das Entsetzen darüber hatte Windshares Männern jegliche Entschlossenheit geraubt und alle Hoffnung auf zumindest einen kleinen Sieg zunichte gemacht. Nun hörte Windshare weitere Gewehre und dazu noch Artillerie, die ein Stück weiter den Hügel hinunter abgefeuert wurden. Dort hatten zwei weitere Bataillone der Charisianer sich in typischer Feuerlinie aufgestellt, um mit der ungeheuerlichen Reichweite ihrer Waffen die Flanken des Karrees zu schützen. Zugleich hörte Windshare die Signale seiner eigenen Hörner, die immer noch zum Angriff riefen. Immer weiter schickten die Hörner seine Männer in diesen Mahlstrom aus Tod und Verderben. Windshares Herz krampfte sich bei dieser Vorstellung zusammen. Dieses Anrennen gegen den Feind war sinnlos, nichts würde sich so noch bewirken lassen. Nur immer mehr seiner Männer verlören ihr Leben …

Reiner Instinkt warnte ihn. Windshare blickte gerade noch rechtzeitig genug auf, um zu sehen, wie eines der schrill wiehernden Pferde wild aufstieg und dann geradewegs auf ihn herabstürzte. Er konnte nicht das Geringste tun, nur zuschauen. Dann, ganz plötzlich, schloss sich eine Hand um den hinteren Gurt seines Kampfgeschirrs – und Windshare riss die Augen auf, als diese Hand ihn mühelos fortriss. Das Pferd verfehlte ihn, er wurde nicht unter einem Pferdekörper zerquetscht.

Die rettende Hand gehörte zu einem hochgewachsenen, breitschultrigen Charisianer in der schwarzgoldenen Uniform des Hauses Ahrmahk. Was ein kaiserlicher Gardist hier inmitten dieses unvorstellbaren Blutbades zu suchen hatte, wusste Windshare sich nicht zu erklären. Wie auch immer: Der Mann hatte ihm, dem feindlichen Kommandeur, das Leben gerettet. Während der Graf das ganz langsam begriff, den Blick auf seinen Retter gerichtet, schlug der mit dem Schwert in der *anderen* Hand einem corisandianischen Kavalleristen einen Arm ab, dem nächsten den Kopf.

Sei nicht albern!, schalt Windshare eine Stimme im Hinterkopf. *Niemand kann das mit einer Hand schaffen! Du bist verwundet. Blutverlust hat schon so manchen dazu gebracht, sich weiß Gott was einzubilden!*

Dann stürmte mitten aus dem Schlachtengetümmel ein Zug Charisian Marines heran, und die Lücke in der Front des Karrees schloss sich. Windshare selbst wurde mühelos vom Schlachtfeld gezerrt.

»Die unsanfte Behandlung bitte ich zu entschuldigen, Mein Lord«, sagte der Mann, der ihn in Sicherheit brachte, »aber ich bin mir sicher, General Gahrvai zöge es vor, Sie am Leben zu wissen.«

.III.

Palast von Tellesberg, Stadt Tellesberg, Altes Königreich Charis

»Da kommt jede Menge Arbeit auf uns zu, Eure Majestät«, meinte Rayjhis Yowance leise. Er stand neben Kaiserin Sharleyan und schaute zu, wie sich der Ballsaal allmählich füllte.

Die beiden hatten es sich in einem kleinen Nebenraum des großen Ballsaals im Palast von Tellesberg gemütlich gemacht. Es gab dort kunstvoll und reich verzierte Gitterfenster in den Wänden, die an den Ballsaal angrenzten. Deshalb hatten Sharleyan und Gray Harbor sich für gerade dieses Zimmer entschieden, weil es ihnen gestattete, den großen Saal zu beobachten, ohne selbst dabei gesehen zu werden. Der Entschluss, die für den heutigen Tag anberaumte Versammlung im Ballsaal abzuhalten, hatte einen anderen Grund: Es gab im Palast keinen anderen Raum, der groß genug gewesen wäre.

»Aber, aber, Mein Lord, wieso so pessimistisch?«, gab Sharleyan zurück und verzog die Lippen zu einem kleinen, schiefen Grinsen. »All diese treuen Diener der Kronen von Charis und Chisholm hätten sich doch niemals hier versammelt, ohne ganz und gar und von tiefstem Herzen zur Zusammenarbeit bereit zu sein! Ich für meinen Teil erwarte nicht weniger von den Herrschaften als genau das.«

Sie reckte angriffslustig das Kinn hoch. Graf Gray Harbor wandte sich ihr lächelnd zu.

»Mit allem nötigen Respekt, Eure Majestät«, sagte er, »und da ich Eure Güte kenne, wage ich Euch zu raten, niemals, aber wirklich niemals, einen anderen Beruf zu ergreifen! Beispielsweise als Verkäuferin hättet Ihr wenig Aussichten auf Erfolg: Ihr schwindelt nicht gut genug.«

»Sie sollten sich schämen, Mein Lord!«, schalt sie ihn.

»Ach, glaubt mir, Eure Majestät«, versicherte er seiner Regentin und verneigte sich anmutig, »niemand wird je herausfinden, wie ich wirklich über diese ... Leute da denke. Im Gegensatz zu Euch würde *ich* also einen ausgezeichneten Verkäufer abgeben!«

Sharleyan lachte leise und blickte ihn kopfschüttelnd an. Doch als sie sich dann wieder dem Gitterfenster zuwandte und in den Saal hineinspähte, musste sie ihm im Stillen Recht geben.

Und das ganze Schwindeln ist vornehmlich wegen Chisholm nötig!, gab sie säuerlich zu.

Was die charisianischen Abgeordneten des neuen Kaiserlichen Parlaments betraf, machte sich Sharleyan keinerlei Sorgen. Nun, zumindest nicht allzu viele Sorgen. Sicher gab es unter den Anwesenden ein paar, auf die Sharleyan gut hätte verzichten können. Doch die im Ballsaal Versammelten waren alle von einer Kommission ausgewählt worden, in die adliges Oberhaus und bürgerliches Unterhaus zu gleichen Teilen Vertreter entsendet hatten. Ober- und Unterhaus konnten in Charis auf eine beachtliche Tradition erfolgreicher Zusammenarbeit zurückblicken. Die Mitglieder beider Häuser waren auch im großen und ganzen der Ansicht, sie seien ihren Kollegen, und zwar aus beiden Häusern, für ihre politischen Entscheidungen Rechenschaft schuldig. Daher war es unwahrscheinlich, dass von den Charisianern jemand das kaiserliche Gebot, sich zu versammeln und ein Kaiserliches Parlament zu gründen, einfach missachten würde. Es hatte selbstredend Meinungsverschiedenheit gegeben, hin und wieder sogar offene Grabenkämpfe. Diese hatten sich vor allem an der Frage entzündet, welche Oberhausmitglieder von Alt-Charis Teil des Imperialen Oberhauses von Neu-Charis werden sollten. Es hatte auch Dispute darüber, wer jene Repräsentanten des Unterhauses von Alt-Charis ersetzen solle, die nun in das neue Imperiale Unterhaus einziehen würden. Nicht alle Streitpunkte hatten sich ohne den ein oder anderen Drachenhandel beilegen lassen, aber man war sich in den meisten Fällen rasch einig geworden. Mit der endgültigen Liste war zwar niemand ganz zufrieden. Es war aber auch niemand gänzlich unglücklich über die getroffene Wahl. Das war gewiss das beste Ergebnis, das man sich erhoffen konnte.

In Chisholm hingegen war alles anders gelaufen.

In einem Schreiben hatten Green Mountain und Sharleyans Mutter sich dafür wortreich entschuldigt. Doch Sharleyan wusste genau, dass den beiden keinerlei Schuld anzulasten war. Und für Cayleb galt das Gleiche. Das half aber Sharleyan nicht gegen die in ihr aufkeimende Frustration – eher im Gegenteil. Sie hätte ihm dafür gern die Schuld in die Schuhe geschoben. Nur war seine Entscheidung, sich aus dem Prozess der politischen Neustrukturierung des Kaiserreiches herauszuhalten, zweifellos richtig gewesen. Dass er damit Sharleyan in eine knifflige, möglicherweise sogar unschöne Lage brachte, fiel daher nicht weiter ins Gewicht.

In Chisholm hatte sich das Unterhaus als durchaus bereit erwiesen, mit der anderen Parlamentskammer zusammenzuarbeiten. Das Oberhaus aber hatte diese Zusammenarbeit rundweg verweigert. Der Adel allein entscheide, wer aus seinen Reihen nach Tellesberg geschickt werde, um den Adel im dortigen Parlament zu vertreten, hatte man verlauten lassen.

Und genau deswegen werden sie mir auf die Nerven gehen, dachte Sharleyan grimmig. *Die kommen nicht hierher, um* Chisholm *zu vertreten – die kommen hierher, um* sich selbst *zu vertreten!*

Na ja, es wäre nicht das erste Mal, dass sie sich mit dem Adel von Chisholm würde anlegen müssen. Dieses Mal allerdings konnte sie auf wirklich Furcht erregende Verbündete hoffen.

»... und so, Mein Lord Parlamentspräsident, muss ich mit Nachdruck danach ersuchen, sich dieser Notwendigkeit unmittelbar anzunehmen.«

Gequält verzog Sharleyan das Gesicht. Sie lehnte sich frustriert in dem bequemen Sessel zurück. Die Kaiserin befand sich immer noch in dem kleinen Nebenraum, von dem aus sie unbemerkt an der konstituierenden Parlamentssitzung teilnehmen konnte. Natürlich gab es viele andere Belange, um die sie sich in ihrer spärlich bemessenen Zeit dringend hätte kümmern müssen. Wenigstens an diesem ersten Tag wollte sie aber den Beratungen beiwohnen. Sie wollte sich persönlich einen Eindruck von der Stimmung der Abgeordneten verschaffen. In welche Richtungen deren Beratungen dann steuerten, würde sie genauso gut und verlässlich den Berichten entnehmen können, die sie von Gray Harbor und Erzbischof Maikel erhielte. Beide waren als kaiserliche Berater bereits offizielle Mitglieder des Kaiserlichen Parlaments, das die Abgeordneten gerade erst zu organisieren versuchten.

Am liebsten, gestand sie sich ein, *wäre ich jetzt selbst dort drinnen und würde den Herrschaften in den Hintern treten – oder vielleicht ein paar von den Kerlen einfach erschießen –, damit das hier richtig läuft!*

Letztendlich würden Cayleb und sie ihre Wünsche durchzusetzen wissen. Sharleyan war sich dessen sicher. Jeder im Ballsaal, der momentan noch anderer Meinung war, würde schon bald eines Besseren belehrt. Bedauerlicherweise konnte Sharleyan diesem neuen Parlament nicht einfach ihre Bedingungen und Entscheidungen aufzwingen. Denn vor allem anderen wollte sie, dass die Mitglieder des Kaiserlichen Parlaments die *Rechtmäßigkeit* ihrer eigenen Kammer vollständig anerkannten, vom Rest des Kaiserreichs einmal ganz abgesehen. Wer in diesem Parlament saß, egal, wie sehr man sich über ihn ärgern mochte, war ein Repräsentant des Volkes von Neu-Charis. Wenn diese Repräsentanten Adel und Bürgerliche angemessen vertreten sollten, musste ihnen eine eigene Meinung gestattet werden und Unabhängigkeit in ihren Entscheidungen gewährleistet sein. Sollte die Krone mit diesen Entscheidungen dann nicht einverstanden sein, fiel ihr selbstredend die Aufgabe zu, Konsens herzustellen. Sämtliche Bedenken einfach achtlos abzutun oder die Repräsentanten der Untertanen schlichtweg als Fußabstreifer zu missbrauchen, war dagegen ein politisches Unding. Das Parlament als Vertretung des Volkes musste bei allen Entscheidungen der Krone Gehör finden, und die Krone die Zusammenarbeit stets suchen. Denn das Parlament sollte und musste Ratgeber und Gewissen der Krone in einem sein.

Es war daher völlig unerheblich, ob es anstrengend, frustrierend und ärgerlich aufwändig war, einen politischen Konsens zu finden.

Was das betrifft, dachte Sharleyan und gestattete sich ein schiefes Grinsen, *hat es vielleicht auch sein Gutes, zur Beobachterrolle verdammt zu sein. Hier, hinter diesen Fenstern, kann ich getrost in die Luft gehen – und mich wieder beruhigen, ehe ich mich um den einen oder anderen, der quer schießt, kümmere!*

Das war ein wirklich guter Plan, vor allem angesichts von Volksvertretern wie dem letzten Redner. Pait Stywryt, Herzog Black Horse, hatte den Ehrgeiz, dort erfolgreich zu sein, wo Herzog Three Hills seinerzeit gescheitert war – nämlich mehr Einfluss auf Sharleyan und damit wieder über die Krone zu bekommen. Man merkte ihm diesen Ehrgeiz deutlicher an, als ihm selbst das wohl bewusst war. Und er stand mit seinen politischen Zielen nicht allein da: Der Mann, der neben ihm saß – Zhasyn Seafarer, Herzog Rock Coast –, und er waren im Oberhaus von Chisholm schon immer enge Verbündete gewesen. Eigentlich war das auch nicht weiter überraschend, fand Sharleyan. Schließlich besaßen die Herzogtümer beider Männer im Südwesten von Chisholm eine gemeinsame Grenze, und ihre Familien heirateten schon seit Generationen untereinander. Außerdem waren beide so stur und so kurzsichtig, wie das einem vernunftbegabten menschlichen Wesen nur möglich war. Sharleyan war, was die Sturheit der beiden anging, bereit anzunehmen, selbst Leichen wären weniger halsstarrig. Trotzdem: Eine sonderbare Fügung des Schicksals hatte dafür gesorgt, dass ausgerechnet diese beiden verstockten chisholmianischen Lords von ihren Standesgenossen ausgewählt worden waren, Chisholms Adel in Tellesberg zu vertreten. Graf Dragon Hill war eine (zumindest für Sharleyan) ebenso unerträgliche Dreingabe. Glücklicherweise hatte es auch Sir Ahdem Zhefry, seines Zeichens Graf Cross Creek, irgendwie durch den Auswahlprozess geschafft. Cross Creek war der Schwager des Grafen White Crag und zugleich eines der ältesten Mitglieder des Oberhauses, das unerschütterlich der Krone die Treue hielt.

Herzog Black Horse jedenfalls taktierte, wie seine Einlassung bewies, gerade wieder einmal gegen die Krone. Es war genau jene Taktik, die Sharleyan von Anfang an von eben diesen Vertretern ihres Heimatreiches erwartet hatte. Es war nämlich so, dass es in Charis deutlich weniger Herzöge und Grafen und dafür deutlich mehr Barone als in Chisholm gab. Der Ehevertrag zwischen Cayleb und Sharleyan, auf dem das Kaiserreich gründete, hatte ausdrücklich besagt, sämtliche zuvor ausgestellten Adelsbriefe würden unverändert ihre Gültigkeit beibehalten und nach der Verschmelzung der beiden Herrschaftshäuser umgehend in *imperiale* Titel umgewandelt. Die Mitglieder des chisholmianischen Oberhauses wollten die Gelegenheit zu mehr Einfluss nutzen. Sie wünschten zumindest das Oberhaus des neuen Parlaments zu dominieren. Daher vertraten sie rotzfrech die Ansicht, die Sitze im Oberhaus des neuen Kaiserlichen Parlaments sollten ausschließlich nach der Rangfolge der Adelstitel vergeben werden. Es dürfe, meinten sie, keine Rücksicht darauf genommen werden, aus welchem Königreich der Träger des jeweiligen Titels nun stamme.

Sharleyan überraschte an der ganzen Sache nur, wie früh Black Horse und Konsorten den Vorstoß geführt hatten. Zugegeben: Black Horse war schon immer gern als der sprichwörtliche Drache im Porzellanladen aufgetreten. In Chisholm hatte er allerdings ein gewisses Mindestmaß an taktischer Zurückhaltung gezeigt. Also hätte man ihm die Vernunft zutrauen können, zunächst einmal die allgemeine Lage in Tellesberg zu erkunden, bevor er sich geradewegs in dieses Vorhaben stürzte. Und es hätte ihm sicherlich gut zu Gesicht gestanden, daran zu denken, dass das Wappentier von Charis nun einmal der Krake war.

Dann eben nicht, ganz wie Black Horse will, dachte Sharleyan trocken. *Na, mir bricht's nicht gerade das Herz! Falls es im charisianischen Adel Bestrebungen geben sollte, im Kaiserlichen Parlament Macht anzuhäufen, wird dem jetzt sicher eines klar: Zur Erreichung dieses Ziels sollte man sich auf gar keinen Fall auf schmutzige Abkommen mit* meinem *idiotischen Adel einlassen!*

Sharleyan bemerkte, dass einige Angehörige des charisianischen Oberhauses kurz davor standen, vor Zorn zu platzen. Vielleicht hatte man in charisianischen Adelskreisen einen chisholmianischen Vorstoß für möglich gehalten. Nichtsdestotrotz machte es die Charisianer nicht weniger ... wütend, sich in ihrer Vermutung bestätigt zu finden. Black Horse schien endlich zu begreifen, dass er voreilig gehandelt hatte. Sharleyan half das wenig: Es waren schließlich ihre Landsleute, die sich vor den Charisianer zum Affen gemacht hatten.

Black Horse und seine Verbündeten hatten ihren Vorschlag allerdings nicht ungeschickt getarnt: Der Herzog hatte darauf hingewiesen, Ihre Majestäten Sharleyan und Cayleb hätten darauf beharrt, die Vereinigung beider Königreiche dürfe nicht zu einer unausgewogenen Partnerschaft führen. Vielmehr seien beide Partner absolut gleichwertig. Wenn Chisholm und Charis tatsächlich zu einem gemeinsamen neuen Reich zusammenwachsen sollten, so argumentierte Black Horse, müssten auch die Grenzen zu existieren aufhören, die sie einst voneinander getrennt hätten. Alle Angehörigen des Adels, schlug er vor, müssten daher eine gemeinsame Einheit bilden; auch der Bürgerstand dürfe nicht mehr den jeweiligen alten Ländern angehören – Ländern, die jetzt im Kaiserreich aufgegangen waren. Demzufolge müssten die Sitze des neuen Oberhauses schlicht nach der Rangfolge der jeweiligen Titel besetzt werden, gänzlich ungeachtet der Tatsache, ob es sich um einen ehemals chisholmianischen oder charisianischen Titel handele. Wollten sie denn nicht alle treue Diener einer einzigen, vereinten Krone sein?

Das passt ganz genau zu diesem verlogenen Kretin!, dachte Sharleyan giftig. *Glaubt der denn wirklich, mit dieser ach so edelmütigen Zurschaustellung von Patriotismus jemanden täuschen zu können? Dem geb ich gleich ›treu‹ und ›Diener‹! Und ich hätte da auch noch eine hübsche Kerkerzelle, ganz wie für ihn gemacht! Habe ich ganz bestimmt, auch wenn mir Cayleb nicht gesagt hat wo. Wenn ich Rayjhis frage, dann könnte ich vielleicht …*

»Mein Lord Parlamentspräsident«, war nun eine andere Stimme zu hören. Sharleyans vor Abscheu verzogene Miene entspannte sich ein wenig, als Samyl Zhaksyn, seines Zeichens Herzog Halleck, um das Wort bat.

Halleck gehörte zu den wenigen Charisianern, deren Titel im Rang höher stand als der fast jedes adligen Chisholmianers. Außerdem war er neben dem Herzog von Korinth und dem jugendliche Herzog Tirian einer der vier ranghöchsten Adeligen im gesamten Alten Königreich von Charis. Die drei Genannten waren alle für das neue Kaiserliche Parlament ausgewählt worden – und das, obwohl der junge Rayjhis Ahrmahk, Herzog Tirian, kaum zwölf Jahre alt war. Offensichtlich hatte man diese drei Hochadeligen ausgewählt, weil man einen Vorstoß wie den von Black Horse erwartet hatte. Wie wunderbar sich so verbergen ließ, dass es neben dem hohen Rang einen weiteren Grund dafür gab, Herzog Tirian auszusuchen! Sharleyan lächelte gehässig, als ihre Überlegungen bei diesem Gedanken angelangt waren. Denn derjenige, der für den jugendlichen Titelinhaber das Herzogtum führte, war dessen Großvater: Graf Gray Harbor.

»Seine Durchlaucht Herzog Halleck hat das Wort«, verkündete der Parlamentspräsident, und Halleck nickte ihm zum Dank ernsthaft zu.

»Ich bin zuversichtlich, für die meisten meiner charisianischen Landsleute zu sprechen – ich bitte um Verzeihung, dass ich mich hier selbst unterbreche: Ich meine selbstredend für meine Landsleute aus dem *Alten* Charis. Denn wie Seine Durchlaucht Black Horse gerade betont hat, sind wir heute ja alle Charisianer! Nun, wie gesagt, bin ich zuversichtlich, für die meisten meiner Landsleute aus Alt-Charis zu sprechen, wenn ich sage, dass ich von ganzem Herzen die Bereitschaft gutheiße, die die chisholmianischen Untertanen unseres neuen Kaiserreiches zeigen! Wir freuen uns darüber, dass man in Chisholm akzeptiert, was auch wir begrüßen: Wir alle sind nun ein gemeinsames Kaiserreich, nicht mehr voneinander getrennte Reiche! Dennoch fürchte ich, Herzog Black Horse greift ein wenig arg weit vor. Bei allem Respekt, und so sehr ich ihm auch zustimme, dass dieses Kaiserreich bereits jetzt existiert, möchte ich doch die Aufmerksamkeit Seiner Durchlaucht auf den Ehevertrag zwischen Seiner Majestät und Ihrer Majestät lenken, insbesondere auf Absatz 4. Dort wird ausdrücklich festgehalten, dass die Kronen von Chisholm und Charis erst in aller Form vereinigt würden, wenn beide Königswürden *dem Erben* Ihrer Majestäten zufielen. Da derzeit in jedwedem Adelsbrief des Alten Charis die Lehnstreue dem König von Charis gilt und in jedem Adelsbrief aus Chisholm der Königin von Chisholm, können wir nicht, so sehr wir uns das auch wünschen mögen, sie bereits zum jetzigen Zeitpunkt als Teil eines geschlossenen, großen Ganzen ansehen.«

Black Horses Gesichtsausdruck verdüsterte sich. Rock Coast schien auch nicht glücklicher als er. Nur Edwyrd Ahlbair, seines Zeichens Graf Dragon Hill, nickte gemessen und ernsthaft, die Lippen nachdenklich geschürzt. Andererseits war Dragon Hill schon immer deutlich geschickter vorgegangen als die beiden anderen Herzöge.

»Tatsächlich will es mir scheinen«, fuhr Halleck fort, »falls ich nicht Absatz 3 des Ehevertrages schrecklich falsch deute, es sei die Rolle dieser Versammlung, unser neues Kaiserliches Parlament wie folgt zu organisieren: Es solle ein Unter- und ein Oberhaus geben, das zu Recht diesen Namen trage, weil es jeweils aus zwei Kammern bestehe: eine, die sich aus Untertanen des Alten Charis zusammensetzt, und eine, deren Mitglieder aus Chisholm stammen. Alle Mitglieder dieses neuen Kaiserlichen Parlaments werden selbstverständlich einander als Kollegen ansehen, aus welchem Königreich sie auch stammen mögen. Aber ich habe deutlich den Eindruck, die Mitgliedschaft in den jeweiligen Kammern jedes Hauses sollte durch das Parlament des Königreiches bestimmt werden, das sie letztendlich repräsentieren werden. Mir scheint, es wäre anmaßend von uns, zum jetzigen Zeitpunkt einen Versuch zu unternehmen, jeder dieser gänzlich souveränen Körperschaften Vorschriften machen zu wollen. Das würde doch gewiss ein unbotmäßiger Übergriff auf deren Vorrechte und seit alters her bestehende Rechte und Pflichten darstellen.«

Halleck nahm wieder Platz, und leises Tuscheln erfüllte den Saal. Ein Großteil der Anwesenden schien geneigt, ihm beizupflichten – so jedenfalls erschien es Sharleyan –, und sie lachte leise, als sie Black Horses Gesichtsausdruck sah.

Hat er wirklich gedacht, die Charisianer wären so dämlich, nicht etwas derart *Offensichtliches zu erwarten?*, fragte sie sich verächtlich. *Gut, Black Horse ist nun einmal dumm genug, darauf zu hoffen, er könne sich irgendwie aus dem Würgegriff befreien, in dem Mahrak, Mutter und ich ihn in Chisholm hatten. Für Rock Coast und Dragon Hill gilt genau dasselbe. Vielleicht waren sie also wirklich dumm genug zu glauben, ihr dämlicher Vorstoß könnte gelingen.*

Sie schüttelte den Kopf und kniff dann die Augen zusammen, als sie sah, wie Black Horse ruckartig mit dem Kinn in die

Richtung eines weiteren Adeligen aus Chisholm deutete. Sir Paitryk Mahknee, Herzog Lakeland, schaute aufmerksam den Parlamentspräsidenten an; ganz offensichtlich bemerkte er Black Horses auffordernden Blick nicht. Sharleyan allerdings spürte mit einem Mal einen Verdacht in sich aufkeimen. Mit seinen sechsunddreißig Jahren war Lakeland nicht gerade ein unreifer Jungspund, doch er trug seinen Titel noch nicht allzu lange. Lakeland war elf Jahre alt gewesen, als sein Vater durch einen Reitunfall ums Leben gekommen war. Der Unfall hatte ihn zum Erben seines Großvaters gemacht. Dieser Großvater jedoch war erst vor weniger als einem Jahr gestorben: Der alte Herzog war deutlich über achtzig Jahre alt geworden und die ganze Zeit über äußerst frisch und munter gewesen. Stets hatte er sich um sein Herzogtum gekümmert, hatte sämtliche Pflichten erfüllt, selbst noch an seinem Todestag. Der alte Herzog Lakeland war ein enger Verbündeter von Black Horse und Rock Coast gewesen. Stets hatte er sich die ›gute alte Zeit‹ unter König Irwain III. zurückersehnt, an die er sich noch lebhaft erinnern konnte. Obwohl geistig noch immens rege, war der alte Herzog mit den Jahren doch etwas gebrechlich geworden. Die Anstrengungen der langer Reise bis zur Hauptstadt hätten ihn deutlich überfordert, und Sir Paitryk war ihm immer ein pflichtbewusster Enkel gewesen. Stets hatte er die Anweisungen seines Großvaters peinlich genau befolgt, wann immer er sich gezwungen gesehen hatte, ihn im Parlamentssaal zu vertreten. Stets war man davon ausgegangen, er sei mit diesen Anweisungen ganz und gar einverstanden gewesen. Doch plötzlich war sich Sharleyan dessen längst nicht mehr so sicher.

Ich habe schon immer gewusst, dass er mehr im Kopf hat als sein Großvater, dachte sie. *Ist es möglich, dass er auch deutlich* gerissener *ist? Und vielleicht – nur vielleicht – war er eben doch nie mit den ehrgeizigen politischen Zielen seines Großvaters einverstanden. Wenn dem so wäre und er zugleich klug und gerissen genug war, das die Verbündeten seines Großvaters nicht* merken *zu lassen …*

Vielleicht hatte Sharleyan Black Horse ein wenig Unrecht getan. Der Vorschlag des Herzogs war zwar immer noch ein denkbar dummer Eröffnungszug gewesen. Aber war es vielleicht möglich, dass diese Dummheit nicht auf seinem Mist gewachsen war? Hatte vielleicht jemand anderes, vielleicht gar Herzog Lakeland, genau dieses Vorgehen vorgeschlagen, um ihn und seine Verbündeten dazu zu bringen, einen falschen Schritt zu tun? Einen Schritt, der für jeden, Charisianer und Chisholmianer gleichermaßen, sofort offensichtlich werden ließe, wo genau eine Grenze gezogen werden müsste!

Ich muss diesen Lakeland wirklich dringend etwas besser kennen lernen, sagte sich Sharleyan. *Sollte er wirklich derart verschlagen sein, muss ich ihn unbedingt auf die Seite der Krone ziehen. Auf der* anderen *Seite können Cayleb und ich ihn dann auf gar keinen Fall gebrauchen!*

.IV.

Kaiserin Sharleyans Speisezimmer, Palast von Tellesberg, Stadt Tellesberg, Altes Königreich Charis

»Na, ich denke, das ist besser gelaufen, als Sie erwartet hatten, Rayjhis, oder nicht?«, meinte Sharleyan fröhlich. Es war deutlich später, gegen Abend des ersten Sitzungstages. Sharleyan nahm gerade mit Gray Harbor und Erzbischof Maikel das Nachtmahl ein.

»Eigentlich, Eure Majestät«, erwiderte Gray Harbor mit einem Tonfall, der deutlich machte, er müsse seine Regentin tatsächlich verbessern, »darf ich wohl sagen, dass es besser gelaufen ist, als *wir alle* erwartet hatten.«

»Unfug!« Sharleyan lachte leise. »Ich habe keinen Moment daran gezweifelt.«

»Eure Majestät sollten nicht vergessen, was ich Majestät über die Chancen in einem anderen Beruf gesagt habe!«

Nun lachte Sharleyan laut auf und schüttelte den Kopf. Dann leerte sie ihr Weinglas; sofort schenkte der Erzbischof ihr nach.

»Ich danke Euch, Euer Eminenz«, sagte sie.

»Gern geschehen, Eure Majestät. Mein Priesteramt verlangt mir allerdings die Bemerkung ab, Eure neuerdings zu Tage tretende Tendenz, die Wahrheit zu verdrehen, mache mich um Euer Seelenheil besorgt!«

»Oh nein, Euer Eminenz! Ihr täuscht Euch! Ich habe mitnichten die Wahrheit verdreht! Ich habe schlicht *gelogen!*«

»Na, das ist natürlich viel besser!« In Staynairs Augen funkelte es belustigt. »Oder zumindest deutlich direkter.«

»Ich gebe mir redlich Mühe, Euer Eminenz.«

»Das ist wohl wahr, Eure Majestät«, pflichtete Gray Harbor

ihr bei. »Und wenn Ihr mir gestattet, dieses Gespräch zu etwas ernsthafteren Themen zu lenken – mit einem habt Ihr Recht: Es ist heute wirklich gut gelaufen.«

»Ich weiß.« Sharleyan lehnte sich in ihrem Sessel zurück. »Hat zufällig einer von Ihnen beiden auf Black Horse geachtet, nachdem Herzog Halleck ihn gegen die Wand geklatscht hat?«

»Oh, welch entzückend elegante Ausdrucksweise, Eure Majestät!«, kommentierte Staynair. Sharleyan schnitt eine Grimasse. Sie warf dem Erzbischof dann kurz einen fragenden Blick zu, woraufhin dieser mit einem Kopfschütteln verneinte. »Um ehrlich zu sein: Ich habe nicht darauf geachtet. Darf ich mich erkundigen, warum Ihr danach fragt?«

»Lassen wir einmal dahingestellt, dass Black Horse ein Idiot ist: Ich frage mich dennoch, ob diese Zurschaustellung von Dummheit ganz allein seine Idee war«, gab Sharleyan zurück. Kurz erläuterte sie, welche Gedanken ihr zum jungen Herzog Lakeland durch den Kopf gegangen waren. Sowohl der Erste Ratgeber als auch der Erzbischof blickten sehr nachdenklich drein, als Sharleyan ihre Erklärung beendet hatte.

»Natürlich kennt Ihr, Eure Majestät, sowohl Black Horse als auch Lakeland deutlich besser als Maikel oder ich«, meinte Gray Harbor schließlich. »Ich würde zumindest sehr gern glauben, Ihr könntet damit Recht haben. Um ehrlich zu sein: Ich fürchte, dieses unablässige Kräftemessen, das uns Eure chisholmianischen Adeligen abverlangen werden, wird wohl sehr rasch äußerst anstrengend.«

»Vielleicht«, bemerkte Staynair. »Vielleicht aber auch nicht. Wenn Majestät mit den Vermutungen zu Lakelands Haltung Recht haben, bedeutet das ganz offenkundig eines: Es ist uns gelungen, einen Verbündeten sozusagen hinter den feindlichen Linien zu finden. Andererseits war natürlich Hallecks Bemerkung, wir könnten wohl kaum dem jeweils anderen Königreich Vorschriften machen wollen, ohne etwaige Vorrechte offenkundig zu missachten, ein ganz besonders herber Schlag für Black Horse und seine Freunde. Ist es möglich, bester Gray Harbor, dass er und Sie genau dieses Thema vielleicht bei der Besprechung heute Morgen angeschnitten haben?«

»Möglich schon«, gestand Gray Harbor.

»Mir war doch, als hätte ich Ihre unverkennbar präzise Art des Argumentierens in Hallecks Rede wiedererkannt!« Staynair lächelte. »Wie dem auch sei, wahrscheinlich wird das zumindest einige von Black Horses besonders konservativen Weggefährten dazu bewegen, angestrengt darüber nachzudenken, ob sie wirklich Übergriffe auf ihre eigenen Vorrechte daheim zulassen wollen. Und ich muss zugeben, dass ich doch recht angenehm überrascht war von der Einstellung, die Erzbischof Pawals Gesandte an den Tag gelegt haben.«

»Ach ja?« Sharleyan blickte ihn an.

»Gewiss sogar, Eure Majestät.« Der Erzbischof neigte den Kopf, als wolle er im Sitzen eine Verbeugung andeuten. »In mehrerlei Hinsicht sogar. Zunächst einmal, und das ist gewiss das Wichtigste, habe ich bei den genannten Gesandten keinerlei Vorbehalte hinsichtlich der Rechtmäßigkeit Eures Kampfes gegen die Tempelgetreuen entdeckt. Ein paar mögen sich zwar durchaus darum sorgen, wohin genau wir im theologischen Sinne steuern – was etwa die Dogmatik angeht. Aber sie unterstützen unzweifelhaft unsere Grundhaltung, was die Korruption betrifft, die Mutter Kirche innewohnt. Erzbischof Pawals Brief zeigt, dass er genauso empfindet und durchaus bereit ist, die existierende Hierarchie der Kirche von Charis und den Primat des Erzbischofs von Tellesberg zu akzeptieren. Das allein schon ist ja nun wirklich nicht zu verachten! Emerald hat natürlich bereits das Gleiche getan. Aber trotz der Verlobung von Prinzessin Mahrya mit Zhan lässt sich nicht wegdiskutieren, dass ein Großteil der Welt Emerald lediglich als eroberte Provinz ansehen wird. Clyntahn und Trynair werden in der Lage sein, recht überzeugend darzulegen, dass Cayleb die Kirchendiener von Emerald dazu genötigt habe, die Kirche von Charis zu akzeptieren.

Für Chisholm aber gilt das nicht. Zumindest nicht in einem annähernd vergleichbaren Maß. Das macht Erzbischof Pawals Bereitschaft, offen und willentlich die Position der Kirche von Charis zu vertreten, innerhalb der kirchlichen Hierarchie zugleich deutlich wertvoller und ungleich mutiger. Er kann sich nicht hinter der Behauptung verstecken, die Charisianer hätten ihn mit Bajonetten bedroht. Er kann nicht so tun, als hätten wir ihn zu einem solchen Bekenntnis gezwungen. Und trotzdem hat er sich offen für das Schisma entschieden und für alles, was das mit sich bringt. Die Einstellung seiner Repräsentanten bringt mich auch zu der Überzeugung, sein Schreiben sei ganz und gar aufrichtig. Bitte vergesst nicht, er hat schon mehrmals meine Aufmerksamkeit auf Fragen Chisholm betreffend gelenkt, deren Beantwortung sowohl Entschlossenheit als auch Geduld – und Behutsamkeit – erfordert! Aber alles in allem ist es ihm doch gelungen, einen Großteil meiner drängendsten Sorgen zu zerstreuen.

Ich habe allerdings einen Grund, dieses Thema hier und jetzt anzuschneiden. Ich habe die Anweisungen gelesen, die er seinen Repräsentanten hinsichtlich des Kaiserlichen Parlaments mitgegeben hat. Im Prinzip sind die Repräsentanten gehalten, sich an meinem Verhalten zu orientieren, sowohl was politische wie auch anderweitige weltliche Belange betrifft, und er hat ihnen unmissverständlich mitgeteilt, er wünsche – und hier spreche er als ihr Erzbischof –, dass sie der Krone in jeder nur erdenklichen Art und Weise behilflich seien.«

»Oh, das ist gut.« Zufrieden nickte Sharleyan. »Mahrak – Baron Green Mountain – und Mutter haben mir schon gesagt, dass sie etwas in dieser Art von ihm erwarteten. Es freut mich, dass sie wirklich Recht hatten.«

»Das hatten sie zweifellos, Eure Majestät.«

»Und«, setzte Gray Harbor hinzu, und die Befriedigung war ihm deutlich anzumerken, »die Abgeordneten aus dem Unterhaus sind bereits jetzt damit beschäftigt, eine Zusammenarbeit mit ihren Kollegen hier in Charis vorzubereiten. Zhak Blackwyvern und Sir Samyl Waismyn haben mir berichtet, sie hätten sich bereits mit einem gewissen Wyllym Watsyn und einem Tobis Samylsyn besprochen.«

»Die beiden kenne ich gut.« Wieder nickte Sharleyan. »Vor allem Watsyn gehörte jahrelang zu Mahraks engeren Verbündeten im Unterhaus. Es überrascht mich nicht im Mindesten, dass er auch hier in Tellesberg die Initiative ergreift.«

»Es scheint mir, als sei es wirklich genau das, was er hier tut«, pflichtete Gray Harbor ihr bei. »Auch wenn Zhak mir berichtet hat, er habe den Eindruck, Meister Samylsyn habe hinsichtlich unserer ›schismatischen Politik‹ doch deutlich mehr Vorbehalte als Meister Watsyn.«

»Tatsächlich?« Sharleyan legte die Stirn in Falten, dann schüttelte sie kurz den Kopf. »Das ist durchaus möglich. Tobis ist von Natur aus ein äußerst treuer Bursche. Er mag vielleicht nicht der hellste unter Gottes Sonne sein. Aber er ist ungewöhnlich ausgeglichen, was einer der Gründe dafür ist, dass er und Watsyn normalerweise zusammenarbeiten. Watsyn hat hin und wieder geradezu brillante Einfälle. Aber er kann immer einmal wieder ein wenig ... über das Ziel hinaus schießen. Tobis hilft ihm dabei, nicht den Boden unter den Füßen zu verlieren. Aber Tobis' Begriff von Treue geht über die zur Krone hinaus. Das gehört sogar zu den Dingen, die ich an ihm immer besonders geschätzt habe: Er bringt die gleiche Standhaftigkeit, das gleiche Verantwortungsgefühl *allen* Dingen entgegen, die ihm wichtig sind. Und die Kirche *ist* ihm wichtig.«

»Könnte daraus eventuell ein Problem erwachsen, Eure Majestät?« Gray Harbors Blick wirkte sehr ernst. »Nach dem, was mir Zhak berichtet hat, denken sowohl er als auch Sir Samyl, Watsyn und Samylsyn könnten die beiden wichtigsten Abgeordneten aus dem Unterhaus sein.«

»Meines Erachtens sind sie das ganz eindeutig«, bekräftigte Sharleyan. »Und ich vermute, Tobis' Zweifel an der Richtigkeit der Kirchenspaltung könnte einer der Gründe dafür sein, dass Tobis vom Unterhaus ausgewählt wurde, Chisholm in Charis zu repräsentieren. Er wird sich an alle Anweisungen halten, die man ihm mitgegeben hat. Und sollte er zu dem Schluss kommen, er könne sich nicht guten Gewissens an diese Anweisungen halten, wird er eher seinen Rücktritt einreichen und sich aus dem Entscheidungsprozess zurückziehen als gegen diese Anweisungen *verstoßen*. Ich bin mir sicher, dass es auch noch zahlreiche andere Mitglieder des Unterhauses gibt, die ähnliche Vorbehalte gegen die Kirche von Charis hegen. Sie vertrauen auf Tobis' Rechtschaffenheit, und sie vertrauen auch darauf, dass er eben ihre Vorbehalte gegen das Schisma anzusprechen wagt.«

»Sollte ich mich bemühen, seine Sorgen zu zerstreuen, Eure Majestät?«, erkundigte sich Staynair leise.

»Das halte ich für eine sehr gute Idee«, gab Sharleyan nach kurzem Nachdenken zurück. »Ich glaube nicht, dass Ihr nach ihm werdet schicken müssen, Euer Eminenz. Wenn ich mich nicht sehr täusche, wird *er* zu *Euch* kommen. Wie ich schon sagte: Er ist ein sehr klar denkender, nüchterner Mensch. Er wird, glaube ich, über seine Vorbehalte so rasch wie möglich mit Euch sprechen wollen. Und ich denke, er wird sich dann nach Kräften bemühen, sich unvoreingenommen anzuhören, was Ihr ihm zu sagen habt.«

»Mehr kann man von keinem Menschen verlangen.« Wieder umspielte Staynairs Lippen das für ihn typische, gelassene Lächeln. »Wenn er wirklich bereit ist zuzuhören, wird sich, davon bin ich überzeugt, Gott auch ihm offenbaren – selbst wenn unser Herr gezwungen ist, dafür einen fehlbaren Übermittler wie mich zu nutzen.«

Sharleyan schüttelte den Kopf. Bei den meisten Menschen in Staynairs Position wäre dieser letzte Satz ein perfektes Beispiel für falsche Bescheidenheit gewesen. Maikel Staynair indes war nur aufrichtig.

»Vielleicht kann man wirklich von keinem Menschen mehr verlangen, Maikel«, Gray Harbors Stimme klang deutlich säuerlicher als die des Erzbischof, »aber ich wünschte mir dennoch, unvoreingenommenes Zuhören wäre eine weiter verbreitete Tugend!«

»Aha, und welcher Tugendlose lässt Sie diesen Wunsch vorbringen, Mein Lord?«, fragte Sharleyan nach.

»Dieser Idiot Kairee, Eure Majestät«, grummelte Gray Harbor. »Ich wünschte, ich wüsste, was sich das Unterhaus dabei gedacht hat, als sie *den* auf die Liste der Abgeordneten gesetzt haben!«

Gequält verzog Sharleyan das Gesicht. Traivyr Kairee gehörte zu der Hand voll charisianischer Abgeordneter, die ihr ernstlich Bedenken machten. Auch sie hatte sich gefragt, was wohl den Rest des Unterhauses dazu bewogen haben mochte, ausgerechnet ihn als einen ihrer Sprecher auszuwählen. Bislang hatte die Kaiserin noch keine zufrieden stellende Antwort auf diese Frage gefunden.

In ruhigem Ton wandte sich Staynair an den Ersten Ratgeber. »Aber, Rayjhis, ich bitte Sie! Muss wirklich ich Ihnen erklären, wie viele andere Mitglieder des Unterhauses ihm Geld oder Gefallen schulden – oder beides?«

»Nein«, grummelte Gray Harbor.

»Na, dann haben wir den Hauptgrund für seine Nominierung doch wohl gefunden!« Kaum merklich zuckte der Erzbischof mit den Schultern. »Es würde mich kein bisschen überraschen, hätte er zumindest einen Großteil dieser Gefallen eingefordert, nur um sich in diese Position berufen zu lassen.«

»Ich muss gestehen, dass es mir nicht anders als Rayjhis geht«, sagte Sharleyan und war selbst überrascht, wie rau ihre Stimme dabei klang.

Sharleyan Tayt Ahrmahk hatte Charis, die Charisianer und ihre Art, ihre Bräuche und ihr politisches Gebaren, bereits kennen und an Charis auch vieles lieben gelernt. Traivyr Kairee allerdings verkörperte praktisch alles, was Sharleyan an Charis *nicht* mochte. Er war geradezu sagenhaft reich (was den Bemühungen seines Vaters ebenso zuzuschreiben war wie seinen eigenen), und sämtliche Vorurteile, die der Rest von Safehold, was die Charisianer anging, gern pflegte, passten ihm wie angegossen. Er war gierig, ein Intrigant und gänzlich desinteressiert am Wohlergehen all der Menschen, die für ihn arbeiteten. Er gehörte zu den Manufakturbesitzern, die am lautesten gegen die neuen Gesetze gegen Kinderarbeit protestiert hatten. Sharleyan wusste auch, dass sowohl Ehdwyrd Howsmyn als auch Rhaiyan Mychail ihn nicht nur von Herzen verabscheuten, sondern sich nicht einmal darum sorgten, dass das jemand erfuhr. Nach Sharleyans bisherigen Kenntnissen beruhte diese Abneigung auf Gegenseitigkeit. Dazu kam noch, dass Kairee den beiden Vertrauten des Kaisers zutiefst verübelte, noch ungleich wohlhabender zu sein als er.

Das hätte schon genügt, um Sharleyan den Mann unsympathisch finden zu lassen. Sie aber verabscheute in regelrecht, und das mit Grund. Zwar hatte er sich in jüngster Zeit mit seiner üblicherweise beißenden Kritik deutlich zurückgehalten. Aber an sich machte er keinen Hehl daraus, wie sehr er die Entscheidung missbilligte, die Rechtmäßigkeit des Herrschaftsanspruchs der ›Vierer-Gruppe‹ zurückzuweisen. Aber seine Hingabe der Kirche gegenüber war in Sharleyans Augen nichts als Schau. Zugegeben: Niemand konnte die Tatsache bestreiten, dass er der Kirche stets großzügige Spenden zukommen ließ. Aber wer in Lohn und Brot bei ihm stand und ihm deshalb ausgeliefert war, wusste eines nur allzu gut: Nicht einmal ansatzweise befolgte Kairee das Gebot der Bruderliebe, auf das die *Heilige Schrift* so großen Wert legte. Seine Lebensführung zeichnete sich auch nicht durch besondere Rechtschaffenheit aus. Sharleyan war sogar der Ansicht, Kairee wäre ein perfekter Kandidat für die ›Vierer-Gruppe‹. Seine ›Spenden‹ an die Kirche waren ebenso wie sein Lippenbekenntnis zu den Lehren

Gottes doch nichts anderes als der Versuch, Gott zu bestechen: Mit ernsthafter, aus tiefstem Herzen empfundener Frömmigkeit hatte das nicht das Geringste zu tun. Die Kirche von Charis war für Kairee daher nichts anderes als eine Bedrohung des Schwindels, den er sein ganzes Leben lang an Gott und den Erzengeln zu verüben versuchte.

Sharley, Sharley, vielleicht *bist du ihm gegenüber ja doch etwas strenger, als er verdient hat!,* ermahnte sie sich selbst.

Ja, vielleicht, kam die Antwort aus einem anderen Winkel ihres Herzens. *Vielleicht aber auch nicht.*

So sehr Kairee auch versuchte, seine widerständige Haltung dem Schisma gegenüber zu kaschieren, war er für alle offenkundig kein Anhänger der Kirche von Charis – auch wenn er sich einen Teil der Reformationen, die diese gerade durchlief, zu eigen gemacht hatte. Sein Herz schlug dabei aber, da war sich Sharleyan sicher, für etwas anderes: Der Krieg gegen die Kirche des Verheißenen verschaffte Kairee reichlich Aufträge. Er verdiente am Schisma einfach zu viel Geld, um glaubenstreu zu bleiben. Wie hätte er auch zulassen können, dass all das schöne Geld in die Taschen anderer floss!

Kairees Scheinheiligkeit und Gier waren für Sharleyan Grund genug, ihm gegenüber Vorbehalte zu hegen. Doch das war noch nicht alles: Sharleyans Onkel, Herzog Halbrook Hollow, gehörte zu den in etwa zwanzig wohlhabendsten Männern im Königreich Chisholm. Kairee hatte die letzten Monate damit verbracht, den Herzog dazu zu bewegen, sein Geld in die verschiedenartigsten Unternehmen in Charis zu investieren – die natürlich allesamt Kairee gehörten. Sharleyans Ärger galt nicht dem Umstand, dass ihr Onkel Geld in Charis investieren sollte und wollte. Aber wenn er schon jemandem hier sein Geld gab, warum konnte es dann nicht wenigstens jemand wie Howsmyn oder Mychail sein? Jemand, der wenigstens ein Mindestmaß an Prinzipien besaß?

Kairee spekuliert auf Onkel Byrtryms Prinzipien, dachte sie abschätzig. *Er weiß, wie unglücklich mein Onkel wegen meiner Entscheidungen ist. Also nutzt er seinen Ruf als treuer Anhänger der Kirche des Verheißenen, um Onkel Byrtrym dazu zu bewegen, ihm Geld in die Taschen zu spülen! Und mein lieber, guter Onkel Byrtrym ist allen Ernstes davon überzeugt, Kairee sei sein* Freund *– einer der wenigen Freunde, die er hier in Charis hat! Das Letzte aber, was ich gebrauchen kann, ist ein Onkel, dessen Treue der Kirche von Charis gegenüber ohnehin schon mehr als zweifelhaft ist und der dann auch noch vor aller Augen Umgang mit jemanden von Kairees Kaliber pflegt!*

Kurz schloss Sharleyan die Augen und schalt sich innerlich erneut. Sie konnte ihrem Onkel kaum verargen, dass er sich mit der Hand voll einflussreicher oder wohlhabender Charisianer abgab, die ihn nicht mit offener Skepsis beäugten. Sharleyan hatte dementsprechend Halbrook Hollow gegenüber einige vorsichtige Andeutungen gemacht. Sie brachte es allerdings nicht übers Herz, sich noch offener darum zu bemühen, einen Keil zwischen ihren Onkel und Kairee zu treiben. Aber das *sollte* sie tun. Sie wusste, dass sie es tun sollte. Aber der Herzog hatte in Charis ohnehin so wenig Freunde, und sie war diejenige, die ihn dazu genötigt hatte, hierher zu kommen. So sehr *sie* Kairee auch verabscheute: Ihr Onkel sah diesen Mann offensichtlich in einem gänzlich anderen Licht.

Und es ist immerhin möglich, dass du Kairee selbst einfach falsch siehst, weil *du dich darüber ärgerst, dass Onkel Byrtrym mit ihm in Kontakt steht,* sagte sie sich selbst.

»Ich selbst wäre auch deutlich glücklicher, wenn zwischen Kairee und dem Kaiserlichen Parlament mindestens ein Kontinent an Distanz läge – und am besten auch gleich noch zwischen ihm und dem charisianischen Unterhaus«, gestand Erzbischof Maikel. »Andererseits ist es vielleicht ganz gut, ihn genau dort zu haben.«

»Ach ja? Wieso denn?«, fragte Gray Harbor unumwunden. »Abgesehen davon, dass es natürlich angenehm ist, immer genau zu wissen, wo er sich gerade aufhält – das würde es sehr viel leichter machen, ihn, wenn die Zeit gekommen ist, zu verhaften und vor den Scharfrichter zu schleppen.«

»Wieso, fragen Sie?«, gab Staynair zurück. »Nun, weil er wahrlich kein Einzelfall ist, Rayjhis. Er mag unangenehm sein und er ist gewiss auch ein größerer Heuchler als jeder andere, der mir spontan in den Sinn kommt, aber er steht nicht allein da. Es gibt noch viele andere hier in Charis und auch in Chisholm, die zweifellos denken wie er.«

Es entging Sharleyan nicht, dass er jeglichen Blickkontakt mit ihr vermied. Sogleich musste sie an ein anderes Gespräch denken, dass sie kürzlich mit ihm geführt hatte.

»Es ist wichtig, dass all jenen Andersdenkenden keinesfalls das Recht abgesprochen wird, ihre eigene Meinung öffentlich kundzutun«, sagte der Erzbischof. »Hier geht es um Prinzipien, um das Recht und die Pflicht des Einzelnen, seine ganz persönliche Entscheidung zu treffen. Cayleb hat es so ausgedrückt: Wir können nicht in einen Krieg um die Freiheit des eigenen Gewissens ziehen, wenn wir anderen diese Freiheit *verweigern*, bloß weil sie zufälligerweise anderer Ansicht sind als wir selbst. Wenn das bedeutet, dass wir den einen oder anderen Kairee ertragen müssen, selbst in unserem Parlament, dann ist das eben der Preis, den wir dafür zahlen müssen.«

»Grundsätzlich gebe ich Euch Recht«, entgegnete Gray Harbor. »Ich habe auch weiß Gott genug Zeit in der Politik verbracht, um zu begreifen, dass der Versuch, sich widerstreitende Standpunkte anzuhören, stets unerfreulich ist. Aber Kairee ...« Er schüttelte den Kopf, und seine Miene verriet unverhohlenen Abscheu. »Warum konnten die Tempelgetreuen nicht wenigstens einen Sprecher auswählen, der *überhaupt* irgendwelche Prinzipien hat?«

»Ich nehme an, hier war das Problem, dass sie sich mit dem haben zufrieden geben müssen, was ihnen zur Verfügung stand«, erwiderte Sharleyan trocken. Dann schüttelte sie abwehrend den Kopf.

»Aber genug jetzt von Meister Kairee!«, sagte sie. »Wir haben ungleich wichtigere Dinge, um die wir uns sorgen müssen. Zum Beispiel, wann die Abgeordneten mich ›ganz spontan‹ einladen sollten, damit ich zu ihnen spreche.«

»Eure Majestät«, kam Gray Harbor nicht umhin festzustellen, »das klingt aber außerordentlich berechnend und zynisch, insbesondere für jemanden, der so jung an Jahren ist wie Ihr!«

»Ach nein, Mein Lord, das ist lediglich Pragmatismus«, erwiderte sie. »Zurück also zur Frage: Für welchen Zeitpunkt sollten wir eine solche Einladung arrangieren?«

»Es gibt keinen Grund, hier etwas zu übereilen, Eure Majestät«, antwortete Staynair ihr. »Ich rate Euch, den Abgeordneten zumindest noch einige Tage Zeit zu lassen, damit sie ein wenig im eigenen Saft schmoren können. Lasst der konstituierenden Versammlung einfach ein wenig Zeit! Dann kann man untereinander erst einmal das Gröbste abschleifen – und man hat die Möglichkeit, Fraktionen zu bilden und Bündnisse einzugehen. Erst dann solltet Ihr vor die Versammlung treten und die Abgeordneten mit dem Vorschlaghammer bearbeiten.«

»Ihr meint, ich sollte warten, bis erste, politisch sinnvolle Zielvorstellungen zu erkennen sind?«

»Etwas in dieser Art, ja.«

»Wäre es denn nicht besser, den einen oder anderen Schlag gleich jetzt anzubringen, wo alles noch im Fluss ist und Fronten sich noch nicht verhärtet haben?« Sharleyan suchte als erfahrene Taktikerin mit dieser Frage den Rat anderer Experten; Widerspruch war nicht ihr Ziel.

»Was immer Majestät im Augenblick unternehmen: Es wird nicht verhindern, dass im Parlament Fraktionen entstehen und Bündnisse geschlossen werden«, erklärte Staynair. »Das liegt einfach in der Natur des Menschen. Lasst es mich mit diesem Bild ausdrücken: Meines Erachtens wäre es ratsamer, dem Wasser zunächst einmal zu gestatten, sich seinen eigenen Weg zu bahnen. Wenn wir die neuen Fraktionen einfach von sich aus entstehen lassen, können wir Freund und Feind besser auseinander halten, ehe wir das Schwert ziehen!«

»Meine Güte, so viele Metaphern und dann auch noch eine solch kriegerische!«, brummte Gray Harbor. Staynair blickte ihn an, eine Augenbraue gehoben, und der Erste Ratgeber lachte lauthals. »Ich will Euch doch gar nicht widersprechen, Maikel! Ich bin im Gegenteil ganz der Ansicht, dass Ihr Recht habt.«

»Das ist auch meine Meinung«, sagte Sharleyan nachdenklich.

»Gut«, kommentierte Gray Harbor. »Dann werde ich wohl mit Sharphill sprechen müssen. Er ist bereits vorbereitet, den Ball ins Rollen zu bringen, indem er – wie Ihr es ausgedrückt habt, Eure Majestät – ›spontan‹ den Vorschlag unterbreitet, Euch offiziell um eine Rede zu ersuchen. Ein kurzer Wink genügt da schon.«

»Fein!« Sharleyan lächelte. Sir Maikel Traivyr, Graf Sharphill, war Ehdwyrd Howsmyns Schwiegervater. Im Adel von Charis war er immerhin so angesehen, dass sogar ein Adeliger aus Chisholm ihm Gehör schenken würde. Sharphill hielt sich sorgsam zurück und bemühte sich derzeit nach Kräften, niemanden seine eigenen Gedanken wissen zu lassen. Sharleyan hatte Sir Maikel schon von dem Augenblick an gemocht, da sie ihm zum ersten Mal begegnet war – und sie verstand sofort, warum Howsmyn so große Stücke auf ihn hielt.

»Also«, sagte sie und griff erneut nach ihrem Weinglas, »ich muss sagen, meine Herren, ich bin jetzt deutlich besserer Stimmung als heute Morgen. Cayleb und ich scheinen ja doch an den wichtigsten Stellen Verbündete zu haben.«

»Verbündete, Eure Majestät?«, wiederholte Gray Harbor und tat sehr unschuldig. »Meint Ihr nicht eher ›Spione, Lockspitzel und Saboteure‹?«

»*Mein Lord!*«, gab Sharleyan theatralisch zurück. »Ich *kann* einfach nicht glauben, dass ein königlicher Ratgeber mit derart vielen Jahren Erfahrung sich in einem Moment wie diesem tatsächlich der *Offenheit* schuldig macht! Was haben Sie sich nur dabei gedacht!«

»Vergebt mir, Eure Majestät!«, erwiderte er in gespieltem Ernst. »Das war lediglich ein kurzer Lapsus. Ich weiß nicht, was über mich gekommen ist, aber ich verspreche Euch, ich werde mein Bestes geben, von derartigen Ausbrüchen in Zukunft Abstand zu nehmen!«

»Das will ich doch hoffen!«, sagte Kaiserin Sharleyan von Charis streng.

.V.

Galeone Schwinge, vor East Island, Corisande-Bund

»Eure Hoheit, ich finde, Ihr solltet lieber unter Deck gehen«, sagte Captain Harys leise.

Prinzessin Irys öffnete schon den Mund, um zu protestieren. Dann überlegte sie es sich anders und warf schweigend einen Blick zu Graf Coris hinüber. Dieser Blick war nicht der wortlose Befehl an ihren Vormund, der Entscheidung des Captains zu widersprechen. Es ging ihr darum, Coris wissen zu lassen, dass sie nicht einverstanden war, ihn aber um Zustimmung bäte. Der Graf spürte nicht zum ersten Mal Stolz in sich aufwallen, als er Irys unwillentlich mit dem älteren ihrer beiden Brüder verglich.

»Wenn Sie das für das Beste halten, Captain«, sagte sie kurz darauf zu Harys. »Denken Sie, ich sollte sofort gehen, oder kann ich noch einige Minuten lang zuschauen?«

»Es wäre mir wirklich lieber ...«, setzte Captain Harys an und wandte sich der Prinzessin zu, brach dann aber mitten im Satz ab. *Das liegt an ihren Augen,* dachte Coris. Er hatte Mühe, sich trotz der angespannten Lage, in der sie sich befanden, ein Lächeln zu verkneifen. Die Prinzessin blickte den Captain ruhig und gefasst an. Coris war sich sicher, dass Harys, so tief er ihr in die Augen schaute, dort weder Furcht noch Bockigkeit zu entdecken vermochte, sondern das Versprechen, seine Entscheidung hinzunehmen, wie auch immer sie ausfiele.

»Es wäre mir wirklich lieber, wenn Ihr jetzt sofort unter Deck ginget«, griff der Captain den unterbrochenen Gedankengang wieder auf. »Andererseits kann es wohl kaum schaden, wenn Ihr noch ein wenig bleibt, Eure Hoheit. Allerdings wüsste ich es zu schätzen, wenn Ihr Seine Hoheit rechtzeitig unter Deck in Sicherheit brächtet, nur für den Fall, dass wir ... Besucher empfangen müssen.«

»Selbstverständlich, Captain.« Irys lächelte ihn an. Es bestand keinerlei Zweifel, dass sie genau wusste, was er damit meinte. Doch diese Augen, die denen ihrer verstorbenen Mutter so ähnlich waren, hielten seinem Blick gelassen stand. Zhoel Harys ertappte sich dabei, zustimmend zu lächeln.

»Ich werde Euch sagen, wann es Zeit ist zu gehen, Eure Hoheit«, sagte er. Er deutete eine Verneigung an, ein kaum merkliches Neigen des Kopfes, als fürchte er, fremde Beobachter mit Ferngläsern könnten diese Geste des Respekts bemerken. Er wandte sich ab und legte als Schutz vor der Sonne die Hand über die Augen. Sein Augenmerk galt dem krakengleichen Schoner, der wie ein Messer das sonnenglitzernde Wasser durchschnitt und dabei stetig näher kam.

Irys trat etwas näher an Coris heran, ohne ihrerseits den Blick von dem charisianischen Kriegsschiff abzuwenden. Der Graf glaubte nicht, dass sie bewusst handelte, auch wenn er ernstlich versucht war, ihr ermutigend den Arm um die schlanken Schultern zu legen. Stattdessen blieb er einfach nur stehen, beobachtete sie und hoffte das Beste.

Er ertappte sich bei dem Wunsch, sie hätten jetzt die Planken von Harys *Entermesser*, nicht die der *Schwinge* unter den Füßen. Die Vorstellung, dem charisianischen Schiff mit gleichwertiger Feuerkraft entgegenzutreten, besaß momentan reichlich Anziehungskraft. Doch hatte natürlich nie auch nur der Hauch einer Hoffnung bestanden, die *Entermesser* oder eine ihrer Schwesterschiffe an der Blockade vorbeizuschaffen, die derzeit über Manchyr verhängt war. Und da es unmöglich gewesen war, ein richtiges Kriegsschiff zu nutzen, hatten Tartarian und auch Harys zweifellos mit ihrem anderen Argument Recht: Weitere Marines an Bord zu nehmen oder zu versuchen, irgendwo im Schiff noch zusätzliche Kanonen zu verbergen, wären echte, gravierende Fehler gewesen. Ihre beste Hoffnung bestand darin, charisianischen Schiffen ganz und gar auszuweichen. Gelänge ihnen das nicht, bestand ihre einzige Hoffnung darin, so unschuldig und unauffällig wie nur möglich zu wirken. Das Letzte, was sie sich leisten konnten, wäre der Besatzung eines schwer bewaffneten charisianischen Schoners erklären zu müssen, warum sich zwanzig oder dreißig corisandianische Marinesoldaten an Bord einer Handelsgaleone befanden, die unter der Flagge von Harchong fuhr.

Aus diesem Grund trugen die Matrosen der *Schwinge* wild zusammengewürfelte Kleidung, wie man sie an Bord eines Handelsschiffes erwarten würde, dessen Eigner zu geizig für eine gut gefüllte Kleiderkammer war. Die Männer, die diese Kleidung trugen, waren von Captain Harys und Graf Tartarian handverlesen: Nautische Erfahrung, Treue und Intelligenz hatte sie auf die *Schwinge* gebracht. Sie wussten ganz genau, wie die Besatzung eines Handelsschiffes sich unter derartigen Umständen verhalten würde.

Auch Coris' ganze Aufmerksamkeit galt nun den Charisianern. Er hoffte, dass Harys und Tartarian Recht gehabt hatten.

Zhoel Harys stand auf dem Achterkastell der *Schwinge* und schaute zu, wie die Charisianer manövrierten. Das Achterkastell der Galeone war deutlich niedriger, als es an Bord eines Kriegsschiffes gewesen wäre. Harys stand auf dem dennoch exponierten Platz und mühte sich nach Kräften, so ruhig zu erscheinen wie nur möglich. Natürlich wäre es falsch, *allzu* gelassen zu wirken. Jeder Skipper eines Handelsschiffes wäre schließlich von Natur aus durchaus beunruhigt angesichts der Vorstellung, eine Entermannschaft könne an Bord kommen.

Ist ja auch so, verdammt!, dachte er. *Die Kunst besteht darin, nervös* genug *zu wirken, ohne* so *nervös zu erscheinen, dass jemand zu dem Schluss kommt, ich hätte etwas zu verbergen.*

Er stellte fest, dass sich sein Magen damals im Darcos-Sund deutlich weniger zusammengekrampft hatte. Damals war ihm aufgegangen, zu was charisianische Kanonen wirklich in der Lage waren.

Ohne ein Wort des Widerspruchs waren die Prinzessin und ihr jüngerer Bruder unter Deck gegangen und hatten sich in die beengte Kabine zurückgezogen. Die *Schwinge* war nie darauf ausgelegt worden, Passagieren irgendwelchen Luxus zu bieten. Man hatte Prinzessin Irys und Prinz Daivyn Quartiere zugewiesen, die zwar relativ bequem, aber dennoch geradezu spartanisch ausgestattet waren – auch das passte ganz zu ihrer Tarnung. Sie und Graf Coris waren unter falschen Namen im Logbuch der *Schwinge* verzeichnet. Aber alle an Bord wären deutlich glücklicher, wenn die Charisianer den beiden schlicht gekleideten Kindern eines einfachen Kommissionärs keinerlei Aufmerksamkeit schenken würden.

Abwindig kam das charisianische Schiff auf sie zu; die Kanonen waren schussbereit. Harys konnte erkennen, dass der fremde Captain auf seinem eigenen Achterdeck stand und die *Schwinge* durchs Fernglas beobachtete. Harys hoffte, dem Charisianer sei aufgefallen, dass sich kein einziger der Matrosen an Bord der *Schwinge* in der Nähe der armseligen ›Falken‹ befand, die entlang der Breitseite des Schiffes aufgestellt waren. Und es war auch kein einziger ›Wolf‹ auf den Schwenkzapfen montiert.

Wir sehen nicht nur so aus, als wären wir keine Bedrohung für dich!, dachte er angestrengt, als wolle er dem Captain des anderen Schiffes diesen Gedanken einimpfen. *Bloß ein weiteres, armseliges Handelsschiff mit einer Fracht, die nach Shwei soll.*

Der Schoner kam auf weniger als fünfzig Schritt auf der Luvseite der *Schwinge* heran, die auf Backbordbug lag, um längsseits zu gehen. Der charisianische Kreuzer konnte die *Schwinge*, die der Umstände wegen höchste Fahrt aufgenommen hatte, mühelos einholen – und nutzte dafür lediglich das Fock- und die Fockmastsegel. Harys spürte, wie ihn Neid durchzuckte. So freudig erregt er auch darüber gewesen war, das Kommando über die *Entermesser* zu erhalten, wusste er doch, dass die Galeone es hinsichtlich Geschwindigkeit und Wendigkeit niemals mit diesem Schoner da aufnehmen konnte. Die neue Breitseitenbewaffnung der *Entermesser* brachte ihr auch keinen Vorteil: Das Breitseitengewicht des Charisianers war ihr ebenbürtig – Dreißigpfünder-Karronaden blitzen auf dem Feindschiff gefährlich auf.

Und ich wette, die haben das Kommando über diese verdammten Schoner nicht bloß irgendwem *übertragen*, dachte er grimmig. *Die werden dafür Männer ausgewählt haben, die auch* denken *können, nicht bloß kämpfen.*

»Ahoi, *Schwinge!*« Die Stimme des charisianischen Captain drang über das Wasser zwischen den Schiffen zu Harys hinüber, verstärkt durch das lederne Sprachrohr.

»Was kann ich an diesem schönen Morgen für Sie tun?«, gab Harys mit ähnlicher Lautstärke zurück; sein eigener Sprachtrichter unterstützte ihn dabei.

»Wenn Sie bitte beidrehen wollten!«, erwiderte der Charisianer.

»Wer gibt Ihnen das Recht, das zu verlangen?« Harys bemühte sich redlich, in seiner Stimme genau das richtige Maß Entrüstung mitschwingen zu lassen.

»Sie wissen, wer uns das Recht gibt, Captain!« Es entging Harys nicht, dass die Stimme des Charisianers vor allem belustigt klang. Mit seinem Sprachrohr deutete der Captain auf das Kraken-Banner, unter dem sein eigenes Schiff fuhr.

»Dies ist ein Handelsschiff des Harchong-Reiches!«, gab Harys scharf zurück.

»Und wir befinden uns nicht mit dem Harchong-Reich im Krieg«, erwiderte der Charisianer. »Aber wir befinden uns im Krieg mit einigen, die vielleicht nur so *tun*, als seien sie Harchongesen. Jetzt drehen Sie schon bei, Captain, bevor ich noch auf den Gedanken komme, Sie könnten ebenfalls dieser besonderen Personengruppe angehören!«

Harys wartete noch einen Augenblick ab, dann ließ er ostentativ die Schultern sinken.

»Also gut«, grollte er mit betont frustriertem Tonfall und wandte sich seinem Ersten Offizier zu. »Beidrehen!«, befahl er.

»Aye ... jawohl, Sir.«

Harys legte die Stirn in Falten. Gerade eben noch hatte es der Offizier geschafft, nicht die förmliche Entgegnung auf einen Befehl zu geben, wie sie bei der Navy verlangt wurde. Wenigstens hatte er nicht salutiert. Gut, man musste dem Mann zugute halten, dass alle an Bord dazu neigten, unter Anspannung auf die antrainierte Art und Weise zu reagieren. Die ganze Mannschaft musste ebenso beunruhigt sein wie Harys selbst. Vermutlich war daher das Höchste dessen, was der Captain von ihnen erwarten konnte, dass sie nicht ganz aus der Rolle fielen.

Die *Schwinge* drehte bei, ohne dabei die Effizienz an den Tag zu legen, die man von einem Kriegsschiff wohl hätte erwarten dürfen. Die unteren Segel wurden aufgegeit, das Sprietsegel eingeholt, das Großbramsegel gebrasst: Jetzt nahmen die Segel den Wind aus unterschiedlicher Richtung auf, und die widerstreitenden Kräfte des Windes ließen das Schiff nahezu stillstehen.

Der Schoner ahmte das Manöver der *Schwinge* nach, zeigte dabei jedoch deutlich mehr Geschick, und schon wurde ein Beiboot zu Wasser gelassen und bemannt. Rasch legte es den Abstand zwischen den beiden Schiffen zurück und ging längsseits zur *Schwinge*.

»Gestatten Sie, an Bord zu kommen, Sir?«, erkundigte sich der junge Lieutenant, der offenkundig das Kommando über diese Entermannschaft hatte. Ohne allerdings eine Antwort abzuwarten, kletterte er an der Seitenwand der Galeone empor, zur Einstiegsluke hinauf. Dennoch klang sein Tonfall angemessen respektvoll.

Ein paar Sekunden lang bedachte Harys den jungen Mann nur schweigend mit einem finsteren Blick. Dann jedoch verzog er das Gesicht.

»Da Sie es für angemessen hielten, sich selbst einzuladen, kann ich Ihnen diese Bitte wohl kaum abschlagen«, grollte er.

»Ich danke Ihnen, Sir«, erwiderte der Lieutenant. Er kletterte weiter, bis er die Einstiegsluke erreicht hatte, und wartete. Zehn charisianische Marines folgten ihm an Bord.

»Mein Captain hat mich angewiesen, Sie um Entschuldigung für diese Unannehmlichkeit zu bitten, Captain«, sagte der junge Offizier dann. »Ihm ist durchaus bewusst, dass niemand sich gern von einer fremden Navy aufbringen lässt. Wenn Sie mir Ihre Papiere zeigen wollten, werden wir uns bemühen, das hier so rasch wie möglich hinter uns zu bringen.«

»Das wäre mir nur recht«, gab Harys zurück. »Folgen Sie mir bitte!«

»Ich danke Ihnen, Sir.«

Der Lieutenant nickte dem Sergeant seines Trupps Marines zu. Einer der Männer folgte dem Lieutenant, die anderen blieben, wo sie waren: unmittelbar neben der Einstiegsluke. Sie versagten sich offenkundige Drohgebärden. Weder Harys noch einer seiner Männer zweifelte indes daran, dass die Musketen, die die Marines derzeit harmlos auf den Boden richteten, durchgeladen und schussbereit waren.

Der Lieutenant und der einzelne Marine, der ihn begleitete, folgten Harys in dessen Kabine, die sich unter dem Achterkastell befand. Vor der Tür blieben sie stehen und warteten geduldig, während Harys in einer Schublade wühlte, um die Papiere der *Schwinge* zu finden. Es dauerte einige Minuten, doch schließlich zog er sie zusammen mit dem sorgfältig vorbereiteten Logbuch des Schiffes hervor und reichte alles dem Lieutenant.

»Ich danke Ihnen, Sir«, wiederholte der Charisianer ein weiteres Mal. Er betrat einen Schritt weit die Kabine, hielt die Schiffspapiere in den Sonnenstrahl, der durch das Oberlicht fiel, und begutachtete sie konzentriert. Ganz offensichtlich wusste er genau, wonach er zu suchen hatte. Harys war auf einmal sehr dankbar dafür, dass die Männer, die diese gefälschten Papiere angefertigt hatten, wahre Könner waren und wussten, was sie da taten.

Nach einigen Augenblicken legte der Lieutenant die Papiere beiseite und blätterte dann rasch das Logbuch durch. Er versuchte gar nicht erst, den gesamten Text zu lesen. Offenkundig suchte er nach Ungereimtheiten, Auffälligem jedweder Art ... oder nach Anzeichen dafür, dass zwischen ältere Einträge einige neue Zeilen eingeschoben worden waren.

Langhorne sei dank, dass wir das ganze *Teil von Grund auf neu abgefasst haben*, dachte Harys, behielt die Miene dabei aber die ganze Zeit über unbewegt. *Auch wenn ich schon befürchtete, ich bekäme einen Schreibkrampf, bevor das Ding endlich fertig war!*

Ein Großteil der Einträge hatte er persönlich vorgenommen, dabei aber verschiedene Federn und unterschiedliche Tintenfässer genutzt. Andere Einträge, immer wieder verstreut im ganzen Logbuch, stammten von seinem Ersten und Zweiten Offizier, und die Fälscher in Graf Coris' Diensten hatten die Seiten geschickt künstlich altern lassen. Einige Einträge hatten Wasserschäden davongetragen, sodass sie kaum noch lesbar waren, und bei einem Großteil der Texte handelte es sich um kurze Einträge, nur eine oder zwei Zeilen lang, wie man sie vom Skipper eines Handelsschiffs auch erwartete; andere hingegen waren deutlich ausführlicher und schilderten die eine oder andere besondere Begebenheit.

»Dürfte ich Sie wohl fragen, was Sie in diesen Gewässern hier zu tun haben?«, fragte der Lieutenant schließlich, blickte vom Logbuch auf, griff noch einmal nach den Schiffs-, dann nach den Zollpapieren und der Besitzurkunde und stapelte sie fein säuberlich auf.

»Wir fahren zur Shwei Bay ... wie im Logbuch angegeben«, gab Harys ein wenig scharf zurück.

»Aber warum auf dieser Route?« Der Tonfall des Lieutenant klang immer noch sehr höflich. Mittlerweile aber hatte er die Augen zusammengekniffen. »Laut diesen Aufzeichnungen sind Sie von Charis aus aufgebrochen. Wäre die Überfahrt nicht deutlich kürzer, wenn Sie nach Westen gefahren wären statt nach Osten?«

»Das ist durchaus möglich«, bestätigte Harys. »Andererseits wimmelt es vor den Südküsten von Haven und Howard heutzutage nur so vor Freibeutern – oder haben Sie davon noch gar nichts mitbekommen, Lieutenant?«

»Doch, ich glaube, davon habe ich auch schon gehört, Sir, ja.« Die Mundwinkel des Lieutenant zuckten, und Harys stieß ein Schnauben aus.

»Das kann ich mir denken! Auf jeden Fall erschien es mir deutlich weniger wahrscheinlich, auf einen dieser Freibeuter zu stoßen, wenn ich mich nach Osten halte. Schließlich schienen die alle westlich von Charis auf Jagd zu gehen. Und es schien mir auch – und das ist keineswegs despektierlich gemeint, Lieutenant –, dass diese Freibeuter hin und wieder ein wenig ... übereifrig sind, wenn Sie verstehen, was ich meine. Ich würde einfach gern Situationen vermeiden, die sich als verhängnisvoll erweisen könnten. Alles andere gefiele den Eignern sicher nicht.«

»Ich verstehe.« Mehrere Sekunden lang blickte der Lieutenant Harys nur schweigend an; sein Blick wirkte sehr nachdenklich. Dann zuckte er mit den Schultern. »Ich denke, das ist durchaus nachvollziehbar, wenn die Dauer Ihrer Überfahrt nicht sonderlich von Bedeutung ist.«

Wieder schnaubte Harys.

»Na, einer Fracht, Lieutenant, die aus landwirtschaftlichen

Geräten besteht, ist es ziemlich egal, ob es ein paar Tage oder gar ein paar Fünftage länger dauert, ihr Ziel zu erreichen! Ist ja nun nicht so, als hätte ich hier verderbliche Ware geladen.«

»Landwirtschaftliche Geräte?«

»Sensen, Pflüge, Eggen«, erläuterte Harys knapp. »Wir haben sie in Tellesberg an Bord genommen.«

»Darf ich mir die Fracht mal ansehen?«

»Warum nicht?« Harys hob die Hände in einer Geste, die zugleich Zorn und Duldung verriet. »Folgen Sie mir bitte!«

Er führte den Lieutenant wieder an Deck und winkte dann den Navy-Lieutenant zu sich, dem man die Rolle des Zahlmeisters der *Schwinge* übertragen hatte.

»Er möchte die Fracht sehen«, sagte er. »Zeigen Sie sie ihm!«

»Jawohl, Sir«, bestätigte der Zahlmeister und blickte den Charisianer säuerlich an. »Versuchen Sie wenigstens nicht allzu viel Unordnung zu machen – die muss nämlich *ich* sonst wieder beseitigen!«

»Ich werde mich bemühen«, erklärte sich der Charisianer einverstanden. Doch seine Lippen umspielte ein sardonisches Grinsen.

Vier Matrosen der *Schwinge* schlugen die Haltekeile fort und hoben dann die Schalkleisten von der Haupt-Ladeluke. Vier der charisianischen Marines kletterten in den Laderaum hinab. Sie fanden dort genau das vor, was im Frachtbrief angegeben war.

Die landwirtschaftlichen Geräte stammten aus einer der Manufakturen Ehdwyrd Howsmyns, auch wenn sie *nicht* in Tellesberg gekauft worden waren. In Wirklichkeit hatte man sie in Chisholm erstanden. Sie sollten an das Herzogtum West Wind geliefert werden, sobald die erste Angriffswelle charisianischer Freibeuter die Gewässer rings um Zebediah und Corisande gesäubert hätte. Bis dahin hatte die *Schwinge* Zuflucht in Elvarth gesucht. Doch die ganze Fracht befand sich immer noch in den

Originalkisten, und diese Kisten trugen den Zollstempel von Tellesberg. *Chisholmianische* Zollstempel dagegen fanden die Marines nicht. Denn irgendwie war es gelungen, diese Kisten an den Zollinspektoren von Chisholm vorbeizuschaffen. Königin Sharleyan hatte jeglichen Handel zwischen Chisholm und Corisande offiziell untersagt, bevor sie nach Tellesberg aufgebrochen war. Bedauerlicherweise hatten zumindest einige ihrer Untertanen beschlossen – vor allem diejenigen, die bereits Bestellungen corisandianischer Kunden entgegengenommen hatten –, dieses Verbot könne sich doch unmöglich auch *auf sie* beziehen ... und es dann umgangen.

Das war der letztendliche, entscheidende Faktor für Graf Tartarian gewesen, die *Schwinge* für ihre derzeitige Mission auszuwählen. Schließlich gab es wohl kaum etwas, das für eine charisianische Entermannschaft weniger bedrohlich oder verdächtig aussehen konnte als Waren, die in Charis selbst hergestellt worden waren.

Die Marines durchwühlten einige Minuten lang den Frachtraum, dann kletterten sie wieder an Deck.

»Passt alles zur Frachtliste, Sir«, erklärte der ranghöchste Marine seinem Lieutenant, und dieser wandte sich wieder Harys zu.

»Also gut«, sagte er und überreichte ihm die Schiffspapiere, »dann war es das wohl, Captain. Ich danke Ihnen für Ihre Kooperationsbereitschaft und bitte Sie erneut im Namen meines Captain um Entschuldigung für die Umstände, die wir Ihnen gemacht haben.«

»Ist ja nichts passiert«, gestand Harys ein wenig grummelig ein. Dann schüttelte er den Kopf und verzog das Gesicht. »Um die Wahrheit zu sagen, Lieutenant: Ich kann es Ihnen oder Ihrem Captain nicht verdenken. Ich gebe zwar zu, dass ich der Ansicht bin, sämtliche Charisianer hätten den Verstand verloren. Aber unter den gegebenen Umständen hätte ich an Ihrer Stelle wohl genau das Gleiche getan.«

»Ich bin froh, dass Sie Verständnis für unsere Lage haben, Sir.« Der Lieutenant deutete eine Verbeugung an, dann deutete er mit dem Kinn auf die Marines. Kurz nahm der Sergeant Haltung an, dann scheuchte er seine Männer wieder zur Barkasse hinunter.

»Ich wünsche Ihnen und Ihrem Schiff eine sichere Überfahrt zur Shwei Bay, Captain«, sagte der Lieutenant noch, dann folgte er seinen Marines.

Harys stand am Schanzkleid, schaute zu, wie an Bord der Barkasse die Ruder ins Wasser abgesenkt wurden. Kurz darauf hielt das kleine Boot mit kräftigen Riemenschlägen wieder auf den Schoner zu. In gewisser Weise hatte er Mitleid mit dem jungen Lieutenant: Der junge Mann hatte tatsächlich saubere Arbeit geleistet. Er hatte an genau den richtigen Stellen nachgeschaut, und er hatte auch genau die richtigen Dokumente und die richtige Fracht gefunden. Aber wer hätte denn auch vermutet, dass jemand einen derart aufwändigen Täuschungsversuch unternahm, bloß um drei Passagiere in die Shwei Bay zu bringen? Die Vorstellung war doch einfach ungeheuerlich!

Wie ungeheuerlich das wirklich *ist, hängt ja wohl ganz davon ab, um welche Passagiere es hier geht, nicht wahr?*

Zhoel Harys gestattete sich ein wölfisches Grinsen und musste feststellen, dass er zum ersten Mal ganz und gar zufrieden damit war, nur der Kommandant der *Schwinge* und nicht der *Entermesser* zu sein.

.VI.

Palast des Erzbischofs, Tellesberg, Kaiserreich Charis

»Euer Eminenz«, sagte Pater Bryahn, »Madame Dynnys ist hier.«

»Ah, gut, Bryahn!«

Erzbischof Maikel erhob sich und trat um seinen Schreibtisch herum. Er lächelte freundlich, als Ushyr sich verneigte und Adorai Dynnys durch die Tür des Arbeitszimmers führte. Maikel streckte ihr die Hand entgegen, und Erayk Dynnys' Witwe erwiderte sein Lächeln, als sie seine Hand ergriff. Seit sie hier in Tellesberg eingetroffen war, hatte Maikel sie deutlich besser kennen lernen dürfen. Daher war nicht erstaunt, als sie sich auf die Zehenspitzen stellte und ihm einen Kuss auf die Wange hauchte.

»Danke, dass Ihr Euch bereit erklärt habt, mich zu empfangen«, sagte sie, während er sie am Ellenbogen fasste und sie zu einem der Sessel in seinem Arbeitszimmer dirigierte. »Mir ist wohl bewusst, dass es nicht gerade einfach ist, jemanden, der so viel zu tun hat wie Ihr, derart kurzfristig aufzusuchen. Vor allem jetzt, da die ganzen Details dieses neuen Parlaments zu regeln sind.«

Es entging Staynair nicht, dass sie zu der Liste seiner derzeitigen Pflichten nicht noch hinzugefügt hatte: *all die Details der Verschmelzung des Reiches mit diesen anderen Ketzern aus Chisholm* – sehr taktvoll von ihr.

»Für *Sie* Zeit zu erübrigen, sollte nie ein Problem sein«, erklärte er galant. »Na ja, hin und wieder kann es wohl doch ein wenig schwierig werden. Aber es wird nie eine *unwillkommene* Schwierigkeit sein.«

»Ich danke Euch«, sagte sie, und er blickte sie nachdenklich, aber gänzlich unaufdringlich an.

Sorge und Trauer zeichneten ihr Gesicht deutlich weniger auffällig als zuvor. Gänzlich verschwinden würden sie wohl nie. Doch Adorai Dynnys hatte sich in ihr neues Leben in Tellesberg deutlich besser eingefunden, als Staynair vorauszusagen gewagt hätte. Es war durchaus möglich, dass Caylebs und Sharleyans Entscheidung, sie im Palast unterzubringen und zu einem offiziellen Mitglied ihres Hofes zu machen, etwas damit zu tun hatte. Staynair vermutete allerdings, wichtiger sei gewesen, dass sie sich zum ersten Mal in ihrem ganzen Leben offen dem korrupten System entgegenstellen konnte, das für die Inhaftierung und Hinrichtung ihres Gemahls verantwortlich zeichnete. Adorai Dynnys hatte die Kirche von Charis lautstark und effektiv gegen die Anführer der Kirche des Verheißenen unterstützt. Ihr offener Widerstand hatte sie natürlich für die charisianischen Tempelgetreuen zu einer der verhasstesten politischen Figuren im ganzen Reich gemacht. Für die Gegner des Tempels nämlich war sie zur Galionsfigur geworden. Von Anfang an war man nur zu bereit gewesen, sie mit offenen Armen zu empfangen. Vor allem aber, nachdem die ersten Einzelheiten über den entsetzlichen Tod Erzbischof Erayks die Runde gemacht hatten, hatte man sie in Charis ins Herz geschlossen. Vorsichtshalber hatte Kaiserin Sharleyan daher zwei ihrer persönlichen Leibwachen zum Schutz der Witwe abgestellt.

»Was verschafft mir heute die Freude Ihres Besuches?«, erkundigte sich Maikel nun.

»Eigentlich, Euer Eminenz, benötige ich Euren Ratschlag. Ich ...«

Sie stockte, als Ahrdyn den schlanken, runden, ohrlosen Kopf aus seinem Korb herausstreckte. Adorai Dynnys gehörte zu den Menschen, die die Katzenechse ganz besonders liebte. Ahrdyn konnte sich stets darauf verlassen, von ihr geduldig und ausdauernd gestreichelt zu werden. So sprang er aus dem Korb und schlenderte quer durchs Arbeitszimmer, sprang Adorai mit einem Satz auf den Schoß und schnurrte zur Begrüßung.

Na ja, dachte Staynair. *Es könnte wohl wirklich eine Begrüßung sein. Ich glaube aber eher, er nimmt sie triumphierend in Besitz.*

Die Katzenechse ließ sich auf dem Schoß von Maikels Besucherin nieder. Sofort streichelte ihm Madame Dynnys mit einem Lächeln auf den Lippen über das kurze, dichte Fell.

»Aber, Madame, Ihnen ist schon bewusst, dass in den Augen einer Katzenechse der einzige Wert der Menschen darin besteht, dass sie Hände haben?«, fragte Staynair.

»Unfug, Euer Eminenz! Schließlich haben Menschen ja auch noch Milchkrüge!«

»Stimmt! Das muss ich wohl zugeben«, verbesserte sich Maikel und lächelte ebenfalls. Adorai machte es sich in ihrem Sessel bequem und kraulte die Katzenechse ausgiebig. Der Erzbischof neigte den Kopf ein wenig zur Seite. »Ich glaube, bevor wir unterbrochen wurden, hatten Sie mir gerade erzählen wollen, warum Sie meinen Ratschlag benötigen.«

»Ja.« Ihre Finger bewegten sich immer weiter. Aber ihr Gesicht verriet ihre innere Anspannung. »Eigentlich war ›Ratschlag‹ nicht ganz das richtige Wort. Eigentlich brauche ich eher Euren geistlichen Beistand.«

»Selbstverständlich«, gab er leise zurück. Seine Augen verdunkelten sich angesichts ihres Gesichtsausdrucks und ihres Tonfalls vor Sorge.

»Ich habe einen Brief für Euch, Euer Eminenz, man hat mich angewiesen, ihn lediglich Euch auszuhändigen oder Seiner Majestät, dem Kaiser persönlich. Abgesendet wurde er von einer Person, die mir sehr nahe steht. Darin wird Euch ein Angebot unterbreitet, das für Charis von immensem Wert sein könnte. Aber sollte dieses Angebot angenommen werden, so könnte das für ... diese Person sehr gefährlich werden. Ich bin also gekommen, um Euch diesen Brief zu bringen und Euch zugleich auch um Rat zu bitten. Ihr gehört zu den Ratgebern des Kaisers, aber Ihr seid auch Priester. Der Absender des Briefes ist bereits in vielerlei Hinsicht große Risiken eingegangen. Ich ... scheue mich, noch weitere Risiken hinzukommen zu lassen. Aber ich bin mir nicht sicher, ob es mir zusteht, diese Entscheidung für jemand anderen zu fällen. Bevor ich dieses Angebot aber Kaiserin Sharleyan unterbreite, wollte ich Euch etwas über diesen Brief erzählen: warum er abgefasst wurde und was dies an Folgen zeitigt.«

»Und Sie wollen mich nach meiner Meinung dazu fragen, ob Sie nun dem Briefschreiber gestatten sollten, weitere Risiken einzugehen?«

»Ja.« Sie suchte den Blick des Erzbischofs. »Ich weiß, wie Eure Antwort rein politisch gesehen lauten müsste, Euer Eminenz. Aber ich habe Euch auch als einen Mann Gottes kennen gelernt. Ich bitte Euch, über diese Frage in Eurer Eigenschaft als Priester nachzudenken.«

»Das ist selbstverständlich«, gab er nur zurück. Adorai Dynnys atmete auf, erleichtert, wie Staynair scheinen wollte.

Einige Sekunden lang saß Madame Dynnys nur schweigend da und kraulte Ahrdyn. Entschlossen straffte sie sich dann.

»Euer Eminenz, der Briefschreiber ist eine Briefschreiber*in*, eine sehr treue Freundin. Damals, als ich in Tellesberg eintraf, habt Ihr ebenso wie Ihre Majestäten, der Kaiser und die Kaiserin, Eurer Erleichterung ebenso wie Eurem Erstaunen Ausdruck verliehen, dass mir diese Reise überhaupt gelungen war. Nun, ohne diese Freundin hätte ich es niemals geschafft. Bitte gestattet mir also, Euch ein wenig von ihr zu erzählen!

Nynians Vater war Großvikar Zhoel, der, wie Ihr vielleicht wisst, zugleich mein Onkel war. Bedauerlicherweise ist ihre Mutter zwei Jahre nach Nynians Geburt verstorben. Mein Onkel muss, da bin ich sicher, zumindest irgendwelche lobenswerten Eigenschaften an sich gehabt haben. Ich spreche jetzt nicht von seinem wahrlich außergewöhnlichen Talent für Verlogenheit und Selbstsucht und natürlich auch nicht von seinem unbestreitbaren Talent dafür, die Politik im Tempel zu manipulieren. Von letzterem Talent habe ich allerdings nie eine Kostprobe erleben dürfen. Zu seinen Talenten gehörte jedenfalls nicht, seine uneheliche Tochter anzuerkennen.«

Sich nur an Großvikar Zhoel zu erinnern machte Adorai schon zornig. Ihre Lippen zitterten; ihr Blick war jetzt hart wie Stahl.

»Glücklicherweise war Onkel Zhoel damals noch nicht zum Großvikar aufgestiegen. Damals war er nur ein einfacher Vikar, ebenso wie mein Vater auch. Meine Eltern waren wütend genug auf ihn, und der Groll eines einfachen Vikars hielt sie daher nicht davon ab, Nynian aufzunehmen. Bis sie zwölf Jahre alt war, ist sie in meinem Elternhaus aufgewachsen. Meine Eltern gaben ihr übrigens ihren Namen, Nynian, weil sie ein so schönes Kind war. Als sie älter wurde, wurde sie wirklich so schön wie die Nynian der alten Mythen. Sie war in jeder Hinsicht wie eine Schwester für mich, nicht nur meine Base, obwohl nicht einmal Vater und Mutter bereit waren, die Blutsverwandtschaft zuzugeben. Es galt schließlich immer noch, die Form zu wahren.

Dann wurde Nynians Vater in das Großvikariat gewählt, und alles änderte sich. Onkel Zhoel bestand darauf, dass meine Eltern Nynian fortschickten. Dieses Mal hatten sie das Gefühl, keine andere Wahl zu haben, als zu gehorchen. Also haben sie Nynian in eine Klosterschule geschickt, damit sie eine anständige Erziehung erhielte. Ich glaube, sie hatten darauf gehofft, sie würde dort ihre Berufung finden und so vor meinem Onkel sicher sein. In gewisser Weise ist genau das auch eingetreten.«

Die Art und Weise, wie Adorais Lippen zuckten, verriet eindeutig Belustigung.

»Sie fand tatsächlich ihre Berufung, und ein Bédardist wie Ihr hätte gewiss immense Freude daran zu entdecken, warum sie gerade diese wählte. Ich zweifle nicht daran, dass die Umstände ihrer eigenen Geburt eine wichtige Rolle gespielt haben. Aber für simple Rache mag ich ihre Berufswahl nicht halten, auch wenn ihr Vater sich nun noch Jahrhunderte lang im Grab herumdrehen wird. Wie dem auch sei, sie hat also einen anderen Namen angenommen und ...«

»... und so konnte Ahnzhelyk mir und den Jungs letztendlich dabei helfen, nach Charis zu entkommen«, schloss Adorai Dynnys einige Zeit später ihren Bericht. »Sie hat nun einmal viele Kontakte. Über einen dieser Kontakte hat sie uns an Bord eines Schiffes geschmuggelt, ohne dass die Schueleriten, die nach uns suchten, wussten, wer wir in Wirklichkeit waren.«

»Das klingt für mich nach einer äußerst bemerkenswerten Frau«, bemerkte Staynair. »Ich wünschte, ich hätte irgendwann Gelegenheit, sie kennen zu lernen.«

»Meint Ihr das ernst, Euer Eminenz?«, fragte Adorai und blickte ihn neugierig an. Erzbischof Maikel nickte.

»Wenn Sie mich fragen, ob ich sie dafür verdamme, das sie sich zu diesem ... Leben berufen, wie Sie es genannt haben, gefühlt hat, dann lautet die Antwort nein«, erwiderte Staynair ruhig. »Ich will damit nicht sagen, es wäre ein Beruf, den ich mir für meine eigene Tochter wünschen würde. Aber andererseits musste meine Tochter auch nie für sich selbst sorgen, sich auf eigene Faust durchschlagen, einfach nur, weil sie eine Peinlichkeit für mein hohes, heiliges Amt dargestellt hätte. Und nach allem, was Sie mir über sie erzählt haben, ist es ihr offensichtlich gelungen, eine starke Persönlichkeit zu entwickeln und eine treue, liebevolle Freundin zu sein – und nicht nur Freundin, auch Schwester. Das alles ist ihr gelungen trotz der zahlreichen Unzulänglichkeiten ihres Vaters.«

»Ja«, bestätigte Adorai leise. »Ja, so ist es. Auch wenn ich gestehen muss, dass wir beide es ein wenig sonderbar fanden, dass sie eine Beziehung mit Erayk hatte.«

»Wie hätte das denn bitte anders sein können, Adorai?« Staynair schüttelte den Kopf. »Das Leben, das wir führen, ist nicht immer das, das wir uns selbst gewählt hätten. Aber angesichts von zwei derart außergewöhnlichen Frauen in seinem Leben beginne ich allmählich zu begreifen, dass Erayk Dynnys doch mehr gewesen ist, als mir seinerzeit bewusst war. Vielleicht wären wir, hätten wir ihn besser gekannt, angesichts der letzten Entscheidung, die er für *sein* Leben getroffen hat, weniger überrascht gewesen.«

»Mag sein, Euer Eminenz. Ich möchte wirklich gern glauben dürfen, dass Ihr Recht habt, und vielleicht tue ich das sogar. Aber im Augenblick ist nur von Bedeutung, dass Ahnzhelyk – Nynian – mir *das hier* geschickt hat.«

Sie schob Ahrdyn beiseite und griff in die Handtasche, die sie dabei hatte. Ahrdyn jedenfalls missfiel ganz offenkundig diese unangemessene Unterbrechung der einzig richtigen Beziehung, die zwischen menschlichen Fingern und dem Fell einer Katzenechse denkbar war. Er warf Madame Dynnys einen empörten Blick zu, sprang von ihrem Schoß und verzog sich in sein Körbchen. Adorai schenkte ihm keinerlei Beachtung, als sie einen dicken Briefumschlag aus der Tasche hervorholte und ihn sich auf den Schoß legte – genau dorthin, wo zuvor die nun indignierte Katzenechse gesessen hatte. Lange betrachtete die Witwe das Schriftstück nur.

»Euer Eminenz, dies ist eine Abschrift der jährlichen Ansprache des Großvikars«, sagte sie und blickte auf. »Eine Abschrift der *tatsächlich* gehaltenen Rede, nicht die ... bereinigte Version, die offiziell in Umlauf gebracht wurde.«

Staynair erstarrte, richtete sich dann in seinem Sessel auf, und Adorai Dynnys nickte.

»Mir ist bewusst, dass schon die offizielle Version der Ansprache in den Anschuldigungen und Andeutungen, die gegen Charis vorgebracht wurden, schlimm genug war, Euer Eminenz. Aber es hat sich herausgestellt, dass die tatsächlich gehaltene Ansprache noch deutlich schlimmer war. Ich vermute, der Grund dafür, die Rede vor der Veröffentlichung noch zu überarbeiten, ist in der ausdrücklich an das Vikariat ergangenen Warnung zu sehen, die ›Vierer-Gruppe‹ – oh, ich bitte um Verzeihung, ich meine natürlich *der Großvikar* – sei zu dem Schluss gekommen, ein Heiliger Krieg sei unausweichlich.«

Staynair atmete tief durch – weniger vor Überraschung als vielmehr, weil er seine Befürchtung bestätigt sah.

»Ich war durchaus versucht, den begleitenden Brief zu verbrennen und Euch – und natürlich Kaiserin Sharleyan – lediglich die Abschrift auszuhändigen, ohne Euch zu sagen, woher sie stammt und wie genau sie in meinen Besitz gelangen konnte«, fuhr Adorai fort.

»Um Nynians Identität zu schützen?«

»Nein, Euer Eminenz. Um zu verhindern, dass Ihr jemals erfahrt, was sonst noch zu tun sie sich erboten hat.«

Staynair neigte nur den Kopf zur Seite und hob fragend eine Augenbraue. Dann wartete er, und schließlich seufzte Adorai.

»Euer Eminenz, im Prinzip hat sie angeboten, Euer Spion in Zion zu werden. Und sie hat angeboten, Euch den Inhalt ihrer eigenen Aufzeichnungen zukommen zu lassen. Tatsächlich hat sie diese sogar diesem Brief beigefügt.«

»Ihre Aufzeichnungen?«

»Säuberlich angefertigte Aufzeichnungen über den Amtsmissbrauch der Kirche, über Korruption in den Reihen des Vikariats, den Verkauf schriftlicher Zeugenaussagen, Verkauf von Verdammungen gemäß den Ächtungen, An- und Verkauf von Rechtsentscheidungen, wie beispielsweise hinsichtlich des Anspruchs, den Tahdayo Mahntayl auf Hanth erhoben hat ... all das, aus einem Zeitraum von beinahe zwanzig Jahren. Sie füllen mehrere Kisten, Euer Eminenz. Es ist erstaunlich, über welche Dinge einflussreiche Männer sprechen, wenn sie unter sich sind – oder was sie an Bemerkungen in Gegenwart von Personen fallen lassen, die Ahnzhelyks Beruf ausüben.«

Staynair riss die Augen auf. Mehrere Momente lang saß er nur schweigend da und blickte Adorai Dynnys an. Schließlich fand er die Sprache wieder.

»Das ist ein ... außergewöhnliches Angebot.«

»Sie ist eine außergewöhnliche Frau, Euer Eminenz«, gab Adorai nur zurück.

»Das glaube ich gern, allein schon anhand dessen, was Sie mir bislang erzählt haben. Dennoch muss ich gestehen, dass ich verwirrt bin.«

»Wegen der Frage, weswegen sie sich Euch als Spionin der Kirche von Charis anbietet? Oder weswegen sie derartige Aufzeichnungen überhaupt erst angefertigt hat?«

»Um ehrlich zu sein: beides.«

»Euer Eminenz, Nynian hatte noch nie Grund, den großen Kirchendynastien gegenüber loyal zu sein – anderes mag für einzelne Mitglieder dieser Dynastien gelten: zum Beispiel für meine Eltern und mich. Aber selbst wenn die Kirche des Verheißenen Nynian irgendwann einmal einen guten Grund zur Treue gegeben hätte, würde sie sich doch immer auf die Seite derjenigen stellen, die, wie sie selbst von ihrem Vater, meinem Onkel und von der Kirche im Stich gelassen wurden. Aus dem Blickwinkel des Vikariats mag das schlimm sein, denn die Erziehung im Kloster seinerzeit ist bei ihr durchaus auf fruchtbaren Boden gefallen. Ebenso wie ich glaubt auch sie an das, wofür die Kirche eigentlich stehen *sollte*, und das macht den Widerstand gegen das, was die Kirche tatsächlich ist, schlichtweg unvermeidlich. Und«, wieder blickte sie Staynair geradewegs in die Augen, »ich muss gestehen, dass es Nynian war, die mich überhaupt erst in den aktiven Widerstand gegen die innere Verderbtheit von Mutter Kirche gebracht hat, nicht etwa anders herum.«

»Aber ich verstehe immer noch nicht, warum sie all diese Informationen zusammengetragen hat, von denen Sie gesprochen haben!«

»Dessen bin ich mir bewusst. Und auch wenn Nynian es mir nicht ausdrücklich gestattet hat, will ich Euch noch mehr erzählen, damit Ihr ihre Beweggründe versteht. Aber bevor ich das tue – bitte bedenkt, Euer Eminenz: Was ich Euch jetzt erzähle, könnte Dutzende Leben kosten, sollte Clyntahn jemals davon erfahren!«

»Was Sie mir anzuvertrauen gedenken, soll mich doch in die Lage versetzen, Ihnen einen Rat zu geben, nicht wahr? Sie wollen doch immer noch wissen, ob Sie Nynians Angebot Ihrer Majestät, der Kaiserin, unterbreiten sollen«, erkundigte sich Staynair. Adorai Dynnys nickte. »In diesem Fall, Adorai, fällt das eindeutig unter das Beichtgeheimnis. Ohne Ihre ausdrückliche Erlaubnis sind meine Lippen in dieser Angelegenheit versiegelt.«

»Ich danke Euch, Euer Eminenz.«

Sie holte tief Luft und straffte die Schultern.

»Es gibt in den Reihen der Kirche, Euer Eminenz, auf höchster Ebene, eine Gruppe von Männern, die sich des Missbrauchs, der rings um sie stattfindet, ebenso bewusst sind wie jeder hier in Charis. Nicht einmal Euch gegenüber werde ich die Namen dieser Männer nennen, solange mir nicht jeder Einzelne von ihnen dies gestattet hat. Was das betrifft, bin ich mir recht sicher, nur einen kleinen Teil dieser Gruppe namentlich zu kennen. Aber Ahnzhelyk – Nynian – ist bereits seit Jahrzehnten eine ihrer wichtigsten Agenten. Sie nennen sich einfach nur ›der Kreis‹, und ihr Ziel ist es …«

.VII.

Talbor-Pass, Herzogtum Manchyr, Corisande-Bund

Grimmig schaute Sir Koryn Gahrvai zu, wie die Verwundeten auf die Nachhut zuhumpelten. Viele von ihnen nutzten ihre Waffen als improvisierte Krücken. Hier und da lehnte sich ein Soldat gegen die Schulter eines Kameraden – manchmal waren beide verwundet und stützten sich gegenseitig. Sanitäter mit Krankentragen trugen nur allzu viele, die zu schwer verwundet waren, um auch nur zu humpeln. *Es gibt einfach nichts Schlimmeres als eine verlorene Schlacht,* dachte Gahrvai. Es war nicht allein die Niederlage. Gahrvai quälte das Wissen, dass unter seinem Kommando viele, ach, so viele Männer gefallen oder verwundet worden waren – und das für nichts und wieder nichts!

Im Gegensatz zu vielen anderen Kommandeuren legte Gahrvai immens viel Wert darauf, die Verwundeten so oft zu besuchen, wie sich das ermöglichen ließ. Viel zu viele von ihnen würden sterben, trotz aller Bemühungen der Brüder vom Pasquale-Orden. Gahrvai fand, er sei das seinen Männern schuldig. Er fand, er müsse ihnen wenigstens sagen, wie dankbar er ihnen für alles war, was sie geleistet und ertragen hätten. Zugleich sorgten seine Besuche in den Lazaretten auch dafür, dass er sich stets bewusst war, wie hoch der Preis für sein Scheitern war.

Eigentlich ist das nicht fair!, beharrte eine Stimme in seinem Hinterkopf. *Es ist doch nicht deine Schuld, Koryn, dass die Charisianer über eine Artillerie mit größerer Reichweite verfügen ... und dass sie diese verwünschten Gewehre haben!*

Nein, meldete sich eine andere Stimme zu Wort, *aber es ist sehr wohl deine Schuld, dass du zugelassen hast, die gesamte Armee im Talbor-Pass einzupferchen wie Schafe vor dem Schlachthaus.*

Gahrvai biss die Zähne zusammen, heiß glühte Zorn in seinen Adern. Das Einzige, was ihm nach der Niederlage zu tun blieb und ihn mit zumindest ein wenig Befriedigung zu erfüllen verstand, war gewesen, Baron Barcor seines Postens zu entheben. Die Befriedigung hielt nicht lange an. Denn Gahrvai konnte es sich selbst nicht vergeben, Barcor nicht schon viel früher abgesetzt zu haben – am besten gleich, als er davon erfahren hatte, Caylebs Truppen seien an Land gegangen. Der Baron hatte mehr als *vier Stunden* gebraucht, seine Truppen in Marsch zu setzen. Danach hatte er sich in einem Schneckentempo fortbewegt, als leide er unter furchtbarem Rheuma. Ein Großteil der hinteren Truppenteile hatte sich immer noch am westlichen Ende des Passes befunden, als die geschlagenen Überreste von Windshares Kavallerie sich dorthin geflüchtet hatten.

Selbst zu diesem Zeitpunkt hätte Barcor noch genügend Zeit gehabt, den Pass zu räumen. Dann wären die nächsten corisandianischen Einheiten aus dem engen Talbor heraus gewesen. Es hätten dort nicht alle Truppen festgesessen wie Wasser hinter einem Pfropfen in einem Flaschenhals. Doch nein, der Baron war in Panik geraten! Die übertriebenen Berichte über die Kampfstärke der Charisianer, die die geschlagenen Kavalleristen verbreiteten, als sie sich zu ihm retteten, hatten ihn den Kopf verlieren lassen. Auf eigene Faust widerrief Barcor den Befehl zum Vorrücken. Stattdessen wies er seine Männer an, sich an Ort und Stelle zu verschanzen. Gahrvai gelang zwar, Barcors Nachhut zu erreichen, um dessen Befehl persönlich zu widerrufen. Aber da waren die Charisianer schon mit beachtlicher Truppenstärke bis zum Pass vorgerückt. Der Versuch, sich aus der Falle freizukämpfen, hatte in einem Blutbad geendet. Dreitausend Mann hatte Gahrvai verloren: gefallen, verwundet, in Gefangenschaft geraten. Zusammen mit den Verlusten, die Windshares Kavallerie hatte hinnehmen müssen, ergab das mehr als sechstausend Mann Verlust – und am Ende befand sich die corisandianische Armee mehr als anderthalb Meilen weiter östlich: Gahrvai und seine Männer waren *noch tiefer* in den Pass hineingetrieben worden.

Das war vor zweieinhalb Fünftagen gewesen. Im Laufe der letzten zwölf Tage hatte Gahrvai fünf Versuche unternommen, sich freizukämpfen – und die Verluste hatten sich dabei mehr als verdoppelt. Gahrvai war sich recht sicher gewesen, dass jeder dieser Versuche von vornherein zum Scheitern verurteilt gewesen war. Jeder einzelne Mann im Pass wusste das. Trotzdem reagierten die Männer auf Gahrvais Befehle mit unerschütterlichem Mut und der Bereitschaft, es trotzdem zu versuchen. Gahrvai begann sich ernstlich dafür zu schämen, solche Befehle auszugeben.

Nur hast du ja wohl kaum eine andere Wahl, mein lieber Koryn! Du bist vom Nachschub abgeschnitten, also kannst du nicht einfach hier bleiben. Du kannst auch nicht einfach abwarten. Schließlich habt ihr schon die ersten Pferde und Drachen schlachten müssen, um überhaupt etwas zu beißen zu haben. Und selbst auf halber Ration werden die Vorräte innerhalb von Tagen zur Neige gehen, nicht erst innerhalb von Fünftagen. Du kannst dir hier den Weg freikämpfen, du kannst verhungern – oder du kannst kapitulieren!

Vor diesem letzten Wort schrak sein Verstand regelrecht zurück. Dennoch musste Gahrvai sich auch mit dieser Möglichkeit befassen. Selbst wenn Corisande über eine weitere Armee verfügt hätte, wäre es auch diesen Truppen gänzlich unmöglich gewesen, zum Entsatz die feindlichen Linien zu durchbrechen: Es wäre ihnen nicht gelungen. Nicht bei der charisianischen Waffenüberlegenheit. Und nicht, so musste Gahrvai sich unwillig eingestehen, im Kampf gegen charisianische *Befehlshaber.*

Zu essen gab es kaum noch, und den Heilern gingen allmählich Verbände und Arzneien aus. Schmerzmittel hatten sie fast überhaupt nicht mehr. Es war, wie es war: Seine Männer starben und litten hier für nichts und wieder nichts. Denn trotz all dem Leiden und Sterben gelang der corisandianischen Armee hier nicht das Geringste … außer vielleicht noch die Charisianer dazu zu bringen, ihre Munition zu verschwenden, indem Chisholmianer sich immer weiter von ihnen erschießen ließen.

Gahrvai ballte die Fäuste. Dann holte er tief Luft. Er hatte eine Entscheidung getroffen.

»General Gahrvai«, sagte Cayleb Ahrmahk ruhig, als der corisandianische Kommandeur in sein Zelt geführt wurde.

»Euer Majestät.«

Cayleb stand da, Merlin an seiner Seite, und schaute zu, wie Gahrvai sich aus der respektvollen Verneigung wieder aufrichtete. Es entging dem Kaiser nicht, dass der Corisandianer sich redlich Mühe gegeben hatte, einen guten Eindruck zu machen: Er war frisch rasiert, seine Kleidung war sauber und frisch gebügelt. Sein Blick hingegen wirkte sehr angespannt, sein Gesicht beinahe schon ausgemergelt, und die makellose Uniform saß nicht, sondern hing schlaff an ihm herab. Dank Merlins Berichten wusste Cayleb, dass Gahrvai darauf bestanden hatte, nicht nur das Fußvolk, sondern auch die Offiziere auf halbe Ration zu setzen, sich selbst eingeschlossen. Genau das sah man dem General nun auch an.

»Ich danke Euch dafür, Euch zu einem Gespräch mit mir bereit erklärt zu haben. Ich danke Euch ebenfalls, dass Ihr mir freies Geleit durch Eure Linie gewährt habt, Euer Majestät«, begann Gahrvai steif; bei all der Förmlichkeit wirkte seine Sprache beinahe schon gestelzt.

»General«, gab Cayleb zurück, »es bereitet mir wirklich keine Freude, Soldaten zu töten. Und das gilt erst recht für *tapfere* Soldaten, die ohne eigene Schuld schlichtweg nicht in der Lage sind, sich effektiv zur Wehr zu setzen. Wenn etwas von dem, was wir hier und heute sagen oder tun, dazu führt, dass einige dieser Männer ihr Leben nicht verlieren, dann erachte ich diesen Tag als sinnvoll genutzt.«

Gahrvai blickte dem Kaiser in die Augen. Ein klein wenig schien der General sich zu entspannen. Auch das entging Cayleb nicht. Er fragte sich, wie viel von Gahrvais Anspannung auf die Geschichten zurückzuführen waren, die man sich – mit zunehmender Übertreibung natürlich – über das Ultimatum erzählte, das er dem Grafen Thirsk nach der Schlacht in der Klippenstraße gestellt hatte.

»Nach diesen Euren Worten, Euer Majestät, hat es wohl wenig Sinn, so zu tun, als befinde sich meine Armee nicht in einer verzweifelten Lage. Ich vermag noch einige Tage lang die Stellung zu halten. Und die Männer unter meinem Kommando werden auch einen weiteren Angriff unternehmen, wenn ich das von ihnen verlange. Aber Ihr wisst ebenso gut wie ich, dass weitere Angriffe letztendlich nichts ändern werden. Wäre ich der Ansicht, weiterer Widerstand käme meinem Prinzen oder Corisande zugute, so *würde* ich weiteren Widerstand leisten! Aber unter den gegebenen Umständen muss ich Euch nach den Bedingungen fragen, unter denen Ihr meinen Männern eine ehrenvolle Kapitulation zuzugestehen bereit seid.«

»Ich kann nicht behaupten, diese Frage käme überraschend, Sir Koryn.« Cayleb klang beinahe schon mitfühlend. »Meine Bedingungen sind recht schlicht: Ich verlange, dass Ihre Männer ihre Waffen abgeben. Ich verlange die Aushändigung sämtlicher Artillerie, des gesamten Trosses und aller noch lebenden Lasttiere. Offizieren wird es gestattet sein, ihr Schwert zu behalten, und jeder Einzelne – ob Offizier oder einfacher Soldat –, der belegen kann, dass sein Pferd tatsächlich sein Eigentum ist, wird es behalten dürfen.

Ich bedauere, dass ich weder Ihre Offiziere noch einen einzigen Ihrer Männer auf Ehrenwort die Freiheit schenken kann«, setzte Cayleb dann noch hinzu. Gahrvais Augen verengten sich, und seine Kiefermuskel verspannten sich sichtlich. Cayleb fuhr fort: »Unter anderen Umständen würde ich mich durchaus mit einem Ehrenwort zufrieden geben, Sir Koryn. Wenngleich wir einander als Feinde gegenüberstehen, würde ich doch niemals an Ihrer Aufrichtigkeit oder Ihrer Ehre zweifeln. Aber wie Sie ja vielleicht schon gehört haben ...«, Cayleb verzog angespannt die Lippen zu einem Lächeln, das seine Zähne aufblitzen ließ, »... wurden Ihre Majestät, die Kaiserin, und ich durch Großvikar Erek förmlich exkommuniziert. Nun, eigentlich hat die ›Vierer-Gruppe‹ die Exkommunizierung gewollt, und deren Marionette auf Langhornes Thron hat sie bloß verkündet. Aber letztendlich läuft das ja auf das Gleiche hinaus.«

Der beißende Sarkasmus in Caylebs letztem Satz ließ Gahrvai gequält das Gesicht verziehen, und der Kaiser lachte leise.

»Würde ich auch nur einen Moment lang glauben, Erek spreche tatsächlich für Gott, würde ich mir ernstlich Sorgen machen, General. Aber so, wie es in Wahrheit steht, sehe ich darin eher eine Art Auszeichnung. Mein Vater hat mir einmal gesagt, es sei zwar richtig, dass man viel über einen Mann erfahre, wenn man sich seine Freunde anschaue. Aber, so sagte er, man erfahre noch viel mehr über ihn, wenn man einen Blick auf seine Feinde werfe.

Das heißt aber, es würde *Sie* in eine recht knifflige Lage bringen, wenn ich Ihnen auf Ihr Ehrenwort hin die Freiheit schenkte. Für die Tempelgetreuen hätten Sie sich damit des Verkehrs mit Ketzern schuldig gemacht – mindestens. Und zugleich wäre auch jedes Ehrenwort, dass Sie mir geben, für eben diese Tempelgetreuen wertlos. Denn niemand kann einer Person einen bindenden Eid schwören, die exkommuniziert wurde. Hätten Sie also die Absicht, zu Ihrem Wort auch zu stehen – und davon gehe ich, nebenbei bemerkt, fest aus –, dann wären Sie für die Tempelgetreuen in doppelter Hinsicht verdammt.

Ich muss gestehen«, räumte Cayleb ein, »dass ich sehr wohl versucht war, Sie trotzdem um Ihr Ehrenwort zu ersuchen. Damit wäre die innere Stabilität von Corisande weiter geschwächt worden, und das kann meinen eigenen Zielen nur zuträglich sein. Aber nach reiflicher Überlegung bin ich zu dem Schluss gekommen, einen ehrenvollen Feind in dieser Art auszunutzen entspreche einfach nicht der Art und Weise, in der ich handeln *möchte*. Angesichts der Exkommunizierung bleibt mir daher nichts anderes übrig, Sie und Ihre Männer, sofern Sie kapitulieren, alle in die Gegend von Dairos zurückzubringen und dort ein Gefangenenlager aufzubauen. In diesem Falle würde man es Ihnen gestatten, sämtliche Zelte Ihrer Armee zu behalten, ebenso alles an Kochgeschirr und ähnlichen Gerätschaften. Sie bekämen selbstverständlich alles zur Verfügung gestellt, was Sie benötigen, seien es Lebensmittel oder Arzneien. Sobald die Kampfhandlungen und Feindseligkeiten zwischen unseren beiden Ländern eingestellt sind, wäre dann die förmliche Freilassung sämtlicher Ihrer Männer, Sie selbst eingeschlossen, gewiss Bestandteil zuvor getroffenen Waffenstillstandsvereinbarungen.«

Lange Zeit blickte Gahrvai ihn nur nachdenklich an. Cayleb erwiderte den Blick gelassen. Er wusste nicht genau, was Gahrvai in seinen Augen zu lesen imstande war. Dennoch wartete er geduldig ab. Schließlich sah er, wie die Nasenflügel des Corisandianers bebten.

»Ich verstehe Eure Besorgnis und auch die Gründe, die Euch zu dieser Entscheidung bewegen, Euer Majestät«, sagte er. »Um ehrlich zu sein: Dieser Gedanke war mir noch nicht gekommen. Ich habe durchaus, ganz ähnlich wie Ihr, gewisse ... Zweifel an der Rechtmäßigkeit Eurer Exkommunizierung. Aber Ihr habt zweifellos Recht mit Euren Vermutungen, was geschehen würde, wenn ich Euch mein Ehrenwort anböte. Unter diesen Umständen sind Eure Bedingungen äußerst großzügig – sogar deutlich großzügiger, als ich erwartet hatte. Ich werde nicht so tun, als falle mir diese Entscheidung leicht. Aber ich habe keine andere Wahl, als Eure Bedingungen anzunehmen ... und Euch für Eure Großzügigkeit zu danken.«

.VIII.

Königlicher Palast, Manchyr, Corisande-Bund

Es war bemerkenswert still im Ratssaal.

Prinz Hektor saß am Kopfende des Tisches. Graf Tartarian hatte den Platz am Fußende eingenommen und saß ihm gegenüber. Graf Anvil Rock und Sir Lyndahr Raimynd, die zusätzlich zu ihren eigenen Pflichten auch noch die Aufgaben des Grafen Coris übernommen hatten, hatten rechts und links vom Prinzen Platz genommen. Sonst war niemand anwesend. Die Gesichter der Ratgeber des Prinzen hätten aus Stein gemeißelt sein können.

Hektors eigene Miene war ebenfalls wie versteinert. Vor weniger als einer Stunde war die Meldung aus dem Talbor-Pass eingetroffen. Dass jeder gewusst hatte, wie unausweichlich diese Entwicklung gewesen war, machte das Ganze keinen Deut besser. Vor allem Anvil Rocks Gesicht war aschfahl. Es war *seine* Armee gewesen, die dort geschlagen worden war … und es war sein eigener Sohn, der die Kapitulation ausgesprochen hatte.

»Mein Prinz, ich bitte um Vergebung«, ergriff der Graf schließlich das Wort.

»Es gibt nichts, wofür Sie würden um Vergebung bitten müssen, Rysel«, gab Hektor zurück. »Koryn hat genau das getan, was wir ihm auch aufgetragen hatten. Es ist nicht seine Schuld, dass die Charisianer über bessere Waffen verfügen und uneingeschränkt über das Meer herrschen.«

»Aber er hat trotzdem …«

»Hatten Sie mir nicht seinerzeit empfohlen, Barcor das Kommando zu entziehen, oder irre ich mich?«, fiel ihm Hektor ins

Wort. Kurz blickte Anvil Rock seinen Fürsten an. Dann nickte er, und der Prinz zuckte mit den Schultern. »Ich hätte auf Ihren Rat hören sollen. So wichtig der Mann politisch gesehen auch gewesen sein mag, als Offizier war er ganz offenkundig eine Katastrophe. Sie, Rysel, haben das gewusst, Koryn hat das gewusst, und ich habe es auch gewusst. Aber statt zuzulassen, dass Koryn ihn ersetzen lässt, habe ich ihm gesagt, er solle für diesen Idioten eine Aufgabe finden, die wichtig scheine, aber bei der er nichts falsch machen könne. Solche Befehle vorausgesetzt, hätte ich an Koryns Stelle unter den gegebenen Umständen exakt dasselbe getan. In der Nachhut schien Barcor gut aufgehoben, schließlich hatte Koryn ja diese Wachposten entlang der Küste aufstellen lassen.«

»Ich bin ganz Ihrer Meinung, Mein Prinz«, sagte nun Tartarian. Der Admiral schüttelte den Kopf. »Ich verstehe immer noch nicht, wie es Cayleb gelingen konnte, die Signalkette derart vollständig zu durchbrechen!«

»Bedauerlicherweise haben die Ahrmahks die unschöne Tendenz, höchst fähige Könige hervorzubringen, Taryl«, erwiderte Hektor mit einem frostigen Lächeln. »Häufig genug passiert es, dass sie, kaum ist man den einen fähigen Mistkerl endlich losgeworden, plötzlich mit einem *noch fähigeren Kopf* aufwarten.«

»Caylebs Fähigkeiten hin oder her, Mein Prinz«, warf nun Raimynd ein, »ich muss Graf Tartarian Recht geben: Auch ich verstehe nicht, wie Cayleb das geschafft hat.«

»Fast möchte man glauben, Clyntahn hätte doch Recht mit dem, was er über die Ketzer sagt: Shan-wei scheint sich um die ihren zu kümmern, was?« Hektors leises Lachen hatte nichts Belustigtes.

»So weit zu gehen bin ich nicht bereit, Mein Prinz«, gab Tartarian zurück. »Aber ich gestehe sehr wohl ein, dass er zumindest Shan-weis sprichwörtliches *Glück* sein Eigen zu nennen scheint.«

»Das wohl. Doch im Augenblick ist viel weniger von Belang, *wie* er das geschafft hat, als vielmehr, *dass* er es geschafft hat. Und dass wir so richtig im Arsch sind.«

Lange sagte niemand ein Wort. Schließlich rutschte Anvil Rock unruhig in seinem Sessel hin und her.

»Ich fürchte, Ihr habt Recht, Mein Prinz«, sagte er offenkundig schweren Herzens. »Nachdem Koryns Streitmacht für uns verloren ist, werden wir mindestens drei oder vier Monate benötigen, um eine neue Armee aufzustellen. Und alles, was wir in diesem Zeitraum zusammenstellen könnten, wäre deutlich schlechter ausgestattet – und schlechter ausgebildet – als die Armee, die wir gerade verloren haben. Aber wir haben nicht einmal diese drei oder vier Monate.

Laut unseren jüngsten Berichten lässt Cayleb bereits drei große Kolonnen von den Dark Hills aus quer durch Manchyr marschieren. Was von Windshares Kavallerie noch übrig ist, versucht ihn zwar zu behindern, ist dabei aber nicht sonderlich erfolgreich. Ich gehe davon aus, dass Cayleb innerhalb eines Fünftages die Hauptstadt erreichen wird. Die Garnison, die wir hier haben, kann zumindest eine Zeit lang die Befestigungen halten. Aber wir haben damit gerechnet, dass wir auch auf Koryns Truppen zurückgreifen könnten, insbesondere auf seine Artillerie und seine Musketiere. Wenn Cayleb bereit ist, einen hohen Blutzoll zu zahlen, könnte er die Befestigungen in einem Sturmangriff erobern. Lässt er sich hingegen auf eine Belagerung ein, könnten wir vielleicht mehrere Monate durchhalten. Solange jedenfalls sollten die zusammengetragenen Vorräte für Garnison und Bevölkerung der Stadt reichen – sofern wir jetzt sofort damit beginnen, alles zu rationieren. Und wir müssen so rasch wie möglich so viele Zivilisten aus der Stadt schaffen, wie das nur machbar ist.«

»Seine Navy hat die Manchyr Bay vollständig abgeriegelt«, setzte Tartarian grimmig hinzu. »Selbst wenn der Tempel in der Lage wäre, uns Entsatz zu schicken, wüsste ich trotzdem nicht, wie man diese Truppen an der Charisian Navy vorbeischaffen könnte.«

»Nichts von dem, was Sie hier vorbringen, ist mir neu«, seufzte Hektor. »Ich denke, wir werden auf Zeit spielen müssen. Vielleicht täuschen wir uns ja – vielleicht hat der Tempel eine Entsatzflotte bereits losgeschickt, schlagkräftig genug, um tatsächlich etwas ausrichten zu können. Ich will damit nicht sagen, ich würde glauben, dem *sei* so. Ich sage nur, dass es durchaus *möglich* ist. Und ich will verdammt sein, wenn ich nach so langer Zeit jetzt einfach vor Cayleb Ahrmahk kapituliere, solange das nicht absolut unumgänglich ist.«

Das Schweigen, das sich nach diesem letzten Satz im Ratssaal ausbreitete, war beachtlich.

»Mein Prinz«, ergriff Raimynd schließlich wieder das Wort, »ich denke, wir könnten Euch immer noch aus der Stadt bringen. Solange Ihr noch in der Lage seid, den Adel zusammenzurufen, wäre es möglich, dass ...«

»Nein, Lyndahr!« Hektor schüttelte den Kopf. »Wie Rysel gerade schon angemerkt hat, befinden sich praktisch sämtliche unserer neuen Waffen zusammen mit Koryn in der Hand des Feindes. Ihm jetzt Truppen entgegenzuschicken, die bloß mit Piken und Luntenschlossgewehren ausgestattet sind, wäre gänzlich nutzlos. Und die Verluste, die wir würden hinnehmen müssen, wären vermutlich schlimm genug, um die Überlebenden dauerhaft gegen mein Haus aufzubringen – vor allem, wenn die Leute erst einmal begreifen, dass ich die ganze Zeit über gewusst habe, wie schlimm die Lage wirklich ist. Und ich werde auch nicht vorschlagen, wie eine aufgescheuchte Heckenechse durch die Gegend zu rennen und ein Versteck zu suchen, während Cayleb rings um mich das Unterholz absucht. Wenn ich verloren habe, will ich meinem Schicksal aufrecht entgegentreten und mich nicht am Nacken aus dem Schrank schleifen lassen, in dem ich mich versteckt habe!«

Wieder breitete sich Schweigen über den Tisch. Dieses Mal war es Anvil Rock, der es schließlich brach.

»Es widerstrebt mir zutiefst, das so sagen zu müssen, Mein Prinz, aber ich fürchte, Ihr habt Recht. Zweifellos ist es schlicht nutzlos, sich dem Feind mit veralteten Waffen entgegenzustellen. Und nachdem ich nun weiß, wie Cayleb seine Gefangenen behandelt, muss ich sagen, dass er mir nicht wie jemand erscheint, der nur blindwütig auf Rache sinnt. Ich zweifle nicht daran, dass er Euch am liebsten tot wüsste. Wie sollte das anders sein angesichts der ... öhm ... Feindseligkeiten zwischen Eurem Haus und dem seinen und all dem Blut, das bereits vergossen wurde. Aber er hat die Wahl: Er kann Euren Kopf verlangen und Truppen zusammenstellen, um danach Corisande auch dann noch halten zu können, wenn sich Eure Untertanen gegen ihn auflehnen – was ich durchaus für wahrscheinlich halte. Oder er kann darauf verzichten, Euch exekutieren zu lassen.«

»Das sehe ich genauso«, pflichtete Hektor ihm bei. »Und glauben Sie bloß nicht, mich machte diese Aussicht etwas anderes als wütend.« Das letzte Wort stieß er so rau aus, als hinge es an einem Dutzend Angelhaken. »Andererseits würde ich mir gern so viel Handlungsspielraum bewahren wie möglich. Zumindest, bis wir Irys und Daivyn sicher aus Corisande herausgebracht wissen.«

Seinem Gesicht war die Anspannung deutlich anzusehen. Sein Blick, sein zusammengekniffener Mund verrieten die Sorge eines Vaters, der zwei seiner Kinder geradewegs in die Gefahr geschickt hatte, um sie vor einer noch größeren Gefahr zu bewahren. Doch dann schüttelte er sich kurz.

»Ich habe nicht die Absicht, Cayleb schon bald meine Kapitulation anzubieten«, erklärte er seinen drei Ratgebern. »Wie ich schon sagte: Eine Chance mag es immer noch geben, so klein sie auch sein mag. Und so gnädig Cayleb sich auch wähnen mag, ich kann immer noch darauf hoffen, ein Tempelgetreuer aus seinem eigenen Land erwischt ihn irgendwann mitten in der Nacht mit einem Messer!«

.IX.

Kaiser Caylebs Zelt, Herzogtum Manchyr, Corisande-Bund

»Muss ich davon ausgehen, Colonel«, fragte Kaiser Cayleb kühl, »dass Sie meine Absichten missverstanden haben?«

Colonel Bahrtol Rohzhyr stand in dem Zelt, das Cayleb als Kommandostand diente, und blickte seinen offenkundig erbosten Kaiser an. Der Colonel wirkte, als wünsche er sich von Herzen, jetzt irgendwo anders zu sein. Rohzhyr war Ressortoffizier für Verpflegungs- und Versorgungsfragen und damit effektiv der Quartiermeister von Caylebs Armee. Im Großen und Ganzen hatte er bislang ausgezeichnete Arbeit geleistet, nicht zuletzt dank der Unterstützung durch die Charisian Navy, die in der Lage war, große Mengen Versorgungsgüter auf dem Seeweg herbeizuschaffen. Doch im Moment rechnete er ganz offensichtlich nicht damit, seine bisherigen Leistungen könnten für Cayleb von allzu großer Bedeutung sein.

»Nein, Euer Majestät«, erwiderte er.

»Würden Sie mir dann vielleicht erklären, warum meine Anweisungen nicht befolgt wurden?«

Caylebs Stimme klang nun noch kälter, und Rohzhyr versuchte unauffällig zu schlucken. Dann straffte er die Schultern und blickte seinem Kaiser geradewegs in die Augen.

»Euer Majestät, die glauben uns nicht!«

»*Wer* glaubt uns nicht? Die Unteroffiziere Ihrer Versorgungseinheit?«

»Nein, Euer Majestät – die Corisandianer. Die *Corisandianer* glauben nicht, dass Ihr das ernst meint.«

Cayleb hob die Augenbrauen. Merlin musste sich sehr zusammennehmen, nicht leise in sich hineinzulachen. Aber Rohzhyrs Gesichtsausdruck reizte dazu. Wie er seinen Kaiser anblickte: gleichermaßen flehentlich wie verwirrt und rechtschaffen empört!

Im Gegensatz zu den meisten Versorgungsoffizieren auf Safehold war Rohzhyr tatsächlich eine ehrliche Haut. Traditionsgemäß nahmen die meisten Offiziere der Versorgungskompanien einen Abschlag von zehn Prozent auf alle Güter und Gelder, mit denen sie zu tun hatten. In den meisten anderen Königreichen galt das sozusagen als eines der Vorrechte, die mit dieser Position einhergingen. Nur in Charis war das anders. Auch Rohzhyr hatte niemals Anzeichen dafür gezeigt, der Versuchung zu erliegen und es seinen gierigeren Kollegen in anderen Reichen gleichzutun.

Zusätzlich zu seiner Ehrlichkeit verfügte der Colonel über Tugenden wie Intelligenz und Begeisterungsfähigkeit. Trotzdem war er ein Paradebeispiel für das, was auf Terra einst als ›Erbsenzähler‹ bezeichnet worden war. Er war in einem Maße ordentlich und organisiert, die schon an Fanatismus grenzte. Er hatte zu den Ersten gehört, die sich nach der Einführung des Abakus und der ›arabischen Zahlen‹ mit ganzem Herzen und voller Begeisterung diese Neuerungen zu Eigen gemacht hatten. Doch abgesehen von den Regeln und Erfordernissen des Versorgungsdienstes war er etwa so fantasiebegabt wie ein Stück Kommissbrot. Und er war fest davon überzeugt, die Dinge sollten so gemacht werden, wie man sie *schon immer* gemacht hatte – nur effektiver.

Nun ließ sich Cayleb in den Klappstuhl neben dem beachtlichen Tisch sinken, der einen Großteil eines Zeltes ausfüllte. Dabei entließ der Kaiser den Versorgungsoffizier keinen Moment aus seinem prüfenden Blick. Rohzhyr verkrampfte nervös die Hände hinter dem Rücken.

»Was meinen Sie mit: Die glauben nicht, dass ich es ernst meine?«

»Euer Majestät, ich habe versucht, es den Corisandianern zu erklären! Aber, aber … die glauben es einfach nicht!«

Es überraschte Merlin nicht sonderlich, das zu hören.

Cayleb und seine Kommandeure waren eifrig damit beschäftigt, jeden Sack Reis einzusammeln, jeden Korb Weizen, jede Sense, jedes Pferd, jede Kuh, jeden Lastdrachen, jede Hühnchen und jedes Schwein – einfach alles, was ihren Beschaffungstrupps in die Hände fiel. Das überraschte die Einheimischen nicht im Mindesten, so sehr sie sich darüber auch ärgern mochten. Nahrung stehlen und Farmen plündern war nun einmal genau das, was Armeen eben taten. Anderes zu erwarten war etwa so sinnvoll, wie einen Orkan darum zu bitten, auf den Regen zu verzichten. Dass sich diese Armee bemerkenswert bei den Vergewaltigungen zurückhielt, die sonst so oft mit den Plünderungen einhergingen, zählte nichts.

In diesem Fall jedoch trug Cayleb die Nahrung und all die anderen Versorgungsgüter nicht nur für die eigene Armee zusammen. Es ging vor allem darum, Hektor vom Nachschub abzuschneiden und die konfiszierten Lebensmittel dazu zu nutzen, sämtliche Kriegsgefangenen zu ernähren, die bis vor kurzem noch Sir Koryn Gahrvais Armee gewesen waren. Natürlich wirkte sich dieser Unterschied nicht im Mindesten auf die glücklosen bisherigen Eigentümer der Lebensmittel, Tiere und Landwirtschaftsgeräte aus. Was jedoch einen ernst zu nehmenden Unterschied ausmachte, war, dass die Marines im Gegensatz zu praktisch allen anderen Armeen stets Quittungen über das konfiszierte Privateigentum ausstellten. Am Ende dieses Feldzuges sollten diese Quittungen dann beglichen werden: mit hartem, echtem Geld. Cayleb hatte die Absicht, diese Gelder ausschließlich Hektors Staatskasse zu entnehmen.

Das war neu, so zu verfahren war Caylebs Idee gewesen. Die beste Methode, der Propaganda der ›Vierer-Gruppe‹ entgegenzutreten, fand er, bestünde darin, das Vertrauen der Leute zu gewinnen, die tatsächlich mit Charis in Kontakt kämen. Und Cayleb fand, Taten sagten mehr als alle Worte.

»Mal sehen, ob ich das richtig verstehe«, sagte er nun. »Sie wollen mir erklären, die corisandianischen Bauern weigern sich, die Quittungen in Empfang zu nehmen, die unsere Truppen bei der Nahrungsbeschaffung ausstellen?«

»Mehr oder weniger, Euer Majestät.« Kaum merklich hob Rohzhyr die Achseln. »Einige nehmen sie zwar, aber ich glaube nicht, dass die sonderlich darauf achten. Und andere verkaufen sie einfach sofort an jeden, der, wie sie meinen, töricht genug ist, ihnen dafür gutes Geld zu geben.«

»Zu welchem Kurs?«, fragte Cayleb nach.

»Die meisten geben sich mit einem Kurs von eins zu hundert zufrieden, Euer Majestät«, seufzte Rohzhyr, und Caylebs Kiefermuskeln spannten sich bedrohlich an.

»Sind einige dieser ach-so-großzügigen Spekulanten vielleicht Charisianer?«, erkundigte er sich mit eisiger Stimme.

»Einige«, gestand Rohzhyr. »Wahrscheinlich sogar die meisten. Ich weiß es wirklich nicht. Ich weiß nur, dass die Einheimischen glauben, unsere Quittungen seien das Papier nicht wert, auf das sie gedruckt sind. Es würde mich überhaupt nicht überraschen, wenn ein paar von denen sie mit auf die Herzhäuschen nähmen, Euer Majestät.«

»Ich verstehe.«

Merlin verriet Rohzhyrs Gesichtsausdruck ebenso wie seine Körpersprache vor allem eines: Der Mann hielt Caylebs Bestrebung für weltfremd, die Bewohner eines Landes, mit dem man sich gerade im Krieg befand, für kriegsbedingte Unannehmlichkeiten zu entschädigen. Wahrscheinlich erschien das Ganze Rohzhyr etwa so widernatürlich wie Inzest. Natürlich würde er das in Caylebs Gegenwart niemals laut aussprechen. Er war jedoch ganz offenkundig der Ansicht, wenn die Corisandianer sich dafür entschieden, diese Quittungen nicht anzunehmen oder wegzuwerfen, sei das ganz allein deren Problem, nicht das der Krone von Charis.

»Hören Sie mir genau zu, Colonel!«, ergriff Cayleb nach kurzem Schweigen wieder das Wort. »Die Politik der Imperial Navy und der Imperial Marines wird es weiterhin sein, dass wir zivile Eigentümer für Konfisziertes entschädigen. Ich spreche hier von *zivilen Eigentümern,* Colonel! Ich werde keinem gierigen charisianischen Spekulanten auch nur eine einzige Mark auszahlen, sondern ausschließlich den Leuten, denen wir tatsächlich etwas genommen haben.«

»Euer Majestät, das verstehe ich, aber ...«

»Ich war noch nicht ganz fertig, Colonel!«

Rohzhyr schloss den Mund so rasch, dass Merlin meinte, die Zähne des Offiziers aufeinander klacken zu hören. Cayleb schenkte seinem Gegenüber ein äußerst frostiges Lächeln.

»Ich fürchte, Ihre Buchhalter haben gerade eben deutlich mehr Arbeit bekommen«, fuhr der Kaiser fort. »Von jetzt an sind jegliche Quittungen über konfisziertes Privateigentum nicht mehr übertragbar. Sie sind ausschließlich durch die Person einlösbar, der sie ursprünglich ausgestellt wurde, oder, im Falle von deren Ableben, deren rechtmäßige Erben. Haben Sie mich verstanden?«

»Jawohl, Euer Majestät! Aber ... wie wollen wir beweisen, dass die Person, die eine Quittung einreicht, tatsächlich diejenige ist, der sie ursprünglich ausgestellt wurde? Und was geschieht, wenn jemand seine Quittung *verliert?*«

»Genau deswegen kommt ja auf Ihre Buchhalter deutlich mehr Arbeit zu, Colonel! Zunächst einmal wünsche ich, dass von jeder Quittung, die wir ausstellen, eine vollständige Abschrift angefertigt wird – mit Datum, Uhrzeit und Ortsangabe. Diese Abschriften sind durch den jeweilige Beschaffungstrupp noch am gleichen Tag zu archivieren. Selbstverständlich wird es auch entsprechende Einträge im Hauptbuch geben. Und ich möchte, dass die Namen von jeweils mindestens zwei Personen verzeichnet werden, die bezeugen können, dass der Name des jeweiligen Individuums, dem eine Quittung ausgestellt wurde, auch tatsächlich korrekt auf dieser Quittung angegeben wurde. Genau diese beiden Zeugen müssen notfalls in der Lage sein, besagtes Individuum vor einem der für die Auszahlung eingesetzten Offiziere zweifelsfrei zu identifizieren, sollte sich das als notwendig erweisen.«

Rohzhyrs Gesicht war länger und länger geworden, als er sich vorstellte, wie viel Arbeit das für ihn und seine Leute bedeutete. Der Gesichtsausdruck des Kaisers aber warnte ihn eindringlich davor, gegen diese Entscheidung Einwände vorzubringen. Einige Momente lang ließ Cayleb den Offizier im eigenen Saft schmoren. Dann lehnte er sich in seinem Klappstuhl wieder zurück und neigte den Kopf zur Seite.

»Gibt es sonst noch irgendetwas, das wir zu besprechen hätten, Colonel?«, fragte er freundlich.

Beinahe schon krampfartig schüttelte Rohzhyr den Kopf, und sein Kaiser lächelte.

»Dann, Colonel, werde ich Sie nicht weiter aufhalten. Sie haben gewiss noch viel zu tun.«

.X.

Königlicher Palast, Tellesberg, Königreich Charis

»Hältst du das wirklich für eine gute Idee, Sharleyan?«

Kaiserin Sharleyan hielt inne, das Weinglas halb erhoben. Sie neigte den Kopf und blickte mit nachdenklich zu Schlitzen verengten Augen Herzog Halbrook Hollow an.

Im Laufe der letzten Monate hatte sich die Beziehung Sharleyans zu ihrem Onkel nicht verbessert. Diese Beziehung litt sozusagen an wechselseitiger Erschöpfung. Der Herzog verbarg immer noch nicht, dass er die Eheschließung seiner Nichte ebenso missbilligte wie ihre Entscheidung, den Kampf des Königreichs Charis gegen den Tempel zu ihrem eigenen zu machen. Beide machten sich in dieser Sache nichts vor: Diese Missbilligung war der Grund dafür gewesen, warum Sharleyan ihren Onkel ausgewählt hatte, sie nach Tellesberg zu begleiten. Trotz des Gesprächs, das Sharleyan mit Erzbischof Maikel geführt hatte, bereitete ihr die Entfremdung zwischen ihnen deutlich mehr Schmerz, als sie jemals hätte in Worte fassen können. Sharleyan mühte sich nach Kräften, wenigstens ihre *familiäre* Beziehung aufrechtzuerhalten. Denn es war ganz offenkundig, dass ihre *politische* Beziehung weitestgehend zerrüttet war. Sie wusste, dass ihr Onkel sie immer noch liebte. Zumindest wenn sie zusammen dinierten, was immerhin zweimal in jedem Fünftag geschah, taten sie beide so, als existiere Politik einfach nicht.

Aus diesem Grunde hatte seine Frage Sharleyan unvorbereitet getroffen. Das Überraschungsmoment erklärte, warum sie zornig und bestürzt reagierte, Gefühle, gegen die sie nun anzukämpfen hatte.

»Was für eine Idee, Onkel Byrtrym?«

Sie hatte sich nach Kräften bemüht, sich ihre Gefühle nicht anmerken zu lassen. Das war deutlich schwieriger bei jemandem, der ihr schon immer nahe gestanden hatte. Daher musste sie nun beobachten, wie sein Mund einen kurzen Moment erschreckend schmallippig wurde. Dann lehnte er sich in seinem Sessel zurück und stützte die Ellenbogen auf die Armlehnen.

»Eigentlich, Sharley«, begann er und nannte sie zum ersten Mal seit langer Zeit wieder bei ihrem Kosenamen, »wollte ich ja nicht über deine ... nun, politischen Entscheidungen sprechen. Oder zumindest nicht über deren politische Aspekte.« Er lächelte; es war ein schmales Lächeln, und doch lag darin zumindest eine Spur Zuneigung. »Ich meinte diesen Ausflug, den du geplant hast.«

»Ach so. Du meinst den nach Sankt Agtha?«

»Genau.« Er schüttelte den Kopf. »Das gefällt mir gar nicht, Sharley. Ich bedauere mittlerweile sogar, dass ich dieses Kloster überhaupt jemals erwähnt habe. Es kann auf der Reise dorthin einfach viel zu viel schiefgehen!«

»Ich glaube, gemeinsam mit Colonel Ropewalk werden Wyllys und Edwyrd durchaus in der Lage sein, zu verhindern, dass etwas schiefgehen könnte, Onkel Byrtrym.«

»Ich weiß, dass du so denkst. Und um ehrlich zu sein, hoffe ich wirklich, dass du Recht hast und ich Unrecht. Aber ich verstehe die Gefühle derjenigen, die nicht miterleben wollen, wie dieses Schisma immer weiter blüht und gedeiht, ein wenig besser als du.«

Wieder schüttelte er den Kopf, als er sah, wie angespannt seine Nichte mit einem Mal wirkte.

»Ich will doch gar nicht schon wieder mit dieser leidigen Geschichte anfangen, Sharley, versprochen!« Er brachte ein schiefes Grinsen zustande, und die junge Kaiserin entspannte sich ... ein wenig. »Ich will doch nur sagen, dass die Emotionen auf beiden Seiten hochschlagen. Jetzt, wo noch das Interdikt und die Exkommunikation dazugekommen sind, werden sich diejenigen, die dir Übles wollen, erst recht zu Verzweiflungstaten bemüßigt fühlen. Cayleb mag ja bei seiner Armee in Sicherheit sein, aber *du* bist es eben *nicht!* Ich möchte einfach nicht, dass du unnötige Risiken eingehst.«

»Ich danke dir«, erwiderte sie. Ihr Blick wirkte jetzt sehr viel herzlicher angesichts seiner Besorgnis um ihr Wohlergehen – trotz aller Differenzen, die zwischen ihnen herrschen mochten. »Aber ich werde mich nicht von den Ängsten meiner eigenen Untertanen zur Gefangenen im Palast machen lassen! Ich könnte mir das auch gar nicht leisten. Schließlich bin ich für allzu viele von ihnen immer noch ›diese fremde Frau‹. Dieser Ausflug, wie du es nennst, soll ein Zeichen dafür sein, dass ich den Charisianern genug vertraue, um in ihrem Land auf Reisen zu gehen. Außerdem setze ich so ein wichtiges Signal. Denn den Charisianern ist bewusst, dass die Heilige Agtha in Chisholm geboren ist, sich aber dafür entschieden hat, einen Großteil ihres Lebens hier in Charis zu verbringen! Und die Lebensgeschichte dieser Heiligen fasziniert mich. Ich möchte wirklich das Kloster sehen, in dem sie all diese Wunderheilungen vollbracht hat.«

Und ich möchte diese Reise machen, weil ich erschöpft bin. Das sprach sie nicht laut aus. *Rayjhis, Maikel und ich haben, was die Konstituierung des neuen Kaiserlichen Parlaments angeht, wirklich gute Arbeit geleistet. Es ist kaum zu glauben, wie gut Maikel Erzbischof Pawals Erzdiözese in die neue Hierarchie einzubinden gelungen ist – gut, ein Teil der Lorbeeren verdient Brynair, der sehr aktiv dabei mitgeholfen hat. Aber leicht war das für keinen von uns. Und Leute wie dein guter Freund Kairee waren da auch nicht gerade hilfreich, Onkel Byrtrym! Ich* brauche *diese Reise einfach!*

»Signalwirkung hin oder her«, erwiderte er, »aber das ändert nichts an dem, was ich gerade gesagt habe! Ich wünschte, du würdest wenigstens bei deiner persönlichen Leibgarde ein paar Leute mehr aus der Heimat mitnehmen!«

»Das, Onkel Byrtrym, geht schon mal gar nicht!« Ihr Tonfall war wieder etwas harscher geworden, und sie verzog gequält das Gesicht, als sie es bemerkte. »Das Letzte, was ich mir hier leisten kann«, fuhr sie fort und mühte sich nach Kräften, nicht mehr ganz so ungeduldig zu klingen, »ist es, den Eindruck zu erwecken, ich würde Chisholmianern mehr trauen als Charisianern. Das ist doch genau der Grund dafür, dass wir Caylebs und meine Leibgardisten zu einer Einheit zusammengefasst haben.«

»Aber ...«

»Onkel Byrtrym«, unterbrach sie ihn sanft, »ich weiß deine Besorgnis wirklich sehr zu schätzen. Glaub mir: Zu wissen, dass du mich immer noch liebst, unseren derzeitigen politischen Meinungsverschiedenheiten zum Trotz, ist wichtiger für mich, als ich jemals in Worte fassen könnte! Aber während meiner Kindheit hast du Mahrak dabei geholfen, mir etwas sehr Wichtiges beizubringen: Wenn eine Entscheidung erst einmal gefallen ist, gibt es nichts Schlimmeres, als diese Entscheidung im Nachhinein noch zu ändern. Und wir wollen doch ehrlich zueinander sein, ja? Die Gründe für meine Entscheidung können für dich unmöglich akzeptabel sein. Das weiß ich, und ich bedauere es auch. Aber es ist nun einmal eine Tatsache, die wir beide hinnehmen müssen. Folglich betrachtest du von nun an all meine Entscheidungen aus einem völlig anderen Blickwinkel als ich. Dass wir unterschiedlicher Meinung sind, ist daher normal. Bitte verzeih mir, wenn ich das so sage: Wir müssen es beide einfach als gegeben hinnehmen! Du bist um mich und vor allem auch um meine Sicherheit besorgt, weil du mich liebst, aber ich darf nicht zulassen, dass deine Besorgnis mich umstimmt. Aus diesem Grund hielte ich es auch für besser, wenn wir über etwas anderes sprächen.«

Eine oder zwei Sekunden lang blickte er sie über den Tisch hinweg nur schweigend an, dann seufzte er.

»Also gut, Sharley«, sagte er. »Wahrscheinlich hast du Recht.

Und wo du gerade sagst, wir sollten über etwas anderes sprechen«, fuhr er in einem entschieden fröhlicherem Tonfall fort, »was hältst du denn von meinem neuen Braunen?«

.XI.

Kaiser Caylebs Feldlager-Hauptquartier, Herzogtum Manchyr, Corisande-Bund

Mit geschlossenen Augen saß Merlin Athrawes im dunklen Zelt und lehnte sich in einem Klappstuhl zurück. Eigentlich hätte er sich hinlegen sollen; seine ›Atmung‹ hätte auf ›langsam und gleichmäßig‹ programmiert sein sollen. Es sollte für jeden, der zufälligerweise vorbeikäme, ganz danach aussehen, als schliefe er. Dass hier jemand zufällig vorbeikäme, wäre allerdings noch unwahrscheinlicher als an Bord eines Schiffes. Abgesehen davon hatte Merlin festgestellt, dass er im Sitzen oder Stehen tatsächlich besser denken konnte. Diese Vorliebe hatte zwar eindeutig einen rein psychologischen Ursprung, was aber nichts an der Tatsache an sich änderte.

Bedauerlicherweise änderte auch die jeweils gewählte Körperhaltung nichts daran, dass der Tag auf Safehold entschieden zu wenige Stunden aufwies. Merlin hatte es Cayleb schon erklärt: Es gab entschieden zu viel, das er im Auge behalten musste. Ursprünglich hatte das kein allzu großes Problem dargestellt. Seit sich die Auswirkungen des charisianischen Widerstandes gegen die ›Vierer-Gruppe‹ indes über den ganzen Planeten ausbreiteten, hatte sich diese Aufgabe zu einem regelrechten Albtraum ausgewachsen. Selbst Owls tatkräftige Mithilfe änderte daran nichts. Dass Merlin gezwungen gewesen war, sich so sehr auf Corisande zu konzentrieren, seit Cayleb aktiv gegen Hektor vorging, hatte die Situation nur noch verschlimmert. Wenn Merlin irgendetwas entginge, könnten die Konsequenzen äußerst unschön werden. Ganz zu schweigen davon, wie frustrierend es wäre.

So war Merlin beispielsweise immer noch immens … wütend

über sich, weil er nicht rechtzeitig von Hektors Plan erfahren hatte, seine Tochter und den jüngeren seiner beiden Söhne außer Landes zu schaffen. Dass tatsächlich ein charisianisches Schiff, der Schoner *Dawn Star*, das Schiff, an dessen Bord sich die beiden – und dazu noch Graf Coris – befanden, aufgebracht und geentert hatte, steigerte diese Wut nur noch. Wenn Merlin doch nur genug Zeit gehabt hätte, die *Dawn Star* und die anderen Kreuzer zu warnen! Wenn er hätte erzählen können, ein – angemessen anonymer – Informant hätte berichtet, Mitglieder von Hektors Familie würden möglicherweise aus dem Fürstentum zu flüchten versuchen, hätte der Offizier, der die Untersuchung geleitet hatte, die Passagierliste zweifellos etwas gründlicher begutachtet. Stattdessen hatte er sich auf die Fracht des Schiffes konzentriert, und diese Fracht war gänzlich *sauber* erschienen.

Trotzdem musste Merlin zugeben, dass Cayleb ihm zu Recht in der Nacht eine Pause einzulegen befohlen hatte. Zwei Stunden war wahrscheinlich mehr, als Merlin wirklich brauchte. Aber er bemerkte schon jetzt einen deutlichen Unterschied, was seine geistige Leistungsfähigkeit betraf.

Merlins Mundwinkel zuckten, als er sich fragte, ob Cayleb wohl in der Lage wäre zu beurteilen, ob er ›wach‹ wäre oder ›schliefe‹, sollte der Kaiser sich vergewissern wollen, dass sich seine Leibwache tatsächlich die vorgeschriebene Auszeit nähme.

Er braucht das nicht zu überprüfen, das ist das eigentlich Wichtige. Ich habe ihm gesagt, ich würde es tun, also glaubt er mir das auch. Dieser verschlagene Bursche! Es fällt einem viel einfacher, jemanden zu hintergehen, der einen nicht für ehrbar und vertrauenswürdig hält! Ich muss zugeben, dass Cayleb ebenso viele Führungsqualitäten besitzt wie jeder andere, unter dem ich gedient habe, Commodore Pei eingeschlossen.

Es ist schon sonderbar, wie sehr sich meine ursprüngliche Einstellung zu Charis und den Charisianern im Allgemeinen geändert hat, ging es ihm durch den Kopf. Von Anfang an hatte er sowohl Cayleb als auch dessen Vater größten Respekt entgegengebracht. Damals hatte er König Haarahld in einem ihrer ersten Gespräch gesagt, seine Treue gelte der Zukunft von Safehold, nicht einem speziellen Monarchen oder auch einem bestimmten Reich. Das allerdings stimmte mittlerweile nicht mehr. Inzwischen war Merlin irgendwie selbst zu einem Charisianer geworden. Er war sich nicht ganz sicher, ob das wirklich gut war. Seine Verantwortung galt der gesamten Menschheit, nicht nur dem Haus Ahrmahk, so sympathisch, liebenswürdig und charismatisch der derzeitige Regent aus diesem Hause auch sein mochte. Merlin konnte es sich schlicht nicht leisten, sich in einer Art und Weise mit den Interessen von Charis zu identifizieren, die ihn vielleicht von seiner deutlich weiter reichenden Pflicht ablenkten.

Moment, so stimmt das nicht!, wehrte sich eine Stimme in seinem Hinterkopf, während ein Großteil seines Verstandes sich auf die Zusammenfassung aller Aufzeichnungen dieses Tages konzentrierte, die seine SNARCs gesammelt und Owl ihm übertragen hatten. *Zumindest derzeit sind die Interessen von Charis identisch mit denen der Menschheit im Ganzen. Wer außer Cayleb, Maikel und Sharleyan gehört denn schon zu den Aufrechten! Auch ganz kaltblütig und pragmatisch betrachtet kann ich es mir nicht leisten, diese Helfer zu verlieren. Wenn das geschähe, würde ich vermutlich nie wieder vergleichbare Unterstützung finden.*

Klar doch!, erwiderte eine andere Stimme in seinem Kopf sardonisch. *Red du dir das bloß immer schön weiter selbst ein!*

Ach, halt doch die Klappe!, fauchte die erste Stimme gereizt.

Merlin schnaubte auf. Diese kleinen inneren Dialoge hätten vermutlich jeden Psychologen ernstlich beunruhigt – so er bereit gewesen wäre, die Herausforderung anzunehmen, sich mit einem elektronischen Speichermuster von Erinnerungen und Emotionen zu befassen, das störrisch darauf beharrte, sich selbst als echten Menschen anzusehen. Es war ja nun nicht so, als ob …

Abrupt brach der Gedanke ab, und Merlin setzte sich ruckartig in seinem Sessel auf.

»Owl!«, subvokalisierte er.

»Jawohl, Lieutenant Commander Alban?«

»Das letzte Segment wiederholen.«

»Jawohl, Lieutenant Commander«, erwiderte die KI gehorsam. Merlin fluchte innerlich. Ihm war, als durchbohre ein Dolch aus purem Eis sein nicht mehr existierendes Herz.

Verdammt! Verdammt *noch mal! Ich habe Cayleb doch gesagt, ich hätte zu viel zu tun!*

Ja, das hatte er. Cayleb hatte ihm prophezeit, es würde passieren, und das so unausweichlich wie das Kommen des Morgengrauens! Merlin *musste* einfach Prioritäten setzen, deswegen hatte er sich auch auf die Geschehnisse hier in Corisande konzentriert, auf alles, was sich unmittelbar auf Caylebs Feldzug auszuwirken vermochte. Die Ereignisse in Tellesberg dagegen konnte Merlin aus der Ferne eh nicht selbst beeinflussen. Er hatte sich darauf verlassen müssen, dass dort Menschen handelten, die ihr Handwerk beherrschten.

Jedes einzelne Wort davon stimmte. Das wusste Merlin auch ... und trotzdem fühlte er sich keinen Deut besser.

Er sprang auf, beobachtete immer noch mit geschlossenen Lidern die Daten der SNARCs, die routinemäßig Sharleyans Aufenthaltsort durchgaben – und ihm jetzt auch die Bewegungen der Bewaffneten meldeten, die sich stetig auf das Kloster Sankt Agtha zubewegten.

Merlin wusste nicht, wer diese Männer waren. Aber er wusste genau, dass es *nicht* Sharleyans Leibgarde war und auch niemand sonst, der mit ihrer Sicherheit betraut gewesen wäre. Damit gab es nur noch eine einzige Möglichkeit, warum Bewaffneten sich dem Kloster näherten. Offensichtlich war Merlin mehr entgangen, als ihm bislang bewusst gewesen war. Weder er noch Owl hatten auch nur einen einzigen dieser Männer, die die SNARCs nun beobachteten, als potenzielle Bedrohung gekennzeichnet; sie befanden sich nicht in der Datenbank, die Merlin im Laufe der Zeit zusammengestellt hatte. Doch sie mussten in Kontakt mit jemandem stehen, der sehr wohl in dieser Datenbank verzeichnet war, sonst hätten sie nicht so genau über Sharleyans Zeitplan Bescheid gewusst – frühzeitig genug, um sich in der Art und Weise vorzubereiten, wie das zweifellos geschehen war.

All diese Gedanken durchzuckten Merlins MolyCirc-Hirn; ein Schaudern durchfuhr ihn. Interessant, diese Spekulationen, aber sie würden ihm nichts bringen! Und Sharleyan auch nicht!

Völlig reglos stand er da, dachte über Alternativen und mögliche Konsequenzen nach. In Corisande war es etwa vier Uhr morgens, also war es in Charis jetzt etwa sechs Uhr abends. Nimue Alban alias Merlin Athrawes war beinahe siebentausend Meilen weit von Tellesberg entfernt – Luftlinie. Es war völlig unmöglich, Sharleyan oder einen ihrer Gardisten zu warnen. Aber es gab immerhin eine Möglichkeit, nur …

Es ist genau wie damals bei diesen Kindern und den Kraken, dachte er. *Nur dass es diesmal noch viel schlimmer ist! Ich kann das nicht tun! Ich* darf *das nicht riskieren! Damit könnte ich alles zunichte machen, was wir bislang erreicht haben. Ich habe einfach nicht das Recht, ein solches Risiko einzugehen, so sehr ich das auch* möchte!

Er wusste, dass er Recht hatte. Er wusste, dass er ein solches Risiko einfach nicht eingehen durfte. Er wusste …

»Aufklärer-Schwebeboot starten!«, fauchte er Owl an.

.XII.

Kloster Sankt Agtha, Grafschaft Crest Hollow, Königreich Charis

»Ich glaube, die Äbtissin hat erwartet, ich würde wegen dieser Regel über Bedienstete Einwände erheben«, bemerkte Sharleyan. Pater Carlsyn, Captain Gairaht und Sergeant Seahamper begleiteten sie gerade vom Refektorium zum Gästehaus des Klosters Sankt Agtha.

»Wenn Ihr mir verzeiht, das so zu sagen, Eure Majestät, Ihr *hättet* Einwände erheben sollen«, erwiderte Gairaht ein wenig verstimmt. »Das ist schlichtweg nicht angemessen!«

»Ach, machen Sie doch nicht so ein Theater, Wyllys!«, schalt Sharleyan ihn freundlich. »Ich wusste doch über die im Kloster geltenden Regeln für Einkehrtage längst Bescheid, bevor ich die Äbtissin gebeten hatte, sie besuchen zu dürfen. Und meine kaiserliche Würde ist nun wahrlich nicht so empfindlich, dass sie immer und überall betont werden müsste – schon gar nicht während der Einkehrtage. Abgesehen davon ist es unter den gegebenen Umständen gewiss nicht schlimm, wenn man im Ruf steht, sehr fromm zu sein, oder?«

»Und Majestät erwarten von mir zu glauben, Majestät hätten die Regeln dieses Klosters aufgrund kalter Berechnung akzeptiert, ja?«

»Nein. Aber wenn sich herausstellt, dass das, was ich für das Richtige halte, genau das ist, was ich auch täte, wenn ich nur aufgrund kalter Berechnung handelte, dann wird wohl etwas Richtiges dran sein!«, gab Sharleyan gelassen zurück.

»Es beruhigt mich sehr zu hören, dass Ihr Euch Eurer Prioritäten so bewusst seid, Eure Majestät«, bemerkte Pater Carlsyn trocken, und Sharleyan lachte leise.

»Es freut mich, wenn Sie das beruhigt, Pater. Andererseits konnte ich ja in Hörweite meines Beichtvaters wohl kaum eine andere Antwort geben, oder?«

»Unaufrichtigkeiten wie diese kämen natürlich niemals jemandem in den Sinn, der den Vorteil hat, schon seit so langer Zeit *meinen* geistigen Beistand zu haben, Eure Majestät«, erwiderte er.

»Oh ja, ich vergaß! Natürlich nicht!«, pflichtete sie ihm bei. Dann wandte sie sich wieder Gairaht zu. »Wie dem auch sei, Wyllys: In diesem Kloster gelten nun einmal gewisse Regeln. Ich habe nicht die Absicht, mich dagegen aufzulehnen.«

»Und wie lange ist es schon her, dass Ihr vollkommen allein wart, bis Ihr Euch zu Bett begeben habt?«, wollte der Kommandeur ihrer Wachabordnung wissen.

»Wenn Sie es genau wissen wollen: ich glaube nicht, dass ich *jemals* ganz allein war, bis ich mich zu Bett begeben hatte ... außer bei Einkehrtagen. Gehörte ich nun zu den Menschen, die sich gern selbst wiederholen, müsste ich jetzt ein weiteres Mal herausstreichen, dass es bei dieser Reise *um genau das geht,* nicht wahr?«

»Und Majestät erwarten nun von mir auch noch zu glauben, Sairah höre das mit Freuden?«, erkundigte sich der Captain skeptisch.

»Mir ist bewusst, dass dies zu glauben Ihnen schwerfällt, Wyllys. Aber Sairah hat gelernt, meine Entscheidungen hinzunehmen. Ich sagte schon, ich gehörte nicht zu den Menschen, die sich gern wiederholen. Denn dann müsste ich jetzt hinzufügen: im Gegensatz zu gewissen Offizieren der Imperial Guard! Sairah weiß, dass ich mich hin und wieder bewusst dafür entscheide, meine hochherrschaftliche Würde nicht weiter zu beachten. Und so erstaunlich das auch sein mag: *Sie* streitet sich deswegen nicht mit mir!«

Vielleicht murmelte Gairaht noch einmal leisen Protest, dann aber so leise, dass Sharleyan diesen guten Gewissens überhören durfte. Jedenfalls stieß er sie nicht direkt mit der Nase darauf, dass sie gelogen hatte. Sairah Hahlmyn, Sharleyans Zofe, hatte die Entscheidung ihrer Herrin, sie an Bord von HMS Dancer zurückzulassen, zwar wortlos hingenommen. Aber natürlich hatte ihr Mienenspiel ausreichend deutlich gemacht, was sie eigentlich darüber dachte. Sairah hätte vermutlich jederzeit als Schauspielerin ihren Lebensunterhalt bestreiten können – vorausgesetzt, es gelänge ihr, der Versuchung zu widerstehen, maßlos zu übertreiben. Angesichts der Vorstellung, die die Zofe an diesem Morgen abgeliefert hatte, hielt Sharleyan Letzteres für unwahrscheinlich.

»Ich wünschte, es wäre wenigstens Lady Mairah hier!«, nörgelte der Captain dann doch noch.

»Wäre sie nicht bei ihrem letzten Ausflug mit Onkel Byrtrym vom Pferd gefallen und hätte sich das Bein gebrochen, dann wäre das auch so«, erwiderte Sharleyan.

»Ihr hättet ja«, setzte er an, »eine andere Eurer Hofdamen fragen kön...«

»Alles ist gut, Wyllys!«, fiel ihm Sharleyan mit fester Stimme ins Wort. »Aber ich habe nicht die Absicht, die ganze Nacht hindurch das mit Ihnen zu diskutieren.«

Er warf ihr einen letzten, missbilligenden Blick zu, dann holte er tief Luft, pustete sich durch den Schnurrbart und nickte.

In echter Zuneigung zu diesem Mann schüttelte die Kaiserin den Kopf. Wie die meisten anderen Leibgardisten – und natürlich auch Sairah – achtete Gairaht deutlich mehr darauf, was Sharleyans königlicher Würde geziemte, als sie selbst. Vielleicht war das ja so, weil es schließlich um die Würde der Königin ging – nein, mittlerweile Kaiserin –, nicht etwa um die der Gardisten. Sharleyan hatte eines schon sehr früh lernen müssen: Sie konnte es sich politisch nicht leisten, ihre Würde durch tatsächliche oder anscheinende Herabsetzung anderer Schaden nehmen zu lassen. Was sie selbst für herabsetzend hielt, spielte keine Rolle. Der äußere Anschein besaß in einer Welt voller politischen Kalküls enormes Gewicht. Doch unter den gegebenen Umständen mochte auch von Vorteil sein, im Ruf der Bescheidenheit und Demut zu stehen. Die Gelegenheit, die Rolle, die sie als Königin oder Kaiserin stets zu spielen hatte, einmal hinter sich zu lassen, und sei es auch nur für kurze Zeit, war im wahrsten Sinne des Wortes unbezahlbar. Das war einer der Gründe, weswegen sie sich so gern zu religiösen Einkehrtagen zurückzog. Schon seit dem Tag, an dem sie den Thron von Chisholm bestiegen hatte, hatte sie diese Rückzugsmöglichkeit genutzt. Die Gelegenheit, die alltäglichen, weltlichen Anforderungen hinter sich zu lassen, die mit der Krone einhergingen, und stattdessen ein wenig Zeit darauf zu verwenden, darüber nachzudenken, was ihre Seele eigentlich von ihr forderte, war Sharleyan stets sehr gelegen gekommen. Die Möglichkeit, nicht ständig darauf zu beharren, ihrer Würde angemessen behandelt zu werden, so kurz es auch währen mochte, war beinahe ebenso willkommen.

Gairaht und Seahamper wussten das ebenso gut wie sie. In der Vergangenheit hatten sie aber auch Gespräche wie dieses bereits geführt. Bislang hatte Sharleyans Onkel stets die Leibgardisten in dieser Diskussion unterstützt: Schwer hatte er den Kopf geschüttelt und die rhetorische Frage ausgesprochen, warum sie nicht einfach gleich ganz ins Kloster gehe.

Die Erinnerung daran ließ Sharleyan lächeln. Das Lächeln verflog rasch, als sie daran denken musste, wie sehr Onkel und Nichte sich einander entfremdet hatten. Onkel Byrtrym hatte sie nicht nach Sankt Agtha begleitet, obwohl sie ihn eingeladen hatte – in der Hoffnung, diese Einkehrtage böten ihnen die Möglichkeit, einander wieder näher zu kommen. Er hatte abgelehnt, höflich, aber bestimmt. Sharleyan fragte sich, ob es sie wohl weniger schmerzen würde, wenn sie nicht den Verdacht hätte, genau die gleiche Möglichkeit hätte ihr Onkel in diesem Ausflug auch gewähnt … und ihn gerade deswegen vermeiden wollen.

Die Kaiserin und ihre Begleiter erreichten das Gästehaus, und sanft legte sie Gairaht die Hand auf den Arm.

»Sie, Wyllys Gairaht, sind ein Umstandskrämer«, sagte sie ihm.

»Wie Eure Majestät meinen.« Sein steif-förmlicher Tonfall wirkte nicht sonderlich glaubwürdig angesichts des belustigten Funkelns in seinen Augen. Sie tätschelte ihm voller Zuneigung den gepanzerten Unterarm.

»Genau, schließlich bin *ich* ja hier die Kaiserin! Und ich kann Ihnen versichern, dass ich in meiner einsamen kleinen Klosterzelle bestens allein zurechtkommen werde. Sollte ich plötzlich feststellen müssen, dass ich rein körperlich außerstande bin, allein ins Bett zu finden, dann weiß ich ja, dass ich nur zu rufen brauche, und meine treuen Gardisten werden sofort furchtlos herbeieilen, um mich zu retten!«

»Eure Majestät, Gefahr für Leib und Leben ist etwas, dem sich zu Eurer Rettung entgegenzustellen ein jeder Gardist geschworen hat«, erwiderte Gairaht. »Ich fürchte, Euch dabei behilflich zu sein, sich zur Nachtruhe zu begeben, gehört nicht zu diesen Aufgaben.«

»Feigling!« Sie lächelte. Dann löste sie den Griff um seinen Arm und blickte zu ihrem Beichtvater hinüber.

»Sind Sie bereit, ins Bett zu gehen, Vater?«, fragte sie, und er nickte.

»Sehen Sie, Wyllys? Wenigstens eine treue Seele weiß ich in meiner Nähe, sollte ich plötzlich einen schrecklichen Albtraum durchleiden.«

»Das freut mich auch sehr für Euch, Eure Majestät«, versicherte er ihr sofort.

»Ich danke Ihnen«, erwiderte sie und trat durch die Eingangstür des Gästehauses. Der Priester blieb lange genug am Eingang stehen, um den Gardisten noch ein mitleidiges Lächeln zuzuwerfen. Dann folgte er seinem Schützling und schloss die Tür hinter sich.

Schweigend warfen Gairaht und Seahamper einander vielsagende Blicke zu, dann zuckten sie völlig gleichzeitig die Achseln.

»Captain, Sie werden sie nach all der Zeit nicht mehr ändern können«, meinte Seahamper.

»Natürlich nicht. Aber sie wäre zutiefst enttäuscht, wenn ich aufhören würde, es zu versuchen.«

Seahamper lachte leise. Dann blickte er sich um und begutachtete das Gelände, auf dem die verschiedenen Klostergebäude errichtet waren.

Sankt Agtha lag in den Styvyn-Bergen, die hoch über der Trekair Bay in der Grafschaft Crest Hollow in den Himmel ragten. Crest Hollow war eigentlich nicht viel mehr als ein schmaler Felsrücken zwischen der Howell Bay und dem ›Kessel‹. Die Überfahrt von der Hauptstadt hierher an Bord von HMS *Dancer*, einer sechsundfünfzig Kanonen schweren Galeone unter dem Kommando von Captain Paitryk Hywyt, war eine willkommene Abwechslung gewesen. Der Aufstieg über den schmalen, gewundenen Pfad, der Sankt Agtha mit den umliegenden Höfen und Weilern verband, hatte sich bereits als deutlich anstrengender, aber immer noch durchaus als Genuss erwiesen. Aber die Höhe, in der das Kloster lag, sorgte dafür, dass die aufziehende Abendkälte beinahe schon beißend war.

Das bilde ich mir wahrscheinlich bloß ein, dachte der Sergeant. *Ich bin ein Bursche aus dem Norden, und wenn mir* das hier *schon kalt vorkommt, dann bin ich wirklich schon viel zu lange nicht mehr zu Hause gewesen!*

»Irgendwelche besonderen Befürchtungen, Sir?«, erkundigte er sich nach kurzem Schweigen bei Gairaht.

»Nein, eigentlich nicht«, gab der Captain zurück, der sich währenddessen ebenfalls auf dem Gelände umgeschaut hatte. »In gewisser Weise wünschte ich zwar, Ihre Majestät hätte auf den Herzog gehört und noch mehr Männer mitgenommen, aber ich denke, an sich sind wir hier doch ziemlich gut aufgestellt, Edwyrd.«

»Jawohl, Sir«, pflichtete Seahamper ihm bei.

»Also gut«, sagte Gairaht deutlich munterer. »Ich werde noch einmal das Gelände umrunden. Dann kann der Lieutenant übernehmen, und ich lege mich hin. Rufen Sie mich, falls Sie mich brauchen!«

»Jawohl, Sir«, bestätigte Seahamper, gerade so, als hätte Gairaht ihm nicht genau das Gleiche schon zu Dutzenden anderer Gelegenheiten gesagt. Der Captain lächelte ihm zu, dann machte er sich auf den Weg und verschwand im aufziehenden Halbdunkel.

Im Westen grollte der Donner, und Seahamper verzog das Gesicht. In Charis regnete es bemerkenswert häufig – vor allem für jemanden, der in Chisholm aufgewachsen war. Und so wie es klang, stand heute noch mehr von diesem Regen zu erwarten.

Wyllys Gairaht hörte das gleiche Donnergrollen, als er durch die offene Klosterpforte trat, und nickte den zehn Männern zu, die dort zusammen mit Lieutenant Hahskyn, seinem in Charis geborenen Stellvertreter, postiert waren. Dann wandte Gairaht sich nach rechts.

Die uralte Steinmauer, die das Klostergelände ringsum einfasste, sorgte eher dafür, dass die Klostergemeinde sich ungestört fühlen konnte, als dass sie tatsächlich Sicherheit geboten hätte. Es war Gairaht zwar ganz recht, dass es sie gab. Doch sie wäre ihm deutlich nützlicher erschienen, wenn sie entweder etwas niedriger gewesen wäre oder ein gutes Stück höher und breiter, so dass er Männer darauf hätte postieren können. So jedoch war sie gerade hoch genug, um seine Männer auf der Außenseite effektiv von jenen auf der Innenseite abzuschneiden. Sie würden eines der drei Eingangstore benutzen müssen, um hereinzukommen, falls Eile geboten sein sollte.

Das Haupttor in der Südmauer war breit genug, um auch schwere Lastkarren hindurchzulassen. Im Westen und Norden befanden sich kleinere Tore, die man nur zu Fuß durchqueren konnte. Alle hatten weit offen gestanden, als die Vorhut der Gardisteneinheit eingetroffen war. Sofort hatten die Soldaten die Schlüssel der kleineren Tore von der Äbtissin eingefordert, die sie ihnen auch ohne allzu viel Widerrede ausgehändigt hatte. So hartnäckig sie auch die Einhaltung der in diesem Kloster geltenden Regeln verlangte, sie verstand sehr wohl die Notwendigkeit, für die Sicherheit der Kaiserin zu sorgen. Dankbar dachte Gairaht darüber nach, dass sie, obwohl sie schon seit beinahe zwanzig Jahren als Äbtissin das Kloster Sankt Agtha leitete, eindeutig zu den Charisianern gehörte, die sich voller Enthusiasmus der Kirche von Charis angeschlossen hatten. Gairaht selbst hatte schon befürchtet, sie könnten es hier mit jemandem zu tun bekommen, der eher den Tempelgetreuen zugeneigt war.

Er erreichte das Ende der Mauer, bog erneut nach rechts ab und machte sich auf den Weg durch den Obstgarten, der vor der Westmauer lag. Die Äbtissin war doch recht bestürzt gewesen, als sie gesehen hatte, wie groß die Abordnung der Gardisten war, die Kaiserin Sharleyan bewachen sollte. Klöster waren nicht darauf ausgelegt, Bewaffneten Gastfreundschaft zu gewähren. Die Räumlichkeiten, die zur Verfügung standen, boten achtzig gepanzerten, bewaffneten kaiserlichen Gardisten einfach keinen Platz. Die Äbtissin hatte sich zwar bemüht, sich ihre Bestürzung nicht anmerken zu lassen. Doch sie hatte ganz offenkundig noch keine Ahnung gehabt, wo sie alle unterbringen sollte. Sie war daher dankbar auf Gairahts Vorschlag eingegangen, seine Männer könnten doch auf der Wiese kampieren, die unmittelbar hinter dem Obstgarten liege. Ein recht tiefer, reißender Bergbach bot ihnen genügend Trinkwasser, und von dieser Wiese aus ließ sich leicht auch das eigentliche Klostergelände erreichen. Denn das Westtor befand sich in unmittelbarer Nähe. Dass auf diese Weise zugleich auch für die Sicherheit eben dieses Tores gesorgt werden konnte, war natürlich ein angenehmer Nebeneffekt.

Im Augenblick bereitete sich gerade die Hälfte der Abordnung darauf vor, sich in Zelte und Schlafsäcke zurückzuziehen. In sechs Stunden würde man sie für den Wachwechsel wecken, und Gairaht hoffte, es werde den Schlaf seiner Männer nicht allzu empfindlich stören, wenn das Wetter sich tatsächlich derart ... interessant gestalten sollte, wie es derzeit den Anschein hatte. Kein Gardist neigte zu einem allzu tiefen Schlaf. Trotzdem war eine angemessene Ruhezeit schlichtweg erforderlich, wenn die Männer auch mitten in der Nacht noch wachsam sein sollten – und bei Soldaten, die in Leinenzelten nächtigten, waren Gewitter dem Schlaf nun wirklich nicht sonderlich zuträglich.

Die Wachabordnung vor der westlichen Mauer, acht Mann an der Zahl, ließ sich nicht leicht ausmachen – was Gairaht durchaus schätzte. Zwei der Männer waren noch recht einfach zu finden: Sie patrouillierten vor der Mauer auf und ab, das Gewehr mit aufgepflanztem Bajonett über der Schulter. Die anderen sechs jedoch hatten sich vorschriftsmäßig getarnt, sodass sie Wache halten konnten, ohne ihre eigene Position jemandem zu verraten, der möglicherweise gerade auf dem Gelände herumschlich. Der Sergeant, der das Kommando über diese Abordnung innehatte, trat aus einem Gebüsch, um pflichtgemäß zu salutieren, als Gairaht an ihm vorbeischritt, und der Captain erwiderte die Geste der Höflichkeit.

Die Wachen vor der Nordmauer waren ebenfalls so aufmerksam, wie ihre Aufgabe es verlangte. Sie alle erfüllten ihr Pflicht vorbildlich, und Gairaht war stolz auf seine Männer. Die eine Hälfte stammte aus Chisholm, die anderen waren in Charis geboren. Für einen Außenstehenden wäre es schlichtweg unmöglich gewesen, sie voneinander zu unterscheiden – zumindest so lange, bis man ihren unterschiedlichen Akzent zu hören bekam. Natürlich hatte es bei der Vereinigung der beiden Garden zur neuen Imperial Guard zunächst gewisse Spannungen gegeben. Aber beides waren Eliteeinheiten gewesen. Sie hatten sich rasch zusammengerauft, und ihre Pflichten einten sie ebenso wie der Stolz darauf, als würdig angesehen zu werden, die Kaiserin zu beschützen.

Mittlerweile hatte Gairaht die Ostmauer erreicht und ging in großen Schritten in Richtung Südmauer und Haupttor. Die Ostmauer war die kürzeste der vier Mauern, was dem Captain ganz recht war. Die letzten Strahlen der blutroten Abendsonne drängten sich immer noch zwischen den dräuenden Wolken und den Kuppen der Styvyn-Berge hindurch, doch sie verblassten zusehends. Hier auf der Ostseite des Klostergeländes gab es einen richtigen Wald aus alten, ausgewachsenen Bäumen, in dem offenkundig nie Abholzung betrieben worden war, gänzlich anders als die säuberlich aufgereihten Pflanzen im Obstgarten. Dieser Wald lag vielleicht fünfzig oder sechzig Schritt weit von der Mauer entfernt. Die Schatten unter den Baumkronen waren schon jetzt undurchdringlich dicht und wirkten in Gairahts Augen düster, beinahe schon bedrohlich: ein geducktes, sprungbereites Ungeheuer. Dieser Gedanke war dem Captain unbehaglich, und so verdrängte er ihn ungeduldig, als er schließlich auch den letzten Wachposten auf dieser Seite überprüft hatte und auf das Haupttor zuhielt.

Manchmal geht wirklich deine Fantasie mit dir durch, Wyllys!, schalt er sich selbst. *Das ist zwar vermutlich besser, als zu dumm zu sein, um sich Sorgen wegen des Offensichtlichen zu machen. Andererseits ist es aber auch nicht gerade …*

Der Armbrustbolzen mit stählerner Spitze, der zischend aus der Finsternis unter eben jenen Bäumen heransauste, traf ihn genau in die Kehle und beendete für alle Zeiten diesen Gedankengang.

.XIII.

Ein Bauernhaus nahe dem Kloster Sankt Agtha, Grafschaft Crest Hollow, Königreich Charis

Anderthalb Meilen vom Kloster Sankt Agtha entfernt zwang sich Bischof Mylz Halcom, ruhig an dem schlicht-massiven Holztisch sitzen zu bleiben. Am liebsten wäre er ungeduldig auf und ab gelaufen, hätte durch Bewegung Energie verbraucht, um die nervöse Anspannung loszuwerden, die sich in ihm immer weiter aufbaute. Bedauerlicherweise konnte er das unmöglich tun.

Wenn alles nach Plan verlief, sollte der Angriff auf das Kloster schon bald beginnen. Der Bischof schloss die Augen zu einem lautlosen Gebet, in dem er aus tiefstem Herzen um den Segen für die Männer bat, die sich dort draußen in der Dunkelheit versammelten, um die schwere Aufgabe zu erfüllen, die Gott ihnen auferlegt hatte. Halcom entging nicht, welch bittere Ironie doch darin lag, dass er noch vor kurzer Zeit zutiefst entsetzt angesichts der Vorstellung gewesen wäre, für den Erfolg eines solchen Unternehmens zu beten.

»Mein Lord, wir haben ... Besuch.«

Halcom öffnete die Augen und blickte rasch auf, als er bemerkte, wie angespannt Ahlvyn Shumays Stimme geklungen hatte. Sein Privatsekretär stand in der Eingangstür des Bauernhauses. Sein Gesichtsausdruck verriet Besorgnis.

»Was für Besuch denn, Ahlvyn?«, fragte Halcom und stellte fest, dass es ihm gelungen war, beinahe ruhig zu klingen.

»Ich, Mein Lord Bischof«, beantwortete eine andere Stimme die Frage. Halcom hob die Augenbrauen, als sich Herzog Halbrook Hollow an Shumay vorbeidrängte.

»Euer Durchlaucht«, begrüßte ihn der Bischof nach einigen

Sekunden angespannten Schweigens, »dieses Verhalten ist nicht sonderlich weise!«

»Bei allem schuldigen Respekt, Mein Lord, ob etwas weise ist, interessiert mich nicht sonderlich, wenn es um das Leben meine Nichte geht«, gab Halbrook Hollow unumwunden zurück.

»Und wie beabsichtigen Sie Ihre Anwesenheit hier zu erklären, Euer Durchlaucht?«

»Das wird nicht nötig sein. Jeder weiß, dass Sharleyan und ich politisch nicht mehr gleicher Meinung sind. Es wird niemanden überraschen, dass ich es nach ihrer Abreise vorgezogen habe, nicht bloß tatenlos in Tellesberg herumzusitzen. Es ist ja nun nicht gerade so, als hätte ich dort viele Freunde, nicht wahr? Offiziell besuche ich gerade Meister Kairee. Er hat mich in seine private Jagdhütte eingeladen. Und dort werde ich auch längst wieder sein, bis ich offiziell etwas von den Geschehnissen hier erfahren kann.«

»Mein Lord, Sie gehen zu viele Risiken ein.« Halcoms Stimme klang noch tonloser als zuvor Halbrook Hollows. »Wie viele Personen wissen, dass Sie hier sind?«

»Nur eine Hand voll«, gab der Herzog ungeduldig zurück. »Kairee, meine persönlichen Leibwachen und die Mannschaft des Schoners, der mich hierher gebracht hat.«

»Entschuldigt, Mein Lord«, warf Shumay ein und zog damit für einen Moment die Aufmerksamkeit der beiden anderen zur Gänze auf sich, »Seine Durchlaucht hat die *Sunrise* genommen.«

Kurz kniff Halcom die Augen zusammen. Dann bewegte er den Kopf in einer sonderbaren Geste, die eine Mischung aus Achselzucken und Nicken sein musste. Er hatte begriffen, dass Halbrook Hollow nicht ganz so unbesonnen gehandelt hatte, wie er zunächst hatte annehmen müssen. Aber eben nur *nicht ganz* so sehr.

Traivyr Kairees Kummer darüber, dass plötzlich immer mehr

Innovationen zweifelhaften Ursprungs auftauchten, seine Unzufriedenheit und sein Abscheu hinsichtlich der Entscheidung Caylebs und Maikel Staynairs, sich offen dem Tempel und der Autorität des Großvikars entgegenzustellen, und dazu sein Reichtum und sein politischer Einfluss hatten ihn zu einem der Ersten gemacht, mit denen Halcom vorsichtig Kontakt gesucht hatte, nachdem er in Tellesberg eingetroffen war. Kairee hatte rasch und entschlossen geantwortet. Er hatte mit Nachdruck seine Unterstützung zugesagt, und er war auch Halcoms Anweisung gefolgt und hatte sich deutlich gemäßigt, was seine öffentliche Zurschaustellung seines Zorns und seines Abscheus dem Schisma gegenüber betraf. Keiner der beiden war töricht genug zu glauben, Kairee könne plötzlich so tun, als *unterstütze* er all die blasphemischen Veränderungen, die sich rings um ihn ergaben. Doch er erklärte deutlich und unumstößlich, dass er nicht die Absicht habe, sich ihnen entgegenzustellen. Zu mehr als einer Gelegenheit hatte er öffentlich darauf hingewiesen, das Königreich habe sich nun entschieden, ob diese Entscheidung nun weise gewesen sei oder nicht, und wer so tue, als sei dem nicht so, handle schlichtweg verräterisch.

Natürlich hatte er *nicht* öffentlich ausgesprochen, dass er persönlich keinerlei Schwierigkeiten damit hatte, verräterisch zu handeln. Er hatte sein Versprechen, die Tempelgetreuen gegen die Schismatiker zu unterstützen, auch gehalten. Er und Halcom hatten große Geldmengen vorsichtig in Form von mildtätigen Spenden weitergeleitet – an die Kirche selbst und an verschiedene Klostergemeinschaften, die seine religiöse Auffassung teilten, wie etwa das Kloster Sankt Hamlyn in Rivermouth. Dieser Kapitalfluss war zu einem entscheidenden Faktor bei den Bestrebungen des Bischofs geworden, eine Organisation der Tempelgetreuen ins Leben zu rufen, zu versorgen und zu bewaffnen.

Halcom war nicht gerade glücklich darüber gewesen, dass Kairee und Halbrook Hollow in aller Öffentlichkeit freundlichen Umgang miteinander pflegten. Ihm war allerdings bewusst geworden, dass diese Beziehung auch Vorteile brachte, nicht nur Nachteile. Da allgemein bekannt war, wie unglücklich der Herzog über die Eheschließung und die Politik seiner Nichte war, blieb wohl unausweichlich, dass jemand, der so wohlhabend und politisch exponiert war wie Kairee und zudem exakt die gleichen Ansichten vertrat, zu einem der wenigen Verbündeten des Herzogs in Charis wurde. Keiner der beiden war bereit, sich offen gegen die Politik des Herrscherhauses auszusprechen. Jedem würde indes begreiflich sein, wie tröstlich es für beide sein musste, jemanden mit denselben Ansichten zur Seite zu haben. Abgesehen davon hatte Halbrook Hollow reichlich in Kairees verschiedene Geschäfte investiert. Beide waren auch in ähnlicher Weise an Pferden und Jagdsport interessiert. Kairee hatte seinem neuen Freund beispielsweise schon häufiger seine private Jagdhütte zur Verfügung gestellt, damit er das Wild von Charis kennen lernen könne. Letztendlich war Halcom zu dem Schluss gekommen, Kairee habe Recht: Es hätte noch deutlich verdächtiger gewirkt, wenn die beiden sich *nicht* angefreundet hätten. Und da jeder wusste, dass sie beide begeisterte Jäger waren, musste der Entschluss des Herzogs, ein weiteres Mal Kairees Jagdhütte aufzusuchen, gänzlich glaubwürdig erscheinen. Zumindest wäre das so gewesen, wenn Halbrook Hallow dafür einen anderen Zeitpunkt gewählt hätte.

Tellesberg ausgerechnet jetzt zu verlassen und auf Reisen zu gehen, war eine unglaublich törichte Entscheidung des Herzogs gewesen. Ihr konnte man nur wenig Positives abgewinnen. Aber wenigstens hatte er den Schoner *Sunrise* für seine Überfahrt von Kairees Jagdhütte zur Trekair Bay in der benachbarten Grafschaft Styvyn ausgewählt. Kairee war Eigner der *Sunrise*; bislang war sie mehrmals für diverse Lieferungen an die Tempelgetreuen genutzt worden, immer rings um das Gebiet der Howell Bay. Ihre Mannschaft hatte bereits sowohl ihre Treue unter Beweis gestellt als auch ihre Fähigkeit, den Mund zu halten.

Das änderte nichts daran, dass Halbrook Hollow eigentlich im Palast von Tellesberg hätte bleiben sollen: Dort hätte er ein absolut wasserdichtes Alibi gehabt, wenn erst einmal die Nachricht über den Überfall auf das Kloster Sankt Agtha einträfe. Und natürlich gab es auch noch zu bedenken, dass die *Sunrise* jetzt unmittelbar neben einer Galeone der Imperial Charisian Navy in die Trekair Bay eingelaufen war. Angesichts dessen, was schon bald in der Nähe von Sankt Agtha geschehen würde, konnte das nur bedeuten, dass man sie früher oder später genauestens in Augenschein nehmen würde – und das wiederum warf eine ganze Reihe weiterer unschöner Möglichkeiten auf.

»Euer Durchlaucht«, wandte sich der Bischof an seinen Gast, »ich verstehe, warum Sie besorgt sind. Aber ich bin nach wie vor der Ansicht, dass Sie hier eine recht unbesonnene Entscheidung gefällt haben. Es gibt noch entschieden zu viele Dinge, die anders laufen können als geplant.«

»Und genau deswegen bin ich hier!« Der Herzog verzog die Lippen. Es ähnelte nur entfernt einem Lächeln. »Ich weiß, wie erhitzt die Gemüter momentan sind. Ich möchte hier sein, um sicherzustellen, dass man wirklich angemessene ... Zurückhaltung walten lässt. Sharleyan braucht niemals zu erfahren, dass ich hier war. Aber *ich* muss unbedingt wissen, dass ihr nichts geschehen ist.«

»Ich verstehe.«

Langsam und bedächtig nickte Halcom, dann setzte er sich wieder an den Küchentisch, den Blick auf die Tür gerichtet. Mit einer Hand deutete er auf den zweiten Stuhl, der ihm am Tisch gegenüber stand, und Halbrook Hollow nahm Platz. Dann blickte der Bischof über die Schulter seines Besuchers hinweg Shumay an.

»Ahlvyn, angesichts der Sorgen Seiner Durchlaucht: Würden Sie Mytrahn bitten hereinzukommen? Sagen Sie ihm ruhig, dass der Herzog hier ist und ...« Er hielt inne und blickte Halbrook Hollow an. »Darf ich annehmen, dass Sie zumindest einen oder zwei Ihrer Leibwachen mitgebracht haben?«

»Zwei.« Halbrook Hollow nickte. »Macht Euch keine Sorgen! Beide stehen seit mehr als zwanzig Jahren in meinen Diensten.«

»Gut.« Halcom wandte sich wieder zu Shumay um. »Sagen Sie Mytrahn, er solle sich auch darum kümmern, ob die Leibwachen Seiner Durchlaucht etwas benötigen.«

»Selbstverständlich, Mein Lord«, bestätigte Shumay leise und mit gänzlich ausdrucksloser Miene. Dann verließ er die Küche.

»Euer Durchlaucht«, fuhr Halcom fort, als der junge Priester fort war, »wie ich schon sagte: Ich verstehe, warum Sie so besorgt sind. Und ich nehme an, ich kann Ihnen auch nicht verdenken, dass Sie sich der Sicherheit Ihrer Nichte vergewissern möchten. Trotzdem wäre es ratsamer gewesen, wenn Sie darauf vertraut hätten, dass *ich* mich darum kümmere. Dann hätten Sie in Tellesberg bleiben können. Sämtliche unsere Pläne und Strategien bauen darauf auf, dass Sie sich eben gerade *da* aufhalten, wenn die Meldung über das, was hier bald geschehen wird, eintrifft: genau im Palast.«

»Dessen bin ich mir bewusst«, erwiderte Halbrook Hollow ein wenig kurz angebunden. »Schließlich stammt der Plan ursprünglich von *mir.* Aber Traivyr ist bereit, für mein Alibi zu sorgen. Dass ich mich ohnehin schon in der Nachbarschaft aufhalte, in seiner Jagdhütte eben, wird es mir gestatten, noch viel rascher an den Ort des Geschehens zu eilen. Wenn ich hier bin, ehe Gray Harbor oder sonst jemand aus Tellesberg hier eintreffen kann, wird mir das zugleich die Möglichkeit bieten, mit Sharleyans Entführern Kontakt aufzunehmen, bevor jemand anderes das tun kann. Es wird denen viel schwerer fallen, mich einfach fortzuscheuchen, wenn ich mich bereits in Verhandlungen befinde, bevor die anderen überhaupt hier eintreffen.«

Langsam nickte Halcom. Selbstredend war ihm bewusst, dass

er jemanden Argumente vortragen hörte, die eine Entscheidung zu erläutern suchten, die aus gänzlich anderen Gründen getroffen worden war. Doch für vorgeschobene Argumente, das musste sich der Bischof eingestehen, klang das gar nicht so schlecht. Halbrook Hollow hatte den Plan geschmiedet, Sharleyan entführen zu lassen: durch Charisianer, die der Vereinigung von Charis und Chisholm äußerst kritisch gegenüberstünden. Auf diese Weise sollte dem Vertrauen, dass die Chisholmianer in das Königreich Charis und das neue Kaiserreich gleichen Namens setzten, der Todesstoß versetzt werden. Wenn die Charisianer es nicht einmal fertigbrächten, die Kaiserin und Königin von Chisholm vor ihren eigenen extremistischen Randgruppen zu beschützen, würden die Auswirkungen, die das in Chisholm haben würde, gewiss sehr drastisch ausfallen. Und nicht nur das: Am heftigsten würde das bürgerliche Lager reagieren – genau diejenigen also, die sich am ehesten irgendwelchen Machenschaften des Adels im Königreich entgegenstellen würden.

Gleichzeitig wäre der Beweis erbracht, dass Halbrook Hollows Zweifel daran, ob die Eheschließung eine weise Entscheidung gewesen war, berechtigt gewesen waren. Als ranghöchster chisholmianischer Adeliger in Charis – und Sharleyans Onkel, der zumindest offiziell immer noch das Oberkommando über die königliche Armee Chisholms innehatte! – müsste er eine der maßgeblichen Rollen bei den Verhandlungen mit Sharleyans Entführung spielen. Selbst wenn einige Leute, wie Gray Harbor beispielsweise, versucht wären, ihm die Handlungsvollmacht zu entziehen, würden sie doch begreifen, dass die politischen Folgen, die das in Chisholm nach sich ziehen würde, katastrophal ausfallen dürften.

Die Forderungen der Entführer würden extrem sein. Aber nicht gänzlich unerfüllbar für jemanden, der fest entschlossen war, seine geliebte Nichte zurückzuerhalten. In Sharleyans Namen würde der Herzog sich bereit erklären, das Schisma zwischen dem Tempel und der Kirche von Charis seitens Chisholm nicht weiter zu unterstützen, das aber nur, wenn er seine geliebte Nichte auch wirklich lebendig zurückerhielte. Sollten die Charisianer, die ebenfalls in die Verhandlungen eingebunden wären, dagegen Einwände erheben, würde er darauf hinweisen, dass Sharleyan diese Zustimmung später jederzeit würde widerrufen können, aber dazu ja erst einmal zurückkehren müsse.

Wenn der kritische Punkt schließlich erreicht wäre, würden die ›Entführer‹ sich bereit erklären, Sharleyan wieder in Halbrook Hollows Obhut zurückkehren zu lassen ... aber nicht auf charisianischem Boden. Sie würde nach *Chisholm* gebracht werden. Das wiederum erforderte, dass Halbrook Hollow persönlich nach Cherayth zurückkehrte. Seine Rückkehr käme frühzeitig genug, um den Sturz der ohnehin geschwächten Regierung von Baron Green Mountain und Königinmutter Alahnah zu arrangieren. Praktischerweise wäre ja jetzt der Beweis erbracht, wie unklug das Bündnis mit Charis doch von Anfang an gewesen war. Halbrook Hallow würde dabei natürlich immense Vorsicht walten lassen müssen. Doch da er das Oberkommando über die Armee innehatte, sollte ein Putsch gelingen. Er würde mit offenkundigem Bedauern und voller Trauer den Rücktritt seines alten Freundes Green Mountain entgegennehmen müssen, einfach deshalb, weil auch dies zu den Forderungen der Entführer gehören würde.

Der Herzog zweifelte nicht daran, dass, sobald Green Mountain aus dem Weg geräumt wäre, die konservativeren – und machthungrigeren – von Sharleyans Adeligen durchaus an einer Übereinkunft mit ihm interessiert sein dürften. Auseinandersetzungen der Vergangenheit spielten dann sicher keine Rolle mehr, egal, wie heftig sie auch gewesen sein mochten. Bis Sharleyan schließlich tatsächlich nach Chisholm zurückkehrte, würden seine neu gewonnenen Verbündeten und er die Lage bereits fest im Griff haben. Sharleyan bliebe nur feststellen, dass man sie – sehr diskret – unter einen gemütlichen, äußerst sicheren Hausarrest gestellt hätte, während Halbrook Hollow ›ihre‹ neue Politik in die Tat umsetzte.

Während der Herzog fest an seinen Plan glaubte, hatte Halcom, wie er Shumay gegenüber dargelegt hatte, mehr als nur Bedenken: Der Plan konnte nicht funktionieren – zumindest nicht langfristig. Deswegen hatte er sich einen eigenen Plan zurechtgelegt. So verärgert der Bischof auch über das unerwartete Eintreffen Halbrook Hollows war, nach reiflicher Überlegung wähnte er doch hinter dem törichten Entschluss des Herzogs Gottes Hand. Bislang war bei dem, was sie hier tatsächlich planten, durchaus zweifelhaft, ob Gott, der Herr, das tatsächlich würde gutheißen können. Jetzt hingegen ...

»Ich verstehe, was Sie meinen, Euer Durchlaucht«, sagte Halcom in bedauerndem Tonfall, als gerade Mytrahn Daivys, einer der Gruppenführer der Tempelgetreuen, durch die Küchentür hinter Halbrook Hollows Rücken trat. »Und unter den gegebenen Umständen ist es vielleicht doch gar nicht so schlimm, dass Sie hierhergekommen sind.«

»Es beruhigt mich, dass Ihr das auch so seht«, erwiderte Halbrook Hollow. »Jetzt ist es, wie ich schon sagte, natürlich sehr wichtig, dass Sharleyan niemals von meiner Anwesenheit hier erfährt. Deswegen ...«

Seine Stimme erstarb in einem entsetzlichen Gurgeln, als Daivys ihn in einer einzigen fließenden Bewegung am Haarschopf packte, seinen Kopf zurückriss und ihm dann die Kehle durchschnitt.

Als das Blut quer über die Tischplatte spritzte, stieß sich Halcom mit angewiderter Miene vom Tisch ab. Einige Blutspritzer trafen seinen Kasack, und der Gesichtsausdruck des Bischofs wurde noch finsterer. Instinktiv versuchte Halcom die Flecken fortzuwischen. Doch die ganze Zeit über hing sein Blick an Halbrook Hollows Gesicht: Da riss der Herzog in gänzlich überraschtem Entsetzen die Augen weit auf. Keinen Lidschlag später verlor sein Gesicht für alle Zeiten jeglichen Ausdruck.

»Es tut mir Leid, Euer Durchlaucht«, sagte Halcom leise und streckte quer über den Tisch die Hand aus, um die Augen des Toten zu schließen. »Aber ich denke wirklich, so ist es am besten.«

Er holte tief Luft, bekämpfte den Würgereiz, als der metallische Geruch vergossenen Blutes und der Gestank frischer Exkremente die ganze Küche erfüllte. Schließlich blickte er Daivys an.

»Ich bedauere sehr, dass wir das tun mussten, Mytrahn. Er mag ein Narr gewesen sein, und wir alle wissen, dass er ein vom politischen Ehrgeiz Getriebener war. Aber zugleich war er eben auch ein Sohn von Mutter Kirche.«

Daivys nickte, wischte die Klinge seines Dolches am Kasack des Herzogs ab und wölbte dann fragend eine Augenbraue.

»Was sollen wir mit der Leiche tun, Mein Lord?«, fragte er pragmatisch.

»Darüber müssen wir uns noch Gedanken machen«, gestand Halcom. »Ich neige dazu anzunehmen, es wäre wohl das Beste, ihn einfach verschwinden zu lassen – dann ist er eben einfach auch diesen charisianischen Attentätern zum Opfer gefallen. Es hängt ganz davon ab, wie gut das Alibi ist, das Meister Kairee für ihn bereithält, und was genau der Herzog den Leuten in Tellesberg hinsichtlich seiner Pläne erzählt hat. Zunächst einmal legen Sie ihn bitte einfach zu seinen Leibwachen!«

.XIV.

Kloster Sankt Agtha, Grafschaft Crest Hollow, Königreich Charis

Der Scharfschütze blieb nach dem Schuss völlig reglos. Sein Ziel, Wyllys Gairaht, war tot.

Die Gelegenheit, den Kommandeur von Sharleyans Leibgarde auszuschalten, war ein unerwartetes Gottesgeschenk gewesen. Der Scharfschütze hatte es in Empfang genommen; er hatte für den Schuss nicht erst einen Befehl eingeholt. Schließlich hätte Captain Gairaht ohnehin sterben müssen. Denn was in dieser Nacht geschehen sollte, duldete keinerlei Zeugen, keine Überlebenden. Doch die Möglichkeit, Gairaht könne aufschreien oder einer seiner Leute sähe ihn fallen, hatte durchaus bestanden. Andererseits war der Schuss aus weniger als vierzig Schritt Entfernung abgefeuert worden. Über diese Entfernung hinweg war dem Scharfschützen schon seit seiner Kindheit kein einzigen Schuss mehr fehlgegangen. Er war der Ansicht, hier habe sich die Gelegenheit geboten, einen Gegner lautlos auszuschalten, und die Möglichkeit, damit gleich den Anführer der gesamten Gardisten-Abordnung zu erledigen, hatte er für das Risiko wert gehalten.

Angestrengt lauschte er und hörte nichts als das Grollen des Donners im Westen und das Rauschen des stürmisch auffrischenden Windes in Baumkronen hoch über ihm.

Gut, dachte er und machte sich daran, vorsichtig und lautlos die Armbrust erneut zu spannen.

Stirnrunzelnd blickte Edwyrd Seahamper zum Himmel hinauf. Endgültig senkte sich die Dunkelheit der Nacht über Sankt

Agtha herab. Nur der Schein vieler Kerzen, deren Licht durch die Fenster fiel, tauchte das Klostergelände in Halbdunkel; warm glommen die Buntglasfenster der Kapelle. Die Muster dieser Fenster waren schlicht, so wie es sich für ein Kloster geziemte, das zu Ehren einer Heiligen gegründet worden war, die sich einem Leben in Askese verschrieben hatte. Agtha hatte einst Armut gelobt, um sich ganz dem Dienste an ihren Mitmenschen widmen zu können. Die Farben der bunten Fensterscheiben aber besaßen eine Leuchtkraft, die der Schutzpatronin des Klosters gut anstand.

Verdammte Farben! Die leuchten so, dass ich heute Nacht ganz anders als sonst fast nachtblind bin!, dachte Seahamper grollend.

Das Licht reichte gerade, um die Schatten noch undurchdringlicher wirken zu lassen. Regnete es erst einmal richtig, würde es, wenn sich Seahamper nicht arg täuschte, nur noch schlimmer.

Natürlich werd ich sogar prächtig *sehen können, wenn gerade wieder ein Blitz den Himmel zerreißt!*

Angesichts dieses Gedankens verwandelte sich sein Stirnrunzeln in eine gequälte Grimasse. Darüber nachzudenken, wie sich der Regen auf andere Kleinigkeiten auswirkte – auf Kettenhemden zum Beispiel, auf Harnische, Schwertklingen, Pistolen und Gewehrläufe, auf Bajonette und alles andere, was aus Stahl bestand – war nicht dazu angetan, seine Stimmung zu verbessern. Trotzdem: Er hatte schon so manchen Regenguss über sich ergehen lassen, und eingelaufen war er trotzdem nie.

Er schüttelte diesen Gedanken ab und kehrte zu dem zurück, was sein Stirnrunzeln überhaupt erst hervorgerufen hatte.

Captain Gairaht hätte schon vor einer halben Stunde zurückkehren müssen. Der Captain war ein Mann mit immensem Tatendrang, und Zeitverschwendung war ihm zutiefst zuwider. Mittlerweile hätte er lange genug Zeit gehabt, um das gesamte Klostergelände *zweimal* zu umrunden. Doch immer noch war keine Spur von ihm zu sehen.

Wahrscheinlich hat er jemanden gefunden, der dringend einen ... Rat braucht, dachte Seahamper. *Gott gnade jedem, dem der Alte vorwerfen zu können glaubt, er würde bei* diesem *Kommando hier etwas schleifen lassen! Andererseits: Wer wäre dämlich genug, so etwas zu tun?*

Die Falten auf seiner Stirn vertieften sich, und er blickte Sergeant Tyrnyr an. Tyrnyr, ebenfalls ein Chisholmianer, diente der Kaiserin seit acht Jahren, und damit war es nur logisch, dass er hier gemeinsam mit Seahamper vor der Tür des Gästehauses wachte.

»Ich frage mich, wo der Captain bleibt«, sprach Seahamper seine Sorgen laut aus.

»Genau das habe ich auch gerade gedacht«, gab Tyrnyr zu.

»Wahrscheinlich ist überhaupt nichts, aber von ihm kenne ich das einfach nicht«, fuhr Seahamper fort. »Laufen Sie doch mal rüber zum Haupttor, Bryndyn! Schauen Sie nach, ob er da irgendwo steckt.«

»Und wenn nicht?«

»Dann gehen Sie selbst auf Rundgang. Nein, warten Sie! Wenn die Posten da ihn nicht gesehen haben, dann schicken Sie einen der anderen auf Rundgang, und *Sie* kommen wieder hierher zurück.«

»Verstanden«, bestätigte Tyrnyr lakonisch und eilte im Laufschritt über den feinsäuberlich geschnittenen Rasen des Klosters.

Als die Nacht endgültig hereingebrochen war, richtete sich der Mann, der knapp hinter dem Obstgarten auf der Wiese kauerte, langsam wieder auf. Nailys Lahrak hatte sich das Gesicht geschwärzt. Seine dunkle Kleidung verschmolz gänzlich mit der Dunkelheit, die ihn einhüllte. Niemand, der mehr als nur wenige Schritt von ihm entfernt gestanden hätte, hätte ihn gesehen. Auch Lahrak konnte die Männer hier draußen nicht ausmachen, die unter seinem Kommando standen. Nicht, dass er deswegen besorgt gewesen wäre. Er *brauchte* sie nicht zu sehen, um zu wissen, wo sie sich befanden. Schließlich hatten sie genau diesen Einsatz unzählige Male geprobt.

Es war nicht möglich gewesen, mit absoluter Sicherheit vorherzusagen, wo genau die Leibgarde der Kaiserin ihr Lager aufschlagen würde. Lahrak war aber ein erfahrener Jäger und kannte sich in Waldgebieten bestens aus. Er war weniger als vier Meilen entfernt von Sankt Agtha aufgewachsen und daher bestens mit dem Klostergelände vertraut. Er hatte gewusst, dass die Äbtissin keinerlei Möglichkeit haben würde, den Leibgarden auf dem Klostergelände selbst geeignete Unterbringungsmöglichkeiten zuzuweisen. Die Wiese hinter dem Obstgarten war zweifellos der logischste aller möglichen Orte gewesen, um *jenseits* der Klostermauern Zelte aufzuschlagen. Es hatte noch zwei weitere sinnvolle Möglichkeiten gegeben. Daher hatten Lahraks Männer Angriffstaktiken auch für diese beiden möglichen Lager einstudiert – und doch war Lahrak zuversichtlich gewesen, dass es letztendlich auf diese Wiese hier hinausliefe.

Nun zog er einen kleinen Gegenstand aus seiner Tasche und legte ihn sich an die Lippen. Einen Augenblick später durchschnitt der klagende Ruf einer Grauhornwyvern die Nacht. Dreimal rief der nachtaktive Jäger, und irgendwo in der windumtosten Nacht antwortete ein Artgenosse.

Captain Gairaht hatte Wachposten rings um das Lager aufstellen lassen, nicht nur um das Klostergelände herum. Man hatte diese Wachposten sicher nicht ausgewählt, weil es ihnen an Wachsamkeit gemangelt hätte. Konzentriert standen sie auf ihren Posten. Allerdings wäre es übermenschlich von ihnen gewesen, hier einen Angriff zu *erwarten*. Vor allem einen Angriff, der ihrem Lager galt, nicht etwa einen direkten Vorstoß in Richtung der Kaiserin. Im Rahmen der Ausbildung wurde immer auch die Möglichkeit durchexerziert, die erste Phase eines Angriffes könne darin bestehen, zunächst die Reservekräfte auszuschalten. Nur wenige von ihnen hätten aber für möglich gehalten, ein derart wohl durchdachtes, sorgfältig geplantes Vorgehen könne von einem Rudel Wahnsinniger ausgehen – und nur derartige Gestalten kämen auf die Idee, Sharleyan oder Cayleb direkt angreifen zu wollen.

Bedauerlicherweise hatten sie es nicht mit Wahnsinnigen zu tun ... bloß mit Fanatikern.

Aufmerksam spähten die Wachposten in die Nacht hinaus, und doch sahen sie nichts. Die Männer, die im Schutze der Nacht immer weiter in ihre Richtung schlichen, waren praktisch unsichtbar. Die Angreifer aber hatten ihre Zielpersonen sorgfältig ausgemacht, bevor die Dunkelheit sich über das Feldlager gesenkt hatte. Sie wussten genau, wo die Wachposten zu finden waren, und dank der Lagerfeuer ihrer Kameraden befanden sie sich auch noch im Gegenlicht.

Die ersten Minuten, nachdem die nachtaktiven Wyvern einander gerufen hatten, geschah nichts. Und dann geschah plötzlich jede Menge fast gleichzeitig.

Wie ein Peitschenknall zerriss ein Gewehrschuss die Nacht.

Ein Wachposten hatte gerade noch im letzten Moment seinen Angreifer gesehen. Er brachte es nicht nur fertig, einen Schuss abzugeben, sondern traf den Angreifer auch noch mitten in die Brust. Bedauerlicherweise bewahrte ihn seine Zielsicherheit nicht vor den beiden anderen Tempelgetreuen, denen man die Aufgabe betraut hatte, diesen Posten auszuschalten.

»Posten drei! Posten dr...!«, schrie er und gab damit zunächst seine eigene Position durch. Doch bevor er seine Warnung beenden hatte, hatten die beiden Fremden ihn erreicht. Mit dem Gewehr hielt er sich das Schwert des Ersten vom Leib. Ein rascher, wilder Stoß mit dem Gewehrkolben ließ den

Angreifer zurücktaumeln. So blieb dem Wachposten gerade noch genug Zeit, mit dem Bajonett nach dem anderen Angreifer zu stoßen. Dieser zweite Tempelgetreue versuchte noch auszuweichen. Es gelang ihm nicht mehr ganz, und so stöhnte er gequält auf, als Stahl sich zwischen seinen Rippen verkeilte.

Der Verwundete stürzte zu Boden. Der Gardist versuchte, sein Bajonett zu befreien. Da rammte ihm der Schwertkämpfer, dessen ersten Angriff er noch hatte abwehren können, zwei Fuß Stahl geradewegs durch die Kehle.

Keiner der anderen Wachposten bekamen seine Angreifer überhaupt zu Gesicht. Zwei von ihnen hatten gerade in den blendenden Mündungsblitz des ersten Gardisten geblickt, als sie einfach überrannt wurden. Die andere sechs waren selbst schon viel zu sehr damit beschäftigt zu sterben, um diesen einen Schuss überhaupt zu hören.

Warnschreie drangen aus dem Feldlager. Jemand bellte mit rauer Stimme Befehle, während Gardisten aus ihren Zelten krochen oder ihr Essgeschirr fallen ließen, auf die Beine sprangen und nach ihren Waffen griffen. Die Männer der Imperial Guard reagierten rasch, fast schon augenblicklich, und das mit einer Disziplin, die nur unablässiges Training und hart erarbeitete Erfahrung ihnen verliehen hatten. Doch so rasch sie auch reagierten, sie waren zu langsam. Sie mussten erst einen klaren Kopf bekommen, mussten den Schock überwinden, so gänzlich überrascht worden zu sein. Da allerdings stürmte eine bewaffnete, äußerst diszipliniert vorgehende Schar, doppelt so groß wie ihre eigene, schon ihr Lager.

Nur eine Hand voll Gardisten trug, obwohl sie nicht zum Wachdienst eingeteilt waren, noch Rüstungen. Diese Männer aber waren über das gesamte Lager verstreut; sie hatten sich mit gemütlichen Routinen befasst, hatten ihre Ausrüstung gereinigt, hatten ihr Abendessen eingenommen, hatten sich auf die kurze Nachtruhe vorbereitet, die ihnen hätte vergönnt sein sollen, bevor sie an der Reihe gewesen wären, die Wache zu übernehmen. Die Tempelgetreuen gingen konzentriert vor, bildeten sorgfältig vorbereitete Gruppen und durchfuhren das Lager wie ein Wirbelsturm.

Männer fluchten, stöhnten und schrien, als Waffen ihre Ziele trafen, und diejenigen unter den Gardisten, denen es gelungen war, nach ihren eigenen Waffen zu greifen, leisteten verzweifelt Gegenwehr. Männer brüllten auf, als Stahl tief in ihre Haut eindrang oder jene Gardisten, denen keine Zeit mehr zum Laden geblieben war, mit ihren Gewehrkolben Knochen und Muskelgewebe zerschmetterten. Die entsetzlichen Laute von Menschen, die einander abschlachteten, erfüllten die Nacht – und dann war es vorbei, so plötzlich, wie es begonnen hatte.

Die Wiese war übersät von Leichen, und die meisten von ihnen trugen die Uniformen von Charis. Fünfunddreißig von Sharleyans Leibwachen waren brutal erschlagen worden – der Preis dafür waren vier tote und sechs verwundete Tempelgetreue.

»Bei Langhorne!«

Sergeant Seahampers Gesicht wurde kalkweiß, als das Blutbad jenseits der Klostermauern begann. So sehr auch die Sorge an ihm genagt hatte, weil Captain Gairaht sich für seinen Rundgang so ungewöhnlich viel Zeit ließ, hatte er doch mit einem Angriff ebenso wenig gerechnet wie jeder andere hier. Doch Edwyrd Seahamper diente seiner Monarchin nicht umsonst seit so vielen Jahren als persönliche Leibwache.

»Sammeln!«, hörte er sich selbst rufen. »*Sammeln!*«

Einige Stimmen antworteten ihm ... aber längst nicht so viele, wie er hätte hören sollen.

Die anderen Angreifergruppen waren den Wachposten so nahe gekommen, wie das unbemerkt nur möglich war. Sie hatten es jedoch nicht gewagt, ihnen *zu* nahe zu kommen, bis der Angriff auf das Feldlager begänne. Sie hatten gewartet, hatten jedes Quentchen Disziplin aufwenden müssen, um ihre Befehle zu befolgen, bis schließlich dieser einzelne Gewehrschuss das Zeichen für sie war, sich auf den Gardisten zu stürzen, den sie jeweils ausgemacht hatten.

Ein halbes Dutzend Armbrustsehnen fauchten auf. Dieses Mal aber stand die Dunkelheit auf Seite der Gardisten: Trotz der geringen Entfernung verfehlten fast sämtliche Bolzen ihr Ziel. Nicht alle, doch im Gegensatz zu ihren Kameraden im Lager hatten die Wachposten hier damit gerechnet, dass ein Angriff auf die Kaiserin damit begänne, zunächst sie auszuschalten. Deswegen hatten sie ihre Positionen auch so sorgfältig ausgewählt.

Trotz der Wachsamkeit, mit der die Tempelgetreuen das Kloster seit Kaiserin Sharleyans Eintreffen beobachtet hatten, war es ihnen nicht gelungen, sämtliche Wachposten jenseits der Mauer zu entdecken. Die Wachen *auf Patrouille* hatten sich recht leicht finden lassen. Schließlich schritten sie unablässig auf und ab. Doch bei den anderen lagen die Dinge eben nicht so einfach. Unter den gegebenen Umständen hatten die Angreifer keine andere Wahl, als sich auf ihre zahlenmäßige Überlegenheit zu verlassen und ihren Instinkt: Sie hatten zumindest eine ungefähre Vorstellung von der Position der Posten. Ihr Vorteil war, dass sie im Gegensatz zu den Wachposten gewusst hatten, dass der Angriff kommen würde. Als dieser einzelne Gewehrschuss die Stille zerriss, waren sie daher vorbereitet gewesen. Vor der Mauer rings um Sankt Agtha brachen blutige Kämpfe aus, als die Angreifer versuchten, die Tore zu stürmen.

Sie scheiterten.

Obschon gänzlich überrascht, schlugen die Männer, denen man aufgetragen hatte, Kaiserin Sharleyan zu beschützen, hart zurück. Obwohl die Imperial Guard das Gewehr als Hauptwaffe gewählt hatte, wussten die Gardisten genau, dass es nicht sinnvoll war, ihre Positionen durch Schüsse zu verraten. Stattdessen demonstrierten sie ihren Feinden, wie tödlich-effektiv ein Bajonett sein konnte. Die Gardisten waren mit den gleichen Waffen ausgerüstet wie die Aufklärer-Schützen. Wie diese hatten sie die vierzehn Zoll langen Bajonette aufgepflanzt und nutzten den Vorteil, den ihnen die Länge ihrer Waffe verschaffte, gnadenlos aus.

Tempelgetreue brüllten getroffen auf, als plötzlich vor oder hinter ihnen Gardisten auftauchten und sie mit messerscharfen Klingen aus gehärtetem Stahl durchbohrten. Im Gegensatz zu den überraschten Gardisten im Feldlager gehörten die Wachposten zu fest eingeteilten Teams. Sie waren miteinander vertraut und in einer Art und Weise aufeinander eingespielt, die nur langes Training und Erfahrung bieten konnten. So scheiterte der erste Ansturm auf das Haupt- und das Westtor.

Beim Angriff auf das Nordtor sah es anders aus: Dank des dichten Waldlandes waren die Tempelgetreuen, die man für diesen Angriff vorgesehen hatte, schon vor Einbruch der Nacht unbemerkt sehr nah zum Kloster aufgerückt. Sie hatten eine deutlich genauere Vorstellung davon, wo ihre Feinde sich befanden. Ihr Angriff besaß enorme Stoßkraft. Denn sie waren bereit, Verluste in den eigenen Reihen hinzunehmen, wenn sie damit die Gardisten rasch ausschalten könnten.

Es gelang ihnen ... fast.

Alle acht Wachposten vor der Nordwand fanden den Tod. Doch zusammen mit ihnen starben auch elf Tempelgetreue. Bevor der befehlshabende Sergeant der Garde jedoch zu Boden ging, warf er den Schlüssel des Tores über die Mauer. Der Ranghöchste der überlebenden Angreifer schrie voller Frustration auf, als er bemerkte, dass das massive Eisentor fest verschlossen war. Er verschwendete keine Zeit auf den Versuch, es mit Gewalt einzureißen. Stattdessen ließen er und seine Männer von dem Tor ab und liefen auf das Westtor zu.

Die Zehn-Mann-Reserve, die Captain Gairaht unmittelbar vor dem Kapitelsaal des Klosters postiert hatte, reagierte fast augenblicklich auf Seahampers gebrüllten Befehl. Die Gardisten wussten ebenso gut wie der Sergeant, wie sie auf einen Überraschungsangriff zu reagieren hatten. Ohne weiteres Nachdenken umstellten sie sofort das Gästehaus. Es war ihre Aufgabe, die Sicherheit der Kaiserin zu gewährleisten; sie durften sich nicht davon ablenken lassen und etwa der mutmaßlichen Bedrohung entgegenlaufen, die sich durchaus als Ablenkungsmanöver herausstellen mochte. Wenn das Zentrum ihrer Stellung erst einmal gesichert war, konnten sie sich immer noch darum kümmern, die Außenbereiche zu verstärken.

Die acht Gardisten vor dem Westtor töteten achtzehn Tempelgetreue. Doch dabei verloren sie fünf ihrer eigenen Leute. Der Sergeant, der hier das Kommando innehatte, und einer der beiden Soldaten, die ihm noch verblieben, waren verwundet. Es gelang ihnen aber, sich hinter das Tor zurückzuziehen und es zu verriegeln, bevor die wenigen Angreifer, die dieses Gefecht überlebt hatten, sich für einen zweiten Versuch umorganisieren konnten. Die drei Gardisten ließen sich zurückfallen, um sich der Reserve rings um das Gästehaus anzuschließen. Da krachten vor dem Haupttor auch schon die ersten Schüsse.

Mit zunehmender Ungeduld hatte Lieutenant Hahskyn auf Captain Gairaht gewartet. Er fragte sich schon, warum Gairaht sich verspätete, noch bevor Tyrnyr das Haupttor erreichte und ihm Seahampers Nachricht überbrachte. Der Lieutenant vermutete allerdings ebenso wenig wie Seahamper, sein kommandierender Offizier könne bereits tot sein.

Er reagierte rasch. Was der erste Gewehrschuss bedeutete, war ihm schon klar, noch bevor er Seahampers Warnruf gehört hatte, und er und seine Männer wussten ganz genau, was sie zu tun hatten.

So wie die erste Aufgabe der Reserve darin bestand, sich um die Kaiserin zu gruppieren und dafür zu sorgen, dass *sie* in Sicherheit war, bestand die Aufgabe der Trupps, die für den Verteidigungsgürtel verantwortlich waren, eben darin, die Stellung zu halten, zumindest so lange, bis die Lage geklärt wäre. Das brauchte Lieutenant Hahskyn den zehn Männern seiner Abordnung nicht erst zu erklären.

Er brauchte ihnen auch nicht zu sagen, wie sie dabei vorgehen sollten. Denn Gairaht und er waren unmittelbar nach ihrer Ankunft in Sankt Agtha gemeinsam das gesamte Gelände rings um das Kloster abgegangen. Sie hatten sich Notfallpläne zurechtgelegt und ihre Männer genauestens eingewiesen, was bei jeder dieser Eventualitäten zu tun sei. Der Notfall war da, und die Männer am Tor setzten genau diese Anweisungen in die Tat um.

Im Gegensatz zu allen anderen Wachpostenstellungen war der Weg zum Haupttor des Klosters relativ hell erleuchtet. Hahskyn hatte in einiger Entfernung vom Tor zu beiden Seiten des Weges, der zum Kloster führte, weitere Laternen aufstellen lassen. Für genügend Beleuchtung war also gesorgt. Diese Beleuchtung hatte es den Tempelgetreuen, deren Aufgabe es sein sollte, das Haupttor einzunehmen, unmöglich gemacht, sich den Wachposten ebenso weit zu nähern, wie ihre Gefährten vor den anderen Toren das hatten tun können. Sie mussten bis zum Angriffsziel einen sehr viel weiteren Weg zurücklegen. Damit blieb den Gardisten deutlich mehr Zeit, zu begreifen, was eigentlich vorging. Als die Tempelgetreuen dann heranstürmten, standen sie dem äußerst präzisen Beschuss durch zehn Gewehre in Kernschussreichweite gegenüber.

Ein Drittel von ihnen stürzte schreiend zu Boden und wand sich vor Schmerzen. Die anderen setzten ihren Ansturm fort, doch das Gemetzel, das ihre Reihen so unerwartet dezimiert hatte, brachte sie aus der Fassung und ließ ihre Formation auseinanderbrechen. Dieses Mal überwanden die Gardisten den Schock, plötzlich angegriffen zu werden, rasch und blieben ungerührt. Ihr glühender Zorn und die Reichweite ihrer Waffen erwies sich als entscheidend. Nur einer von ihnen wurde leicht verwundet. Die Hand voll überlebender Tempelgetreuer fiel zurück; ihren Weg säumten die Leichen gefallener Kameraden.

»Sergeant Tyrnyr!«, bellte Hahskyn, während die Tor-Abordnung rasch nachlud. »Sofort zu Sergeant Seahamper! Stellen Sie sicher, dass die Kaiserin in Sicherheit ist!«

»Jawohl, Sir!«

Im Laufschritt eilte der Sergeant auf das Gästehaus zu, und Hahskyn wandte sich seinem dienstältesten Unteroffizier zu.

»Sie überprüfen die anderen Tore!«, wies er ihn an. »Und dann machen Sie hier Meldung!«

»Jawohl, Sir!« Rasch salutierte der zweite Sergeant und verschwand in der Dunkelheit. Hahskyn blickte die verbleibenden Mitglieder seiner Abordnung an.

»Also gut, Jungs«, sagte er grimmig. »Ich weiß nicht, wer diese Dreckskerle sind, aber es sind Shan-wei noch einmal viele! Hinter das Tor zurückziehen!«

Die Gesichter seiner Untergebenen verrieten Anspannung. Ihnen allen war klar, was der Lieutenant gerade gesagt hatte. Eigentlich sollten sie und die anderen Sicherungsposten die Eingreiftruppe sein und den Gegenangriff einleiteten, sobald sich die Lage erst einmal stabilisiert hätte. Sich jetzt hinter das Tor zurückzuziehen und es zu verriegeln, war ein Eingeständnis: Sie waren zahlenmäßig zu unterlegen, um auch nur in Erwägung zu ziehen, den Kampf in die Reihen der Angreifer zu tragen.

»Hol's Shan-wei!«

Charlz Abylyn fluchte herzhaft, als er die Leichen betrachtete, die vor dem Haupttor des Klosters verstreut lagen. Der sorgsam ausgearbeitete Plan hatte vorgesehen, gleich beim ersten Ansturm auf das eigentliche Klostergelände zu gelangen. Dann hätte man sich um die Leibwachen Sharleyans kümmern können, während die Gardisten immer noch wie betäubt von diesem unerwarteten Angriff wären. Das Letzte, was sie hier gebrauchen konnten, war, der Imperial Guard zu gestatten, sich von diesem ersten Schock und der damit einhergehenden Verwirrung zu erholen.

Im Gegensatz zu einigen seiner Gefährten hatte Abylyn schon immer Zweifel daran gehegt, ein direkter Ansturm auf die Tore könne erfolgreich verlaufen. Aber selbst bei noch so viel Skepsis hätte er es nicht für möglich gehalten, dass Lieutenant Hahskyns Männer ein derartiges Blutbad anrichten würden. Er wusste nicht, wie sauber die Angriffe gegen die anderen Tore verlaufen waren. Doch es war ganz offensichtlich, dass auch dort niemand durchgebrochen war. Abylyn wusste auch – noch – nicht, wie es um den Angriff auf das Feldlager stand. Aber falls die anderen Zinken dieses gefächerten Angriffs ebenso schwere Verluste hatten hinnehmen müssen, dann …

Er blickte auf, als ein Laufbursche auf ihn zukam. Abylyn erkannte, dass der Bursche zu Nailys Lahraks Leuten gehörte, auch wenn er seinen Namen nicht kannte.

»Und?«, fragte er scharf.

»Das Lager ist zerstört«, keuchte der Melder, und im matten Schein der Laternen in der Ferne blitzte in seinen Augen Triumph auf. »Alle … tot!«

Abylyn stieß ein befriedigtes Grunzen aus. Er teilte die offenkundige Freude seines Gegenübers angesichts des Todes zahlreicher Männer nicht. Es spielte keine Rolle, dass die Treue dieser Männer fehlgeleitet war: Es waren alles pflichtbewusste Männer gewesen. Ihn befriedigte aber, dass die Hälfte der kaiserlichen Leibwachen nicht plötzlich von hinten angestürmt kämen, während er sich mit denen befasste, die *vor* ihm standen.

»Wo ist Nailys?«

»Auf dem Weg.« Allmählich beruhigte sich die Atmung des Läufers. Der Bursche wischte sich den Schweiß von der Stirn. »Wir haben ein paar unserer Männer verloren, und er stellt die Truppe gerade neu zusammen. Er wird bald hier sein.«

»Das ist gut«, meinte Abylyn säuerlich und deutete mit der Hand auf das verschlossene Tor. »Wie Sie sehen können, haben wir mehr als nur ein paar unserer Männer verloren. Von den anderen Toren habe ich noch nichts gehört. Aber es ist doch verdammt augenfällig, dass die auch nicht durchgebrochen sind. Sieht ganz so aus, als würden wir es doch auf die harte Tour machen müssen.«

Die Miene des Laufburschen verhärtete sich, als sein Blick Abylyns Handbewegung folgte und er schließlich die Leichen seiner tempeltreuen Gefährten wahrnahm.

»Gott *verdamme* sie!«, zischte der Mann giftig.

»Egal, was wir über sie denken: Sie tun ihre Pflicht – und das tun sie sehr gut«, entgegnete Abylyn in äußerst scharfem Ton. Der Melder blickte ihn an, und Abylyn schüttelte den Kopf. »Machen Sie nicht den Fehler, etwas anderes zu denken! Außer Sie wollen heute Nacht unbedingt sterben.«

»Edwyrd!«

Sergeant Seahamper drehte sich um, als er die Sopranstimme hörte. Kaiserin Sharleyan stand, vollständig angekleidet, in der Eingangstür des Gästehauses; neben ihr stand Carlsyn Raiyz. Ihr Gesicht verriet ihre Anspannung. Rasch ging Seahamper auf sie zu.

»Ich weiß es noch nicht, Eure Majestät«, beantwortete er mit grimmiger Stimme die unausgesprochene Frage, die in den

Augen seiner Kaiserin zu lesen stand. »Wir wissen noch überhaupt nichts. Aber ich hatte gerade Bryndyn zum Haupttor geschickt, um herauszufinden, ob jemand Captain Gairaht gesehen hat, als plötzlich die Hölle losgebrochen ist. Es hört sich an, als wären da draußen sehr viele. Ich denke, sie haben zunächst das Feldlager angegriffen ... und aus dieser Richtung höre ich keinerlei Kampflärm mehr.«

Ein leises Zucken in den Augenwinkeln war alles. Ansonsten verzog die Kaiserin keine Miene, und wieder durchfuhr echter Stolz den Sergeant.

»Ich denke, wir halten die Tore bislang noch, sonst wären die Angreifer längst hier«, fuhr er fort und sagte seiner Regentin damit die ungeschönte Wahrheit über die Lage, »aber wir haben eindeutig nicht genug Männer, um sie davon abzuhalten, irgendwo über die Mauer zu kommen, wenn die wirklich genug Leute haben. Ich rechne damit, mich bald mit Lieutenant Hahskyn absprechen zu können. In der Zwischenzeit bleibt Ihr, Majestät, bitte im Haus! Und löscht so viele Kerzen, wie Ihr könnt! Ich weiß nicht, ob sich nicht bereits gegnerische Scharfschützen auf dem Klostergelände befinden. Es wäre mir lieber, denen dann nicht erhellte Fenster zu bieten, damit ihre Ziele auch noch gut als Silhouetten erkennbar sind!«

Der aus dem Westen heranrollende Donner grollte noch lauter, und schon prasselte der erste Regen, ein typischer Charis-Wolkenbruch, vom Himmel herab. Charlz Abylyn hörte, wie jemand angewidert fluchte. Doch er selbst hauchte ein Dankgebet, als er begriff, dass Gott selbst hier zu ihren Gunsten eingegriffen hatte. Der Regen würde die Zündsätze in den Gewehren der Gardisten durchnässen, und für Abylyn war das eines der besten Dinge, die hier überhaupt geschehen konnten.

Als wolle jemand Abylyn Recht geben, schrie einer ihm ins

Ohr: »Langhorne sei Dank für den Regen!« Er schrie, um das plötzliche Tosen des Regen und des Gewittersturms zu übertönen. Abylyn wandte sich um und erkannte Nailys Lahrak.

»Amen«, bestätigte Charlz Abylyn inbrünstig und beugte sich noch näher zu dem anderen Mann hinüber. »Ihr Läufer hat gesagt, Sie haben das Lager eingenommen?«

»Ein sauberer Fang.« Lahrak ließ die Zähne aufblitzen. »Wir haben die Leichen nachgezählt. Und soweit ich das beurteilen kann, ist es an den anderen Toren nur drei oder vier von denen gelungen, auf das Klostergelände zu kommen.«

»Und wie viele Leute haben *wir* verloren?«

»Das weiß ich nicht genau«, gab Lahrak zurück, und nun klang seine Stimme deutlich rauer. »Ihre Männer hier nicht mitgezählt sind es mehr als zwanzig, aber weniger als vierzig, denke ich. In ein paar Minuten weiß ich mehr; wir kommen gerade erst an und müssen uns noch organisieren.«

Kurz blickten die beiden Männer einander in die Augen. Sie hatten damit gerechnet, Verluste hinnehmen zu müssen. Sie und ihre Männer waren durchaus bereit, jeden Preis zu zahlen, der hier von ihnen gefordert wurde. Doch derart schwere Verluste waren mehr als nur schmerzhaft.

»Bald kommt Mytrahn mit seinen Leuten«, sagte Abylyn.

»Zu warten gefällt mir nicht! Das gibt denen da drinnen bloß Zeit, sich richtig vorzubereiten«, wandte Lahrak ein.

»Mir gefällt es auch nicht. Aber wir haben schon fast so viele Männer verloren wie die. Wenn wir über die Mauer gehen müssen, dann möchte ich genug von unseren Leuten auf dem Gelände wissen, um sicher zu sein, dass wir die Gegenseite dazu zwingen, sich zu weit aufzuteilen. Dann können sie uns nicht mehr aufhalten. Und wir werden auch alle Schwerter brauchen, die wir haben können, wenn wir erst einmal auf der anderen Seite sind.«

Lahraks Miene wirkte säuerlich, doch er stieß in unzufriedener Zustimmung einen Grunzlaut aus.

»Also, wenn wir schon warten müssen«, sagte er, »sollten wir unsere Leute jetzt gleich neu organisieren.«

Edwyrd Seahamper zählte die Männer durch, während sturzbachartiger Regen auf das Klostergelände niederprasselte. Er hatte einen Boten zur Äbtissin geschickt, damit sie sämtliche Schwestern in der Kapelle versammelte. So wären die Nonnen wenigstens in Sicherheit. Seahamper wünschte, er hätte den ehrwürdigen Schwestern mehr anbieten können, um für ihre Sicherheit zu garantieren. Er hatte indes zu wenig Männer, um daran auch nur denken zu dürfen.

»Ich komme auf dreizehn, dazu die beiden Verwundeten«, sagte er schließlich zu Bryndyn Tyrnyr, der mittlerweile vom Haupttor zurückgekehrt war.

»Dazu noch die zehn, die zum Lieutenant gehören«, stimmte ihm Tyrnyr zu.

»Also sechsundzwanzig.«

»Fünfundzwanzig«, verbesserte Tyrnyr ihn tonlos. »Zhorj wird es nicht schaffen. Er hustet schon Blut.«

Leise fluchte Seahamper. Sergeant Zhorj Symyn war der aus Charis stammende Gardist, der das Kommando über den Vorposten am Westtor innegehabt hatte. Symyn war ein guter Mann: Er hatte lange genug die Stellung halten können, um die Überlebenden aus seiner Abordnung zum Gästehaus zu bringen. Und es war ihm gelungen, dem Feind nicht eines der charisianischen Gewehre zu überlassen. Und doch durfte Seahamper nicht darüber nachdenken, dass er einen weiteren guten Mann verlor. Er konnte sich nicht einmal die Zeit nehmen, sich von einem Mann zu verabschieden, der ihm ein guter Freund geworden war.

»Fünfundzwanzig also«, sagte er mit belegter Stimme, und die beiden Gardisten blickten einander grimmig an. Das war weniger als ein Drittel ihrer ursprünglichen Truppenstärke.

Illusionen über den Verbleib der anderen Männer machten sie sich nicht.

»Ich glaube, wir brauchen den Lieutenant hier«, sagte Seahamper. »Warum gehen Sie nicht rüber und ...«

»Warum bleiben Sie nicht stattdessen einfach hier?«, fiel ihm eine andere Stimme ins Wort. Als Seahamper sich umblickte, sah er vor sich Lieutenant Hahskyn. Der Regen strömte ihm über den Rand des Offiziershelms. Die anderen Gardisten, die ihn begleiteten, waren ebenso durchnässt wie er. Seahamper aber war dieser Anblick willkommener als jeder andere.

»Gut Sie zu sehen, Lieutenant!«, begrüßte er Hahskyn mit lobenswerter Zurückhaltung. Der Lieutenant gestattete sich ein grimmiges Lächeln.

»Sergeant, wenn irgendetwas an unserer aktuellen Lage gut ist, müssen wir uns dringend mal unterhalten«, erwiderte der Charisianer.

»Ich meinte ›relativ gut‹, Sir.«

»Na, das ist natürlich etwas anderes!« Ein breites Grinsen erhellte für einen kurzen Moment Hahskyns Gesicht. »Wo ist Ihre Majestät?«

»Im Haus.« Mit dem Kinn deutete Seahamper zum kleinen Gästehaus hinüber.

»Sie weiß, was los ist?«

»So gut wie jeder von uns hier, Sir.«

»Das Ganze ist gar nicht gut, Edwyrd«, meinte Hahskyn deutlich leiser; im Rauschen von Wind und Regen erreichte seine Stimme den Sergeant kaum. »Ich glaube nicht, dass die aufgegeben haben, bloß weil wir denen an den Toren ein paar blutige Nasen verpassen konnten. Ich gehe davon aus, dass die sich umorganisieren. Vielleicht planen sie auch den Angriff neu. Aber die drehen sich sicher nicht einfach um und marschieren davon. Nicht, wenn wir denen nicht deutlich mehr verpassen, als eine blutige Nase!«

»Nein, Sir«, pflichtete ihm Seahamper mit rauer Stimme bei.

»Ich habe schon erwogen, einen Läufer zu Captain Hywyt zu schicken«, sagte der Lieutenant noch leiser. Fest blickte er Seahamper in die Augen. »Ich hab's nicht getan.«

Mit düsterer Miene nickte Seahamper. Ein Melder hätte wohl kaum Aussichten gehabt, durch die Reihen der Angreifer zu kommen. Gewiss war das Kloster umstellt. Aber selbst wenn jemand dieses Wunder vollbrächte und durchkäme, wäre alles vorbei, ehe der Bote die elf Meilen bis zur Galeone und dem kleinen Versorgungshafen von Sankt Agtha zurückgelegt hätte. An ein rechtzeitiges Eintreffen des Entsatzes war also überhaupt nicht zu denken.

»Also gut, Sergeant.« Hahskyn atmete tief durch. »Ich übernehme das Kommando über den äußeren Verteidigungsgürtel, Sie verteidigen das Haus. Und passen Sie auf sich auf, Edwyrd! Wenn uns hier alles um die Ohren fliegt, wird Ihre Majestät nach Ihnen suchen, und Sie sind derjenige, auf den sie noch am ehesten hören wird.«

Er blickte Seahamper tief in die Augen; sein Blick war düster.

»Sorgen Sie dafür, dass sie überlebt!«, sagte er. »Was auch immer Sie unternehmen müssen: Sorgen Sie dafür, dass sie überlebt!«

»Gut, dass Ihr darauf beharrt habt, mehr Männer mitzunehmen, Mein Lord«, sagte Mytrahn Daivys zu Bischof Mylz.

Der Bischof und Pater Ahlvyn waren wenige Minuten nach Daivys eingetroffen. Sie waren ebenso durchnässt wie alle anderen. Der Bischof klapperte ein wenig mit den Zähnen, so sehr hatten Wind und Regen ihn ausgekühlt. Sein Gesicht verriet seine Nervosität, als die Laternen am Wegesrand und hin und wieder über den Himmel zuckende Blitze ihm die Leichen aus Abylyns Trupp enthüllten; reglos lagen sie auf durchweichtem Boden. Der Anblick der Toten ließ sein Herz mehr vor Kälte erstarren als der Sturm seinen Körper.

Hör auf damit, Mylz!, herrschte er sich selbst an. *Du wusstest doch ganz genau, wie es werden würde, noch bevor du tatsächlich damit angefangen hast. Und niemand hat dir versprochen, Gottes Wille zu tun würde leicht oder gefahrlos sein!*

»Was kommt als Nächstes?«, fragte er laut.

»Nailys und Charlz sind fast fertig damit, die Männer neu zu gruppieren«, erklärte ihm Daivys. »Zusammen haben sie noch etwa siebzig Mann. Aber meine Leute sind alle noch unverletzt. Wir übernehmen die Führung.«

Mylz Halcom nickt, aber er wirkte immer noch nervös. Wenn Lahrak und Abylyn zusammen nur noch siebzig Mann hatten, dann hatte die Angriffstruppe schon weit mehr als die Hälfte ihrer ursprünglichen Stärke verloren.

»Also gut, Mytrahn«, stimmte er ihm zu. »Sie sind weiß Gott besser dafür gerüstet, derartige Dinge zu übernehmen, als ich.«

»Konzentriert Ihr Euch nur darauf, bei Gott, unserem Herrn, ein gutes Wort für uns einzulegen, Mein Lord!«, entgegnete Daivys. »Um den Rest kümmern wir uns.«

Ahndrai Hahskyn hatte die ihm noch verbliebenen Männer so sorgfältig positioniert wie nur möglich.

Er durfte sie nicht zu weit auseinander ziehen, vor allem nicht mitten in einem tosenden Gewitter, in dem man die Sichtweite in Fuß angeben musste, nicht in Schritt. Unter derartigen Bedingungen konnte eine Einheit nur allzu leicht jeglichen Zusammenhalt verlieren. Sicher aber wusste Hahskyn nur eines: Seine Männer und er waren zahlenmäßig entsetzlich unterlegen. Er konnte es sich demnach nicht leisten, diesen Kampf zu einem unkoordinierten Scharmützel verkommen zu lassen. Die Wetterbedingungen erschwerten es, ein Ziel anzuvisieren, und ließen es zudem unsicher erscheinen, ob Gewehre und Pistolen überhaupt noch funktionierten. Folglich würde es auf einen Kampf mit kaltem Stahl hinauslaufen. Das bedeutete, sie mussten hier, im Gästehaus selbst, die Stellung halten.

Kurz zog er in Erwägung, die Kaiserin in den Kapitelsaal bringen zu lassen. Doch diesen Gedanken verwarf er sofort wieder. Zunächst einmal war der Eindruck, der Kapitelsaal ließe sich leichter verteidigen, nur trügerisch. Die Wände waren relativ dünn, es gab dort zu viele Türen und Fenster. Die vielen Gänge hätten seine Gardisten dazu verleitet, sich allzu rasch in einzelne Gruppen aufzuspalten. Aber er hatte einfach nicht genug Männer, um sämtliche Zugangsmöglichkeiten ordnungsgemäß zu sichern. Zweitens war er sich sicher, dass die Kaiserin sich schlichtweg weigern würde, die Nonnen auf diese Weise in Gefahr zu bringen. Wäre der Kapitelsaal der sicherste Ort des Klosters gewesen, wäre Hahskyn bereit gewesen, Sharleyan notfalls persönlich und mit Gewalt dorthin zu schaffen. Das Risiko, ihr Missfallen zu erregen, zählte schließlich nur, wenn sie und er den Angriff überlebten. Bedauerlicherweise *gab* es keinen sichereren Ort im Kloster als das Gästehaus.

Positiv war nur, dass das Gästehaus recht weit von der Klostermauer entfernt lag. Wer dieses Gebäude angreifen wollte, musste zunächst das gepflegte Gelände überqueren. Es gab keine Möglichkeit, sich zu verstecken, und es gab auch keinerlei Deckung – auch wenn die schlechte Sicht, die dieses Unwetter mit sich brachte, diesen Verteidigungsvorteil beinahe schon wieder aufhob.

Während der Atempause, in der die Gegenseite sich offenkundig neu gruppierte, gaben Hahskyn und Seahamper ihr Bestes, ihre eigene Lage zu verbessern. Sankt Agtha hatte nur wenig zu bieten, was sie nutzen konnten. Wenigstens hatte man die drei Lastkarren der Schwestern und die beiden Wagen aus den Stallungen geschleppt und umgekippt. Sie boten eine behelfsmäßige Deckung, aus der heraus man die Eingangstür des Gästehauses gut im Blick behalten konnte; ein kleines Nebengebäude nahe den Stallungen hatte man kurzerhand eingerissen. Die losen Steine, aus denen die Wände bestanden hatten, reichten nicht aus, um daraus eine Art Brustwehr zu bauen. Doch Seahamper hatte dafür gesorgt, dass die einzelnen Steine rings um die Stellung der Gardisten verstreut wurden. Richtige Krähenfüße wären hilfreicher gewesen. In der Dunkelheit aber würden die Steine – ein schlecht zu sehendes und unerwartetes Hindernis – die heranstürmenden Angreifer gewiss zum Stolpern bringen.

Nach diesen Vorbereitungen hatten die wenigen überlebenden Gardisten nichts anderes mehr zu tun als zu warten. Sie alle waren erfahrene Kämpfer, die sich ebenso gut wie Hahskyn oder Seahamper ausrechnen konnten, wie ihre Aussichten standen. Sie wussten, was letztendlich geschehen würde, wenn nur genügend Angreifer den Ansturm gegen das Gästehaus immer weiter fortsetzten. Sie alle dachten über die junge Frau nach, die sich hinter ihren Reihen befand.

·

Kaiserin Sharleyans Blick flog zu Edwyrd Seahamper, als dieser das schlicht eingerichtete, nur matt beleuchtete Schlafgemach betrat. Wasser troff von Harnisch und Helm ihrer persönlichen Leibwache; die Tropfen erzeugten ein feines Muster auf dem Steinfußboden. Sharleyan erkannte in seinem Blick sofort die Verzweiflung, die nur immense Disziplin zurückzuhalten vermochte.

»Wie schlimm sieht es aus, Edwyrd?«, fragte sie leise.

»Viel schlimmer kann es nicht mehr werden, Eure Majestät.« Sein Gesichtsausdruck war grimmig. »Ich bin mir ziemlich sicher, dass Captain Gairaht tot ist.« Sharleyan stieß einen kurzen Schmerzenslaut aus, doch Überraschung lag nicht darin. Der Sergeant sprach ungerührt weiter. »Das Kommando hat jetzt Lieutenant Hahskyn. Aber wir haben nur noch fünfundzwanzig Mann, und wir wissen nicht, wie vielen wir hier gegenüberstehen oder wie groß die Verluste sind, die wir denen schon beigebracht haben. Aber es ist ganz offenkundig, dass sie genau gewusst haben, wie viele von *uns* hier sind. Wenn sie den Ansturm fortsetzen, dann weil sie glauben, dass sie stark genug sind, diesen Kampf auch zu gewinnen.«

Sharleyan nickte. Die Angst stand ihr ins Gesicht geschrieben, und Seahamper umschloss mit beiden Händen ihre Rechte.

»Ich weiß nicht, ob wir sie abwehren können.« Seine Stimme klang sehr rau; es lag eindeutig persönliche Sorge darin. Er musste sich dazu zwingen, das auszusprechen, was er mehr als alles andere in der Welt fürchtete. »Wenn wir es nicht schaffen ...«

Er stockte. Er biss die Zähne zusammen. Sharleyan drückte ihm die Hand.

»Wenn Sie es nicht schaffen«, sagte sie zu ihm, »dann nur, weil kein Sterblicher es hätte schaffen können. Das weiß ich, Edwyrd. Ich habe nie daran gezweifelt.«

Er presste die Lippen noch fester zusammen und atmete dann tief durch.

»Wir wissen nicht, was sie eigentlich wollen, Eure Majestät – zumindest wissen wir es nicht genau. Sicher, wir wissen, dass sie hinter *Euch* her sind. Aber vielleicht legen sie es darauf an, Euch in ihre Gewalt zu bringen, nicht Euch zu töten.«

»Glauben Sie das wirklich, Edwyrd?«, fragte Sharleyan mit sanfter Stimme nach. »Oder versuchen Sie mich nur zu beruhigen?«

»Ich halte es für durchaus möglich«, antwortete er ihr mit ruhiger Stimme. Sein Blick verriet ihr, dass er die Wahrheit sagte. »Ich halte es sogar für wahrscheinlich. Bislang haben sie nicht versucht, mit uns zu reden. Deswegen *wissen* wir eben noch nicht, was sie wollen. Aber ich könnte mir zahlreiche Szenarien vorstellen, in denen Ihr für die Angreifer lebendig von deutlich größerem Wert wäret.«

»Szenarien, in denen man mich gegen Cayleb oder Charis oder Chisholm einsetzt, meinen Sie.«

»Vielleicht, aber selbst wenn sie das tatsächlich könnten, wäret Ihr immer noch *am Leben*, Eure Majestät!«

»Zu diesem Preis?« Sie schüttelte den Kopf. »Seit dem Tag, Edwyrd, an dem ich den Thron bestiegen habe, wusste ich, dass eine Königin – oder eine Kaiserin – ebenso sterblich ist wie jeder andere auch. Ich habe versucht, eine Königin zu sein, die keinen Grund zur Angst hätte, wenn die Zeit käme, vor Gott zu treten. Aber eine Monarchin hat eine letzte Pflicht ihren Untertanen gegenüber. Ich werde nicht zulassen, dass man mich selbst als Waffe gegen all das einsetzt, was ich liebe, oder gegen das Volk, für das ich verantwortlich bin.«

»Eure Majestät …«, setzte er an, seine Stimme klang flehentlich. Wieder schüttelte Sharleyan den Kopf.

»Nein, Edwyrd. Wie lange kennen Sie mich jetzt schon? Glauben Sie wirklich, ich würde weiterleben wollen, wenn der Preis dafür ist, dass jemand mich dafür benutzt, all den Leuten zu schaden, die Cayleb und mir vertraut haben?«

Er blickte seiner Kaiserin tief in die Augen und erkannte die Wahrheit, die Entschlossenheit. Und die Furcht. Dort war keinerlei Fatalismus zu sehen, keine Todessehnsucht oder das Verlangen nach Märtyrertum, aber auch keine Panik. Sie wollte ebenso dringend weiterleben, wie *er* das für sie wollte. Trotzdem meinte sie jedes Wort, das sie gesagt hatte. In diesem Augenblick war er, all dem Zorn über das, was gerade geschah, zum Trotz, stolzer auf seine Kaiserin als je zuvor.

Er hob die Hand und strich ihr sanft über die Wange. In dieser Art und Weise hatte er sie seit ihrer Kindheit nicht mehr berührt. Damals hatte er sie getröstet, als sie vom Pferd gefallen und sich die Schulter ausgekugelt hatte. Angesichts dieser Erinnerung lächelte Sharleyan, so groß die Furcht auch war. Sie schmiegte die Wange in seine Hand.

»Eure Majestät …« Er musste innehalten und sich erst einmal räuspern, bevor er weitersprechen konnte. »Falls ich später nicht mehr die Gelegenheit dazu habe, Euch dies zu sagen: Es war mir die größte Ehre meines Lebens, Euch als Leibwache zu dienen. Und ... Euer Herr Vater wäre sehr stolz auf Euch.«

Sie drückte seine andere Hand noch fester; in ihren Augen funkelten Tränen. Sergeant Seahamper fasste sich.

»Es regnet zu heftig. Niemand kann dort draußen ein Gewehr oder eine Pistole abfeuern, Eure Majestät«, sagte er dann mit deutlich forscherer Stimme. »Also läuft es auf Bajonette und kalten Stahl hinaus. Das heißt, wir haben neun überschüssige Gewehre und einen ganzen Stapel Pistolen.« Er brauchte nicht eigens auszuführen, warum es überschüssige Gewehre waren, und Sharleyan nickte in grimmigem Verständnis. »Man kann sie nicht dort draußen abfeuern«, fuhr er fort, trat an das kleine Fenster des Schlafgemachs heran und stieß mit dem gepanzerten Ellenbogen jede einzelne der kostbaren Glasscheiben aus dem Rahmen, »aber hier drinnen geht das ganz wunderbar.«

Er beugte sich hinaus, um die Fensterläden zu schließen, zog dann seinen Dolch hervor und meißelte einen Schlitz hinein. Endlich wandte er sich wieder seiner Kaiserin zu.

»Das wird keine Kugel abhalten, und auch keinen Armbrustbolzen, Eure Majestät. Aber es wird Euch zumindest eine gewisse Deckung bieten. Daishyn Tayso ist am Bein verwundet. Draußen kann er uns nicht mehr sonderlich nützlich sein, deswegen schicke ich ihn zu Euch. Dann habt Ihr jemanden, der für Euch nachlädt.«

»Jemanden, der für mich nachlädt? Nicht andersherum?«, fragte sie. Kurz blitzte es belustigt in ihren Augen auf. Seahamper schnaubte.

»Majestät, Euer Herr Onkel mag ja der Ansicht sein, Schießen sei für eine Königin ein unschickliches Freizeitvergnügen. Aber jeder Einzelne aus Eurer Wachabordnung weiß, dass Ihr ein besserer Schütze seid als die meisten von ihnen. Und um ganz ehrlich zu sein: Im Augenblick schert es mich nicht im Mindesten, wie Euer Herr Onkel darüber denkt!«

»Damit hat Edwyrd Recht, Eure Majestät«, meldete sich Pater Carlsyn nun zu Wort. »Ich wünschte jetzt, auch *ich* hätte gelernt, ein solches Ding abzufeuern! Bedauerlicherweise ist dem nicht so. Aber wenn Daishyn mir zeigt, wie das geht, könnte auch ich beim Nachladen behilflich sein.«

Trotz aller Anspannung brachte Raiyz ein schiefes Grinsen zustande, als Sharleyan ihn anblickte. Seahamper warf ihm ein zustimmendes Lächeln zu. Prüfend blickte er sich noch einmal im Schlafgemach um, ehe er auf die Tür zutrat.

»Ich schicke Euch Daishyn mit den Gewehren und Pistolen, Eure Majestät.«

»Ich danke Ihnen, Edwyrd.« Sie folgte ihm bis zur Tür, dann beugte sie sich zu ihm, stellte sich auf die Zehenspitzen und küsste ihn auf die bärtige Wange. »Ich mag Sie wirklich sehr, sehr gern«, sagte sie leise.

»Ich weiß, Eure Majestät.« Erneut streichelte er ihr über die Wange. »Ich weiß.«

»Also gut«, sagte Mytrahn Daivys zu Nailys Lahrak und Charlz Abylyn. »Sind wir alle bereit?«

Die Anführer der beiden anderen Teams nickten. Es hatte länger gedauert, die Männer umzugruppieren, als sie erwartet hatten. Andererseits gab ihnen die Abgeschiedenheit des Klosters die ganze Nacht Zeit zu handeln. Also konnten sie sich auch genügend Zeit nehmen, um die Umgruppierung richtig zu machen. Zweifellos hatten die Gardisten auf der anderen Seite der Klostermauer das Gleiche getan. Niemand hier war angesichts dieser Vorstellung sonderlich glücklich. Nur: Unbegrenzt viel Handlungsspielraum hatten Sharleyans Leibgarden ja nun nicht gerade.

Lahrak und Abylyn hatten die ihnen verbliebenen Männer so verteilt, dass zwei gleich große Gruppen entstanden, jeweils mit der Hälfte der Kampfstärke, mit der sie in dieser Nacht in die Schlacht gezogen waren. Daivys führte sein eigenes Team, das noch keine Verluste erlitten hatte. Insgesamt standen den Tempelgetreuen rund hundertfünfzig Mann zur Verfügung.

»Die hatten jetzt Zeit, sich von der Überraschung zu erholen und sich anständig zu organisieren«, fuhr Daivys fort. »Leicht werden die sich nicht erledigen lassen. Stellen Sie Ihre Männer auf einen harten Kampf ein!«

Wieder nickten Lahrak und Abylyn, obwohl in Abylyns Blick etwas wie Verärgerung aufblitzte. Daivys brauchte ihm nun wirklich nicht zu erzählen, was er und seine Männer bereits auf die harte Tour herausgefunden hatten!

Daivys bemerkte den Gesichtsausdruck des anderen und wollte offenkundig noch etwas hinzufügen. Dann aber entschied er sich dagegen. Waren das tatsächlich Abylyns Gedanken gewesen, dann hatte er damit ja durchaus Recht.

»Also gut«, wiederholte er. Er verzog die Lippen zu einem entschlossenen Grinsen, als er auf die in Ölzeug eingewickelte Pulverladung deutete, die mittlerweile am verschlossenen Haupttor befestigt worden war. »Ich bin mir ziemlich sicher, dass keiner von Ihnen beiden das Signal zum Angriff überhören wird!«

Ruckartig hob Ahndrai Hahskyn den Kopf, als ein plötzlicher Donnerschlag das Grollen des Gewitters übertönte und ein Lichtblitz, der es mit Leichtigkeit mit dem Naturschauspiel aufnehmen konnte, die Dunkelheit zerriss.

»*Bereit zum Kampf!*«, bellte er, und die Männer, die ihm noch verblieben waren, strafften sich.

Daivys' Männer brüllten rau ihren Zorn heraus, als sie durch das geborstene Tor stürmten. Im strömenden Regen rannten sie auf das Gästehaus zu. Sie machten sich nicht einmal die Mühe, dabei leise vorzugehen. Sie hätten auch einfach über die

Mauer setzen können, statt das Tor zu sprengen. Es gab einen guten Grund dafür. Daivys wollte, dass die Gardisten nur in eine Richtung blickten, in seine Richtung. Lahrak und Abylyn, die, gefolgt von ihren Männern, *tatsächlich* über die Mauer geklettert waren, würden sie derweil unerwartet von der Flanke aus angreifen.

Daivys selbst war einer der Ersten, die durch das Tor gestürmt waren. Ein Viertel seiner fünfundachtzig Mann hielten Armbrüste in den Händen. Eigentlich war es eher unwahrscheinlich, dass sie in einem Gefecht wie dem bevorstehenden dazu kommen würden, die Waffe tatsächlich zum Einsatz zu bringen. Sämtliche Tempelgetreuen trugen auch noch Schwerter. Doch um der Wahrheit die Ehre zu geben: Ein Großteil der Angreifer waren bestenfalls mittelmäßige Schwertkämpfer. Dessen war sich Daivys durchaus bewusst. Einige, darunter auch Daivys selbst, standen den Gardisten sicher in nichts nach. Die meisten jedoch konnten höchstens auf sehr begrenzte militärische Erfahrung zurückblicken. Daivys ertappte sich bei dem Gedanken, er hätte sie alle doch lieber mit Hellebarden oder Piken ausrüsten sollen – vielleicht sogar mit Echsenspeeren!

Zugegebenermaßen war es schon schwierig gewesen, überhaupt genug Männer unbemerkt in Angriffsposition zu bringen. Das galt auch für Waffen, die sich mit Leichtigkeit in den für die Gegend typischen Bauernkarren verstecken ließen. In dem dünn besiedelten Gebiet andere Gefährte zu benutzen, um etwa zehn oder zwölf Fuß lange Piken zu schmuggeln, war schier unmöglich, wenn man nicht auffallen wollte. Allerdings hatte Daivys nicht damit gerechnet, welch gewaltigen Vorteil den Gardisten die Länge ihrer Gewehre verschaffte. Vielleicht war auch Lahrak und Abylyn klar, was er, *Daivys,* längst wusste: Sie würden noch mehr Verluste hinnehmen müssen – vielleicht sogar schwere Verluste –, ehe diese Nacht vorbei wäre.

Doch bei einer zahlenmäßigen Überlegenheit von sechs zu eins konnten sie sich Verluste *leisten.*

»Haltet die Flanken im Auge!«, brüllte Hahskyn, als die ersten der heranstürmenden Gestalten sich in der sturmumtosten Dunkelheit abzeichneten. Dann tauchte ein plötzlicher, leuchtend blau-weißer Blitz die Dunkelheit kurz in gleißendes Purpur. Nun konnte der Lieutenant erkennen, welche Massen hier auf ihn zustürmten ... und im gleichen Augenblick stolperten die vordersten Tempelgetreuen über die Steine, die Seahamper vor dem Gästehaus hatte verstreuen lassen.

Hahskyn verzog die Lippen zu einem freudlosen Grinsen, als die ersten Angreifer zu Boden stürzten. Einige von ihnen schrien vor Schmerz – sie hatten sich die Knöchel gebrochen. Schon geriet der ungestüme Ansturm ihrer Kameraden ins Stocken. Seahampers kleine Überraschung reichte bei weitem nicht aus, sie tatsächlich *aufzuhalten.* Doch sie sorgte dafür, dass die Meute den Zusammenhalt verlor. Hier und da taten sich Lücken in der Formation auf, und auch ihr Schwung ließ erheblich nach.

Die ersten von ihnen erreichten die Stellung der Gardisten. Sharleyans Beschützer hatten sich hinter die Karren und dem Feldwerkzeug postiert, mit dem sie die einzige Tür des Gästehauses blockiert hatten. Die Angreifer sprangen über dieses Hindernis hinweg – und mussten feststellen, dass auf der anderen Seite todbringende Bajonette auf sie warteten. Scharfkantiger Stahl durchbohrte weiches Fleisch, riss Bauchdecken und Brustkörbe auf, durchtrennte Kehlen; Männer kreischten im Todeskampf; Blut strömte zu Boden und dampfte im prasselnden Regen.

Die Ausbildung der Imperial Guard am Bajonett hatten Major Clareyk und Captain Athrawes ausgearbeitet. Dabei wurde nicht nur berücksichtigt, dass ein Gewehr auch im Nahkampf eine größere Reichweite hatte als ein Schwert: Zugleich war es auch kürzer und leichter zu handhaben als ein Speer oder eine Pike. Man konnte es zur Parade benutzen oder einen Schlag abwehren, damit aber auch angreifen ... und mit *beiden*

Enden dieser Waffe konnte man einen Gegner verwunden oder gar töten.

Die Männer, die Hahskyns Gardisten angriffen, hatten sich einer solchen Waffe noch nie gegenübergesehen. Sie hatten erwartet, dass der Regen es den Gardisten unmöglich machen würde, ihre Schusswaffen abzufeuern. Genau das war auch geschehen. Was die Tempelgetreuen jedoch *nicht* erwartet hatten, war die tödliche Gefahr, die von Gewehren mit aufgepflanzten Bajonetten ausging – vor allem dann, wenn diese sich in Händen von Soldaten befanden, die ganz genau wussten, wie sie damit umzugehen hatten.

Mytrahn Daivys riss die Augen auf, als das erste Dutzend seiner Männer vor der improvisierten Barrikade zurücktaumelte: Viel zu viele lagen davor, wanden sich im Todeskampf oder waren bereits tot. Daivys konnte nicht erkennen, was genau eigentlich vor sich ging. Aber es war ganz offenkundig, dass die Bajonette der Gardisten sogar noch effektiver zum Einsatz gebracht werden konnten, als er das befürchtet hatte.

Die Überreste seiner vordersten Schlachtreihe geriet ins Stocken. Daivys fluchte lautstark, als sie sich tatsächlich ein Stück weit vor den übereinander geworfenen Karren und Wagen zurückzog. Er verstand, dass seine Männer entsetzt waren. Aber den Verteidigern Zeit zu geben, sich vom ersten Ansturm zu erholen, war das Schlimmste, was sie tun konnten.

»Angreifen!«, bellte er. »*Angreifen!*«

Erneut stürmten Daivys' Männer auf das Gästehaus zu. Durch Knöchelbrüche und Bajonette hatten sie beim ersten Ansturm ein Viertel ihrer Kampfstärke verloren. Dort draußen jedoch befanden sich immer noch mehr als doppelt so viele Tempelgetreue, wie Hahskyn Gardisten hatte. Und dieses Mal wusste der

Feind deutlich besser, womit er es zu tun hatte. Es hatte den Angreifern nie an Mut oder Entschlossenheit gemangelt. Lediglich das Überraschungsmoment hatte sie zögern und zurückweichen lassen. Dieses Mal waren sie *nicht mehr* überrascht.

Sie kamen heran. Sie brüllten den Gardisten ihren Hass entgegen, schleuderten sich regelrecht auf ihre Gegner. Plötzlich kamen von beiden Seiten weitere Angreifer herbei: Lahraks und Abylyns Männer beteiligten sich jetzt an der Schlacht. Dieses Mal waren es zu viele für die Gardisten. Das Körpergewicht der Angreifer reichte, um die Angriffswelle weiterzutragen, über die Barrikade hinweg.

Disziplin und hartes Training sorgten dafür, dass der Gardistentrupp nicht den Zusammenhalt verlor. Immer zwei Mann arbeiteten als Team zusammen, versuchten einander zu decken. Sie versanken im Getümmel der Schlacht, gingen förmlich darin unter – der schiere Wahnsinn regierte. Auch Disziplin und Training vermochten nicht Unendliches zu leisten, auch nicht zusammen mit allem Mut der Welt. Die Teams, die zwei, die einander das Überleben ermöglichten, wurden auseinandergerissen, überwältigt von der gewaltigen Anzahl der Gegner und dem allgegenwärtigen Chaos. Die Nacht verwandelte sich in einen wirbelnden Strudel einzelner Scharmützel. Es waren zu wenig Gardisten, um einen solchen Kampf zu gewinnen.

Die Imperial Guard verkaufte ihr Leben teuer … doch sie verkaufte es.

Sharleyan Ahrmahk stieß den Lauf des Gewehrs durch den Schlitz, den Seahamper in den Fensterladen geschnitten hatte, und zog den Abzug durch.

Gnadenlos krachte ihr der Rückschlag des großkalibrigen Gewehrs gegen die zierliche Schulter. Für Sharleyan fühlte es sich an, als habe ihr ein Pferd geradewegs gegen das Schlüsselbein getreten. Sie achtete nicht darauf, sondern warf die abgefeuerte Waffe Daishyn Tayso zu und griff nach dem nächsten Gewehr in einer Reihe von sieben, die gegen die Wand gelehnt waren. Ein Großteil des Pulverdampfes war durch das Fenster abgezogen. Der Rauch aus der Zündpfanne aber hing noch im Raum, zog langsam in feinen Fäden aufwärts und vereinigte sich mit der Wolke, die dort bereits schwebte.

Jemand hämmerte von außen gegen den Fensterladen. Und dann pfiff ein ganzer Schwarm Armbrustbolzen durch die Luft und *durchschlug* den Fensterladen. Einer jagte gerade eben an Sharleyans Kopf vorbei, verfehlte sie nur um wenige Zoll, und bohrte sich dann tief in die Tür des Schlafgemachs. Fast blindlings stieß Sharleyan den Lauf des Gewehrs durch den kleinen Schlitz und betätigte erneut den Abzug.

Ein Schmerzensschrei wie der eines gequälten Pferdes zerriss die Nacht; das Hämmern am Fensterladen hörte auf. Sharleyan duckte sich zur Seite, griff nach der ersten der bereitliegenden Pistolen, als ein weiterer Bolzen in einem Regen aus Holzsplittern den ramponierten Fensterladen durchschlug und wieder dicht neben ihr vorbeipfiff.

Edwyrd Seahamper ließ sich zurückfallen, doch er kämpfte verzweifelt weiter. Irgendwie gelang es Bryndyn Tyrnyr, trotz Gewittersturm und Kampfgewirr dicht bei ihm zu bleiben und seine linke Seite zu decken. Verzweifelt versuchten sie, zwischen den Angreifern und der Tür des Gästehauses zu bleiben. Hinter sich hörten sie Schüsse peitschen. Tiefe Verzweiflung durchfuhr Seahamper, als er begriff, was das bedeutete.

Erinnerungsfetzen durchzuckten sein Hirn. Lieutenant Hahskyn, der gerade einen Feind mit dem Bajonett aufspießte, das Gewehr wirbelte in seinen Händen herum und zerschmetterte mit dem Kolben den Schädel eines weiteren Angreifers. Dann bohrte sich unter seinem Arm ein Schwert durch den Harnisch, und der Lieutenant ging zu Boden. Ein weiterer Gardist, der verzweifelt gegen zwei Angreifer gleichzeitig kämpfte – irgendwie gelang es ihm, sie beide abzuwehren, bis ein dritter Feind sich von hinten näherte und ihm einfach die Kehle durchschnitt. Ein Schwert riss eine blutende Wunde in Seahampers Wange, ein weiterer Schlag traf genau auf den Brustpanzer seines Harnischs, ein dritter glitt von seinem Helm ab. Aber irgendwie waren Tyrnyr und er immer noch auf den Beinen, ließen sich immer weiter in die Richtung zurückfallen, aus der hinter ihnen die Pistolen knallten.

Sie erreichten die Tür des Gästehauses, und Tyrnyr stieß Seahamper mit der Schulter zur Seite, als eine weitere Angriffswelle anrollte. Seahamper taumelte rückwärts, beinahe stürzte er durch die Tür. Sein Herz krampfte sich zusammen, als zwei Schwerthiebe Tyrnyr zu Boden streckten, bevor er dem Sergeant folgen konnte.

Es blieb keine Zeit zum Trauern. Es gab nur noch die verzweifelte Notwendigkeit, irgendwie die Kaiserin zu beschützen. Er hatte Sharleyan behütet, seit sie ein kleines Mädchen gewesen war. Er kannte sie, die junge Frau, bei deren Erziehung er mitgewirkt hatte, und die Monarchin, der zu dienen er voller Stolz geschworen hatte. Die Tempelgetreuen konnten sich ihm jetzt nur noch durch diesen Flur hier nähern. Er brüllte ihnen seine Wut entgegen, als er sich ihnen mit dunkelrot gefärbtem Bajonett entgegenwarf. Heißes Blut machte den Steinfußboden rutschiger und rutschiger; Knochen barsten unüberhörbar, als einer der Tempelgetreuen ausrutschte und der Länge nach zu Boden stürzte, und Seahamper rammte den Kolben seines Gewehrs mit aller Macht geradewegs auf den Hals des Mannes. Seahampers Welt bestand nur noch aus diesem kleinen Flur, aus den Männern, die immer weiter auf ihn zustürmten, aus dem immer weiter zunehmenden, entsetzlichen Schmerz in seinen Armen und aus dem Gestank von Blut.

Der Donner wurde lauter denn je, fast wie eine Explosion,

ließ das ganze Gästehaus erzittern. Doch was machte das schon? Es war egal, unbedeutend und unwirklich.

Seahamper begriff nicht, dass *dieser* Donner nicht aus Westen, sondern aus *Osten* gekommen war.

Die Pistole krachte. Der Schatten, der gerade noch bedrohlich vor dem Fenster aufgeragt hatte, taumelte außer Sicht. Sharleyans zarte Hände fühlten sich an, als hätte gerade jemand mit einem Hammer auf sie eingeschlagen, als sie die abgefeuerte Pistole Daishyn Tayso zuwerfen wollte. Mitten in der Bewegung erstarrte Sharleyan. Still saß Tayso in seinem Stuhl, die Hände mitten in der Bewegung erstarrt. Ein Armbrustbolzen ragte aus seiner rechten Augenhöhle.

»Ich mach das schon, Sharleyan!«, rief Carlsyn Raiyz. Er nahm ihr die Pistole aus den Fingern und machte sich daran, sie nachzuladen. Seine Hände gingen plump vor angesichts der ungewohnten Aufgabe. Doch er deutete nur kurz mit dem Kinn auf das Fenster. »Kümmert Ihr Euch *darum!*«

»Weiter! *Weiter!*«

Mytrahn Daivys' Stimme war rau und brüchig. Seine Kehle fühlte sich blutig und aufgerissen an, doch er brüllte weiter, peitschte seine Männer mit der Stimme voran. Selbst noch mitten in diesem Tumult hörte er hin und wieder Charlz Abylyns Stimme, Lahraks hingegen war verstummt.

Er sah die beiden Gardisten, die nun geradewegs vor dem Eingang zum Gästehaus standen. Keinen Augenblick später stürzte einer der beiden zu Boden und wurde von den Stiefeln der Tempelgetreuen zertrampelt, die unablässig weiter vorwärtsstürmten. Der Wahnsinn hatte sie fest im Griff. Das Überleben selbst war unwirklich geworden, bedeutungslos, nichts im Vergleich zur Notwendigkeit, das Ziel zu erreichen.

Gut, dass wir sie jetzt nicht mehr lebendig haben wollen!

Dieser Gedanke zuckte Daivys durch den Kopf. Es war die reine Wahrheit, das wusste er. Der Hass und die Entschlossenheit seiner Männer hatte sie in blutrünstige Bestien verwandelt. Es wäre jetzt fast unmöglich gewesen, Sharleyan noch lebend zu ergreifen, selbst wenn das das eigentliche Ziel gewesen wäre.

Ich glaube ...

Mitten im Gedanken unterbrach sich Daivys. Es gab einen unglaublich lauten Donnerschlag genau über ihm. Eigentlich kam das kaum überraschend – auch wenn der Regen vorerst aufgehört hatte, war das Gewitter doch längst noch nicht vorbei. Doch dieser Donner war so laut, so heftig, dass Daivys ernstlich zusammenzuckte. Und dann, plötzlich, stand ein Gardist ganz unerwartet wieder auf den Beinen.

Daivys blinzelte erstaunt und rieb sich die Augen, um das Regenwasser zu vertreiben, das ihm immer noch aus den Haaren troff. Er versuchte herauszufinden, woher dieser einzelne Gardist so plötzlich aufgetaucht war. Es war, als sei er einfach vom Himmel gefallen!

Etwas war seltsam an diesem Gardisten. Ungläubig kniff Daivys die Augen zusammen: *Dieser* Gardist war gar nicht nass! Wie konnte er aber nicht vom Regen durchnässt sein, wie?

Daivys wischte die Frage ungeduldig beiseite. Um derartige Kleinigkeiten konnte man sich später immer noch kümmern. Im Augenblick war anderes wichtig. Und so griff er an.

Ein Gewehr hat dieser Kerl hier auch nicht, bemerkte er, als der Gardist zwei Schwerter zog. Das eine davon war deutlich kürzer als das andere, und das kam Daivys irgendwie bekannt vor. Er hatte doch schon einmal von jemandem gehört, der immer *zwei* Schwerter führte ...

Sein Hirn mühte sich immer noch mit der Suche nach der Erinnerung ab, als ein Katana aus Panzerstahl, so schnell, dass Daivys nicht einmal sah, wie die Klinge sich bewegte, ihm den Kopf von den Schultern trennte.

Warum finden Mordversuche eigentlich immer bei Gewitter statt?

Diese Frage ging Merlin Athrawes durch den Kopf, während Daivys' Schädel noch durch die Luft flog und der Regen mit ungebrochener Gewalt wieder einsetzte. Der Gedanke war nicht mehr als eine Randnotiz. Denn es war schiere Verzweiflung, die seine ganze Konzentration wie mit einem Schraubstock umfasst hielt, als er nun von hinten gegen die Tempelgetreuen anstürmte.

Eine Stimme in seinem Hinterkopf brüllte vor Zorn und schrie nutzlosen Protest in die Welt hinaus, als er die Leichen der kaiserlichen Gardisten sah, die zwischen den gefallenen Angreifern verstreut lagen. Jeden Einzelnen von ihnen hatte er gekannt. Er hatte dabei geholfen, sie auszubilden; er hatte sich an der Auswahl für ihre jeweiligen Aufgabengebiete beteiligt ... und mit Hilfe seiner SNARC-Fernsonden hatte er zugesehen, wie sie in den Tod gegangen waren, während er, Merlin, mit mehr als Mach fünf über den Himmel von Safehold gejagt war.

Allein schon eine solche Geschwindigkeit vorzulegen war ein Risiko gewesen, das er eigentlich nicht rechtfertigen konnte – und das wusste Merlin auch. Trotz der Tarnsysteme des Schwebebootes erzeugte eine derartige Geschwindigkeit so viel Reibungshitze, dass ein Orbital-Scanner – wie es sie vielleicht im System für kinetische Bombardierung gab, das Langhorne über Safehold zurückgelassen hatte – ihn trotzdem hätte entdecken können. Doch selbst noch mit dieser halsbrecherischen Geschwindigkeit hatte Merlin anderthalb Stunden gebraucht, um von Corisande hierher zu kommen.

Niemand auf ganz Safehold hatte jemals das unvorstellbare Donnern gehört, das ein Überschallflugzeug bei niedrigen Flughöhen erzeugt. Heute geschah es zum ersten Mal ... *und nur sehr wenige von denen, die es gehört haben, werden diese Erfahrung überleben!*, dachte Merlin wütend. Ohne den Mut und die Entschlossenheit all der Männer, die bei der Verteidigung Sharleyans gefallen waren, wäre Merlin trotz der Geschwindigkeit seines Fluggeräts zu spät gekommen. Selbst jetzt mochte das immer noch der Fall sein, und in seinen Saphiraugen war keinerlei Gnade zu finden, als er sich mit den Schwertern durch die Reihen der Tempelgetreuen schnitt.

Den meisten von ihnen blieb nicht einmal genug Zeit zu begreifen, dass ein neuer Kämpfer auf dem Schlachtfeld erschienen war. Merlins Nervenimpulse wurden faseroptisch übertragen, nicht mit Hilfe von biochemischen Neurotransmittern. Wenn er die Leistungsregler deaktivierte, die er bislang genutzt hatte, um seine übermenschlichen Fähigkeiten nicht allzu offenkundig werden zu lassen, dann betrug seine Reaktionszeit nur ein Hundertstel der eines Menschen aus Fleisch und Blut. Seine unvorstellbar scharfen Schwerter aus Panzerstahl wurden von ›Muskeln‹ geschwungen, die zehnmal stärker waren als die eines jeden Sterblichen.

Merlin schien einfach durch seine Gegner hindurchzuwaten. Es wirkte fast, als bewege er sich langsam und gemächlich, doch zu beiden Seiten stürzten die Angreifer zu Boden. Die ersten Männer, denen er begegnete, starben entschieden zu rasch, um überhaupt zu begreifen, dass an diesem Mann, der sie tötete, etwas Bemerkenswertes war. Doch als im Licht aufzuckender Blitze seine Bewegungen deutlich wurden, in stroboskopartigem Gleißen seine Schwerter aufblitzten und die umhergeschleuderten Blutstropfen der Gefallenen reglos in der Luft zu stehen schienen, bemerkten die Gefährten der Erschlagenen, wenngleich langsam, dass sie es hier mit etwas zu tun hatten, das sie sich bislang nicht einmal hätten vorstellen können.

»Ein Dämon!«, heulte eine Stimme. *»Ein Dämon!«*

Merlin achtete nicht darauf. Zwischen ihm und dem Gästehaus befanden sich noch zwanzig Tempelgetreue. Drei von ihnen lebten noch lange genug, um eine Flucht wenigstens zu versuchen.

Edwyrd Seahamper hatte keine Ahnung, was sich vor dem Gästehaus abspielte. Er wusste nur, dass der anscheinend endlose Strom von Angreifern, die ihn immer weiter in die Enge trieben, plötzlich verebbte. Doch immer noch hörte er Rufe und Schreie, die das Gewitter übertönten, und hinter ihm krachte erneut eine Pistole.

Er wandte sich um und lief den kurzen Flur zur Tür des Schlafgemachs hinunter.

»Ich bin's, Eure Majestät!«, rief er und stieß mit der Schulter auch schon die Tür auf. Im Schlafgemach roch es nach Pulverdampf, und Sharleyan trat gerade von dem Fenster zurück; mit beiden Händen umklammerte sie eine Pistole.

Wie dichter Nebel hing schwerer Rauch in der Luft, nahm Seahamper fast die Sicht. Trotzdem vermochte er zu erkennen, dass der letzte der Fensterläden barst, als ein Mann sich dagegen warf und dann halb durch die Fensteröffnung in den Raum hineinhing. Der Angreifer erstarrte, als er geradewegs in die Mündung von Sharleyans Pistole blickte. Sie war weniger als drei Fuß von seinem Kopf entfernt. Da hatte Seahamper auch schon das Gefühl, jemand habe ihm mit zwei Vorschlaghämmern geradewegs auf beide Ohren geschlagen: Seine Kaiserin hatte den Abzug betätigt.

Der Rückstoß ließ sie einen halben Schritt zurücktaumeln, und der Hinterkopf des Angreifers zerbarst, als die massive Kugel ihm durch den Schädel fuhr. Umgeben von einer Wolke aus Blut, Gewebe und schneeweißen Knochensplittern stürzte er rücklings zu Boden. Kaiserin Sharleyan wandte sich Carlsyn Raiyz zu, um sich die nächste Waffe geben zu lassen. Doch auch der Priester war tot: Ein Armbrustbolzen steckte in seiner Brust, zu seinen Füßen bildete dickflüssiges Blut eine immer weiter anwachsende Pfütze.

Schmerz verzerrte Sharleyans Gesichtszüge, als sie ihn sah. Im selben Moment aber drängte sich auch schon Seahamper an ihr vorbei. Er kam gerade noch rechtzeitig. Ein weiterer

Tempelgetreuer war durchs Fenster geklettert, blickte kurz auf, schrie und umklammerte mit beiden Händen die Brust, als Seahamper ihm sein Bajonett zwischen die Rippen stieß. Beim Versuch, das Bajonett wieder zu befreien, verrenkte sich der Gardist beinahe die Handgelenke. Aber er war schnell genug, und beim nächsten Stoß heulte ein weiterer Tempelgetreuer auf und ging zu Boden.

Hinter Seahamper griff Sharleyan in verzweifelter Hast nach der letzten geladenen Pistole. Schon machte sich ein weiterer Angreifer daran, durchs Fenster zu steigen, und Seahamper stieß einen heftigen Fluch aus. Wieder stieß er zu ... und dann, urplötzlich, waren keine Angreifer mehr da.

Merlin Athrawes hielt kurz inne und schaute zu, wie die Leiche an der Panzerstahlklinge hinabglitt. Plötzlich war er der Einzige, der im Hof des Klosters noch aufrecht stand.

Er blickte sich um, watete knietief durch Leichen, und dieses Mal war der Blick aus seinen Augen so hart wie die Verbundwerkstoffe, aus denen diese Augen gefertigt waren. Dieses Mal konnte Merlin es sich nicht leisten, jemanden am Leben zu lassen, der wilde Geschichten über diesen ›*Seijin*‹ verbreiten würde. Zweifellos hätte man die meisten dieser Geschichten als hoffnungslose Übertreibung abgetan, so wie es auch bei all den anderen Berichten über Merlins Taten gewesen war. Doch dieses Mal hätte allein schon die Aussage, *Seijin* Merlin sei in Sankt Agtha gewesen, voll und ganz ausgereicht. Die Anschuldigungen dämonischen Einflusses wären aufgekommen, die es um jeden Preis zu vermeiden galt. Ein halbes Dutzend verwundeter Tempelgetreuer hatte Merlin bereits ins Jenseits geschickt. So wenig ihm der Gedanke auch behagte, Männer erschlagen zu müssen, die sich nicht mehr wehren konnten: Dieses Mal war Merlin bereit, eine Ausnahme zu machen.

Es ist die Strafe, die auf Hochverrat steht – und ich habe sie in flagranti ertappt, dachte er rau, während er in einem Meer aus Blut und Leichen seine grausige Aufgabe erfüllte. Er achtete nicht auf das Flehen um Gnade, achtete nicht auf die Gebete und die Flüche, sondern konzentrierte sich ganz darauf, so rasch und sauber wie nur möglich den Tod zu bringen.

Und dann gab es im ganzen Klosterhof keinen einzigen Lebenden mehr. *Doch das bedeutet nicht notwendigerweise, dass keiner der Angreifer mehr übrig ist*, ging es ihm durch den Kopf. Für seine überlegene Sicht stellten der Regen und die Dunkelheit kein ernst zu nehmendes Hindernis dar, und so machte er rasch die beiden Männer aus, die noch vor dem Haupttor warteten.

Er stellte seine Optiken auf Zoom-Modus und schürzte die Lippen, als er sie erkannte.

Bischof Mylz Halcom blickte zu Ahlvyn Shumay, als die Rufe und Schreie und der Kampfeslärm abrupt endeten.

Der Blick des Bischofs war umschattet, seine Miene finster. Er litt darunter, dieses Blutbad angerichtet zu haben. Er hatte Blut vergießen lassen auf dem Gelände eines von Gottes Klöstern! Halcom hatte gedacht, er sei darauf gefasst gewesen, auf das Blut und den Tod. Er hatte sich getäuscht.

Bitte, Gott, betete er lautlos, *lass es vorbei sein! Dein Wille geschehe, doch ich flehe dich an: Erspare mir weiteres!*

Gott antwortete ihm nicht, und noch während er betete, wusste Halcom, dass es ihm beim nächsten Mal leichter fallen würde und mit jedem Mal *noch* leichter. Er wollte das nicht. Doch was er wollte, vermochte nicht das zu ändern, was *war*.

Wenigstens ist es endlich vorbei ... für dieses Mal, dachte er, schloss die Augen und murmelte ein weiteres Gebet – diesmal für die Seele der jungen Frau, die gerade von der Hand seiner Männer gestorben war.

Er betete immer noch, als er eine tiefe, eisige Stimme vernahm.

»Bischof Mylz, nehme ich an«, sagte diese Stimme, und Halcom riss die Augen auf, denn er hatte diese Stimme noch nie in seinem Leben gehört.

Vor Entsetzen wich ihm jegliche Farbe aus dem Gesicht. Denn vor ihm stand nicht Daivys, nicht Lahrak und auch nicht Abylyn. *Dieser* Mann dort trug die schwarz-goldene Uniform des Hauses Ahrmahk. Halcom war dieser Mann unbekannt. Doch dann erhellte ein Blitz die Nacht und ließ die saphirblauen Augen des fremden Gardisten aufleuchten. Halcom hatte das Gefühl, das Herz bliebe ihm stehen. Nur ein einziger Gardist des Kaiserhauses von Charis hatte Augen in dieser Farbe, doch dieser Mann war zusammen mit dem Kaiser in ...

»Ihr *könnt* nicht hier sein!«, hörte er sich selbst sagen und klang beinahe ruhig dabei.

»Nein, kann ich nicht«, pflichtete ihm der Fremde kühl bei ... und lächelte.

Plötzlich bewegte sich Shumay: Seine Hand zuckte zum Dolch, den er am Gürtel trug. Der Gardist drehte sich nicht zu Shumay um, er wandte nicht einmal den Blick von Halcom ab. Seine freie Linke zuckte einfach nur vor, rasch wie eine unvorstellbar flinke Schlange, und schloss sich um den Hals des Priesters, enger und enger. Shumay zuckte kurz, Halcom hörte ein entsetzliches Knirschen, und dann löste der Gardist den Griff wieder.

Halcoms Privatsekretär sackte zu Boden wie ein nasser Sack, und das schmallippige Lächeln des Gardisten hätte die Sonne selbst gefrieren lassen können.

»Vor zwei Stunden«, sagte er leise, »war ich noch in Corisande, Mein Lord Bischof.«

Langsam schüttelte Halcom den Kopf, die Augen weit aufgerissen. Das wollte er nicht glauben müssen.

»*Dämon*«, flüsterte er.

»In gewisser Weise stimmt das, ja«, gab ihm sein Gegenüber Recht. »Zumindest nach Euren Begriffen. Aber Ihr habt versagt, Bischof. Die Kaiserin lebt noch. Und ich verrate Euch jetzt etwas: Eure so genannte Kirche ist zum Untergang verdammt. Ich werde persönlich dafür sorgen, dass diese Abscheulichkeit für alle Zeiten aus dem Antlitz des Universums getilgt wird!«

Halcom hörte ein Winseln und begriff, dass es seiner eigenen Kehle entstammte. Er hob die Hand und zeichnete mit unendlich zitternden Fingern Langhornes Szepter in die Luft, um den Albtraum abzuwehren, dem er hier gegenüberstand.

Der Albtraum ignorierte die Bewegung einfach. Das Bannzeichen schien ihn nicht zu beeinträchtigen. Schluchzend sog Halcom die Luft ein.

»Euer Langhorne ist eine einzige Lüge«, erklärte ihm der Gardist kalt und mit erschreckend präzise gewählten Worten. »Zu Lebzeiten war er ein Lügner, ein Scharlatan, ein Wahnsinniger, ein Verräter und ein Massenmörder, und wenn es im Universum tatsächlich so etwas wie Gerechtigkeit gibt, dann brennt er jetzt in der Hölle, zusammen mit diesem Miststück Bédard. Und Ihr, *Bischof* Mylz – Ihr gebt einen angemessenen Priester für die beiden ab, findet Ihr nicht auch?«

»Blasphemie! *Blasphemie!*« Irgendwie fand Halcom noch genug Atem, um diese Worte hervorzustoßen, so sehr die Verzweiflung ihm auch die Kehle zusammenpresste.

»Tatsächlich?« Das Lachen des Gardisten war dem schwarzen Herzen der Hölle selbst entsprungen. »Dann nehmt diesen Gedanken mit Euch, Mein Lord Bischof! Vielleicht könnt Ihr Euch darüber ja mit Langhorne unterhalten, während ihr zusammen auf glühenden Kohlen hockt!«

Halcom starrte den saphiräugigen Gardisten immer noch voller Entsetzen an, als das Katana in dessen rechter Hand seinen Hals durchtrennte.

.XV.

Das Gästehaus, Kloster Sankt Agtha
Grafschaft Crest Hollow, Königreich Charis

Sharleyan hatte das letzte Gewehr nachgeladen und lehnte es aufrecht neben all die anderen gegen die Wand.

»Was ist denn nur los, Edwyrd?«, fragte sie leise, während sie sich daranmachte, sich auch um die Pistolen zu kümmern.

»Ich weiß es nicht, Eure Majestät.« Der letzte Sharleyan noch verbliebene Gardist stand neben dem geborstenen Fenster. Er blieb so weit in Deckung wie möglich und spähte in den Regen hinaus, während ihm das Blut die aufgeschlitzte Wange hinabströmte. Seine Stimme klang sehr angespannt. »Ich habe verdammt noch mal keine Ahnung – tut mir Leid, das so unverblümt in Eurer Gegenwart zu sagen«, gestand er. »Ich weiß nur, dass nicht mehr gekämpft wird. Niemand versucht mehr, durch das Fenster da oder diese Tür da einzudringen«, mit dem Kinn deutete er auf die Eingangstür des Gemachs. »Also sind wir deutlich besser dran als zuvor. Wahrscheinlich ...«, er brachte ein angestrengtes Lächeln zustande, »... erlebe ich hier gerade mein erstes Wunder.«

Es überraschte Sharleyan selbst, dass sie laut lachen musste. Vielleicht zitterte ihre Stimme, vielleicht schwang ein Hauch von Hysterie darin mit. Doch es war ein Lachen, es befreite. Sie barg ihr Gesicht in den Händen und presste sich die Fingerspitzen gegen die Schläfen.

Sie spürte, wie klebrig ihre Hände von all dem Blut waren. Einiges davon stammte sogar von ihr selbst; es rann ihr aus kleinen Schnittwunden am Kopf und ihrer linken Schläfe. Umherfliegende Splitter des geborstenen Fensterladens hatten sie getroffen, auch wenn die Armbrustbolzen sie knapp verfehlt hatten. Weiteres Blut war ihr auf den langen Rock und den charisianischen Kasack gespritzt, den sie als Jacke übergeworfen hatte. Ihr Gesicht war vom Pulverrauch geschwärzt und verschmiert. Ihre rechte Schulter pulsierte schmerzhaft, schlimm geprellt wahrscheinlich. Wäre Sharleyan nicht in der Lage gewesen, diesen Arm überhaupt noch zu bewegen – auch wenn das ein sehr schmerzhaftes Unterfangen war –, wäre sie fest davon ausgegangen, die Schulter sei gebrochen.

Der Regen, der draußen herniederprasselte, brachte saubere Frische. Trotzdem war der Geruch von Schießpulver, Blut und Tod fast überwältigend. Was der Wind an Regennässe durch das offene Fenster hereintrieb, verdünnte das Blut, das auf dem Boden des Schlafgemachs allmählich gerann. Doch immer noch troff frisches Blut an der Spitze von Seahampers Bajonett herab wie dicke, perlenförmige Tränen. Das Entsetzen und der Schock über das hier Erlebte hüllte Sharleyan ein wie eine sonderbare, muffige Decke. Alles hier Geschehene, die ganze Welt wirkte unwirklich. Sharleyans Verstand arbeitete mit beinahe widernatürlicher Klarheit, und doch erschienen ihr selbst diese Gedanken sonderbar weit entfernt. Trauer, die Sharleyan nur allzu bald das Herz zerreißen würde, vermochte sich aber noch keinen Weg zu bahnen.

Das kommt noch, sagte Sharleyan sich selbst düster. *Das kommt noch ... wenn du dich umblickst und begreifst, dass du keines dieser Gesichter jemals wiedersehen wirst.*

Verzweifelt betete Sharleyan darum, dass noch wenigstens *ein* weiterer ihrer Gardisten außer Seahamper am Leben wäre. Schuldgefühle schnürten ihr die Kehle zu, als sie begriff, wie unaussprechlich dankbar sie dafür war, dass, wenn nur ein Einziger hatte überleben dürfen, es dieser Sergeant hatte sein dürfen. Aber ...

»Eure Majestät«, sagte eine tiefe Stimme aus der Unergründlichkeit des Gewitters heraus, und Sharleyan ließ ruckartig die Hände sinken, als sie diese Stimme erkannte.

»*Bei Langhorne!*«, zischte Seahamper, als auch er die Stimme wiedererkannte, die hier zu vernehmen schlichtweg unmöglich war. Reflexartig trat der Gardist zwischen seine Kaiserin und das Fenster, und wieder hob er schützend das blutige Bajonett.

»Eure Majestät«, wiederholte die Stimme, dann fuhr sie fort: »Ich weiß, es wird ... ein wenig schwierig, es zu erklären«, und trotz all der Schrecken dieser entsetzlichen Nacht erkannte Sharleyan eine Spur trockenen Humors in den Worten, »aber Ihr seid jetzt in Sicherheit. Ich bedauere«, jetzt war der Tonfall wieder dunkel und düster, »dass ich nicht früher habe kommen können.«

»*Ca-Captain Athrawes?*« Selbst unter diesen Umständen verzieh sich Sharleyan nicht, dass sie das Zittern ihrer Stimme nicht vollständig unterdrücken konnte. *Sei doch nicht albern!*, heischte eine Stimme in ihrem Hinterkopf sie an. *In einer solchen Nacht würde vermutlich selbst einer der Erzengel erschüttert klingen!*

»Jawohl, Eure Majestät«, erwiderte Merlin und trat nahe genug an das Fenster heran, dass sie beide ihn sehen konnten. Seahamper hob sein Bajonett noch etwas höher, kampfbereit. Doch Sharleyan lehnte sich über seine Schulter und blickte an ihm vorbei. Mit seinen leistungsstarken Optiken studierte Merlin ihren Gesichtsausdruck.

Sie sieht schrecklich aus, dachte er. Das Haar hatte sich aus der kunstvollen Frisur gelöst und hing in wilden Strähnen herab. Ihr Gesicht war verschmiert von Blut und Pulverdampf, und ihre Augen waren dunkel angesichts des Wissens, wie viele Männer – Männer, die sie gekannt und geschätzt hatte – dabei gestorben waren, sie zu beschützen. Doch trotz allem war in ihrem Blick auch der vertraute, wache Verstand zu erkennen. Trotz des Schocks, der Trauer, des Verlustes dachte sie immer noch angestrengt und klar nach, ging Probleme geradewegs an, statt sich in mutlose Betäubung oder schiere Leugnung zu flüchten. Ihr Verstand beschäftigte sich gerade mit der Unmöglichkeit seines Hierseins und ob sie sich damit abfinden könnte.

Mein Gott, dachte er. *Mein Gott, hat Cayleb mit* Euch *Glück gehabt, Lady!*

»Wie …« Sharleyan stockte und räusperte sich. »Wie könnt Ihr jetzt hier sein, Merlin?« Sie schüttelte den Kopf. »Nicht einmal ein *Seijin* kann an zwei Orten gleichzeitig sein!«

»Nein, Eure Majestät. Das kann er tatsächlich nicht.« Merlin deutete eine Verneigung an, blieb immer noch weit genug von ihr entfernt, um Seahamper nicht zu einer instinktiven Schutzreaktion zu bewegen, und holte tief Luft. »Vor zwei Stunden war ich noch in meinem Zelt in Corisande«, erklärte er der jungen Kaiserin.

»Vor zwei Stunden?« Sharleyan starrte ihn an, dann schüttelte sie den Kopf. »Nein, das ist nicht möglich«, widersprach sie rundweg.

»Doch, das ist es«, gab er in verständnisvollem Tonfall zurück. »Doch, durchaus, Eure Majestät! Es erfordert nur einige Dinge, von denen Ihr nichts wissen konntet … bisher.«

»Bisher?« Sie stürzte sich auf diesen Zusatz wie eine Katzenechse auf eine Fastratte, und Merlin nickte.

»Cayleb, Majestät, weiß nicht, dass ich hier bin. Es war nicht mehr genug Zeit, ihn davon zu unterrichten, nicht, wenn ich rechtzeitig genug hier sein wollte, um noch etwas auszurichten. Ich bin auch so schon beinahe zu spät gekommen. Versteht, Eure Majestät: Es gibt Geheimnisse, die nicht einmal Cayleb mit anderen teilen darf – nicht einmal mit *Euch,* so sehr er sich das auch wünscht, schon seit Ihr in Tellesberg eingetroffen seid. Wie ich hierhergekommen bin, woher ich wusste, dass Ihr in Gefahr seid, gehört zu diesen Geheimnissen. Doch trotz all der guten Gründe, deretwegen er Euch nichts erzählen durfte, musste ich eigenmächtig entscheiden, ob ich es riskieren dürfe, dass Ihr davon erfahrt, oder tatenlos dazu verdammt sein sollte, zuzusehen, wie Ihr ermordet werdet. Das konnte ich nicht zulassen. Also habe ich nun keine andere Wahl, als Euch zumindest einen Teil der Wahrheit zu verraten.«

»Eure Majestät ...«, setzte Seahamper an.

»Warten Sie, Edwyrd!« Sanft legte sie ihm die Hand auf die gepanzerte Schulter. »Warten Sie!«, wiederholte sie dann und durchbohrte Merlin fast mit ihrem Blick.

»Kein Sterblicher hätte schaffen können, was Ihr getan habt, *Seijin* Merlin«, sagte sie nach kurzem Schweigen. »Dass Ihr auf so ... wundersame Weise hier erschienen seid, um mein Leben zu retten – und das Edwyrds –, bringt mich dazu, nichts anderes zu empfinden als Dankbarkeit für Gottes wundersames«, bewusst benutzte sie das Wort ein zweites Mal, »Eingreifen. Aber es gibt noch andere Möglichkeiten, dies zu erklären.«

»Ja, Eure Majestät, so ist es. Und genau deswegen werden die Geheimnisse, von denen ich gesprochen habe, auch so sorgfältig gehütet. Die Feinde von Charis – *Eure* Feinde – würden augenblicklich verkünden, meine Fähigkeiten müssten dämonischen Ursprungs sein, und diese Anklage dann dazu nutzen, alles in den Schmutz zu ziehen, was Ihr und Cayleb zu erreichen hofft.«

»Aber Ihr werdet mir jetzt sagen, dass sie damit Unrecht hätten, nicht wahr?«

»Ganz genau. Andererseits ist mir durchaus bewusst, dass ich, *wäre* ich ein Dämon, Euch auch versichern würde, ich sei keiner. Vor der Schlacht im Darcos-Sund habe ich mit Cayleb genau das gleiche Gespräch geführt. Nur dass er mich damals schon seit mehr als einem Jahr gekannt hat. Für Euch gilt das nicht. Das wird es für Euch nur noch schwerer machen, die Erklärungen, die ich Euch geben kann, zu glauben und hinzunehmen. Aber ich flehe Euch an, es wenigstens zu versuchen!«

»*Seijin* Merlin«, gab sie zurück, und ihre Lippen verzogen sich zum Anflug eines schiefen Grinsens, »was auch immer Ihr sein mögt: Ohne Euer Eingreifen wäre ich jetzt nicht mehr am Leben, um dieses Gespräch zu führen oder in eine Glaubenskrise zu geraten. Auch Ehdwyrd würde nicht mehr über mich wachen, jederzeit bereit, Euch mit dem Bajonett zu durchbohren, sollte er der Ansicht sein, Ihr wolltet mir schaden. Dass er am Leben ist, ist mir unglaublich wichtig. Unter diesen Umständen ist es wohl das Mindeste, dass ich mir anhöre, was Ihr zu sagen habt.«

Unruhig rührte sich Seahamper. Doch er schwieg und biss die Zähne aufeinander.

»Ich danke Euch, Eure Majestät«, erwiderte Merlin völlig aufrichtig. Doch dann schüttelte er den Kopf und schnaubte kurz auf. »Bedauerlicherweise bleibt mir nicht die Zeit, Euch die ganze Geschichte zu erzählen. In Corisande ist es bereits helllichter Tag, und niemand – einschließlich Cayleb – weiß, wo ich bin. Ich muss so rasch wie möglich zurück.«

»Ihr scheint ein noch komplizierteres Leben zu führen, als mir bewusst war«, bemerkte Sharleyan, und Merlin lachte leise.

»Eure Majestät, Ihr habt keine Ahnung!«, sagte er. »Aber ich denke, genau das muss sich ändern. Dass Ihr keine Ahnung habt, meine ich. Vorerst bitte ich Euch hinzunehmen – zumindest versuchsweise –, dass ich weder ein Engel noch ein Dämon bin. Dass die Dinge, die ich zu tun vermag, kein Gesetz der Natur oder des Glaubens verletzen, wie auch immer die Inquisition darüber denken mag. Dass ich es gut mit Euch und Cayleb meine und dass ich alles in meiner Macht Stehende tun werde, Euch zu dienen und zu beschützen. Dass es andere gibt, gute und gottesfürchtige Menschen, die um mich und meine Fähigkeiten wissen. Und …«, er blickte ihr geradewegs in die Augen, »… dass ich eher sterben werde als zuzulassen, dass Leute wie Zhaspahr Clyntahn weiterhin Gottes Namen als Entschuldigung missbrauchen, angesichts ihres eigenen Machthungers und ihres fehlgeleiteten Glaubens andere Menschen zu foltern und zu töten.«

»Ihr verlangt da aber eine ganze Menge, was ich hinnehmen soll, wenn auch nur ›versuchsweise‹«, entgegnete Sharleyan.

»Das weiß ich wohl. Aber versucht es, solange bis Ihr zurück in Tellesberg seid, dann beweise ich Euch die Wahrheit! Sorgt dafür, dass in der ersten Nacht zurück im Palast kein Unbefugter Zugang zum Balkon vor Euren Gemächern hat, niemand außer Euch ihn einsehen kann. Dann werde ich alles, was ich beweisen kann, Euch auch beweisen, Euch zumindest einen Zeugen bringen, dem Ihr wohl werdet vertrauen können.«

»Cayleb?«, fragte sie sofort mit leuchtenden Augen, und Merlin nickte.

»Dafür zu sorgen, dass er und ich gleichzeitig für mehrere Stunden Corisande verlassen, ohne dadurch gleich die ganze Armee in Aufruhr zu bringen, wird schwierig sein, versteht mich recht! Das ist einer der Gründe, warum ich Euch keine genaue Stunde für unser Eintreffen zu nennen vermag. Aber ich bin zuversichtlich, dass Cayleb, wenn ich ihm berichte, was hier in dieser Nacht geschehen ist, von sich aus verlangen wird, Euch zu sehen. Bleiben noch zwei weitere Dinge, um die ich Euch bitten möchte.«

»Als da wären?«, fragte sie, als Merlin schwieg.

»Zunächst einmal, Eure Majestät, gilt es, zwei Probleme zu lösen. Es muss für Eure Sicherheit gesorgt werden – das ist das eine. Und wir müssen etwas wegen denjenigen unternehmen, die diesen Angriff vorbereitet haben. Vor allem wegen deren Identität.«

Ich habe mich noch nicht entschieden, ob ich Euch jetzt erzählen soll, dass einer davon Euer Onkel war, dachte er.

»Wegen deren Identität?«, wiederholte Sharleyan, und Merlin nickte.

»Den eigentlichen Angriff auf dieses Kloster, so darf ich Majestät versichern, hat keiner der Attentäter überlebt«, erklärte Merlin grimmig. Dank seiner leistungsgesteigerten Optiken entging ihm nicht, wie sich Sharleyans Augen weiteten … und dass Seahamper befriedigt nickte. »Drüben beim Feldlagerplatz liegen noch einige Verwundete. Um die … kümmere ich mich noch, ehe ich aufbreche. Es gefällt mir ganz und gar nicht, das tun zu müssen, aber mir bleibt dieses Mal leider keine andere Wahl. Wenn auch nur *ein Einziger* von denen weiß, dass ich hier war, könnten die Konsequenzen katastrophal sein.

Aber vor dem Haupttor liegen noch zwei weitere Leichen. Die eine hat keinen Kopf mehr. Weit weg ist der Kopf aber nicht; Edwyrd sollte ihn mühelos finden. Es wäre meines Erachtens eine sehr gute Idee, genau das zu tun: diesen Kopf zu finden.«

»Darf ich fragen warum, *Seijin* Merlin?«

»Selbstverständlich, Eure Majestät. Bis vor wenigen Minuten gehörte dieser Kopf einem gewissen Mylz Halcom, seines Zeichens ehemaliger Bischof von Margaret Bay.«

Ungläubig starrte Sharleyan ihn an. Doch Seahamper stieß einen Grunzlaut aus, als begreife er allmählich, was vor sich ging.

»Anscheinend hat dieser freundliche Bischof den Tempelgetreuen aus Charis schon seit seinem Aufbruch aus Hanth Town eine Organisation und auch entsprechende Führungskräfte zur Verfügung gestellt. Ich halte es für eine gute Idee, seinen Kopf nach Tellesberg mitzunehmen, sodass seine Mit-Bischöfe ihn zweifelsfrei identifizieren können. Und während das geschieht, solltet Ihr vielleicht Baron Wave Thunder darüber informieren, dass es Traivyr Kairees Taschen sind, aus denen das Geld an Halcom und an die Tempelgetreuen fließt. Berichtet ihm, dass ich das bislang noch nicht zu beweisen vermag! Aber ich bin mir sicher, dass er alle erforderlichen Beweise finden wird, wenn er nur in den richtigen Rattenlöchern herumstochert. Und sagt ihm bitte auch, dass er sich ganz besonders mit der Mannschaft von Kairees Schoner, der *Sunrise*, befassen möge!«

Und wenn das geschieht, kann ich Euch vielleicht die schmerzhafte Wahrheit über Euren Onkel ersparen. Vielleicht wünsche ich mir das, weil ich feige bin. Aber im Augenblick ist mir das herzlich egal.

»Ich denke, das werden wir wohl hinbekommen«, erwiderte Sharleyan. Ihr Ton war hart wie Merlins. »Und die zweite Bitte, die Ihr äußern wolltet?«

»Edwyrd ist Euch sehr zugetan, Majestät«, sagte Merlin sanft. »Im Augenblick hat er Angst davor, als was ich mich noch entpuppen könnte. Deswegen möchte ich Euch bitten, zwei weitere Dinge zu tun, sobald Ihr nach Tellesberg zurückgekehrt seid. Zum einen solltet Ihr unter vier Augen mit dem Erzbischof sprechen. Berichtet ihm alles, was ich Euch erzählt habe, und bittet ihn um seinen Rat hinsichtlich der Frage, ob Ihr weiter auf mich hören solltet oder nicht! Und zweitens wäre ich Euch sehr dankbar, wenn Ihr dafür sorgen könntet, dass auch Edwyrd anwesend ist, wenn Cayleb und ich in Tellesberg auftauchen. Niemand im Palast wird es überraschen, wenn Ihr jetzt, nach einem derartigen Zwischenfall, das Bedürfnis nach zusätzlichen Sicherheitsmaßnahmen hättet. Deswegen könntet Ihr sicher darauf bestehen, dass Colonel Ropewalk Edwyrd als Wachposten auf Eurem Balkon abstellt. Ich möchte nämlich, dass er alles mit anhört, was Cayleb und ich Euch zu sagen haben. Ich möchte, dass er selbst und unbeeinflusst entscheidet, wem er trauen möchte. Er muss wissen, dass Ihr nicht bedroht werdet und Euch keine Gefahr droht.«

»Das kann ich beides tun«, versicherte Sharleyan ihm und versuchte nicht einmal, die Erleichterung darüber zu verbergen, dass der Erzbischof erwähnt worden war.

»Ich danke Euch, Eure Majestät.«

Merlin verneigte sich tief. Dann richtete er sich wieder auf und blickte Seahamper direkt in die Augen.

»Sie haben heute Nacht ausgezeichnete Arbeit geleistet, Sergeant«, sagte er mit ruhiger Stimme. »Ihre Majestät kann sich glücklich schätzen, Sie an Ihrer Seite zu wissen.«

Seahamper schwieg, und Merlin gestattete sich ein Grinsen.

»Ich weiß, dass Sie sich immer noch nicht darüber im Klaren sind, was Sie von mir halten sollen, Edwyrd. Das überrascht mich nicht. An Ihrer Stelle hätte *ich* mir wahrscheinlich schon längst das Bajonett in den Bauch gerammt. Trotzdem möchte ich Ihnen, sofern Sie einverstanden sind, etwas raten.«

Seinem Tonfall nach war der letzte Satz klar erkennbar eine Bitte. Nach kurzem Schweigen nickte Seahamper.

»Ich bin mir eigentlich sicher, alle am Angriff heute Nacht beteiligten Tempelgetreuen aufgespürt und ausgeschaltet zu haben – oder Letzteres zumindest schon bald zu erledigen. Absolute Sicherheit aber gibt es nicht. Und Ihnen, Sergeant, stehen meine Möglichkeiten zur Aufklärung des Geländes nun einmal nicht zur Verfügung. *Sie* können nur wissen, dass Sie und der Rest der Leibgarde Ihrer Majestät die Angreifer haben ausschalten können. Dagegen können Sie nicht wissen, ob sich noch Tempelgetreue, bereit zum Angriff, in den Wäldern aufhalten. Unter diesen Umständen wäre zu erwarten, dass Sie eine der Ehrwürdigen Schwestern – oder den Gärtner, wenn es der Äbtissin gelingt, ihn aus seinem Versteck unter dem Bett hervorzuholen – zur *Dancer* schicken und Captain Hywyt eine Nachricht übermitteln. Darin lassen Sie ihn wissen, dass er für die Rückkehr Ihrer Majestät zum Schiff ein Eskorte schicken soll, am besten eine bis an die Zähne bewaffnete und aufs Schlimmste gefasste Kompanie Marines. Während Sie auf das Eintreffen der Kompanie warten, sollten Sie vielleicht, Ihrem üblichen Vorgehen entsprechend, Ihre Majestät an einem sicheren Ort unterbringen und immer und überall zwischen ihr und jeder Tür und jedem Fenster bleiben und Wache halten.«

Angestrengt dachte Seahamper über Merlins Worte nach. Unter gewöhnlichen Umständen hätte er sie als Befehl aufgefasst, schließlich hatte Merlin in der Imperial Guard einen höheren Rang inne. Doch im Augenblick dachte er mit offenkundigem Misstrauen darüber nach, *von wem* diese Befehle stammten. Doch nach einigen Sekunden des Nachdenkens nickte er erneut.

»Ich danke Ihnen«, sagte Merlin, und sein Grinsen wurde noch breiter. Dann verneigte er sich ein weiteres Mal vor Sharleyan.

»Wenn Ihr mich dann jetzt entschuldigen wolltet, Eure Majestät: Ich muss wirklich dringend nach Corisande zurück!«

»Selbstverständlich, *Seijin* Merlin«, gab sie mit einem matten, leicht erschütterten Lächeln zurück. »Lasst Euch von mir bitte nicht aufhalten!«

»Ich danke Euch, Eure Majestät.« Mit diesen Worten verschwand er im prasselnden Regen.

Mehrere Sekunden lang blickte Sharleyan ihm durch das offene Fenster hinterher. Schließlich wandte sie sich Seahamper zu.

»Eure Majestät, war das klug?«, fragte der Sergeant sie. Ihr Lachen hatte schon etwas fast Hysterisches.

»Klug, Edwyrd? Nach einer *solchen* Nacht?« Sie schüttelte den Kopf. »Ich habe keine Ahnung! Ich weiß nur, dass wir beide ohne ihn – wer und was auch immer er in Wahrheit ist – jetzt schon tot wären. Ich begreife auch nicht, was los ist. Ich weiß nur eines: Erzbischof Maikel und Cayleb sind *gute* Menschen. Wenn sie Merlins Geheimnis kennen und ihm so sehr vertrauen, wie das offensichtlich der Fall ist, bin ich zumindest bereit mir anzuhören, was er zu sagen hat. Und ich denke, er hat auch mit allem Recht, was er über *Sie* gesagt hat. Ich halte es für wichtig, dass Sie hören, was ich zu hören bekommen werde.«

Seahamper blickte sie lange und konzentriert an, dann deutete er seine Zustimmung durch ein Nicken an.

»Ihr habt wohl Recht, Eure Majestät«, gestand er zögerlich ein. »Ich weiß auch nicht, was ich von all dem halten soll. Auch ich weiß nur das eine: Dieser Mann – oder was auch immer er nun wirklich ist – hat Euch heute Nacht das Leben gerettet. Ich schulde ihm zumindest eine Gelegenheit zu erklären, wie er das geschafft hat.«

»Gut, Edwyrd«, sagte Sharleyan leise und holte dann tief Luft.

»Aber jetzt«, sagte sie traurig, »ist es wohl an der Zeit, dass wir die Äbtissin aufsuchen und ihr sagen, dass ich noch lebe.«

.XVI.

Kaiser Caylebs Kommandozelt, Feldlager-Hauptquartier, Herzogtum Manchyr, Corisande-Bund

»Etwas Neues von Merlin?«

Lieutenant Franz Ahstyn, der stellvertretende Kommandeur von Caylebs persönlicher Leibgarde, blickte auf, als der Kaiser den Kopf durch die Zeltklappe steckte, und hob erstaunt eine Augenbraue.

»Nein, Euer Majestät«, erwiderte der Lieutenant. »Leider immer noch nicht.«

»Na ja, wenigstens kann er auf sich selbst aufpassen«, sinnierte der Kaiser und zog sich erneut in sein Zelt zurück.

Einen Moment lang betrachtete Ahstyn nachdenklich die Zeltklappe. Dann blickte er zu Payter Faircaster hinüber. Von Captain Athrawes einmal abgesehen war der große, breitschultrige Sergeant der Einzige, der auch schon zu Caylebs Leibwache gehört hatte, als dieser noch Kronprinz von Charis gewesen war. Damit war Faircaster auch der Einzige, der seit dem Auftauchen des *Seijin* Dienst zusammen mit ihm getan hatte.

»Fragen Sie nicht mich, Sir!« Faircaster zuckte mit den Schultern. »Sie wissen doch selbst, wie sehr sich Seine Majestät auf den ... Scharfblick des Captains verlässt. Wenn er entschieden hat, etwas sei wichtig genug, um sich den *Seijin* persönlich darum kümmern zu lassen, muss Seine Majestät es für *wirklich* wichtig halten. Aber wie Seine Majestät schon sagte: Der Captain kann auf sich selbst aufpassen.«

Diesen letzten Satz hielt der Lieutenant für die größte Untertreibung des Jahres. Ahstyn war nie selbst dabei gewesen, wenn der *Seijin* etwas von den unmöglichen Dingen vollbrachte, die man ihm zuschrieb. Er war daher bereit zu glauben, mit jeder Geschichte seien Athrawes Fähigkeiten und Fertigkeiten gewachsen ... Nichtsdestotrotz war *Sejin* Merlin in Ahstyns Augen einer der gefährlichsten Männer, die er je kennen gelernt hatte. Sämtliche Mitglieder von Caylebs Leibgarde hatten zusammen mit dem *Seijin* trainiert. Niemand wurde zur Kaiserliche Garde abgestellt, so er sich nicht in einem mit äußerst harten Bandagen durchgeführten Trainingskampf Merlin persönlich gestellt hatte. Bislang hatte niemand Athrawes mit den Trainingsschwertern zu besiegen gewusst ... oder im waffenlosen Kampf ... oder auf der Schießbahn. Niemand, wirklich niemand, hatte den *Seijin* auch nur ins Schwitzen gebracht. Trotzdem waren diese Geschichten, er habe sich während der Schlacht im Darcos-Sund an Bord der *Royal Charis* im Alleingang seinen Weg durch Hunderte von Feinden gebahnt, vermutlich übertrieben. *Vermutlich.* Darauf zu wetten wäre Ahstyn nicht bereit; glauben wollte er die Geschichten dennoch nicht. Schließlich war der *Seijin*, so gut er auch sein mochte, bloß ein einfacher Sterblicher.

Vermutlich jedenfalls.

Aller Einschätzung des Lieutenants nach waren die Geschichten über Merlins wundersame Kampfkraft von Cayleb selbst und den Marines seiner Leibwache nicht nur geduldet, sondern bewusst weiterverbreitet worden. Fremde Blicke allein auf Athrawes' Leistungsfähigkeit als Krieger zu lenken, gehörte zweifellos zu der sorgsam zurechtgelegten Tarngeschichte. Und eine solche Tarnung war wahrhaftig nötig. Die Wahrheit nämlich, warum Merlin für Charis so unschätzbar wertvoll war, war noch unglaublicher. Ahstyn wusste das. Er selbst hatte zunächst auch nicht glauben wollen, was er und der Rest der Kaiserlichen Garde über die Visionen des *Seijin* zu hören bekamen. Er hatte das Ganze für ein Märchen gehalten, genau wie die Geschichten über *Seijin* Kohdy und dessen Zauberkräfte.

Doch in diesem Fall war das Märchen wahr. Ahstyn war seither oft Zeuge geworden, wie der Kaiser sich die Visionen des *Seijin* zunutze gemacht hatte. Das hatte all seinem Zweifeln ein Ende gesetzt. Er begriff, warum es so wichtig war, niemanden sonst wissen zu lassen, zu welchen Dingen der *Seijin* tatsächlich imstande war. Als angeblich tödlichster Leibwächter der Welt – eine Übertreibung, die so groß ja gar nicht war – war es nur verständlich, dass Athrawes sich stets in der Nähe des Kaisers aufhielt. Es bestand kein Bedarf für Außenstehende, diesen Umstand in Frage zu stellen. Niemand käme daher darauf, der Captain könnte der wichtigste *Berater* Seiner Majestät sein, der Mann, dem Cayleb am meisten vertraute und dessen Scharfblick, wie Sergeant Faircaster es so treffend ausgedrückt hatte, so sehr gefragt war.

Es war daher kein Wunder, dass alle Gardisten besorgt gewesen waren, als der *Seijin* nicht zum Frühstück erschienen war. Merlin aß immer recht früh, stets bevor der Kaiser aufstand. Auf diese Weise konnte er bereits zum Dienst antreten, während man Cayleb noch das Frühstück servierte. So präzise, wie Athrawes sein Schwert führte, so präzise hielt er sich an Zeitpläne. Als Merlin also nach ganzen fünfzehn Minuten immer noch nicht aufgetaucht war, hatte Ahstyn vorsichtig den Kopf in das kleine Zelt gereckt, das man Merlin als privates Quartier zugewiesen hatte.

Er hatte damit gerechnet, den *Seijin* dort vorzufinden. Er würde mit untergeschlagenen Beinen auf dem Zeltboden sitzen und sich auf eine seiner Visionen konzentrieren. Genau aus diesem Grund hatte er ein Zelt für sich ganz allein überhaupt zur Verfügung gestellt bekommen. Zum großen Erstaunen des Lieutenants jedoch war das Zelt leer gewesen. Der Schlafsack hatte ausgesehen, als sei er in der vergangenen Nacht ungenutzt geblieben.

Das war ganz und gar beispiellos und hatte mehr als ausgereicht, um Ahstyn geradewegs zum Kaiser laufen zu lassen. So weit Ahstyn das wusste, hatte Captain Athrawes noch nie gefehlt, wenn er eigentlich im Dienst hätte sein sollen. Ganz gewiss war er noch nie mitten in der Nacht einfach verschwunden, ohne zumindest irgendjemandem von seinem Vorhaben in Kenntnis zu setzen! Athrawes' spurloses Verschwinden ärgerte Ahstyn. Es bewies, dass es Merlin irgendwie gelungen war, sich an sämtlichen Wachen vorbeizuschleichen, die für die Sicherheit des Kaisers sorgen sollten, ohne das auch nur ein einziger von Caylebs Gardisten ihn bemerkt hätte. Dieser Mann mochte ja ein *Seijin* sein, aber er war doch nicht unsichtbar!

Glücklicherweise wusste wenigstens der Kaiser, wohin Merlin verschwunden war. Geduldig hatte Ahstyn abgewartet, während Gahlvyn Daikyn das Zelt Seiner Majestät betreten und den schlafenden Kaiser vorsichtig geweckt hatte. Dann hatte der kaiserliche Kammerdiener den Kopf aus dem Schlafquartier Seiner Majestät herausgestreckt und dem Gardisten bedeutet, einzutreten und seine Nachricht zu überbringen. Einen kurzen Moment lang hatte Ahstyn geglaubt, Überraschung in Caylebs Blick zu erkennen. Doch er hatte sich ganz offensichtlich getäuscht.

»Es tut mir Leid, Franz«, hatte der Kaiser gesagt, den Kopf geschüttelt und ein wenig schief gegrinst. »Ich hatte Merlin zwar gesagt, ich wünsche, dass niemand davon erfahre: Aber ich hatte nicht damit gerechnet, dass er mich so sehr beim Wort nehmen würde. Ich hatte angenommen, er würde zumindest dem Rest der Abordnung erklären, ich hätte beschlossen, ihn loszuschicken.«

»Ihn loszuschicken, Euer Majestät?«, hatte Ahstyn verständnislos wiederholt.

»Ja.« Cayleb war aufgestanden und hatte sich gestreckt und herzhaft gegähnt, bevor er sich von Daikyn in seinen Kasack helfen ließ. »Sagen wir einfach: Es war erforderlich, jemandem eine Nachricht zu übermitteln, den man nicht unbedingt dabei beobachten sollte, einen Brief aus meiner Hand zu lesen. Zumindest nicht, wenn er seinen Kopf behalten will.«

Kurz hatten sich Ahstyns Augen geweitet. Dann hatte er begriffen. Jetzt war klar, warum keiner der Wachposten das Verschwinden des *Seijin* bemerkt hatte, und es war klar, warum der Kaiser gerade Athrawes dafür ausgewählt hatte, einem seiner Agenten hinter den corisandianischen Linien eine wichtige Nachricht zu überbringen.

»Natürlich«, hatte Cayleb weitergesprochen und sich wieder Ahstyn zugewandt, während er seinen Kasack mit einem Gürtel zusammenband, »würde ich es vorziehen, wenn sonst niemand davon erführe.«

»Selbstverständlich, Euer Majestät.« Das Kopfnicken, mit dem Ahstyn sein Verständnis kundtat, hatte sich beinahe in eine Verneigung verwandelt. »Ich werde den Rest der Truppe sofort informieren.«

»Ich danke Ihnen, Franz. Und ich bitte um Verzeihung. Ich hatte eigentlich gehofft, Merlin sei um diese Zeit schon wieder zurück. Ich hatte nicht erwartet, dass Sie auch noch seine Wache würden übernehmen müssen, nicht nur Ihre eigene.«

»Macht Euch *darum* keine Sorgen, Euer Majestät«, hatte Ahstyn seinen Kaiser angestrahlt. »Captain Athrawes arbeitet länger als jeder andere von uns. Es ist daher kein Problem, etwas von meiner dienstfreien Zeit abzugeben, wenn Ihr mich braucht.«

»Das weiß ich.« Der Kaiser hatte ihn regelrecht angegrinst. »Trotzdem wäre es doch höflicher von mir gewesen, Sie wenigstens rechtzeitig zu warnen.«

Daraufhin hatte Ahstyn seinen Kaiser angestrahlt, zum Salut die Hand an die linke Schulter gelegt und sich aus dem Schlafzelt des Kaisers zurückgezogen. Eines war klar: Auf ganz Safehold gab es sicher keinen anderen Monarchen, der sich tatsächlich auch nur einen Moment lang Gedanken darüber machte, ob seine Entscheidungen für seine persönlichen Leibwachen vielleicht misslich sein oder unangenehme Folgen haben könnten.

Zwischenzeitlich wurde deutlich, dass selbst der Kaiser allmählich ungeduldig wurde. Zu behaupten, er wirke *besorgt*, wäre übertrieben gewesen. Schließlich wusste Seine Majestät ebenso wie Ahstyn selbst sich kaum eine Situation vorzustellen, mit der Merlin nicht fertig werden sollte. Natürlich musste es auch so etwas geben; Ahstyn wusste nur eben auf Anhieb nicht was. Andererseits ...

»Es tut mir Leid, dass ich mich verspätet habe, Franz.«

Der Lieutenant zuckte zusammen und wirbelte voller Unglauben herum, als jemand hinter ihm mit einer tiefen, äußerst vertrauten Stimme diese Worte aussprach.

»Captain?«

»Wie er leibt und lebt, sozusagen«, erwiderte Merlin, ein breites Grinsen auf dem Gesicht.

»Verdammt noch eins, Sir!« Ahstyn bedachte die in eine ordentliche Uniform gekleidete Gestalt, die scheinbar soeben aus dem Boden gewachsen war, mit einem finsteren Blick. »Ich weiß ja, dass Ihr ein *Seijin* seid, aber wie in Langhornes Namen habt Ihr *das* geschafft?«

»Was denn?« Merlin schien die Unschuld in Person.

»Ihr wisst genau, was ich meine!« Ahstyn fauchte es beinahe. »Es ist ja schon schlimm genug, dass Ihr beim Rausgehen unbemerkt an uns vorbeigekommen seid! Aber wenn Ihr es schafft, auch wieder unbemerkt *herein*zukommen, schafft's vielleicht auch jemand anderes!«

»Wissen Sie, Franz, darum würde ich mir nicht allzu viele Sorgen machen.« Merlin schüttelte den Kopf, und echte Reue ließ seine Gesichtszüge ungleich weicher erscheinen. »Niemand sonst kann die Technik nachahmen, die ich gerade benutzt habe. Glauben Sie mir!«

»Ich glaube allmählich, diese Märchen über die Zauberkräfte der *Seijin* könnten wahr sein!«, meinte Ahstyn.

»Das sind keine Zauberkräfte, Franz. Nur Training und auf diese Weise gesteigerte Fähigkeiten.«

»Ja, sicher!«

»Ja, ganz sicher! Mehr Erklärung kann ich Ihnen nicht bieten, außer Sie wären bereit, zu den Bergen des Lichts aufzubrechen und ein paar Jahrzehnte lang mit mir zu trainieren.« Merlin klopfte dem Lieutenant kameradschaftlich auf die Schulter. »Ich lege es wirklich nicht darauf an, besonders geheimnisvoll zu erscheinen, Franz. Allerdings will ich gern zugeben, dass ich Menschen, die mich und meine Fähigkeiten kennen, hin und wieder auch gern überrasche. Das gehört zu den kleinen Freuden meines Alltags.«

»Wegen Eurer so genannten kleinen Freuden des Alltags dürfen nur so wenige von uns Eure wahren Fähigkeiten kennen lernen«, gab Ahstyn säuerlich zurück. »Denn nur auf diese Weise halten wir wenigstens die Verluste durch Herzanfälle klein!«

Merlin lachte.

»Ach, *so* schlimm ist es doch nun auch wieder nicht! Außerdem sind Sie doch jung und gesund! Ich bin mir sicher: Ihr Herz kann das verkraften – problemlos.«

»Sehr beruhigend, Sir.« Ahstyn legte so viel Missbilligung in seinen Blick, wie ihm nur möglich war. »Ich bin mir sicher, dass es äußerst unterhaltsam für Euch gewesen sein muss, mich auf einen Schlag ein ganzes Jahr älter werden zu lassen. Aber Seine Majestät schaut schon alle zehn Minuten aus seinem Zelt und hält nach Euch Ausschau. Ich glaube, er hat Euch schon vor einiger Zeit zurückerwartet.«

»Ich weiß.« Merlin zuckte mit den Schultern. »Es hat länger gedauert, den ... Kontaktmann zu finden, als ich erwartet hatte. Und um ganz ehrlich zu sein: Nicht einmal ein *Seijin* kann geschäftig durch die Gegend laufen, ohne dass jemand ihn schließlich doch bemerkt.«

»Das ist wirklich tröstlich«, erwiderte Ahstyn und lächelte. »Aber jetzt ...«

Er machte eine Handbewegung, als wolle er seinen Vorgesetzten zum Kommandozelt des Kaisers scheuchen, und Merlin nickte. Dann straffte der *Seijin* die Schultern, ging auf das Zelt zu und klopfte mit den Fingerknöcheln kurz gegen die kleine Glocke, die neben der geschlossenen Zeltklappe angebracht war.

»Euer Majestät, ich bin zurück«, verkündete er und übertönte dabei das melodische Klingeln des Glöckchens.

»Ach, tatsächlich?« Der Kaiser klang unzweifelhaft gereizt. Einen Augenblick später streckte er den Kopf heraus und warf seiner persönlichen Leibwache einen nicht minder verstimmten Blick zu. »Ich *dachte*, Ihr hättet irgendetwas von Sonnenaufgang gesagt!«, grollte er und deutete mit einer nachdrücklichen Handbewegung auf die späte Morgensonne.

»Das habe ich auch, Euer Majestät«, gestand Merlin. »Aber es hat ein paar Komplikationen gegeben.«

»Das Wort ›Komplikationen‹ gefällt mir nicht«, gab Cayleb zurück und klang sogar noch gereizter. »Aber Ihr solltet wohl besser hereinkommen und mir davon berichten!«

»Selbstverständlich, Euer Majestät«, murmelte Merlin und folgte dem Kaiser in das Zelt.

Ahstyn und Faircaster tauschten vielsagende Blicke aus.

»Machen Sie sich keine Sorgen, Sir!«, meinte der Sergeant mit einem breiten Grinsen auf dem Gesicht. »Seine Majestät schätzt den *Seijin* wirklich *sehr*.«

Cayleb wartete, bis die Zeltklappe sich wieder geschlossen hatte. Keinen Lidschlag später wandte er sich Merlin zu, verschränkte die Arme vor der Brust und hob fragend die Augenbrauen.

»Meint Ihr nicht«, setzte er an, »es wäre eine gute Idee, mich wenigstens *ganz allgemein* über diese kleinen Ausflüge in Kenntnis zu setzen, die Ihr hin und wieder unternehmt?«

Es entging Merlin nicht, dass in Caylebs Stimme echter Ärger mitschwang – und dazu hatte der junge Kaiser auch jedes Recht.

»Cayleb, es tut mir Leid«, entgegnete der Mann, der einmal Nimue Alban gewesen war, ernsthaft. »Hätte ich die Zeit dafür gehabt, hätte ich Euch gewiss informiert. Bedauerlicherweise war keine Zeit mehr. Tatsächlich hätte ich es sogar beinahe nicht mehr rechtzeitig geschafft.«

Als Cayleb begriff, in welch ernsthaftem Tonfall Merlin sprach, verzog sich sein Ärger sichtlich.

»Wohin denn geschafft?«, fragte er nur.

Einen Moment lang blickte Merlin ihn nur schweigend an. Er überlegte, wie Cayleb wohl reagieren würde. Mit Hilfe einer seiner SNARCs hatte er die ganze Zeit seiner Abwesenheit hindurch das Lager überwacht. Er war erleichtert gewesen zu sehen, dass Cayleb sich für die Abwesenheit seines Leibgardisten augenblicklich eine Erklärung zurechtgelegt hatte. Merlin hatte zwar darauf gebaut, dass der Kaiser genau das auch tun würde. Und dennoch: Wäre Merlin immer noch ein Wesen aus Fleisch und Blut, hätte er den Atem angehalten, als er miterlebte, wie Ahstyn zu Cayleb gelaufen war, um dem Kaiser das Fehlen des *Seijin* zu melden. Glücklicherweise hatte Daikyn (der ebenfalls von den ›Visionen‹ *Seijin* Merlins wusste) dafür gesorgt, dass der Kaiser *gänzlich* wach war, bevor er zuließ, dass Ahstyn ihm erklärte, warum er ihn überhaupt geweckt habe. Zudem hatte der Lieutenant offenkundig bereits damit gerechnet, Cayleb werde wissen, wo Merlin sich aufhalte.

Trotzdem ...

»Setzt Euch, Cayleb!«, sagte er und deutete auf einen der Klappstühle neben dem Kartentisch.

»Worauf genau wollt Ihr mich eigentlich hier vorbereiten, Merlin?« Cayleb verengte die Augen zu schmalen Schlitzen. Doch er nahm tatsächlich in dem Stuhl Platz, auf den Merlin gewiesen hatte.

»Das werde ich Euch gleich erzählen. Aber bevor ich das tue, solltet Ihr Euch unbedingt zwei Dinge einprägen: Erstens müsst Ihr im Hinterkopf behalten, dass ich *doch noch* rechtzeitig eingetroffen bin. Und zweitens müsst Ihr Euch darauf vorbereiten, die beste schauspielerische Leistung Eures Lebens abzuliefern.«

»Merlin, allmählich macht Ihr mir wirklich Angst!«, verriet Cayleb mit bemerkenswerter Offenheit.

»Das war nicht meine Absicht. Aber ich kenne Euch, Cayleb. Wenn ich Euch erzähle, wo ich war, und warum, werdet Ihr das nicht gerade mit ... übermäßiger Gelassenheit aufnehmen. Und es wird Euch nicht leichtfallen, so zu tun, als hätte ich Euch nichts davon erzählt. Aber genau das werdet Ihr tun müssen!«

»Würdet Ihr jetzt bitte damit aufhören?« Cayleb verzog das Gesicht. »Wenn Ihr meint, dass das wirklich nötig ist, könnt Ihr mich ja, nachdem Ihr mir erzählt habt, worum es hier eigentlich geht, notfalls einfach auf diesem Stuhl hier festnageln, um zu verhindern, dass ich wie eine kopflose Echse durch das ganze Lager laufe! Aber wenn Ihr nicht bald loslegt und mir endlich erklärt, *wo zur Hölle* Ihr gewesen seid, dann seht Ihr gleich eine verdammt überzeugende Darbietung eines Vulkanausbruchs!«

Kurz huschte ein Lächeln über Merlins Gesicht, dann straffte er erneut die Schultern.

»Also gut, Cayleb. Ich erzähl's Euch.

Gestern Abend bin ich zusammen mit Owl die Routineaufnahmen der SNARCs von Charis durchgegangen. Ich hatte eigentlich nicht damit gerechnet, etwas sonderlich Bemerkenswertes zu finden, aber da hatte ich mich getäuscht. In Wirklichkeit nämlich ...«

Es war nicht erforderlich, Cayleb auf dem Stuhl festzunageln. Nicht ganz. Aber es kam dem schon sehr, sehr nahe.

»Mein Gott!« Das Gesicht des Kaisers war aschfahl. »Mein Gott! Seid Ihr auch wirklich *sicher*, dass es ihr gut geht, Merlin?!«

»Absolut sicher«, erwiderte Merlin in beruhigendem Tonfall. »Ich habe sie während des ganzen Rückwegs nach Corisande nicht aus den Augen gelassen, und Seahamper ist ja nun wirklich auf Draht. Er war die ganze Zeit über da und hat Sharleyan nicht einen Moment aus den Augen gelassen, nicht einmal, als er eine der Nonnen zur Bucht hinuntergeschickt hat. Und Captain Hywyt hat persönlich zwei vollständige Kompanien Marines zum Kloster geführt, um Eure Frau Gemahlin dort abzuholen. Sie ist jetzt an Bord der *Dancer*, das Schiff auf hoher See und auf dem Rückweg nach Tellesberg. Hywyt und Seahamper hüten Ihre Majestät wie zwei Große Drachen ihr Jungtier.«

»Dafür sei Gott gedankt!«, murmelte Cayleb inbrünstig und schloss die Augen. Dann straffte er sich, stand auf und legte Merlin die Hände auf die Schultern.

»Und auch Euch habe ich zu danken, Merlin Athrawes«, sagte er leise und blickte in Merlins dunkelblaue Augen. »Ich schulde Euch schon jetzt mehr, als ich jemals zurückzahlen zu können auch nur erhoffen dürfte. Also ...« Er schüttelte den Kopf. »Würde es Euch sehr viel ausmachen, wenn wir unseren ersten Sohn Merlin nennen? Oder ...«, plötzlich musste er grinsen, »unsere erste Tochter Nimue?«

»Beide Namen würden wohl jede Menge Leute in Erstaunen versetzen – aber es wäre mir eine Ehre.«

»Gut!«

Kräftig drückte Cayleb ihm die Schultern. Dann trat er einen Schritt zurück und atmete tief durch.

»Ich verstehe jetzt, warum Ihr sagtet, ich müsse gut schauspielern. Wie soll denn jemand so tun, als sei überhaupt nichts passiert, wenn eine Schar wildgewordener Verrückter vor weniger als fünf Stunden versucht hat, ihm die Frau zu ermorden?«

»Das weiß ich nicht«, antwortete Merlin ehrlich, »aber irgendwie *muss* es Euch gelingen! Andererseits ist es sehr gut möglich, dass Ihr Euch selbst schon zumindest eine gewisse Deckung verschafft habt. Diese Geschichte, Ihr hättet mich ausgeschickt, um eine Nachricht zu überbringen, war ziemlich geschickt zurechtgelegt.«

»Das habt Ihr also auch gesehen, ja?« Cayleb grinste ihn schief an, und sein Gesicht war schon nicht mehr ganz so aschfahl. »Ich habe mir gedacht, Ihr behaltet mich wahrscheinlich mit einer Eurer SNARCs ständig im Auge, ganz egal, wo Ihr gerade steckt.«

»Natürlich habe ich das! Nun, Ihr habt niemandem erzählt, um welche Art Nachricht es sich eigentlich gehandelt hat. Erklärt Euch auch jetzt einfach nicht, lasst es offen! Sollen doch ruhig alle glauben, Ihr hättet noch mehr Eisen im Feuer, als die, von denen sie wissen. Ohne Kenntnis vom Inhalt der Nachricht können alle in Eurer Umgebung ... sagen wir: kreativ werden und sich ausmalen, was sie wollen, je nach Stimmung, in der sie Euch antreffen.«

»Das wird bei jedem funktionieren – außer bei Nahrmahn«, gab Cayleb ein wenig säuerlich zu bedenken. Fragend hob Merlin eine Augenbraue, und Cayleb lachte leise in sich hinein.

»Versteht mich nicht falsch! Jedem, der mir erzählt hätte, ich würde eines Tages herausfinden, dass ich diesen Mann tatsächlich *mag*, hätte ich in aller Öffentlichkeit für verrückt erklärt. Aber es passiert: Ich mag den Prinzen wirklich. Es ist sogar eine echte Hilfe, mittels Eurer ›Visionen‹ bestätigt zu wissen, dass er ernstlich zu dem Schluss gekommen ist, seine beste Hoffnung bestehe darin, mir und Sharleyan treu ergeben zu sein. Aber dieser Mann ist teuflisch schlau!«

»Ich meine mich daran zu erinnern, Euch gegenüber dergleichen erwähnt zu haben«, bemerkte Merlin.

»Richtig. Aber worauf ich im Moment hinauswill, ist Folgendes: Ich bin mir ziemlich sicher, dass er sich bereits selbst hergeleitet hat, die Fähigkeiten eines gewissen *Seijin* Merlin seien sogar noch deutlich sonderbarer, als sämtliche Geschichten vermuten lassen, die zurzeit über ihn kursieren.«

»Es würde mich nicht im Mindesten überraschen, wenn Ihr damit Recht hättet.« Merlin zuckte die Achseln. »Eines der Probleme beim Hantieren mit einem besonders scharfen Messer besteht nun einmal darin, dass man aufpassen muss, wo man seine Finger hat.«

»Ich muss schon sagen, Ihr nehmt bemerkenswert ruhig auf, dass Nahrmahn uns auf die Schliche gekommen sein könnte!«

»Es hilft doch nichts, mich aufzuregen«, gab Merlin zu bedenken. »Nur mal angenommen, dieser Mann verfällt nicht in Panik, wenn er etwas mehr von der Wahrheit erfährt: Anschließend dürfte er beim Analysieren unserer Lage noch nützlicher sein als zuvor. Wir könnten ihn sogar mit noch mehr Daten versorgen als bisher.«

»Aha! Ihr zieht also ernsthaft in Erwägung, ihn zumindest in die Geschichte einzuweihen, die wir Payter und dem Rest der Abordnung erzählt haben, in die Visionsgeschichte?«

»Ja, genau. Ich halte es sogar für eine gute Idee, ihn jetzt hierher zu bitten.«

»Jetzt gleich?« Caylebs Augen weiteten sich, und wieder zuckte Merlin die Achseln.

»Solange wir uns vorher absprechen, welche Geschichte er zu hören bekommen soll«, sagte er und verzog die Lippen zu einem schiefen Grinsen. »Schauen wir doch mal! Franz und der Rest der Abordnung bekommen zu hören, Ihr hättet mich ausgeschickt, um einen nicht näher benannten Agenten der Gegenseite zu kontaktieren. Das erfährt dann auch der Rest der Armee, sollten Fragen wegen meiner Abwesenheit gestern aufkommen. Genau dieselbe Geschichte erzählen wir auch Chermyn und dem Rest Eurer Offiziere. Das liefert uns gleichzeitig den Grund dafür, Nahrmahn hinzuzuziehen. Wen kann man besser bei Intrigen und Hinterhältigkeiten zu Rate ziehen als ihn? *Nahrmahn* hingegen erzählen wir, in Wirklichkeit hätte ich heute Morgen in meinem Zelt gesessen und eine Vision von Sankt Agtha gehabt. Wir erzählen ihm alles, was ich über diesen Mordversuch weiß und wer dahinter steckt. Dann fragen wir ihn, wie er darüber denkt und was er für das ratsamste Vorgehen hält. Und wir erklären ihm, diese Geschichte mit der Nachricht sei unsere offizielle Tarnung, und er solle jedem, der unklug genug sei, ihn darauf anzusprechen, einfach nur erklären, es stehe ihm nicht frei, darüber zu sprechen, wem Ihr beliebt Nachrichten zu schicken und warum.«

»Allmählich bekomme ich Kopfschmerzen davon, mir zu merken, wer *welche* unserer derzeitigen Lügengeschichten zu hören bekommen hat«, brummte Cayleb. Einen Moment lang dachte er schweigend nach, dann nickte er. »Ich denke, Ihr habt Recht«, entschied er. »Und ich rechne damit, dass Nahrmahn das ziemlich gut aufnehmen wird. Er ist schlau genug zu begreifen, warum wir ihm dieses Geheimnis bisher vorenthalten haben, nämlich weil wir Zeit brauchten, abzuschätzen, wie ernsthaft es ihm dabei ist, das Kaiserreich zu unterstützen.«

»Ganz genau.«

»Also gut. Aber dann ...« Ruhig blickte Cayleb Merlin in die Augen. »Erzählen wir *ihm* von Halbrook Hollow?«

»Cayleb, wir reden hier vom Onkel Eurer Gemahlin«, gab Merlin leise zurück. Er schüttelte den Kopf. Es war eine Geste der Selbstanklage. »Wir alle wussten, dass seine Sympathien den Tempelgetreuen galten. Ich hätte ihn viel besser im Auge behalten müssen! Die Möglichkeit dazu hätte ich gehabt. Nur, wie Ihr selbst mir vor einer Weile gesagt habt, habe ich einfach nicht die Zeit, mir wirklich *alles* anzuschauen! Ich musste Prioritäten setzen. In seinem Fall habe ich einen schweren Fehler gemacht. Ich fürchte, die Tatsache, dass er Sharleyan wirklich aufrichtig geliebt hat, hat mich allzu vertrauensselig gemacht. Und wahrscheinlich habe ich mich mehr darauf verlassen, dass Bynzhamyn von Natur aus misstrauisch ist, als ich das in diesem

Falle hätte tun dürfen.« Wieder schüttelte er den Kopf. »Aber egal, ich habe den Herzog nicht in der Art und Weise im Auge behalten, wie ich das hätte tun müssen – und das hätte Sharleyan beinahe das Leben gekostet.«

»Aber das *hat* es nicht!«, betonte Cayleb. »Und ich habe Euch gewarnt, erinnert Euch, dass so etwas früher oder später geschehen würde, sei unausweichlich! Ihr könnt Euch nicht teilen, Merlin! Über welch wundersame Fähigkeiten Ihr auch verfügt, wie sehr Ihr selbst Euch auch antreibt, wie viel Ihr Euch abverlangt – Ihr könnt Euch nicht teilen!«

»Das weiß ich, aber ...«

»Hört auf, Euch deswegen selbst zu verurteilen!«, mahnte Cayleb streng. »Es ist vorbei, und Sharleyan lebt noch. Das ist das Wichtigste. So, und was wolltet Ihr jetzt über den Herzog sagen?«

Einen Moment lang blickte Merlin den jungen Kaiser nur schweigend an. Dann nickte er in stummer Billigung.

»Ich weiß nicht, ob wir seinen Leichnam jemals finden werden«, sagte er. »Daivys wird ihn und seine Leibwachen so tief wie nur möglich vergraben haben, irgendwo mitten in einem praktisch unberührten Wald. Selbst wer gezielt nach dem Grab sucht, könnte es in diesem Gelände leicht übersehen. Allerdings werden, wenn Wave Thunder sich um Kairee kümmert, dessen Kontakte zu Halbrook Hollow höchstwahrscheinlich ans Licht kommen. Und sein geheimnisvolles Verschwinden zu erklären, ausgerechnet jetzt ...«

Merlin beendete den Satz nicht, und Cayleb schnaubte ärgerlich.

»Nicht gerade dazu angetan, Sharleyans Chisholmianer zu beruhigen, nicht wahr?«, meinte der Kaiser.

»Nein. Das wird im Unterhaus für Unruhe sorgen, besonders wegen seiner engen Kontakte zur Armee und zu Green Mountain. Aber das ist nicht, was Euch Sorgen macht, oder?«

»Nein«, gestand Cayleb mit einem Seufzen.

»Ihre Majestät, die Kaiserin, ist eine kluge Frau«, merkte Merlin traurig an. »Viel zu klug, um nicht früher oder später selbst ihren Onkel für den Verräter zu halten, der er ist. Es spielt also keine Rolle, ob wir es ihr nun sagen oder nicht. Vor allem eingedenk der Tatsache, was Bynzhamyn auf der Spur dieses Kairee noch alles ausgräbt. Also lautet die eigentliche Frage doch wohl eher, ob es überhaupt Sinn hat, sie vor der Wahrheit über ihren Onkel beschützen zu wollen.«

»Und wie sie wohl reagieren wird, wenn sie erfährt, dass wir genau das getan haben«, pflichtete Cayleb ihm sofort bei.

»Ganz egal, wie wir uns in diesem Fall entscheiden: Wir sollten es definitiv Nahrmahn erzählen. Zum einen könnte sein Rat, wie wir diesen besonders unschönen Teil des Problems angehen sollen, äußerst wertvoll sein. Zum anderen ist er ebenso wenig hinters Licht zu führen wie Sharleyan. Ob wir ihm davon berichten oder nicht, er wird es ohnehin herausfinden. Also können wir ihm auch von Anfang an reinen Wein einschenken – zumindest, was diese Sache betrifft. Auf diese Weise sparen wir alle ein wenig Zeit.«

»Das sehe ich genauso wie Ihr.« Caylebs Schultern sackten herab. »Ich wünschte nur, es wäre anders. Sie hat ihn geliebt wie einen Vater, Merlin! Das wird ihr das Herz brechen. Und um ehrlich zu sein, fürchte ich mich ein wenig davor.«

»Fürchtet Ihr, sie könnte seinen Tod indirekt Euch anlasten?«, erkundigte sich Merlin sanft. »Sie könnte ihre Entscheidung, Euren Heiratsantrag anzunehmen, als den wahren Grund für das ansehen, was er getan hat ... und damit auch für seinen Tod?«

»Ja«, gestand der Kaiser.

»Ich kann nicht versprechen, dass dem *nicht* so sein wird, Cayleb. Niemand kann das. Aber Sharleyan ist nicht die Erste, die eine Ehe eingegangen ist, die geliebte Menschen missbilligen. Und sie hat nicht so lange auf dem Thron von Chisholm überlebt, ohne zu lernen, wie Gefühl und Verstand arbeiten, wenn es um Politik und Macht geht. Seien wir doch ehrlich: Sie hat ihren Onkel doch in erster Linie nach Charis mitgenommen, eben *weil* sie gefürchtet hat, sie könne ihm nicht mehr so weit vertrauen, dass sie ihn unbesorgt in Chisholm hätte zurücklassen dürfen! So viel hat sie schon über ihn gewusst, lange bevor sie Euch geheiratet hat. Natürlich können Menschen sich selbst für Dinge strafen, die für Außenstehende keinerlei Sinn ergeben. Also ist es sehr gut möglich, dass sie zu dem Schluss kommt, ihre Eheschließung habe ihn dazu gebracht, zu tun, was er getan hat. Da kann ihr Verstand ihr tausend Mal vorhalten, er habe diese Entscheidung ganz allein getroffen. Sollte sie jedoch nach einem Schuldigen für Halbrook Hollows Tod suchen, wird sie wahrscheinlich eher sich selbst für schuldig halten als Euch.«

»Es wäre mir fast lieber, wenn sie *mir* die Schuld gäbe«, bemerkte Cayleb sehr leise und blickte auf seine Hände hinab. Er nestelten unruhig an einer kleinen Schachtel voller Positionsmarker, die auf dem Kartentisch lag.

Dieses Mal erwiderte Merlin nichts. Mehrere Sekunden lang herrschte Schweigen im Kommandozelt. Dann straffte Cayleb die Schultern.

»Also gut«, sagte er mit forscherer Stimme, »ich denke, Ihr habt Recht, was Nahrmahn betrifft. Also sollte ich wohl verlauten lassen, dass ich ihn sprechen möchte.«

»Und während wir warten«, ergänzte Merlin, »sollten wir beide noch ein wenig über die Frage nachdenken, wie ein Kaiser und Feldherr mitten in der Nacht aus seinem Feldlager-Hauptquartier verschwinden kann, für ... ach, sagen wir: vier oder fünf Stunden.«

»Ganz zu schweigen davon, wie wir besagten Kaiser und Feldherrn überhaupt erst einmal aus seinem Lager *herausschaffen*«, pflichtete Cayleb ihm bei. Er schüttelte den Kopf und lachte leise. »Ich bin wirklich sehr gespannt darauf, dieses Aufklärer-Schwebeboot, von dem Ihr berichtet, mit eigenen Augen zu sehen – ich habe zwar eine Heidenangst davor, aber ich bin trotzdem sehr gespannt! Tja, das wird richtig Arbeit, uns zu überlegen, wie wir hier unbemerkt verschwinden. Es wird sicher viel mehr Arbeit, als beispielsweise eine Lösung für eine Kleinigkeit wie die Frage zu finden, wie wir Hektor von Corisande davon überzeugen, dass ich in Wirklichkeit sein bester Freund bin!«

.XVII.

An Bord eines Aufklärer-Schwebeboots, hoch über Carters Ozean

Cayleb Ahrmahk presste das Gesicht gegen die Innenseite der Panzer-Plastik-Kuppel, als das Aufklärer-Schwebeboot den Nachthimmel durchschnitt. Mehr als achthundert Jahre nach Ankunft der Kolonisten war er der erste gebürtige Safeholdianer, der tatsächlich wieder flog. Cayleb saß in dem Andrucksessel direkt hinter Merlin. Die Begeisterung des jungen Mannes war so groß, dass der flugerfahrene Merlin sie fast körperlich spüren konnte.

Gemeinsam aus dem Lager herauszukommen hatte sich als deutlich einfacher erwiesen, als zumindest Cayleb sich das vorgestellt hatte. Natürlich war es nicht seine Schuld, dass er sich viel zu großen Schwierigkeiten gegenüber gewähnt hatte. Im Gegensatz zu Merlin wusste er nichts über Dinge wie tragbare Holo-Projektoren. Am besten funktionierte der Projektor, den Merlin an seinem Gürtel befestigt hatte, bei nicht ganz optimalen Sichtverhältnissen – ganz wie die Tarnvorrichtung des Aufklärers, die im Rumpf mit bedingter KI eingebaut war. Doch sie hatten Glück gehabt: Am Nachmittag waren Regenwolken aufgezogen. Es goss nicht allzu heftig, aber der feine Regenschleier trübte die Sichtverhältnisse und hatte den beiden dabei geholfen, gut mit dem Hintergrund zu verschmelzen. Daher konnten sie deutlich früher aufbrechen als ursprünglich gedacht, schon lange, bevor die Nacht hereinbrach.

Noch früher aufzubrechen wäre nicht sinnvoll gewesen. Schließlich galt es, die Zeitunterschiede zu bedenken. Wenn es in Corisande sieben Uhr abends war, war es in Tellesberg gerade erst ein Uhr Mittag. Doch Merlin war durchaus zufrieden damit, ein wenig mehr an Zeit zur Verfügung zu haben. Das bedeutet, dass er dieses Mal keine allzu hohe Mach-Zahl vorlegen musste. Das war auch gut so, denn dieses Mal gab es kein Gewitter, das praktischerweise den Überschallknall verdeckt hätte. Auch sonst war Merlin dankbar dafür, nicht so schnell fliegen zu müssen: So brauchte er sich keine Sorgen zu machen, der Rumpf des Schwebers könnte sich weit genug aufheizen, um von Orbital-Sensoren aufgefangen zu werden, die nicht *Merlin selbst* kontrollierte. Zudem wollte Merlin ohnehin lieber ein wenig früher am Tag eintreffen. Je eher Cayleb und er auf Sharleyans Balkon waren, um so besser! Notfalls könnte er immer noch ein wenig Zeit totschlagen, indem er über Tellesberg kreiste, so weit oben, dass niemand ihn vom Boden aus würde sehen können.

Beim ersten Anblick des Schwebeboots hatte Caylebs Verhalten Merlin recht eindeutig an Zhan erinnert, den jüngeren Bruder des Kaisers. Um ehrlich zu sein, mutierte Cayleb zum kleinen Jungen mit kindlichem Staunen und kindlicher Begeisterungsfähigkeit just in dem Moment, als Owl den Schweber geschickt in der Luft stehen ließ und die Tarnvorrichtung deaktivierte.

»Oh, Mann!«, hatte der Kaiser gehaucht und mit großen Augen zugeschaut, wie das Luftgefährt plötzlich sichtbar wurde und sich dann sanft auf das verwehte Laub absenkte, das wie ein Teppich den ganzen Boden der Lichtung bedeckte. Der ausgewählte Landeplatz lag kaum zwei Meilen jenseits des gesicherten Bereiches des Feldlager-Hauptquartiers.

Caylebs unverhohlene Begeisterung brachte Merlin dazu, die schlanke, fast verwegen wirkende Anmut des Fahrzeugs noch einmal mit anderen Augen zu sehen. Selbstverständlich vermochte er sich gar nicht wirklich vorzustellen, wie der schnittige Rumpf mit dem nadelförmigen Bug und den leicht geschwungenen Tragflächen auf jemanden wirken musste, der nicht in einem hochgradig technisierten Universum aufgewachsen war. Caylebs Reaktionen auf diesen Anblick betonte einmal mehr, welch gewaltiger Abgrund doch zwischen der Lebenserfahrung Nimue Albans und der des Kaisers von Charis gähnte. Merlin bemerkte, dass ihm das in seiner Zeit als ›*Seijin* Merlin‹ auf Safehold längst nicht so aufgefallen war.

Der Kaiser hatte zugeschaut, wie die Kuppel zurückgeglitten und die Leiter sich selbst entfaltet hatte. Dann war er, ein wenig arg vorsichtig, mit Merlins Hilfe eingestiegen. Er hatte sich in den hinteren Andrucksessel gesetzt. Irgendwie war es ihm gelungen, nicht gleich wieder aufzuspringen, als die Sitzfläche sich unter ihm bewegte, um sich an die Konturen seines Körpers anzupassen. Es war ihm gelungen, den Fluchtinstinkt zu unterdrücken, weil Merlin ihn vor diesem Effekt gewarnt hatte. Dennoch war Caylebs Erstaunen offensichtlich.

Geduldig hatte Merlin ihm die verschiedenen Displays erläutert. Er hatte sich nicht die Mühe gemacht, Cayleb zu warnen, nichts zu berühren, was er nicht ausdrücklich berühren *dürfe*. Zum einen war Cayleb klug genug, das selbst zu begreifen. Zum anderen hatte Merlin sämtliche Steuereinheiten auf das vordere Cockpit umgeleitet. Er hatte dem jungen Kaiser gezeigt, wie er seine visuellen Displays so rekonfigurieren konnte, dass sich die Heck-Optiken in jede gewünschte Richtung ausrichteten. Die ersten dreißig oder vierzig Minuten des Fluges hatte Cayleb damit verbracht, voller Begeisterung die Optik hin und her zu schwenken und immer wieder auf das Land, den Ozean und die Inseln unter ihnen zu zoomen.

Genau diese dreißig oder vierzig Minuten lang hatte er auch mit der gleichen Begeisterung unablässig aufgezählt, was er alles aus ihrer Flughöhe von etwas mehr als 65 000 Fuß sehen konnte. Doch jetzt wurde er endlich ein wenig ruhiger.

»Das also haben uns Langhorne und die anderen genommen«, sagte er leise und lehnte sich schließlich in seinem Sitz zurück.

»Das ist *ein Teil* dessen, was sie euch allen genommen haben«, verbesserte Merlin ihn sanft. »Glaubt mir, Cayleb: So aufregend und neu das alles für Euch sein muss, das kratzt kaum an der Oberfläche dessen, was Shan-wei Euren Vorfahren wiedergeben wollte. Oh, mit einem hatten Langhorne und die Planer durchaus Recht. Etwa die ersten drei Jahrhunderte lang *mussten* sie jegliche Erinnerung an die Infrastruktur unterdrücken, die etwas wie dieses Schwebeboot hier möglich gemacht hätte. Wie die Tarnvorrichtungen, die hier verbaut sind, und die Tatsache, dass die Signatur dieses Schwebers so schwach und so schwer zu orten ist, beweisen, wäre es möglich gewesen, zumindest sehr ähnliche Fahrzeuge zum Einsatz zu bringen, ohne dass die Gbaba sie aufgespürt hätten. Selbst mit einer ausgiebigen Atmosphärensuche wäre das nicht gelungen. Kommen die Gbaba dem Planeten nahe genug, um die gesamte Atmosphäre abzusuchen, wäre es gänzlich bedeutungslos, ob Safehold nun über fortschrittliche Technologie verfügt hätte oder nicht – sie hätten alles menschliche Leben vernichtet.

Ihr alle hättet also Technik wie diese – und alles, was noch dazu gehört – schon vor vier- oder fünfhundert Jahren zurückhaben können, ohne euch darum sorgen zu müssen, die Gbaba könnten auf euch aufmerksam werden. Oder zumindest ohne euch darum zu sorgen, dass sie rein zufällig auf euch gestoßen wären. Das haben Langhorne und die anderen euch genommen, und euren Eltern und Großeltern und deren Vorfahren.«

»Wir hätten die Sterne haben können.« Cayleb flüsterte es fast.

»Wenn man ein wenig Vorsicht hätte walten lassen, ja«, pflichtete Merlin ihm bei. »Tatsächlich wäre die Menschheit, hätte sie von dem Wissenstand aus weitermachen können, den Shan-wei in Alexandria bewahren wollte, mittlerweile technologisch weit genug fortgeschritten, um *selbst* auf die Suche nach den Gbaba zu gehen. Ganz zu schweigen davon, dass die durchschnittliche Lebenserwartung eines Menschen, der zu Nimue

Albans Lebenszeit geboren wurde, über dreihundert Jahre betragen hat.«

»Oder diese Kleinigkeit, dass diese verlogenen Mistkerle uns mit ›Hirten‹ wie Clyntahn geschlagen haben«, setzte Cayleb mit rauer Stimme hinzu.

»Das auch«, stimmte Merlin ihm zu.

»Wisst Ihr, Merlin«, sagte Cayleb dann in einem gänzlich anderen Tonfall, »bis jetzt habe ich, trotz des Tagebuchs des Heiligen Zherneau und all den anderen Dokumenten, immer noch nicht richtig begriffen gehabt, was Ihr meintet, wann immer Ihr von fortschrittlicher Technologie gesprochen habt. Vielleicht habe ich mich nicht genug angestrengt dabei. Ich war viel zu sehr darauf fixiert, zu überleben. Da blieb kein Raum für Fantasien über unsere Zukunft – oder vielleicht sollte ich besser sagen: über unsere *Vergangenheit.* Wahrscheinlich hätte die Tatsache, dass Ihr überhaupt lebt, mir Hinweis genug sein sollen. All diese unglaublichen Dinge, die zu tun Ihr in der Lage seid – und ich habe sie mit eigenen Augen gesehen. Aber um ganz ehrlich zu sein: Ich habe über Euch die ganze Zeit über immer noch eher so gedacht wie über *Seijin* Kohdy. Ihr seid keine ›Technologie‹, Ihr seid nicht wie etwas, das Howsmyns Mechaniker hätten entwickeln oder bauen können, wenn sie nur die richtigen Schrauben und Muttern gehabt hätten und dazu den richtigen Schraubenschlüssel. Ihr seid *reine Magie* – das sieht doch ein Blinder mit einem Krückstock! So habe ich immer gedacht. Aber jetzt ...«

Er stockte, und als Merlin auf den kleinen Bildschirm neben dem rechten Knie des Piloten schaute, zeigte ihm der Sensor im hinteren Cockpit das Abbild des Kaisers, der nur hilflos die Achseln zuckte.

»Auf Terra lebte vor langer Zeit ein Schriftsteller«, erklärte Merlin. »Er war bereits seit mehr als dreihundert Jahren tot, als wir auf die Gbaba stießen – ich meine dreihundert Terra-Jahre; das sind etwa dreihundertdreißig Safehold-Jahre. Aber er hat etwas geschrieben, das man damals ›Science-Fiction‹ nannte. Er hieß Clarke, und er hat einmal gesagt, jede hinreichend fortschrittliche Technologie sei von Magie nicht mehr zu unterscheiden.«

»Nicht mehr zu unterscheiden von Magie«, wiederholte Cayleb leise, dann nickte er. »Ich denke, so kann man sich das gut vorstellen. Und ich fühle mich damit auch gleich ein bisschen besser – nicht mehr ganz wie ein beschränkter Wilder.«

»Das ist gut, denn Ihr seid kein Wilder und schon gar nicht beschränkt, Ihr nicht und nicht Sharleyan oder Nahrmahn – nicht einmal Hektor. Gerade innerhalb des eng gesteckten Rahmens, in dem Eure Kirche Weltanschauungen zulässt, seid Ihr so klug, so leistungsfähig und so einfallsreich wie die Besten der Menschheitsgeschichte, Cayleb, wirklich! Auch wenn ich nicht möchte, dass Ihr Euch irgendetwas darauf einbildet: Aber Ihr und Sharleyan, Ihr seid wirklich und wahrhaftig unglaublich! Wir brauchen nur noch die Mauern einzureißen, die Langhorne und Bédard errichtet haben, um Euch alle in ihrem Gefängnis zu halten, dann werden Eure Intelligenz und Euer Einfallsreichtum den Rest übernehmen!«

»Natürlich erfordert das Einreißen dieser Mauern mehr, als bloß die ›Vierer-Gruppe‹ zu stürzen«, gab Cayleb zurück. »Ich weiß, dass Ihr mir das schon gesagt habt. Aber jetzt, wo ich das alles hier sehe, begreife ich allmählich, was Ihr damit wirklich gemeint habt. Niemand, der auf Safehold aufgewachsen ist, wird ohne langwierige Vorbereitung für etwas, wie das hier, bereit sein. Und ich verstehe jetzt auch, warum Ihr gesagt habt, Ihr könntet uns diese Technologie nicht einfach aushändigen. Wir müssen lernen, etwas wie dieses Gefährt selbst zu bauen – und wir müssen begreifen, dass Technik nichts ist, was böse ist.«

»Wie Maikel stets zu sagen pflegt: eine Schlacht nach der anderen«, entgegne Merlin. »Zuerst befreien wir uns aus dem politischen und wirtschaftlichen Würgegriff des Tempels.

Danach gehen wir all die Lügen in der *Heiligen Schrift* selbst an. Und das, Cayleb, wird ein noch viel härterer Kampf werden, und das gleich in mehrfacher Hinsicht. Es hat acht Millionen Kolonisten auf Safehold gegeben. Sie alle konnten lesen und schreiben. Sie alle habe Briefe, Tagebücher und persönliche Berichte geschrieben. Ganz aufrichtig und ehrlich schildern sie da ihre Erlebnisse: wie ihnen die ›Erzengel‹ begegnet sind, wie sie mit ihnen gesprochen haben, was sie am Tag der Schöpfung selbst erlebt haben. Weil sie fest daran glaubten, was sie sahen, klingen sie so aufrichtig. Diese Aufrichtigkeit in ihren Berichten wird uns einen einzigen, unablässigen Albtraum bescheren. Denn die Bewohner von Safehold werden uns nicht glauben, dass das alles nichts als Lügen sind. Dass ich eine Höhle habe, vollgestopft mit hochtechnisiertem Spielzeug, wird nicht neunhundert Jahre tief empfundenen Glauben über Nacht verschwinden lassen ... Und all die Leute, die ihr ganzes Leben nach diesem Glauben ausgerichtet haben, wird das neue Wissen unglücklich machen, weil sie sich davor fürchten werden, doch nur in Shan-weis Schlingen geraten zu sein. Deswegen brauchen wir Leute wie Howsmyn, Rhaiyan, Rahzhyr Mahklyn und den ganzen Rest. Die ›wissenschaftliche Revolution‹ auf Safehold muss von innen heraus erfolgen; sie darf nicht durch irgendeinen übernatürlichen Schergen Shan-weis über die Menschheit gebracht werden. Die Geisteshaltung, die dazu erforderlich ist, muss den ganzen Planeten erfassen. Ich hoffe nur, wir können verhindern, dass eine ganze Reihe von Religionskriegen zwischen jenen ausbrechen, die sich das Neue zu Eigen machen wollen, und denen, die verzweifelt versuchen, das Alte zu bewahren, weil sie darin ihre einzige Möglichkeit wähnen, ihre Seelen zu retten.«

»Ich selbst werde wohl kaum miterleben, dass solche Aufklärer-Schwebeboote auf Safehold gebaut werden, was?«, fragte Cayleb mit leiser Stimme.

»Ich denke nicht«, bestätigte Merlin ebenso leise. »Ich

wünschte, es wäre anders, und vielleicht geschieht es ja doch. Aber ich fürchte mich vor den Konsequenzen, die es hätte, wenn wir allen die Wahrheit allzu rasch eröffneten. Vielleicht wird sich ja noch etwas ändern, vielleicht bin ich einfach zu pessimistisch. Aber an meinen Händen klebt schon jetzt genug Blut, Cayleb. Ich möchte nicht, dass es mehr wird, als sich unbedingt vermeiden lässt.«

»Ich glaube, allmählich verstehe ich auch, warum Ihr so einsam seid«, merkte Cayleb an. »Ihr seid nicht nur die einzige Person auf ganz Safehold, die sich daran erinnert, woher wir in Wirklichkeit kommen. Ihr seid der Einzige, der miterleben wird, wie Menschen, die er kennt, sterben – Vater etwa, oder Sharleyan und ich. Ihr werdet allein sein und den gleichen Kampf fortführen müssen, nur eben jetzt *ohne* all diese Menschen an Eurer Seite.«

»Ja.« Cayleb konnte dieses einzelne Wort kaum verstehen, und Merlin schloss kurz die Augen. »Ja«, wiederholte er etwas lauter. »Und wenn Ihr es so sehen wollt, dann bin ich wohl derjenige, der für mehr Blutvergießen verantwortlich ist als jeder andere in der gesamten Geschichte der Menschheit.«

»Drachenscheiße!« Cayleb stieß das Wort so scharf hervor, dass Merlin in seinem Andrucksessel zusammenfuhr. »Ladet Euch nicht die Schuld anderer auf, Merlin!«, fuhr der Kaiser in kaum weniger scharfem Ton fort. »Langhorne, Bédard und Schueler sind diejenigen, die diesen ganzen Schlamassel hier angerichtet haben! Und Clyntahn, Maigwair und Trynair sind diejenigen, die bereit waren, ein ganzes Königreich abzuschlachten, um dieses Lügengebäude weiter aufrechtzuerhalten! Glaubt Ihr wirklich, all das hätte aufgehört, einfach so, wenn Ihr beschlossen hättet, es einfach dabei bewenden zu lassen? So dumm seid Ihr doch nicht!«

»Aber …«

»Und kommt mir jetzt nicht mit ›aber‹!«, grollte der Kaiser von Charis. »Es ist ein einziger Schlamassel! Tausende Menschen werden den Tod finden, vielleicht sogar Millionen Menschen, und Ihr – und ich, und meine Kinder, und meine *Enkel*, wenn es nötig ist – werden mitten in diesem ganzen Chaos stehen! Aber letztendlich, Merlin Athrawes – oder meinetwegen auch Nimue Alban – *wird* die Wahrheit gewinnen! Teil dieser Wahrheit ist, dass eine Schar selbstsüchtiger, korrupter Tyrannen sich dafür entschieden hat, Gott selbst dazu zu missbrauchen, für den ganzen Rest der Menschheit ein Gefängnis zu errichten. Ich erinnere mich da an etwas, das ich in dieser ›Geschichte der Terra-Föderation‹ gelesen habe – diesem Buch, das der Heilige Zherneau hinterlassen hat. Da hieß es, der Baum der Freiheit werde mit dem Blut der Patrioten gewässert. Ich persönlich würde ihn ja lieber mit dem Blut von ein paar *Tyrannen* wässern, aber das ändert nichts an der Tatsache, dass manche Menschen für die Dinge, an die sie wahrhaft glauben, auch sterben müssen: für die Freiheit, die sie für sich selbst und ihre Kinder ersehnen. Und damit seid immer noch nicht *Ihr* für diese Menschen verantwortlich! Gebt jenen die Schuld, die dieses Gefängnis errichtet haben, jenen, die so lange versucht haben, den Baum verdorren zu lassen! Aber gebt nicht demjenigen die Schuld, der versucht, die Gefängnismauern einzureißen!«

Mehrere Sekunden lang herrschte völlige Stille im Cockpit des Aufklärer-Schwebebootes. Endlich verzog Merlin Athrawes die Lippen zu einem Grinsen.

»Ich werde mich bemühen, Euer Majestät«, sagte er. »Ich werde mich bemühen.«

.XVIII.

Kaiserin Sharleyans Gemächer, Königlicher Palast, Tellesberg, Königreich Charis

In ihren luxuriös eingerichteten Gemächern hatte sich die Kaiserin von Charis gemütlich mit untergeschlagenen Beinen in einen bequemen Sessel gekuschelt. Schon seit ihrer Kindheit setzte sie sich so in einen Sessel, wenn sie ernstlich Sorgen hatte. Ihre Mutter hatte versucht ihr diese Eigenheit abzugewöhnen; Baron Green Mountain, ihr Onkel und Sairah Hahlmyn waren auch gescheitert. Sharleyan hatte nie recht verstanden, warum eine Monarchin *nicht* so sitzen dürfe. Zumindest wenn sie allein wäre, müsste das doch egal sein. Ihre verschiedenen Verwandten und treuen Gefolgsleute hatten feststellen müssen, dass die Sturheit ihrer Regentin sich nicht nur auf das Lenken der Staatsgeschicke beschränkte.

Der Gedanke ließ Sharleyan wehmütig lächeln. Es war so tröstlich, an ganz gewöhnliche, alltägliche Streitereien und Entscheidungen zu denken statt an die gewaltigen Umwälzungen der beiden vergangenen Tage. So erschreckend die Welt ihr schon manches Mal erschienen war, bislang war Sharleyan zumindest immer recht zuversichtlich gewesen, sie zu verstehen. Jetzt erschien es der jungen Kaiserin, als sei eine Tür geöffnet worden, von deren Existenz sie bislang nicht einmal gewusst hatte. Hinter dieser Tür verbarg sich eine gänzlich neue Wirklichkeit, die alle tröstlichen, weil bekannten Tatsachen schlichtweg auf den Kopf stellte. Sharleyan hatte angefangen, sich hier in Charis wirklich heimisch zu fühlen, nur um sich plötzlich in einem neuen, gänzlich unvertrauten Land wiederzufinden. Dieses Mal hatte sie keine Karte, keinen Unterschlupf und niemanden, der ihr die Furcht erregenden Geheimnisse zu erklären vermochte.

Dieser Gedanke ließ sie schmerzhaft wie einen Stich ins Herz Einsamkeit erfahren. Sharleyan blickte sich in ihren Gemächern um. Sie waren größer und luftiger als die, die sie aus ihrem eigenen Palast in Cherayth kannte. Hier gab es himmelwärts strebende Spitzbögen, hohe Decken, dicke, wärmespendende Mauern und Fenstertüren, wie sie für die charisianische Architektur so charakteristisch waren. In den Monaten, seit Cayleb fort war, hatte sich Sharleyan an diese exotischen Neuerungen gewöhnt. Woran sie sich nicht gewöhnt hatte – woran sie sich auch nicht gewöhnen *wollte* –, war, dass Cayleb fort war.

Du hast doch wirklich ganz andere Dinge, um die du dich sorgen solltest, du dummes Huhn!, schalte sie sich streng. *Du bist erst seit sieben Monaten mit diesem Mann verheiratet, und fast sechs davon ist er jetzt weg. Meinst du nicht, es wäre* etwas *sinnvoller, deine Zeit mit der Frage zu verbringen, ob Merlin nun ein Dämon ist oder nicht, statt ständig darüber nachzudenken, wie sehr du doch den Mann vermisst, den du eigentlich noch gar nicht richtig kennen gelernt hast?*

Zweifellos! Und um der Wahrheit die Ehre zu geben: Sie hatte sich, was Merlin Athrawes anging, einiges an Sorgen gemacht. Auch Erzbischof Maikel hatte seine Kaiserin nicht zu beruhigen vermocht. Sharleyan war enorm erleichtert gewesen darüber, dass der Erzbischof sofort bestätigte, schon geraume Zeit die Wahrheit über Captain Athrawes gekannt zu haben. Staynair lehnte es aber ab, mehr von dieser Wahrheit zu verraten, bevor sie nicht mit Merlin und Cayleb darüber gesprochen hätte. *Das* war höchst frustrierend gewesen. Doch Sharleyan hatte allerdings zugeben müssen, dass es unter den gegebenen Umständen sinnvoll war. Dass Staynair aufrichtig *glaubte,* Merlin sei weder ein Dämon noch ein Engel, bedeutete jedoch nicht notwendigerweise, dass der Erzbischof mit dieser seiner Überzeugung auch Recht haben musste. Trotzdem, sagte sich Sharleyan, wenn Maikel bereit war, sich an die alte Weisheit ›im Zweifel für den Angeklagten‹ zu halten, dann sollte sie selbst doch wenigstens in der Lage sein, sich anzuhören, was der *Seijin* zu sagen hatte. Umgeben von Rauch, Blut und Leichen hatte sie Merlin gegenüber nach dem misslungenen Mordanschlag einen weiteren guten Grund ja schon eingestanden: Ohne ihn wäre sie zweifellos tot wie all die anderen, die tapferen und treuen Männer ihrer Leibgarde.

Sharleyans Augen umwölkten sich. Sie spürte, wie ihre Unterlippe zitterte, als sie an die Männer denken musste, die ihr Leben dafür gegeben hatte, das ihre zu retten. Sie hatten ihre Pflicht getan genau wie sie selbst. Das wusste sie. Aber es vertrieb die Gesichter nicht, vertraut gewordene Gesichter, die sie fragend anzublicken schienen, und auch nicht all die traurigen Gesichter der Ehefrauen, der Kinder, der Mütter und Väter, Schwestern und Brüder ...

Hör auf!, mahnte sie sich im Stillen und versuchte die Tränen in ihren Augen zu ignorieren. *Du kannst sie nicht ins Leben zurückholen. Du kannst nur dafür sorgen, dass ihr Tod nicht* vergebens *war. Du bist eine Kaiserin, also* verhalte dich *auch wie eine Kaiserin! Du weißt, wer deinen Tod herbeiführen wollte – du weißt, wer deine Gardisten getötet hat. Halcom mag ja tot sein, Merlin sei dank, aber es gibt dort draußen noch Dutzende weitere Halcoms, die keinen Deut besser sind als er. Jetzt hast du einen weiteren Grund, sie keinesfalls gewinnen zu lassen!*

Das stimmte, ja, aber dennoch gab es Momente, in denen Sharleyan das Gefühl übermannte, machtlos zu sein, schwach. In denen die Pflichten, die Verantwortung und die Schuld dräuend vor ihr aufragten und ihr groß genug erschienen, selbst einen der Erzengel zu überwältigen. Es gab Momente, in denen Sharleyan nur noch nach einer Möglichkeit suchte, Pflicht und Verantwortung jemand anderem auf die Schultern zu laden. Sie wollte dann unbeschwert leben dürfen wie ein Kind, dem man nicht die Kindheit gestohlen hatte wie ihr. Gewiss hatte doch auch sie ein Anrecht darauf, dass es in ihrem Leben etwas gab, das nur ihr allein gehörte, etwas, das nicht das Eigentum von Chisholm war oder von Charis. *Nur ihr ganz allein!*

Und deswegen denkst du auch pausenlos an Cayleb, dachte sie. *Weil er* dir *gehört. Er gehört dir nicht voll und ganz, ebenso wenig wie du ganz ihm gehörst. So wie er dich, musst du ihn mit anderen teilen, um die es sich zu kümmern gilt, für die es Verantwortung zu tragen gilt. Doch die* Heilige Schrift *lehrt, dass dem, dem viel abverlangt wird, auch viel gegeben wird. So ist es dir nie erschienen, seit Vater tot ist . . . bist jetzt.*

Jetzt zitterten ihre Lippen nicht mehr. Stattdessen umspielte ein Lächeln sie. Eine Staatsheirat, gewiss, aber zugleich doch so viel mehr! Wie von Zauberhand wurde Sharleyan das Herz leichter, als sie sich an Caylebs Lächeln erinnerte. Wie süß sein Kuss doch schmeckte! Was für ein wunderbarer Zauber lag doch in seiner Berührung und wie willig, beinahe atemlos, ihr eigener Körper darauf reagierte! Erzbischof Maikel hatte gesagt, eine wahre Heirat sei das Teilen von Bürde und Aufgaben, aber die Vereinigung zweier Herzen, die Vereinigung des Denkens und Fühlens zweier Menschen, die Vereinigung zweier Seelen – und er hatte Recht damit. Es gab keine Herausforderung, der sie beide sich nicht gemeinsam stellen konnten. Vielleicht war es albern, so über einen Mann zu denken, den sie, Sharleyan, kaum zwei Monate kannte – bitte, dann war sie eben albern! Sie . . .

Sanft klopfte es an der Tür, und Sharleyan hörte Sairah leise an der Türe reden. Einen Augenblick später erschien die Zofe im Eingang zu Sharleyans Schlafgemach.

»Edwyrd ist hier, Eure Majestät.«

Es gab kein Stirnrunzeln, als Sairah ihre Herrin so ungebührlich im Sessel sitzen sah. Das Fehlen dieser kleinen wortlosen Ermahnung sprach Bände: Sairah musste der Mordanschlag auf Sharleyan enorm erschüttert haben. Als Sharleyan das aufging, hätte sie am liebsten laut aufgelacht. Stattdessen riss sie sich zusammen und nickte nur.

»Bitte ihn doch freundlicherweise herein, ja?«

»Selbstverständlich, Eure Majestät.«

Sairah deutete einen Hofknicks an und zog sich zurück. Nur wenige Herzschläge später kehrte sie mit Sergeant Seahamper zurück.

»Edwyrd«, begrüßte Sharleyan ihn mit leiser Stimme. Sie streckte ihm die Hand entgegen und hätte beinahe aufgestöhnt, so sehr schmerzte sie bei dieser kleinen Bewegung die geprellte Schulter. Der Sergeant, für den Dienst gerüstet und bewaffnet, beugte sich über ihre Hand, hauchte einen Kuss auf den Handrücken und richtete sich wieder auf. »Ich sehe, Colonel Ropewalk hat beschlossen, ich dürfte Sie doch behalten«, bemerkte die Kaiserin mit einem bittersüßen Lächeln.

»Eure Majestät, wenn Ihr wünscht, dass ich die ganze Nacht auf Eurem Balkon verbringe, dann wird es so geschehen«, gab er schlicht zurück.

»Ich kann mich noch gut daran erinnern, wie Sie immer vor der Tür meines Schlafzimmers gesessen haben, als ich noch ein kleines Mädchen war«, erwiderte Sharleyan. »Unmittelbar nachdem Vater gestorben war. Ich konnte immer schlafen, wenn ich wusste, dass Sie da sind, mein eigener Leibgardist, der mir die Albträume vom Leib hält, der verhindert, dass sie jemals mein Schlafgemach betreten. Vielleicht werde ich auch heute Nacht schlafen können.«

»Das hoffe ich, Eure Majestät.«

»Ich auch.« Kurz warf sie ihrer Zofe einen Blick zu. »Geh ruhig schon zu Bett, Sairah!«

»So müde bin ich noch nicht, Eure Majestät. Falls Ihr mich braucht ...«

»Selbst wenn du noch nicht müde bist: Du solltest es wirklich sein! Und ich bin kein kleines Kind mehr, selbst wenn ich Edwyrd brauche, um mir heute Nacht wieder die Albträume vom Leib zu halten. Geh zu Bett! Sollte sich herausstellen, dass ich dich doch noch brauche, dann, das verspreche ich dir, werde ich nach dir läuten und dich ohne Gewissensbisse aus dem Bett scheuchen! Und jetzt husch, husch!«

»Jawohl, Eure Majestät.« Sairah lächelte kaum wahrnehmbar, deutete einen weiteren Knicks an und zog sich zurück. Sharleyan war mit Seahamper allein.

»Sie macht sich mindestens ebenso viel Sorgen wie Sie, Edwyrd«, sagte die Kaiserin.

»Es ist schon erstaunlich, wie leicht es Euch gelingt, die unterschiedlichsten Leute besorgt zu machen, Eure Majestät.«

»Zweifellos weil die Leute mir nicht zutrauen, bei Regen von allein so schlau zu sein, ins Haus zu gehen.«

»Zweifellos, Eure Majestät«, pflichtete Seahamper ihr bei, und Sharleyan lachte, doch ihr Lachen klang traurig.

»Wir haben wirklich schon eine ganze Menge gemeinsam durchgestanden, was, Edwyrd?«

»Und wenn Ihr mir verzeiht, das so zu sagen, Eure Majestät: Ich hoffe sehr, dass wir noch *sehr viel mehr* gemeinsam durchstehen werden!«

»Wohl wahr, Edwyrd, und viel besser als die Alternative! Trotzdem wäre es mir ganz recht, in absehbarer Zeit nicht noch mehr Tage erleben zu müssen, die so anstrengend sind wie die beiden letzten«, erwiderte sie. Dieses Mal lächelte der Sergeant statt einer Antwort; seine Augen waren ebenso von Trauer erfüllt wie Sharleyans. Zustimmend nickte er.

»Also«, sagte Sharleyan deutlich munterer, »ich denke, wir sollten Sie jetzt auf den Balkon schaffen!«

Sie erhob sich aus dem Lehnsessel und hakte sich bei ihm unter, schritt barfuß über den kühlen Marmorboden ihres Schlafgemachs. Das Nachthemd und der Morgenrock aus Stahldistel-Seide umspielten ihre Beine. Der Sergeant öffnete die Gittertür, die auf den weitläufigen Balkon der Kaiserlichen Gemächer führte, und geleitete Sharleyan hinaus in die kühle Dunkelheit des Abends.

Der Himmel wirkte wie eine kobaltblaue Kuppel, die ersten Sterne schimmerten, und der Mond schien eine polierte Kupfermünze zu sein, die gerade über den östlichen Horizont aufstieg. Doch noch war es nicht ganz dunkel. Noch konnte Sharleyan über die Dächer von Tellesberg hinwegblicken, über den Hafen, hinaus zu den flackernden Positionsleuchten der Galeonen, die aus dem Hafen ausfuhren und sich vom ablaufenden Wasser hinaus aufs weite Meer ziehen ließen. Überall in den Straßen der Hauptstadt gingen die Lichter an. Sharleyan hob den Kopf und genoss die kühle Brise, die ihr zarte Küsse auf die Wangen hauchte.

Was für ein friedlicher Anblick, auch wenn Tellesberg das heute gar nicht war, dachte sie. Zorn und Wut aber schienen tatsächlich so gar nicht zu dieser friedlichen Szenerie zu passen, die vor ihr lag. Nur war es geschehen: Wie eine brüllende Welle an sturmgepeitschten Strand war Zorn durch die Straßen der Stadt gewogt. Hätte Sharleyan jemals daran gezweifelt, dass ihre neuen Untertanen sie wirklich ins Herz geschlossen hatten, so hätte dieser allgemeine Zornesausbruch die Zweifel für alle Zeiten zerstreut.

»Wie schlimm war es denn nun wirklich, Edwyrd?«, fragte Sharleyan und blickte zu den Rauchfahnen hinüber, die in der Nähe des Flusses immer noch aufstiegen. Trotz der Abenddämmerung konnte Sharleyan sie deutlich erkennen. Denn unter dem Rauch glomm noch ein matter, rötlicher Schein; er pulsierte sanft: Glutasche und verkohltes Holz.

»Nicht so schlimm, wie es hätte werden können, Eure Majestät.« Er zuckte mit den Schultern. »Die Heiler werden eine Zeit lang gut beschäftigt sein. Aber die Stadtwache ist rechtzeitig eingetroffen, um zu verhindern, dass tatsächlich jemand gelyncht wurde. Und die Löschtrupps haben das Feuer so weit eingrenzen können, dass es nur noch auf die Gebäude in unmittelbarer Nähe zur Kirche hat übergreifen können.«

»Ich wünschte, das wäre nicht geschehen«, sagte Sharleyan

leise und starrte immer noch hinüber zu den aufsteigenden Rauchfahnen. Wieder zuckte Seahamper die Achseln. Sein Mitgefühl kannte ganz offenkundig Grenzen, wie Sharleyan jetzt bewusst wurde. Andererseits war ihr Leibgardist schon immer ein ... ziemlich direkter Bursche gewesen. Doch dann überraschte er sie ein wenig.

»Das Volk ist zornig, Eure Majestät«, sagte er. »Zornig und, so denke ich, beschämt. Soweit wir wissen, waren alle diese Dreckskerle von Attentätern Charisianer. Nun hat das Volk von Charis das Gefühl, das ganze Königreich sei schuld an dem, was geschehen ist.«

»Das ist so töricht!«, erregte sich Sharleyan. »Die Wach-Abordnung bestand zu drei Vierteln ebenfalls aus Charisianern, und sie alle haben ihr Leben dafür hingegeben, das Attentat zu *verhindern!*«

»Natürlich. Und irgendwann wird auch der Rest von Charis sich dessen erinnern. Aber noch nicht jetzt.«

Sharleyan nickte; sie wusste, dass er Recht hatte. Sie wusste, dass sie eigentlich nichts anderes hätte erwarten dürfen. Ihr Dank galt der Stadtwache, die Todesfälle zu verhindern gewusst hatte. Sharleyan wünschte sich allerdings auch, die Wache hätte rechtzeitig eintreffen können, um auch zu verhindern, dass die zornige Menge die Kirche von Langhorne dem Gesegneten in Brand steckte. Aber damit hätte Sharleyan wohl ein wenig viel erwartet.

Hin und wieder hatte sie sich schon gefragt, ob es wirklich klug von Cayleb und Erzbischof Maikel gewesen war, den Tempelgetreuen, die so offen ihre Treue zum Rat der Vikare zur Schau stellten, zu gestatten, eine der größten Kirchen der Stadt weiterhin für ihre Zwecke zu nutzen. Ganz besonders Besorgnis erregend hatte Sharleyan gefunden, dass die Leute, die dort nach wie vor zum Gebet ein und aus gingen, nach und nach in die Wohnhäuser gezogen waren, die im Gebiet rings um diese Kirche lagen. Es schien, als legten sie es darauf an, mitten im

Herzen von Tellesberg eine Enklave zu errichten. Was heute geschehen war, unterstrich Sharleyans Besorgnis nur noch. Trotzdem war ihr keine bessere Lösung eingefallen als die, für die Cayleb sich entschieden hatte. Allen Nachteilen zum Trotz war die Entscheidung richtig gewesen. Denn das Letzte, was die Krone sich leisten konnte, wäre gewesen, die von der Inquisition erhobenen Anschuldigungen, im ketzerischen Charis werde die wahre Kirche brutal unterdrückt, auch noch zu bestätigen, indem man die Tempelgetreuen verbot zu wohnen, wo sie wollten, und eine Kirche zu haben.

Na, wir *haben denen die Kirche ja auch nicht weggenommen … nicht, dass die Inquisition diesen feinen Unterschied bereit sein wird zu machen!*

Da stand sie, die Kaiserin, zusammen mit Seahamper in behaglichem, einmütigem Schweigen, und merkte, wie die Nacht dunkler wurde. Schließlich holte Sharleyan tief Luft.

»Ich denke, ich sollte wohl wieder hineingehen«, sagte sie dem Sergeant.

»Wie du meinst«, antwortete ihr eine andere als Seahampers Stimme. »Aber schade, wo wir doch gerade erst eingetroffen sind!«

Sharleyan zuckte zusammen und wirbelte mit einem kleinen Aufschrei des Erstaunens – und der Freude – herum. Hinter ihr standen zwei Männer; den einen hatte sie schon an der Stimme erkannt.

»Cayleb!«

Später konnte sich Sharleyan nicht einmal daran erinnern, sich überhaupt bewegt zu haben. Sie erinnerte sich nur noch daran, wie Cayleb die Arme um sie schlang, sie fast erdrückte, so eng zog er sie an sich, und wie heiß und süß seine Küsse schmeckten. Irgendwo im Hinterkopf war ihr durchaus bewusst, dass Merlin und Seahamper immer noch in ihrer Nähe waren und sie beide beobachteten. Beide hatten auf den Gesichtern genau das gleiche Lächeln, obschon der Gardist zweifelsohne immens erstaunt über das plötzliche Auftauchen der beiden Männer war. Aber all das war Sharleyan gänzlich egal.

Schließlich löste Cayleb doch noch die Umarmung und ließ Sharleyan weit genug los, damit sie wenigstens wieder zu Atem kommen konnte. Sie hörte Merlin leise in sich hineinlachen.

»Ich hatte vermutet, sie müssten sehr viel eher wieder Luft holen«, sagte er gerade zu Seahamper. »Liebe braucht aber offenkundig sehr viel weniger Luft, als ich geglaubt habe.«

Seahamper verwandelte sein eigenes leises Lachen rasch und wenig überzeugend in ein Räuspern, und Cayleb lächelte.

»Ich hoffe, Ihr habt daran gedacht, Spielkarten mitzubringen«, wandte er sich an Merlin.

»Wozu, Majestät?«, erkundigte sich Merlin höflich.

»Weil Ihr und Sergeant Seahamper Euch jetzt mindestens eine Stunde lang mit etwas anderem werdet die Zeit vertreiben müssen!«

»Ach, das Ungestüm junger Liebe!«, erwiderte Merlin lächelnd. Sharleyan spürte, noch während sie sein Lächeln erwiderte, dass ihr das Blut in die Wangen schoss. Es war sonderbar. Nicht einmal Seahamper oder Sairah hatten jemals ein derartiges Ausmaß an Vertrautheit an den Tag gelegt. Und doch fühlte es sich völlig natürlich an, ja sogar angemessen, wenn Captain Athrawes das tat.

»Wie seid Ihr beide denn aber nur *hierhergekommen?*«, wollte sie wissen, und Cayleb schüttelte den Kopf.

»Das gehört zu den Dingen, die wir dir noch erzählen werden, Liebste«, sagte er. »Und glaub mir: Nichts wirst du glauben wollen, aber es ist alles wahr! Und dafür sei Gott gedankt! Hätte Merlin dich nicht die ganze Zeit über im Auge behalten, hätte er es nicht geschafft, noch rechtzeitig zu dir zu kommen ...«

Er beendete den Satz nicht. Mit solcher Heftigkeit umarmte er sie, dass Sharleyan die Luft aus den Lungen gepresst wurde und sie aufkeuchte. Erst da begriff er, dass er seiner Gemahlin den Atem nahm, und ließ sie mit einer gemurmelten Entschuldigung los.

»Nicht so schlimm, so zerbrechlich bin ich nicht!«, versicherte sie ihm und legte ihm sanft die Hand an die Wange. Sie strich über seinen Bart; es fühlte sich fast an wie eine Bürste aus drahtiger Seide. Sharleyan lächelte. »Wann hast du dir denn *den* wachsen lassen?«, wollte sie wissen und zupfte sanft an der Neuerung.

»Ich war einfach nur ein wenig zu beschäftigt, um mich ums Rasieren zu kümmern«, gab er zurück und erwiderte das Lächeln.

»Sicher doch!« Erneut zupfte sie an seinem Barthaar, dieses Mal fest genug, dass Cayleb das Gesicht verzog. Dann wandte sich Sharleyan an Merlin.

»Ihr hattet gesagt, Ihr wolltet einen Leumundszeugen mitbringen, *Seijin* Merlin.«

»Jawohl, Eure Durchlaucht, das habe ich auch.« Er verneigte sich vor ihr. »Um ehrlich zu sein: Ich glaube, ich hätte ihn nicht einmal daheim in Corisande zurücklassen können, wenn ich es gewollt hätte. Auch wenn es einiges an Einfallsreichtum erforderte, sich zu überlegen, wie wir unsere Abwesenheit erklären könnten. Na ja, zumindest *seine* Abwesenheit.«

»Und wie *habt* Ihr sie erklärt?«

»In diesem Moment, meine Liebste«, setzte Cayleb statt Merlin zu einer Erklärung an, »bewacht die Kaiserliche Garde ein leeres Zelt. Die Garde weiß, dass es leer ist. Aber keiner von ihnen ahnt auch nur, wie weit entfernt ich mich tatsächlich von diesem Zelt habe. Sie glauben, dass *Seijin* Merlin und ich uns davongeschlichen haben, um uns mit dem Repräsentanten einer Gruppierung in Manchyr zu treffen. Diese Gruppierung sei, so wurde ihnen gesagt, vielleicht bereit, sich gegen Hektor zu stellen – vorausgesetzt, sie erhielten im Gegenzug angemessene Garantien, ihre eigene gesellschaftliche Stellung behalten zu dürfen. Natürlich war die Garde nicht allzu glücklich darüber, dass ich mit lediglich einem einzigen Leibwächter zu diesem Treffen aufbrechen wollte, auch wenn dieser Mann Merlin sein sollte. Streiten wollten meine Gardisten deswegen allerdings nicht mit mir. Zumindest nicht allzu lange. Sie – und Nahrmahn – haben sehr wohl verstanden, wie wichtig es ist, dass *niemand*, nicht einmal ein General Chermyn oder ein Bryahn, von diesen Verhandlungen weiß. Lieutenant Ahstyn und Gahlvyn werden ihr Bestes tun, bis zum Morgengrauen jeden von der Zelttür zu vertreiben. Aber wir können nicht versprechen, dass nicht doch noch etwas Unvorhergesehenes geschieht. Also haben wir, so sehr ich bedauere, das sagen zu müssen, nicht allzu viel Zeit. Aber«, er blickte ihr in die Augen und lächelte vieldeutig, »eine oder zwei Stunden von der Zeit, die uns eben bleibt, werden wir beide, Meine Lady, gemeinsam verbringen.«

»Und das bedeutet«, übernahm Merlin mit leiser Stimme wieder, als Sharleyan noch tiefer errötete, »wir sollten allmählich mit den Erklärungen beginnen, die ich Euch versprochen hatte, Eure Durchlaucht.«

»Kein Wunder, dass Ihr mir immer ein wenig ... ungewöhnlich erschienen seid, Merlin«, sagte Sharleyan beinahe zwei Stunden später. Langsam schüttelte sie den Kopf, die Augen groß vor Erstaunen. Unverwandt sah sie den Gardisten an, der über neunhundert Jahre alt war.

Seahamper wirkte wie betäubt. Sharleyan erlebte das erste Mal, dass er bereit war, sich in ihrer Gegenwart zu setzten. Normalerweise wäre er selbst einer Aufforderung durch seine Kaiserin nur unter viel Protest nachgekommen. Merlins Geständnis aber hatte ihn förmlich umgehauen. Erst jetzt fand er langsam auch seine Sprache wieder.

»Anscheinend muss ich mich jetzt in Eurer Gegenwart, Captain, nicht mehr ganz so alt und gebrechlich fühlen!«, sagte er.

»Ihr habt uns viel berichtet, und ich will nicht so tun, als verstünde ich alles. Um ehrlich zu sein: Ich verstehe noch nicht einmal die Hälfte! Aber wenigstens weiß ich jetzt, wie sich einiges von den Geschichten erklärt, die überall kursieren. Aber habt Ihr denn *wirklich* drei Kraken mit bloßen Händen erwürgt?«

»Nicht ganz mit bloßen Händen«, gab Merlin zurück und gestattete sich ein schiefes Grinsen. Dann wandte er sich wieder Sharleyan zu. »Haben wir damit Eure Fragen beantwortet, Eure Durchlaucht?«, fragte er leise.

»Oh, Ihr habt mir all die Fragen beantwortet, die ich *vorher* gehabt hatte«, versicherte sie ihm. »Dafür stellen sich mir aber nun mindestens ein Dutzend neue!«

»So, Liebste, läuft das mit Merlin immer«, warf Cayleb ein.

»Am schwersten wird es mir wohl fallen, hinzunehmen, dass alles, was man mich ein Leben lang über Gott und die Erzengel gelehrt hat, nichts als Lüge war.« Sharleyan sprach leise, ihr Ton war bitter. Seahamper sagte nichts, biss aber die Kiefer zusammen. Offenkundig sprach seine Kaiserin aus, was auch er fühlte.

»Darüber, Eure Durchlaucht, solltet Ihr unbedingt mit Erzbischof Maikel sprechen«, riet Merlin ihr. »Ihr wusstet bereits, dass Clyntahn und Trynair den Glauben zu verderben und zu missbrauchen vermögen. Neu ist nur, dass sie dabei unwissentlich nichts anderes getan haben, als in die Fußstapfen von Langhorne und Bédard zu treten. Dass korrupte, machthungrige Menschen bereit sind, zum Erhalt oder Ausbau ihrer Macht sogar über Gott selbst Lügen zu verbreiten, ist jedoch nichts Neues. Dadurch aber wird doch nicht automatisch Euer Gottesverständnis eine Lüge! Ich gebe es nicht gern zu, aber es ist und bleibt die Wahrheit: Die Religion, die Langhorne und Bédard erfunden haben, um jeden einzelnen Safeholdianer als Sklaven halten zu können, hat auch etwas anderes ermöglicht: Erst die Werte, die ihnen ihre Religion – diese Religion! – nahe gebracht hat, versetzten den Erzbischof und die Bruderschaft von Sankt Zherneau in die Lage, die Wahrheit zu erkennen. Religiöse Überzeugungen können pervertiert werden, wenn Menschen die Güte Gottes als Waffe benutzen. Meine Überzeugung ist, dass jemand wie Langhorne oder Bédard sich noch so bemühen mögen: Der wahre Gott findet seinen Weg durch jede Fuge in ihrem Lügengebäude!«

»Durch jede Fuge in ihrem Lügengebäude«, wiederholte Sharleyan leise. Schließlich erhellte ein Lächeln ihre Züge. »Ja, tatsächlich: So kann man das auch sehen! Jetzt begreife ich auch, warum der Erzbischof nicht willens ist, die grundlegenden Doktrinen der Kirche anzugreifen.«

»Gleichzeitig jedoch bauen wir einen eigenen ›Inneren Kreis‹ auf«, mischte sich nun Cayleb ein. »Wir vier hier, die Bruderschaft, Dr. Mahklyn und eine Hand voll anderer an der Königlichen Hochschule. Wir werden zwar unglaublich vorsichtig sein müssen, wem wir sonst noch davon erzählen, aber es ist wenigstens schon einmal ein Anfang.«

»Ja.« Wieder schloss Sharleyan die Augen, und Cayleb, in dessen Arm sie lag, spürte deutlich, wie sie sich verspannte. »Ich fürchte, die Gründe, die den Erzbischof davon abhalten, dem Grafen Gray Harbor die ganze Wahrheit zu erzählen, treffen auch auf Mahrak zu. Er liebt mich, er vertraut mir, und er weiß auch um die Korruption im Tempel und in Zion – und er ist hochgradig erzürnt darüber. Aber sein unerschütterlicher Glaube ist ebenso ein Teil seiner selbst, wie das bei Onkel Byrtrym der Fall ist ... *war.*«

Beim letzten Wort brach Sharleyan die Stimme. Cayleb schlang zum Trost den Arm noch enger um seine Gemahlin.

»Es tut mir so Leid, Schatz«, sagte er und beugte sich tief genug zu ihr herab, um die Wange sanft auf ihren Scheitel zu legen. »Ich weiß, dass du ihn geliebt hast.«

»Wirklich, das habe ich! Das tue ich noch immer«, flüsterte sie. »Und ich glaube, dass er auch *mich* wirklich geliebt hat.«

»Ich denke, das hat er, Durchlaucht«, warf Merlin leise ein. Als Sharleyan die Augen wieder öffnete und ihn anblickte, sah Merlin, dass ihr Tränen in den Augen standen. Schwer seufzte er. »Der Plan stammte tatsächlich ursprünglich von ihm, aber er hatte niemals die Absicht, Euch irgendein Leid geschehen zu lassen. Ich muss zugeben, dass ich nicht genug auf ihn geachtet habe, und es fällt mir auch nicht leicht, mir selbst das zu vergeben. Bedauerlicherweise kann ich nur eine begrenzte Menge der Daten durchschauen, die mir die SNARCs liefern, und ich hatte angenommen – fälschlicherweise, wie ich jetzt weiß –, Bynzhamyn und Erzbischof Maikel würden ihn mit Adleraugen beobachten. Offensichtlich waren die beiden ihrerseits davon ausgegangen, *ich* würde ihn im Auge behalten. So konnte uns diese ganze Intrige entgehen, und das betont nur noch einmal, wie wichtig es ist, dass niemand von uns irgendetwas für selbstverständlich hält. Aber ich habe mir mittlerweile manche der Überwachungsaufnahmen, die ich bislang noch nicht durchgearbeitet hatte, immer und immer wieder angeschaut, und auf einigen davon ist auch Euer Herr Onkel zu sehen.

Ich habe keine Ahnung, wie viel von seinem Plan Ausgeburt reinen Ehrgeizes und Machthungers war und wie viel dem aufrichtigen Entsetzen entsprungen ist, dass Ihr Euch der Hierarchie der Kirche zu widersetzen gewagt habt. Und ich weiß auch immer noch nicht genau, wie er überhaupt Kontakt zu Halcom hat aufnehmen können. Es muss da einen Mittelsmann gegeben haben, und wer auch immer das war, er wird immer noch hier sein, dessen bin ich mir sicher. Vielleicht können Owl und ich ihn doch noch finden. Wir könnten dabei auf ältere SNARCs-Aufzeichnungen zurückgreifen. Vielleicht wird auch Bynzhamyn ihn finden. Aber ich *weiß*, dass Euer Herr Onkel unnachgiebig darauf bestanden hat, Euch dürfe keinesfalls etwas geschehen. Ihr solltet *entführt* werden, nicht etwa getötet! Deswegen ist er persönlich nach Sankt Agtha gekommen, und deswegen hat Halcom ihn auch umbringen lassen.«

»Ihr solltet ihn nicht in Schutz nehmen, Merlin«, erwiderte Sharleyan traurig. »Ich habe schon immer gewusst, dass Macht zu haben ihn faszinierte. Er hat mich unterstützt, gewiss. Aber das lag immer auch daran, dass er, wäre er nicht mein Onkel, niemals unmittelbar neben dem Thron gestanden hätte. Hätte er einen Putsch gegen mich zugelassen, hätte anschließend auch er Ämter und Einfluss verloren. Denn Chisholms der Krone kritisch gegenüberstehende Adel würde ihm nie verzeihen, dass er zusammen mit Mahrak und Vater die Macht der Krone gestärkt hat. Mein Onkel hätte jeglichen Zugang zur Macht verloren. Ja, er *hat* mich geliebt ... aber zu dieser Liebe gehörte auch immer sein eigener Machthunger. Nie zuvor wurde er auf die Probe gestellt, weil er zwischen einem der beiden hätte wählen müssen. Das geschah erst, als ich beschloss, Cayleb zu heiraten und mich der Kirche entgegenzustellen. Mein Onkel wurde auf die Probe gestellt und hat seine Wahl getroffen. Niemand sonst hat ihn dazu gezwungen. Eurem eigenen Bericht nach, Merlin, muss er derjenige gewesen sein, der sich von sich aus an die Tempelgetreuen gewandt hat, und nicht etwa anders herum. Welche Motive er nun gehabt hat, was an Rechtfertigungen er glaubte vorbringen zu können, er war ein Hochverräter ... und ich stand ihm im Weg.«

»Glaub mir«, sagte nun Cayleb, »ich kann aus eigener Erfahrung nachfühlen, was du durchmachst! Aber wenigstens hat er darauf bestanden, dass du nicht getötet wirst. Mein Vetter hatte sich fest vorgenommen, mich ermorden zu lassen.«

»Ich wünschte fast, es wäre bei meinem Onkel auch so gewesen«, seufzte Sharleyan. »Dann wäre ich, was ihn betrifft, wenigstens dieses ... Hin- und Hergerissensein los!«

»Das hilft auch nicht, glaub mir«, sagte Cayleb wehmütig. »Zumindest nicht sonderlich. Und nach so einer Erfahrung dauert es lange, bis man wieder lernt, jemandem zu vertrauen.«

»Nein«, widersprach Sharleyan, und Cayleb blickte sie erstaunt an. »So ist das bei mir nicht, Cayleb«, versuchte sie zu erklären. »Schon seit ich ein Kind war, musste ich kämpfen, wollte ich den Thron behalten. Ich habe rasch gelernt, dass es Menschen gibt, denen man vertrauen *kann*, auch wenn das für andere eben nicht gilt. Ich habe auch gelernt, dass die, denen man nicht vertrauen darf, nicht etwa böse Menschen wären oder von Natur aus verräterisch. Es ist vielmehr so, dass gute Menschen durch widerstreitende Loyalitäten zu weit getrieben werden können. Verrat bleibt zwar dennoch Verrat, aber auf diese Weise versteht man wenigstens, wie es dazu kommen musste.«

»Und der Widerstreit der Loyalitäten wird umso heftiger, wenn der Glaube dabei eine Rolle spielt«, pflichtete Merlin ihr bei.

»Ich weiß.« Nachdenklich verlor sich Sharleyans Blick eine Weile lang in der Ferne. Dann aber überraschte sie alle anderen Anwesenden mit einem plötzlichen Lächeln.

»Eure Durchlaucht?«, erkundigte sich Merlin.

»Ich bin gerade zu der Erkenntnis gelangt, es könnte langsam wirklich hilfreich sein, mir Notizen darüber zu machen, wer hier eigentlich *was* weiß und glaubt und glaubt zu wissen«, erklärte sie. »Ich für meinen Teil habe bisher immer geglaubt, Nahrmahn Baytz dürfe dem ›Inneren Kreis‹ noch nicht einmal *nahe* kommen!«

»Ich glaube, er hatte eine Gewissenskrise«, bemerkte Merlin lakonisch.

»Unfug!«, schnaubte Cayleb. »Die Antwort ist deutlich einfacher, Merlin! Wie Ihr selbst immer wieder betont, ist Nahrmahn ein kluger und gerissener Mann. Sein Fürstentum, seine Familie und er sind in dieser Sache so richtig schön zwischen Baum und Borke gekommen. Nahrmahn musste eine Entscheidung treffen. Das tat er, und danach gab es für ihn kein Zurück mehr. Egal, was Nahrmahn alles noch einfiele, Clyntahn wird ihn auf keinen Fall mehr mit offenen Armen empfangen! Und das bedeutet, sein gesamter, beachtlicher Intellekt steht jetzt *unserer* Seite zur Verfügung.«

»Ich denke, ihr habt beide Recht«, sagte Sharleyan nachdenklich. »Ich weiß, wie sehr *ich* es verabscheut habe, gezwungen zu werden, mit Hektor zusammenzuarbeiten, und das auch noch bei einem Angriff auf ein Königreich, das mir oder den meinen noch nie etwas zuleide getan hat. Ich glaube, Nahrmahn erging es ganz ähnlich. Die Erkenntnis, nur noch nach Clyntahns Pfeife tanzen zu können, hat ihn, so will mir scheinen, dazu gebracht, den offenen Bruch mit der Kirche zu wagen.«

»Egal, was seine Motive sind, mit seiner Einschätzung der momentanen Lage liegt er meines Erachtens ganz richtig«, setzte Cayleb deutlich nüchterner hinzu, und Sharleyan nickte.

Kaum dass Nahrmahn die Sache mit *Seijin* Merlins ›Visionen‹ verdaut hatte – was wirklich erstaunlich schnell ging –, hatte er eine äußerst prägnante und präzise Empfehlung gegeben.

»Euer Majestät«, hatte er zu Cayleb gesagt, »das Einzige, was Ihr Euch unmöglich leisten könnt, und das aus vielen Gründen, die aufzuzählen zu lange dauerte, wäre, zu versuchen, Halbrook Hollows Anteil an der Verschwörung zu vertuschen. Es tut mir Leid, wenn das Ihrer Majestät, der Kaiserin, Schmerz zufügt, aber so ist es nun einmal. Zunächst, und das halte ich für das Wichtigste, werdet Ihr in aller Öffentlichkeit klären müssen, was mit ihm geschehen ist. Zweitens wird es von vordringlicher Bedeutung für Baron Wave Thunder sein ›herauszufinden‹, dass er Teil einer Verschwörung war – und Ihre Majestät, die Kaiserin, muss das in Chisholm bestätigen, vorzugsweise persönlich, nicht in Form eines Briefes. Denn es wird Zweifler geben. Man wird behaupten, Ihr Charisianer würdet die Kaiserin zu dieser Lüge zwingen. Das wird auch dann geschehen, wenn sie auf chisholmianischem Boden steht, während sie ihren Onkel des Verrats bezichtigt, und obwohl kein einziger charisianischer Gardist in der Nähe ist. Man wird darauf beharren, Ihr, Majestät, stecktet hinter dem Ganzen. Die Kirche des Verheißenen wird das eh sagen. *Denen* ist egal, *wer*

Halbrook Hollow anklagt. Wahrscheinlich werden die ihn ohnehin zu einer Art Märtyrer hochstilisieren, der wegen seiner Glaubensfestigkeit sterben musste. Sie werden sich bitter darüber beklagen, dass eben diese Mörder anschließend auch noch versuchen, durch falsche Anschuldigungen sein Andenken in den Schmutz zu ziehen. Etwas so Unbedeutendes wie die Wahrheit kann die nicht von einem Propaganda-Feldzug gegen Euch abhalten!

Ihr könnt also nichts dagegen unternehmen, was die Kirche verbreitet. Umso bedeutender ist, dass Ihr den wahren Ablauf der Ereignisse Eurem ganzen Volk unmissverständlich klarmacht. Zwei Dinge sollten jedem in Charis und ganz besonders in Chisholm klar sein: erstens, dass der Herzog nicht von Euch aus dem Weg geräumt wurde, bloß weil er womöglich hinderlich war, und zweitens, dass die eigentlichen Attentäter zwar samt und sonders Charisianer gewesen sind, aber die Rädelsführer, Halcom und Halbrook Hollow nämlich, beide nicht aus Charis stammten. Den Chisholmianer muss glasklar vor Augen stehen, dass der eigentliche Organisator nicht nur *kein* Charisianer war, sondern einer der angesehensten Adeligen von *Chisholm!* Wenn Ihr das tut, und wenn Ihre Majestät, die Kaiserin, herausstreicht, wie ihre *charisianischen* Leibwachen bis zum letzten Mann gekämpft haben, um sie vor einem Attentat zu retten, das niemand anderer als ihr eigener Onkel geplant und vorbereitet hat, dann könnt Ihr das Ganze tatsächlich noch zu Euren Gunsten wenden. Das gilt zumindest für diejenigen Eurer chisholmianischen Untertanen, die nicht schon immer gegen die Gründung des Kaiserreichs waren.«

Sharleyan musste jetzt zugeben, dass Nahrmahns Einschätzung der Lage ihrer eigenen entsprach. »Aber«, wandte sie dennoch ein, »ich weiß wirklich nicht, wie ich eine Rückkehr nach Chisholm bewerkstelligen sollte – zumindest solange nicht, bis du aus Corisande zurückgekommen bist. Charis zu verlassen würde doch bedeuten, den Charisianern zu beweisen, dass ich ihnen *doch* nicht traue, oder nicht? Dass ich davonlaufe, weil die Geschehnisse mich *ihnen allen* gegenüber misstrauisch gemacht haben!«

»Darauf weiß ich keine Antwort, Liebste«, seufzte Cayleb.

»Wenn Ihr gestattet, Majestät«, meldete sich zaghaft Seahamper zu Wort.

»Welche Majestät, Edwyrd?«, fragte Sharleyan nach.

»Tatsächlich meine ich beide Majestäten, Majestät.« Sharleyans Leibgardist lächelte kurz, dann wurde er wieder ernst. »Prinz Nahrmahns Lageeinschätzung stimmt, da bin ich mir sicher. Was Euer Problem angeht: Warum wendet Ihr Euch nicht direkt ans Volk? Sprecht zuerst vor dem Parlament und danach, vielleicht noch am Mittwoch, von der Kanzel der Kathedrale! Tretet zusammen mit dem Erzbischof vor die Leute und sagt Ihnen offen und ehrlich, Ihr müsstet nach Chisholm zurück. Ihr müsstet es, weil Ihr Euch Euren Untertanen dort zeigen müsstet. Sie müssten mit eigenen Augen sehen können, dass Ihr unversehrt und wohlauf wäret, und sie müssten von Euch selbst erfahren, dass Eure charisianischen Gardisten ihr Leben dafür gegeben haben, Euch zu retten. Ich glaube, dass sich die Charisianer so überzeugen lassen. Und für die Zeit Eurer Abwesenheit könntet Ihr doch Graf Gray Harbor und Erzbischof Maikel die Regierungsgeschäfte führen lassen. Auf die beiden könnt Ihr zählen; sie behalten die Lage sicher im Griff, bis Ihr wieder zurück seid – oder bis Seine Majestät, der Kaiser, zurückkehrt. Seine Erlaucht, der Graf, und Seine Exzellenz, der Erzbischof, sind auch deshalb eine gute Wahl, weil es die Charisianer davon überzeugen wird, dass Ihr Charisianern sehr wohl vertraut und Euch deshalb auch gar nicht in Eure Heimat flüchten müsst.«

»Der Mann hat Recht, Sharleyan«, stellte Cayleb nach kurzem, nachdenklichem Schweigen fest. »Wir waren uns einig, dass du während meiner Abwesenheit das Kaiserreich von hier aus allein regierst, weil wir ein Zeichen setzen wollten – und du sowieso hier warst. Wärst du in Chisholm gewesen, hätte ich die Regierungsgeschäfte für das Königreich Charis Rayjhis und Maikel übertragen. Außerdem setzt auch deine Rückkehr nach Chisholm ein Zeichen. Du beweist, dass du das Recht, den Intellekt und den Willen hast, eigenständig zu handeln, wenn es für uns beide schlichtweg unmöglich ist, alles abzusprechen. Damit eröffnen wir uns nur noch mehr Möglichkeiten, unabhängig voneinander Entscheidungen zu treffen.«

»Ich kann meinen beiden Vorrednern nur zustimmen, Durchlaucht«, war es nun an Merlin, etwas zu sagen. »Eine bessere Analyse der Lage weiß ich nicht zu geben. Was mir neben der Beinahe-Katastrophe in Sankt Agtha nur einmal mehr beweist, dass ich längst nicht so klug bin, wie ich immer gedacht habe.«

Nachdenklich schaute Sharleyan den hochgewachsenen, breitschultrigen Mann mit den Saphir-Augen an – diesen Mann, in dem sie immer noch nicht ganz eine Frau namens Nimue zu sehen vermochte. Sie wusste nicht viel über Merlin oder Nimue und hätte gern mehr über diese erschreckende, andersartige Welt erfahren, der Nimue entstammte. Doch schon jetzt wusste Sharleyan den Grund dafür, warum ihr Merlins Verhalten Cayleb oder ihr oder anderen Würdenträgern gegenüber so sonderbar vorgekommen war. Die Vertrautheit, die er sich beispielsweise ihr gegenüber herausnahm, hätte sich ein Seahamper trotz der Tatsache, seit der Kindheit seiner Kaiserin mit ihr auf vertrautem Fuß gestanden zu haben, nie erlaubt. Sharleyan kannte es nicht anders: Im Umgang mit hohen Würdenträgern schlug man in ganz Safehold einen ehrerbietigen Ton an. Die Würdenträger wiederum waren sich ihrer Rolle bewusst, wussten um ihre herausgehobene gesellschaftliche Stellung. Nimue Alban aber war in einer Welt aufgewachsen, in der es keine Könige mehr gab, keine Königinnen oder Kaiserinnen. Nimue selbst entstammt einer der wohlhabendsten und einflussreichsten Familien ihrer Welt. Sie war immun gegen die unwillkürliche, anerzogene Ehrerbietung der Safeholdianer, ihrem sozialen Instinkt der Unterwerfung gegenüber. Das war der Grund, warum Merlin so selbstbewusst Vertrautheit lebte, die er sich erworben hatte, auch wenn er jemanden, Cayleb zum Beispiel, respektierte.

Wie aufschlussreich! Und wie aufschlussreich, dass Cayleb von eben diesem Mann, einem Gardisten, diese Ehrerbietung nicht erwartet! *Dass er nicht beleidigt ist, wenn jemand sich ihm nicht gleich unterwirft, sagt viel über Cayleb und seine Erziehung aus*, ging es Sharleyan durch den Kopf.

»*Ich* habe schon immer gewusst, dass Ihr nicht so klug seid, wie Ihr immer dachtet«, stichelte Cayleb und grinste Merlin breit an. »Aber was hat *Euch* auf dieses eher unwichtige Detail aufmerksam gemacht?«

»Nun, Hoheit«, erwiderte Merlin und lächelte sanft, »ich hätte Ihre Durchlaucht vor diesem Mordanschlag warnen können, wenn ich ihr nur einen Kommunikator überlassen hätte. Und wenn ich das getan hätte ...«, abrupt verschwand das Lächeln von seinem Gesicht, »hätte von ihren Männern keiner sterben müssen.«

»Nicht, Merlin!« Kopfschüttelnd blickte Sharleyan ihn an. »Es ging doch gar nicht! Ihr hättet mir doch erst all Eure Geheimnisse anvertrauen müssen – und es nebenbei bemerkt der Bruderschaft von Sankt Zherneau wegen gar nicht gedurft –, ehe Ihr mir diesen, diesen ... Kommunikator, oder wie das heißt, hättet geben können – was ist das überhaupt?«

»Habt Dank, denn Ihr seid mir gegenüber gnädiger, als ich es verdiene«, gab Merlin zurück. »Wie dem auch sei: *Das* hier ist ein Kommunikator.«

Er griff in seine Gürteltasche und zog ein Gerät hervor, kleiner als Sharleyans Handfläche. Es bestand aus einem ihre unbekannten harten, glänzend-schwarzen Material. Merlin berührte er das Gerät, und eine Klappe sprang auf. Winzige Lichtpunkte unterhalb eines rechteckigen Feldes, das aussah, als bestehe es aus Milchglas, erwachten zum Leben. Sharleyan riss die Augen auf, und dann japste sie begeistert auf, als diese ›Milchglasscheibe‹ plötzlich ebenfalls zum Leben erwachte, gleichsam eine magische Schiefertafel, auf der nun schimmernde Buchstaben erschienen.

»Das, Durchlaucht, nennt man einen ›Sicherheits-Kommunikator‹«, erklärte der *Seijin.* »Ich werde jetzt nicht versuchen, Euch zu erklären, wie er funktioniert. Um ehrlich zu sein: Die meisten Menschen, die ich in der Zeit gekannt habe, als ich noch Nimue war, haben es auch nicht richtig verstanden. Sie brauchten ja auch nur zu wissen, wie man den Kommunikator *bedient.* Mehr müsst Ihr auch nicht können. Seine Hauptfunktion besteht darin, dass man schnell und sicher auch über größere Entfernungen hinweg miteinander kommunizieren kann, einfach indem man miteinander spricht. Es gibt zwar noch diverse andere Funktionen, die ich aber deaktiviert habe – zumindest vorerst«, setzte er rasch hinzu. »Unter anderem kann dieses Gerät holographisches Bildmaterial darstellen – im Prinzip das Gleiche wie gewöhnliche Bilder –, und es kann Sprachmitteilungen übermitteln. Letztendlich werdet Ihr, dessen bin ich mir sicher, auch noch andere Funktionen nutzen wollen. Aber vorerst halte ich es für das Beste, alles so einfach wie möglich zu halten. Es könnte Komplikationen geben, wenn Ihr aus Versehen eine Holo-Aufzeichnung von, sagen wir, Cayleb abspielt und jemand anderes das eventuell sieht oder hört. Ich glaube nicht, dass uns gefiele, wie die meisten so etwas interpretieren würden«, schloss er trocken.

»Nein, das will sicher keiner von uns«, meinte Sharleyan nur.

»Gut, Durchlaucht, dass Ihr das genauso seht wie ich.« Er lächelte. »Cayleb nämlich war nicht so glücklich darüber, als ich das Gleiche mit *seinem* Kommunikator gemacht habe.«

»Weil«, warf Cayleb sofort ein, »er mir als Erstes gezeigt hat, wie diese holographischen Aufzeichnungen funktionieren.

Merlin nennt sie gern Bilder, aber eigentlich sind sie eher wie ... wie Statuen, die sich bewegen und die sprechen können. Und«, er warf Merlin einen gestrengen Blick zu, »als Allererstes hat er mir ein ›Bild‹ von *dir* gezeigt.«

»Dann ist es wahrscheinlich sehr gut, dass er mir das nicht auch gezeigt hat«, gab Sharleyan zurück.

»Was denn, ein Bild von dir?«, fragte Cayleb unschuldig nach und wich aus, als sie spielerisch nach seiner Schulter schlug.

»Wie ich schon sagte«, fuhr Merlin fort und hob die Stimme, »hat ein Kommunikator noch einige andere nützliche Funktionen. Für uns am wichtigsten ist wohl, dass Ihr und Cayleb – oder auch einer von Euch beiden und ich – unabhängig von unserem Aufenthaltsort miteinander sprechen können. Natürlich gibt es einige Einschränkungen. So ist es schon für *mich* schwierig genug, einen Moment echter Privatsphäre herzustellen. Privatsphäre für eine gewisse Zeit braucht man aber nun einmal, wenn man den Kommunikator benutzen will. Für Euch beide wird privaten Raum zu finden noch ungleich schwieriger sein. Aber es gibt ein paar Dinge, die wir unternehmen können, um das Ganze zu vereinfachen.«

Mit der Fingerspitze berührte er ein blinkendes Symbol auf der Glasfläche – den Kopf eines Mannes, der den Zeigefinger vor die Lippen hält. Das Glasfeld wurde schwarz, dann erschienen weitere Buchstaben darauf. Sharleyan beugte sich etwas näher zu Merlin herüber und las sie.

›Aufbau einer abgesicherten Relais-Verbindung eingeleitet‹, stand dort. Obwohl Sharleyan fast alle diese Worte kannte, hatte sie doch keine Ahnung, was das bedeuten sollte.

»Im Prinzip habe ich gerade nichts anderes getan, als eine Verbindung zwischen diesem Gerät hier und der SNARC herzustellen, die über dem ›Kessel‹ im Orbit stationiert ist. Wenn Ihr das Icon auf dem Bildschirm berührt – dieses leuchtende Symbol hier, das ich gerade angetippt habe –, dann sucht sich das

Kom automatisch das nächste abgesicherte Relais. Die Übertragung wird dann elektronisch umgeleitet zu ...«

Merlin stockte, dann schüttelte er den Kopf.

»Jetzt spule ich schon die Details ab, die wir im Augenblick gar nicht brauchen! Also gut: Wenn Ihr dieses Icon berührt, dann verbindet sich der Kommunikator mit dem abgesicherten Netzwerk, das ich angelegt habe. Über den Kommunikator kann man dann mit Owl in Kontakt treten und auf die SNARCs zugreifen. Selbst wenn die Orbital-Antenne, von der ich Euch erzählt habe, nach nicht genehmigten Übertragungen suchen sollte, würde es diese hier nicht aufspüren können. Aber sobald die Verbindung erst einmal hergestellt ist, kann Owl Euch jederzeit mit mir verbinden, wann immer Ihr mit mir sprechen müsst, ganz egal, wo wir uns gerade aufhalten.«

Sharleyan blickte ihn erstaunt an, als könne sie nicht ganz glauben, was sie hier zu hören bekam, und Merlin lächelte.

»Schaut«, sagte er nur und hielt sich den Kommunikator vor den Mund.

»Owl?«, sagte er.

»Jawohl, Lieutenant Commander?«, drang nach einer kaum merklichen Pause eine Stimme aus dem ›Sicherheits-Kommunikator‹.

»Owl, ich füge Kaiserin Sharleyan, Kaiser Cayleb und Erzbischof Maikel zur Liste autorisierter Netzwerk-User hinzu. Und wo ich gerade darüber nachdenke: Nehmen wir doch auch noch Sergeant Seahamper dazu, nur zur Sicherheit. Bitte bestätigen.«

»Jawohl, Lieutenant Commander«, erwiderte die Stimme. »Kaiserin Sharleyan, Kaiser Cayleb, Erzbischof Maikel und Sergeant Seahamper sind jetzt als autorisierte Netzwerk-User eingetragen.«

»Gut. Das ist alles, Owl.«

»Jawohl, Lieutenant Commander.«

»War das wirklich dieses ›Computer‹-Ding, von dem Ihr

gesprochen habt?«, fragte Sharleyan in einem Tonfall, der ihre Begeisterung deutlich erkennen ließ.

»Ja«, gab Merlin zurück und schüttelte mit einem schiefen Grinsen den Kopf. »Leider ist Ding mehr als richtig. Für eine Computer-KI ist Owl nicht gerade helle, aber die Gebrauchsanweisung hat mir fest versprochen, Owl verbessere sich noch.«

»Für mich klingt das schon jetzt wundersam!«

»Das vergeht, spätestens wenn Ihr Owl etwas erklären müsst, was außerhalb ihrer normalen Betriebsparameter liegt.« Merlin schloss die Augen und schüttelte sich kurz. Dann öffnete er die Augen wieder und reichte der jungen Kaiserin das Gerät.

Äußerst vorsichtig griff sie danach, und er lächelte sie beruhigend an.

»Macht Euch keine Sorgen, Eure Durchlaucht. Ich werde das alles noch einmal mit Euch durchgehen, bevor ich wieder aufbreche. Und ich werde Euch noch ein weiteres dieser Geräte hier lassen, mit der Bitte, es dem Erzbischof auszuhändigen.«

»Glaubt Ihr tatsächlich, ich könnte dem Erzbischof Eure Erläuterungen dazu einfach weitergeben?« Sharleyan bemühte sich ernstlich, sich ihre Beklommenheit nicht anmerken zu lassen. Doch es war Merlins Gesichtsausdruck anzusehen, dass sie dabei kläglich versagt hatte.

»Macht Euch keine Sorgen!«, wiederholte er. »Das ist tatsächlich viel einfacher als die Dinge, die Ihr ohnehin schon jeden Tag tut. Aber zu dem Kommunikator gehört noch das hier.«

Wieder griff er in seine Tasche und holte noch etwas anderes hervor. Es war schwierig, die Form des kleinen Gegenstandes auszumachen, der jetzt auf seiner Handfläche lag. Denn was immer es war: Es bestand aus einem Material, das noch klarer war als sauberstes Wasser.

»Das kommt in Euer Ohr, Durchlaucht«, sagte er. »Für den Erzbischof habe ich auch noch einen davon.«

»Und was, bitte schön, *macht* dieses Ding in meinem Ohr, *Seijin* Merlin?«, fragte Sharleyan ein wenig misstrauisch.

»Wahrscheinlich werdet Ihr nicht einmal bemerken, dass es da ist«, versuchte Merlin sie zu beruhigen. »Das ist bewusst so konstruiert, dass es praktisch unsichtbar ist, und dabei so bequem zu tragen, dass man es dauerhaft im Ohr belassen kann. Nun zu seiner Funktion: Das ist ein Audio-Relais zum Kommunikator. Solange Ihr das im Ohr tragt und Euch vom Kommunikator nicht weiter entfernt als etwa tausend Fuß, könnt Ihr eine eingehende Nachricht von mir hören – oder auch von Cayleb –, ohne dass jemand etwas davon mitbekommen kann.«

»Wirklich?« Wieder leuchteten Sharleyans Augen auf, ihr Blick huschte zu Cayleb hinüber.

»Genau das habe ich auch gedacht, als Merlin es mir auf dem Weg hierher erklärt hat«, sagte Cayleb sofort. »Bedauerlicherweise, Liebste, kannst du mich dann zwar hören, ohne das jemand in deiner Umgebung etwas davon mitbekommt. Aber ich muss leider immer noch in diesen ›Kommunikator‹ hineinsprechen, was meine Umgebung mitbekommen könnte. Wenn ich also so etwas mache, während ich ... tja, was denn, ich weiß nicht ... sagen wir: gerade im Kriegsrat sitze, dann könnte das früher oder später auffallen.«

Sie lachte auf und blickte ihn kopfschüttelnd an, dann wandte sie sich wieder an Merlin.

»Wird dieses Relais mich davon abhalten, mit diesem Ohr noch zu hören?«

»Nein, Durchlaucht«, versicherte Merlin ihr. »Das ist eigens darauf ausgelegt, jeden anderen Laut, den Ihr normalerweise hören würdet, aufzunehmen und ganz normal weiterzuleiten. Wenn Ihr wolltet, könntet Ihr das Gerät auch auf eine höhere Empfindlichkeit einstellen und so Dinge hören, die Ihr normalerweise nicht würdet wahrnehmen können. Aber ich würde Euch davon abraten, an den Einstellungen herumzuspielen, solange Ihr Euch noch nicht ganz an das Gerät gewöhnt habt.«

»Ach, ich denke, *dieser* Versuchung kann ich leicht genug widerstehen!«

»Gut.«

Merlin reichte ihr den transparenten kleinen Ohrhörer und half ihr dann dabei, ihn richtig einzusetzen. Einen Moment lang fühlte es sich für Sharleyan unangenehm an; schließlich war ihr Gehörgang verstopft. Doch dann schien dieses ›Relais‹ fast zu verschwinden, denn es passte sich eigenständig der Form ihres Ohres an.

»Das Gerät ist so konstruiert, dass Euer Ohr ganz normal atmen kann, und Schweiß kann sich hinter dem Ohrhörer auch nicht sammeln«, erklärte Merlin ihr noch. Seine Stimme klang ein wenig sonderbar. Zweifellos war es wirklich Merlins Stimme, doch die Klangfarbe hatte sich sonderbar verändert. Das war nur eine Kleinigkeit. Sharleyan würde sich sicher rasch daran gewöhnen. Trotzdem lief ihr ein kleiner Schauer über den Rücken: Es war aufregend zu begreifen, dass sie jetzt zumindest schon eine Winzigkeit dieser ›Technologie‹ benutzte, die Langhorne und Bédard vor so vielen Jahrhunderten der gesamten Menschheit gestohlen hatten.

»Was nun die Frage angeht, wie Ihr Euren Kommunikator programmiert ...«, setzte Merlin an, brach aber mitten im Satz ab, weil Cayleb mit dem Zeigefinger geradewegs unter der Nase des *Seijin* herumwedelte.

»Ihr hattet mir gesagt, Ihr würdet nur ein paar Minuten brauchen, um Ihr das alles zu erklären!«, sagte der Kaiser. »Und wenn ich es mir recht überlege, könntet Ihr das mit Ihr doch auch mit Hilfe dieses ›Audio-Relais‹ durchgehen, während wir zurück nach Corisande fliegen, oder nicht?«

»Ja, das ginge«, antwortete Merlin. »Und Ihr bittet mich das zu tun, weil ...?«

»Weil es Zeit für Edwyrd und Euch wird, auf die Suche nach diesem Kartenspiel zu gehen«, erklärte Cayleb ihm. »Ich habe meine Frau seit fast sechs Monaten nicht mehr gesehen. Ich habe die Absicht, ein wenig dieser verlorenen Zeit nachzuholen, bevor Ihr und ich nach Corisande zurückkehren. Und ich wollte *jetzt* damit anfangen!«

»Oh!«

Merlin blickte zu Seahamper hinüber. Der Sergeant grinste breit und unverhohlen, und Merlin zuckte mit den Schultern.

»Vergesst nicht, dass wir zurückkehren müssen, solange es in Corisande noch dunkel ist, Cayleb«, sagte er mit sanfter Stimme.

»Ach, das mache ich schon! Aber Ihr hattet mir doch gesagt, wir könnten den Flug in nur neunzig Minuten schaffen, wenn es nötig ist.«

»Ich hatte gesagt, wir könnten die Strecke in anderthalb Stunden schaffen, wenn es sich um einen *Notfall* handelt«, korrigierte Merlin ihn.

»Also, wenn ich bloß ein paar Stunden habe, die ich mit meiner Frau verbringen kann, und das *kein* Notfall ist, dann müssen wir uns unbedingt noch einmal über die Bedeutung dieses Wortes unterhalten!«

Sharleyan mühte sich nach Kräften, nicht zu kichern, und Seahamper tauschte einen Blick mit Merlin.

»Es gibt ein paar Dinge, gegen die nicht einmal ein *Seijin* ankommt, selbst wenn er in Wirklichkeit ein acht- oder neunhundert Jahre alter ›PICA‹ ist«, erklärte der Gardist.

»Ich merk's gerade«, gab Merlin zurück.

»Kommt!« Mit dem Kinn deutete Seahamper zu Sharleyans Balkon hinüber. »Falls Ihr keine Karten dabei haben solltet: Ihre Majestät hat ein paar Kartenspiele in ihrem Wohnraum.«

Juli,
im Jahr Gottes 893

.I.

Prinz Hektors Palast, Manchyr, Corisande-Bund

»Ich denke, es ist soweit«, sagte Prinz Hektor bitter.

Graf Tartarian und er standen allein in dem kleinen privaten Ratszimmer. Die Hände hinter dem Rücken verschränkt stand der Prinz vor dem Turmfenster und blickte über die Dächer seiner Hauptstadt hinweg. In der Ferne, jenseits der großen, blauen Wasserfläche des Hafens, konnte er mit bloßem Auge gerade noch die winzigen weißen Flecken am Horizont erkennen. Segel. Die Segel charisianischer Schoner, die dort lauerten, die ihn beobachteten, die nur darauf warteten, ihre größeren, mächtigeren Schwesterschiffe herbeizurufen, sollte auch nur ein einziges Schiff aus Tartarians Flotte töricht genug sein, sich aus dem Schutz der Geschützbatterien am Ufer herauszuwagen.

Immer noch besser, als in die andere *Richtung zu blicken,* dachte er verbittert. *Belagerungslinien und Artilleriestellungen sind so ... aufdringlich.*

»Mein Prinz, ich ...«, setzte der Graf an.

»Ich weiß, was Sie sagen wollen, Taryl«, fiel ihm Hektor ins Wort, ohne den Blick vom Hafen abzuwenden, »und Sie haben Recht. Wenn es so weiterläuft, können wir die Hauptstadt noch mindestens drei oder vier Monate halten. Wahrscheinlich sogar noch länger. Also ist die Lage noch nicht verzweifelt. Aber genau darum geht es mir ja. Wenn ich Cayleb *jetzt* anbiete, in Verhandlungen zu treten, habe ich noch eine gute Ausgangsposition; eine bessere werde ich kaum finden. Und«, er lächelte dünn, »wenigstens sind Irys und Daivyn für ihn unerreichbar.«

So sehr Tartarian sich auch bemühte: Sein Gesichtsausdruck verriet ihn doch, und Hektor stieß ein bellendes Lachen aus.

»Ach, ich bin sehr zuversichtlich, dass sie mittlerweile bei Phylyp in Sicherheit sind, Taryl! Entweder das, oder ...« Einen Moment lang wirkte seine Miene sehr angespannt. »Oder sie liegen auf dem Meeresgrund. Und wenn es Captain Harys geschafft hat, nach der Schlacht im Darcos-Sund die *Lanze* nach Hause zu bringen, wird er auch die *Schwinge* in die Shwei Bay schaffen. Und ich vertraue ganz darauf, dass Phylyp sie bis nach Delferahk bringt.« Tief holte er Luft und schüttelte sich, als wolle er einen Albtraum vertreiben »Abgesehen davon: Wenn ihr Schiff wirklich aufgebracht worden wäre, dann hätte mir Cayleb mittlerweile darüber berichtet! *Das* würde er gewiss nicht geheim halten. Schließlich weiß er ganz genau, dass er den Druck auf mich immens erhöhen würde, wenn sich die beiden in seiner Hand befänden.«

Tartarian nickte, und Hektor zuckte mit den Schultern.

»Gehen wir also davon aus«, fuhr der Prinz fort, »dass sie für ihn unerreichbar sind. Bedauerlicherweise gilt das für *mich* nicht, und das wird sich auch nicht ändern. Das heißt, von jetzt an wird meine eigene Position nur immer schwächer.«

»Das ist zweifellos wahr, Mein Prinz«, pflichtete ihm der Graf mit besorgter Miene bei, »aber das ist Cayleb doch gewiss auch bewusst. Wäre ich an seiner Stelle, dann wäre ich wohl geneigt, jeglichen Vorschlag, in Verhandlungen zu treten, geflissentlich zu ignorieren, bis die Lage der Gegenseite deutlich verzweifelter wäre – so Leid es mir tut, das sagen zu müssen.«

»Diese Möglichkeit besteht immer«, räumte Hektor ein. »Aber es gibt auch noch andere Dinge zu bedenken. Cayleb hasst mich aus tiefster Seele. Na gut, das beruht auf Gegenseitigkeit, und das wird er auch nicht vergessen. Wahrscheinlich wird er sich auch überlegen – und ich muss zugeben, dass er damit ganz und gar Recht hätte –, dass ich ihn zum frühestmöglichen Zeitpunkt verraten würde. Er wird also in der Tat geneigt sein, mich zumindest noch ein wenig länger im eigenen Saft schmoren zu lassen.

Aber er wird auch darüber nachdenken, was geschehen wird, nachdem er diese Schlacht gewonnen hat. Seien wir doch mal ehrlich!«, kurz bleckte Hektor die Zähne. »Auf die eine oder andere Weise *wird* er gewinnen. Das ist nicht Ihre Schuld, und auch nicht die von Rysel oder Koryn. Wenn es überhaupt einen Schuldigen gibt, dann bin ich das wohl. Der wahre Grund ist, dass uns einfach nie die Zeit geblieben ist, uns an diese kleinen *Überraschungen* anzupassen, die er uns immer wieder Freude hat zu bereiten.

Andererseits, darauf haben Sie mich selbst aufmerksam gemacht, ist Corisande nicht gerade klein. Ohne Zugriff auf Irys und Daivyn wird Cayleb sich Sorgen darum machen müssen, wie er das Fürstentum nach Kriegsende befrieden will. Und die beste Möglichkeit, die sich ihm bietet, um eine friedliche Kapitulation zu erreichen, wird darin bestehen, im Rahmen ordnungsgemäßer Verhandlungen eine Einigung mit mir zu erzielen.«

»Aber wenn er doch gar nicht damit rechnet, dass Ihr Euch länger als unvermeidbar ... als besiegt anseht, wird er Euch auch nicht mehr Macht zugestehen als unbedingt notwendig«, warf Tartarian ein.

»Richtig, wird er nicht. Tatsächlich wird er sogar darauf bestehen, alles in seiner Macht Stehende zu unternehmen, um mich handlungsunfähig zu halten«, bekräftigte Hektor grimmig. »Ich meinerseits werde mich den meisten seiner Kapitulationsbedingungen nicht widersetzen können. Das Beste, worauf ich mir derzeit berechtigt Hoffnung machen kann, wäre wohl, dass er mir rein formal den Thron lässt und mir ›Ratgeber‹ zur Seite stellt. Vielleicht läuft es auch auf einen echten Vizekönig mit einer ernst zu nehmenden Garnison heraus. Jedenfalls wird mir jemand bei jeder Entscheidung über die Schulter schauen und jeden Schritt, den ich unternehme, so aufmerksam beobachten wie eine Wyvern ein Kaninchen. Cayleb ist kein Narr, Taryl. Er weiß, dass der Tod seines Vaters auf meinen Befehl hin geschah. Er weiß auch, dass es mir herzlich egal ist, wer ihm, Cayleb, den Kopf abschlägt … Hauptsache, jemand tut es!« Das Lächeln des Prinzen von Corisande war sehr schmallippig. »Wenn er mich also überhaupt noch auf dem Thron lässt, wird das zu Bedingungen sein, die mich kaum besser dastehen lassen als einen Gefangenen.

Aber sehen Sie: Er mag Corisande erobern, er mag es seinem Kaiserreich einverleiben, aber der Kirche muss er sich immer noch entgegenstellen! Im Augenblick ist er vor ihr sicher – noch hat die Kirche ihre neue Flotte nicht. Aber das wird eines Tages anders sein. Die Flotte zu bauen, ist Zeit genug. Schließlich ist es völlig ausgeschlossen, dass Cayleb Howard und Haven einnimmt! Und wenn die Kirche ihre neue Flotte erst einmal hat, wird es keine unausgewogenen Schlachten wie die im Darcos-Sund mehr geben. Also wird unser geschätzter Freund Cayleb eines Tages feststellen müssen, dass er um das eigene Überleben kämpft, und das mit jedem Mann und jedem Schiff – mit allem, was sich nur auftreiben lässt. Es wird dauern, bis es soweit ist, aber – wie gesagt – es *wird* geschehen, Taryl! Und wenn es so weit ist, wenn er gezwungen ist, jede einzelne Garnison, die er in Corisande zu halten gedacht hatte, deutlich zu verkleinern, wenn seine Aufmerksamkeit ganz einer tödlichen Bedrohung aus einer anderen Richtung gilt, dann – *dann*, Taryl! –, wird seine Vorsicht hier nachlassen! Es kann gar nicht anders sein. Und wenn die Zeit kommt, egal, wie lange es auch dauert: Ich werde bereit sein!«

Tartarian blickte seinem Prinzen in die harten, hasserfüllten Augen. Er erkannte die wilde Entschlossenheit, die in jener unergründlichen Tiefe schwärte. Hätte Cayleb Ahrmahk sehen können, was sich Taryl Lektor hier darbot, hätte er sich niemals auf irgendetwas anderes eingelassen als darauf, sich Hektor Daykyns Kopf überreichen zu lassen.

Einen winzigen Moment lang ertappte sich Tartarian bei dem Wunsch, Cayleb zu dienen, nicht Hektor. Es war nicht *Caylebs* Machthunger gewesen, der Grund für die Feindschaft zwischen Corisande und Charis war. Die Art und Weise, in der Cayleb mit Nahrmahn Frieden geschlossen hatte, bewies eindeutig, dass der charisianische Kaiser bereit war, zumindest unter *gewissen* Umständen die Vergangenheit ruhen zu lassen. Tartarian zweifelte ernstlich daran, dass ein ehrlicher, aufrechter Mensch sich berechtigt über die Art und Weise beschweren könnte, in der Hektor von jeher über sein Volk geherrscht hatte. Skrupellos, das wohl, aber zugleich doch gerecht und erstaunlich aufrichtig. Wenn er sich doch nur damit zufrieden gegeben hätte, wenn er doch nur seinen gewaltigen Machthunger bezwungen und dem ›Großen Spiel‹ abgeschworen hätte ...!

Doch Tartarian ließ diesen Gedanken rasch wieder fallen. Was er sich wünschte, würde nichts an den realen Gegebenheiten ändern. Es spielte keine Rolle, wie Corisande in die momentane Lage geraten war: Tartarian war Corisandianer, kein Charisianer. Hektor war sein Prinz; Tartarian schuldete ihm Lehnstreue. Hektors Herrschaftsstil hatte dazu geführt, dass alle Corisandianer ihm beinahe ebenso willfährig zur Seite standen wie die Charisianer dem Hause Ahrmahk.

Vielleicht hat der Prinz ja Recht, dachte der Graf. *Vielleicht wird Cayleb erkennen, dass das Volk treu zu Hektor steht. Vielleicht begreift er, welche katastrophalen Folgen es für ihn hätte, wenn er Hektor absetzt oder gar hinrichten lässt. Cayleb ist weiß Gott* klug *genug, das zu begreifen ... vorausgesetzt, er bringt es fertig, Hektor zumindest etwas* weniger *zu hassen als Hektor im Umkehrzug* ihn.

Noch einmal dachte Tartarian an die Kapitulationsbedingungen, die Cayleb Nahrmahn angeboten hatte. Er beschloss, einfach das Beste zu hoffen.

.II.

Ein Lagerhaus, Manchyr, Corisande-Bund

»Er hat einen Herold zu Cayleb geschickt.«

»Sind Sie sicher?«, fragte Pater Aidryn Waimyn sofort nach, in deutlich schärferem Tonfall, als er das eigentlich beabsichtigt hatte.

»Selbstverständlich bin ich sicher!« Sein Gegenüber trug den bestickten Kasack eines niederen Hoffunktionärs oder eines Angehörigen des niederen Adels; seine Stimme klang sehr beißend. »Ihr denkt doch wohl nicht, ich wäre jetzt hier und würde dieses Gespräch mit Euch führen, wenn es anders wäre, oder?«, setzte er nach, und seine Miene wirkte äußerst angespannt.

»Natürlich nicht.« Wie zur Entschuldigung schüttelte Waimyn den Kopf. Dann blickte er sich in dem staubigen Arbeitszimmer um. Es befand sich in einem der zahlreichen Lagerhäuser, die seit der charisianischen Blockade Manchyrs praktisch verwaist waren. Waimyns Blick wanderte scheinbar ziellos weiter. Falls er nach etwas gesucht haben sollte, hatte er es nicht gefunden. Sein Blick kehrte wieder zum Gesprächspartner zurück.

»Es ist nur ... es ist wichtig, dass ich mir sicher sein kann, das ist alles«, erklärte er.

»Warum?«, fragte sein Gegenüber sofort nach. Doch dann schüttelte er ebenfalls abwehrend den Kopf, deutlich rascher und heftiger, als Waimyn das getan hatte. »Nein, sagt es mir nicht! Ich glaube, ich möchte es gar nicht wissen.«

»Das denke ich auch«, gab Waimyn mit einem schiefen Grinsen zurück. »Ich hielte es sogar für besser, wenn Sie sich niemals an dieses Gespräch erinnerten.«

»Ich nehme das als einen Befehl von Mutter Kirche«, erklärte ihm sein Besucher. Auch er blickte sich nun in dem Lagerhaus um und zuckte dann mit den Schultern.

»Ich gehe dann jetzt«, sagte er und schritt durch die Tür hinaus in die leere, ruhige Geräuschlosigkeit des ungenutzten Warenhauses.

Waimyn blickte ihm hinterher. Dann holte er tief Luft und versenkte sich schweigend ins Gebet.

Ein Intendant musste sich oft um Dinge kümmern, die außerhalb der offiziellen Parameter seiner Pflichten lagen. Gelegentlich konnten diese zusätzlichen Aufgaben zu einem Gefühl tiefster Befriedigung führen – und zu der Gewissheit, etwas erreicht zu haben. In anderen Fällen wiederum lasteten diese Aufgaben schwer wie die Hand Schuelers selbst auf ihm.

Dies hier gehörte eindeutig zu den anderen Fällen. Bischof-Vollstrecker Thomys wusste nichts von den Weisungen, die sein Intendant vom Großinquisitor erhalten hatte. Oder zumindest *glaubte* Waimyn, der Bischof-Vollstrecker wisse nichts davon. Es war immer noch möglich, dass der Bischof-Vollstrecker über alles bestens Bescheid wusste und einfach nicht die Absicht hatte, das auch zuzugeben. Nicht, dass es für Waimyn irgendwie von Bedeutung gewesen wäre. Nein, eigentlich nicht.

Erneut atmete er tief durch, dann straffte er die Schultern, verließ sein Arbeitszimmer, schloss leise hinter sich die Tür und folgte dem anderen Mann in die Stille des Lagerhauses hinaus.

.III.

Manchyr, Corisande-Bund

Für einen Moment schloss Hektor Daykyn die Augen und genoss die sanfte Brise, die ihn umwehte. Auch wenn es offiziell Herbst war, hatte der Juli doch so viel an Hitze und Schwüle gebracht, vor allem im letzten Fünftag, dass das heutige Wetter besonders willkommen war. Es war immer noch unbestreitbar warm. Aber das Gewitter, das am Morgen über das Land gezogen war, hatte der elendiglichen Schwüle endlich ein Ende gemacht. Die sanfte Brise, die vom Hafen her wehte, stellte eine willkommene Erleichterung dar.

Es ist gut, endlich wieder einmal aus dem Palast herauszukommen, dachte der Prinz von Corisande. Hinter den Mauern des Palastes wurde man schnell zum Gefangenen. Eingesperrt zu sein war dabei kein Gefühl, dass sich nur auf das Körperliche beschränkte; man schien auch die geistige Beweglichkeit zu verlieren und die Unabhängigkeit des Herzens. Hektor *brauchte* die frische Luft, das Sonnenlicht und die Wolken, und er musste auch endlich wieder die Bewegungen eines Pferdes unter sich spüren. Seine regelmäßigen Inspektionsritte waren wichtig für die Moral seiner Soldaten und Matrosen, das wusste Hektor. Aber er wusste auch um die Wichtigkeit dieses Ausflugs: Er brauchte das für *seine eigene* Moral, und er fühlte sich nicht im Mindesten schuldig dabei.

Er warf einen Blick über die Schulter und beobachtete den jungen Burschen, der hinter ihm ritt. Hektor der Jüngere war deutlich weniger begeistert gewesen, den Palast zu verlassen, nachdem er herausgefunden hatte, dass wieder einmal von ihm verlangt wurde, an Bord einer Galeone der Flotte herumzuklettern und immer schön interessiert dreinzublicken. Momentan war er damit beschäftigt, den Gesichtsausdruck ›mürrischer Gehorsam‹ einzuüben. Aus irgendeinem unerfindlichen Grund schien er die Verpflichtung, sich an der Inspektion der Flotte zu beteiligen, sogar noch mehr als Last zu empfinden als die Ausritte zu den Befestigungsanlagen, vor denen Caylebs Armee auf der landwärtigen Seite der Hauptstadt lag.

Hektor fragte sich, ob das wohl daran liegen könnte, dass sein Sohn sich noch sehr gut an den kurzen, aber sehr prägnanten Vortrag erinnerte, den er sich auf dem blutüberströmten Deck der Galeere *Lanze* hatte anhören dürfen. Wenn dem so war: Pech! Der Junge musste endlich damit klarkommen! Tatsächlich gab es sogar *eine ganze Menge*, mit dem er endlich klarkommen sollte!

Der Kronprinz war mürrisch und niedergeschlagen gewesen, vor allem, seit Koryn Gahrvais Armee kapituliert hatte. Na ja, das war ja nun kaum überraschend! Nicht einmal ein verzogener, ständig nur mit sich selbst beschäftigter, bockiger Prinz, der gerade sechzehn Jahre alt geworden war, konnte gänzlich die Gefahr ignorieren, in der er von nun an in der Hauptstadt schwebte. Manchmal mochte das sogar sein Gutes haben: Vielleicht brachte das besagten verzogenen, egozentrischen Prinzen ja dazu, sich tatsächlich um seine Pflichten zu kümmern. Bedauerlicherweise schien der junge Hektor vor allem verärgert und unglücklich, wenn jemand ihn dazu aufforderte, sich in irgendeiner Weise anzustrengen.

Da bist du ihm gegenüber ungerecht, sagte ein enttäuschter Vater zu sich selbst. Er wandte den Blick wieder die breite Prachtstraße hinab, die zur Werft der Flotte führte. *Genau das würde Irys dir jetzt sagen ... und vielleicht hätte sie sogar Recht. Wenn ein Schwert nicht richtig gehärtet wurde, darf man dann dem* Schwert *die Schuld geben ... oder doch eher dem* Schmied?

Er wusste selbst nicht, wie er diese Frage beantworten sollte. *Lag* die Schuld bei ihm? Hatte er die Erziehung seines Sohnes irgendwie falsch angepackt? Oder lag es doch tatsächlich an dem Jungen selbst? Fehlte ihm irgendetwas, etwas Entscheidendes, was ihm keine noch so gute Erziehung wie Zauberei würde einimpfen können?

Gelegentlich kam Prinz Hektor zu dem Schluss, die Schuld liege tatsächlich bei ihm. Doch dann schaute er sich zum Vergleich einfach Irys und Daivyn an. Was auch immer es nun sein mochte, das Hektor fehlte: Sowohl seine ältere Schwester als auch sein jüngerer Brüder schienen es in mehr als ausreichendem Maße zu besitzen. Ihm, ihrem Vater, war es also gelungen, sie so zu erziehen, dass er, der Prinz, sie sich als Nachfolger auf dem Thron von Corisande vorstellen konnte. Was also war in Hektors Fall dann so furchtbar falsch gelaufen, das ausgerechnet das Kind, das eines Tages sein Erbe antreten *würde*, sich so gänzlich anders entwickelt hatte?

Weiß er vielleicht, dass du ihn nicht so sehr liebst wie Irys? Liegt es daran? Aber du hast doch dein Bestes gegeben! Diese Enttäuschung über ihn macht es dir so schwer, ihn zu lieben. Und enttäuscht hat er dich das erste Mal, da war er ... wie alt? Zehn oder elf?

Als Vater fiel ihm das Eingeständnis schwer, gar nicht mehr zu wissen, ob er seinen Sohn überhaupt noch liebte. Aber er war eben nicht *nur* ein Vater. Er war zugleich auch Regent eines Landes, ein Herrscher, und es war die Aufgabe eines Herrschers, einen angemessenen Nachfolger auszubilden. Er musste zuversichtlich sein können, dass die Regentschaft jemandem zufiele, der darauf vorbereitet war, diese Bürde auch zu tragen. In Hektors Fall konnte sich diese Zuversicht nicht entwickeln. Denn die völlig natürliche Enttäuschung eines Vaters vereinigte sich hier mit dem Wissen eines Regenten, sein designierter Erbe sei schlichtweg ungeeignet, diese Aufgabe zu übernehmen. Ärger und Sorgen aber vergifteten nur allzu leicht die Zuneigung eines Vaters zu seinem Kind.

Darum brauche ich mir im Augenblick keine Sorgen zu machen, sagte sich Hektor entschlossen. *Es gibt so viele* andere *Dinge, um die ich mich im Moment kümmern muss. Wenn ich Cayleb nicht irgendwie überzeugen kann, es sei gefährlicher, mich zu beseitigen, als mich auf dem Thron zu belassen, wird es nicht mehr von Bedeutung sein, ob Hektor der Jüngere einen fähigen Nachfolger abgegeben hätte. Denn in diesem Fall wird er eine Gelegenheit dazu niemals erhalten.*

Natürlich nicht, setzte eine andere Stimme in seinem Hinterkopf hinzu. *Und wie oft hast du in der Vergangenheit die Entschuldigung ›es gibt im Augenblick andere Dinge‹ genutzt, um dich nicht darum zu kümmern?*

Gequält verzog der Prinz von Corisande das Gesicht und spürte deutlich, wie seine Freude über die Morgensonne, die Brise und die frische, salzige Luft sich verflüchtigte. Es lag hauptsächlich daran, dass diese nörgelnde Stimme in seinem Hinterkopf Recht hatte. Er *musste* sich ›darum kümmern‹. Es fiel ihm natürlich leichter, sich das selbst gegenüber einzugestehen, als sich zu überlegen, wie genau er dabei vorgehen sollte. Aber es gingen so viele Dinge damit einher, ein Regent zu sein – oder auch ein Vater –, die ebenso wichtig wie unschön waren, und …

Dieses Mal war alles besser vorbereitet. Es waren nicht nur zwei Armbrustschützen, es waren zwölf, und keiner von Hektors Gardisten bemerkte sie rechtzeitig.

Vier Bolzen mit schweren Stahlspitzen trafen Prinz Hektor. Jede einzelne der Wunden wäre tödlich gewesen, und die Wucht des Aufpralls schleuderte den sterbenden Prinzen mit der Gewalt eines Hammers aus dem Sattel. Hektor war, als hätten ihn glühende Dornen in Brust und Bauch getroffen. Er würde fallen, fallen und immer tiefer fallen … kopfüber einen tiefen Tunnel hinein. Dann, ganz plötzlich, als er wider Erwarten doch auf dem Boden aufschlug, überwältigten ihn die Schmerzen. Er brüllte auf, und die Zeit verging wieder normal. Heißes Blut strömte aus seinen Wunden, durchweichte seinen Kasack und sein Universum aus Schmerz – die Erkenntnis traf ihn wie ein Hammerschlag, dass der Tod nun doch noch gekommen war, um ihn zu holen.

So entsetzlich die Qualen im Angesichts des Todes auch waren, er bemerkte sie kaum angesichts einer Agonie, die weit tiefer ging, als Schmerzen des Fleisches es konnten.

Im Fallen noch zuckte sein Blick zu Reiter und Pferd gleich hinter ihm. Was Hektor dazu brachte, laut aufzubrüllen, als er auf dem Boden aufschlug, war nicht sein eigener qualvoll schmerzender, sterbender Körper. Nein, es war ein tieferer, ungleich entsetzlicherer Schmerz, der ihn zerriss, als er die drei Armbrustbolzen sah, die in der Brust des Kronprinzen von Corisande steckten. Zu spät, viel zu spät, begriff Hektor, dass er seinen Sohn doch liebte – und ihn immer geliebt hatte.

.IV.

Kaiser Caylebs Kommandozelt, Feldlager-Hauptquartier, Herzogtum Manchyr, Corisande-Bund

»Mein Gott, Merlin! Seid Ihr sicher, dass sie beide tot sind?«

»Ja, das bin ich«, erwiderte Merlin. Cayleb ließ sich in den Klappstuhl sinken und schüttelte den Kopf, während er versuchte, mit dieser jüngsten, katastrophalen Entwicklung zurechtzukommen. Vögel sangen und Wyvern pfiffen leise an diesem heißen, sonnigen Nachmittag, und die gedämpften Laute eines Militärlagers schienen das Kommandozelt mit einer schützenden Hülle zu umgeben.

»Wie ist das passiert? Wer ist dafür verantwortlich?«, fragte der Kaiser nach kurzem Schweigen.

»Ich bin mir noch nicht ganz sicher, wer dafür verantwortlich ist«, gestand Merlin. »Aber ich vermute, dass Waimyn dahinter steckt.«

»Der Intendant?« Cayleb legte die Stirn in Falten. »Warum sollte die Kirche den Mann ermorden, der gegen die ›abtrünnigen Ketzer‹ kämpft? Ich meine ... oh!«

Der Kaiser verzog das Gesicht.

»Es ist erstaunlich, wie schiere Überraschung einen davon abhalten kann, klar zu denken, nicht wahr?«, sagte er bitter. »Natürlich will die Kirche – oder wahrscheinlich eher Clyntahn – ihn tot wissen. Er wollte gerade Kapitulationsbedingungen aushandeln, oder nicht?«

»Ganz genau.« Grimmig nickte Merlin. »Wahrscheinlich hat er sein eigenes Todesurteil unterschrieben, als er Euch den Herold schickte.«

»Die ›Vierer-Gruppe‹ konnte nicht zulassen, dass er die Seiten wechselt«, stimmte Cayleb ihm zu. »Nachdem Sharleyan und Nahrmahn genau das getan haben, waren sich Clyntahn und die anderen auch Hektors Treue nicht mehr sicher. Er hätte die Seiten gewechselt, ja ... zumindest wäre er lange genug an meiner Seite geblieben, um mir irgendwann ein Messer zwischen die Rippen zu rammen.«

»Ganz genau«, wiederholte Merlin. »Aber ...«

»Aber das ist nicht die einzige Wyvern, nach der die mit Steinen werfen«, fiel ihm Cayleb ins Wort. »Ach, glaubt mir, auch das verstehe ich, Merlin! Wir können nicht beweisen, dass Waimyn hinter diesem Attentat steckt. Noch weniger können wir beweisen, dass er auf direkten Befehl Clyntahns gehandelt hat. Also wer wird uns schon glauben? Vor allem, wenn die Kirche jetzt die Behauptung herausposaunt, *ich* hätte Hektor ermorden lassen, weil Hektor die ›wahre Kirche‹ unterstützt habe!«

»Und Nahrmahn, der erst Euren Vetter beim Anschlag auf Euch unterstützte, nun aber zum innersten Kreis Eurer Ratgeber gehört, passt da ganz wunderbar ins Bild!«, bemerkte Merlin. »Also wird Folgendes passieren: Die Kirche des Verheißenen wird uns das Attentat auf Hektor zuschreiben, und wenn wir dann mit der Geschichte von der Beteiligung Tempelgetreuer am Attentat auf Sharleyan aufwarten, wird es für die meisten Safeholdianer nicht mehr sein als genau das: eine Geschichte, erstunken und erlogen. Sie werden sagen, wahre Söhne der Kirche hätten so etwas doch *niemals* versucht, alles sei nur Erfindung, eine neuerliche List der Charisianer. Wir wollten mit dieser Geschichte zum einen nur decken, dass wir Halbrook Hollow aus dem Weg geräumt hätten, diesen gottergebenen, treuen Diener der Kirche, und zum anderen, um diesem infamen und absolut lächerlichem Lügengespinst, *die Kirche* hätte Hektor und seinen Sohn ermorden lassen, eine gewisse Glaubwürdigkeit zu verleihen.«

»Na wunderbar!«

Cayleb lehnte sich in seinem Klappstuhl zurück und schloss die Augen, um besser nachdenken zu können. Er wünschte, es gäbe eine Möglichkeit – irgendeine Möglichkeit! –, Merlins Analyse zu widersprechen. Bedauerlicherweise …

»Euch ist doch bewusst, dass die Tarngeschichte, die wir uns für unseren Besuch in Tellesberg zurechtgelegt haben, uns jetzt, nach dem Attentat auf Hektor, gewaltig in den Hintern beißen wird, oder nicht?«, fragte er, ohne die Augen zu öffnen. »Wen hätte ich denn sonst so unbedingt treffen wollen, persönlich und heimlich – so heimlich, dass ich nur eine einzige Leibwache mitgenommen habe, und dann noch eine Leibwache, der ich, wie allgemein bekannt ist, ganz besonders vertraue. Alle werden denken, ich hätte mich mit den Leuten getroffen, die für Hektors Ableben sorgen sollten.«

»Dieser Gedanke ist mir auch schon gekommen«, erwiderte Merlin.

»Und ich wette, nur sehr wenige Leute in Manchyr wussten oder ahnten, dass Hektor gerade die ersten Schritte unternommen hatte, um mit mir über die Kapitulationsbedingungen in Verhandlung zu treten«, fuhr Cayleb fort. »Das Argument, ich hätte keinerlei Grund gehabt, ihn ermorden zu lassen, wo er doch kurz davor war, mir sein ganzes Fürstentum zu überlassen, lässt sich daher gar nicht vorbringen.«

»Das Sahnehäubchen auf dem Ganzen ist, dass Hektor bei seinem eigenen Volk auch noch so beliebt war. Mir fällt nichts ein, womit wir die Corisandianer überzeugen könnten, *nicht* hinter dem Attentat zu stecken. Also wird es höllisch schwer werden, hier in Corisande auch nur ein Mindestmaß an Ordnung aufrechtzuerhalten«, setzte Merlin grimmig hinzu.

»Ihr wisst wirklich ganz genau, wie man mich aufmuntern kann!« Cayleb öffnete die Augen und entblößte die Zähne. »Sind Euch … noch weitere, ebenso wenig angenehme Aspekte unserer Lage in den Sinn gekommen?«

»Bislang noch nicht, aber ich bin mir sicher, das ändert sich noch.«

»Ich auch«, meinte Cayleb unglücklich. Er schüttelte den Kopf. »Wisst Ihr, Clyntahn ist ein Haufen Drachenscheiße, aber er ist gerissen: Das hier ist einer seiner Schachzüge, der, soweit ich das beurteilen kann, nur Vorteile für ihn hat.«

»Abgesehen von der unbedeutenden Tatsache, dass er dafür einen sechzehnjährigen Jungen und dessen Vater ermorden lassen musste.«

»Ach, doch nur *zwei* weitere Morde! Das ist doch eine Kleinigkeit für einen Mann wie Clyntahn!« Cayleb schnippte mit den Fingern; in der Stille des Zeltes klang es wie ein Pistolenschuss. »Er ist Gottes Inquisitor, Merlin – jeder, den er umbringen muss, hat es offensichtlich auch verdient! Das ist der Plan, den Gott sich für Safehold zurechtgelegt hat!« Die Stimme des Kaisers verriet, wie verbittert er war. Seine braunen Augen waren hart wie Stein. »An Clyntahns Händen«, fuhr er fort, »klebt genug Blut, um fünfzig Männer in die Hölle zu verdammen, also warum nicht noch ein bisschen mehr Blut vergießen?«

Merlin antwortete ihm nicht. Es gab nichts, was er hätte antworten können.

Einige Sekunden lang starrte Cayleb nur ein Stück weit vor sich auf den Boden. Dann stemmte er sich aus dem Klappstuhl.

»Wir sollten nach Nahrmahn schicken«, sagte er und brachte tatsächlich ein schmales Lächeln zustande. »Was haben wir doch für ein Glück, dass wir ihn in die Außenbezirke des Inneren Kreises aufgenommen haben! So können wir wenigstens seinen Rat einholen und uns überlegen, welche Intrigen wir am besten spinnen, bevor uns die Intrigen der anderen Seite zu Fall bringen.«

.V.

Sir Koryn Gahrvais Quartier, Dairos, Baronie Dairwyn, Corisande-Bund

»Glauben Sie ihm?«, fragte Alyk Ahrthyr mit rauer Stimme.

Er saß in dem gemütlich eingerichteten Wohnzimmer des Hauses, das Sir Koryn Gahrvai und seinen beiden rangältesten Untergebenen in Dairos zugewiesen worden war – ein beneidenswertes Gefängnis: Es gab kaum etwas an der Wohnsituation auszusetzen. Abgesehen von der unbedeutenden Kleinigkeit, dass man eben ein Gefangener war.

Im Augenblick jedoch war das nebensächlich. Windshare bewegte die Frage, die er Gahrvai gestellt hatte, wesentlich mehr.

»Ich weiß es nicht«, gestand Gahrvai nach kurzem Schweigen ein.

Er stand am Fenster, betrachtete die beiden charisianischen Marines, die mit Gewehren in den Händen vor dem Haus Wachdienst verrichteten. Auf den Straßen von Dairos herrschte deutlich geschäftigeres Treiben als zuvor – vor der Invasion nämlich. Die Stadt war immer noch Caylebs Hauptversorgungsbasis. Das bedeutete, dass unablässig gewaltige Mengen an Versorgungsgütern, Fracht und Verstärkungstruppen an Land gebracht wurden. Mittlerweile, so schätzte Gahrvai, musste Caylebs Truppenstärke in der Größenordnung von fünfundsiebzigtausend Mann liegen, und das machte Dairos für die Logistik der Charisianer um so wichtiger.

Zugleich bedeutete es auch, dass Charis so viel Platz in den Lagerhäusern benötigte, wie sich nur organisieren ließ. Zur großen Überraschung der Geschäftswelt von Dairos zahlte Cayleb den üblichen Marktpreis für die Nutzung jeglicher Räumlichkeiten, die dem charisianischen Militär allein zur Verfügung gestellt wurden. Er weigerte sich allerdings beharrlich, höhere Preise zu zahlen als die ortsüblichen. Vielleicht erklärte dieser Umstand, warum die Wirtschaft in der Stadt so stabil blieb wie eh und je. Die Hafenpatrouillen, die nun die Marines des Kaisers übernommen hatte, verhinderten außergewöhnlich erfolgreich etwaige unschöne Zusammenstöße zwischen den Invasoren und der Stadtbevölkerung. Natürlich hatte es trotzdem die eine oder andere Reiberei gegeben. Das war schlichtweg unvermeidbar. Aber Caylebs Militärgouverneur hatte rasch und in aller Öffentlichkeit gemäß den äußerst strengen Kriegsrecht-Gesetzen des Kaiserreichs Charis Recht gesprochen.

Die Dairosianer waren sich nur allzu bewusst, dass ihre Stadt in einem Krieg eingenommen worden war. Trotzdem wussten sie auch, dass sie und all ihre Habe unter charisianischem Recht mindestens ebenso gut behütet und beschützt waren wie seinerzeit gemäß corisandianischem Recht.

Cayleb war schlau und vorsichtig genug, in einer nicht übermäßig bedeutsamen Hafenstadt genau dafür *zu sorgen,* dachte Gahrvai. *Und der gleiche Mann soll wirklich* dumm *genug sein, Prinz Hektor mitten in Manchyr einfach ermorden zu lassen?*

»Ich glaube nicht, dass Cayleb hinter diesem Attentat steckt«, meldete sich Charlz Doyal zu Wort und streckte die Hand nach dem Gehstock aus, der ihm seit Haryl's Crossing zum ständigen Begleiter geworden war.

»Und warum nicht?«, brummte Windshare und schaute zu, wie der ältere Mann zu Gahrvai hinüberhumpelte und ebenfalls durch das Fenster die Szenerie draußen betrachtete.

»Weil er, was auch immer er sonst sein mag, nicht *dumm* ist«, gab Doyal schlicht zurück und sprach damit exakt Gahrvais eigene Gedanken aus. »Schauen Sie sich doch an, wie er *uns* behandelt! Schauen Sie sich an, wie viel Wert er darauf legt, für die öffentliche Ordnung zu sorgen, auch in seinen eigenen Reihen: Er bestraft jeden, der einen corisandianischen Bürger schikaniert; er bezahlt angemessene Preise für jegliches Eigentum, das er requiriert, und für jedes Lagerhaus, das er beschlagnahmt. Er hat alles nur Erdenkliche getan, um zu verhindern, uns, unsere Truppen oder Prinz Hektors Untertanen gegen sich und die seinen aufzubringen. Glauben Sie wirklich, er würde jetzt, wo es nur noch eine Frage der Zeit gewesen wäre, bis der Prinz sich gezwungen gesehen hätte zu kapitulieren, etwas *Derartiges* unternehmen?«

»Aber wenn nicht *er* dahinter steckt, wer denn *dann?*«, wollte Windshare wissen.

»Das ist eine deutlich kniffligere Frage, Alyk.« Gahrvai wandte sich vom Fenster ab. »Es ist möglich, dass es jemand aus Corisande war – aus Manchyr. Jemand, der dumm genug war zu glauben, Cayleb könne ihm tatsächlich dankbar dafür sein, dass der Prinz nun aus dem Weg geräumt ist. Vielleicht könnte auch Nahrmahn dahinter stecken. Der Prinz und er waren lange Zeit über gegen Charis verbündet. Ich halte es für durchaus möglich, ja sogar für wahrscheinlich, dass Prinz Hektor Nahrmahn in der Hand hatte. Und Nahrmahn hat es vorgezogen, seinen neuen Kaiser davon nichts erfahren zu lassen.«

»Jetzt klammern Sie sich aber wirklich an Strohhalme, Koryn!«, bemerkte Doyal, der hinter ihm stand, sehr leise, und Gahrvais Miene erstarrte. »Sie wissen genau, dass, wenn es nicht Cayleb war, mit allerhöchster Wahrscheinlichkeit die Kirche dahintersteckt!«

Windshare sog heftig die Luft ein; offenkundig beherrschte er seinen Zorn nur so gerade eben. Gahrvai aber verzog keine Miene. Mehrere Sekunden lang tat er tatsächlich gar nichts. Dann sackten seine Schultern herab, und er nickte müde.

»Sie haben Recht, Charlz.« Seine Stimme war kaum hörbar, so leise sprach er, und er schloss die Augen. »Sie haben Recht. Und wenn die Männer, die *gegen* Gott kämpfen, sich ehrenvoll verhalten, und die, die behaupten, *für* Gott zu streiten, zu solch abscheulichen Mitteln greifen, was machen wir dann, Sie, Alyk und ich?«

August,
im Jahr Gottes 893

.I.

Prinz Hektors Palast, Stadt Manchyr, Corisande-Bund

»Ich hoffe, Sie haben wenigstens *irgendeinen* Plan, was wir als Nächstes unternehmen«, sagte Graf Anvil Rock mit rauer Stimme.

Graf Tartarian und er saßen in dem Raum, in dem Prinz Hektor seinen Geheimen Staatsrat zusammenzurufen pflegte. Die beiden Männer blickten einander quer über den großen Tisch hinweg an, an dem sie schon so viele Stunden in Diskussionen mit ihrem Regenten verbracht hatten. Der Himmel im Westen, durch das Fenster des Raumes deutlich sichtbar, sah aus wie eine im Zorn gehämmerte Kupferplatte, überzogen von Wolken mit feurig schimmernden Rändern.

Und das, dachte Tartarian, *ist geradezu unverschämt passend!*

Die drei Tage seit dem Mord an Prinz und Kronprinz hatten zu den anstrengendsten seines Lebens gehört. Wahrscheinlich war der einzige Mann, der noch erschöpfter war als er selbst, der, der ihm in diesem Augenblick am Tisch gegenübersaß. Gemeinsam war es ihnen gelungen, die Ordnung in der belagerten Hauptstadt von Corisande aufrecht zu halten. Doch wie lange ihnen das noch gelingen würde – und was außerhalb der Stadt Manchyr geschah –, ging über das hinaus, was sie beide vorauszusagen vermochten.

»Wenn Sie brillante Ideen hören wollen, sind Sie zum falschen Mann gekommen, Rysel«, gestand Tartarian offen ein. »Das Einzige, was ich sicher weiß, ist, dass wir im Moment auf der Peitschenechse reiten ... und Sie wissen selbst, wie gut *das* gelaufen ist. Sie kennen ja die Geschichte.«

Anvil Rocks Lippen verzogen sich zu einem kurzen Lächeln, aber es drang nicht bis zu seinen Augen vor. Er holte tief Luft.

»Wir müssen entscheiden, was wir hinsichtlich der Erbfolge unternehmen sollen«, sagte er. »Und dazu müssen wir uns auch entscheiden, was wir wegen Caylebs gottverdammter Armee unternehmen.«

»Ich fürchte, Caylebs Armee ist der einfachere Teil davon«, erwiderte Tartarian. »Es gibt nichts, was wir unternehmen *könnten*, und damit bleibt uns nur eine Option, was Cayleb betrifft, nicht wahr? Nicht, dass das einem von uns zusagen würde, aber es hat wenigstens den Segen brutaler Einfachheit.«

»Nachdem dieser Hurensohn Hektor ermordet hat?« Anvil Rock fauchte es fast.

»Zunächst einmal«, erwiderte Tartarian in bewusst ruhigem Tonfall, »haben wir keinerlei Beweis dafür, dass Cayleb überhaupt etwas mit diesem Attentat zu tun hat. Er ...«

»Ich weiß, dass er *behauptet*, nichts damit zu tun zu haben!«, unterbrach ihn Anvil Rock. »Aber das ist doch genau das, was er sagen *muss*, oder nicht? Und wenn *er* es nicht war, wer dann?«

»Ich weiß nicht, wer dafür verantwortlich ist. Genau darauf will ich ja hinaus.« Kurz zog Tartarian in Erwägung, die unschöne Vermutung auszusprechen, die er hegte. Dann entschied er sich – erneut – dagegen, zumindest vorerst. »Es könnte Cayleb gewesen sein, ja, auch wenn sich dann die durchaus interessante Frage stellt, wie er seine Attentäter durch die Belagerungslinien hat bringen können. Andererseits könnte es auch jemand gewesen sein, der es darauf angelegt hat, sich bei Cayleb einzuschmeicheln – jemand, der versuchen wollte, eine Kapitulation zu erzwingen, um seine Interessen zu schützen, die von diesem Krieg bedroht sind. Oder vielleicht war es sogar jemand, der erfahren hat, dass der Prinz plante, mit Cayleb in Verhandlungen zu treten. Dieser Jemand war entschlossen, Hektor davon abzuhalten, irgendeine Art Abkommen mit Charis zu schließen.«

Noch deutlicher wollte er nicht andeuten, es könnten Tempelgetreue gewesen sein … oder vielleicht gar Agenten der Kirche selbst. Doch das unglückliche Funkeln in Anvil Rocks Augen ließ vermuten, dass der Kommandeur der Armee auch zwischen den Zeilen zu lesen verstand.

»Mich macht einfach nachdenklich«, fuhr Tartarian fort, »dass ein solches Vorgehen aus Caylebs Blickwinkel unglaublich dumm gewesen wäre. Natürlich, manchmal *tun* Menschen eben sehr dumme Dinge, vor allem, wenn Hass im Spiel ist. Und Cayleb und der Prinz haben einander weiß Gott gehasst! Aber wenn wirklich Cayleb für das Attentat verantwortlich ist, wäre das das erste wirklich Dumme, das er meines Wissens *jemals* getan hat! Und ob er nun dahinter steckt oder nicht, ändert nichts an der Tatsache, dass er immer noch über eine Armee und eine Flotte verfügt … und wir nicht. Ich sage das wirklich nicht gern, Rysel, aber wir haben keine andere Wahl! Nachdem es den Prinz nicht mehr gibt, haben wir sogar noch weniger eine Wahl, als er hatte.«

»Nehmen wir einmal an, Sie hätten Recht. Was bringt Sie dazu zu glauben, der Rest des Fürstentums würde auf uns hören?«, fragte Anvil Rock verbittert.

»Auf wen sollten sie denn im Augenblick *sonst* hören? Nachdem Phylyp zusammen mit Irys und Daivyn das Fürstentum verlassen hat, sind Sie noch am ehesten so etwas wie der Erste Ratgeber des Reiches. Ganz zu schweigen davon, dass der Prinz ausdrücklich Sie dazu bestimmt hatte, die Regentschaft zu übernehmen, falls ihm etwas zustoßen sollte.«

»Aber er hat mich als Regenten für den jungen Hektor einsetzen wollen. Jetzt, wo der Kronprinz zusammen mit seinem Vater gestorben ist, gibt es doch niemanden, *für den* ich die Regierungsgeschäfte übernehmen könnte!«

»Es gibt immer noch Zhoel«, merkte Tartarian sehr vorsichtig an.

»Nein!« Anvil Rock schlug mit der flachen Hand so fest auf

die Tischplatte, dass es knallte wie ein Pistolenschuss, und sein Gesicht rötete sich vor Zorn. Trotz des finsteren Blickes, mit dem ihn sein Gegenüber bedachte, war Tartarian dankbar, bei ihm wenigstens irgendeine Emotion hervorgerufen zu haben, und das gleich aus mehrerlei Gründen.

»Wenn *Sie* es nicht aussprechen, Rysel, wird es jemand anderes tun«, setzte er nach kurzem Schweigen hinzu. »Hätte Prinz Hektor jemals in Erwägung gezogen, und sei es auch nur für einen einzigen Moment, der junge Hektor und er könnten gleichzeitig den Tod finden, hätte er Daivyn niemals nach Delferahk geschickt. Aber er hat es nun einmal getan, und jetzt müssen wir mit den Konsequenzen dieser Entscheidung leben!«

Anvil Rock biss so heftig die Zähne zusammen, dass seine Kiefermuskeln hervortraten. Einen Augenblick lang sah es so aus, als stehe er kurz davor, aufzuspringen und aus dem Ratssaal zu stürmen. Doch dann zwang er sich sichtlich zur Ruhe und atmete noch einmal tief durch. In letzter Zeit war tief durchzuatmen zu einer Art Markenzeichen von ihm geworden.

Tartarian hatte Recht, und das wusste Anvil Rock auch. Deswegen gefiel ihm das keinen Deut besser. Und das nicht nur wegen der schier unzumutbaren Position, in die dies ihn persönlich brachte.

Dem Haus Daykyn waren in den letzten Generationen wenig Nachkommen beschert gewesen. Prinz Hektors Großvater, Prinz Lewk, hatte nur zwei Kinder gehabt: Fronz, Hektors Vater, und Alyk. Von Prinz Fronz' Kindern hatten ebenfalls nur zwei die Kindheit überlebt: Hektor selbst und seine Schwester Sharyl. Und Alyk Daikyn hatte nur eine einzige Tochter: Fahrah. Sowohl Hektor als auch Sharyl hatten mehr Kinderglück genossen als ihre jeweiligen Eltern. Hektor hatte drei Kinder und Sharyl sogar fünf. Und da lag Anvil Rocks Problem: Denn Sharyl hatte Anvil Rocks Vetter zweiten Grades geheiratet, Sir Zhasyn Gahrvai, Baron Wind Hook, und damit waren ihre Kinder Gahrvais Neffen und Nichten zweiten Grades.

Sie waren aber eben auch Prinz Hektors Neffen und Nichten.

Nach corisandianischem Gesetz war Prinz Daivyn der rechtmäßige Erbe seines Vaters, nachdem sein älterer Bruder ermordet worden war. Weder Anvil Rock noch Tartarian zweifelten daran, Irys könnte die Regierungsgeschäfte besser führen als ihr neun Jahre alter Bruder, vor allem angesichts der momentanen politischen Lage. Doch im Gegensatz zu Chisholm stand im Gesetz von Corisande schon seit zahllosen Generationen festgeschrieben, eine Tochter könne niemals den Thron erben. Und im Augenblick war diese Frage bedauerlicherweise ohnehin bedeutungslos, denn weder Daivyn noch Irys hielten sich in Corisande auf. Bei ihren Vettern und Basen hingegen lagen die Dinge anders, und der junge Zhoel Gahrvai, derzeit Baron Wind Hook, stand in der Erbfolge unmittelbar hinter Daivyn.

»Ich bin mir bewusst, dass sich jemand dafür aussprechen wird, wir sollten Zhoel an Daivyns Stelle setzen«, sagte Anvil Rock nach kurzem Schweigen. »Sicher finden sich gute Argumente für einen solchen Schritt. Welche Vorschläge auch immer auf den Tisch kommen, *ich* kann unmöglich zu denen gehören, die die Entscheidung über die Erbfolge treffen – und das aus vielerlei Gründen. Dazu zählt nun einmal, dass ich sämtliche Eide *Daivyns Vater* geleistet habe, nicht Zhasyn. Und«, setzte er noch unwilliger hinzu, »selbst wenn dem nicht so wäre: Zhoel ist nicht darauf vorbereitet, eine solche Aufgabe zu übernehmen. Er ist dem nicht gewachsen, und das wissen Sie auch, Taryl!«

»Ich weiß nicht, ob unter den gegebenen Umständen irgendjemand dieser Aufgabe gewachsen ist«, gab Tartarian zurück. »Andererseits weiß ich sehr wohl, was Sie meinen«, gestand er dann ein. »Das Gute ist, dass Zhoel, wie ich glaube, dasselbe sagen würde.«

»Ja, das würde er«, stieß Anvil Rock schwerfällig hervor. »Er hat schon immer sein Bestes gegeben. Aber wenn ich schonungslos offen sein darf: Einen guten *Baron* abzugeben gelingt ihm gerade noch!«

Tartarian nickte. Der derzeitige Baron Wind Hook war erst achtzehn Jahre alt. Er hatte vor drei Jahren das Erbe seines Vaters angetreten – und zugleich die Vormundschaft über seine jüngeren Geschwister übernommen. Seine Eltern waren bei einem Kutschenunfall ums Leben gekommen. Im Gegensatz zu Prinz Hektor dem Jüngeren hatte er sich stets nach Kräften bemüht, die mit seiner hohen Geburt einhergehenden Pflichten zu erfüllen. Dennoch war er nicht reifer und klüger als andere in seinem Alter – wenn überhaupt. Wie Anvil Rock gerade schon erwähnt hatte, gelang es Zhoel, alle Pflichten zu erfüllen, die mit einer Baronie einhergingen, und sei es auch nur, weil er sich hartnäckig und zäh daran abarbeitete. Aber vermutlich wäre er als einfacher Gutsbesitzer glücklicher gewesen. Trüge man die Idee an ihn heran, den Thron von Corisande zu besteigen, würde die Vorstellung allein schon ihn zutiefst erschrecken. Und man würde die Idee an ihn herantragen müssen, weil er selbst gar nicht auf eine Idee wie diese verfiele – was nur betonte, wie gänzlich ungeeignet er als Thronprätendent war.

Zhoel wäre todunglücklich als Thronfolger. Tartarian hätte das nicht geschert, wäre ein Prinz Zhoel auf dem Thron zum Besten von Corisande. Bedauerlicherweise wäre es eben ganz eindeutig *nicht* zum Besten von Corisande. Alle Fraktionen im politischen Leben Corisandes würden den freundlichen, stets hart arbeitenden, äußerst sympathischen jungen Tor manipulieren wollen, und Zhoel wäre dem hilflos ausgeliefert – mit katastrophalen Folgen für das Fürstentum. Selbst Zhoels jüngerer Bruder Mahrak wäre eine deutlich bessere Wahl, obschon er erst vierzehn Jahre alt war. Doch Mahrak war eben der *jüngere* Bruder. Zhoel zu Mahraks Gunsten einfach zu übergehen, hieß, den Erbfolgestreit nur anzuheizen, der ohnehin schon ausbrechen würde, sobald man Daivyn zu *irgendjemandes* Gunsten einfach absetzte.

»Wenn nicht Zhoel, dann muss es doch Daivyn sein«, dachte Tartarian laut nach, »und damit entlässt man dann eine ganz eigene Peitschenechse in die Freiheit.«

»Da sagen Sie was!«, gab Anvil Rock trocken zurück.

»Zhames wird Daivyn aber nicht nach Corisande zurückschicken, nein, völlig ausgeschlossen!«, fuhr Tartarian fort. »Selbst wenn er geneigt wäre, genau das zu tun, müsste er sich doch ernstlich um Daivyns Sicherheit sorgen. Wenn Cayleb das Attentat auf den Prinzen und den jungen Hektor befohlen hat, wird er gewiss nicht zögern, auch Daivyn ermorden zu lassen. Aber selbst wenn Cayleb nicht der Drahtzieher war: Zhames muss doch bewusst sein, wie wertvoll Daivyn mit einem Mal geworden ist – vor allem, da sich Zhames ja schließlich *auch* mit Cayleb im Krieg befindet!«

»Und sollte es passieren und Zhames genau dieser Aspekt entgehen, wird es Clyntahn und Trynair auf jeden Fall auffallen.« Anvil Rocks Miene wirkte äußerst grimmig.

»Ganz genau!« Tartarian nickte. »Wenn wir also darauf bestehen, Daivyn sei der rechtmäßige neue Prinz von Corisande, müssen wir eine rechtmäßige Regierung in seinem Namen errichten. Und dann gnade uns Gott! Denn, wie Sie vorhin schon selbst so schön sagten, hat Prinz Hektor selig Euch in dem entsprechenden Schreiben als Regenten für den jungen *Hektor* eingesetzt, nicht für Daivyn. Also müssen wir den Rat dazu bewegen, einen neunjährigen Jungen, der sich noch nicht einmal im Fürstentum aufhält und der vermutlich von jedem einzelnen machthungrigen Politiker in der ganzen Welt als äußerst wertvolles Unterpfand angesehen werden dürfte, zum Prinzen von Corisande zu ernennen *und* auch noch einen Regenten in seinem Namen zu bestimmen.«

»Na, wunderbar!« Anvil Rock lehnte sich zurück und rieb sich mit beiden Händen übers Gesicht; sein Blick wirkte sehr müde.

»Um ganz ehrlich zu sein, ich denke nicht, dass Sie und ich

wirklich die Wahl haben, Rysel«, erklärte daraufhin Tartarian. »Sie haben Recht: Zhoel wird ohne jeden Zweifel als Herrscher eine einzige Katastrophe sein. Nur können wir es uns nicht leisten, jemanden zu wählen, der in der Erbfolge noch weiter hinten steht. Das würde politischen Unruhen im Lande erst recht Tür und Tor öffnen. Es gibt nur wenige in Corisande, in deren Macht es steht eine Resolution in Sachen Thronfolge zu erzwingen. Bedauerlicherweise sind die beiden einzigen im Kreis dieser Mächtigen, um deren Treue dem Prinzen und Corisande gegenüber ich verlässlich weiß, nun einmal Sie und ich.«

»Ich werde mich nicht an einem Staatsstreich beteiligen«, gab ihm Anvil Rock unverhohlen zu verstehen. Er barg das Gesicht schon länger nicht mehr in den Händen, sondern hatte Tartarian über den Tisch hinweg beobachtet. »Diese Tür zu öffnen, egal, ob wir es tun oder jemand anderes, führt direkt in den Bürgerkrieg. Wir würden uns gegenseitig zerfleischen, während die charisianischen Besatzer noch mitten unter uns sind!«

»Zweifellos, Rysel, zweifellos! Ich will auch mitnichten einen Staatsstreich vorschlagen.« Tartarian erwiderte seinen Blick, ohne auch nur mit der Wimper zu zucken. »Ich bin Admiral. Sie sind General. Selbst wenn es uns gelänge, die Macht an uns zu reißen: Wie sollten wir diese Macht denn ausüben, ohne die Kutsche gleich mit Schwung über die nächste Klippe zu steuern? Keiner von uns ist ein so guter Politiker wie Phylyp, aber er hält sich derzeit nun einmal nicht im Fürstentum auf. Statt seiner bräuchten wir einen anderen Ratgeber an unserer Seite. Ich kenne hier im Fürstentum allerdings keinen einzigen Politiker, dem ich trauen würde. Gut ist nur, dass wegen Caylebs Anwesenheit die althergebrachten politischen Arrangements jegliche Gültigkeit verloren haben. Oder glauben Sie etwa, Cayleb Ahrmahk wird zulassen, dass *irgendein* Corisandianer in eine Position kommt, aus der heraus er die Pläne des Kaisers von Charis gefährden könnte?«

Anvil Rock wollte etwas entgegnen, überlegte es sich dann aber anders.

»Sehen Sie!«, meint Tartarian und brachte ein frostiges Lächeln zustande. »Wir reden hier nicht davon, die Macht an uns zu reißen. Es geht lediglich darum, die bestmöglichen Bedingungen auszuhandeln, wenn wir vor Cayleb *kapitulieren* – wenn wir *ihm* die Macht überlassen. Ich bin mir sicher, zumindest einige unserer geschätzten Freunde aus dem Adel werden es nicht so sehen. Sie werden vermuten, wir hätten mit Cayleb bereits im Vorfeld Vergünstigungen für uns ausgehandelt. Denn genau das hätten *sie* an unserer Stelle getan. Und deswegen sage ich auch, Sie sind der einzige andere Mensch, der etwas bewirken kann und auf dessen Treue ich baue.«

»Jede Schritt, den wir machen, wird uns Feinde bringen; wir werden umzingelt sein von Feinden«, gab Anvil Rock nach kurzem Schweigen zurück. »Diejenigen, die glauben, wir hätten mit Cayleb irgendeine Art Abkommen getroffen, werden hochgradig erbost darüber sein, dass sie keine Gelegenheit hatten, uns zuvorzukommen. Diejenigen, die sehen, dass wir es sind, die kapitulieren, werden uns – ganz besonders *mir* – die Schuld dafür geben, dass Cayleb uns überhaupt erst derart hat in den Arsch treten können.«

»Und wenn Sie schon dabei sind, alle Leute aufzuzählen, die auf uns stinksauer sein werden«, warf Tartarian ein, »sollten wir doch nicht, in der Reihenfolge ihrer Wichtigkeit, noch folgende vergessen: die Tempelgetreuen Corisandes, die Kirche des Verheißenen und die ›Vierer-Gruppe‹, allen voran der Großinquisitor.«

»Na prächtig!«

»Glauben Sie mir«, sagte Tartarian sehr ernst, »wenn ich eine Möglichkeit sähe, jemand anderem die Verantwortung zuzuschieben, würde ich diese Gelegenheit sofort beim Schopfe packen! Bedauerlicherweise ist dem aber nicht so.«

»Na ja, rein theoretisch ginge das schon«, meinte Anvil Rock.

»Wissen Sie, derzeit hält sich hier in Manchyr eine hinreichend große Anzahl von Ratsmitgliedern auf, um Beschlussfähigkeit herzustellen. Wir könnten immer noch *sie* entscheiden lassen, was zu unternehmen ist.«

»Na, dann viel Spaß!«, schnaubte Tartarian.

»Sie haben vor wenigen Minuten doch selbst noch gesagt, wir würden diesen Rat einberufen *müssen*, und sei es auch nur, damit wir beide die Ratsmitglieder dazu bewegen, formal Daivyn zum Prinzen von Corisande zu erheben.«

»Das schon. Aber was wollen Sie: Diesem gerade eben beschlussfähigen Rat eine wichtige Entscheidung anvertrauen? Würden Sie einem einzigen von den Kerlen auch nur einen altersschwachen Last-Drachen anvertrauen? Die, die ihn nicht einfach stehlen oder weiterverkaufen würden, würden das arme Vieh doch einfach verhungern lassen!«

»Und das schönt noch, zu was die fähig wären. Nein, wirklich, ich würde niemanden von denen auch nur einen einzigen altersschwachen Last-Drachen anvertrauen!«

»Also sind wir uns einig?«

Drückendes Schweigen folgte Tartarians Frage. Er konnte Anvil Rocks erschöpfter Miene deutlich ansehen, wie der General mit sich rang. Es fiel Tartarian leicht, sich in sein Gegenüber hineinzuversetzen. Er konnte jedes widerstreitende Gefühl nachempfinden: den innigen Wunsch, diese Verantwortung nicht tragen zu müssen; die Schmach, eine militärische Niederlage eingestehen zu müssen; der bittere Zorn angesichts des Attentats und der immer noch schwärende Verdacht – was auch immer die Logik zu diesem Thema sagen mochte –, Cayleb Ahrmahk sei der Drahtzieher; das Wissen, sie beide würden, egal, was sie entschieden, von anderen dafür geschmäht werden – von Feind wie Freund gleichermaßen, beiden gemeinsam nur, dass auf ihnen nicht die Bürde der Entscheidung lastete, ganz zu schweigen von all jenen, deren Hoffnung auf erstarkte eigene Macht zerschlagen würde. Eines aber hatte Tartarian vor allem umgetrieben und würde auch Anvil Rock beschäftigen: die Erkenntnis nämlich, der ›Vierer-Gruppe‹ würde es gänzlich egal sein, dass sie keine andere Wahl hatten, als mit den Schismatikern von Charis in Verhandlungen zu treten. Wenn das kein Grund war, sich vor dieser Entscheidung zu drücken …

»Ja«, antwortete Sir Rysel Gahrvai, seines Zeichens Graf Anvil Rock, schließlich mit schwerer Stimme auf die Frage, »wir sind uns einig.«

.II.

Kaiser Caylebs Kommandozelt, Feldlager-Hauptquartier, Herzogtum Manchyr, Corisande-Bund

Cayleb Ahrmahk erhob sich, als die beiden Besucher in Begleitung einer Eskorte sein Kommandozelt betraten.

»Graf Anvil Rock und Graf Tartarian, Euer Majestät«, verkündete Lieutenant Ahstyn. Die beiden Corisandianer verneigten sich steif, und Cayleb erwiderte die Höflichkeitsgeste seinerseits mit einer angedeuteten Verbeugung.

»Meine Lords.« Der Kaiser deutete ein freundliches Lächeln an. Er wies mit einer Hand beiläufig auf den anderen Mann, der sich soeben vom Tisch erhoben hatte. »Ich glaube, Sie beide kennen General Gahrvai.«

»Vater«, begrüßte Sir Koryn Anvil Rock. Dann verneigte er sich vor Tartarian: »Mein Lord.« Vater und Sohn gaben sich die Hand.

»Es ist gut, dich zu sehen, Koryn«, sagte Anvil Rock. »Auch wenn ich«, sein eigenes Lächeln hätte selbst hier im heißen Manchyr Wasser gefrieren lassen können, »mir wünschen würde, es geschähe unter anderen Umständen.«

Der jüngere Gahrvai hielt die Hand seines Vaters immer noch fest und nickte. Dann räusperte sich Cayleb leise, und alle drei Corisandianer wandten sich ihm zu.

»Meine Lords«, sagte er, »ich bin mir sicher, wir alle wünschen uns, einander unter angenehmeren Umständen zu begegnen. Bedauerlicherweise ist dem nicht so. Dennoch hat ein Gastgeber gewisse Pflichten. Bitte nehmen Sie Platz und gestatten Sie mir, Ihnen Erfrischungen anzubieten!«

Die Corisandianer setzten sich in die für sie bereitgestellten

Stühle. Cayleb nickte dem hochgewachsenen Gardisten mit den auffallend blauen Augen zu, der hinter seinem eigenen Stuhl stand. Kurz nahm Captain Athrawes Haltung an, dann schenkte er persönlich Brandy in vier Gläser ein. Das Erste bot er Cayleb an, doch der Kaiser schüttelte den Kopf und deutete auf Anvil Rock, den ältesten seiner Gäste. Der Graf nahm das Glas entgegen, nippte höflich daran und nickte beifällig. Merlin reichte auch den beiden anderen Corisandianern jeweils ein Glas, bevor er das letzte schließlich vor Cayleb stellte.

»Mir ist bewusst«, griff der Kaiser seinen Gedankengang wieder auf, »dass die Regeln der Höflichkeit Ihnen jetzt abverlangen, mir ein Kompliment hinsichtlich der Qualität des angebotenen Brandys zu machen, auf das ich natürlich mit angemessener Bescheidenheit reagieren muss. Dann ergehen wir vier uns zunächst einmal in ein zwangloses Gespräch über die einzelnen Vorzüge der jeweiligen Anbaugebiete unserer Länder, die Möglichkeiten zur Jagd zu gehen sowie das Wetter, bevor wir schließlich zur Sache kommen. Wenn Sie gestatten, möchte ich zugunsten unser aller geistigen Gesundheit vorschlagen, das höfliche Parlieren als bereits abgeschlossen zu betrachten.«

Es gelang Graf Anvil Rock, eine bemerkenswert ungerührte Miene beizubehalten. Tartarians Mundwinkel hatten kurz gezuckt; Sir Koryn nippte etwas arg hastig an seinem Brandy.

»Wie Ihr wünscht, Euer Majestät«, erwiderte Anvil Rock nach kurzem Schweigen. »Dann allerdings ...«

»Bitte verzeihen Sie mir!«, unterbrach ihn Cayleb höflich. »Mir ist bewusst, dass *Sie* um dieses Zusammentreffen ersucht haben. Aber bevor wir beginnen, möchte ich gern einige Dinge ansprechen. Ich versichere Ihnen«, er setzte ein schiefes Grinsen auf, »dass es sich dabei *nicht* um höfliches Parlieren handelt.«

»Selbstverständlich, Euer Majestät.«

Anvil Rock lehnte sich in seinem Stuhl zurück und blickte sein Gegenüber wachsam an. Cayleb beugte sich vor und stützte die Unterarme auf die Tischplatte.

»Meine Lords«, sagte er ruhig, »Diplomatie, unausgesprochene Übereinkünfte und höfliche Lügen haben zweifellos ihren Sinn. In diesem Falle jedoch erscheint es mir wenig sinnvoll, so zu tun, als würden Sie, Graf Anvil Rock, und Sie, Graf Tartarian, nicht zumindest vermuten, ich hätte bei der Ermordung von Prinz Hektor und seinem Sohn die Hand im Spiel gehabt. *Ich* an Ihrer Stelle würde das zweifellos tun. Daher bin mir recht sicher, dass der ganze Rest der Welt unweigerlich annimmt, Prinz Hektor sei auf mein Geheiß hin ermordet worden. Ich will ehrlich sein: Angesichts der … Geschichte, die sein Haus und das meine verbindet, und angesichts des noch jüngst geführten Angriffs auf Charis bin ich der Ansicht, es wäre durchaus gerechtfertigt gewesen, ihn ermorden zu lassen.«

Tartarian und Anvil Rock gleichermaßen spannten sich sichtlich an, und wieder lächelte Cayleb. Dieses Mal lag in seinem Gesichtsausdruck kein Hauch von Belustigung, und er blickte den beiden Männern ruhig in die Augen. Sie konnten unmöglich wissen, dass er sein Sicherheits-Kom dazu genutzt hatte, sich persönlich die Übertragungen der SNARC anzuschauen, die sämtliche ihrer privaten Zusammenkünfte überwacht hatte. Die holographischen Abbildungen zu betrachten war Cayleb vorgekommen, als habe er mit Gottes Auge selbst die Welt schauen dürfen. Aber er hatte umso besser verstanden, warum nicht einmal Merlin alles im Auge behalten konnte, was auf der Oberfläche Safeholds, immerhin eines ganzen Planeten, vor sich ging. Cayleb war der Gedanke gekommen, was das anging, könnte man Merlin sicher entlasten – auch wenn der junge Kaiser das Thema bislang noch nicht angeschnitten hatte.

Hier und jetzt war es jedenfalls ein enormer Vorteil, genau zu wissen, was Tartarian und Anvil Rock miteinander besprochen hatten. Mehr noch: Cayleb hatte ihr Mienenspiel beobachten, jeder Veränderung im Tonfall lauschen können. Cayleb hatte die Absicht, seinen Vorteil auch zu nutzen.

»Ich habe gesagt, es wäre *gerechtfertigt* gewesen, ihn töten zu lassen, Meine Lords«, wiederholte er noch einmal, »ich habe damit nicht gemeint, es wäre *weise* von mir gewesen, dies zu tun. Und wie sehr ich mich vielleicht auch im Recht gewähnt hätte, es ist schlichtweg nicht meine Art, beiläufig Kinder ermorden zu lassen.«

Der Altersunterschied zwischen Cayleb und Kronprinz Hektor war gar nicht so groß gewesen. Doch keiner der beiden corisandianischen Grafen entdeckte in der Art und Weise, wie der Kaiser das Wort ›Kinder‹ benutzte, auch nur eine Spur Ironie.

»Sehen wir doch einmal von der Frage ab, ob Hektors Ermordung nun gerechtfertigt gewesen wäre! Ja, am besten lassen wir auch gleich noch die Tatsache außer Acht, dass der Kronprinz ebenfalls den Tod gefunden hat – was sehen wir dann? Hektor ermorden zu lassen wäre töricht von mir gewesen. Seine Untertanen sehen ihn ganz offenkundig in einem anderen Licht als die Charisianer und damit auch ich, so viele gute Gründe wir auch haben, ihm gegenüber nicht gerade ... liebevolle Gedanken zu hegen. Ihn einzukerkern oder von mir aus auch ihn hinrichten zu lassen, nachdem man ihm noch die Zeit gewährt hätte, seinen Frieden mit Gott zu machen, wäre das eine gewesen. Vielleicht hätte dem Volk von Corisande das nicht gefallen, aber sie hätten es verstanden angesichts all dessen, was zwischen den Daykyns und den Ahrmahks vorgefallen ist. Ein Attentat auf ihn verüben zu lassen aber ist etwas ganz anderes! Ich könnte mir tatsächlich kein besseres Mittel vorstellen, um jegliche Verstimmung und jede Form des Widerstandes gegen Charis hier in Corisande nur noch zu festigen. Und ...«, fuhr Cayleb fort und blickte seinen Besuchern geradewegs ins Gesicht, »ich kann mir auch kein Mittel vorstellen, das die ›Vierer-Gruppe‹ besser gegen Charis zum Einsatz bringen könnte. Ich habe sicher meine Fehler. Aber ich bin weder blind noch dumm genug, nicht die zahllosen Gründe zu verstehen, weswegen ein von mir in Auftrag gegebener Mordanschlag auf Prinz

Hektor so ziemlich das Schlimmste wäre, was ich nur unternehmen könnte.«

Weder Anvil Rock noch Tartarian sagten ein einziges Wort. Sie tauschten jedoch Blicke, die Cayleb verrieten, dass sich beide gut an ihr Gespräch über genau dieses Thema erinnerten. Bei der Erwähnung der ›Vierer-Gruppe‹ waren beider Mienen wie versteinert gewesen – auch das war Cayleb nicht entgangen.

Vor allem Anvil Rock weigert sich, diese Richtung überhaupt zu denken, sagte sich Cayleb selbst. *Tartarians Miene hingegen lässt mich vermuten, dass er darüber schon längst nachgedacht* hat.

»Corisande ist seit beinahe dreißig Jahren mit Charis verfeindet, Meine Lords«, fuhr er dann fort. »Auch wenn mir bewusst ist, dass Sie diese Feindschaft mit anderen Augen sehen als ich. Dennoch wird schlicht Ehrlichkeit Sie dazu bringen, einzugestehen, dass bis zum heutigen Tag jede Aggression von Manchyr ausging, nicht von Tellesberg. Ich habe nicht den Wunsch und auch nicht das Bedürfnis, über die Gründe dafür zu debattieren oder Schuldzuweisungen auszusprechen. Allerdings ist es meine Absicht, der Gefahr, die für Charis von Corisande ausgeht, ein Ende zu machen. Und damit, meine Herren, meine ich: *ein für alle Mal* ein Ende zu machen!«

Bei diesem letzten Satz klang seine Stimme dunkler und härter, unnachgiebig. Cayleb ließ seine Worte in der Stille des Zeltes noch einige Herzschläge lang nachhallen, bevor er weitersprach.

»Ich sehe keinen Sinn darin, noch einmal alles aufzuzählen, was geschehen ist, seit die ›Vierer-Gruppe‹ Prinz Hektor angeboten hat, einen Angriff auf Charis zu finanzieren und zu organisieren. Ich weiß, und ich bin mir sicher, Ihnen beiden ist sehr wohl bewusst, dass Clyntahn und Trynair in Hektor niemals etwas anderes gesehen haben als das Messer an Charis' Kehle. Ich versichere Ihnen, wäre Corisande tatsächlich in der Lage gewesen, Charis' Platz als Handelsmacht einzunehmen oder ein echtes corisandianisches Imperium zu errichten, so wie Hektor es sich gewünscht hat, hätte die ›Vierer-Gruppe‹ für Corisande letztendlich genau das gleiche Schicksal vorgesehen. Korrupte, verdorbene Menschen ändern sich nicht, und aus ihrem Blickwinkel betrachtet hätte es lediglich bedeutet, eine Bedrohung ihrer eigenen Macht durch eine andere Bedrohung zu ersetzen.

Allerdings ist der ›Vierer-Gruppe‹ nie der Gedanke gekommen, ihr Plan, Charis zu vernichten, könnte scheitern. Bedauerlicherweise, für sie zumindest, ist aber genau das geschehen, und die Art der Bedrohung, die wir für ihre Macht darstellen, hat sich in Folge dessen drastisch gewandelt. Wenn wir überleben, stellen wir unter Beweis, dass man sich der Gier und den Forderungen korrupter Menschen, die die Autorität Gottes missbrauchen, durchaus entgegenstellen kann. Und weil das so ist, haben Clyntahn und die anderen gar keine andere Möglichkeit, als uns ein für alle Mal zu vernichten. Sie mögen diese Tatsache in religiöse Worthülsen kleiden und sich immer wieder auf den Willen Gottes berufen, gegen dessen Gesetze sie selbst Tag für Tag aufs Neue verstoßen. Aber es bleibt die Wahrheit. Und weil dem so ist, kann ich nicht zulassen, dass Corisande jemals wieder als Waffe gegen uns eingesetzt wird.

Ich sage Ihnen das gleich zu Anfang dieser Verhandlungen, weil ich Ihnen etwas vorzumachen nicht bereit bin. Ob Corisande das will oder nicht, es *wird* Bestandteil des Charisianischen Kaiserreichs! Mit weniger darf ich mich nicht zufrieden geben, und das aus Gründen, die Ihnen beiden offensichtlich sein müssen. Was es noch zu besprechen gilt, das sind die Bedingungen und die Umstände, zu und unter denen Corisandes Eingliederung in das Kaiserreich erfolgt. Selbstverständlich werden Sie beide die für Prinz Hektors Untertanen bestmöglichen Bedingungen aushandeln wollen. Ebenso selbstverständlich ist wohl auch, dass ich nicht die Absicht habe, mich in Zukunft mit einer unablässigen Folge kleiner, lokaler Aufstände gegen die Autorität des Kaiserreichs herumzuschlagen. Es ist in meinem eigenen Interesse, die Bedingungen für Corisande so annehmbar zu formulieren wie den charisianischen Sicherheitsinteressen nach möglich. Das ist im Übrigen der überzeugendste und beste Grund, warum ich von einem Attentat auf Hektor in jedem Falle abgesehen hätte. Ich möchte nicht so tun, als hätte ich die Absicht gehabt, ihn auf dem Thron zu belassen. Aber sein Tod ist meiner Sache alles andere als hilfreich.«

Cayleb bemerkte, dass sein vernünftiger Tonfall seine Wirkung nicht verfehlte. Anvil Rock und Tartarian schienen zudem ein deutlich brutaleres Vorgehen von Charis' Kaiser erwartet zu haben.

»Aus sowohl Ihrem als auch meinem Blickwinkel betrachtet ist der verständliche Zorn, den die Ermordung Prinz Hektors hervorrufen wird, äußerst bedauerlich«, fuhr er fort. »Es wird noch mehr Widerstand gegen die Eingliederung Corisandes ins Kaiserreich geben. Auch wenn ich das anerkenne, kann ich unter diesen Umständen die Kapitulationsbedingungen nur deutlich härter und restriktiver formulieren als vor Hektors Ableben.

Das wird für jeden von Ihnen Konsequenzen haben, für Adel wie Bürgerliche. Das bedauere ich, aber ich vermag es nicht zu ändern. Ich sehe auch, in welcher ... prekären Lage Sie beide sich befinden; ich sehe die Gefahr eines Grabenkampfes der verschiedenen Fraktionen, sollte es zu einer Anfechtung der Erbfolge kommen, und ich weiß um die anderen immens destabilisierenden Folgen, die der Mord an Prinz Hektor nach sich ziehen wird. Zweifellos werden die Bedingungen, die Sie beide zu akzeptieren und durchzusetzen vermögen, dadurch unmittelbar beeinflusst. Ich bin bereit, dies bei unseren Verhandlungen zu berücksichtigen. Trotzdem werden sämtliche Bedingungen, auf die wir uns letztendlich möglicherweise verständigen, immer noch *meine* Bedingungen sein. Mit weniger als dem kann ich mich nicht zufrieden geben, und offen gesagt: Ihre militärische Position gestattet Ihnen nicht, mehr als das zu verlangen.«

Wieder hielt Cayleb inne, ließ den corisandianischen Unterhändlern Zeit, das Gehörte zu verarbeiten. Er lehnte sich in seinem Stuhl zurück und blickte sie über den Tisch hinweg schweigend an.

»Es gibt«, fuhr er schließlich fort, »einen Grund, warum ich unmittelbar mit *Ihnen* spreche, ohne Scharen von Ratgebern und Rudeln von Botschaftern. Ich möchte, dass es keine Missverständnisse und keinerlei Grauzonen gibt. Und ich möchte, dass Ihnen bewusst ist und Sie es auch jederzeit vor anderen bestätigen können, dass Sie *mit mir persönlich* gesprochen haben. Sie haben *meine* Bedingungen gehört und *meine* Bedingungen akzeptiert. Ich werde Ihnen auch im Nachhinein nicht mehr abverlangen.«

»Ich weiß Euer Majestät Offenheit zu schätzen«, gab Anvil Rock nach kurzem Schweigen zurück. »Ich meinerseits werde nicht so tun, als hätte ich in allen Phasen gern gehört, was Ihr zu sagen hattet. Und wenngleich ich Eure Position verstehen kann und auch zu würdigen weiß, bin ich nicht versucht, die Interessen von Corisande oder die Prinz Daivyns denen von Charis zu opfern. Und ob Ihr nun an dem Attentat auf Prinz Hektor und Kronprinz Hektor beteiligt wart oder nicht: Eure Analyse der Auswirkungen dieses Doppelmordes auf die Innenpolitik des Fürstentums deckt sich im Großen und Ganzen mit der des Grafen Tartarian oder der meinen. Niemand von uns möchte in eine Lage geraten, in der bewaffneter Widerstand gegen die charisianische Autorität oder auch nur ein Konflikt zwischen den verschiedenen Fraktionen Corisandes dazu führt, dass Charis Strafmaßnahmen gegen Prinz Daivyns Untertanen verhängt.«

Während er sprach, beobachtete er aufmerksam Caylebs Mienenspiel. Der Kaiser lächelte.

»Mir ist aufgefallen, dass Sie gerade von Prinz Daivyn gesprochen hatten, Mein Lord«, bemerkte er.

»Er ist der rechtmäßige Erbe Prinz Hektors«, gab Anvil Rock zurück.

»Das wohl«, stimmte Cayleb ihm zu. »Bedauerlicherweise hält er sich aber derzeit nicht im Fürstentum auf, nicht wahr?«

Beide corisandianischen Grafen erstarrten, und Cayleb zuckte die Achseln.

»Ich weiß, dass diese Tatsache noch nicht allgemein bekannt ist, meine Herren. Trotzdem haben meine Agenten und ich von seiner Abwesenheit erfahren – und der von Prinzessin Irys. Ich glaube, einer meiner Kreuzer hätte die beiden beinahe aufgegriffen. Sagen Sie es mir: Liege ich mit der Vermutung richtig, die harchongesische Galeone *Schwinge*, die aus irgendeinem unerfindlichen Grund landwirtschaftliche Geräte charisianischen Ursprungs von Charis nach Shwei transportiert hat, geradewegs durch unsere Blockade von Corisande hindurch, habe zu jenem Zeitpunkt auch noch ... deutlich wertvollere Fracht geladen?«

Dieses Mal war die Beunruhigung der Corisandianer unverkennbar, und Cayleb schüttelte den Kopf.

»Meine Lords, so sehr es mich auch schmerzt zuzugeben, dass meine Navy tatsächlich nicht unfehlbar ist, muss ich doch einräumen, dass wir die *Schwinge* unbehelligt passieren ließen.« Er verzog das Gesicht, doch zugleich war in seinen Augen auch ein Funkeln zu erkennen. »Erst als uns gewisse andere Quellen bestätigten, dass sich Prinzessin Irys und Prinz Daivyn derzeit nicht in Corisande aufhielten, hat eine genauere Untersuchung des Berichtes, den mir der Captain der *Dawn Star* vorgelegt hat, ergeben, dass drei Passagiere an Bord besagten geheimnisvollen Schiffes namens *Schwinge* waren. Da Graf Coris Sie nicht zu unserer heutigen Besprechung begleitet hat, darf man wohl darauf schließen, dass er neben den Durchlauchten der dritte Passagier ist. Denn ich bezweifle stark, der

Grund für Coris' Fehlen sei darin zu suchen, dass Sie beide ihn in Ihrer Zerstreutheit einfach vergessen haben. Und ich an Prinz Hektors Stelle wüsste unter all meinen Ratgebern nur wenige zu nennen, denen ich meine Kinder gern in Obhut gäbe. Tatsächlich fallen mir nur drei oder vier ein, und zwei davon sitzen am heutigen Morgen mir gegenüber am Tisch.«

Tartarian und Anvil Rock wechselten einen Blick. Dann wandte sich Tartarian an Cayleb.

»Langfristig gesehen hat es wenig, wenn nicht keinen Sinn, Eure Vermutung abzustreiten, Euer Majestät, also: Ja, die genannten drei waren auf der *Schwinge*.«

»Dacht ich's mir!« Cayleb nickte. »Und um die Frage zu beantworten, die Sie noch nicht ausgesprochen haben, Mein Lord: Ich gehe davon aus, dass alle drei wohlbehalten ihr Ziel erreicht haben.« In Wahrheit wusste Cayleb bereits ganz sicher, dass Irys und Daivyn ohne weitere Zwischenfälle die Shwei Bay erreicht hatten. Ohne sich etwas anmerken zu lassen, fuhr er fort: »Natürlich vermag niemand die Launen von Wind und Wetter vorherzusagen – Sie als Admiral werden das genauso gut wissen wie ich. Aber mit Ihrem kleinen Täuschungsmanöver haben Sie den einen Kreuzer, der die *Schwinge* tatsächlich aufgebracht hat, gänzlich hinters Licht geführt, und dazu möchte ich Ihnen gratulieren. Auch wenn das natürlich Ihre derzeitige Lage noch zusätzlich verkompliziert, nicht wahr?«

»Nun, man könnte behaupten, es stelle zumindest eine *geringfügige* Komplikation dar«, gestand Tartarian mit einem schiefen Grinsen ein.

»Anders kann es wohl auch kaum sein«, pflichtete Cayleb ihm bei. »Und angesichts Ihrer Wortwahl, Mein Lord«, er blickte Anvil Rock an, »scheint offenkundig, dass Sie und Graf Tartarian – und wie ich annehmen muss, auch der ganze Rat – sich darauf geeinigt haben, Daivyn als den Prinzen von Corisande anzuerkennen, seiner Abwesenheit zum Trotz, und obwohl es weitere mögliche Bewerber für den Thron gibt.«

»Das stimmt«, bestätigte Anvil Rock knapp.

»Ich denke, das war unter den gegebene Umständen wohl das Vernünftigste«, gab Cayleb zurück. »Andererseits entstehen so gewisse Schwierigkeiten. Sicher werden Sie nachvollziehen können, dass es mir angesichts der Spannungen zwischen Charis und Corisande nicht behagt, *egal* welches Mitglieder aus dem Hause Daykyn auf dem Thron von Corisande verbleiben zu lassen, selbst als Vasall des Charisianischen Kaiserreiches. Die Vorstellung, dass der Erbe des Thrones sich außerhalb des Fürstentums befindet und daher von unseren Feinden als Druckmittel gegen Charis eingesetzt werden kann, behagt mir noch weniger.«

»Ob es Euch in diesem Falle behagt, Euer Majestät, oder nicht: Graf Tartarian und ich haben weder das Recht noch die Absicht, unseren rechtmäßigen Prinzen abzusetzen.«

»Ah, ich sehe schon, dass Sie in dieser Hinsicht sehr starrsinnig zu sein beabsichtigen.« Das Lächeln, das kurz Caylebs Lippen umspielte, nahm seinen Worten einen Großteil ihrer Schärfe.

»Das ist richtig, Euer Majestät«, erwiderte Anvil Rock, ohne mit der Wimper zu zucken.

»Es mag Sie überraschen, Mein Lord, aber ich halte Sie für einen integren Mann und finde Ihre Entscheidung in mehrerlei Hinsicht richtig.«

Unwillkürlich hob Anvil Rock eine Augenbraue. Cayleb gestattete sich ein leises, aber sehr raues Lachen.

»Verstehen Sie mich nicht falsch, Mein Lord! Ihre Entscheidung für richtig zu halten ist nicht das Gleiche wie die Situation gutzuheißen. Trotzdem: Nun einen Erbfolgestreit zu beginnen wäre momentan für keinen von uns von Vorteil. Das bedeutet, ich bin bereit, den jungen Daivyn als rechtmäßigen Prinzen von Corisande anzuerkennen und zugleich auch als Herzog von Manchyr.«

Die Körpersprache der beiden Corisandianer zeigte, dass sie

sich sichtlich entspannten. Cayleb allerdings war noch nicht ganz fertig.

»Wie letztendlich hinsichtlich Daivyns Anspruch auf die Krone zu verfahren ist, bleibt vorerst abzuwarten. Wenn er den Wunsch hat, sie zu behalten – oder auch sein Herzogtum, wenn wir schon dabei sind –, dann wird er Kaiserin Sharleyan und mir Lehnstreue schwören müssen. Dieser Eid wird auch für sämtliche Angehörige des Adels von Corisande bindend sein. Ich werde allerdings keine seiner Würden bestätigen, solange er sich in den Grenzen eines anderen Reiches aufhält. Denn ich muss sicher sein können, dass er für sich selbst spricht und nicht durch jemand anderen gesteuert wird. Bis ich mir dessen sicher sein kann, wird sein Herzogtum für ihn durch eine Person meiner Wahl verwaltet. Ich würde es vorziehen, wenn es sich bei besagter Person um einen Corisandianer handelt, nicht um einen Außenstehenden, der auf diese Weise Manchyr aufgezwungen würde. Ich wüsste es zu schätzen, wenn Sie mir Vorschläge für einen geeigneten Verweser unterbreiten würden.«

Wieder wechselten Anvil Rock und Tartarian einen bedeutungsschweren Blick. Eine Weile herrschte Schweigen. Dann räusperte sich Anvil Rock.

»Was genau verlangt Ihr von Corisande, Euer Majestät?«, fragte er geradeheraus.

»Ich denke, die wichtigsten Punkte habe ich bereits dargelegt. Insbesondere verlange ich, dass Corisande die Hoheit von Charis anerkennt und sämtliche Mitglieder des corisandianischen Adels, jeder für sich, der charisianischen Krone Lehnstreue schwören. Ich verlange die Zusammenarbeit Ihres eigenen Parlaments und Ihrer eigenen Rechtsgelehrten bei der Zusammenführung von corisandianischem und charisianischem Gesetz. Ich benötige eine förmliche Bestätigung Corisandes, dass der Corisande-Bund aufgelöst ist ebenso wie die Bestätigung der bereits erreichten dauerhaften Eingliederung von

Zebediah in das Kaiserreich – als eigenständige Provinz. Ich werde einen Gouverneur für Corisande ernennen, der in meinem Namen und im Namen von Kaiserin Sharleyan handelt und durch eine charisianische Garnison unterstützt wird. Sämtliche corisandianischen Kriegsschiffe werden dem Hause Ahrmahk überlassen und anschließend in die Imperial Charisian Navy eingegliedert; sämtliche corisandianischen Armee-Einheiten werden aufgelöst. Und ich bestehe darauf – und das aus Gründen, die Sie beide gewiss sofort einsehen werden –, dass die Anzahl der waffentragenden Gefolgsleute, die einem corisandianischen Adeligen zustehen, deutlich reduziert wird.«

Die Gesichter der Corisandianer verrieten deutlich die Anspannung, unter der sie standen, während der Kaiser sprach. Cayleb sprach in dem gleichen ruhigen, gemessenen Ton weiter.

»Ich meinerseits garantiere den Schutz von Personen und Eigentum sämtlicher Untertanen von Corisande. Es wird keine allgemeine Pfändung von Privatbesitz erfolgen, und auch das Krongut bleibt unangetastet. Sämtliche Rechte eines Untertanen von Charis werden auch jedem Corisandianer gewährt, der dem Kaiserreich Lehnstreue schwört. Corisandianern, die dies wünschen, wird auch gestattet sein, im charisianischen Militär zu dienen.«

»Und die Kirche, Euer Majestät?«, erkundigte sich Tartarian leise.

»Und die Kirche, Mein Lord?« Cayleb sprach fast ebenso leise wie Tartarian, und sein Lächeln wirkte alles andere als freundlich. »Die *Kirche* von Charis folgt der *Krone* von Charis.«

»Und was genau bedeutet das, Euer Majestät?«, fragte Anvil Rock nach, und seine Stimme klang nun deutlich harscher als zuvor.

»Das bedeutet, die Bischöfe und sämtliche weiteren Geistlichen der Kirche hier in Corisande werden aufgefordert, ihre Treue zur Kirche von Charis kundzutun und Erzbischof Maikel als den Primaten besagter Kirche anzuerkennen«, erklärte Cayleb unumwunden. »Bischöfe oder Priester, die das nicht guten Gewissens tun können, werden ihres Amtes enthoben. Eine Weigerung zieht keine Inhaftierung nach sich, niemand wird ins Exil gezwungen, kein Geistlicher muss seine Priesterhaube ablegen. Wie Erzbischof Maikel bestätigt hat, ist ein Priester für alle Zeiten ein Priester, und wir haben nicht das Bedürfnis, jemanden einzig dafür zu bestrafen oder zu schikanieren, dass er nicht guten Gewissens den Ansichten, den Prinzipien und der Organisation der Kirche von Charis zustimmen kann. Jeder verräterische Akt allerdings wird geahndet, ungeachtet der Person, die sich dieses Verrats schuldig macht.«

»Viele aus unserem Volk werden Euch das Recht absprechen, Mutter Kirche Bedingungen zu diktieren, egal, wie gut Ihr Euer Tun zu begründen wisst, Euer Majestät«, gab Anvil Rock mit einem warnenden Unterton zu bedenken.

»Jeder Einzelne, als Individuum betrachtet, hat das Recht, genau das zu tun«, gab Cayleb sofort unerschütterlich zurück. »Jedenfalls solange es um Fragen des persönlichen Gewissens geht. Wer diese Grenze überschreitet und sich offen dem Gesetz entgegenstellt, das für alle Menschen gilt, wer sich in organisiertem Widerstand gegen die Krone ergeht, wird zum Verbrecher, und als solcher wird man ihn dann auch behandeln. Aber«, seine Augen wurden härter als brauner Achat, »ich würde jedem Einzelnen empfehlen, zu berücksichtigen, dass Erzbischof Maikel ausdrücklich die Lehren aus dem *Buch Schueler* verworfen hat, in denen es um angemessene Strafen für Ketzerei geht. Wie auch immer die ›Vierer-Gruppe‹ zu handeln beschließen mag, die Kirche von Charis wird *nicht* für Gräueltaten wie jene verantwortlich sein, die man Erzbischof Erayk angetan hat. Und das Charisianische Kaiserreich wird auch nicht die Städte Unbeteiligter brandschatzen und deren Bewohner ermorden, vergewaltigen und terrorisieren, wie die ›Vierer-Gruppe‹ es für Charis vorgesehen hatte.«

Anvil Rock versuchte, dem Blick aus jenen harten, braunen Augen standzuhalten. Doch nach einem kurzen Moment musste er den Blick abwenden.

»Wozu auch immer es gut sein mag, Meine Lords«, ergriff Cayleb nach wenigen Momenten wieder das Wort, und seine Stimme klang jetzt deutlich sanfter als zuvor, »Sie können sich mit dem Wissen trösten, dass für Kaiserin Sharleyan und mich nach wie vor das Exkommunizierungsschreiben Großvikar Ereks gilt. Theoretisch bedeutet das wohl, dass in den Augen der Kirche jeglicher Eid, den Sie uns leisten, Sie in keiner Weise bindet. Vielleicht sollte ich besser sagen: in den Augen des Rates der Vikare und der ›Vierer-Gruppe‹. Aber vergessen Sie nicht: Ich habe die Absicht, jeglichen Eid, den Sie ableisten, so zu behandeln, als *sei* er bindend. Aber wenn es Ihnen oder anderen Adeligen von Corisande bei Gewissensfragen behilflich ist ...«

Er zuckte mit den Schultern.

»Euer Majestät, wir ...«, setzte Anvil Rock in recht scharfem Ton an, doch Cayleb schüttelte den Kopf.

»Vergeben Sie mir, Mein Lord!«, unterbrach er ihn. »Ich wollte nicht so klingen, als wolle ich diese Situation auf die leichte Schulter nehmen. Ich möchte auch nicht – nicht auch nur für einen Moment – Ihre persönliche Ehre oder die des Grafen Tartarian in Abrede stellen. Andererseits kennen wir alle doch zumindest einen Corisandianer, der genau diesen Blickwinkel einnehmen wird, um aktiven Widerstand gegen das Kaiserreich zu rechtfertigen. Es *wird* geschehen, Meine Lords, und wir alle wissen das. Wenn es geschieht, werde ich alles in meiner Macht Stehende versuchen, jegliche Überreaktionen zu vermeiden. Was in meinen Augen Eidbruch bleibt, *wird* Konsequenzen für jene haben, die ihn begehen oder dazu aufrufen. Es werden Konsequenzen sein, die schwer wiegen. In dieser Hinsicht habe ich ebenso wenig eine Wahl wie jeder andere weltliche Herrscher. Ich werde nicht versuchen, Sie in dieser Hinsicht zu täuschen, und Sie würden es mir ohnehin nicht glauben, wenn ich es anders hielte.«

Einen Moment lang blickte Anvil Rock den Kaiser von Charis nur schweigend an, dann nickte er, mit aufrichtigem, wenngleich vielleicht unwilligem Respekt.

»Wie dem auch sein, Meine Lords«, sagte Cayleb deutlich forscher, »ich denke, uns allen sind die Ausgangspositionen beider Seiten nun klar. Wie ich schon sagte: Meine Bedingungen und Voraussetzungen sind im Prinzip recht einfach, auch wenn ich nicht naiv genug bin zu glauben, es sei nicht kompliziert und schwierig, sie tatsächlich entsprechend umzusetzen. Und mir ist auch bewusst, dass es – bedauerlicherweise – dabei durchaus zu weiterem Blutvergießen kommen kann. Vorerst würde ich Ihnen vorschlagen, nach Manchyr zurückzukehren, um besagte Bedingungen mit den anderen Ratsmitgliedern zu besprechen. Falls Sie diesbezüglich nicht anderer Ansicht sind, schlage ich vor, dass wir uns morgen wieder zusammensetzen. Dann können Sie mir den Grundtenor der Reaktion des Rates mitteilen, und wir können unsere Diskussion fortsetzen, falls die Entscheidung des Rates entsprechend ausgefallen ist. In der Zwischenzeit bleibt der Waffenstillstand unser beider Armeen bestehen.«

»Das erscheint mir sehr vernünftig, Euer Majestät«, stimmte ihm Anvil Rock ernst zu, auch wenn ihm ebenso bewusst sein musste wie Cayleb, dass dem Rat letztendlich keine andere Wahl bleiben würde, als Caylebs Bedingungen zu akzeptieren. Und Cayleb vermutete, dass Anvil Rock, ob er das nun zuzugeben bereit war oder nicht, ebenso wie Tartarian begreifen würde, dass Caylebs Forderungen nicht nur sehr vernünftig, sondern angesichts der bestehenden Umstände tatsächlich sogar sehr maßvoll waren.

»Aber bevor Sie in die Stadt zurückkehren«, sagte der Kaiser, »hoffe ich, dass Sie mir die Ehre erweisen, mit mir und meinen ranghöchsten Offizieren zu speisen. Ich habe dafür gesorgt, dass sich auch einige unserer Gäste zu uns an den Tisch werden gesellen können«, setzte er hinzu, und auch wenn das Lächeln, mit dem er Sir Koryn zunickte, immer noch sehr dünn wirkte, war es doch deutlich herzlicher als jedes andere, das während dieses Gesprächs seine Lippen umspielt hatte.

»Euer Majestät«, entgegnete Anvil Rock und lächelte ebenfalls, »die Ehre ist ganz auf unserer Seite!«

.III.

Königlicher Palast, Cherayth, Königreich Chisholm

Kaiserin Sharleyan blickte sich in dem kleinen, wohlvertrauten Ratszimmer um.

Im Laufe der Jahre habe ich in diesem Ratszimmer viel erreicht, ging es ihr durch den Kopf. Noch nie zuvor war sie diesem Raum so lange Zeit ferngeblieben. Es war auf den Tag genau ein Jahr und zwei Monate her, dass sie Chisholm verlassen hatte, um Cayleb Ahrmahk zu heiraten. Immer wieder gab es Momente, in denen es ihr unendlich schwerfiel zu glauben, so viel solle in so kurzer Zeit geschehen sein.

Sie ging zum offenen Fenster hinüber, legte die Hand auf das Fensterbrett und blickte hinaus. Die Erinnerungen, die ihr durch den Kopf gingen, waren schön; ihr wurde ganz weich ums Herz. Sie bemerkte, dass die alte Weisheit wohl doch stimmte, nach längerer Abwesenheit sehe man vertraute Dinge mit anderen, neuen Augen. Sharleyan genoss den Anblick der Hügel, Dächer und Bäume. Am Horizont konnte sie gerade noch das bewegte Marmorblau der Cherry Bay erkennen. Die Luft war kühl, brachte der Königin von Chisholm und Kaiserin von Charis den ersten Vorgeschmack auf den unmittelbar bevorstehenden Herbst. Zweifellos erschien es Sharleyan nach ihrem langen Aufenthalt in Charis noch deutlich kühler, als es tatsächlich war. Es schauerte sie, während ihr Blick über das Laub der Bäume wanderte, das kurz davorstand, sich der Jahreszeit gemäß zu verfärben: Sharleyan musste an den bevorstehenden Winter denken. Stimmte, dass Charis sie schon der spätsommerlichen Kühle Chisholms gegenüber empfindlich gemacht hatte, würde ihr der Winter zweifellos eisig erscheinen! Gleichzeitig aber fand Sharleyan die Vorstellung eines richtigen Winters regelrecht tröstlich. Winter waren ein Teil des Lebens, das ihr vertraut gewesen war. Sharleyan lächelte, als sie darüber nachdachte, in welcher Hinsicht sich dieser Winter von allen vorangegangenen unterscheiden würde.

Du meinst, wie viel wärmer es dieses Jahr in deinem Bett sein wird, sagte sie zu sich selbst und lachte leise.

»Du weißt gar nicht, wie sehr ich es vermisst habe, dich das tun zu hören«, sagte eine Stimme hinter ihr, und Sharleyan drehte sich mit einem Lächeln auf den Lippen um. Ihre Mutter erwiderte das Lächeln. Dann aber durchquerte sie den Raum, um am Konferenztisch Platz zu nehmen, der den Raum beherrschte. Baron Green Mountain war noch vor ihr am Tisch und rückte ihr den Sessel zurecht. Die Königinmutter schenkte auch ihm ein Lächeln.

»Ich danke Ihnen, Mahrak«, sagte sie.

»Gern geschehen, Eure Majestät.«

Er verneigte sich vor ihr mit einem nicht weniger innigen Lächeln, als ihm geschenkt worden war, und Sharleyan, der ganz plötzlich ein Verdacht kam, betrachtete die beiden unter zusammengezogenen Augenbrauen. Vor drei Jahren war Green Mountains Gemahlin, mit der er mehr als dreißig Jahre lang verheiratet gewesen war, gestorben; Königinmutter Alahnah war seit beinahe dreizehn Jahren verwitwet. Die beiden kannten einander wirklich schon von Kindesbeinen an, und sie hatten einander schon immer sehr nahegestanden, auch schon vor König Sailys' Tod. Seitdem hatten sie als politische Verbündete zusammengearbeitet – gemeinsam hatten sie Sharleyan unterstützt: als Verbündete, die sich voll und ganz aufeinander verließen. Mit einem Mal wunderte sich die Kaiserin von Charis, wie es ihr hatte passieren können, zu übersehen, dass die beiden einander auch in anderer Hinsicht immer näher gekommen waren.

Ich frage mich, ob ...?

Rasch verdrängte Sharleyan diesen Gedanken wieder. Es ging sie ja auch nichts an, solange die beiden nur diskret genug waren, ihre Beziehung nicht zu einem Politikum zu machen. Andererseits wäre es ihr doch sonderbar falsch erschienen, die beiden, die sie schon so lange als ›Mutter und Onkel Mahrak‹ kannte, in einem anderen Licht zu betrachten.

»Mich *was* tun zu hören, hast du sehr vermisst, Mutter?«, fragte sie nun in gänzlich unschuldigem Tonfall.

»Dich lachen zu hören«, antwortete Königinmutter Alahnah schlicht. »Natürlich habe ich es noch viel mehr vermisst, dich *kichern* zu hören.«

Sharleyan grinste und schüttelte den Kopf. Dann wandte sie sich entschlossen vom Fenster ab und nahm ihren eigenen Platz am Tisch ein.

»Ich habe dich auch vermisst, Mutter – und Sie auch, Mahrak«, sagte sie ernst.

»Ganz meinerseits«, gab Green Mountain zurück, »und das nicht nur, weil wir hier so viele Dokumente haben, die auf Euch warten! Natürlich«, nun war es an ihm, betont zum Fenster hinüberzuschauen, »hatten wir Euch schon vor einiger Zeit daheim erwartet.«

»Ich weiß ... ich weiß!«, sagte sie bußfertig. »Es gab nur so viel zu tun, und Cayleb und ich dachten ...«

»Schätzchen, wir alle wissen, was Cayleb und du euch gedacht habt. Und wir sind auch ganz deiner Meinung«, gab Alahnah zurück und legte ihrer Tochter die Hand sanft auf den Unterarm. »Ich will gar nicht so tun, als hätte ich die Entscheidung nicht bedauert, die dich so viel mehr Zeit in Charis hat verbringen lassen ... das heißt, bis ich Cayleb selbst kennen gelernt habe.« Sie lächelte ihre Tochter warmherzig an und verdrehte theatralisch die Augen. »Hach, so ein prächtiger junger Bursche! Mit dem hast du wirklich einen guten Fang gemacht, Sharley!«

Wenn es ihr Ziel war, mit dieser Bemerkung eine Gelegenheit herbeizuführen, um ihre Tochter kichern zu hören, hatte sie damit bemerkenswerten Erfolg. Kopfschüttelnd blickte Sharleyan ihre Mutter an.

»Dem kann ich eindeutig nicht widersprechen, Mutter«, sagte die Kaiserin. »Andererseits solltest du vielleicht einmal darüber nachdenken, dass er im letzten halben Jahr länger in Cherayth war als in Tellesberg.«

»Natürlich! Deswegen weiß ich ja auch, dass deine Entscheidung, in Tellesberg zu bleiben, eine echte Staatsentscheidung war, hinter der lediglich politisches Kalkül und dein Pflichtgefühl standen, mein Herz. Das der junge Mann so ... anziehend ist, ist der einzige vorstellbare Grund, warum du nicht die ganze Zeit über hier sein solltest!«

»Ich bin froh, dass du zu schätzen weißt, welche Opfer zu bringen ich bereit bin.«

»Das tue ich, nein, wir zweifellos«, gab ihre Mutter mit Nachdruck und Ernsthaftigkeit zurück. »Und dass wir deine Entscheidung gutheißen, bedeutet noch lange nicht, wir hätten dich nicht vermisst.«

»Wenn ich doch nur an zwei Orten gleichzeitig sein könnte!«, seufzte Sharleyan.

»Wenn das möglich wäre, wäre das Leben deutlich einfacher«, pflichtete Green Mountain ihr bei. »Aber da das leider nun einmal nicht geht, müssen wir eben das Beste daraus machen, nicht wahr?«

»Falls ich das bislang noch nie gesagt haben sollte, möchte ich, dass ihr es jetzt wisst: Ich bin unendlich dankbar dafür, euch beide zu haben – und eure Unterstützung«, sagte Sharleyan.

»Ich meine, Ihr *hättet* das bereits das eine oder andere Mal erwähnt«, gab ihr ›Onkel‹ in lockererem Ton zurück.

»Wahrscheinlich sogar noch öfter«, setzte die Königinmutter hinzu. »Um Genaueres dazu sagen zu können, muss ich natürlich in mein Tagebuch schauen.«

»Gut.« Sharleyan lächelte. »Meine Mutter hat mich so erzogen, dass ich mich für jeden kleinen Gefallen, den man mir tut, auch immer schön bedanke – zum Beispiel, wenn jemand ... sagen wir: für mich ein ganzes Jahr lang die Regierungsgeschäfte des Königreiches übernimmt, während ich in der Weltgeschichte herumgondele, um zu heiraten.«

Green Mountain brach in Gelächter aus, doch Alahnah wirkte traurig.

»Seitdem wir Cayleb kennen gelernt haben, war es nicht die Heirat an sich, sondern die Implikationen dieser Heirat, die mir Sorgen gemacht haben, mein Schatz.« Sie versuchte zu klingen, als sage sie das leichthin. Doch es gelang ihr nicht, und nun war es an Sharleyan, ihr tröstend die Hand auf den Unterarm zu legen.

»Mutter, ich kann gar nicht sagen, wie Leid es mir wegen Onkel Byrtrym tut«, sagte sie leise.

»Sei nicht albern!«, erwiderte Alahnah. Ihr Ton war ruppig, aber gleichzeitig schimmerten Tränen in ihren Augen. Sie straffte die Schultern und seufzte. »Byrtrym hat immer seine eigenen Entscheidungen getroffen – das weißt du wahrscheinlich besser als jeder andere Mensch. Auch dieses Mal hat er eine Entscheidung getroffen, seine Entscheidung, und für die trägt niemand außer ihm die Verantwortung. Ich kann nur Gott dafür danken, dass Halcom mit seinem Plan keinen Erfolg hatte!«

»Dafür kannst du Edwyrd und dem Rest meiner Leibgarde danken, Mutter«, verbesserte Sharleyan sie düster. »Ohne sie ...«

Sie beendete den Satz nicht, schüttelte den Kopf, und Green Mountain nickte.

»Das habe ich bereits getan: Edwyrd meinen Dank ausgesprochen«, erklärte er. »Ich habe ihm auch noch ein deutlich handfesteres Zeichen meiner Wertschätzung angeboten. Aber er hat es abgelehnt.«

»In aller Höflichkeit, hoffe ich.«

»Selbstverständlich, Eure Majestät.« Green Mountain lächelte sie an. »Wie immer war er *ausgesucht* höflich.«

»Gut«, wiederholte Sharleyan. Dann ließ sie sich in den Sessel sinken und dachte über die vergangenen Fünftage nach.

Seit fast einem ganzen Fünftag war sie wieder in Cherayth, und jeder einzelne dieser Tage war unglaublich geschäftig gewesen; ein Ereignis hatte das nächste gejagt. Sharleyan hatte die verschiedenen Termine kaum noch alle in Erinnerung und war sich recht sicher, ihr Gedächtnis habe die Reihenfolge bereits ein wenig durcheinander gebracht. Aber trotz ihrer Erschöpfung hatte sie zugleich doch immense Erleichterung empfunden. In der Zeit vor ihrer Rückkehr waren da natürlich die Briefe ihrer Mutter gewesen, die regelmäßig eingetroffen waren, und dazu auch die von Green Mountain – und auch von Cayleb. Doch das war nicht das Gleiche, wie tatsächlich hier zu sein. Nachdem sie mehr als zwölf Jahre auf dem Thron von Chisholm gesessen hatte, war es ihr ... unnatürlich erschienen, sich lediglich auf die Berichte anderer verlassen zu müssen. Hörensagen war etwas anderes als selbst hören, egal, wie vertraut und vertrauenswürdig der Berichterstatter auch war. Und denen, die ihr da Bericht erstatteten, musste noch sonderbarer erschienen sein, dass ihre Monarchin in einem gänzlich anderen Königreich lebte.

»Ich muss zugeben«, sagte sie nach einigen Momenten des Schweigens laut, »dass sich alles in allem die Dinge besser entwickelt haben, als ich zu hoffen gewagt habe.«

»Abgesehen von diesem kleinen Mordanschlag auf Euch, meint Ihr?« Green Mountain klang tatsächlich ein wenig aufgebracht. Sharleyan wurde klar, dass er hinsichtlich dieses Attentats doch deutlich weniger ruhig war, als er vorzugeben versuchte. Angesichts dieses Gedankens wurde ihr Blick sanfter, und sie lächelte ihn an.

»Abgesehen davon natürlich«, räumte sie ein.

»Wir sind hier in Cherayth, muss ich sagen, einigermaßen gut zurechtgekommen ohne dich. Trotzdem ist es eine gute Entscheidung gewesen, Schätzchen, nach Hause zu kommen«, ergriff wieder ihre Mutter das Wort. »Als uns die Kunde von diesem Attentat in Sankt Agtha erreichte, war man hier allgemein doch sehr … niedergeschlagen.«

»Wie stets ist Eure Frau Mutter eine Meisterin der Untertreibung«, merkte Green Mountain trocken an. »Aber als positiv können wir wohl eines verbuchen: Der Adel hier bei uns, der sich so gern über die Ungerechtigkeit ereifert, bloß von einer Königin regiert zu werden, ist dabei, seine Position zu überdenken. Dieser Sinneswandel ist nicht zuletzt der Wirkung Kaiser Caylebs auf sie geschuldet. Ihm von Angesicht zu Angesicht gegenüber zu stehen hat Eindruck gemacht. Das hat sie einsehen lassen, dass er nicht nur ein ›prächtiger junger Bursche‹ ist, als der er Eure Frau Mutter offenkundig so beeindruckt hat: Ich halte es seither eher für unwahrscheinlich, dass einer von ihnen ihn reizen und auf sich wütend machen mag. Und selbst wenn sie bereit gewesen wären, das zu riskieren, sollten die Reaktionen auf das Attentat für alle außer den völligen Idioten doch eine hinreichend deutliche Warnung gewesen sein. Euer Volk nämlich hat nicht vergessen, was Eurem Vater widerfahren ist, wisst Ihr!«

»Ich ebenfalls nicht«, gab Sharleyan düster zurück.

»Nein, natürlich nicht«, sagte Alahnah, und auch ihr Blick war nun hart wie Stein. »Ich freue mich regelrecht darauf, Hektor Daykyn unsere Schulden zurückzuzahlen. Voll und ganz, mit Zins und Zinseszins!«

»Das geht uns allen so, Mutter«, erwiderte Sharleyan und rief sich noch einmal ins Gedächtnis zurück, dass niemand in Chisholm bislang von der Ermordung Hektors wusste. Oder besser: niemand *sonst* in Chisholm außer ihr. Das würde sich natürlich sehr bald ändern. Allmählich aber wusste Sharleyan den Vorteil von Merlin Athrawes' so genannten Visionen richtig zu schätzen. Die Möglichkeit, Informationen über gewaltige Entfernungen hinweg fast augenblicklich zu übermitteln, war ebenso von enormem Wert.

Ganz zu schweigen davon, wie höllisch schwer es Cayleb gefallen sein muss, diese Informationen nicht sofort *mit mir zu teilen.*

»Das Wichtigste, abgesehen davon, dass Ihr noch lebt, ist nun, jeden hier in Chisholm wissen zu lassen, wer tatsächlich hinter diesem Anschlag gesteckt hat«, sagte Green Mountain. »Eure Frau Mutter hat Recht mit dem, was sie über Eure Entscheidung, nach Hause zu kommen, gesagt hat. Keine Nachricht, die Ihr hättet schicken können, wäre für das Volk so überzeugend gewesen, wie Euch tatsächlich mit eigenen Augen zu sehen, hier, auf chisholmianischem Boden. Es ist sehr gut, dass Ihr schon so kurz nach den ersten Berichten eingetroffen seid. Den ersten Fünftag lang nach Bekanntwerden des Attentats lag wirklich immense Skepsis in der Luft. Beinahe wäre Halcoms Plan aufgegangen, einen Keil zwischen Chisholm und Charis zu treiben! Und wenn es ihm gelungen wäre, Euch tatsächlich zu töten, dann *wäre* diese Infamie gelungen!«

»Ich weiß. Genau das hatte ich von Anfang an befürchtet«, gestand Sharleyan. »Deswegen habe ich meine Rückreise zumindest so lange aufgeschoben, bis Baron Wave Thunders Untersuchungen wenigstens einige der Details bestätigt haben. Ich musste in der Lage sein, dem Volk sagen zu können, wer diesen Angriff geplant hatte ... und warum.«

»Und ihm von dem Preis erzählen, den deine charisianischen Leibgardisten dafür gezahlt haben, diesen Plan zu vereiteln«, warf ihre Mutter leise ein. »Ich werde diesen tapferen Gardisten nie vergessen, was sie für dich getan haben, Schätzchen.«

»Ich auch nicht.«

Sharleyan spürte, dass ihr erneut Tränen in den Augen brannten. Sie zwang sich dazu, tief Luft zu holen.

»Ich auch nicht«, wiederholte sie. »Aber da es ihnen gelungen ist, mein Leben zu retten, ist es jetzt wohl für uns drei an der Zeit, sich an die Arbeit zu machen.«

»Selbstverständlich, Eure Majestät«, bestätigte Green Mountain sehr förmlich, was Sharleyan zum Lächeln brachte.

»Zunächst einmal, Mahrak«, begann sie, »möchte ich mit Ihnen darüber sprechen, wie Ihrer Ansicht nach Onkel Byrtryms Verbündete im Rat auf das alles hier reagieren werden. Dann würde ich gerne Ihre persönliche Meinung – und deine auch, Mutter –, darüber hören, welche Reaktion von den hiesigen Tempelgetreuen wohl zu erwarten sind. Danach gibt es noch einige Fragen die Finanzen betreffend. Ich habe Baron Ironhill versprochen, ich würde mich darum kümmern. Es ist längst an der Zeit, dass Cayleb und ich eine einheitliche kaiserliche Währung einführen, und jetzt, da das Kaiserliche Parlament so gut wie durchorganisiert ist, können wir uns neuen Dingen zuwenden. Deswegen ...«

Mit konzentrierten Mienen lehnten sich die Mutter und der Erste Ratgeber der Kaiserin von Charis zurück, als Sharleyan sich forsch an die Arbeit machte.

Sharleyan blickte auf, als Edwyrd Seahamper die Tür öffnete und sich höflich räusperte.

»Ich bitte um Verzeihung, Eure Majestät, aber es ist gerade ein Kurier Seiner Kaiserlichen Majestät eingetroffen.«

»Tatsächlich?« Die Kaiserin hob die Augenbrauen, und Seahamper nickte ernsthaft. Ohne, so ging es Sharleyan durch den Kopf, auch nur mit einer einzigen Regung zu verraten, dass Sharleyan und er schon längst von dem Mann gewusst und ihn erwartet hatten.

Wenigstens mit einer *Person kann ich über Merlins Technologie reden, ohne mir Sorgen machen zu müssen*, sagte sie sich. *Cayleb mag ja Merlin haben, aber* ich *habe Edwyrd, und das ist fast genauso gut.*

»Er sagt, seine Depeschen seien dringend, Eure Majestät«,

setzte ihr persönlicher Leibgardist hinzu, und Sharleyan nickte knapp.

»Dann lassen Sie ihn bitte umgehend vor!«

»Jawohl, Eure Majestät.«

Rasch zog sich Seahamper zurück, und Sharleyan suchte den Blick ihrer Mutter und ihres Ersten Ratgebers. Sie war ein wenig erstaunt, wie viel sie doch seit dem Mittagessen schon geschafft hatten. Natürlich gab es immer noch deutlich mehr, was es anzupacken galt. Wie hätte es auch anders sein sollen nach ihrer langen Abwesenheit? Es war gut, dass vieles sich erledigen ließ, indem sie bereits getroffene Entscheidungen einfach nur mit ihrer Unterschrift billigte.

Die ganze Zeit über, in der Mutter an meiner statt Chisholm regiert hat, ist es nicht zu den geringsten Schwierigkeiten gekommen – jedenfalls im weltlichen Bereich. Besser hätte es nicht laufen können! Vielleicht ist es mir ja tatsächlich gelungen, das Königreich zu überzeugen, ein Regent müsse nicht notwendigerweise männlichen Geschlechts sein?

Natürlich gab es immer auch die religiöse Seite zu bedenken. Das Gute war, dass es Erzbischof Pawal und Green Mountain, dazu Sir Ahlber Zhustyn, der in Chisholm die Rolle bekleidete, die in Charis Baron Wave Thunder zukam, und Graf White Crag, Lordrichter des Königreiches, gelungen war, jeglichen Tempelgetreuen den Fuß so fest in den Nacken zu setzen, dass niemand von ihnen es mit aktivem Widerstand zu versuchen gewagt hatte. Dass die Tempelgetreuen in Charis auf Sharleyan ein Attentat verübten und die Art und Weise, in der der Rest des Königreiches auf diese Nachricht reagiert hatte, hatte zweifellos die Neigung der Tempelgetreuen in Chisholm verstärkt, sich bedeckt zu halten.

Bedauerlicherweise war damit nicht die Entscheidung einhergegangen, Sharleyans ›ketzerischen Widerstand gegen Mutter Kirche‹ *hinzunehmen.* Dank Merlin und seiner SNARCs wusste Sharleyan das vermutlich sogar besser als Zhustyn oder Green Mountain. Doch auch diese beiden gaben sich diesbezüglich keinen Illusionen hin. Sharleyan wusste sogar, dass mindestens drei Mitglieder ihres eigenes Rates derzeit Kontakt zum abgesetzten Bischof-Vollstrecker Wu-shai hielten.

Im Augenblick waren Merlin und Sharleyan davon überzeugt, sie hätten die Drahtzieher identifiziert. Doch auch das hatte seine Nachteile: Zu wissen, wen es zu beobachten galt, war natürlich unschätzbar wertvoll. Dafür aber war es unendlich schwer, gegen die Versuchung anzugehen, sie für das, was man über ihre Aktivitäten wusste, auch sofort festzunehmen. Denn es würde schwierig werden, irgendetwas davon vor Gericht auch zu beweisen. Tatsächlich sah sich Sharleyan sogar ernstlich versucht, den Verdächtigen entsprechende Beweise unterzuschieben. Glücklicherweise war sie schon vor langer Zeit zu dem Schluss gekommen, Politik mit Mitteln wie Betrug und Fälschung zu führen, bedeutete zu riskieren, von Adel und eigenem Volk gestürzt zu werden. Man sagte Sharleyan nach, geradezu pedantisch auf Einhaltung des Rechts zu pochen, auch wenn es um jene Adelige ging, die ihr feindlich gesonnen waren. Dieser Ruf war von immenser Bedeutung für die Bereitschaft, mit der ein Großteil des chisholmianischen Adels ihre Rechtsprechung gegen Vertreter dieses Standes akzeptierte.

Na ja, letztendlich werden *Sie mir die nötigen Beweise liefern, Meine Lords – oder mir zumindest den Ort zeigen, an dem meine lediglich sterblichen Agenten diese Beweise finden können. Und wenn dieser Tag erst einmal gekommen ist ...*

Erneut wurde die Tür zum Ratszimmer geöffnet, als Seahamper mit Caylebs Kurier zurückkehrte.

»Eure Majestät«, sagte der Kurier – ein Chisholmianer, wie Sharleyan bemerkte – und verneigte sich tief.

»Wie ist Ihr Name?«, fragte Sharleyan.

»Commander Traivyr Gowyn, Eure Majestät.« Gowyn strahlte; offensichtlich freute es ihn, dass seine Kaiserin sich für seinen Namen interessierte. »Ich habe die Ehre, das Kommando über den bewaffneten Schoner *Sentinel* innezuhaben.«

»Ich danke Ihnen«, sagte sie, lächelte huldvoll und nahm dann wieder in ihrem Sessel Platz. »Sergeant Seahamper sagte, Ihre Depeschen seien dringend, Commander Gowyn?«

»Leider ja, Eure Majestät.« Gowyns Lächeln war verschwunden. Nun stand ihm ernsthafte Besorgnis ins Gesicht geschrieben.

»Dürften wir sie dann auch einsehen, Commander?«

»Selbstverständlich, Eure Majestät.« Gowyn öffnete die Kuriertasche und zog einen dicken Umschlag heraus. Der Umschlag war mit Caylebs persönlichem Siegel verschlossen und in Clyfyrd Laimhyns klarer, deutlicher Schrift an Sharleyan adressiert. Mit einer weiteren Verneigung legte der Commander das Schriftstück vorsichtig auf Sharleyans ausgestreckte Handfläche.

»Ich danke Ihnen«, wiederholte sie und wog das Schreiben in der Hand. »Benötigt Ihr Schiff Versorgungsgüter oder etwas anderes, Commander?«

»Es wäre mir sehr lieb, wenn ich Trinkwasser aufnehmen dürfte, bevor wir wieder in See stechen, Eure Majestät. Ansonsten kann die *Sentinel* noch innerhalb einer Stunde aufbrechen.«

»Ich denke nicht, dass wir Sie ganz so rasch werden zurückschicken müssen, Commander Gowyn«, gab Sharleyan lächelnd zurück. »Es freut mich zu hören, dass es möglich wäre, sollte es erforderlich sein. Aber ich denke, Sie werden zumindest noch Zeit für einen frischen Salat und eine anständige, an Land gekochte Mahlzeit haben, bevor wir Sie wieder nach Corisande zurückschicken.«

»Ich danke Euch, Eure Majestät«, erwiderte Gowyn und verneigte sich ein weiteres Mal; er hatte sofort begriffen, dass er sich zurückziehen durfte. Seahamper geleitete ihn aus dem Ratszimmer heraus, und Sharleyan wandte sich wieder Green Mountain und ihrer Mutter zu.

»Und jetzt«, sagte sie humorig, grinste schief und erbrach

mit schlanken Fingern das schwere Wachssiegel, »schauen wir doch mal, welche schlechten Neuigkeiten Corisande uns diesmal aufzutischen beliebt.«

»... deswegen bin ich mir wirklich nicht sicher, ob man dir glauben wird.«

Hätte irgendeiner von Kaiserin Sharleyans Untertanen, von ihrem persönlichen Leibgardisten einmal abgesehen, jetzt einen Blick in ihr Schlafgemach werfen können, so hätte dieser gewiss ernstlich Zweifel an der geistigen Gesundheit seiner Monarchin gehegt. Sharleyan saß in einem der gewaltigen Polstersessel, die Beine untergeschlagen, und sprach einfach in den leeren Raum hinein. Es war schon sehr spät. Schon vor Stunden hatte die Kaiserin Sairah Hahlmyn zu Bett geschickt. Mairah Lywkys hatte sich immer noch nicht ganz von ihrer Verletzung erholt – Folge eines Reitunfalls, den Byrtrym Waistyn für sie ›arrangiert‹ hatte, damit sie bei dem Angriff auf Sankt Agtha nicht im Wege wäre. Sie dazu zu bewegen, sich entsprechend früh zurückzuziehen, war Sharleyan daher nicht gerade schwergefallen. Jetzt saß sie in dem kerzenerleuchteten Schlafgemach und schaute zu, wie Langhorne, der Mond von Safehold, als silbrige Kugel höher und höher am Himmel aufstieg. Sie neigte den Kopf zur Seite, während sie lauschte.

»Ich wünschte, ich könnte sagen, ich sei erstaunt, das zu hören«, sagte Caylebs Stimme ihr ins rechte Ohr. »Bedauerlicherweise muss ich zugeben, wenn ich sie wäre, würde ich vielleicht auch annehmen, ich würde dahinterstecken.«

»Ich denke, irgendwann werden sie schon die Wahrheit erkennen«, versicherte Sharleyan ihrem weit entfernten Ehemann. »Mahrak ist schon fast so weit, zuzugeben, wie bemerkenswert dumm es doch wäre, wenn du gerade jetzt Hektor hättest töten lassen. Im Augenblick scheint er hin- und hergerissen zwischen deinem anscheinend skrupellosen Pragmatismus, der Frage, wie du so dämlich hast sein können, so etwas zu tun, und der Sorge darüber, was das langfristig über deinen Charakter aussagt.«

»Und deine Mutter?«

»Ach, Mutter ist der Ansicht, du wärest ein prächtiger junger Bursche!« Leise lachte Sharleyan in sich hinein. »Ich glaube, sie ist selbst zugleich darüber erfreut und davon überrascht, wie sehr sie dich mag. Und um ganz ehrlich zu sein: Die Vorstellung, du könntest Hektor ermordet haben, bringt sie angesichts dessen, was mit Vater geschehen ist, nur dazu, dich noch mehr zu mögen. Ich fürchte, sie wird richtiggehend enttäuscht sein, wenn sie letztendlich begreift, dass du damit gar nichts zu tun hattest.«

»Ich denke, das ist immer noch besser, als wenn sie irgendwann schreiend vor Entsetzen vor dem kaltblütigen Mörder davonläuft«, gab Cayleb zurück.

»Glaub mir, Cayleb: Das Einzige, was Mutter noch mehr dazu bringen könnte, dich zu lieben, als die Vorstellung, dass du Hektor den Kopf abgeschlagen hast, wäre wohl die Geburt ihres ersten Enkelkindes. Das hat sie im Übrigen gerade heute Nachmittag mit recht deutlichen Worten angesprochen. Sie scheint der Ansicht, du in Corisande und ich in Charis oder Chisholm, würde nicht gerade dafür sorgen, dass es einen Thronerben geben wird. Zugegebenermaßen ist *mir* dieser Gedanke auch schon gekommen – ich meine, dass wir momentan zu weit voneinander getrennt sind.«

»Deine Mutter und du seid nicht die Einzigen, die die räumliche Entfernung zwischen uns bedauern«, gab Cayleb sehr liebevoll zurück. »Ganz abgesehen von der Notwendigkeit, einen Thronerben zu haben.«

»Also, wann wirst du endlich in meiner Tür stehen, damit wir anfangen können, dieses kleine Problem zu lösen?«, fragte Sharleyan, und es entging Cayleb nicht, dass ihr Tonfall recht anzüglich klang.

»Schon bald, denke ich«, gab er deutlich ernster zurück.

»Heute Abend treffe ich mich zum fünften Mal mit Tartarian und Anvil Rock. Es gibt noch einige Dinge, über die sie mit mir sprechen wollen. Aber ihnen ist ganz offenkundig klar, dass sie letztendlich keine andere Wahl haben, als brav zu unterschreiben. Sie *werden* unterschreiben, Sharleyan, und sobald das geschehen ist, werde ich General Chermyn hier unten als Interims-Vizekönig einsetzen, und die *Kaiserin von Charis* und ich werden zur Cherry Bay aufbrechen.«

»Gut!«

»Die einzige Frage, die mich jetzt noch beschäftigt, lautet: Wie wird man mich begrüßen, wenn ich eintreffe?«

»Falls du im Palast meinst, so glaube ich, dass es jedem Einzelnen hier gänzlich egal ist, ob du nun Hektor hast ermorden lassen oder nicht«, gab Sharleyan zurück. »Ach, ein paar Leute werden sich natürlich darum sorgen, und noch mehr werden angesichts dieser Vorstellung so tun, als wären sie furchtbar entsetzt. Aber die Wahrheit ist, dass jeder hier weiß, Hektor hätte dich und deinen Vater sofort umbringen lassen, wenn er geglaubt hätte, damit durchzukommen. Tatsächlich gehe ich davon aus, dass mindestens die Hälfte des Adels von Chisholm glaubt, er habe etwas mit Tirians Mordanschlag zu tun gehabt, was auch immer Nahrmahn – oder du – dazu sagt. Und die Möglichkeit, du könntest diesen Mord tatsächlich befohlen haben, kommt uns in mancherlei Hinsicht sogar richtig entgegen. Es würde mich nicht im Mindesten überraschen, wenn Merlins SNARCs uns meldeten, die Angehörigen des Adels, die sich noch am ehesten zusammen mit den Tempelgetreuen gegen uns verschwören könnten, würden ihre Positionen ... überdenken. Es schüchtert doch ungemein ein, wenn man davon ausgehen muss, man würde einfach aus dem Weg geräumt, falls man sich zu einem allzu großen Problem für dich auswachsen sollte.«

»Na wunderbar!« Sharleyan konnte sich sehr gut vorstellen, wie Cayleb dabei die Augen verdrehte. »Wer war noch dieser

Politiker und Autor auf Terra, den Ihr letztlich erwähnt hattet, Merlin?«

»Machiavelli«, erwiderte Merlin. Seine Stimme klang noch klarer als Caylebs, und das, so wurde Sharleyan jetzt klar, lag daran, dass sie unmittelbar von Merlins eingebautem Kommunikator übertragen wurde.

»Genau den meine ich«, bestätigte Cayleb. »Ich denke, ich werde wohl selbst herausfinden müssen, ob er damit Recht hatte, ein Regent werde besser gefürchtet als geliebt.« Er seufzte. »Na ja, Vater hat immer gesagt, es sei unerlässlich, dass *die Feinde* einen fürchteten. Aber ich bin mir nicht ganz sicher, ob mir die Vorstellung zusagt, auch *meine eigenen Untertanen* könnten mich fürchten.«

»Ich glaube, da musst du dir nur Sorgen wegen des Adels machen«, beruhigte Sharleyan ihn. »Das gemeine Volk ist zwar *noch* eher bereit zu glauben, du hättest Hektor umbringen lassen, aber im Unterschied zum Adel hat man dort keine Probleme damit, wenn es wirklich so wäre. Die haben sogar Freudenfeuer entzündet, als die Nachricht von Hektors Tod hier eingetroffen ist – und zugleich brannten diese Feuer auch dir zu Ehren. Ich habe doch sicher gelegentlich erwähnt, dass Hektor hier in Chisholm nicht sonderlich beliebt war, oder?«

»Gelegentlich«, gestand Cayleb ein.

»Na bitte, da siehst du's!« Sharleyan zuckte mit den Schultern. »Die ›Vierer-Gruppe‹ wird das für ihre Propaganda gegen uns nutzen, keine Frage. Aber dagegen etwas unternehmen, können wir eh nicht! Es spielt dabei nicht einmal eine Rolle, ob die Kirche, also eigentlich Clyntahn, Auftraggeber für den Doppelmord war oder nicht. Ihre Propaganda gegen uns wird sich in beiden Fällen, da haben Nahrmahn und Merlin sicher Recht, gleich heftig ausnehmen. Allerdings dürfte bei der Mehrheit unserer Untertanen in Charis und Chisholm, aber besonders hier, dieser Propagandaangriff ins Leere laufen: Man scheint nämlich nicht nur Hektors Ermordung für eine gute Sache zu halten, sondern man sieht darin sogar eine angemessene Rache an Halcom, weil er *mich* ermorden lassen wollte.«

»Was?« Sharleyan hörte, wie verwirrt ihr Gemahl klang, und kicherte leise.

»Natürlich, Dummchen! Ich weiß, ich weiß: Wir haben Hektor offiziell von jeglicher Beteiligung an Halcoms Intrige freigesprochen. Aber meine guten Chisholmianer werden doch nicht so einfach eine derart herrliche Verschwörungstheorie aufgeben!«

»Na wunderbar!«, wiederholte Cayleb und klang dabei unverkennbar angewidert. »Wenn selbst *unsere eigenen* Leute das glauben, wird es verdammt schwer werden, *irgendjemanden sonst* von der Wahrheit zu überzeugen!«

»Wir werden einfach unser Bestes geben müssen! Am besten du kommst erst einmal nach Chisholm. Sieht das die Verfassung des Kaiserreiches nicht sowieso vor, dass wir gemeinsam sowohl in Cherayth wie Tellesberg residieren? Dass wir beide hier sind, wird mit ziemlichem Nachdruck dafür sorgen, dass Chisholm die neuen politischen Gegebenheiten hinnimmt. Natürlich«, Sharleyan blickte zum Fenster hinüber und gestattete sich ein anzügliches Grinsen, »bedeutet das, dass du den *Winter* hier in Chisholm verbringen wirst. Hier gibt es etwas, das du aus Charis vielleicht noch nicht kennst. Es heißt ›Schnee‹.«

»Ich habe von diesem Phänomen schon gehört«, gab Cayleb würdevoll zurück. »Aber du willst mir doch wohl nicht erzählen, es werde in Chisholm so kalt, dass das Zeug sogar auf dem Boden liegen bleibt, ohne zu schmelzen, oder?«

»Das soll schon vorgekommen sein«, versicherte sie ihm und tat sehr ernsthaft.

»Na, dann werden wir den Winter in Zukunft in Charis verbringen.«

»Alles in allem würde mir das auch besser gefallen. Nur im Moment nicht.«

»Warum nicht?« Er schlug einen lockeren Tonfall an. Doch Sharleyan bemerkte sofort, dass in seiner Stimme Besorgnis mitschwang. Das entlockte ihr ein Lächeln.

»Mach dir keine Sorgen! Nicht, weil ich unseren charisianischen Untertanen mehr misstraute als den chisholmianischen. Mir ist bloß der Gedanke gekommen, dass es hier in Cherayth wirklich *so richtig* kalt werden wird, weißt du.«

»Und?«, fragte Cayleb mit vorsichtigem Misstrauen nach.

»Na ja, wenn es *so richtig* kalt wird, dann wird ein armer, dünnblütiger Bursche aus dem Süden, einer wie du, gewiss nach Möglichkeiten suchen, sich aufzuwärmen.«

»Und?«, wiederholte Cayleb.

»Und«, erklärte Sharleyan süßlich, »so spontan fällt mir nichts ein, was wärmer wäre als ein schön großes Bett hier im Palast, mit herrlich dicken, großen Decken, in die man sich einmummeln kann. Wenn wir es richtig anstellen, brauchen wir vielleicht, bis der Frühling kommt, überhaupt nicht mehr aufzustehen.«

September,
im Jahr Gottes 893

.I.

Der Tempel, Zion, die Tempel-Lande

Wir verbringen entschieden zu viel Zeit in Ratszimmern, dachte Rhobair Duchairn. *Eigentlich verbringen wir im Allgemeinen zu viel Zeit im Tempel und viel zu wenig Zeit draußen in Gottes Welt. Wir sind viel zu sehr damit beschäftigt, die Annehmlichkeiten des Tempels zu genießen, um den Rest der Welt richtig verstehen zu lernen, die die Erzengel für uns geschaffen haben. Diese Welt, in der das ganze Jahr über zu leben alle anderen keine andere Wahl haben.*

In den letzten zwei Jahren war ihm dieser Gedanke immer wieder durch den Kopf gegangen. Duchairn hatte sich ernstlich bemüht, der Erkenntnis auch Taten folgen zu lassen. Doch so sehr er sich auch bemühte, die Pflichten, die mit seinem Amt einhergingen, und die zunehmenden Gefahren und wachsenden Herausforderungen, mit denen sich die Kirche ständig herumschlagen musste, hielten ihn von längeren Ausflügen in die Welt draußen ab.

Aber im Winter wird es dir noch schwerer fallen!, warnte er sich selbst. *Wenn der Schnee erst einmal hoch genug liegt und es draußen kalt genug ist, wirst du bloß noch mehr gute Gründe finden, gemütlich in den Gemächern zu bleiben, fernab von all diesen ... Unannehmlichkeiten.*

Das Ganze hielt er für eine durchaus treffende Metapher. Und sie hatte nicht das Geringste mit dem Wetter zu tun.

Er blickte auf, als Zahmsyn Trynair durch die Tür kam. Der Kanzler hatte sich verspätet, er war der letzte der ›Vierer-Gruppe‹, der eintraf. Er warf seinen Kollegen ein gehetztes, entschuldigendes Lächeln zu.

»Vergebt mir, Brüder«, sagte er. »Mir ist gerade eben eine

Depesche aus Desnairia zugestellt worden. Ich hielt es für das Beste, sie noch entschlüsseln zu lassen, bevor ich hierherkomme.«

»Und? Stand irgendetwas Interessantes darin?«, grummelte Zhaspahr Clyntahn, der auf seinem gewohnten Platz am Tisch saß.

»Es befanden sich in der Tat einige interessante Beobachtungen darunter«, erwiderte Trynair. »Aber nichts Weltbewegendes. Das meiste davon beschränkt sich auf Berichte aus zweiter Hand darüber, was die Charisianer alles unternommen haben, um den Handelsverkehr von Delferahk gänzlich zum Erliegen zu bringen. Anscheinend schickt Charis' Admiral Rock Point seine Störtrupps sogar in neutrale Häfen – durchaus auch am helllichten Tage –, und die beschädigen jedes Schiff, dass unter der Flagge von Delferahk fährt ... wenn sie es nicht gleich in Brand stecken. Ich habe für Sie alle Abschriften anfertigen lassen, vor allem natürlich für Sie, Allayn.«

Allayn Maigwair bedankte sich mit einem knappen Nicken. Ihm stand allerdings anderes als Dankbarkeit ins Gesicht geschrieben. Ihm war schmerzlich bewusst, dass er sich von allen Mitgliedern der ›Vierer-Gruppe‹ in der prekärsten Lage befand. Auch wenn offiziell *er* es gewesen war, der begriffen hatte, die Kirche werde eine Flotte aus *Galeonen* benötigen, nicht aus *Galeeren*, änderte das nichts an der Tatsache, dass jeder – außer vielleicht Duchairn – in der Lage war zu erkennen, wie viel Geld zunächst in den Bau einer gänzlich nutzlosen Galeerenflotte geflossen war. Es hielten sich auch hartnäckig Gerüchte, in Wirklichkeit sei es Clyntahn gewesen, der Maigwairs Fehler bemerkt habe. Maigwair hatte den starken Verdacht, der Großinquisitor selbst habe diese Gerüchte gestreut ... und diese Gerüchte warfen natürlich kein gutes Licht auf Maigwairs Urteilsvermögen. Bedauerlicherweise war in diesem Fall die Kritik berechtigt.

»Wurde noch irgendetwas über die Ermordung Hektors gesagt?«, fragte Clyntahn nach.

»Nur über die Gerüchte und Spekulationen, die in Desnairia die Runde machen«, erwiderte Trynair. Der Blick, mit dem er Clyntahn bedachte, verriet, dass die Frage ihn zu spekulieren anregte. »Mir liegen keinerlei neue Berichte über das tatsächliche Ereignis vor. Ihnen etwa?«

»Nein.« Clyntahn schüttelte den Kopf. »Wäre es anders, so hätte ich gewiss jeden darüber informiert.«

Mit ›jeden‹ ist hier natürlich gemeint: jedes andere Mitglied der ›Vierer-Gruppe‹, dachte Duchairn säuerlich.

»Ich wünschte, wir hätten darüber zuverlässigere Informationen«, sagte er laut und begutachtete mit einem Blick, der keinen seiner Gedankengänge verriet, Clyntahns Gesichtsausdruck. »Die ganze Angelegenheit erscheint mir ... sonderbar.«

»Was ist daran denn sonderbar?«, schnaubte Clyntahn verächtlich. »Cayleb hat den Mann offensichtlich umbringen lassen! Gründe dafür hatte er genug, selbst schon bevor er Sharleyan geheiratet hat. Und die ganze Welt weiß doch, wie sehr *die* Schlampe Hektor gehasst hat!«

Irgendetwas an Clyntahns abfälliger, beinahe beiläufiger Schuldzuweisung stimmte Rhobair Duchairn nachdenklich. Kurz blickte der Schatzmeister zu Trynair hinüber und bemerkte, dass es dem ebenso erging. Ihnen beiden hatten von Anfang an etwas in dieser Art geschwant. Jetzt *wussten* sie es.

»Nun gut«, sagte Trynair. »Wer auch immer das letztendlich organisiert hat«, er achtete sorgsam darauf, nicht in Clyntahns Richtung zu blicken, »sorgt bei uns für einige interessante Dilemmata.«

»Dilemmata haben wir für die nächsten paar Jahre genug«, blaffte Clyntahn. »Ich wüsste nicht, wie ein paar weitere da noch einen Unterschied machen sollten!«

»Ich hoffe, Sie vergeben mir, Zhaspahr«, sagte Trynair mit einer gewissen Schärfe in der Stimme, »aber ein paar *dieser* Dilemmata sind politischer Natur. Damit sind sie für mich und meine Behörde von mehr als nur beiläufigem Interesse. Allerdings habe ich geglaubt, es ergäben sich daraus auch für die Inquisition gewisse Implikationen.«

Einen winzigen Moment lang zeigte Clyntahns fleischiges Gesicht Züge von Anspannung. Doch dann entspannte es sich wieder, und der Großinquisitor nickte.

»Sie haben Recht«, gestand er – und das war das Höchstmaß an Entschuldigung, zu dem Clyntahn jemals imstande sein würde.

»Ich danke Ihnen.«

Trynair nahm seinen Platz am Kopfende des Tisches ein und blickte dann der Reihe nach die drei anderen Anwesenden an.

»Im Augenblick sind, wie uns allen bewusst ist, jegliche Informationen über Hektors Ermordung natürlich nur bruchstückhaft und stammen aus zweiter Hand. Wir alle hoffen sicherlich, schon bald zuverlässigere Berichte zu erhalten – bevorzugt von Bischof-Vollstrecker Thomys. Andererseits ist es bereits September. Es wird nicht mehr allzu viele Fünftage dauern, bis das Wetter uns dabei einschränkt, Nachrichten zu verschicken und zu erhalten, auch über die Semaphoren. Meines Erachtens sollten wir einen Entschluss fassen, wie wir auf die bislang vorliegenden Informationen zu reagieren gedenken, so unbefriedigend das in mancherlei Hinsicht auch sein mag.«

»Ganz offensichtlich ist das Erste, was wir tun müssen«, mischte sich Clyntahn ein, »das blutrünstige Handeln von Cayleb, Sharleyan und dem Rest der Anführer dieser Abtrünnigen aufs schärfste zu verdammen. Mir ist bewusst, dass Hektor und sein Sohn nur der Schismatiker wegen den Tod fanden. Aber wenn die Charisianer bereit sind, derart beiläufig regierende Fürsten und deren Erben zu ermorden, zeigt das wohl deutlich, dass die Gefahr ein ganz neues Niveau erreicht hat.«

»In welchen Hinsicht, Zhaspahr?«, erkundigte sich Duchairn. Er war selbst ein wenig überrascht, dass es ihm gelang, derart neutral zu klingen.

»Allein schon wegen dieser Unverfrorenheit, natürlich!«,

erwiderte Clyntahn. »Dass sie bereit sind, derart offen ihre Widersacher aus dem Weg zu räumen, betont doch nur noch, welche Verachtung sie für die restliche Welt empfinden: Es schert sie nicht, dass man sie für ihr Handeln verdammen wird. Das wird Auswirkungen auf jeden in Safehold haben, der eine Krone trägt, oder sind Sie anderer Meinung? Wer kann sich denn jetzt noch sicher sein, dass nicht auch *hinter ihm* ein charisianischer Attentäter her ist, nur für den Fall, dass er für Caylebs und Sharleyans obszöne Machtgier ein Hindernis darstellt! Abgesehen davon sprechen wir hier von *Mord*, Rhobair! Nicht von Mord an einem x-beliebigen Menschen, sondern an einem Prinzen, den Mutter Kirche selbst gesalbt hat – an einem Prinzen, der Gottes Eigenen Krieg gegen die Mächte der Abtrünnigen geführt hat! Mir ist bewusst, dass die Charisianer schon in Ferayd deutlich gezeigt haben, dass sie bereit sind, sogar Priester der wahren Kirche Gottes zu ermorden. Aber jetzt haben sie bewiesen, dass sie wirklich *jeden* zu ermorden bereit sind, sogar ohne einen Schauprozess wie seinerzeit in Ferayd. Hektor ist ein Märtyrer, ein weiterer Märtyrer im Heiligen Krieg gegen Charis und die Mächte der Finsternis! Wir sind es seinem Andenken ebenso schuldig wie Gott und Mutter Kirche, genau das jedem einzelnen Rechtgläubigen deutlich vor Augen zu führen!«

»Ich verstehe.«

Es gelang Duchairn, das Gefühl aufsteigender Übelkeit zu unterdrücken, doch leicht fiel es ihm nicht. Die Inbrunst in Clyntahns Blick ängstigte ihn. Es war fast, als würde der Großinquisitor allen Ernstes *glauben*, was er da sagte: Für Hektors Tod sei *Charis* verantwortlich. Dass er einen Mord erst ganz beiläufig anordnen konnte, um ihn dann derart zynisch auszunutzen, das war das eine. Dass er aber seinen eigenen Lügen aufsaß und sie für die Wahrheit hielt, war eine Katastrophe – vor allem, da er die Autorität der Inquisition hinter sich hatte.

»Ich finde, dem können wir alle zustimmen, Zhaspahr«, merkte Trynair ruhig an. »Ganz egal, wie Hektor gestorben ist –

auf dem Schlachtfeld, eines natürlichen Todes oder niedergestreckt durch die Hand eines Attentäters –, er hat, wie Sie schon sagten, Krieg gegen die Feinde von Mutter Kirche geführt. Auch wenn ich niemals übermäßig zynisch oder berechnend wirken möchte ...«, Duchairn fragte sich, ob er der Einzige war, dem auffiel, dass die Augen des Kanzlers sich für einen winzigen Moment verfinstert hatten, gerade als sein Blick auf Clyntahn fiel, »... ist der schlichte Propaganda-Wert, diesen Punkt klar und deutlich der Öffentlichkeit darzulegen, schier unschätzbar.«

»Das war auch mein Gedanke«, meinte Clyntahn, in der Stimme nur eine Spur Selbstgefälligkeit.

Ruckartig hob Maigwair den Kopf, und Duchairn empfand beinahe schon Mitleid mit dem Captain General.

Wachst du erst jetzt auf, Allayn?, fragte er sardonisch. *Na ja, besser spät als nie, wie es so schön heißt! Aber du musst unbedingt daran arbeiten, deine Gesichtszüge besser zu beherrschen.*

Nach Maigwairs Blick zu schließen, hatte er endlich begriffen, was Trynair und Duchairn schon die ganze Zeit über vermutet hatten. Dass Clyntahn eigenmächtig gehandelt hatte, ohne mit seinen Kollegen darüber auch nur zu sprechen, musste für ihn noch viel erschreckender sein als für Duchairn. Schließlich war Maigwair der Verwundbarste aus der ›Vierer-Gruppe‹. Der Rest des Vikariats war, gelinde gesagt, unzufrieden darüber gewesen, dass man die gesamte neue Galeerenflotte für ›veraltet‹ erklärt hatte, bevor es auch nur zur ersten Schlacht gegen die Mächte der Finsternis gekommen war. Selbst jene, die zu umsichtig – oder zu verängstigt – waren, den Großinquisitor oder den Kanzler offen zu kritisieren, ließen Bemerkungen über die augenscheinliche Unfähigkeit des Captain General fallen. Maigwair sah sich gefährdet: Immerhin konnte Clyntahn in aller Beiläufigkeit einen regierenden Fürsten den Peitschenechsen zum Fraß vorwerfen, weil der Prinz als angemessen verstorbener Märtyrer deutlich wertvoller war denn als lebender Regent.

Einen regierenden Fürsten! Sicher wäre der Großinquisitor dann auch bereit, den schwächsten und verwundbarsten seiner Kollegen zu opfern, um den Zorn des restlichen Vikariats zu besänftigen.

Und genau das wird *er auch tun, Allayn,* dachte Duchairn. *Ohne einen einzigen Moment zu zögern, ohne Skrupel, ohne auch nur ein zweites Mal darüber nachzudenken, wenn er darin den kleinsten Vorteil sieht.*

Ein Bild zuckte ihm durch den Kopf – das Abbild von Eiswyvern auf einer Eisscholle, die einen ihrer Gefährten ins Wasser stießen, um zu sehen, ob dort immer noch Kraken lauerten. Es fiel Duchairn überhaupt nicht schwer sich vorzustellen, die geopferte Eiswyver trage Maigwairs Gesichtszüge.

»Eines der Dilemmata, die ich eben erwähnt hatte«, fuhr Trynair fort, »besteht darin, was wir nun hinsichtlich Prinz Daivyn unternehmen sollen.«

»Ich weiß nicht recht, ob es einen Grund gibt, was ihn betrifft übereilt irgendwelche Entscheidungen zu treffen, Zhaspahr«, bemerkte Duchairn. Der Kanzler blickte zu ihm hinüber, eine Augenbraue gehoben, und Duchairn zuckte mit den Schultern. »Im Augenblick sind er und seine Schwester – und Graf Coris – in Talkyra doch wohl in Sicherheit.«

»Im Augenblick hat Zhames auch jeden erdenklichen Grund, ihn dort behalten zu wollen«, setzte Clyntahn mit einem grollenden, belustigten Lachen hinzu.

Duchairn fand Clyntahns Belustigung angesichts des Krieges zwischen Delferahk und Charis schwer zu ertragen – schließlich war dieser Krieg direkte Folge der Schiffsbeschlagnahmungen auf Geheiß des Großinquisitors. Dennoch musste er zugeben, dass Clyntahn mit seiner Bemerkung nicht ganz Unrecht hatte. Solange sich König Zhames mit Cayleb und Sharleyan im Krieg befände, würde er wohl kaum einen entfernten Verwandten seiner Gemahlin an die Charisianer ausliefern.

Und wenigstens liegt Talkyra tief genug im Inland, dass die Charisi-

aner es nicht erreichen können, dachte Duchairn beißend. *Ansonsten scheinen die ja* jeden anderen Ort *in seinem Königreich mühelos erreichen zu können!*

Sofort tadelte er sich innerlich für diesen Gedanken. Es war doch nicht König Zhames' Schuld, dass die Imperial Charisian Navy ihre Marines an jeden beliebigen Punkt seiner Küste absetzen konnten. Aber es war offensichtlich, dass den Charisianern bewusst war, er könne nichts dagegen unternehmen. So sperrten sie gezielt und methodisch jeden einzelnen Hafen, über den Delferahk einst verfügt hatte. Andere als Hafenstädte waren unbehelligt geblieben. Doch die charisianische Blockade war praktisch undurchdringlich. Die Charisianer griffen jedes militärische Ziel an, das sich ihnen bot. Mittlerweile existierte die Delferahkan Navy nicht mehr. Die Charisianer waren bei ihren Angriffen aber stets mit übergroßer Vorsicht vorgegangen, um bei ihren gezielten Angriffen auf delferahkanische Handelsschiffe und Galeeren in neutralen Häfen Kollateralschäden am Privatbesitz aller Nicht-Delferahkaner zu vermeiden. Trotzdem wollte niemand riskieren, sich Caylebs Zorn zuzuziehen, indem er delferahkanischen Schiffen Zuflucht bot.

Duchairns Überlegungen, was die Sicherheit von Zhames' II. Hauptstadt anging, waren zutreffend. Talkyra lag tatsächlich zu weit im Inland. Die Charisianer waren für die Stadt keine effektive Bedrohung. Besser ließ sich die Einschränkungen der charisianischen Macht nicht auf den Punkt bringen. Trotz all ihrer Erfolge an der Küste von Delferahk oder ihrer Fähigkeit, in Corisande einzumarschieren, fehlte es ihnen doch an einer hinreichend großen Landstreitmacht, um sich in die lebenswichtigen Gebiete eines jeden Festlandreichs vorzukämpfen. Daran änderten auch ihre erschreckenden neuen Waffen und die Taktiken ihrer Marines nichts, von denen in den verwirrenden, nur bruchstückhaften Berichten die Rede war.

»Über Daivyns körperliche Unversehrtheit oder Sicherheit mache ich mir nicht allzu große Sorgen«, sagte Trynair nun.

»Mich beunruhigt eher, welchen Wert er in den Händen unserer politischen Feinde hätte.«

»Machen Sie doch nicht so viel Wind wegen dieses Jungen, Zahmsyn«, warf Clyntahn beinahe schon ungeduldig ein, »er läuft uns ja nicht weg! Wohin sollte er auch gehen? Niemand, der nicht jetzt schon aktiv gegen die Abtrünnigen kämpft, wird das Risiko eingehen, nach ihm zu fischen – zumindest solange nicht, bis wir es befehlen. Und wenn die Zeit gekommen ist, dass *wir* ihn brauchen, werden wir ihn überall erreichen können, ganz egal, wo er sich dann aufhält.«

»So einfach ist das nicht, Zhaspahr! Vor allem dann nicht, wenn wir ihn als rechtmäßigen Prinzen von Corisande anerkennen.«

»Ich finde, Zhaspahr hat Recht«, ergriff nun wieder Duchairn das Wort, auch wenn er sich alles andere als wohl dabei fühlte, mit dem Großinquisitor einer Meinung zu sein. Trynairs Blick traf ihn, und Duchairn zuckte die Achseln. »Es ist ja nun wirklich nicht so, als hätte Daivyn – oder Coris, der ja wohl hier eigentlich viel eher von Bedeutung ist – jemanden an der Hand, der sich als Verfechter seiner Rechte aufspielen wollte. Wenn wir verkünden, Daivyn sei der rechtmäßige Prinz von Corisande, und wenn Mutter Kirche verspricht, ihn wieder auf den Thron zu heben, sobald dieses Schisma endgültig niedergeschlagen ist, sollte das voll und ganz ausreichen. Gewiss ist Coris schlau und erfahren genug, das auch zu begreifen. Lassen wir ihn einfach, wo er gerade ist, zumindest vorerst! Alles, was wir zu tun haben, lässt sich auf schriftlichem Wege erledigen. Oder wir könnten Coris jederzeit hierher nach Zion beordern, um ihm dann von Angesicht zu Angesicht detailliertere Instruktionen zu geben. Ich denke, wir können einen Jungen, der kaum neun Jahre alt und gerade zur Waise geworden ist, erst einmal ein wenig Stabilität im Leben finden lassen, bevor wir ihn in ein politisches Hickhack hineinzerren.«

Mehrere Momente lang blickte Trynair Duchairn tief in die

Augen, dann nickte er langsam. Duchairn zweifelte nicht daran, dass Trynair den Jungen ohne jegliches Zögern opfern würde, wenn er zum Schluss käme, ein solches Vorgehen wäre zweckdienlich. Doch wenigstens besaß der Kanzler noch genug Mitgefühl, ein trauerndes Kind erst einmal in Ruhe zu lassen, bis ein ebensolches Vorgehen schließlich zweckdienlich *wäre*. Es war möglich, dass für Clyntahn das Gleiche galt. Duchairn aber zweifelte nicht daran, dass Clyntahns Position aus reiner Gleichgültigkeit geboren war – oder auch aus reiner Selbstzufriedenheit, wie gut der von ihm organisierte Mord am Vater des Jungen seinen Zweck erfüllte.

»Also gut«, sagte Trynair laut. »Ich werde ein Schreiben an Coris aufsetzen, in dem wir verlauten lassen, wir erkennten Daivyn als rechtmäßigen Erben an. Dann unterbreiten wir seinem Vormund Vorschläge, wie der Prinz und er uns im Kampf gegen die Mörder seines Vaters behilflich sein können. Natürlich werde Sie alle diesen Entwurf vor der Versendung begutachten können«, setzte er hinzu und warf betonend einen Blick zu Clyntahn hinüber.

Der Blick prallte an der Panzerung des Großinquisitors ab, ohne daran auch nur einen Kratzer zu hinterlassen.

»Mich beschäftigt dann noch etwas«, ergriff Maigwair das Wort. »Ich muss gestehen, dass ich besorgt bin. Wie Zahmsyn vorhin schon erwähnte, werden wir schon bald gegen die Unbilden des Wetter zu kämpfen haben. Unsere Möglichkeiten, mit anderen Reichen in Kontakt zu treten, werden also innerhalb weniger Fünftage deutlich einschränkt sein.«

»Und was daran macht Sie besorgt?«, fragte Duchairn sofort nach.

»Nun, es wird sicher keine Schwierigkeiten geben, was bereits laufende Planungen betrifft. Die bislang ausgegebenen Anweisungen sind umfassend genug, sodass Änderungen wohl kaum nötig sein werden. Die Abtrünnigen werden vor Frühlingsanfang bestimmt auch keine größeren Unternehmungen beginnen – ich denke, da sind wir uns alle einig. Also ist es unwahrscheinlich, dass wir auf irgendwelche militärische Krisen werden reagieren müssen.«

»Auf irgendwelche *neue* militärische Krisen, meinen Sie«, murmelte Clyntahn mit einer Stimme, die bewusst so gewählt war, dass man sie gerade noch verstehen konnte. Kurz kniff Maigwair die Lippen zusammen. Dann sprach er weiter, als sei nichts geschehen.

»Was mich hingegen *sehr wohl* beunruhigt«, fuhr er fort, »ist, was hier geschehen wird, im Tempel und in Zion, wenn der Winter erst einmal richtig hereinbricht. Es gibt schließlich immer diese Tendenz, sich nach dem ersten heftigeren Schneefall um ... innere Angelegenheiten zu kümmern.«

In Clyntahns Augen blitzte etwas auf, das vielleicht unwilliger – und erstaunter – Respekt sein mochte. Duchairn stellte fest, dass es ihm ebenso erging wie dem Großinquisitor. Normalerweise wäre eine derartige Bemerkung von jemandem wie Allayn Maigwair nicht zu erwarten gewesen. *Vielleicht,* dachte der Schatzmeister sofort, *erklärt es sich damit, dass sich Maigwair sehr wohl bewusst ist, in welch geschwächter Position er sich derzeit befindet.*

Wie Maigwair so treffend angemerkt hatte, neigte der ganze Tempel dazu, sich deutlich mehr inneren Angelegenheiten zuzuwenden, sobald der Winter sich über die Stadt Zion gelegt hatte. Jegliche Form der Kommunikation mit der Außenwelt war deutlich verlangsamt; und im Zusammenhang damit verlangsamte sich auch der Rhythmus des ganzen Lebens von Mutter Kirche. Vikare und Erzbischöfe, die in Zion residierten, nutzten diese Zeit häufig dazu, Bündnisse zu pflegen und sich um liegen gebliebenen Papierkram und notwendige Verwaltungsroutinen zu kümmern. Und Feindseligkeiten und kleinere Streitereien wirkten sich dann stets noch mehr als sonst innerhalb der Hierarchie der rivalisierenden Fraktionen aus.

In diesem Winter allerdings würde es anders sein. *Diesen* Winter würde der ganze Tempel damit verbringen, sich Sorgen zu machen. Man würde über die diesjährige Ansprache Großvikar Ereks sinnieren und darüber, wie sich all das auf die Zukunft auswirken würde. Dass die Charisianer einen Erfolg an den anderen reihten, würde die Gedanken, die man sich machte, immens beeinflussen und ebenso wie etwaige Kritik an der Führung durch die ›Vierer-Gruppe‹ beherrschen. Der Winter, den die Kirche normalerweise praktisch im Halbschlaf verbrachte, würde in diesem Jahr alles andere als ruhig und friedlich sein, und das mochte für die ›Vierer-Gruppe‹ durchaus ernste Konsequenzen haben.

Oder zumindest für ihr verwundbarstes Mitglied.

»Ach, ich für meinen Teil glaube, wir werden schon das eine oder andere finden, womit wir uns beschäftigen können!«, sagte Clyntahn. Etwas in seinem Tonfall brachte Duchairn dazu, sich wieder ganz auf den Großinquisitor zu konzentrieren. Das Funkeln in Clyntahns Augen verriet nicht nur Zuversicht: Er *erwartete* etwas. Es war das Funkeln in den Augen eines Mannes, der es kaum noch erwarten konnte, endlich das zu bekommen, was er sich selbst zur Belohnung versprochen hatte.

Es durchfuhr Duchairn wie spitze Eisnadeln. War es etwa möglich, dass ...

»Haben Sie dabei vielleicht doch etwas Bestimmtes im Blick, Zhaspahr?«, erkundigte sich Trynair. Die Frage und das Mienenspiel des Kanzlers ließen vermuten, dass ihm dasselbe aufgefallen war wie Duchairn. Sein Ton aber war deutlich ruhiger, als Duchairn sich selbst in diesem Moment zugetraut hätte.

»Irgendetwas ergibt sich immer, Zahmsyn«, erwiderte Clyntahn beinahe schon fröhlich. »Und tatsächlich ist mir aufgefallen, dass es meist zu besonders nützlichen Momenten geschieht.«

Duchairns Magen krampfte sich erneut zusammen, als er sich an ein anscheinend völlig harmloses Gespräch mit Vikar Samyl Wylsynn zurückerinnerte. Damals hatte er nicht sonderlich darüber nachgedacht. Aber seit er selbst dazu berufen worden war, das Orange anzulegen, hatte Duchairn allzu viele Einkehrtage ungenutzt verstreichen lassen, zu denen man ihn regelmäßig einlud. Einiges von dem Versäumten hatte er wieder aufholen wollen – soweit sich das mit seinem stets überreichlich gefüllten Terminkalender vereinbaren ließ. Und bei einer solchen Gelegenheit, bei einem der Gebets-Frühstücke, zu denen er erschienen war, hatte er plötzlich neben Wylsynn gesessen. Er hatte dem Zufall, der sie zusammengeführt hatte, keine besondere Bedeutung beigemessen. Damals nicht. Erst später, als er die Gelegenheit gehabt hatte, über den möglicherweise verborgenen tieferen Sinn in dem nachzudenken, was Wylsynn gesagt hatte.

Seitdem hatte er zwei oder drei weitere Gespräche mit Wylsynn geführt, allesamt natürlich kurz. Alle drei mochten, ebenso wie das erste, unschuldiger Zufall gewesen sein. Allerdings glaubte Duchairn das keinen einzigen Moment lang. Wylsynn hatte ihn nach etwas ausgehorcht, und angesichts des Rufes, den sich Wylsynns ganze Familie redlich erarbeitet hatte, konnte das unmöglich etwas gewesen sein, das Clyntahn gutgeheißen hätte.

Falls Wylsynn wirklich etwas vorhat, und Zhaspahr hat davon Wind bekommen ...

Duchairn hatte nicht so viele Jahre lang mit Clyntahn zusammenarbeiten können, ohne zu begreifen, wie der Verstand des Großinquisitors arbeitete. Die mögliche Gelegenheit, seinen meistverhassten Rivalen zu zerschmettern, hätte ihn zu jedem beliebigen Zeitpunkt in Hochstimmung versetzt. Sicher wäre es ihm eine besondere Freude gewesen, zu warten, bis er diese Gelegenheit dazu nutzen könnte, Wylsynn für ›Verrat an Mutter Kirche‹ zu verdammen. Es wäre eine Gelegenheit, um seine Kollegen aus dem Vikariat zum perfekt passenden Zeitpunkt vom Versagen der ›Vierer-Gruppe‹ abzulenken. Das Tüpfelchen auf dem i war – zumindest aus Clyntahns Blickwinkel –, dass die Entdeckung von ›Verrätern‹ in den Reihen des Vikariats nur dazu beitragen konnte, den Kampf gegen *alle* Feinde der Kirche noch weiter anzuheizen … und zugleich Clyntahn selbst zu stärken. Denn er wäre der Mann, dessen Aufgabe es war, eben jene Feinde aufzuspüren und zu vernichten, wo auch immer sie sich verbergen mochten.

Selbst wenn das hieß: in den Reihen seiner Vikariats-Kollegen … und insbesondere in den Reihen derjenigen, die es gewagt hatten, den Großinquisitor – und seine Verbündeten – für ihren Umgang mit den Schismatikern zu kritisieren.

Trynair hatte nicht Duchairns Vorteil, mit Wylsynn gesprochen zu haben. Doch auch er hatte ganz offensichtlich etwas gespürt, was sich unter der oberflächlichen Fröhlichkeit Clyntahns verbarg. Doch was auch immer er vermuten mochte, er war sichtlich nicht bereit, hier und jetzt nachzuhaken.

»Wie dem auch sei«, sprach er weiter und überging somit Clyntahns Bemerkung, als sei sie tatsächlich so unschuldig, wie Clyntahn vorspiegelte, »es gibt Weiteres, das ich am heutigen Tag noch gern ansprechen würde. Zunächst einmal ist da die Art und Weise, in der Siddarmark Pläne schmiedet oder bereits verfolgt, um weiterhin mit Charis Handel zu treiben. Und leider scheint Siddarmark nicht allein dazustehen. Genau wie Rhobair uns schon gewarnt hat, suchen Männer, die angesichts der ökonomischen Konsequenzen dieses Embargos vor dem Ruin stehen, recht kreativ nach Lösungen für ihre Schwierigkeiten. Es ist wohl unvernünftig, etwas anderes zu erwarten, und das bedeutet …«

Er spracht weiter, befasste sich mit den Alltäglichkeiten, die nun einmal dazugehörten, in derart bewegten Zeiten Mutter Kirche zu verwalten. Doch Rhobair Duchairn ertappte sich selbst dabei, nur mit halbem Ohr zuzuhören.

Der Rest seiner Aufmerksamkeit galt etwas anderem, und tatsächlich trieben ihn auch gänzlich andere Sorgen um.

.II.

Königlicher Palast, Cherayth, Königreich Chisholm

»Na bitte! Verstehst du jetzt, was ich mit ›schön warmen Betten‹ gemeint habe?«, fragte die Kaiserin von Charis. Sie kuschelte sich eng an den Kaiser und legte ihren Kopf auf seine Brust.

»Ich bin mir sicher, dass das beizeiten ein schön warmes Bett sein wird«, erwiderte er im Tonfall eines Mannes, der derart gewichtige Dinge angemessen bedächtig anzugehen pflegt. Er legte den Arm um sie und streichelte mit der Hand sanft über ihre süß duftende Haut. »Im Augenblick jedoch kann ich wirklich nicht behaupten, die Temperatur sei derart niedrig. Selbst hier im weit nördlich gelegenen Chisholm.«

Er spielte ihr ein übertriebenes Frösteln vor, und Sharleyan lachte leise in sich hinein. Wenn jemand ihr eine Antwort abgenötigt hätte, hätte sie zugeben müssen, dass sie nach all den Monaten in Tellesberg doch *ein wenig* übertrieben hatte, was das kühle Klima von Cherayth betraf. Wahrscheinlich hätte sie das wirklich nicht tun sollen. Doch es hatte sich für sie als unmöglich herausgestellt, der Versuchung zu widerstehen, die offensichtlichen Erwartungen ihrer charisianischen Zuhörer zu enttäuschen. Angesichts der Leichtgläubigkeit, mit der sie mit vor Erstaunen weit aufgerissenen Augen ihren Berichten gelauscht hatten, vermutete Sharleyan mittlerweile, die weitaus meisten Charisianer seien jetzt felsenfest überzeugt, alle Chisholmianer würden den Winter immer nur dicht eingepackt in Pelzen und Parkas verbringen.

Tatsächlich wusste Sharleyan natürlich, dass diese Septembernacht für Cayleb, der nun einmal das charisianische Wetter gewohnt und entsprechend empfindlich war, tatsächlich etwas kühl war. Würde es erst richtig Winter, würde die Temperaturen noch deutlich tiefer sinken, und auch das wusste Sharleyan. Sie wusste aber auch, dass Cayleb während seiner Laufbahn bei der Royal Charisian Navy mit seinem Schiff durch Gewässer gekreuzt war, in denen es mindestens ebenso bitterkalt gewesen war wie alles, was der Winter in Cherayth erwarten ließ.

Trotzdem macht es Spaß, ihn damit aufzuziehen, gestand sie sich selbst ein. *Abgesehen davon werden* wir beide *die Wärme unseres Bettes genießen, bevor im Frühling das Eis schmilzt.*

»Eigentlich«, sagte Cayleb, und Sharleyan spürte seinen sanften, warmen Atem an ihrem Ohr, »bin ich bereit zuzugeben – nicht vor Zeugen, sei angemerkt, aber *privatissime* –, dass für dieses Bett hier tatsächlich sogar einiges spricht.«

»Tatsächlich?« Sie stützte sich auf einen Ellenbogen, um ihm in die Augen blicken zu können. »Und was, wenn ich fragen darf, wäre das?«

»Nun ja«, antwortete er bedächtig und fuhr mit einer Fingerspitze sanft über ihre nackte Brust, »zunächst einmal ist es groß genug. Ich bin wirklich nicht in der Lage, die Betten aufzuzählen, die für mich einfach zu kurz waren. Dann hängen die Füße raus, schrecklich! Und dieses Bett hier ist auch gut gepolstert. Das ist immer wichtig. Manchmal werden die Matratzen mit Stroh gestopft oder sogar mit Getreidespelzen, und das ist nie angenehm. Die Laken sind auch nett, wo ich jetzt so darüber nachdenke, und die Stickereien auf den Kopfkissenbezügen sind erstklassig. Vielleicht nicht ganz auf charisianischem Niveau. Aber wenn man bedenkt, welchen Beschränkungen der Dekorateur unterworfen ist, doch recht zufrieden stellend. Und dann …«

Er stockte, als seine Gemahlin schamlos ausnutzte, dass er gänzlich nackt war.

»Na, na!«, sagte er hastig, als ihr Griff noch fester wurde. »Tu bloß nichts, was wir beide bedauern würden!«

»Ach, ich tue bestimmt nichts, was *ich* bedauern würde«, versicherte sie ihm mit einem nachgerade gehässigen Grinsen.

»Na, unter diesen Umständen sollte ich vielleicht noch hinzufügen, das Wichtigste an diesem Bett ist eindeutig, dass ich nicht allein darin liege«, sagte er rasch.

»Das geht zumindest schon in die richtige Richtung«, sagte sie. »Vielleicht nicht ganz auf *chisholmianischem* Niveau, aber wenn man bedenkt, welchen Beschränkungen der Sprecher unterworfen ist, doch schon beinahe zufrieden stellend.«

»Wie! Nur beinahe?«, setzte Cayleb indigniert nach.

»Im Augenblick bin es wohl *ich*, die in der Lage ist, berechtigte Forderungen durchzusetzen ... unter anderem«, erklärte sie süßlich.

»Ach, na gut.« Er grinste über das ganze Gesicht, nahm sie wieder in die Arme und zog sie zu sich, sodass sie auf ihm lag. »Dann kann ich wohl genauso gut zugeben, dass dies hier das zweitbeste Bett ist, in dem ich je im Leben gelegen habe. Ich darf doch wohl davon ausgehen, du wirst mir vergeben, dass ich eine Schwäche für unser gemeinsames Bett in Tellesberg habe.«

»Ach ...« Sie küsste ihn, langsam und ausgiebig. »Ich denke, das kann ich dir vergeben. Mir geht es ja schließlich genauso.«

Einige Stunden später saßen die beiden Seite an Seite im Wohnraum ihrer Zimmerflucht und blickten aus dem Fenster zum Mond empor, der als hochglanzpolierte, silbrige Scheibe über einen blauschwarzen Samthimmel zog. Langsam schüttelte Cayleb den Kopf.

»Es ist schon schwer zu glauben, dass jeder dieser Sterne da draußen genau so hell und groß sein soll wie unsere eigene Sonne«, sagte er leise.

»Noch schwerer zu glauben, als dass Merlin eine neunhundert Jahre alte *Frau* sein soll?«, fragte Sharleyan und lehnte ihren Kopf gegen Caylebs Schulter.

»Ja, schon.« Ihr Gemahl lächelte. »Schließlich kann ich mich immer auf die Vorstellung zurückziehen, Merlin sei doch nichts anderes als reine Magie, was auch immer er sagen mag.«

»Idiot«, sagte Sharleyan liebevoll, hob die Hand und zupfte an seinem jetzt deutlich volleren Bart.

»Gefällt er dir?«, fragte er. Sie blickte zu ihm auf, und er zuckte mit den Schultern. »Den Bart, meine ich. Gefällt er dir?«

»An einigen gänzlich unangemessenen Stellen kitzelt er«, sagte sie ernsthaft. »Und es wäre mir nicht recht, wenn er Überhand nähme. Keinen dichten Rauschebart, verstehst du? Aber unter dieser Voraussetzung kann ich damit leben.«

»Na, das nenne ich mal ›überschwängliche Unterstützung‹«, meinte Cayleb mit einem schiefen Grinsen.

»Na ja, man muss sich schon an so viel Haar gewöhnen«, bemerkte Sharleyan.

»Fast so sehr wie an die Vorstellung, dass Corisande jetzt Teil des Charisianischen Kaiserreiches ist?«, fragte er. Mit einem Mal war er ernst.

»Na, das hängt wohl davon ab, wie sehr Corisande wirklich Teil des Kaiserreiches *ist*«, gab sie zurück. »Im Augenblick steht das ja wohl noch abzuwarten.«

»Das ist wohl wahr«, pflichtete er ihr bei. »Das Gute ist: Ich glaube, Tartarian und Anvil Rock sind jetzt ernstlich davon überzeugt, ich hätte diesen Mord an Hektor *doch nicht* befohlen. Ich meine, ich glaube nicht, dass Anvil Rock davon überzeugt sein *wollte*. Aber der Mann scheint mir wirklich integer, und sein Sohn hat sich redlich Mühe gegeben, ihn umzustimmen.«

»Glaubst du also, sie werden sich an die Bedingungen des Friedensvertrags halten?«

»Merlin hat dir das gleiche ›Bildmaterial‹ seiner SNARCs gezeigt wie mir, Liebste. Genau wie du kann ich also nur raten. Im Augenblick neige ich dazu, die Frage zu bejahen. Sicher, es passt den beiden nicht sonderlich – ginge mir an ihrer Stelle gewiss nicht anders. Aber sie sind schlau genug, eine unabänderliche Notwendigkeit auch als solche zu erkennen.«

»Dass du Daivyns Unversehrtheit garantiert hast, ob er nun seinen Thron behält oder nicht, hat gewiss auch nicht geschadet«, warf Sharleyan ein.

»Ja, kann sein. Aber wirklich *geholfen* hätte es nicht, wenn Anvil Rock und Tartarian nicht zu dem Schluss gekommen wären, ich würde mein Wort so lange halten, wie sie zu dem ihren stehen. Und was auch immer *sie* denken oder beabsichtigen mögen: Was diese Friedensregelung betrifft, reiten sie und der ganze Rest des Rates im Augenblick auf dem Rücken einer ganz besonders gereizten Peitschenechse. Es gibt nicht allzu viel, was wir tun könnten, um ihnen ihren wilden Ritt angenehmer statt schlimmer zu machen.«

Sharleyan nickte ernst. Cayleb hatte besonders ein wichtiger Grund nach Cherayth zurückkehren lassen: Es galt, den Rat von Corisande zu unterstützen. Der Rat, zu dem auch Sir Koryn Gahrvai, Tartarian und Anvil Rock gehörten, hatte an Prinz Daivyns statt die Regierungsgeschäfte übernommen und bemühte sich, Frieden und Ordnung im Land wiederherzustellen. Die Anwesenheit des Kaisers und seiner Truppen aber hätte diese Aufgabe erschwert. Denn Tempelgetreue und übermäßig patriotische Corisandianer würden sich dann eher dazu bemüßigt fühlen, in den Widerstand zu gehen. General Chermyn, der offiziell das Amt des kaiserlichen Vizekönigs der neuen Provinz Corisande übernommen hatte, bot da schon weniger Konfliktpotential. Cayleb hatte ihm dann auch nur gerade so viel Marines zur Seite gestellt, dass sich zumindest in der Stadt und dem Herzogtum Manchyr herum auch dann noch alles unter Kontrolle halten ließe, wenn es hart auf hart kommen sollte. Aber durch militärischen Druck wollten weder Cayleb noch Sharleyan ihre Herrschaft in Corisande aufrechterhalten.

»Zumindest zu ein paar Aufständen *wird* es kommen, Cayleb«, sagte Sharleyan nach kurzem Schweigen. »Das ist dir doch auch klar, oder?«

»Ja«, seufzte er. »Das ist unvermeidbar, wenn man bedenkt, dass wir Corisande mit Waffengewalt erobert haben. Das ist eben anders als in Emerald, das wir durch eine Übereinkunft in beiderseitigem Einvernehmen ins Kaiserreich eingegliedert haben. Oder auch in Zebediah. Dieses Mal wird es jemanden geben, der unbedingt ›die Fremden vertreiben‹ will, sei es nun aus echtem Patriotismus heraus oder aus persönlicher Machtgier. Dass religiöse Überzeugungen auch noch eine Rolle spielen, macht alles nur noch schlimmer. Ich gebe mich wirklich nicht der Illusion hin, unsere neuen corisandianischen Untertanen würden ganz wunderbar handzahm und friedlich sein, Sharley! Aber zumindest wollen Tartarian und die Gahrvais das Blutvergießen in Corisande so weit verhindern, wie ihnen das möglich ist. Sie wissen, dass wir letztendlich über die Feuerkraft – und die Flottenstärke – verfügen, praktisch jede nur erdenkliche Form von Rebellion niederzuschlagen. Sie wissen natürlich auch, dass wir es wirklich nicht darauf anlegen, so vorzugehen – aber es *könnten*, wenn wir müssten. Und was noch wichtiger ist: Sie wissen auch, dass wir es notfalls tun.«

Caylebs Gesichtsausdruck war hart und entschlossen. Als Sharleyan ihren Gemahl im Schein des Mondes anschaute, wusste sie mit einem Mal, dass sie wahrscheinlich denselben Ausdruck im Gesicht hatte. Sie beide wollte kein Blut vergießen, wenn es sich vermeiden ließe. Keiner von ihnen wollte, dass Dörfer oder Städte niedergebrannt würden, dass Menschen wegen Hochverrats an ihrem neuen Kaiser oder ihrer neuen Kaiserin hingerichtet würden. Keiner von ihnen wollte dazu gezwungen werden, zu den rauen Mitteln der Unterdrückung zu greifen, die alle auf Safehold geltenden Regeln des Krieges für eroberte Provinzen vorsahen. Aber man bedrohte sie, das Kaiserpaar und ihr Reich, von allen Seiten. Keiner von ihnen beiden würde nur einen Moment lang zögern, sollte ein hartes Vorgehen gegen Corisande, den Feind seit vielen Generationen, erforderlich werden.

»Nun, nehmen wir einmal an, die zu erwartenden Aufstände oder Rebellionen sind unbedeutend genug, dass General Chermyn ihnen mit den Mitteln begegnen kann, die ihm jetzt schon zur Verfügung stehen – was kommt dann als Nächstes für uns?«, fragte Sharleyan dann.

»Damit werden wir beide – und Merlin – uns einen guten Teil dieses Winters befassen, Liebste«, gab er zurück. »Tatsache ist, dass das, was hinter uns liegt, der *einfache* Teil war. Im Frühling wird Maigwair ein gutes Stück weiter mit seiner Galeonen-Flotte sein, als mir lieb ist. Gott sei Dank hat er so viel Zeit und Geld auf Galeeren verschwendet! Aber nach dem zu urteilen, was Merlin bislang gesehen hat, muss jemand die Berichte des Grafen Thirsk tatsächlich auch *gelesen* haben. Und jetzt haben sie genug Informationen über unsere neumodische Artillerie, dass wir es bald mit gut bewaffneten Galeonen zu tun bekommen werden – auf der Gegenseite! Sicher, die werden nicht so gut damit umzugehen verstehen wie wir, und ich habe auch die Absicht, sie so effektiv zurückzuschlagen wie nur möglich. Wie es mein Vater einst ausgedrückt hat: Es ist wichtig, dass jeder einzelne Admiral des Tempels davon überzeugt ist, praktisch schon besiegt zu sein, noch bevor er überhaupt gegen uns in See sticht.

Aber abgesehen davon weiß ich wirklich nicht, was die beste Vorgehensweise wäre. Ich hoffe, ihr beide, Baron Green Mountain und du, könnt mir dabei helfen, eine Antwort auf diese Frage zu finden. Im Augenblick kommt mir das vor wie ein Kampf zwischen einem Todeswal und einem Großen Drachen. Solange wir uns in unserem Element befinden, sollten wir jede Flotte besiegen, die die Kirche nur gegen uns aufzubringen vermag. Das gilt selbst dann, wenn wir zahlenmäßig unterlegen sind – und sei es auch nur, weil *wir* genau wissen, was wir tun, und sie eben nicht … noch nicht. Aber wenn wir versuchen, eine Landarmee gegen die Armeen der Festlandreiche aufmarschieren zu lassen, werden die uns gewaltig in den Arsch treten. Vielleicht nicht sofort, aber letztendlich eben doch. Wir können einfach nicht genug Männer auf das Festland schaffen, um den Tempel zur Kapitulation zu bewegen, *bevor* der Tempel herausfindet, wie sie sich den Vorteil, den unsere neuen Waffen uns verschaffen, ebenfalls zunutze machen können.«

»Willst du damit sagen, es läuft auf eine Pattsituation hinaus?«

»Ja, genau, denn zumindest vorübergehend könnte eine Pattsituation entstehen. Aber weder der Tempel noch wir werden dann aufgeben. Jeder wird versuchen, gegen den anderen anzukommen. Mit all den wirklich schlauen und zu allem entschlossenen Leuten, die es auf beiden Seiten gibt, wird sich dann sicher eine Möglichkeit finden, und das Patt ist vorüber. Es wäre gut, wenn wir in diesem Wettlauf die Schnelleren wären, aber versprechen kann ich das nicht. Bislang sind wir recht gut weggekommen. Aber früher oder später, es kann gar nicht andres sein, rennen auch wir einmal gegen die Wand, Sharley. Und dann besteht die Kunst darin, nicht gleich zu Boden zu gehen oder sich gar den Schädel einzurennen.«

»Na ja«, gab sie zurück, kuschelte sich enger an ihn und legte ihre Wange wieder an seine Schulter, »wie du schon sagst: Auch wir haben eine ganze Menge schlauer Leute auf unserer Seite – dich und mich eingeschlossen. Und wir haben Merlin und Erzbischof Maikel und – da bin ich mir doch ziemlich sicher – Gott auf unserer Seite. Gemeinsam sollten wir doch mit allem fertig werden, was jemand wie Clyntahn gegen uns auf die Beine stellen kann.«

.III.

Zion, die Tempel-Lande

»Mir gefällt das nicht, Samyl!«

Ernst schüttelte Hauwerd Wylsynn den Kopf. Er saß seinem älteren Bruder am Tisch gegenüber, vor sich noch die Reste des gemeinsamen Abendessens. Herbstlicher Regen peitschte gegen das große Fenster des Speisesaals, strömte daran herab wie ein transparenter Vorhang. Das abendliche, wolkenverhangene Halbdunkel verwandelte sich in einen schwankenden Wandteppich – wie das obskure Omen einer ungewissen Zukunft.

»Es gibt *einige* Dinge, die mir im Augenblick nicht gefallen, Hauwerd«, gab Samyl zurück. »Könntest du dich etwas klarer ausdrücken?«

»Versuch jetzt ja keine Scherze!«, grollte sein Bruder. »Dafür bin ich im Augenblick wirklich nicht in der Stimmung.«

»Unter den gegebenen Umständen, glaube ich, kann es sich keiner von uns leisten, seinen Sinn für Humor gänzlich zu verlieren«, merkte Samyl an. »Es sei denn, wir wollen nur immer weiter über alle möglichen Probleme grübeln, bis wir alle den Verstand verlieren und Clyntahn uns aus der Kirche ausschließen kann, ohne sich selbst in irgendeiner Weise anstrengen zu müssen.«

»Sehr witzig«, gab Hauwerd säuerlich zurück. Dann holte er tief Luft und richtete sich in seinem Sessel auf. »Aber wahrscheinlich zutreffend«, gestand er ein. »Vergiss nicht, ich glaube nicht, dass ich in diesem Winter allzu viel finden werde, worüber ich lachen könnte!«

»Wir werden schon etwas finden«, philosophierte Samyl. »Und ansonsten können wir nur noch auf Gott vertrauen.«

»Mir ginge es besser, wenn wir Sein Versprechen hätten,

Gottvertrauen allein werde dafür sorgen, dass wir alle ungeschoren davonkommen.«

»Das geht mir auch so. Bedauerlicherweise hat der Herr uns ein solches Versprechen niemals gegeben. Also mach schon, erzähl mir, was dich heute beunruhigt!«

»Mich beunruhigt, wie ... heftig Clyntahn und Trynair darauf herumreiten, Cayleb sei für den Mord an Hektor verantwortlich«, antwortete Hauwerd.

»Was denn? Glaubst du etwa *nicht*, dass er dahintersteckt?«, fragte Samyl unschuldig.

»Vergiss doch einmal, dass du ein Schuelerit bist, und hör auf, Shan-weis Advokaten zu spielen!« Hauwerd fauchte den Satz fast. »Zunächst einmal: Nein, ich glaube nicht, dass er dahinter steckt! Das habe ich dir schon einmal gesagt. Er ist viel zu schlau, um etwas derart Dummes zu tun. Und zweitens: Ob er nun dafür verantwortlich ist oder nicht, tut eigentlich bei den Dingen, die mich beunruhigen, gar nichts zur Sache.«

»Und was tut dann zur Sache?«, erkundigte sich Samyl ... ohne, wie Hauwerd sofort bemerkte, zu sagen, ob *er* Cayleb Ahrmahk für den Drahtzieher des Attentats hielt oder nicht.

»Die Art und Weise, wie sie damit umgehen. Die werfen das in einen Topf mit dem angeblich nicht provozierten Angriff Charis' auf Delferahk.« Hauwerd schüttelte den Kopf. »Wenn man das mit der jährlichen Ansprache des Großvikars zusammennimmt, was bekommt man dann? Man sieht doch schon ganz deutlich, dass die sich darauf vorbereiten, zum Heiligen Krieg aufzurufen, sobald das Eis in der Hsing-Wu-Passage geschmolzen ist!«

»Wahrscheinlich«, stimmte ihm Samyl zu. Seine Miene verdüsterte sich. »Andererseits: Wenn sie nicht *diesen* Vorwand genommen hätten, dann hätten sie irgendeinen anderen gefunden. Das liegt nun einmal in der Natur der Sache.«

»Du meinst, Kraken greifen nun einmal an, wenn sie Blut riechen?«, fragte Hauwerd verbittert.

»Ja, so ist das«, seufzte Samyl. »Andererseits können wir nicht allzu viel dagegen unternehmen, abgesehen davon, dass wir darauf vertrauen, was sich mit Gebeten bewirken lässt. Deswegen interessieren mich deutlich näher liegende Dinge ungleich mehr.«

»Duchairn?«

»Ganz genau.« Schwerfällig nickte Samyl. »Ich weiß nicht genau, was in diesem Mann vorgeht, Hauwerd. Aber ich bin durchaus geneigt anzunehmen, wir erleben gerade, dass er sich deutlich erholt. Natürlich bringt ihn das in Lebensgefahr, wo er doch Clyntahn so nah ist. Des Letzte, was Clyntahn sich erlauben kann, ist jemand in der ›Vierer-Gruppe‹, der die *Heilige Schrift* ernst nimmt.«

»Eigentlich«, sagte Hauwerd sehr ernst, »könnte das zugleich der beste Schutz sein, den Duchairn nur bekommen kann. Clyntahn ist von sich aus gänzlich unfähig, den Glauben eines seiner Mitmenschen ernst zu nehmen, der anderer Ansicht ist als er selbst. Oder besser: Er neigt dazu, jeden, der nicht mit ihm einer Meinung ist, als ernst zu nehmende Bedrohung anzusehen, wenn besagte Person durch aufrichtigen Glauben motiviert ist.«

»Ach, und was ist dann mit Duchairns Warnung?«

»Zhaspahr Clyntahn sorgt sich um uns nicht wegen unseres *Glaubens*, Samyl. Er macht sich Sorgen, weil wir eine Bedrohung für das Fundament seiner Macht darstellen. Und«, setzte Hauwerd unglücklich hinzu, »weil er denkt, wir würden eine prächtige Ablenkung abgeben.«

»Ganz genau«, wiederholte Samyl.

Die Warnung, die Duchairn ihm hatte zukommen lassen, hatte Samyl ernstlich überrascht. Der Schatzmeister des Tempels hatte das Risiko auf sich genommen, mit ihm persönlich zu sprechen. So sehr Wylsynn sich auch bemüht hatte, sich auf diplomatische Umschreibungen zu beschränken, war Duchairn mit erschütternder Offenheit gleich auf den Punkt gekommen.

»Clyntahn muss jemanden im ›Kreis‹ haben, Samyl«, erklärte sein Bruder jetzt, und in seiner Stimme schwang unverkennbar Anspannung mit.

»Wir sind schon seit langer Zeit tätig«, erwiderte Samyl. »Es gibt reichlich andere Dinge, mit denen wir uns verraten haben könnten.«

»Natürlich gibt es die«, sagte Hauwerd ungeduldig. »Aber das ist nicht passiert, und das weißt du ebenso gut wie ich! Wenn Duchairn Recht hat, dann wartete Clyntahn nur den Moment ab, der ihm persönlich am praktischsten erscheint. Er würde aber nicht abwarten, wenn er nicht sehr zuversichtlich wäre, alles zu wissen, was wir tun. Er muss sich sicher sein, dass wir nicht allesamt einfach spurlos verschwinden, bevor er zuschlagen kann. Und das kann er nur wissen, wenn jemand aus unserer Mitte ihm von unseren Überlegungen und unseren Plänen berichtet. Und da wir in letzter Zeit niemanden neues mehr aufgenommen haben, muss es jemand sein, der schon längere Zeit dabei ist.«

Samyl hatte die Lippen zusammengekniffen, während sein Bruder ihm diese niederschmetternde Analyse vortrug. Das alles hätte ihn nicht halb so sehr beunruhigt, wenn er nicht selbst auf exakt die gleichen Schlussfolgerungen gekommen wäre.

»Bedauerlicherweise habe ich keine Ahnung, wer dieser Jemand sein könnte«, sagt er. »Du vielleicht?«

»Wenn dem so wäre, dann wärst du der Erste, der davon erführe. Oder möglicherweise«, Hauwerd ließ in einem entschieden unpriesterlichen Grinsen die Zähne aufblitzen, »der Zweite.«

»Du musst wirklich unbedingt vergessen, dass du früher einmal den Tempelgardisten angehört hast!«, mahnte Samyl ihn. »Direktes Vorgehen ist nicht immer das Beste, was man tun kann. Auch wenn ich in diesem Falle zugeben muss, ich wäre selbst ernstlich in Versuchung geführt.«

»Das ist ja alles schön und gut. Aber da wir nun einmal

nicht wissen, von wem wir hier reden: Was machen wir denn nun?«

»Ich weiß es nicht«, gab Samyl zu. »Ich weiß bloß, dass wir entschieden zu viel Zeit damit verbracht haben, uns unserer Aufgabe zu verschreiben, als dass wir jetzt einfach die Flucht ergreifen könnten. Ich bin nicht bereit, Gottes Kirche Männern wie Clyntahn und Trynair zu überlassen, Hauwerd! Wenn ich schon sterben muss, gibt es deutlich schlechtere Gründe als diesen.«

»Zweifellos. Aber es gibt auch deutlich bessere Arten zu sterben«, versetzte Hauwerd grimmig, als er an das Schicksal Erayk Dynnys' denken musste.

»Ja, das ist wahr. Bedauerlicherweise haben wir uns ja wohl gerade darauf geeinigt, dass Clyntahn uns niemals so viel Spielraum lassen würde, wenn er nicht jemanden in unseren Reihen hätte. Er behält uns im Auge, und wir können nun einmal nicht alle Mitglieder des ›Kreises‹ warnen, ohne dass auch Clyntahns Spion davon erfährt. Und das bedeutet, Clyntahn wird sofort davon erfahren, wenn wir versuchen, die anderen auf die Gefahr aufmerksam zu machen.«

»Sind wir es ihnen nicht trotzdem schuldig, sie zu warnen, was auch immer dann geschehen mag?« Hauwerds Miene verriet unendliche Besorgnis, und Samyl nickte.

»Natürlich! Aber wir können es einfach nicht tun.«

»Und was *können* wir dann tun?«

»Ich habe bereits damit angefangen, alles zu tun, was ich kann«, gab Samyl zurück. »Unter dem einen oder anderen Vorwand schaffe ich gerade so viele unserer jüngeren Mitglieder aus Zion heraus, wie das irgendwie möglich ist. Ich musste mir zwar einiges einfallen lassen, bis ich genügend Routine-Aufgaben gefunden hatte, um sie fortschicken zu können, obwohl der Winter vor der Tür steht. Aber bislang haben schon mehr als ein Dutzend unserer Bischöfe und Oberpriester die Stadt verlassen. Und alle haben Aufgaben erhalten, die sie bis *weit* nach dem ersten Schnee von der Stadt fernhalten werden. Ich weiß nicht, ob mir auch noch etwas einfallen wird, wie ich *Erzbischöfe* aus der Stadt schaffen kann, ohne dass Clyntahn so misstrauisch wird, dass er einfach früher zuschlägt. Cahnyr ist wohl die einzige Ausnahme; schließlich ist es allmählich Zeit für seinen winterlichen Gemeindebesuch in Gletscherherz. Aber solange du und ich noch hier sind, sollte Clyntahn immer noch recht zuversichtlich sein, uns ganz nach Wunsch jederzeit zu packen zu bekommen.«

»Diesen Gedanken empfinde ich als nicht sonderlich beruhigend«, bemerkte Hauwerd ernst.

»Ich weiß.« Samyl lächelte seinem Bruder zu und wusste, dass Hauwerd in seinem Blick würde lesen können, wie viel er ihm bedeute. »Es tut mir so Leid, dass ich dich da mit hineingezogen habe.«

»Unfug! Leuten wie Clyntahn und Trynair gewaltig auf die Nerven zu gehen ist doch schon, soweit ich zurückdenken kann, eine alte Familientradition. Eigentlich ist das sogar eine Spezialität der Familie Wylsynn seit dem Tag der Schöpfung selbst.«

Hauwerds Tonfall hatte sich ein wenig verändert, und nun blickte er mit gehobener Augenbraue seinen Bruder an.

»Ich weiß«, erwiderte Samyl nach kurzem Schweigen.

»Denkst du ...?«

»Nein.« Entschlossen schüttelte Samyl den Kopf.

»Samyl, wenn wir den Schlüssel nicht *jetzt* benutzen, wann sollen wir es denn *dann* tun?«

»Der Schlüssel war nie dafür gedacht, gegen jene eingesetzt zu werden, die zur Kirche gehören«, erwiderte Samyl. »Und nicht nur das, es ist die allerletzte Waffe, und sie kann nur ein einziges Mal genutzt werden. Das hat Schueler unmissverständlich zum Ausdruck gebracht. Und glaubst du wirklich, Cayleb und Charis hätten die Grenze, die er einst gezogen hat, schon überschritten?«

»Natürlich nicht!«, entgegnete Hauwerd. »Das war uns doch von Anfang an klar! Aber dieses Schisma geht tiefer und tiefer, Samyl. Wenn Clyntahn die Charisianer immer weiter so treibt, ist es doch allzu wahrscheinlich, dass ihr Handeln früher oder später in echte Ketzerei übergeht, was auch immer Staynair oder Cayleb eigentlich zu bewirken hoffen. Und wenn es für den ›Kreis‹ hart auf hart kommt, wenn niemand mehr übrig ist, um Cayleb *aufzuhalten* ...«

Er beendete den Satz nicht, und Samyl nickte düster.

»Ich weiß«, sagte er. »Ich weiß. Aber das ist einer der Gründe dafür, dass Paityr sich in Charis aufhält, Hauwerd.«

Einige Sekunden lang starrte Hauwerd sein Gegenüber nur schweigend an, dann seufzte er schwer.

»Es gibt Momente, da wünschte ich mir, in eine andere Familie hineingeboren zu sein«, sagte er mit einem schiefen Grinsen.

»So geht's mir auch ... manchmal«, pflichtete Samyl ihm bei. »Bedauerlicherweise ist dem nun einmal nicht so. Deswegen erfreuen wir uns ja auch im ganzen restlichen Vikariat so verdammt großer Wertschätzung.«

Leise lachte Hauwerd in sich hinein. Dann schüttelte er den Kopf.

»Weißt du, ich war von Anfang an froh darüber, dass Paityr in Charis geblieben ist, aber dabei hatte ich überhaupt nicht an den Schlüssel gedacht.«

»Weil ich dir nie erzählt habe, dass ich ihn Paityr gegeben habe«, erklärte Samyl. »Nicht, dass ich jemals damit gerechnet hätte, es könne so weit kommen, als ich Clyntahn dabei geholfen habe, diesen Auftrag für Paityr zu ›arrangieren‹. Ich würde lügen, wenn ich behauptete, *irgendetwas* von dem hier kommen sehen zu haben, als er zum ersten Mal nach Tellesberg aufgebrochen ist. Aber Gottes Wege waren schon immer unergründlich. Genau das muss der Herr im Sinn gehabt haben ... und wenigstens ist Paityr für Clyntahn derzeit unerreichbar.«

»Gebe Gott, dass es so bleibt!«, sagte Hauwerd leise. Er hatte keine Kinder, und angesichts der Vorstellung, was jemand wie Clyntahn mit den Familien seiner Gegner im Vikariat anstellen mochte, war er dafür unendlich dankbar.

»Ich werde Lyzbet über Ahnzhelyk eine Nachricht zukommen lassen«, sagte Samyl leise. »Ich sage ihr, sie solle zuhause bleiben und dafür sorgen, dass die anderen Kinder bei ihr blieben, statt sie in diesem Winter nach Zion zu bringen.«

»Denkst du denn, Clyntahn behält *sie nicht* im Auge?«

»Ich weiß, dass Clyntahn sie *sehr wohl* im Auge behält.« Samyls Stimme klang sehr bitter. »Aber ich weiß, dass er seinerzeit auch Adorai Dynnys und ihre Jungs im Auge behalten hat, und Ahnzhelyk hat dennoch dafür gesorgt, dass sie das Land verlassen konnten. Ich denke, für uns wird sie das Gleiche zuwege bringen. Zumindest bete ich darum.«

»Willst du Lyzbet nach Charis schicken?«

»Wohin sonst könnte ich sie denn bringen, wenn ich sie auch nur ansatzweise in Sicherheit wissen will?«

»Mir fällt auch nichts Besseres ein«, gab Hauwerd zu.

»Natürlich werde ich Lyzbet sagen, dass Ahnzhelyk unbedingt auch für sich selbst entsprechende Vorkehrungen treffen sollte«, fuhr Samyl fort, »auch wenn es mich ernstlich überraschen würde, wenn sie nicht bereits von sich aus daran gedacht hätte. Sie gehört gewiss nicht zu den Leuten, die übermäßig früh von Bord eines sinkenden Schiffes flüchten würden. Aber sie gehört *definitiv* zu denjenigen, die sich schon lange vorher eine Fluchtmöglichkeit zurecht legen – und dafür möge Gott sie segnen!«

»Amen«, stimmte Hauwerd seinem Bruder mit einem schiefen Grinsen zu.

»Und«, ergriff Samyl noch einmal das Wort und blickte seinem Gegenüber erneut tief in die Augen, »ich werde ihr einen weiteren Brief schicken. Der ist dann für Paityr ... nur für alle Fälle.«

.IV.

Königlicher Palast, Stadt Talkyra, Königreich Delferahk

Die kühle Brise, die vom Erdan-See hereinkam, spielte in Irys Daikyns Haar wie winzige Finger. Der Abend senkte sich über den gewaltigen See, und Irys genoss den vertrauten Anblick der Wellen. So schön dieser See sein mochte, er war nun einmal nicht die Manchyr Bay. Irys vermisste das Rauschen der Brandung, den Duft des Salzwassers, den Geruch des Schlicks bei Ebbe, das Gefühl miterleben zu können, wie Land und Meer auf dem dicht gepackten Sand der Flutmarke miteinander rangen, und den weicheren, lockereren Sand der Dünen.

Und sie vermisste ihren Vater.

Sie stand auf dem zinnengekrönten Wall des Palastes König Zhames' II., hoch oben in den felsigen Hügeln oberhalb der Stadt Talkyra. Der Palast war zugleich wuchtiger und älter als der ihres Vaters in Manchyr. So groß Delferahk auch war, das Königreich war nie so wohlhabend geworden wie Corisande, und Zhames' Familie musste sich deutlich mehr auf die Politik der harten Hand verlassen, um Autorität zu beweisen. Die hin und wieder aufwallenden Unruhen, die eine derartige Politik mit sich brachten, hatten es erforderlich gemacht, den Palast nach wie vor als Burg anzulegen – eine Festung, die sich notfalls auch verteidigen ließe. Sowohl der König selbst als auch Königin Hailyn hatten Irys versichert, derartige Zeiten seien längst vorbei.

Aber das habe ich bei Vater auch gedacht, ging es ihr durch den Kopf, und sie wischte sich zornig eine Träne aus dem Augenwinkel. *›Lass niemals zu, dass sie dich weinen sehen.‹ Ich kann mich noch genau erinnern, wie du das zu mir gesagt hast, Vater. Ich erinnere mich an* alles.

Sie legte die Hand auf den harten, verwitterten Stein der Zinnen und ballte die Hand zur Faust, bis die Knöchel weiß hervortraten. Nun, im Nachhinein, fragte sich Irys, ob ihr Vater wohl irgendwie gewusst hatte, was kommen würde. Ob das der wahre Grund dafür war, dass er Daivyn und sie aus Corisande fortgeschickt hatte. Sie hoffte, es sei nicht so. Sie hoffte, er sei auch bei dem letzten Gespräch, das sie jemals miteinander geführt hatten, ihr gegenüber aufrichtig gewesen. Doch welche Beweggründe für sein Handeln er auch gehabt hatte, er *hatte* sie, seine Tochter, fortgeschickt. Eines Tages würden Cayleb und Sharleyan von Charis herausfinden, was das für sie bedeutete!

Irys starrte in die Abenddämmerung hinaus, und die Augen, die sie von ihrer verstorbenen Mutter geerbt hatte, waren hart. Nicht einmal der Wind brachte diese Augen zum Tränen.

Sie konnte sich glücklich schätzen, Phylyp zu haben. Das wusste sie, auch wenn es Augenblicke gab, in denen sie ihn am liebsten angeschrien hätte. *Er ist schon viel zu lange der Leiter der Spionageabteilung gewesen,* dachte sie. *Er hat längst vergessen, anders zu denken als so kalt und analytisch wie ein Schachspieler.* Dass er darauf beharrte, sich zumindest der Vorstellung nicht gänzlich zu verschließen, jemand anderes als Cayleb könne den Befehl erteilt haben, war vermutlich für einen Spion durchaus angemessen. Doch Irys zweifelte keinen Moment. Es gab keinen Zweifel, wer dafür verantwortlich war … und wer letztendlich dafür würde zahlen müssen.

In der Zwischenzeit würde sie Phylyps taktischen Rat befolgen. Er hatte Recht: Sie beide mussten irgendwie verhindern, dass Daivyn der Kirche in die Hände fiele. Mit Inbrunst hatte die ›Vierer-Gruppe‹ verkündet, ihn als den rechtmäßigen Regenten von Corisande anzuerkennen. Aber was hieß das schon? Daivyn war nur ein kleiner Junge. Jemand wie Clyntahn würde ihn nach Strich und Faden verbiegen und ihn so beiläufig zerstören, als zerquetsche er eine Fliege, wenn es seinen eigenen Zielen dienlich wäre. Irys gab sich in dieser Hinsicht keinerlei

Illusionen hin; ebenso wenig wie sie sich Illusionen darüber hingab, warum König Zhames Daivyn so viel Aufmerksamkeit und Eifer widmete.

So ein kleiner Junge, dachte sie, und wieder brannten ihre Augen. *So ein kleiner Junge, und er steht in so tiefem Wasser! Die werden dir das Mark aus den Knochen saugen, wenn sie eine Gelegenheit dazu finden, Daivyn. Die werden dich benutzen, und dann werden sie dich einfach fortwerfen. Es sei denn, jemand hält sie auf.*

Und Irys wusste, wer dieser Jemand sein würde.

Erteile mir Ratschläge, Phylyp!, dachte sie. *Erteile mir Ratschläge! Hilf mir dabei, für seine Sicherheit zu sorgen – und dafür zu sorgen, dass er am Leben bleibt. Er ist jetzt nicht mehr bloß mein kleiner Bruder, er ist mein* Prinz, *und er ist alles, was mir noch geblieben ist. Er ist alles, was mir dieser Schlächter Cayleb noch gelassen hat. Niemand* – niemand – *wird ihm das antun, was sie Vater und Hektor angetan haben. So wahr Gott mein Zeuge ist, ich werde ihnen mit meinen eigenen Zähnen die Kehlen herausreißen, bevor ich das geschehen lasse!*

Zweifellos war es töricht von einem achtzehnjährigen Mädchen, dergleichen zu denken. Zweifellos würde König Zhames ihr sanft den Kopf tätscheln und ihr sagen, sie solle spielen gehen und derartige Dinge denjenigen überlassen, die für solche Aufgaben besser gerüstet seien. Zweifellos wäre Zhaspahr Clyntahn angesichts der Vorstellung immens belustigt, sie könne auch nur daran denken, ihre winzige Willenskraft und ihre lächerlich kleinen Ressourcen dazu zu nutzen, eigene Pläne für ihren Bruder zu schmieden. Und zweifellos würde Cayleb von Charis lediglich darüber lachen, dass sie ihm eines Tages jeglichen Schmerz, den er ihr und ihrer Familie bereitet hatte, zweifach vergelten wollte.

Aber, sagte sie sich und versprach es zugleich Gott, während sie blicklos in die Nacht hinausstarrte, den Nordwind im Gesicht, *sie werden begreifen, dass sie einen Fehler gemacht haben.*

Oh ja! Sie werden begreifen, dass sie einen Fehler gemacht haben.

Personenverzeichnis

Abylyn, Charlz – einer der ranghöchsten Anführer der Tempelgetreuen in Charis.

Ahbaht, Lywys – Edmynd Walkers Schwager, Erster Offizier der Handelsgaleone Wind.

Ahbaht, Zhefry – Privatsekretär im Dienste Graf Gray Harbors. Er übernimmt zahlreiche der Aufgaben eines Unterstaatssekretärs für auswärtige Angelegenheiten.

Ahdymsyn, Bischof-Vollstrecker Zherald – Erzbischof Erayk Dynnys' Oberster Verweser der Erzdiözese von Charis.

Ahlbair, Edwyrd; GRAF DRAGON HILL – Angehöriger des Oberhauses von Chisholm.

Ahrdyn – Erzbischof Maikels Katzenechse.

Ahrmahk, Cayleb Zhan Haarahld Bryahn – Kaiser von Charis und König des Alten Charis.

Ahrmahk, Kronprinz Zhan – Kaiser Caylebs jüngerer Bruder, verlobt mit Prinzessin Mahrya von Emerald.

Ahrmahk, Kahlvyn Cayleb – jüngerer Bruder des Herzogs von Tirian, dem Sohn eines Vetters Kaiser Caylebs.

Ahrmahk, Kaiser Cayleb II. – siehe Cayleb Zhan Haarahld Bryahn Ahrmahk.

Ahrmahk, König Haarahld – in der Schlacht im Darcos-Sund gefallener König von Charis; Vater von Kaiser Cayleb, Prinzessin Zhanayt und Kronprinz Zhan.

Ahrmahk, Königin Zhanayt – König Haarahlds verstorbene Gemahlin; Mutter von Cayleb, Zhanayt und Zhan.

Ahrmahk, Prinzessin Zhanayt – Kaiser Caylebs jüngere Schwester.

Ahrmahk, Rayjhis, HERZOG TIRIAN – Schlossvogt von Hairatha, noch minderjähriger Sohn eines Vetters Kaiser Caylebs.

Ahrmahk, Zhenyfyr – Herzoginwitwe von Tirian, Mutter von Rayjhis und Kahlvyn Cayleb Ahrmahk, Tochter von Rayjhis Yowance, dem Grafen Gray Harbor.

Ahrthyr, Sir Alyk; GRAF WINDSHARE – Kommandierender der Kavallerie des corisandianischen Heeres unter Sir Koryn Gahrvais.

Ahstyn, Lieutenant Franz, *Imperial Charisian Guard* – stellvertretender Kommandeur der Leibgarde Kaiser Caylebs II.

Ahzgood, Phylyp, GRAF CORIS – Leiter der Spionageabteilung Prinz Hektors von Corisande.

Aplyn-Ahrmahk, Midshipman Hektor, *Royal Charisian Navy* – auf HMS *Destiny* abkommandierter Midshipman. Als *Herzog Darcos* adoptiertes Familienmitglied des Hauses Ahrmahk.

Athrawes, Captain Merlin, *Imperial Charisian Guard* – Persönliche Leibwache Kaiser Caylebs II.; CyberAvatar von Commander Nimue Alban.

Bahnyr, Hektor; GRAF MANCORA – Ressortoffizier im corisandianischen Heer unter Sir Koryn Gahrvais; Kommandierender des rechten Flügels vor Haryl's Crossing.

Bahrmyn, Erzbischof Borys – Erzbischof von Corisande.

Bahrns, König Rahnyld IV. – König von Dohlar.

Banahr, Prior Pater Ahzwald – Vorsteher der Priorei Sankt Hamlyn der Stadt Sarayn, Königreich Charis.

Baron Barcor – siehe Sumyrs, Sir Zher.

Baron Dairwyn – siehe Hyllair, Sir Farahk.

Baron Green Mountain – siehe Sahndyrs, Mahrak.

Baron Ironhill – siehe Pawalsyn, Ahlvyno.

Baron Mandolin – siehe Seacatcher, Sir Rahnyld.

Baron Rock Point – siehe Staynair, Admiral Sir Domynyk.

Baron Seamount – siehe Hyndryk, Commodore Sir Ahlfryd.

Baron Shandyr – siehe Shandyr, Hahl.

Baron Wave Thunder – siehe Raice, Bynzhamyn.

Baron White Castle – siehe Bahrmyn, Tohmys.

Baron White Church – siehe Sellyrs, Paityr.

Baron White Ford – siehe Mahrtyn, Gahvyn.

Baron Wind Hook – siehe Gahrvai, Zhoel.

Baytz, Hanbyl; Herzog Solomon – Onkel Prinz Nahrmahns von Emerald und Befehlshaber der Emeraldian Army.

Baytz, Nahrmahn Hanbyl Graim – siehe Prinz Nahrmahn Baytz.

Baytz, Prinz Nahrmahn Gareyt – zweites Kind und ältester Sohn Prinz Nahrmahns von Emerald.

Baytz, Prinz Nahrmahn II. – Regent des Fürstentums Emerald.

Baytz, Prinz Trahvys – drittes Kind und zweiter Sohn Prinz Nahrmahns von Emerald.

Baytz, Prinzessin Felayz – jüngstes Kind und zweite Tochter Prinz Nahrmahns von Emerald.

Baytz, Prinzessin Mahrya – erstgeborenes Kind Prinz Nahrmahns von Emerald; verlobt mit Kronprinz Zhan Ahrmahk.

Baytz, Prinzessin Ohlyvya – Gemahlin Prinz Nahrmahns von Emerald.

Bischof Ernyst – siehe Jynkyns, Bischof Ernyst.

Bischof Mylz – siehe Halcom, Bischof Mylz.

Bischof-Vollstrecker Thomys – siehe Shylair, Bischof-Vollstrecker Thomys.

Bischof-Vollstrecker Wu-Shai – siehe Tiang, Bischof-Vollstrecker Wu-Shai.

Bischof-Vollstrecker Wyllys – siehe Graisyn, Bischof-Vollstrecker Wyllys.

Bischof-Vollstrecker Zherald – siehe Ahdymsyn, Bischof-Vollstrecker Zherald.

Blackwyvern, Zhak – Abgeordneter des Unterhauses von Chisholm.

Braynair, Erzbischof Pawal – Erzbischof von Cherayth, Hauptstadt des Königreichs Chisholm.

Breygart, Colonel Sir Hauwerd, *Royal Charisian Marine Corps* – rechtmäßiger Erbe der Grafschaft Hanth.

Bryndyn, Major Dahryn – Ressortoffizier der charisianischen Artillerie in Brigadier Clareyks Kolonne vor Haryls Priorei.

Byrkyt, Pater Zhon – ein Oberpriester der Kirche des Verheißenen; Abt des Klosters Sankt Zherneau.

Cahkrayn, Samyl; Herzog Fern – Erster Ratgeber von Dohlar.

Cahnyr, Erzbischof Zhasyn – Erzbischof von Gletscherherz; Angehöriger der Reformisten.

Chalmyrz, Pater Karlos – Privatsekretär Erzbischof Borys Bahrmyns.

Chermyn, General Hauwyl, *Royal Charisian Marine Corps* – Ressortoffizier des Marinekorps von Charis; hat das Oberkommando bei der Invasion von Corisande inne.

Cheryng, Lieutenant Taiwyl – Subalternoffizier in Sir Vyk Lakyrs Stab; verantwortlich für Lakyrs Adjutanten und die Nachrichtenübermittlung.

Clareyk, Brigadier Kynt, *Royal Charisian Marine Corps* – Kommandierender Offizier der Dritten Brigade des Royal Charisian Marine Corps. Einer der für die Invasion von Corisande abkommandierten Marine-Ressortoffiziere, zugleich Urheber des Ausbildungsplans für das Royal Charisian Marine Corps.

Clyntahn, Vikar Zhaspahr – Großinquisitor der Kirche des Verheißenen; Mitglied der so genannten Vierer-Gruppe.

Cohlmyn, Sir Lewk, Graf Sharpfield, *Royal Charisian Navy* –; oberster Flottenkommandeur im Dienste Königin Sharleyans; erfüllt zugleich in etwa die Aufgabe ihres Flottenministers.

Dahryus, Meister Edvarhd – ein Deckname Bischof Mylz Halcoms.

Daikyn, Gahlvyn – Kronprinz Caylebs persönlicher Kammerdiener.

Daivys, Mytrahn – einer der Gruppenführer unter den zum Widerstand bereiten charisianischen Tempelgetreuen.

Darcos, Herzog – siehe Midshipman Hektor Aplyn-Ahrmahk.

Daykyn, Alyk – Onkel Prinz Hektors von Corisande väterlicherseits.

Daykyn, Prinz Daivyn – jüngstes Kind Prinz Hektors, des Regenten von Corisande.

Daykyn, Fahrah – Tochter Alyk Daykyns, damit Base Hektors von Corisande.

Daykyn, Fronz – Vater Prinz Hektors von Corisande, verstorben.

Daykyn, Kronprinz Hektor – zweitältestes Kind und Erbe Prinz Hektors von Corisande.

Daykyn, Prinz Hektor – Regent von Corisande.

Daykyn, Prinzessin Irys – Prinzessin von Corisande, erstgeborenes Kind von Prinz Hektor.

Daykyn, Prinzessin Raichynda – verstorbene Gemahlin Prinz Hektors von Corisande; geboren in der Grafschaft Domair im Königreich Hoth.

Doyal, Sir Charlz – bis zur Schlacht von Haryl's Crossing Ressortoffizier der Artillerie unter dem Kommando von Sir Koryn Gahrvai; in charisianischer Gefangenschaft.

Dragoner, Sir Rayjhis – charisianischer Botschafter in der Republik Siddarmark.

Dragonmaster, Brigade Sergeant Major Mahkynty, *Royal Charisian Marine Corps* – (»Mahk«) Ressortunteroffizier unter dem Kommando Brigadier Clareyks.

Duchairn, Vikar Rhobair – Schatzmeister der Kirche des Verheißenen; Mitglied der so genannten ›Vierer-Gruppe‹.

Dynnys, Adorai – Gemahlin von Erzbischof Erayk Dynnys. Nach der Festnahme und späteren Hinrichtung ihres Ehemannes trägt sie den Tarnnamen ›Ailysa‹.

Dynnys, Erzbischof Erayk – ehemaliger Erzbischof von Charis; als Ketzer abgesetzt, inhaftiert und exekutiert.

Dynnys, Styvyn – Erzbischof Erayk Dynnys' jüngerer Sohn; elf Jahre alt.

Dynnys, Tymythy Erayk – Erzbischof Erayk Dynnys' älterer Sohn; vierzehn Jahre alt.

Edwyrds, Kevyn – Erster Offizier der Freibeuter-Galeone *Kraken.*

Erayksyn, Lieutenant Styvyn, *Royal Charisian Navy* – Admiral Staynairs Flaggleutnant.

Erayksyn, Wyllym – charisianischer Textilfabrikant.

Erzbischof Borys – siehe Bahrmyn, Erzbischof Borys.

Erzbischof Erayk – siehe Dynnys, Erzbischof Erayk.

Erzbischof Lyam – siehe Tyrn, Erzbischof Lyam.

Erzbischof Maikel – siehe Staynair, Erzbischof Maikel.

Erzbischof Nyklas – siehe Stantyn, Erzbischof Nyklas.

Erzbischof Pawal – siehe Braynair, Erzbischof Pawal.

Erzbischof Urvyn – siehe Myllyr, Erzbischof Urvyn.

Erzbischof Wyllym – siehe Rayno, Erzbischof Wyllym.

Erzbischof Zhansyn – siehe Cahnyr, Erzbischof Zhasyn.

Erzbischof Zherohm – siehe Vyncyt, Erzbischof Zherohm.

Fahrmyn, Pater Tairyn – ein der Sankt-Chihiro-Kirche zugeordneter Priester einer Dorfkirche in der Nähe des Klosters Sankt Agtha.

Faircaster, Sergeant Payter, *Imperial Charisian Guard* – vormals Unteroffizier bei den Marines; Mitglied der persönlichen Leibwachen Kaiser Caylebs II.

Fhairly, Major Ahdym – Ressortoffizier der Geschützbatterien auf East Island im Ferayd-Sund, Königreich Delferahk.

Foryst, Vikar Erayk – Anhänger der Reformisten.

Fraidmyn, Sergeant Vyk, *Imperial Charisian Guard* – einer der persönlichen Leibwachen Kaiser Caylebs II.

Fyshyr, Hairys – Kapitän der Freibeuter-Galeone *Kraken.*

Gahrvai, Sir Koryn – ältester Sohn des Grafen Anvil Rock und Kommandant des stehenden Heeres von Prinz Hektor von Corisande.

Gahrvai, Sir Rysel; Graf Anvil Rock – Oberster Heereskommandeur im Dienste Prinz Hektors; entfernt mit dem Prinzen verwandt.

Gahrvai, Sharyl – geborene Daykyn, Base ersten Grades Prinz Hektors von Corisande; Mutter von fünf Kindern.

Gahrvai, Sir Zhasyn, Baron Wind Hook – Gemahl Sharyl Gahrvais, verstorben.

Gahrvai, Zhoel, Baron Wind Hook – Sohn von Sir Zhasyn und Sharyl Gahrvai, nach Daivyn Daykyn nächster in der Thronfolge von Corisande.

Gairaht, Captain Wyllys, *Imperial Charisian Guard* – ursprünglich Chisholmian Royal Guard; seit der Vereinigung der Reiche Kommandant der für Kaiserin Sharleyan abgestellten Leibgardenabteilung des Kaiserreichs Charis.

Galvahn, Major Sir Naithyn – Leitender Stabsoffizier in der corisandianischen Kavallerie unter Graf Windshare.

Gardynyr, Admiral Lywys; Graf Thirsk – der fähigste Admiral König Rahnylds IV., derzeit in Ungnade gefallen.

Gowyn, Commander Traivyr, *Royal Charisian Navy* – Kommandeur des bewaffneten Schoners *Sentinel.*

Graf Anvil Rock – siehe Gahrvai, Sir Rysel.

Graf Coris – siehe Ahzgood, Phylyp.

Graf Cross Creek – siehe Zhefry, Ahdem.

Graf Dragon Hill – siehe Ahlbair, Edwyrd.

Graf Gray Harbor – siehe Yowance, Rayjhis.

Graf Hanth – siehe Mahntayl, Tahdayo.

Graf Lock Island – siehe Lock Island, High Admiral Bryahn.

Graf Mahndyr – siehe Rahlstahn, Admiral Gharth.

Graf Mancora – siehe Bahnyr, Hektor

Graf Pine Hollow – siehe Ohlsyn, Trahvys.

Graf Sharpfield – siehe Cohlmyn, Sir Lewk.

Graf Sharphill – siehe Traivyr, Maikel.

Graf Tartarian – siehe Lektor, Admiral Sir Taryl.

Graf Thirsk – siehe Gardynyr, Admiral Lywys.

Graf White Crag – siehe Thompkyn, Hauwerstat.

Graf Windshare – siehe Ahrthyr, Sir Alyk.

Graisyn, Bischof-Vollstrecker Wyllys – Erzbischof Lyam Tyrns Bischof-Vollstrecker.

Graivyr, Pater Styvyn – Bischof Ernysts Intendant, ein Mann ganz nach Clyntahns Geschmack.

Großherzog Zebediah – siehe Symmyns, Tohmas.

Großvikar Erek XVII. – weltliches und geistliches Oberhaupt der Kirche des Verheißenen.

Großvikar Zhoel – Nynian Rychtairs (Ahnzhelyk Phondas) Vater.

Gyrard, Captain Andrai, *Royal Charisian Navy* – Kommandant von HMS *Kaiserin von Charis.*

Hahlmyn, Pater Mahrak – ein Oberpriester der Kirche des Verheißenen; Privatsekretär von Bischof-Vollstrecker Thomys.

Hahlynd, Admiral Pawal – Kommandant der Antipiraterie-Patrouille im Hankey-Sund (ein Freund Admiral Thirsks).

Hahskyn, Lieutenant Ahndrai, *Imperial Charisian Guard* – charisianischer Offizier, abkommandiert zu Kaiserin Sharleyans Garde; Captain Gairahts Stellvertreter.

Haimyn, Brigadier Mahrysn, *Royal Charisian Marine Corps* – Oberkommandierender der Fünften Brigade des Royal Charisian Marine Corps.

Halcom, Bischof Mylz – tempelgetreuer Bischof von Margaret Bay; Anführer des Widerstands gegen die Kirche von Charis.

Halmyn, Sairah – persönliche Zofe von Königin Sharleyan von Chisholm; seit der Reichsvereinigung persönliche Zofe Kaiserin Sharleyans.

Harmyn, Major Bahrkly, *Emerald Army* – emeraldischer Armeeoffizier, in die North Bay abgeordnet.

Harys, Captain Zhoel – Captain in der corisandianischen Marine; Kommandant der unter anderer Flagge fahrenden Galeone *Schwinge*.

Herzog Black Horse – siehe Stywryt, Pait.

Herzog Black Water – siehe Lynkyn, Ernyst.

Herzog Darcos – siehe Midshipman Hektor Aplyn-Ahrmahk.

Herzog Halbrook Hollow – siehe Waistyn, Byrtrym.

Herzog Halleck – siehe Zhaksyn, Samyl.

Herzog Lakeland – siehe Mahknee, Paitryk.

Herzog Malikai – siehe Ahlverez, Faidel.

Herzog Rock Coast – siehe Seafarer, Zhasyn.

Herzog Solomon – siehe Baytz, Hanbyl.

Herzog Thorast – siehe Zaivyair, Aibram.

Herzog Three Hills – ein Angehöriger des Adels von Chisholm, der seinerzeit nicht einverstanden war, von einer Königin regiert zu werden. Verstorben.

Herzog Tirian – siehe Ahrmahk, Rayjhis.

Holdyn, Vikar Lywys – ein Anhänger der Reformisten.

Howsmyn, Ehdwyrd – wohlhabender charisianischer Gießereibesitzer und Schiffsbauer aus Tellesberg.

Howsmyn, Zhain – Ehdwyrd Howsmyns Gemahlin.

Hyllair, Sir Farahk; Baron Dairwyn – Baron von Dairwyn.

Hyndryk, Commodore Sir Ahlfryd, *Royal Charisian Navy* – Baron Seamount, Artillerieexperte der charisianischen Flotte.

Hysin, Vikar Chiyan – Anhänger der Reformisten (aus Harchong).

Hywstyn, Lord Avrahm – ein Vetter Greyghor Stohnars und mittlerer Beamter im Außenministerium von Siddarmark.

Hywyt, Captain Paitryk, *Royal Charisian Navy* – im Rang eines Commanders Kommandant von HMS *Wave* (Schoner). Nach seiner Beförderung Kommandant von HMS *Dancer*.

Illian, Captain Ahntahn – einer von Sir Phylyp Myllyrs Kompanieführern.

Jynkyn, Colonel Hauwyrd, *Royal Charisian Marine Corps* – Marine-Ressortoffizier unter Admiral Staynair.

Jynkyns, Bischof Ernyst – Bischof von Ferayd. Er ist kein Extremist und schätzt übermäßige Gewaltanwendung keineswegs.

Kahnklyn, Aidryn – Tairys Kahnklyns ältere Tochter.

Kahnklyn, Aizak – Rahzhyr Makhlyns Schwiegersohn.

Kahnklyn, Erayk – Tairys Kahnklyns ältester Sohn.

Kahnklyn, Eydyth– Tairys Kahnklyns jüngere Tochter.

Kahnklyn, Haarahld – Tairys Kahnklyns mittlerer Sohn.

Kahnklyn, Tairys – Rahzhyr Mahklyns Tochter, verheiratet.

Kahnklyn, Zhoel – Tairys Kahnklyns jüngster Sohn.

Kairee, Traivyr – wohlhabender Händler und Landeigner in der Grafschaft Styvyn, Mitglied des Unterhauses im Königlichen Parlament von Charis.

Kestair, Madame Ahrdyn – Erzbischof Maikels verheiratete Tochter.

Kestair, Sir Lairync – Erzbischof Maikels Schwiegersohn.

Knowles, Evelyn – eine Eva, die der Zerstörung der Alexandria-Enklave entkommen und nach Tellesberg fliehen konnte.

Knowles, Jeremiah – ein Adam, der der Zerstörung der Alexandria-Enklave entkommen und nach Tellesberg fliehen konnte; dort wurde er Schirmherr und Gründer der Bruderschaft von Sankt Zherneau.

Königin Ysbell – eine frühere Königin von Chisholm, die abgesetzt (und ermordet) wurde, um einen männlichen Regenten den Thron besteigen zu lassen.

Kohdy – siehe *Seijin* Kohdy.

Lady Mairah – siehe Lywkys, Lady Mairah.

Lahftyn, Major Bryahn, RCMC – Stabschef von Brigadier Clareyk.

Lahrak, Nailys – führendes Mitglied der Tempelgetreuen in Charis.

Lahsahl, Lieutenant Shairmyn, *Imperial Charisian Navy* – Signaloffizier an Bord der *Kaiserin von Charis.*

Laimhyn, Pater Clyfyrd – Kaiser Caylebs Privatsekretär; ihm von Erzbischof Maikel zur Seite gestellt.

Lakyr, Sir Vyk – Oberkommandierender der Ferayd-Garnison im Königreich Delferahk. Sein Rang entspricht in etwa dem eines Brigadier General.

Lathyk, Lieutenant Rhobair, *Royal Charisian Navy* – Erster Offizier an Bord von HMS *Destiny.*

Layn, Major Zhim, *Royal Charisian Marine Corps* – Brigadier Kynts Untergebener bei der Erstellung des ursprünglichen Lehrplans. Jetzt Ressortoffizier für die Ausbildung in der Marine-Basis auf Helen Island.

Lektor, Admiral Sir Taryl; GRAF TARTARIAN – Prinz Hektors von Corisande ranghöchster überlebender Flottenkommandant.

Lock Island, High Admiral Bryahn, *Royal Charisian Navy* – Graf Lock Island, Oberkommandierender der Royal Charisian Navy, ein Onkel zweiten Grades Kaiser Caylebs II.

Lywkys, Lady Mairah – Erste Hofdame Königin Sharleyans; eine Cousine von Baron Green Mountain.

Mahklyn, Dr. Rahzhyr – Rektor der Königlichen Hochschule von Charis.

Mahklyn, Tohmys – Rahzhyr Mahklyns Sohn, unverheiratet.

Mahklyn, Ysbet – Rahzhyr Mahklyns Gemahlin, verstorben.

Mahknee, Sir Paitryk; HERZOG LAKELAND – Adeliger aus Chisholm, für das Oberhaus des Kaiserlichen Parlamentes von Charis ausgewählt; hat den Titel erst kürzlich geerbt.

Mahlyk, Stywyrt – Captain Yairleys persönlicher Bootsführer.

Mahntayl, Tahdayo – Usurpator der Grafschaft Hanth.

Mahntyn, Corporal Ailas – Kundschafter und Scharfschütze, zu Sergeant Edvarhd Wystahns Zug abgestellt.

Mahrys, Zheryld – Sir Rayjhis Dragoners Sekretär.

Maigwair, Vikar Allayn – Captain General der Kirche des Verheißenen; Mitglied der ›Vierer-Gruppe‹.

Makaivyr, Brigadier Zhosh, RCMC (Royal Charisian Marine Corps) – Kommandant der Ersten Brigade der Royal Charisian Marines.

Mychail, Alyx – Raiyan Mychails ältester Enkel.

Mychail, Myldryd – eine von Rhaiyan Mychails angeheirateten Enkelinnen.

Mychail, Rhaiyan – Geschäftspartner Ehdwyrd Howsmyns und wichtigster Textilfabrikant des Königreichs Charis.

Mychail, Styvyn – Myldryd Mychails jüngster Sohn.

Myllyr, Sir Phylyp – Regimentskommandeur Sir Koryn Gahrvais.

Nylz, Admiral Kohdy, *Royal Charisian Navy* – einer der neu beförderten Flottenkommandeure Kaiser Caylebs.

Ohlsyn, Trahvys; Graf Pine Hollow – Erster Ratgeber und Vetter Prinz Nahrmahns von Emerald.

Olyvyr, Sir Dustyn – Leitender Konstrukteur der Royal Charisian Navy.

Owl – von Nimue Alban verwendete KI – ein Taktik-Computer, Modell RAPIER, Mark 17a; der Name ergibt sich als Akronym der Hersteller: Ordoñes-Westinghouse-Lytton.

Pahlzar, Colonel Ahkyllys – Sir Charlz Doyals Nachfolger als Artilleriekommandeur der corisandianischen Armee unter Sir Koryn Gahrvai.

Pawalsyn, Ahlvyno; Baron Ironhill – Intendant der Zivilliste (Schatzmeister) des Königreiches Charis, Mitglied von Kaiser Caylebs Staatsrat.

Phonda, Madam Ahnzhelyk – Eigentümerin eines der diskretesten Bordelle der Stadt Zion in den Tempellanden.

Prinz Hektor – siehe Daykyn, Prinz Hektor.

Prinz Nahrmahn – siehe Baytz, Prinz Nahrmahn.

Rahlstahn, Admiral Gharth, *Emerald Navy* – Graf Mahndyr, Kommandant der Navy von Emerald.

Raice, Bynzhamyn; BARON WAVE THUNDER – Mitglied in Kaiser Caylebs Staatsrat, Leiter der Spionageabteilung im König-wie im Kaiserreich Charis.

Raimynd, Sir Lyndahr – Schatzmeister Prinz Hektors von Corisande.

Raiyz, Pater Carlsyn – Königin Sharleyans Beichtvater.

Raizyngyr, Colonel Arttu, *Royal Charisian Marine Corps* – Kommandeur der Zwoten/Drei (Zweites Bataillon, Dritte Brigade).

Rayno, Erzbischof Wyllym – Erzbischof von Chiang-wu; Adjutant des Schueler-Ordens.

Rayno, König Zhames II. – König von Delferahk.

Rayno, Königsgemahlin Hailyn – Gemahlin König Zhames' II. von Delferahk; eine Cousine Prinz Hektors von Corisande.

Reichsverweser Greyghor – siehe Stohnar, Greyghor.

Rohzhyr, Colonel Bahrtol, RCMC – Ressortoffizier für Verpflegungs- und Versorgungsfragen; derzeit auf Verwendung in Corisande.

Ropewalk, Colonel Ahdam, *Imperial Charisian Guard* – Kommandeur der Imperial Charisian Guard.

Rychtair, Nynian – Ahnzhelyk Phondas Geburtsname.

Sahlmyn, Sergeant Major Hain, RCMC – Sergeant Major in Colonel Zhanstyns Bataillon.

Sahndyrs, Mahrak; BARON GREEN MOUNTAIN – Erster Ratgeber Königin Sharleyans von Chisholm.

Sairah – siehe Halmyn, Sairah.

Samylsyn, Tobis – Abgeordneter des Unterhauses von Charis.

Sarmac, Jennifer – eine Eva, die der Zerstörung der Alexandria-Enklave entkommen und nach Tellesberg fliehen konnte.

Sarmac, Kayleb – ein Adam, der der Zerstörung der Alexandria-Enklave entkommen und nach Tellesberg fliehen konnte.

Sawal, Pater Rahss – Unterpriester des Chihiro-Ordens, Skipper eines der Kurierschiffe des Tempels.

Seacatcher, Sir Rahnyld; BARON MANDOLIN – Mitglied in Kaiser Caylebs Staatsrat.

Seafarer, Zhasyn; HERZOG ROCK COAST – Adeliger aus Chisholm, für das Oberhaus des Kaiserlichen Parlamentes von Charis ausgewählt, enger Verbündeter von Pait Stywryt.

Seafarmer, Sir Rhyzhard – Leitender Ermittler im Dienste Baron Wave Thunders.

Seahamper, Sergeant Edwyrd, *Imperial Charisian Guard* – ursprünglich Chisholmian Royal Guard; seit Sharleyans zehnten Lebensjahr ihre persönliche Leibwache; seit der Vereinigung der Reiche Unteroffizier der Leibgarde Kaiserin Sharleyans.

***Seijin* Kohdy** – ein Seijin, dem zahlreiche Wundertaten zugeschrieben wurden.

Sellyrs, Paityr; BARON WHITE CHURCH – Bewahrer des Siegels des Königreichs von Charis; Mitglied in Kaiser Caylebs Staatsrat.

Shandyr, Hahl; BARON SHANDYR – Leiter der Spionageabteilung Prinz Nahrmahns von Emerald.

Shumay, Pater Ahlvyn – Bischof Mylz Halcoms Privatsekretär; Tempelgetreuer.

Shylair, Bischof-Vollstrecker Thomys – Erzbischof Borys' Bischof-Vollstrecker.

Stantyn, Erzbischof Nyklas – Erzbischof von Hankey im Desnairianischen Reich; Anhänger der Reformisten.

Staynair, Admiral Sir Domynyk; BARON ROCK POINT, *Royal Charisian Navy* – jüngerer Bruder Erzbischof Maikel Staynairs. Kommandeur des Blockadegeschwaders vor Eraystor.

Staynair, Erzbischof Maikel – ranghöchster in Charis geborener Prälat der Kirche des Verheißenen, der auch in Charis tätig ist; durch Kaiser Cayleb zum Prälaten von ganz Charis ernannt.

Staynair, Madame Ahrdyn – Erzbischof Maikels verstorbene Gemahlin.

Stohnar, Reichsverweser Greyghor – gewählter Regent der Republik Siddarmark.

Stywryt, Pait; HERZOG BLACK HORSE – Adeliger aus Chisholm, für das Oberhaus des Kaiserlichen Parlamentes von Charis ausgewählt.

Sumyrs, Sir Zher; BARON BARCOR – einer der Ressortoffiziere Sir Koryn Gahrvais; Oberbefehlshaber der gesamten Nachhut des corisandianischen Heeres.

Symmyns, Tohmas, Großherzog von Zebediah – ranghöchster Adeliger von Zebediah; durch Prinz Hektor in diesen Stand erhoben, um Widerstand aus Richtung Zebediah auszuschließen.

Symyn, Sergeant Zhorj, *Imperial Charisian Guard* – charisianischer Unteroffizier, zu Kaiserin Sharleyans Garde abkommandiert.

Tanyr, Vikar Gairyt – Anhänger der Reformisten.

Tayso, Private Daishyn, *Imperial Charisian Guard* – Charisianer, zu Kaiserin Sharleyans Garde abkommandiert.

Tayt, König Irwain II. – Kaiserin Sharleyans Urgroßvater; König von Chisholm. Verstorben.

Tayt, König Irwain III. – Kaiserin Sharleyans Großvater. Ein noch schwächerer Regent als sein Vorgänger auf dem Thron von Chisholm. Verstorben.

Tayt, König Sailys – verstorbener Vater Kaiserin Sharleyans; König von Chisholm.

Tayt, Königinmutter Alahnah – Gemahlin von König Sailys von Chisholm, Mutter Kaiserin Sharleyans, Regentin von Chisholm in deren Abwesenheit.

Tayt Ahrmahk, Kaiserin Sharleyan – Kaiserin von Neu-Charis und Königin von Chisholm.

Thompkyn, Hauwerstat; GRAF WHITE CRAG – Sharleyans Lordrichter.

Tiang, Bischof-Vollstrecker Wu-Shai – Erzbischof Zherohms Bischof-Vollstrecker.

Traivyr, Sir Maikel; Graf Sharphill – Schwiegervater von Ehdwyrd Howsmyn.

Trynair, Vikar Zahmsyn – Kanzler des Rates der Vikare, Mitglied der ›Vierer-Gruppe‹.

Tymahn, Qwentyn – derzeitiger Vorstand des Hauses Qwentyn, einem der größten, wenn nicht sogar *dem* größten, Bank- und Investmentkartell der Republik Siddermark. Reichsverweser Greyghor gehört dem Direktorium des Hauses Qwentyn an; das Kartell unterhält in der Stadt Siddar die staatliche Münze.

Tyrn, Erzbischof Lyam – Erzbischof von Emerald.

Tyrnyr, Sergeant Bryndyn, *Imperial Charisian Guard* – ehemals Chisholmian Royal Guard; Unteroffizier in der Leibgarde Kaiserin Sharleyans.

Ushyr, Pater Bryahn – Unterpriester. Erzbischof Maikels Privatsekretär und engster Vertrauter.

Vikar Allayn – siehe Maigwair, Vikar Allayn.

Vikar Chiyan – siehe Hysin, Vikar Chiyan.

Vikar Erayk – siehe Foryst, Vikar Erayk.

Vikar Gairyt – siehe Tanyr, Vikar Gairyt.

Vikar Hauwerd – siehe Wylsynn, Vikar Hauwerd.

Vikar Lywys – siehe Holdyn, Vikar Lywys.

Vikar Rhobair – siehe Duchairn, Vikar Rhobair.

Vikar Samyl – siehe Wylsynn, Vikar Samyl.

Vikar Zahmsyn – siehe Trynair, Vikar Zahmsyn.

Vikar Zhaspahr – siehe Clyntahn, Vikar Zhaspahr.

Vyncyt, Erzbischof Zherohm – Primat von Chisholm.

Waimyn, Pater Aidryn – Bischof-Vollstrecker Thomys' Intendant.

Waismyn, Sir Samyl – Abgeordneter des Unterhauses von Chisholm.

Waistyn, Byrtrym; Herzog Halbrook Hollow – Königin Sharleyans Onkel und Schatzmeister des Königreichs Chisholm. Er spricht sich gegen ein Bündnis mit Charis aus, hält Sharleyan jedoch die Treue.

Wallyce, Lord Frahnklyn – Kanzler der Republik Siddarmark.

Watsyn, Wyllym – Abgeordneter des Unterhauses von Charis.

Wylsynn, Pater Paityr – Priester des Schueler-Ordens, Intendant von Charis. In dieser Funktion diente er bereits Erayk Dynnys und erfüllt diese Aufgabe auch unter Erzbischof Maikel.

Wylsynn, Vikar Hauwerd – Paityr Wylsynns Onkel; Anhänger der Reformisten und Priester des Langhorne-Ordens.

Wylsynn, Vikar Samyl – Pater Paityr Wylsynns Vater; Anführer der Reformisten innerhalb des Rates der Vikare und Priester des Schueler-Ordens.

Wystahn, Ahnainah – Edvarhd Wystahns Gemahlin.

Wystahn, Sergeant Edvarhd, *Royal Charisian Marine Corps* – Aufklärer und Scharfschütze, den Marines des *Ersten/Drei* zugeordnet.

Ysbell – siehe Königin Ysbell.

Yowance, Rayjhis; Graf Gray Harbor – Erster Ratgeber von Charis.

Zhaksyn, Lieutenant Tohmys, RCMC – General Chermyns Adjutant.

Zhaksyn, Samyl; Herzog Halleck– hochrangiger Adeliger aus Charis.

Zhanstyn, Colonel Zhoel, RCMC – Kommandant der Marines des *Ersten/Drei* (Erstes Bataillon, Dritte Brigade).

Zhefry, Ahdem; Graf Cross Creek – Adeliger aus Chisholm, für das Oberhaus des Kaiserlichen Parlamentes von Charis ausgewählt; Schwager des Grafen White Crag.

Zhonair, Major Gahrmyn – ein Batteriekommandant von Ferayd Harbour im Ferayd-Sund, Königreich Delferahk.

Zhustyn, Sir Ahlber – Leiter der königlich-chisholmianischen Spionageabteilung.

Glossar

Ächtungen der Jwo-jeng – die Definition der statthaften Technologie gemäß der Doktrin der Kirche des Verheißenen. Im Wesentlichen beschränken die Ächtungen die statthafte Technologie auf alles, was durch Wind, Wasser oder Muskelkraft angetrieben wird. Die Ächtungen unterliegen stets der Auslegung, üblicherweise durch Mitglieder der Ordensgemeinschaft von Schueler – die üblicherweise im Zweifelsfalle konservativ entscheidet.

Anshinritsumei – wörtlich ›Erleuchtung‹ (jap.). Doch in der Safehold-Bibel wird es als ›das kleine Feuer‹ wiedergegeben, die ›niedere Berührung‹ durch den Geist Gottes. Es stellt die höchstmögliche Form der Erleuchtung dar, zu der gewöhnliche Sterbliche fähig sind.

Baumwollseide – auf Safehold einheimische Pflanze, die viele der Eigenschaften von Baumwolle und Seide in sich vereinigt. Die daraus gesponnenen Fasern sind sehr leicht und doch belastbar, doch die Rohfasern werden aus einer Fruchtkapsel gewonnen, die noch samenreicher ist als die der Baumwolle auf Terra. Weil sowohl die Ernte als auch die Aufbereitung und das Entkernen nur in Handarbeit durchgeführt werden können, ist Baumwollseide äußerst kostspielig.

Bergstacheldorn – eine Unterart des Stacheldorns, die sich vor allem in tropischen Bergregionen findet. Die häufigste Blütenfarbe ist ein tiefes, sattes Rot, doch besonders geschätzt ist der weiße Bergstacheldorn mit seiner trompetenförmigen Blüte, dessen Blütenschlund tiefblau gefärbt ist, fast schon kobaltblau. Dieser Farbton wird zum Rand der Blüte immer schwächer, wobei der Rand selbst in einem tiefen Goldgelb abgesetzt ist.

Bohrer – eine auf Safehold heimische Schalentierart, die sich an Schiffsrümpfen oder Kaiplanken festhält, indem sie sich hineinbohrt. Es gibt verschiedene Unterarten von Bohrern, wobei die zerstörerischsten von ihnen sich tatsächlich tiefer und tiefer in die Holzgebilde hineinbohren. Bohrer und Fäule sind die beiden größten Bedrohungen für hölzerne Schiffsrümpfe (von Feuer natürlich abgesehen).

Catamount – eine kleinere Abart der auf Safehold beheimateten Peitschenechse. Das Catamount ist sehr schnell und deutlich intelligenter als ihr größerer Verwandter, was auch bedeutet, dass es Menschen üblicherweise aus dem Weg geht. Es ist allerdings sehr wohl ein gefährlicher, oft todbringender Jäger.

Dattelfeige – auf Safehold heimische Frucht, extrem herb und mit bemerkenswert dicker Schale.

Dolchdorn – in Charis heimischer Strauch, wächst bis zu drei Fuß Höhe; die scharfkantigen Dornen der ausgewachsenen Pflanze können, je nach Unterart, drei bis sieben Zoll lang werden.

Drache – das größte auf Safehold heimische Landtier. Von Drachen gibt es zwei Unterarten, den Gemeinen Drachen und den Großen Drachen. Der Gemeine Drache ist etwa doppelt so groß wie ein Elefant von Terra und ernährt sich rein pflanzlich. Der Große Drache ist tatsächlich etwas kleiner – er misst nur etwa zwei Drittel des Gemeinen Drachen –, doch er ist Fleischfresser und besetzt die in der Nahrungskette höchststehende ökologische Nische der Landtiere von Safehold. Die beiden Unterarten sehen einander sehr ähnlich, abgesehen von der Größe und der Tatsache, dass der Gemeine Drache die für Pflanzenfresser charakteristischen breiten Kiefer und entsprechende Mahlzähne aufweist, während der Große Drache mit einem langgestreckten Kiefer mit scharfen, sägeartigen Zähnen zubeißt. Beide Unterarten weisen sechs Gliedmaßen auf und tragen, im Gegensatz etwa zur Peitschenechse, kein Fell, sondern werden durch eine dicke, sehr gut isolierende Haut geschützt.

Drahtrebe – eine Kudzu-artige Rankenart, heimisch auf Safehold. Drahtrebe wächst nicht ganz so rasch wie Kudzu, ist aber ähnlich robust, und einige ihrer Sorten weisen – anders als Kudzu – lange, scharfe Dornen auf. Im Gegensatz zu viele anderen auf Safehold heimischen Pflanzenarten hat sich Drahtrebe recht gut mit den terrestrischen Importen vermischt. Sie wird von Bauern auf Safehold gerne als eine funktionelle Kombination aus Hecke und Stacheldraht eingesetzt.

Dschungeldrache – ein Allgemeinbegriff, um die Drachenarten im Tiefland von den Hügeldrachen zu unterscheiden. Der Graue Dschungeldrache ist der größte Pflanzenfresser auf Safehold.

Eiswyvern – eine im Wasser lebende, flugunfähige Wyvernart, dem Pinguin von Terra recht ähnlich. Diese Lebensform ist sowohl in der nördlichen wie in der südlichen Polarregion von Safehold heimisch.

Erkenntnisse, Die – die verzeichneten Entscheidungen und Beobachtungen der Großvikare und kanonisierten Heiligen der Kirche des Verheißenen. Sie stellen zutiefst bedeutsame spirituelle und inspirative Lehren dar, doch als Werk fehlbarer Sterblicher haben sie keinesfalls den gleichen Stellenwert wie die *Heilige Schrift* selbst.

Fasteiche – auf Safehold heimischer Baum mit auffallend rauer Borke, der Eiche von Terra recht ähnlich; findet sich vornehmlich in tropischen und subtropischen Regionen. Auch wenn diese Pflanze an sich dem namensgebenden Baum von Terra ähnelt, ist er doch immergrün und bildet zur Aussat ›Kiefernzapfen‹.

Fleming-Moos – eine sehr saugfähige, auf Safehold heimische Moosart, die durch Shan-weis Terraformierer-Teams genetisch manipuliert wurde, sodass sie jetzt natürliche antibiotische Eigenschaften aufweist. Einer der wichtigsten Bestandteile der Medizin auf Safehold.

Fünftag – eine Safehold-›Woche‹; besteht nur aus fünf Tagen: Montag bis Freitag.

Funkelechse – eine kleine, biolumineszierende geflügelte Echse. Auch wenn sie etwa dreimal so groß ist wie ein Glühwürmchen, füllt sie auf Safehold in etwa die gleiche ökologische Nische aus.

Grashüpfer – ein Insektenanalogon auf Safehold, das bis zu neun Zoll lang werden kann; Fleischfresser. Glücklicherweise treten sie nicht in der gleichen Gruppenstärke auf wie die Grashüpfer von Terra.

Grauhornwyvern – nachtaktiver Jäger auf Safehold; in etwa mit der Eule von Terra vergleichbar.

Großer Drache – der größte und gefährlichste Landfleischfresser auf ganz Safehold. Tatsächlich ist der Riesendrache nicht mit dem Hügeldrachen oder dem Dschungeldrachen verwandt, obwohl gewisse oberflächliche Ähnlichkeiten unverkennbar sind. Eigentlich ist es eher eine riesige Abart der Peitschenechse.

Hairatha-Drachen – das Profi-Baseball-Team von Hairatha; traditionell im Kampf um die Reichsmeisterschaft die Rivalen der Tellesberg-Kraken.

Haupttuch – die traditionelle Kopfbedeckung im Königreich Tarot; es handelt sich um ein eigens dafür entworfenes Kopftuch, mit dem das Haar zu bedecken ist.

Hügeldrache – ein etwa elefantengroßes Zugtier, auf Safehold häufig verwendet. Trotz ihrer beachtlichen Größe können sie sich auch über lange Zeit erstaunlich schnell bewegen.

Intendant – der Geistliche, der einer Diözese oder einer Erzdiözese als unmittelbarer Repräsentant des Offiziums der Inquisition zugewiesen wurde. Der Intendant hat die ausdrückliche Aufgabe, darüber zu wachen, dass die *Ächtungen der Jwo-jeng* nicht verletzt oder übertreten werden.

Katzenechse – eine pelzige Echsenart, in etwa so groß wie die Katze von Terra. Diese Tiere werden gerne als Haustiere gehalten und sind äußerst zutraulich.

Kaublatt – die Blätter einer auf Safehold heimischen Pflanzenart, leicht berauschend. Wird auf dem ganzen Planeten in etwa so verwendet, wie der Kautabak auf Terra.

Kloster Sankt Zherneau – Mutterkloster und Hauptquartier der Bruderschaft von Sankt Zherneau, ein relativ kleiner und armer Orden in der Erzdiözese Charis.

Kommentare, Die – autorisierte Interpretationen und dogmatische Erweiterungen der *Heiligen Schrift*. Sie stellen die offiziell anerkannte und sanktionierte Interpretation der ursprünglichen Schriften dar.

Kraken – Sammelbegriff für eine ganze Familie von Meeres-Raubtieren. Kraken ähneln einer Kreuzung aus Haien und Oktopussen. Sie haben kräftige, fischartige Körper, starke Kiefer mit einwärts geneigten Fangzähnen und eine Reihe von Tentakeln unmittelbar hinter dem Kopf, mit denen sie ihre Beute festhalten, während sie diese verschlingen. Die kleinsten

Kraken, meist in Küstennähe anzutreffen, sind häufig nicht größer als drei oder vier Fuß, von Tiefseekraken wurde bereits über Exemplare von mehr als fünfzig Fuß Länge berichtet, und es gibt Legenden, denen zufolge noch deutlich größere existieren würden.

Kyousei hi – wörtlich »großes Feuer« oder »prächtiges Feuer.« Der Ausdruck wird dazu benutzt, den gleißenden Heiligenschein zu beschreiben, den der Kommandostab von ›Operation Arche‹ um ihre Flugwagen und Schwebeboote erzeugt hat, um auf diese Weise den Bewohnern von Safehold ihre Göttlichkeit zu ›beweisen‹.

›**Langhornes Wache**‹ – die einunddreißig Minuten dauernde Periode unmittelbar vor Mitternacht, die eingeführt wurde, um die Überlänge des 26.5-Stunden-Tages von Safehold auszugleichen.

Meister Traynyr – eine Figur aus der Unterhaltungstradition von Safehold. Meister Traynyr ist einer der klassischen Charaktere im Puppentheater von Safehold, zugleich ein stümperhafter Verschwörer, dessen Pläne stets fehlschlagen, und der Puppenspieler, der sämtliche Marionetten-›Schauspieler‹ des Stückes steuert.

Narwal – eine Meeresspezies auf Safehold, benannt nach der gleichnamigen Tierart von Terra. Die Narwale von Safehold sind etwa vierzig Fuß lang und weisen zwei hornartige Stoßzähne von bis zu acht Fuß Länge auf.

Nynian Rychtair – das Safehold-Gegenstück zu Helena aus dem trojanischen Krieg: eine Frau von legendärer Schönheit, geboren in Siddarmark, die letztendlich den Kaiser von Harchong ehelichte.

Offenbarungen, Die – mit Abstand die umfangreichsten Schriften der Kirche des Verheißenen; sie bestehen aus direkten

Beobachtungen der ersten Menschengenerationen auf Safehold. Sie haben nicht den gleichen Stellenwert wie die Evangelien des Christentums, da sie keine grundlegenden Lehren und göttliche Inspirationen offenbaren. Vielmehr stellen sie in ihrer Gesamtheit einen wichtigen Beleg der ›historischen Genauigkeit‹ der *Heiligen Schriften* dar und beweisen eindeutig und schlüssig, dass die Ereignisse, die sie kollektiv schildern, sich tatsächlich exakt so zugetragen haben.

Peitschenechse – ein sechsbeiniges, pelziges, eierlegendes Säugetier, das eine gewisse Ähnlichkeit mit Sauriern aufweist. Eines der drei gefährlichsten Raubtiere von Safehold. Im Maul hat es zwei Doppelreihen scharfer Fangzähne, die sogar Kettenhemden durchdringen können; jede der Pfoten läuft in vier Zehen aus, die mit Klauen von bis zu fünf oder sechs Zoll Länge bewehrt sind.

Rakurai – wörtlich »Blitz« oder »Blitzschlag«. Mit diesem Wort beschreibt die *Heilige Schrift* die kinetischen Waffensysteme, die bei der Zerstörung der Alexandria-Enklave eingesetzt wurden.

Rat der Vikare – in der Kirche des Verheißenen das Gegenstück zu einem Kardinalskollegium.

Ritter der Tempel-Lande – der gemeinsame Titel der Prälaten, die über die Tempel-Lande herrschen. Genau genommen sind die Ritter der Tempel-Lande weltliche Herrscher, die rein zufällig auch noch ein hohes Kirchenamt bekleiden. Laut geltendem Kirchenrecht ist jegliches Handeln, das sie in ihrer Funktion als ›Ritter der Tempel-Lande‹ vornehmen, völlig unabhängig von jeglichem offiziellen Handeln der Kirche. Diese juristische Fiktion war für die Kirche in mehr als einer Gelegenheit von beträchtlichem Wert.

Sandmade – ein ekelerregender Fleischfresser, der eine gewisse Ähnlichkeit mit einer sechsbeinigen Nacktschnecke besitzt und sich an Strandgebieten in unmittelbarer Nähe des Anspülbereichs ansiedelt. Normalerweise greifen Sandmaden keine lebenden Opfer an, auch wenn sie keine Schwierigkeiten haben, kleinere Lebewesen zu verschlingen, die in ihre Reichweite gelangen. Dank ihrer Farbe sind sie im Sand kaum zu erkennen, und üblicherweise tarnen sie sich noch weiter, indem sie sich so tief in den Sand eingraben, dass sie nicht mehr zu entdecken sind; gelegentlich ragt noch ein Teil ihres Rückens aus ihrem Versteck hervor.

Sankt Zherneau – Schutzpatron des Klosters Sankt Zherneau in Tellesberg.

Seekuh – ein walrossartiger Meeressäuger, auf Safehold heimisch, der im ausgewachsenen Stadium bis zu zehn Fuß lang werden kann.

Seijin – Weiser, heiliger Mann. Wörtlich aus dem Japanischen entnommen durch Maruyama Chihiro, einem Mitarbeiter aus Langhornes Kommandostab, der die Bibel der Kirche des Verheißenen verfasst hat.

SNARC – *(Self-Navigating Autonomous Reconnaissance and Communication platform)* Selbsttätig navigierende, autonome Aufklärer- und Kommunikationsplattform.

Spinnenkrebs – ein auf Safehold heimisches Meerestier, deutlich größer als jede auf Terra bekannte Krebsart. Der Spinnenkrebs besitzt keine deutliche Ähnlichkeit mit den Krustentieren, sondern sieht eher aus wie eine segmentierte, vielbeinige Meeresnacktschnecke mit erstaunlich robuster Haut. Dennoch werden die Beine dieser Tiere als Delikatesse angesehen und sind tatsächlich erstaunlich wohlschmeckend.

Spinnenratte – eine heimische Ungezieferart, die in etwa die ökologische Nische der terrestrischen Ratte besetzt. Wie alle auf Safehold heimischen Säugetiere weist auch die Spinnenratte sechs Beine auf, dabei sieht sie jedoch aus wie eine Kreuzung aus einer haarigen Gila-Krustenechse und einem Insekt, mit langen, vielgelenkigen Beinen, deren oberste Gelenke sogar noch das Rückgrat überragen. Die Spinnenratte ist zwar recht aggressiv, zugleich aber auch recht feige; der Rumpf ausgewachsener Männchen dieser Spezies wird etwa zwei Fuß lang, dazu kommen zwei weitere Fuß Schwanz. Die Ausmaße der deutlich häufiger anzutreffenden Jungtiere liegen im Durchschnitt zwischen 33 und 50 Prozent besagter Körper-/Schwanzmaße.

Stacheldorn – blühender Strauch, dessen unterschiedliche Unterarten in fast allen Klimazonen Safeholds zu finden sind. Die Blüten können in unterschiedlichen Farben auftreten; die in den tropischen Regionen verbreiteten Unterarten wachsen meist höher als ihre Verwandten und tragen zierlichere Blüten.

Stahldistel – auf Safehold einheimische Pflanze, die immense Ähnlichkeit mit verzweigtem Bambus aufweist. Die Pflanze trägt Samenkapseln, deren kleine, stachelige Samen von feinen, geraden Fasern umschlossen werden. Es ist extrem schwierig, diese Samen von Hand zu entfernen, doch die Fasern können zu einem Stoff gewebt werden, der sogar noch widerstandsfähiger ist als *Baumwollseide*. Auch extrem reißfeste, stabile Seile lassen sich daraus drehen. Zudem wächst diese Pflanze ähnlich schnell wie der Bambus von Terra, und der Rohfaserertrag pro Hektar liegt um mehr als siebzig Prozent höher als der entsprechender Baumwollarten von Terra.

Surgoi kasai – wörtlich »entsetzliche (gewaltige) Feuersbrunst«. Der wahre Geist Gottes, die Berührung seines göttlichen Feuers, den nur ein Engel oder Erzengel zu ertragen vermag.

Tellesberg-Kraken – das Profi-Baseball-Team von Tellesberg.

Tiefmaulwyvern – das Safehold-Äquivalent zum Pelikan von Terra.

Todeswal – das gefährlichste Raubtier auf ganz Safehold, auch wenn es sich glücklicherweise nur äußerst selten mit etwas so kleinem wie Menschen abgibt. Es wurde schon von Todeswalen berichtet, die mehr als einhundert Fuß lang waren, und sie sind reine Fleischfresser. Jeder Todeswal beansprucht ein riesiges Revier für sich, weswegen man ihnen auch nur selten begegnet – womit die Menschen äußerst zufrieden sind, danke der Nachfrage. Todeswale fressen wirklich *alles* – einschließlich der größten *Kraken*. Es ist bekannt, dass sie, *äußerst* selten, auch Handelsschiffe und Kriegsgaleeren angreifen.

›**Vierer-Gruppe**‹ – die vier Vikare, die den Rat der Vikare der Kirche des Verheißenen dominieren und faktisch beherrschen.

Würgebaum – eine auf Safehold heimische, niedrig wachsende Baumart. Es existieren zahlreiche Unterarten, die in den meisten Klimazonen dieses Planeten anzutreffen sind. Sie wächst sehr dicht, ist äußerst robust und nur schwer zu entwurzeln, doch sie benötigt sehr viel Sonnenlicht, um zu gedeihen, weswegen man sie nur selten in alten, hochgewachsenen Wäldern findet.

Wyvern – auf Safehold das ökologische Gegenstück zu terrestrischen Vögeln. Es gibt ähnlich viele Arten Wyvern wie von Vögeln, einschließlich (ohne dass diese Aufzählung Anspruch auf Vollständigkeit würde erheben können) der Brief-Wyvern, die eigenständig zu ihrem Wyvernschlag zurückfinden, Jagd-Wyvern, die für kleinere Jagdtiere wie in der Falknerei eingesetzt werden können, die Felsenwyvern (ein kleinerer Jäger mit einer Flügelspanne von etwa zehn Fuß), verschiedene Arten Seewyvern und die Königswyvern (ein sehr großer Jäger, dessen Flügelspannweite bis zu fünfundzwanzig Fuß messen kann). Alle Wyvern weisen zwei Flügelpaare und ein sehr kräftiges Beinpaar mit scharfen Klauen auf. Über die Königswyvern ist bekannt, dass sie auch Kinder als geeignete Beutetiere erachten, wenn sie keine andere Nahrung finden oder sich eine gute Gelegenheit bietet, doch an sich sind diese Tiere recht intelligent. Sie wissen, dass der Mensch sich als Beutetier nicht eignet und man ihn bevorzugt in Ruhe lässt, daher meiden sie im Allgemeinen von Menschen besiedelte Gebiete.

Wyvernschlag – ein Nist- und/oder Brutplatz für domestizierte Wyvern.

Zinkenechse – etwa elchgroße Echsenart mit einem einzelnen Horn, das sich auf etwa dem letzten Drittel seiner Länge in vier scharfe Enden teilt. Sie sind Pflanzenfresser und nicht sonderlich angriffslustig.

Eine Anmerkung zur Zeitmessung auf Safehold

Ein Tag auf Safehold dauert 26 Stunden und 31 Minuten. Ein Jahr beträgt 301.31 lokale Tage, das damit auf 0.91 Erd-Standardjahre dauert. Die Welt besitzt einen größeren Mond, der den Namen ›Langhorne‹ trägt; dieser umkreist Safehold in 27.6 lokalen Tagen, also ist ein Mond-Monat in etwa achtundzwanzig Tage lang.

Ein Tag auf Safehold wird in sechsundzwanzig Stunden von je 60 Minuten Dauer eingeteilt, dazu kommt eine Periode von 31 Minuten, die als ›Langhornes Wache‹ bezeichnet wird; sie wurde eingeführt, um den lokalen Tag so anzupassen, dass sich die restliche Zeit des Tages in Standardstunden und -minuten einteilen lässt.

Der Kalender von Safehold ist in zehn Monate aufgeteilt: Februar, März, April, Mai, Juni, Juli, August, September, Oktober und November. Jeder dieser Monate besteht aus sechs Fünftage-Wochen, die je als ›Fünftag‹ bezeichnet werden. Die Wochentage heißen: Montag, Dienstag, Mittwoch, Donnerstag und Freitag. Der Tag, der sich in jedem Jahr zusätzlich ergibt, wird in die Mitte des Monats Juli eingefügt, bei der Zählung der Tage jedoch nicht berücksichtigt. Die Einheimischen nennen ihn den ›Gottes-Tag‹; er ist der höchste Festtag der Kirche des Verheißenen. Das bedeutet unter anderem, dass der erste Tag eines jeden Monats immer ein Montag ist, der letzte Tag eines jeden Monats fällt unweigerlich auf einen Freitag. Jedes dritte Jahr wird als Schaltjahr gezählt, wobei der zusätzliche Tag – der als ›Langhornes Gedenken‹ bekannt ist – in die Mitte des Monats Februar eingefügt wird, ebenfalls ohne bei der Zählung der Tage berücksichtigt zu werden. Weiterhin bedeutet das, dass ein Monat auf Safehold insgesamt 795 Standardstunden dauert, im Gegensatz zu den 720 Standardstunden eines 30-Tage-Monats auf der Erde.

Die Tagundnachtgleichen von Safehold fallen auf den 23. April und den 22. September, die Sonnenwenden auf den 7. Juli und den 8. Februar.